O SOM DO DESPERTAR

FRANCINE RIVERS

O SOM DO DESPERTAR

Tradução de
ELIS REGINA EMERENCIO

Copyright © 2003 por Francine Rivers. Todos os direitos reservados.
Copyright da tradução © 2024 por Vida Melhor Editora LTDA. Todos os direitos reservados.

Título original: *And the shofar blew*

Todos os direitos desta publicação são reservados à Vida Melhor Editora Ltda. Nenhuma parte desta obra pode ser apropriada e estocada em sistema de banco de dados ou processo similar, em qualquer forma ou meio, seja eletrônico, de fotocópia, gravação etc., sem a permissão dos detentores do copyright.

PRODUÇÃO EDITORIAL	Leonardo Dantas do Carmo
COPIDESQUE	Beatriz Lopes Monteiro e Marcos Olival
REVISÃO	Auriana Malaquias e Bruna Del Valle
DESIGN DE CAPA	Anderson Junqueira
PROJETO GRÁFICO E DIAGRAMAÇÃO	Tiago Elias

Dados Internacionais de Catalogação na Publicação (CIP)
(BENITEZ Catalogação Ass. Editorial, MS, Brasil)

R522s
1. ed. Rivers, Francine
    O som do despertar / Francine Rivers; tradução Elis Regina
Emerencio. – 1. ed. – Rio de Janeiro: Thomas Nelson Brasil, 2024.

496 p.; 15,5x23 cm

Título original: And the shofar blew.
ISBN 978-65-5689-960-2

1. Ficção cristã. 2. Igreja cristã. 3. Romance. I. Título.

06-2024/99   CDD B869.3

Índice para catálogo sistemático:
1. Ficção cristã: Literatura estrangeira   B869.3
Aline Graziele Benitez – Bibliotecária – CRB-1/3129

Os pontos de vista desta obra são de responsabilidade de seus autores e colaboradores diretos, não refletindo necessariamente a posição da Thomas Nelson Brasil, da HarperCollins Christian Publishing ou de suas equipes editoriais.

Thomas Nelson Brasil é uma marca licenciada à Vida Melhor Editora LTDA. Todos os direitos reservados à Vida Melhor Editora LTDA.

Rua da Quitanda, 86, sala 601A - Centro,
Rio de Janeiro/RJ - CEP 20091-005
Tel.: (21) 3175-1030
www.thomasnelson.com.br

PARA RICK E SUE HAHN,
SERVOS FIÉIS DE JESUS CRISTO

O CHAMADO

CAPÍTULO 1

1987

Samuel Mason estacionou seu carro branco do outro lado da rua da Igreja Cristã de Centerville. O lugar antigo estava igual a ele — já tinha visto dias melhores. Ainda faltava meia dúzia de telhas na torre da igreja, arrancadas no vendaval de 1984. A pintura estava descascada, revelando tábuas cinzentas envelhecidas. Uma das janelas altas e arqueadas estava quebrada. A grama estava morrendo, as rosas cresciam demais e a bétula no pátio entre a igreja, o salão social e a pequena casa do pastor estava sendo consumida por algum tipo de besouro.

Se uma decisão não fosse tomada logo, Samuel tinha medo de viver o bastante para ver uma placa de "Vende-se" na propriedade da igreja. Estendendo a mão, ele pegou a Bíblia de couro preto desgastada no banco do passageiro. *Estou tentando manter a fé, Senhor. Estou tentando confiar.*

— Samuel! — Hollis Sawyer mancava pela calçada da First Street. Eles se encontraram nos degraus da frente. Hollis agarrou o corrimão enferrujado com a mão esquerda, fincou a bengala no chão e levantou seu quadril, erguendo a prótese da perna para o segundo degrau. — Otis ligou, disse que vai atrasar.

— Algum problema?

— Não disse, mas ouvi a Mabel falando com ele ao fundo. Ele parecia bem frustrado.

Samuel destrancou a porta da frente da igreja e olhou o tapete que um dia já foi malva e agora era cinza desbotado de sol no nártex. Hollis tremia ao cruzar a soleira mancando. Samuel deixou a porta entreaberta para quando Otis chegasse.

Nada havia mudado naquele *hall* de entrada em anos. Folhetos desbotados permaneciam perfeitamente empilhados. A ponta desgastada do tapete

O SOM DO DESPERTAR

ainda estava posicionada para trás da porta do pequeno gabinete ministerial. As folhas empoeiradas da figueira no canto continuavam hospedando uma aranha. Outra teia era visível na lateral de uma janela alta; alguém teria que pegar a escada e tirá-la de lá. Mas quem estaria disposto a subir em uma escada quando uma queda poderia levar seus ossos velhos ao hospital? E chamar um profissional para fazer a limpeza estava fora de cogitação. Não havia dinheiro.

Hollis mancou pelo corredor.

— Está tão frio aqui quanto no inverno de Minnesota.

O santuário cheirava a mofo igual a uma casa fechada por tempo demais.

— Posso ligar o aquecimento.

— Não se preocupe. Quando esquentar, nossa reunião já vai ter terminado.

Hollis sentou-se no segundo banco e pendurou a bengala no encosto do banco da frente, enquanto se acomodava.

— Então, quem vai pregar neste domingo?

Samuel sentou-se no banco seguinte e colocou a Bíblia ao seu lado.

— Domingo é o menor dos nossos problemas, Hollis.

Apoiando os pulsos no encosto junto à bengala, ele juntou as mãos e olhou para cima. Pelo menos a cruz de latão e os dois castiçais do altar haviam sido polidos. Pareciam ser os únicos elementos naquele espaço que receberam alguma atenção. O carpete precisava ser limpo, o púlpito pintado, o órgão de tubos consertado. Infelizmente, os trabalhadores eram cada vez menos numerosos e as doações financeiras diminuíam, apesar do espírito generoso dos fiéis, que viviam com rendimentos fixos, alguns apenas da Previdência Social.

Senhor... A mente de Samuel ficou em branco enquanto ele lutava contra as lágrimas. Engolindo o nó na garganta, olhou para o coro vazio. Ele se lembrou de uma época em que o local ficava cheio de cantores vestidos de vermelho e dourado. Agora só havia sua esposa, Abby, que cantava todos os domingos, acompanhada de Susanna Porter ao piano. Por mais que a amasse, Samuel tinha que admitir que a voz de Abby não era mais a mesma.

Um por um, os programas da igreja secaram e foram levados pelo vento. As crianças cresceram e se mudaram. Os de meia-idade viraram idosos e os idosos morreram. A voz do pastor ecoou sem corpos vivos para absorver suas sábias palavras.

Ó, Senhor, não me deixe viver o suficiente para ver as portas desta igreja trancadas no domingo de manhã.

Durante quarenta anos, ele e Abby fizeram parte desta igreja. Seus filhos passaram pela escola dominical e foram batizados aqui. O pastor Hank realizou a cerimônia de casamento de sua filha Alice e depois conduziu o funeral quando o corpo de seu filho, Donny, foi trazido do Vietnã para casa. Ele não conseguia se lembrar do último batismo, mas os funerais aconteciam com muita frequência. Pelo que ele sabia, a fonte batismal havia se esgotado.

Samuel também se sentia esgotado. Ossos velhos e secos. Ele estava cansado, deprimido, derrotado. E agora, uma nova tragédia se abateu sobre eles. Ele não sabia o que eles fariam para manter a igreja funcionando. Se não conseguissem encontrar uma maneira, o que aconteceria com o pequeno grupo de fiéis que ainda vinha todos os domingos para orar juntos? A maioria era velha demais para dirigir, e alguns eram muito tímidos para viajar 32 quilômetros pela estrada para orar com estranhos.

Seremos todos relegados a assistir a pregadores na TV que passam mais da metade do tempo pedindo dinheiro? Deus nos ajude.

A porta da frente da igreja se fechou e as tábuas do piso rangeram sob passos que se aproximavam.

— Desculpem pelo atraso! — Otis Harrison caminhou pelo corredor e sentou-se num banco da frente.

Samuel relaxou as mãos e levantou-se para cumprimentá-lo.

— Como a Mabel está?

— Mal. O médico a colocou de volta no oxigênio. Ela fica completamente mal-humorada arrastando aquele tanque pela casa. Ela deveria descansar um pouco, mas não, tenho que ficar de olho nela. Ontem a peguei na cozinha. Tivemos uma discussão aos gritos, comentei que qualquer dia desses ela vai esquecer uma boca do fogão aberta, acender um fósforo e mandar nós dois para o próximo plano. Ela disse que não aguentava mais comer comida congelada.

— Por que você não pede comida para entregar? — disse Hollis.

— Eu pedi, por isso me atrasei.

— Não entregaram?

— Chegou na hora certa, senão vocês ainda estariam me esperando. O problema é que tenho que estar lá para abrir a porta, porque Mabel se recusa terminantemente a fazer isso. — O banco da frente rangeu quando Otis acomodou seu peso.

O SOM DO DESPERTAR

Ao longo dos anos, Samuel e Abby passaram inúmeras noites agradáveis na casa dos Harrison. Mabel sempre preparava um banquete: galinhas recheadas, bolos caseiros e legumes assados ou cozidos no vapor da horta do quintal de Mabel. A esposa de Otis adorava cozinhar. Não era um hobby, era um chamado. Mabel e Otis davam as boas-vindas às novas famílias na igreja com um convite para jantar. Cozinha italiana, alemã, francesa e até chinesa — ela estava disposta a experimentar qualquer coisa, para deleite de todos os que se sentavam à sua mesa. As pessoas se deliciavam com qualquer ensopado ou torta que Mabel colocasse nas longas mesas de jantar naquelas festas em que cada pessoa levava um prato. Ela enviou biscoitos para Donny quando ele estava em Hue, no Vietnã. Otis costumava reclamar que nunca sabia o que esperar do jantar, mas ninguém nunca sentiu pena dele.

— Ela ainda assiste àqueles programas de culinária e anota as receitas. Fica louca de frustração e me deixa louco junto com ela. Sugeri que ela começasse a bordar, a fazer pintura decorativa ou palavras cruzadas. Alguma coisa. *Qualquer coisa*! Não vou repetir o que ela respondeu.

— E um fogão elétrico? — disse Hollis. — Ou um micro-ondas?

— Mabel não quer saber de fogão elétrico. E quanto ao micro-ondas, nosso filho nos deu um alguns Natais atrás. Não conseguimos descobrir como funciona, além de configurá-lo para um minuto e esquentar o café. — Otis balançou a cabeça. — Sinto falta dos bons e velhos tempos, quando nunca sabia o que teria na mesa quando eu voltava do trabalho. Hoje em dia, ela não aguenta ficar em pé nem para fazer uma salada. Tentei cozinhar, mas foi um desastre total. — Fazendo uma careta, ele acenou com a mão impacientemente. — Mas chega dos meus problemas, ouvi dizer que temos outras coisas para conversar. Quais são as novidades sobre Hank?

— Não são nada boas — disse Samuel. — Eu e Abby estávamos no hospital com a Susanna ontem à noite. Ela quer que Hank se aposente.

Hollis esticou a perna ruim.

— Devíamos esperar e ver o que Hank diz.

Samuel sabia que eles não queriam encarar os fatos.

— Ele teve um ataque cardíaco, Hollis. Ele não consegue dizer nada com um tubo na garganta. — Eles achavam mesmo que Henry Porter duraria para sempre? O pobre Hank já estava longe de fingir ser o Coelhinho da Duracell.

Otis franziu a testa.

— Está tão mal assim?

— Ele estava visitando o hospital ontem à tarde e desmaiou no corredor, bem perto do pronto-socorro. Caso contrário, estaríamos aqui sentados planejando o funeral dele.

— Deus estava cuidando dele — disse Hollis. — Sempre cuidou.

— Está na hora de *nós* pensarmos no que é melhor para ele.

Otis enrijeceu.

— O que isso deveria significar?

— Samuel só teve uma noite longa. — Hollis parecia esperançoso.

— Em parte, sim — admitiu Samuel. Uma noite longa, sem dúvida, diante do futuro. — A verdade é que essa é apenas mais uma crise numa longa série de crises que enfrentamos. E não quero ver essa nos derrubar. Temos que tomar algumas decisões.

Hollis mexeu-se inquieto.

— Que horas você e Abby chegaram no hospital?

Sempre que a discussão se voltava para questões desagradáveis, Hollis mudava de assunto.

— Meia hora depois que Susanna nos ligou. Hank não se sente bem há muito tempo.

Otis franziu a testa.

— Ele nunca disse nada.

— O cabelo dele ficou completamente branco nos últimos dois anos. Você não percebeu?

— O meu também — disse Hollis.

— E ele perdeu peso.

— Gostaria de perder também — disse Otis com uma risadinha.

Samuel esforçou-se para ter paciência. Se ele não tomasse cuidado, esta reunião se transformaria em mais uma sessão de debate sobre o estado miserável do mundo e do país.

— Há cerca de uma semana, Hank me contou sobre um amigo dos tempos de faculdade que é reitor de uma universidade cristã no Centro-Oeste. Ele falou muito bem dele e da universidade. — Samuel encarou aqueles que eram seus amigos mais antigos. — Acho que ele estava tentando me dizer onde deveríamos começar a procurar seu sucessor.

— Ei, espera um pouco! — disse Hollis. — Não é o momento de aposentá-lo, Samuel. Que tipo de golpe seria esse para um homem doente? — bufou ele.

— Você gostaria que alguém chegasse em seu quarto de hospital e dissesse

O SOM DO DESPERTAR 13

"Desculpe, você teve um ataque cardíaco, velho amigo, mas seus dias de serviço acabaram"?

— Hank tem sido o motor dessa igreja nos últimos quarenta anos, ele tem sido a mão firme no comando. Não podemos seguir sem ele. — O rosto de Otis estava vermelho e tenso.

Samuel sabia que não seria fácil. Havia um momento para ser gentil e um momento para ser direto.

— Estou te dizendo, Hank não vai voltar. E se quisermos que esta igreja sobreviva, é melhor fazermos algo para encontrar outra pessoa para assumir o comando. Estamos prestes a afundar.

Hollis fez um aceno com a mão.

— Há cinco anos, Hank esteve no hospital para fazer uma cirurgia de ponte de safena e voltou. Vamos só chamar alguns palestrantes convidados até que Hank se recupere, como fizemos da última vez. Os Gideões, o Exército de Salvação, alguém daquele refeitório do outro lado da cidade. Peça para eles virem e falarem de seus ministérios, eles vão ocupar o púlpito por alguns domingos. — Ele deu uma risada nervosa. — Se a situação for difícil, sempre poderemos fazer com que Otis mostre seus slides da Terra Santa de novo.

O calcanhar de Samuel saiu do chão, subindo e descendo silenciosamente, como sempre fazia quando ele estava tenso. O que seria necessário para fazer seus velhos amigos entenderem? Será que o próprio Senhor teria que tocar a trombeta para fazê-los seguir em frente?

— Susanna disse que a neta mais velha deles vai ter um bebê nesta primavera. Ela disse que seria bom ver Hank com um bisneto no colo. Eles gostariam de voltar a fazer parte da vida dos filhos, de sentarem juntos na mesma igreja, no mesmo banco. Qual de vocês quer dizer ao Hank que ele não conquistou o direito de fazer essas coisas? Qual de vocês quer dizer a ele que esperamos que ele permaneça naquele púlpito até cair morto? — A voz de Samuel falhou.

Hollis fechou a cara e desviou o olhar, mas não antes de Samuel ver as lágrimas em seus olhos.

Samuel apoiou o braço no banco.

— Hank precisa saber que entendemos. Ele precisa dos nossos agradecimentos por todos os seus anos de serviço fiel a esta congregação, precisa da nossa bênção. E ele precisa do fundo de pensão que criamos anos atrás, para que ele e Susanna tenham algo mais com que viver do que um cheque mensal do governo e a caridade dos filhos deles! — Ele mal conseguia ver os rostos dos outros dois através das lágrimas.

Otis se levantou e caminhou pelo corredor, uma mão enfiada no bolso, enquanto coçava a testa com a outra.

— O mercado está em baixa, Samuel. Esse fundo vale mais ou menos metade do que valia há um ano.

— Metade é melhor que nada.

— Talvez se eu tivesse resgatado o valor da bolsa de tecnologia antes... Do jeito que está, ele vai receber uns duzentos e cinquenta por mês pelos quarenta anos de serviço.

Samuel fechou os olhos.

— Pelo menos conseguimos manter o seguro-saúde deles.

— Ainda bem que ele fez o seguro quando tinha trinta e poucos anos, ou não teríamos o suficiente para pagar os prêmios. — Otis afundou-se pesadamente na ponta de um banco. Ele olhou diretamente para Samuel, que assentiu, sabendo que ele e Abby teriam que arranjar o dinheiro, como faziam sempre que não havia dinheiro suficiente na bandeja de ofertas para cobrir as despesas.

Hollis suspirou.

— Há cinco anos, tínhamos seis presbíteros. Primeiro perdemos Frank Bunker por causa do câncer de próstata, e depois Jim Popoff vai dormir na sua poltrona reclinável e não acorda. Ano passado, Ed Frost teve um derrame. Os filhos dele chegaram, alugaram um caminhão de mudanças, colocaram uma placa de "Vende-se" no gramado da frente e o levaram para uma casa de repouso no sul. E agora Hank... — A voz de Hollis falhou. Ele mexeu o quadril novamente.

— Então — falou Otis lentamente —, o que fazemos sem um pastor?

— Desistimos! — disse Hollis.

— Ou começamos de novo.

Os dois homens olharam para Samuel.

— Você é um sonhador, Samuel. Sempre foi um sonhador. Esta igreja está morrendo há dez anos. Quando Hank seguir para o norte, ela estará morta — bufou Otis.

— Querem mesmo fechar as portas e ir embora?

— Não é o que queremos, é o que temos que fazer!

— Não concordo — disse Samuel, determinado. — Por que não oramos sobre isso?

O SOM DO DESPERTAR

Otis parecia deprimido.

— De que adianta orar agora?

Hollis se levantou.

— Minha perna está me incomodando, tenho que mudar de posição. — Ele pegou a bengala que repousava no banco e mancou até a frente da igreja. — Não sei o que está acontecendo em nosso país atualmente. — Ele bateu a bengala no chão. — Criei todos os meus quatro filhos para serem cristãos, mas nenhum deles frequenta mais a igreja, eles só vão no Natal e na Páscoa.

— Provavelmente indo para o trabalho a semana toda — disse Otis. — Hoje em dia, são necessárias duas pessoas trabalhando para pagar as contas de uma casa, além disso elas têm que trocar de carro a cada poucos anos, porque dirigem muito. Meu filho dirige 193 quilômetros todos os dias, cinco dias por semana, e a esposa dele faz quase metade disso. Sem falar dos custos para cuidar dos filhos, todo mês são mil e oitocentos dólares. Mais o seguro e...

Blá, blá, blá. Samuel já tinha ouvido tudo isso antes. O mundo é péssimo. A nova geração não respeita os mais velhos. Os ambientalistas são todos hippies dos anos 1960 e os políticos são todos bandidos, adúlteros e coisas piores.

— Conhecemos os problemas, vamos trabalhar em soluções.

— Soluções! — Otis balançou a cabeça. — Que soluções? Olha, Samuel, acabou. Temos uma congregação de quantos?

— Cinquenta e nove — disse Hollis com tristeza. — Na lista de membros. Trinta e três vieram à igreja no domingo passado.

Otis olhou para Samuel.

— Entenda a situação. Não temos dinheiro para pagar as contas. Não temos um pastor para pregar. A única criança que temos na congregação é o neto de Brady e Frieda, e ele está apenas de visita. A menos que você queira assumir o controle, Samuel, eu digo que devemos desistir *com dignidade*.

— *Com dignidade*? Como você fecha uma igreja *com dignidade*?

Otis ficou vermelho.

— Acabou. Quando você vai enfiar isso na sua cabeça dura, meu amigo? A festa foi divertida enquanto durou, mas acabou. É hora de ir para casa.

Samuel sentiu brotar um calor, como se alguém estivesse soprando suavemente brasas moribundas para dentro de seu coração.

— O que aconteceu com o fogo que todos sentimos quando nos aproximamos de Cristo?

— Ficamos velhos — disse Hollis.

— Ficamos cansados — disse Otis. — São sempre as mesmas pessoas trabalhando enquanto o resto fica sentado nos bancos, esperando que tudo corra bem.

Samuel se levantou.

— Abraão tinha cem anos quando gerou Isaque! Moisés tinha oitenta anos quando Deus o chamou para fora do deserto! Calebe tinha 85 quando conquistou a região montanhosa ao redor de Hebron!

Otis emitiu um som de indignação.

— Um indivíduo de oitenta anos devia ser muito mais jovem nos tempos bíblicos do que é agora.

— Viemos juntos a este lugar porque acreditamos em Jesus Cristo, não é? — Samuel agarrou-se teimosamente à sua fé. — Isso mudou?

— Nem um pouco — disse Hollis.

— Estamos falando de fechar a igreja, não de desistir da nossa fé — respondeu Otis com veemência.

Samuel olhou para ele.

— Você consegue fazer um sem o outro?

Otis estufou as bochechas e coçou a testa. Seu rosto estava ficando cada vez mais vermelho. Sempre um mau sinal.

— Ainda estamos aqui — disse Samuel. — Esta igreja ainda não morreu. — Ele não ia recuar, não importa o quanto Otis bufasse de raiva.

— Tinha pouco mais de cem dólares nas ofertas na semana passada. — Otis fez uma careta. — Não é o suficiente nem para pagar a conta de luz. Que já está vencida, inclusive.

— O Senhor proverá — disse Samuel.

— O Senhor, uma ova. Somos nós que pagamos o tempo todo. Você vai pagar o imposto sobre a propriedade de novo, Samuel? — disse Otis. — Quanto tempo isso pode durar? Não tem como manter essa igreja funcionando agora, especialmente sem um pastor!

— Exatamente.

— E onde você vai conseguir um? — Otis resmungou. — Da última vez que soube, eles não cresciam em árvores.

— Mesmo com um novo pastor, não temos dinheiro para pagar as contas. Precisaríamos de mais pessoas. — Hollis sentou-se e esticou a perna, massageando a coxa com dedos artríticos. — Não posso mais dirigir ônibus e não estou com vontade de ir de porta em porta como fazíamos antigamente.

O SOM DO DESPERTAR

Otis o alfinetou:

— Não temos ônibus, Hollis. E agora que não temos um pastor, nem temos um culto para o qual convidar as pessoas. — Ele gesticulou com o braço. — Tudo o que temos agora é este prédio. E um terremoto provavelmente o derrubaria sobre nossas cabeças.

Hollis riu, desolado.

— Pelo menos assim teríamos o dinheiro do seguro para mandar Hank embora com estilo.

— Tive uma ideia. — O tom de Otis estava cheio de sarcasmo. — Por que não transformamos este lugar antigo em uma casa mal-assombrada no Halloween? Cobramos dez dólares por cabeça. Poderíamos pagar todas as nossas contas e ter o suficiente para fazer uma oferta de amor a Hank.

— Muito engraçado — disse Samuel secamente.

Otis fez cara feia.

— Só estou brincando, mais ou menos.

Samuel olhou seriamente de um lado para o outro entre os dois homens.

— Ainda temos 33 pessoas que precisam de comunhão.

Os ombros de Hollis caíram.

— Todos com um pé na cova e outro na casca de banana.

Samuel se manteve firme.

— Voto para ligarmos para aquele reitor.

— Está bem. — Otis ergueu as mãos. — *Está bem*! Se é isso o que você procura, tem meu voto. Ligue para aquele reitor e veja o que ele pode fazer por nós. Nada, aposto. Ligue para quem você quiser. Ligue para Deus, se ele ainda estiver se incomodando em ouvir. Ligue para o presidente dos Estados Unidos, não me importa. Vou para casa me certificar de que minha esposa não colocou fogo na cozinha ou em si mesma. — Com os ombros caídos, Otis caminhou pelo corredor.

Apesar da petulância e dos protestos de Otis, Samuel sabia que seu velho amigo também não queria desistir.

— Obrigado, Otis.

— Só não vá buscar um figurão que traga bateria e uma guitarra elétrica! — gritou Otis por cima do ombro.

Samuel riu.

— Isso pode ser exatamente o que precisamos, velho amigo.

— Só por cima do meu cadáver! — A porta da frente da igreja se fechou.

Hollis levantou-se e, olhando em volta por um longo momento, suspirou profundamente.

— Sabe... — Seus olhos brilharam. Sua boca se mexeu, mas nenhum som saiu. Apertando os lábios trêmulos, ele balançou a cabeça. Erguendo a bengala numa breve saudação, ele mancou pelo corredor.

— Mantenha a fé, irmão.

— Boa noite — disse Hollis com voz rouca. A porta se abriu novamente e fechou com firmeza. O silêncio encheu a igreja.

Samuel colocou a mão na Bíblia, mas não a pegou. Ele orou, com lágrimas escorrendo pelo rosto.

Samuel dirigiu pela estrada estreita, passou por baixo do estacionamento coberto e entrou em sua garagem. A porta dos fundos de seu pequeno bangalô americano se abriu, e Abby ficou parada sob a luz, esperando por ele. Ela o beijou quando ele cruzou a soleira.

— Como foi a reunião?

Ele tocou a bochecha dela com ternura.

— Vou ligar para o amigo do Hank amanhã.

— Graças a Deus. — Ela atravessou a cozinha. — Sente-se, querido. Vou esquentar a sua janta.

Samuel colocou a Bíblia na mesa de fórmica branca, puxou uma cadeira cromada e sentou-se no assento de vinil vermelho.

— Temos muito trabalho pela frente.

— Pelo menos eles vão te ouvir.

— Só porque eles estão ficando cansados demais para discutir.

Abby sorriu por cima do ombro.

— Não desanime nessa altura do campeonato. Algo assim pode fazer com que a gente se sinta jovem de novo. — Ela digitou alguns números no micro-ondas.

— Otis disse que sou um sonhador. — Ele observou Abby colocar talheres e um guardanapo na mesa à sua frente. Para ele, ela era tão bonita agora, aos setenta e quatro anos, como era aos dezoito, quando se casaram. Ele pegou a mão dela. — Eu ainda amo você, sabia?

— É melhor me amar mesmo, você está preso comigo. — O micro-ondas apitou. — Seu jantar está pronto.

— Otis estava bem nervoso quando chegou à igreja. Mabel está passando por momentos difíceis de novo, voltou para o oxigênio.

— Fiquei sabendo. — Ela colocou o prato diante dele. Bolo de carne, purê de batatas e vagem. — Liguei para ela esta noite, tivemos uma longa conversa. — Ela se sentou na cadeira em frente a ele.

Samuel pegou o garfo.

— Ela estava se comportando?

Abby riu.

— Pude ouvir alguém falando sobre saladas em camadas ao fundo, depois Mabel desligou a televisão.

— Pobre coitada.

— Ah, bobagem. Parte da diversão dela é contrariar Otis. Ela sabe exatamente quais botões apertar para deixá-lo irritado.

— Ela não sente falta de cozinhar?

— Não tanto quanto ele gostaria que ela cozinhasse.

— Mulheres. Não conseguimos viver sem elas nem com elas.

Abby se levantou da cadeira e abriu a velha geladeira. Serviu um copo grande de leite, colocou-o na frente dele e sentou-se mais uma vez. Ela nunca conseguia ficar sentada por muito tempo, era contra a sua natureza. Ela entrelaçou os dedos e o observou. Apesar da falta de apetite, ele comeu devagar para que ela não se preocupasse.

— A Susanna vai ficar aliviada, Samuel. Ela queria que Hank se aposentasse desde que ele fez a cirurgia de ponte de safena.

— Eles não terão muito com que viver. Não é como se eles tivessem um lugar para vender.

— Acho que Susanna vai sentir falta daquela antiga casa do pastor. Ela me disse que eles têm cerca de dez mil na poupança. Graças a Deus temos um fundo de aposentadoria para dar a eles. Caso contrário, dependeriam dos filhos para ajudar a sustentá-los.

Samuel contou-lhe as más notícias. Abby baixou a cabeça, sem dizer nada. Ele largou o garfo e esperou, sabendo que ela estava fazendo uma de suas orações desesperadas mais uma vez. Quando ela levantou a cabeça, seu rosto estava pálido e os olhos úmidos. Ele compartilhou sua vergonha.

— Eu gostaria de ter nascido rico em vez de bonito.

A velha piada não surtiu efeito. Abby estendeu a mão e a colocou sobre a dele. Ele balançou a cabeça, incapaz de falar.

— Eu me pergunto o que o Senhor está fazendo desta vez — disse ela melancolicamente.

— Você não é a única.

Paul Hudson ouviu o barulho no momento em que abriu a porta da frente da casa alugada. Ele tirou a jaqueta e a pendurou no armário do corredor. Ele riu ao ver seu filho de três anos, Timothy, no chão da cozinha, batendo no fundo de uma panela com uma colher de pau enquanto Eunice cantava:

— Gênesis, Êxodo, Levítico, Números...

Dando um sorriso largo, Paul se encostou no batente da porta e observou-os. Timothy o avistou.

— Papai!

Ele largou a colher e deu um pulo. Paul o pegou no colo, beijou-o, girou-o e o colocou sobre o ombro.

Sorrindo, Eunice colocou um punhado de talheres molhados no escorredor e pegou um pano de prato.

— Como foi o seu dia?

— Ótimo! A aula correu bem, fizeram muitas perguntas, uma boa discussão. Adoro ver como as pessoas podem ficar entusiasmadas. — Ele se aproximou e a beijou. — Hmmm, a mamãe está cheirosa.

— Fizemos biscoitos hoje.

— Podemos brincar de cavalinho, papai?

— Só se você pegar leve com o seu velho.

Paul ficou em posição de cavalinho. Timmy subiu nas costas dele e apertou as pernas magras contra as costelas de Paul. Paul empinou-se e soltou um relincho. Timmy segurou-se, gritando de tanto rir. Ele chutou duas vezes as costelas de Paul com os calcanhares.

— Calma, vaqueiro!

Paul deu uma olhada em Eunice, que ria deles com o coração cheio de amor. Como poderia um homem ser tão abençoado?

— Ainda bem que ele não tem esporas!

Ele permitiu que Timmy o montasse pela sala três vezes antes de rolar, derrubando o garoto no tapete. A criança subiu com rapidez na barriga de Paul, saltando não muito suavemente.

O SOM DO DESPERTAR

— Ui! Ui! — grunhiu Paul.

— Tem uma ligação do reitor Whittier na secretária eletrônica — disse Eunice.

— Faz um tempo que não falo com ele. Que horas são?

— Quatro e meia.

— Aviãozinho, papai. Por favor!

Paul segurou-o por um braço e uma perna e girou-o enquanto Timmy emitia sons estrondosos.

— Ele nunca sai do escritório antes das seis. — Ele pousou o filho suavemente no sofá. — Vamos jogar futebol, Timmy. — Ele beijou Eunice antes de ir para o quintal. — Me chame às cinco e meia, está bem? Não quero deixar o reitor esperando.

Lá fora, Timmy chutou a bola para ele, que a jogou de volta. Depois que Timmy cansou do jogo, Paul o empurrou no balanço. Quando Eunice chegou à porta, ele colocou Timmy nos ombros e voltou para dentro. Ela, então, pegou a criança em seus braços.

— Hora de se lavar para o jantar, pequenininho.

Paul foi até o telefone, ele apertou o botão da secretária eletrônica.

— Aqui é o reitor Whittier. Recebi uma ligação e acho que é do seu interesse.

A mensagem enigmática deixou Paul inquieto. Ele abriu sua agenda telefônica e discou o número. O reitor Whittier o encorajou durante seus anos de faculdade. Paul tentou manter contato, mas já fazia seis meses desde a última vez que falou com ele. Ele era grato pelo apoio do reitor da Midwest Christian College, especialmente quando sentiu a pressão das expectativas de todos. Por ser filho de um pastor conhecido, algumas pessoas pensavam que ele devia ter herdado um tipo especial de unção. Teria surpreendido a todos saberem que ele nunca esteve a par do funcionamento da igreja de seu pai, a não ser por entender que seu pai segurava as rédeas. Paul ouviu e viu os fiéis ficarem maravilhados com David Hudson e correrem para cumprir as ordens dele.

Paul tinha trabalhado duro para conquistar uma posição de destaque em suas aulas. Não foi fácil, mas ele sempre se dedicou muito, desde o início de sua vida escolar. Qualquer coisa menos que excelência ganhava o desprezo de seu pai. Seu pai esperava a perfeição. "Qualquer coisa menos do que o seu melhor desonra a Deus." Paul se esforçou para estar à altura, e muitas vezes ficou aquém das expectativas de seu pai.

O reitor Whittier recomendou Paul para o cargo de pastor auxiliar na Mountain High Church, uma das maiores igrejas do país. Às vezes, Paul ficava perdido nos cultos nas manhãs de domingo, mas assim que entrava na sala de aula, sentia-se em casa. Ele adorava ensinar, especialmente em pequenos grupos onde as pessoas podiam se abrir, falar sobre as suas vidas e serem encorajadas na fé.

— Escritório do reitor Whittier. Aqui é a sra. MacPherson. Como posso ajudar?

— Oi, Evelyn. Tudo bem?

— Paul! Como você está? E a Eunice?

— Ela está linda como sempre. — Ele piscou para Eunice.

— E Timmy?

Ele riu.

— Ele estava tocando bateria na cozinha quase agora. Futuro ministro da música.

Evelyn riu.

— Bom, isso não é surpresa, considerando os talentos da Eunice. O reitor está com alguém no escritório, mas sei que ele quer falar com você. Você pode esperar? Vou passar um bilhete para ele e avisar que você está na linha.

— Claro, sem problemas. — Ele deu uma olhada na correspondência enquanto esperava. Eunice já havia aberto as contas. Ai! A conta de gás tinha aumentado. O mesmo aconteceu com as contas de telefone e serviços públicos. Ele as deixou de lado e examinou a mala direta de várias instituições de caridade implorando por dinheiro e, em seguida, folheou o catálogo dos pastores da Christianbook.

— Paul — disse o reitor Whittier —, desculpe por te fazer esperar. — Eles trocaram cumprimentos e gentilezas. — Conversei com o pastor Riley outro dia, ele me deu um relatório brilhante sobre o seu progresso, disse que suas turmas estão sempre lotadas e têm listas de espera.

Paul se sentiu desconfortável com os elogios.

— Existem muitas pessoas famintas pela Palavra.

— E áreas que estão morrendo por falta de um bom ensino. O que me leva ao motivo da minha ligação. Um presbítero de uma pequena igreja em Centerville, Califórnia, me ligou hoje de manhã. O pastor deles é um velho amigo meu, ele teve um ataque cardíaco e não tem condições de voltar. O presbítero disse que a igreja vai falir sem alguém no púlpito. A congregação está

O SOM DO DESPERTAR

reduzida a cerca de cinquenta membros, a maioria com mais de 65 anos. Eles têm alguns ativos, possuem um santuário centenário, um salão social construído na década de 1960 e uma pequena casa onde o pastor pode morar sem pagar aluguel. Na mesma hora, o Senhor colocou você no meu pensamento.

Paul não sabia o que dizer.

— A cidade fica em algum lugar no Vale Central, entre Sacramento e Bakersfield. Você estaria mais perto dos seus pais.

O Vale Central. Paul estava familiarizado com a área, ele foi criado no sul da Califórnia. Todo verão, sua mãe o levava de carro para o norte, para visitar seus tios em Modesto. Algumas de suas melhores lembranças da infância envolviam aquelas semanas com os primos. Seu pai nunca apareceu, sempre reivindicando trabalhos na igreja que exigiam sua atenção. Quando Paul teve coragem de perguntar por que ele evitava a tia e o tio, o pai disse: "Eles são pessoas legais, Paul, se tudo o que você quer fazer é brincar. Mas não tenho tempo para pessoas que não têm interesse em construir o reino."

No verão seguinte, a mãe de Paul rumou para o norte sem ele, e Paul foi para um acampamento cristão na Ilha Catalina.

Às vezes, Paul se perguntava sobre aqueles primos que já haviam crescido e se mudado há muito tempo. Eles eram os poucos parentes que tinha por parte de mãe. Seu pai era filho único. A vovó Hudson tinha morrido muito antes de Paul nascer, e ele lembrava muito pouco do vovô Ezra, que passara seus últimos anos numa casa de repouso. Ele morreu quando Paul tinha oito anos. Paul lembrou de ter se sentido aliviado por nunca mais ter que voltar àquele lugar malcheiroso ou ver as lágrimas escorrendo pelo rosto de sua mãe toda vez que eles saíam daquele lugar deprimente.

Estranho como a menção de uma região do país poderia trazer uma enxurrada de memórias inundando-o no espaço de alguns segundos. Ele quase podia sentir o cheiro da areia quente, dos vinhedos e dos pomares e ouvir as risadas de seus primos enquanto planejavam outra travessura.

— Você seria uma equipe de apenas uma pessoa — disse o reitor Whittier. — E ficaria no lugar de um pastor que conduziu aquela igreja por quarenta anos.

— Quarenta anos é bastante tempo. — Paul sabia que uma perda como essa poderia causar uma explosão em uma igreja, o suficiente para incinerar a congregação antes mesmo de ele chegar lá. Ou incinerá-lo se ele sentisse o chamado para seguir para o oeste.

— Eu sei, eu sei. Perder um pastor de longa data pode matar uma igreja mais rápido do que qualquer outra coisa. Mas acho que você pode ser o homem que Deus está chamando para lá. Você tem todas as qualificações.

— Terei que orar sobre isso, reitor Whittier. Eles podem estar procurando alguém muito mais velho e experiente do que eu.

— A idade não entrou na conversa e não é hora de ter medo. O presbítero não estava procurando nada em particular, ele pediu conselhos mais do que qualquer coisa. Mas depois de dez minutos de conversa com este senhor, percebi que ele quer fazer mais do que manter as portas abertas.

Paul queria dizer sim na hora, mas se conteve.

— Sabe que sempre sonhei em pastorear uma igreja, reitor Whittier, mas é melhor orar seriamente primeiro. Não quero ir além do que o Senhor quer que eu faça. — Ele sabia que as emoções podiam enganar.

— Leve o tempo que precisar, mas avise Samuel Mason que você está pensando nisso. Aqui está o número para que possa conversar com ele. — Ele passou os números rapidamente, mas Paul estava pronto com papel e lápis. — Converse com o pastor Riley e Eunice e qualquer outra pessoa em quem você confia.

— Vou fazer isso.

— E me conte o que decidir.

— Vou te ligar para um almoço quando tudo estiver resolvido, senhor.

— Faça isso. Deus te abençoe, Paul, e mande lembranças para sua linda esposa. — Ele desligou.

Eunice entrou na cozinha com Timmy.

— O reitor Whittier mandou lembranças.

— Você parece animado com alguma coisa.

— E estou mesmo. — Ele pegou Timmy e o acomodou em seu assento enquanto Eunice tirava a comida do forno. — Ele recebeu um telefonema do presbítero de uma pequena igreja na Califórnia, estão precisando de um pastor.

Ela se endireitou, os olhos brilhantes.

— E você está sendo chamado!

— Talvez sim, talvez não. Não vamos nos adiantar ao Senhor, Euny. Precisamos orar a respeito disso.

— Oramos todas as manhãs e todas as noites para que o Senhor nos conduza onde ele nos quiser, Paul.

— Eu sei, não acredito que a ligação do reitor Whittier seja uma coincidência. Nada acontece por coincidência. Eu adoraria me apressar e dizer sim,

Euny. Você sabe o quanto sonhei em ter minha própria igreja, mas estou no meio de duas aulas. Não posso simplesmente desistir e ir embora.

— Se esta for a vontade do Senhor, vai ficar muito claro.

— O reitor Whittier me deu o nome do presbítero que ligou da Igreja de Centerville, é Samuel Mason.

— Talvez você devesse ligar para ele. O semestre termina em menos de um mês.

— Um mês pode ser muito longo. O pastor deles teve um ataque cardíaco, eles precisam de alguém o mais rápido possível.

— Eles têm um pastor interino?

— Não sei. O pastor deles serviu a congregação por quarenta anos, Euny — comentou Paul; aquele era o tempo pelo qual seu pai pastoreou a igreja no sul da Califórnia. — Seria difícil assumir o lugar dele.

— Seria difícil.

— O reitor Whittier sugeriu que eu ligasse para o sr. Mason. Imagino que não faria mal. Posso repassar minha formação e experiência e explicar minhas responsabilidades aqui. Se o sr. Mason disser que não pode esperar, essa será a resposta do Senhor. Não ir.

— Quando você acha que vai ligar?

— Não por alguns dias, quero jejuar e orar sobre isso primeiro.

Samuel estava cochilando na poltrona quando o telefone tocou. Abby deixou de lado as palavras cruzadas e atendeu. Samuel ainda cochilava. O zumbido da televisão sempre serviu para fazê-lo dormir. Ele começava na ESPN, adormecia e acordava com a programação da TCM, com o controle remoto já em posse de Abby.

— Só um minuto, por favor. Samuel. *Psiu*! *Samuel*!

Samuel levantou a cabeça.

— Paul Hudson quer falar com você — disse Abby.

— Quem é Paul Hudson?

— Um pastor da Mountain High Church, de Illinois. Ele está ligando para falar sobre sua conversa com o reitor Whittier.

Samuel acordou completamente.

— Vou atender na cozinha. — Ele bateu na poltrona reclinável e se levantou, dando uma olhada rápida na televisão. Fingiu fazer uma cara feia para ela. — Mudou de canal rápido, hein? Como o jogo dos Dodgers já teria acabado, você pode terminar de assistir *A Noviça Rebelde* com a minha bênção.

Ela deu um sorriso falso enquanto colocava o telefone na orelha.

— Meu marido já vai atender, pastor Hudson.

Samuel pegou o telefone na cozinha.

— Já atendi, Abigail. — Sua esposa desligou. — Aqui é Samuel Mason falando.

— Meu nome é Paul Hudson, senhor. O reitor Whittier me ligou na semana passada e disse que o senhor está procurando um pastor. Ele achou que eu deveria te ligar.

Samuel esfregou o queixo. Como se faz esse tipo de coisa?

— O que acha que deveríamos saber sobre você?

— O que estão procurando?

— Alguém como Jesus.

— Bom... Posso dizer sem rodeios que estou muito longe disso, senhor.

Paul Hudson parecia jovem. Samuel pegou um bloco de notas e uma caneta.

— Por que não começamos com suas qualificações?

— Eu me formei na Midwest Christian College. — Ele hesitou. — Seria melhor se o senhor falasse com o reitor Whittier sobre meu trabalho lá. Desde que me formei, faço parte da equipe da Mountain High Church.

— Juventude?

— Novos cristãos, de todas as idades.

Parece bom.

— Quanto tempo você ficou lá?

— Cinco anos. Acabei de concluir meu mestrado em aconselhamento familiar.

Uma pessoa versátil.

— É casado?

— Sim, senhor. — Samuel podia ouvir o sorriso na voz de Hudson. — O nome da minha esposa é Eunice. Eu a conheci na faculdade e nos casamos duas semanas depois de me formar. Ela é formada em música, toca piano e canta. Não quero me gabar, mas Eunice é muito talentosa.

Dois ministros pelo preço de um.

— Têm filhos?

— Sim, senhor. Temos um filho de três anos muito ativo chamado Timothy.

O SOM DO DESPERTAR

— As crianças são uma bênção do Senhor. — Samuel estava prestes a mergulhar em histórias sobre sua filha e seu filho, mas se conteve quando a dor da perda de Donny o atingiu mais uma vez. Ele pigarreou. — Fale do seu relacionamento com o Senhor.

Ele se recostou na bancada da cozinha enquanto Paul mergulhava com entusiasmo em seu testemunho pessoal. Nasceu em uma família cristã. O pai, pastor de uma igreja no sul da Califórnia. *Hudson*? O nome soava familiar para Samuel, mas ele não tinha certeza se o som era de alarmes de incêndio ou sinos.

Paul continuou falando. Ele aceitou a Cristo aos dez anos de idade, era ativo em grupos de jovens, conselheiro em acampamentos religiosos, trabalhou nos verões para a Habitat for Humanity. Entre as aulas da faculdade, ele se ofereceu como voluntário em um centro para idosos perto da faculdade. Trabalhou com jovens desfavorecidos e atuou como tutor de leitura para alunos em uma escola secundária do centro da cidade.

Paul Hudson parecia um presente do céu.

Houve uma longa pausa.

— Sr. Mason?

— Ainda estou aqui.

Apenas espantado com a energia dos jovens.

— Devo enviar meu currículo por e-mail? — Paul parecia envergonhado.

Samuel foi atraído por seu zelo juvenil.

— Não temos computador.

— Máquina de fax?

— Não. — Samuel esfregou o queixo novamente. — É o seguinte, envie o seu currículo para mim por FedEx. — Como não havia ninguém na igreja, Samuel deu a Paul seu endereço residencial. — Qual é a sua situação? Presumo que você tenha responsabilidades na Mountain High Church.

— Trabalho em diversas áreas, mas minha principal responsabilidade agora é ministrar duas aulas básicas.

— Quanto tempo dura o curso?

— As aulas terminarão em três semanas. Teremos uma cerimônia de aliança na semana seguinte para aqueles que tomaram uma decisão por Cristo.

— Então você não estaria disponível por quatro a cinco semanas.

— Isso mesmo, senhor. E se eu fosse chamado, precisaria de tempo para fazer as malas, me mudar e acomodar minha família.

— Isso não seria problema, mas não queremos avançar muito rápido. Vou notificar os outros presbíteros, precisamos orar sobre isso. Considerando todas as suas qualificações, este pode não ser o melhor lugar para você. Somos uma igreja pequena, Paul. Menos de sessenta pessoas.

— Poderia crescer.

Teria que crescer ou eles não teriam condições de pagar um novo pastor.

— Envie seu currículo. Vou falar com o reitor Whittier mais uma vez. — Samuel queria ter certeza de que Paul Hudson era o jovem a quem o reitor se referia. — Entro em contato com você daqui a uma semana ou mais. O que você acha?

— Sábio, senhor.

— Eu contrataria você agora mesmo, Paul, mas é melhor irmos mais devagar e ver se é aqui que o Senhor quer você.

— Posso tender a acelerar demais, sr. Mason. Tenho orado para que o Senhor me chame para pastorear uma igreja.

Samuel gostou de como ele falava.

— Nada do que me disse será usado contra você.

Eles trocaram algumas gentilezas e Samuel desligou. Ele voltou para a sala, onde Julie Andrews cantava *Dó-Ré-Mi* na tela da TV.

— Você sabe esse filme de cor, Abby — disse Samuel. — Quantas vezes já assistiu isso?

— Quase a mesma quantidade de vezes que você dormiu assistindo ao *Monday Night Football*. — Ela pegou o controle remoto, baixou o volume da televisão e colocou-o de volta na mesinha lateral.

Ele se sentou na poltrona reclinável, inclinou-a para trás e esperou. Sabia que não demoraria muito.

— Então...?

— Me dê o controle remoto e eu digo.

— Sabe que vou pegar de volta quando você dormir. — Ela desistiu do controle remoto.

— Ele tem 28 anos, é casado e feliz e tem um filho de três anos.

— Isso foi tudo que você descobriu sobre ele em trinta minutos?

— Tem mestrado, é zeloso.

— Isso é maravilhoso. — Ela esperou enquanto ele considerava. — Não é?

— Depende. — O fogo do alto poderia levantar uma igreja das cinzas. O zelo mal colocado poderia queimá-la.

O SOM DO DESPERTAR

— Você poderia orientá-lo.

Ele olhou para ela por cima da armação dos óculos.

— Bem, quem mais você sugeriria? Otis? Hollis?

Samuel reclinou sua poltrona.

— Podemos ver se conseguimos encontrar alguém mais velho e mais experiente.

— Você não é tão medroso, Samuel.

— Não sou mais tão influente, minha querida.

— É aquele velho ditado: "Panela velha é que faz comida boa."

— Um pouco de sorvete cairia bem agora.

Ela suspirou e se levantou, Samuel pegou sua mão quando ela se aproximou da poltrona dele.

— Me dê um beijo, velhota.

— Você não merece um beijo.

Ele sorriu para ela.

— Mas você vai me dar um de qualquer maneira.

Ela se inclinou e deu um beijo na boca de Samuel.

— Você é um velho idiota. — Os olhos dela brilharam.

— Pode ficar com o controle remoto quando voltar.

Ele começou a orar por Paul Hudson no momento em que Abby saiu da sala. Orou enquanto comia o sorvete. Orou enquanto sua esposa assistia *A Noviça Rebelde*. Quando foram para a cama, ele orou com ela e ficou acordado orando muito depois de ela dormir. Ele orou no dia seguinte enquanto cortava a grama e lubrificava as dobradiças e molas da porta da garagem. Ele ainda estava orando enquanto colocava óleo de motor no seu carro, limpava alguns insetos da grade do radiador do carro e saía para aparar a cerca viva.

Abby foi até a garagem com um envelope do FedEx. Era o currículo de Paul Hudson. Esse garoto não perdia tempo. Samuel abriu o pacote, leu o currículo, guardou-o no envelope e colocou-o sobre a mesa.

— Veja o que você acha. — Ele se dirigiu para a porta.

— E o almoço?

Ele pegou uma banana da fruteira que estava na mesa do canto e voltou para fora para conversar mais um pouco com o Senhor. Ele só entrou quando ela o chamou avisando que o almoço estava pronto. O currículo estava sobre a mesa.

— Então?

Abby soltou um assobio suave.

— Exatamente.

Samuel ligou para o reitor Whittier naquela tarde.

— Ele teve que trabalhar para provar o seu valor quando veio para cá — comentou o reitor.

Samuel franziu a testa.

— Por que ele teria que fazer isso?

— O pai dele é David Hudson. Seria difícil para qualquer homem viver à altura desse tipo de reputação.

Antes que Samuel tivesse a oportunidade de perguntar quem era David Hudson, o reitor encarregou-se de falar sobre os vários projetos que Paul havia iniciado e concluído enquanto estava na faculdade. Então a secretária do reitor o chamou ao fundo.

— Sinto muito, Samuel, mas tenho outra ligação. Vou só dizer o seguinte: Paul Hudson tem potencial para se tornar um grande pastor, talvez até maior que o pai dele. É melhor você agarrá-lo enquanto pode.

Samuel foi procurar sua esposa.

— Já ouviu falar de David Hudson?

— Ele é pastor de uma daquelas megaigrejas no sul. Os sermões dele são televisionados. Pat Sawyer o ama. — Os olhos dela se iluminaram. — Ai, meu Deus! Não vai me dizer que Paul Hudson é parente dele, não é?

— Isso mesmo, ele é filho de David Hudson.

— Ah, isso é mais do que jamais sonhamos...

— Não comece a dar piruetas ainda, Abby. — Ele foi em direção à porta.

— Aonde vai agora, Samuel?

— Dar uma volta. — Ele precisava de um tempo sozinho para pensar e orar antes de ligar para os outros dois presbíteros.

CAPÍTULO 2

Samuel foi ao hospital no dia seguinte e conversou a respeito de Paul Hudson com Hank e Susanna Porter. Hank disse que estava aliviado pela igreja estar avançando e procurando alguém para substituí-lo. O filho deles chegaria em Centerville no sábado.

— Ele não vai aceitar um não como resposta desta vez, ele vai nos levar para Oregon.

Quando a boca de Hank tremeu, Susanna colocou a mão sobre a dele e a apertou com ternura.

— Temos conversado sobre isso nos últimos anos, querido. Está na hora.

Hank assentiu.

— Vou deixar minha coleção de livros com a igreja.

Susanna olhou para Samuel.

— A maior parte dos móveis vai ficar, não vamos aproveitar muita coisa. Vamos nos mudar para o apartamento da avó de Robert. É um quarto e sala com uma pequena cozinha e banheiro. Vamos levar só o nosso conjunto de quarto, a mesa de canto e as cadeiras. — Susanna enxugou as lágrimas dos olhos. — Quando temos que sair da casa do pastor?

Samuel engoliu em seco.

— Fiquem o tempo que precisarem, Susanna.

Hank olhou para Susanna.

— Lamento deixá-la sozinha para fazer isso, mas quanto mais cedo você tiver as coisas prontas, minha querida, melhor. — Ele olhou Samuel nos olhos. — Se você chamar esse jovem para Centerville, ele e a esposa vão precisar de um lugar para morar.

Uma enfermeira apareceu na porta.

— Está na hora do meu paciente descansar. — Samuel levantou-se com relutância, colocou a mão no ombro de Hank, afastou-se e inclinou-se para beijar a bochecha de Susanna. Ele não conseguia falar por conta do nó na garganta.

Samuel saiu do hospital, sentou-se em seu velho carro no estacionamento e chorou. Depois voltou para casa e telefonou para Otis Harrison e Hollis Sawyer.

Eles se encontraram na igreja na noite de quarta-feira, e Samuel lhes apresentou cópias do currículo de Paul Hudson. Eles ficaram impressionados. Depois de uma longa oração, eles conversaram durante duas horas sobre os bons e velhos tempos da igreja e o que aquele jovem poderia fazer. Samuel sugeriu que orassem mais antes de decidirem. Otis concordou, e então ele e Hollis discutiram futebol americano, dores e sofrimentos e as peculiaridades de suas esposas. Samuel sugeriu que encerrassem a reunião e se encontrassem novamente em alguns dias.

Na semana seguinte, eles estavam convencidos de que Paul Hudson era a resposta às suas orações e votaram concordando em unanimidade em ligar para ele e oferecer-lhe o púlpito — desde que a congregação concordasse.

Os membros da igreja foram notificados por telefone sobre uma importante reunião congregacional após o culto de domingo de manhã. Trinta e sete pessoas assistiram aos slides da Terra Santa de Otis Harrison. Vinte e um ainda estavam acordadas quando ele terminou.

Abby serviu café no salão social. Samuel leu o currículo de Paul Hudson. Alguém disse que era uma pena não ter biscoitos para acompanhar o café. Foi sugerido que a congregação ouvisse a pregação de Paul Hudson antes de tomar uma decisão. Otis anunciou que a igreja não tinha dinheiro para enviar uma passagem aérea de ida e volta para um teste e que seria necessário um milagre para juntar dinheiro suficiente para transferir os Hudson, se tivessem a sorte de Paul aceitar a proposta. O que levou a uma discussão sobre Hank e Susanna e a casa do pastor e como eles se sentiam sobre alguém ter sido chamado para ocupar o lugar de Hank.

Alguém perguntou por que Hank não estava pregando e Susanna não estava na igreja. A notícia do ataque cardíaco de Hank foi repetida — num volume mais alto. Alguém disse que Susanna esteve ao lado da cama de Hank, desde o amanhecer até o anoitecer, todos os dias, desde a terça-feira em que Hank desmaiou no corredor do hospital.

Um membro notou uma mancha de água no teto e disse que o telhado precisava de conserto, o que levou a outra discussão sobre os reparos necessários no santuário, salão social e casa do pastor, o que por sua vez levou a uma discussão sobre o gramado, a cerca viva e o besouro ou praga matando a árvore da esquina. Isso levou alguém à infestação de moscas-da-fruta na Califórnia,[1] aos ex-governadores, ao atirador de elite que atacava as videiras da Califórnia, às secas, aos apagões, às inundações e à recessão do mercado, o que levou a conversas desconexas sobre a Grande Depressão e a Segunda Guerra Mundial.

Já passavam duas horas da hora do almoço de Otis, e sua paciência era mais fina que uma folha de papel. Ele pediu, em voz alta, uma votação. Hollis o apoiou. Alguém perguntou sobre o que eles estavam votando.

— Todos aqueles a favor! — gritou Otis, com o rosto vermelho. Duas pessoas acordaram assustadas. Vinte e oito votaram sim. Dez votaram não. Disseram a uma delas que ela não poderia votar duas vezes, então ela cruzou os braços e se recusou a votar.

Otis designou Samuel Mason para ligar para Paul Hudson e oferecer-lhe o púlpito da Igreja Cristã de Centerville.

— Já que foi você quem ligou para ele da primeira vez.

Paul Hudson conversou com o pastor sênior da Mountain High.

— Na verdade, Paul, estou surpreso que você esteja aqui há tanto tempo — disse o pastor Riley, que o encorajou a dar um passo de fé e aceitar o chamado para a Califórnia.

Depois de falar com Eunice, Paul ligou para Samuel Mason com as boas-novas. Durante as semanas restantes em Mountain High, Paul terminou as aulas básicas, alegrou-se em receber dez novos cristãos no rebanho e escreveu um artigo inspirador para o boletim informativo da igreja a respeito de aceitar o chamado de Deus para sair pelo mundo com o Evangelho. Ele mandou consertar o carro da família, lavou-o, encerou-o e trocou os pneus.

Uma festa de despedida foi organizada para a família Hudson. A oferta de amor foi generosa.

---
[1] *Medfly*, em inglês, designa um tipo de mosca que causou uma infestação na Califórnia nos anos 1980. [N. T.]

— Tem mais do que suficiente para nossas despesas de mudança. — Paul e Eunice viram o presente como uma reafirmação do Senhor de que Paul tinha tomado a decisão certa. Eles ainda teriam mais dinheiro para economizar para o que precisassem quando chegassem a Centerville.

No dia da mudança, Paul se levantou antes de Eunice, para empacotar as últimas coisas, e só então acordou-a. Enquanto ela preparava café e colocava donuts em uma bandeja, uma equipe de amigos carregava o caminhão de mudança.

Às 8h, a casa alugada estava vazia, agradecimentos expressos, orações oferecidas e despedidas finalizadas. Paul subiu no banco do motorista do caminhão e partiu para a Califórnia, com Eunice seguindo no seu Toyota vermelho, Timmy preso ao cinto de segurança no banco de trás.

Paul tinha preparado dois mapas, com o caminho mais curto entre dois pontos marcados em ambos. A quilometragem foi dividida em três partes e cada parada noturna circulada em vermelho. Reservas de chegada tardia foram feitas e os números de confirmação, registrados. Paul e Eunice não queriam perder tempo para chegar à Califórnia e começar uma nova vida.

Quando se espalhou pela igreja a notícia de que Hank e Susanna Porter estavam partindo para Oregon, toda a congregação apareceu para abençoá-los, abraçá-los e beijá-los e prometer manter contato. Até Mabel apareceu, arrastando seu cilindro de oxigênio; Otis vinha a seu lado, carregando uma cesta de piquenique com guloseimas que sua esposa preparara para a viagem ao norte.

As lágrimas fluíram livremente. Hank lembrou a todos que é preciso amar ao Senhor e uns aos outros. Ele lhes pediu para abraçarem o jovem pastor que estava chegando, pois Paul Hudson era a resposta a muitas orações. Hank disse aos seus amigos para manterem a fé e depois não pôde dizer mais nada. Apertou a mão de alguns, abraçou outros. Finalmente cedeu aos pedidos do filho, que o ajudou a entrar na Suburban, onde uma cama havia sido montada.

Abby abraçou Susanna novamente antes que ela entrasse no carro.

— Sentiremos sua falta, Susie — disse ela em meio às lágrimas.

— Sinto muito por deixar a casa tão bagunçada, Abby. — Ela pressionou a chave na mão da amiga. Inclinando-se novamente, sussurrou: — Sinalizei com nomes algumas coisas da casa. O que sobrar pode ir para o Exército de Salvação.

Abby abraçou sua querida amiga mais uma vez.

— Escreva assim que você e Hank estiverem acomodados. Conte como estão as coisas.

— É melhor irmos, mãe — disse Robert Porter.

Abby recuou enquanto o filho de Susanna ajudava a mãe a entrar no carro e fechava a porta com firmeza. Samuel ficou ao lado de Abby e colocou o braço em volta dos ombros dela enquanto o Suburban e o trailer se afastavam do meio-fio. Ninguém se mexeu até o trailer desaparecer na curva da rua principal. Ninguém disse uma palavra enquanto eles se afastavam. Alguns estavam perto o suficiente para voltar para casa a pé. Vários vieram juntos. Um deles foi levado de volta num transporte gratuito vindo de uma casa de repouso.

— O único que não conseguiu vir foi Fergus Oslander — disse Abby com tristeza.

Samuel sorriu.

— Eles se despediram no hospital. Hank me disse que a enfermeira pegou Fergus tentando vestir as calças e mandou-o voltar para a cama.

Ela deu uma risada chorosa e assoou o nariz.

— Bom, acho que é melhor começarmos.

Passaram o resto do dia lavando armários, esfregando pisos e banheiros e aspirando tapetes gastos. O caminhão do Exército de Salvação veio e levou o que restava de mobília. Samuel e Abby carregaram o velho carro com as poucas coisas que haviam sido reservadas para amigos e as entregaram no caminho de casa, mantendo fechadas até a manhã seguinte as duas caixinhas que Susanna e Hank deixaram para eles.

Abby chorou enquanto tirava um bule com padrão Blue Willow de seu ninho de papel de seda.

— Ela adorava esse conjunto. — Susanna também lhe dera a jarra para leite, o açucareiro e duas xícaras e os respectivos pires combinando.

Hank deu a Samuel uma escultura em madeira de oliveira representando São Jorge e o dragão.

Paul ligou para Samuel Mason de um hotel em Lovelock, Nevada, para avisar que chegariam a Centerville no meio da tarde do dia seguinte.

— Foi uma boa viagem, não tivemos problemas.

— Estamos esperando vocês.

Paul pegou um pouco de trânsito ao passar por Sacramento, mas, depois de nove anos na região de Chicago, já estava acostumado. Ele ficou de olho em Eunice pelos retrovisores para não a perder. Depois de passar pelo congestionamento, foi fácil descer a Rodovia 99 até o desvio para Centerville.

Havia apenas duas ruas principais na cidade. Paul localizou os pontos de referência que Samuel Mason lhe dera: um antigo tribunal que fora transformado na biblioteca da cidade, quatro palmeiras em frente a um restaurante mexicano e uma grande loja de ferramentas. Dois quarteirões depois, ele virou à direita e dirigiu três quarteirões para o leste. A torre da igreja elevava-se acima de uma fileira de bordos. Paul passou lentamente pela pitoresca igreja em estilo da Nova Inglaterra, fez meia-volta no cruzamento residencial, parou atrás de um velho carro que estava em frente à pequena casa de esquina e saiu do caminhão de mudança. Ao chegar com o carro, Eunice estacionou próximo a ele.

De braços cruzados, Paul olhou para a igreja e sentiu a alegria inundá-lo. Esta era a sua igreja.

Eunice ficou ao lado dele enquanto Timmy se dirigia para o pátio.

— É linda, não é? Do tipo que você veria em um cartão postal da Nova Inglaterra.

— Sim, é bonita. — Ele olhou para cima. — Precisa de muito trabalho.

— Pastor Hudson?

Paul se virou e deu de cara com um cavalheiro alto, magro, de cabelos brancos e óculos, caminhando em sua direção. O homem estava bem-vestido, com calças bege, uma camisa branca aberta no colarinho e um cardigã de alpaca marrom.

— Sou Samuel Mason. — Ele tinha um aperto de mão firme para um idoso.

Paul apresentou Eunice e Timmy.

— Podemos dar uma olhada, Samuel?

— Ah, terá muito tempo para isso mais tarde. — Ele estendeu o braço na direção da pequena casa da esquina. — Minha esposa preparou o jantar para nós.

Paul estava animado demais para ter fome, mas Eunice se apressou em agradecer Samuel; ela chamou Timmy e acompanhou o homem mais velho enquanto caminhavam ao longo da cerca viva descuidada até o estreito caminho de cimento que conduzia à casa do pastor. A construção era um simples

O SOM DO DESPERTAR

retângulo sem qualquer adorno, provavelmente uma casa pré-fabricada acrescentada à propriedade.

Paul sentiu o aroma tentador de ensopado de carne assim que entrou pela porta. Samuel Mason conduziu-os pela sala de estar vazia e sombria até uma cozinha iluminada, onde Mason apresentou sua esposa, Abigail.

— Sentem-se, por favor. — Ela apontou para a pequena mesa com cinco jogos de talheres. — Fiquem à vontade. — Ela serviu o ensopado em tigelas. — Encontramos essa cadeirinha de criança no depósito do salão social.

— Não é usada há anos — disse Samuel com tristeza.

Abigail colocou sobre a mesa uma jarra de leite e uma cesta de baguetes temperadas com alho e queijo. Quando todos estavam com uma tigela de ensopado, Abigail sentou-se e segurou a mão direita do marido. Quando o círculo foi formado, foi Samuel quem agradeceu a Deus pela proteção e por enviar um novo pastor para a igreja. Ele pediu a bênção do Senhor sobre a comida, a conversa e o ministério de Paul.

— Amém — disse Timmy e todos riram.

Paul estava ansioso para fazer perguntas sobre a congregação, mas Abigail foi mais rápida com perguntas sobre a viagem percorrendo o país. Eunice falou sobre as belas paisagens e os lugares históricos que conheceram. Paul ficou grato por ela não ter mencionado que eles simplesmente passaram reto por todo o caminho devido à ansiedade em chegar à Califórnia.

Samuel pediu desculpas pelas condições da casa do pastor.

— Os cômodos precisam de uma nova pintura, mas não tivemos tempo.

— Ou dinheiro para isso — acrescentou sua esposa, se desculpando.

— Temos algum dinheiro guardado — disse Paul. — E Eunice é uma excelente decoradora. — Ele pegou a mão dela e apertou.

Abigail contou o quanto os Porter trabalharam arduamente pela igreja.

— A saúde dele vinha piorando há vários anos. — Ela contou do colapso de Henry. — Ficamos muito tristes por eles terem ido embora. — Ela piscou, corou e rapidamente acrescentou: — Não que não estejamos felizes por vocês três virem para cá.

Eunice colocou a mão sobre a da mulher mais velha.

— Nós entendemos. — Ela contou como tinha crescido numa pequena cidade de mineração carvoeira, onde o seu pai era mineiro e pastor. Ele serviu em sua congregação até morrer da doença do pulmão negro. — A congregação nunca se recuperou de verdade.

Paul ficou surpreso com o comentário de Euny e orou para que aquilo não acontecesse aqui.

— Essa situação foi diferente, Eunice. As minas estavam fechando, a cidade morrendo. Centerville é pequena, mas vai crescer. Se Deus quiser. Fica a uma distância pequena de Sacramento.

Enquanto o café descafeinado borbulhava na cafeteira, Abigail serviu torta de pêssego quente com sorvete de baunilha. Timmy terminou e começou a ficar agitado.

— Ele tem sido um bom viajante — comentou Eunice. — Mas acho que já está cansado de ficar sentado. — Ela pediu licença e foi até o carro pegar a caixa de brinquedos dele.

Paul ajudou a tirar os pratos e talheres, e Samuel colocou sua cadeira no lugar embaixo da mesa.

— Quer dar uma olhada no santuário e no salão social?

— Quero muito.

A igreja foi construída em 1858 e era considerada um marco histórico de Centerville.

— Os cidadãos construíram a igreja antes de construírem o tribunal pelo qual você passou na Main Street — disse Samuel. Ao longo dos anos, a igreja teve várias denominações, a última foi batista. — Isso foi no início dos anos 1950. — Quando se espalhou a notícia de que a igreja seria vendida, um grupo de dez famílias a comprou. — Contratamos Henry Porter e construímos o salão social e a casa do pastor na esquina. — A igreja cresceu por duas décadas e depois começou um lento declínio no número de membros. As crianças cresceram e se mudaram. A cidade passou por tempos difíceis quando a rodovia foi construída. As fazendas locais foram compradas por empresas e os pomares de amendoeiras foram substituídos por vinhedos mais lucrativos.

Samuel Mason destrancou a porta da frente da igreja e deu a Paul um molho de chaves. A responsabilidade que representavam pesava muito nas mãos de Paul. Ele estava à altura da tarefa de renovar esta igreja? Paul olhou ao redor do nártex, vendo poeira e teias de aranha. Samuel abriu a porta de um pequeno escritório logo ao lado. Tinha uma velha escrivaninha de carvalho, prateleiras ainda repletas de livros, alguns tão desgastados que Paul não conseguia ler os títulos, e um grande telefone de disco preto. Euny adoraria aquela antiguidade!

— Hank deixou os livros para você — disse Samuel.

— Foi muita gentileza da parte dele. — Paul torcia para que não fosse esperado que ele os guardasse. A maioria estava anos atrasada e ele estava construindo sua própria biblioteca pessoal.

O santuário era frio e cheirava a mofo. Uma dúzia de coisas precisava ser consertada, pintada e substituída. Parte do trabalho ele sabia que conseguiria fazer sozinho. Sua mãe lhe dissera, há muito tempo, que um pastor tinha que ser "pau para toda obra". Embora seu pai tivesse dado risada da ideia, Paul se matriculou em aulas de carpintaria e encanamento; suas habilidades seriam úteis aqui.

O púlpito alto em forma de octógono era a coisa mais impressionante do santuário. Ficava à esquerda do altar e era alto o suficiente para que sua voz pudesse ser ouvida mesmo sem um sistema de som. Ele ficou tentado a subir nele e experimentar. Samuel abriu uma porta à esquerda e o conduziu por um amplo corredor. Nos fundos havia dois banheiros com uma única cabine e uma porta que dava para uma sala que tinha sido acrescentada atrás da igreja. O ar estava frio e parado.

— Este era o berçário — disse Mason. — Não é usado há dez anos.

Quando voltaram para o corredor do lado de fora da lateral do santuário, Samuel abriu portas duplas. O ânimo de Paul melhorou quando ele entrou no salão social. Ele podia enxergar as possibilidades!

— Costumávamos fazer cantatas naquele palco todo Natal — disse Samuel. Havia três salas de aula ao longo de um lado do corredor e uma grande cozinha com fogão e geladeira funcionando.

Saíram pela cozinha e desceram degraus de tijolos até um pátio dominado por uma imponente árvore perene. O gramado estava irregular, mas uma nova semeadura e um pouco de fertilizante resolveriam o problema. Seis mesas de piquenique com bancos não seguiam nenhum padrão específico. A rampa de acesso para deficientes físicos ia da calçada ao longo do lado oeste da igreja, passando pela porta dos fundos, até o corredor ao lado do santuário.

— É isso — disse Samuel, com o brilho do pôr do sol nas costas. — Tem muita coisa a se fazer.

Paul deu um sorriso largo.

— Estou ansioso para arregaçar as mangas e começar.

Eunice secava a louça enquanto Abigail a lavava.

— Há quanto tempo é membro da igreja, sra. Mason?

— Pode me chamar de Abby, querida.

Eunice gostou da cordialidade de Abigail Mason e achou que ela era a velhinha mais adorável que já vira, com seus olhos azuis brilhantes e cintilantes e seu cabelo branco preso em um coque estilo Gibson Girl. Ela usava calça azul-marinho e uma túnica vermelha com gola larga. Suas únicas joias eram um único fio de imitações de pérolas e brincos de pressão. Algumas pessoas poderiam usar poliéster e ainda assim parecer elegantes.

— Eu e Samuel éramos jovens quando ingressamos nesta igreja. Vamos ver... — Ela fez uma pausa, deixando as mãos na água morna com sabão. — Nosso filho, Donny, tinha mais ou menos a idade de Timmy. Nossa filha, Alice, tinha seis anos. Quarenta anos atrás. Sim, acho que faz quarenta anos.

— Seus filhos ainda moram nesta região?

Abby pegou alguns talheres da água com sabão.

— Donny morreu no Vietnã. Ele era um fuzileiro naval, alocado fora de Da Nang. — Abby lavou os garfos e os colocou no escorredor. — E Alice se mudou quando casou. — Então, pegou mais talheres e os esfregou. — Ela e o marido, Jim, moram em Louisville, Kentucky. Não os vemos com a frequência que gostaríamos. Eles adorariam vir até aqui para uma visita, mas, com três filhos, é muito caro. Eles se ofereceram para comprar passagens aéreas para nós no ano passado, mas não fomos. — Ela colocou o último talher no escorredor.

— Por que não? — Euny pegou as facas e começou a secá-las com o pano de prato.

— Samuel gosta de manter os dois pés no chão. — Abby levantou o ralo da pia. — Tentei convencê-lo a tomar um calmante assim que entrássemos no avião, mas ele não aceitou. Voar traz de volta memórias que ele preferiria esquecer. A última vez que voamos para o leste, ele teve pesadelos durante dias. — Ela secou as mãos. — Samuel serviu na Europa durante a Segunda Guerra Mundial. Ele era um artilheiro de um B-17. — Ela colocou o pano de prato de lado. — Que tal eu te mostrar sua nova casa?

Vendo que Timmy estava contente brincando com seus carros e caminhões na sala, Eunice seguiu Abby pela casa. Além da cozinha com recanto, tinha uma sala com lareira e dois quartos com um banheiro entre eles.

— Sinto muito por não termos feito mais — disse Abby. — Só tivemos tempo para limpar os tapetes a vapor e lavar os armários. O azulejo precisa de rejunte e os cômodos, de uma nova camada de tinta e...

O SOM DO DESPERTAR

— É uma casa maravilhosa, Abby, e estamos gratos por tê-la. Me dê algumas semanas e convidaremos você e Samuel para jantar novamente, e você verá o que faremos com ela.

Euny e Paul pagavam quatrocentos dólares por mês por uma casa de dois quartos perto da Mountain High; esta casa nova foi um presente de Deus. Eles morariam ao lado da igreja e sem pagar aluguel. Embora o salário de Paul fosse muito baixo, eles poderiam arcar com as despesas sem que ela precisasse de um emprego de meio período.

— Ah, querida — disse Abby, chateada. — Eu nem pensei nas camas para vocês dormirem hoje.

— Temos sacos de dormir. Podemos começar a mudar as coisas amanhã. — Ela poderia ir à loja de ferramentas local para comprar tintas e rolos, e ao Walmart para comprar lençóis para fazer cortinas.

— É tão bom ter vocês aqui — disse Abby. — Restam tão poucos de nós, mas o que nos falta em força compensamos com amor.

— Quantos temos na nossa congregação?

— Ah, não mais que sessenta. Temos os Harrison e Hollis Sawyer, os outros dois presbíteros. E ainda temos os Branson, os King, os Carlson, os Knoxe. — Elas voltaram para a cozinha e sentaram-se conversando. Eunice absorveu tudo o que pôde sobre as famílias que foram fiéis ao longo dos anos. — Ah, e Fergus. Como eu poderia esquecer Fergie? Hank estava visitando Fergus Oslander no hospital quando desmaiou. Pobre coitado. Fergus foi transferido do Hospital Comunitário para a Casa de Repouso de Vine Hill. Temos vários membros lá agora.

— Se você me der os nomes deles, levarei Timmy para uma visita.

Os olhos de Abby brilharam.

— Claro! Me avise quando, para que eu possa ir com você e fazer as apresentações. Todos foram informados sobre a aposentadoria de Hank e Susanna, mas não estarão esperando por você. Ah, eles vão adorar Timmy. Não há nada como uma criança para levantar o ânimo.

Os homens retornaram da visita à igreja e ao salão social.

— Posso ajudá-lo a carregar algumas caixas? — perguntou Samuel.

— Ah, não, senhor. Eu cuido disso.

Eunice viu a expressão nos olhos de Samuel Mason e desejou que Paul tivesse aceitado sua oferta de ajuda.

Samuel colocou a mão no cotovelo de Abby.

— Bom, acho que é melhor irmos, para que esses jovens possam se preparar para passar a noite.

Eunice abraçou Abby.

— Muito obrigada pela sua recepção maravilhosa. — Paul também agradeceu e os acompanhou até o elegante DeSoto estacionado na frente da casa. Quando voltou para dentro, abraçou Eunice e a girou no ar.

— O que você achou?

— Se todos são tão maravilhosos quanto os Mason, não poderia ser mais perfeito.

Ele a beijou.

— Exatamente o que pensei.

— Acho que Samuel Mason gostaria de carregar algumas caixas.

— Eu sei, mas a última coisa que quero fazer é causar uma hérnia em um de nossos presbíteros na nossa primeira noite aqui. Ele deve ter mais de setenta anos, Euny.

— Sei que você não queria fazer isso, Paul, mas acho que pode ter feito aquele homem adorável se sentir inútil.

— Espero que não, eu só não queria mais abusar dele. A esposa dele preparou o jantar para nós e ele me deu um *tour* completo pela igreja. Não ia pedir para ele ajudar na mudança.

— O que vamos fazer com o piano e a geladeira?

— Vou passar pela escola amanhã e descobrir onde fica o ponto de encontro local. Aí vou lá e contrato alguns adolescentes. Seria bom encontrar uma equipe de trabalhadores. Tem muita coisa para fazer na igreja e no salão social. — Ele olhou ao redor. — E neste lugar também.

Eunice sabia que Paul não estava pensando em mudar apenas as instalações da igreja ou só trabalhar nelas. Ela sabia o quanto ele ficava entusiasmado quando era encarregado de um projeto ou programa. Sem dúvida, ele já estava pensando em maneiras de atrair jovens para esta igreja moribunda. Era exatamente por isso que Abby disse que Samuel vinha orando ao longo dos anos. Mesmo assim, Eunice queria alertar o marido.

— Não vá muito rápido, Paul. Espere e veja o rebanho que o Senhor te deu.

O SOM DO DESPERTAR

Os telefones estavam ocupados por toda Centerville enquanto se espalhava pela congregação a notícia de que o novo pastor, sua esposa e filho haviam chegado em segurança. Nos dois dias seguintes, meia dúzia de senhoras apareceram com presentes de produtos caseiros para aliviar o fardo dos Hudson enquanto eles se mudavam e se instalavam na casa do pastor. Até Mabel se recuperou e mandou um Otis descontente entregar uma travessa de lasanha digna do prefeito. Quase não havia espaço para ela na bancada já carregada com outros pratos de boas-vindas de salada de frutas, torta de maçã, bolo de pêssego, bolo de carne, chili, carne de porco, feijão e salada de cenoura e passas.

Quando a manhã de domingo surgiu, Samuel e Abigail Mason foram os primeiros a chegar. Samuel se ofereceu para distribuir os folhetos que Paul imprimiu no computador recém-instalado no velho escritório de Hank. Abby ficou responsável por Timmy, ansiosa para retornar ao seu antigo posto como professora de escola dominical. Um grande arranjo de flores foi enviado pelos pais de Paul e colocado no altar, e velas foram acesas de cada lado.

Eunice desceu pelo corredor lateral do santuário e sentou-se ao piano.

Hollis sentou-se ao lado de Samuel e leu o folheto. Ele se inclinou.

— Diz aqui que devemos orar pelo nosso grupo de jovens — bufou ele. — Que grupo de jovens?

— Paul contratou quatro estudantes da Centerville High para ajudá-lo a se mudar para a casa do pastor. Eles voltarão na terça à noite para um estudo bíblico sobre o livro de Daniel.

As sobrancelhas de Hollis se ergueram.

— Não me diga!

Otis se inclinou para a frente do banco de trás.

— Ele está vestindo um terno! Por que não está usando uma túnica como Hank sempre fez?

— Você pode perguntar para ele no café depois do culto — ofegou Mabel, irritada. — Enquanto isso, pare de reclamar.

Otis bufou, recostou-se no banco e cruzou os braços.

Samuel olhou em volta. Todos os membros da igreja que não estavam num hospital ou casa de repouso estavam presentes. Alguns sussurraram, assentiram, sorriram, com os olhos iluminados de esperança pela primeira vez em anos. Outros, como Otis, ficavam alertas e procuravam qualquer coisa fora de ordem, qualquer coisa que pudesse ultrapassar os limites da tradição.

— Bom, uma coisa posso dizer com certeza — disse Hollis pelo canto da boca, olhando para a jovem Eunice Hudson ao piano. — Ela é um colírio para os olhos.

— E ouvidos — completou Durbin Huxley, do outro lado de Hollis.

Elmira Huxley inclinou-se para a frente.

— Ouvi dizer que ela já foi visitar Mitzi Pike em Vine Hill.

— Ela levou rosas também — disse Samuel suavemente. Abby contou a Eunice que Fergus era professor de inglês no ensino médio e que Mitzi ganhou prêmios na feira por suas rosas. Quando Eunice passou em casa na manhã seguinte para buscar Abby, ela tinha um buquê de rosas amarelas para Mitzi e um toca-fitas e várias fitas de romances clássicos para Fergus.

— Você tinha que ver a cara da Mitzi, Samuel. — Abby enxugou as lágrimas. — E Fergus... Eunice conquistou seus corações antes mesmo de eu ter a chance de apresentá-los.

Em poucos instantes, o piano de Eunice silenciou todos no santuário. Todos ficaram sentados com os olhos úmidos, ouvindo um belo mix de hinos familiares.

Paul Hudson veio pelo corredor central, subiu os degraus e sentou na cadeira do pastor encostada na parede. Fechando os olhos, ele abaixou a cabeça enquanto sua jovem esposa continuava a tocar.

Samuel estudou Paul Hudson. Como foi estranho ver um homem tão jovem sentado no lugar de Hank Porter. Ele orou pelos velhos amigos espalhados pelo santuário, sabendo que alguns veriam Paul Hudson como um menino a ser mimado e bajulado — ou controlado e comandado. Um novo pastor certamente traria novos caminhos. *Senhor, apenas uma coisa é importante. Tu és Senhor, nosso Senhor. Mantenha-nos unidos no Espírito e no amor.*

A confiança não viria da noite para o dia. Ele esperava que Paul estivesse lá em cima orando por sabedoria enquanto se sentava na velha cadeira de Hank. Hank pode não ter acendido fogo nos corações dos seus fiéis, mas os manteve seguros no cercadinho durante quatro longas décadas. Samuel esperava que, quando Paul Hudson olhasse para seu pequeno rebanho, não visse apenas idade e enfermidades, mas corações que precisavam ser edificados no Espírito do Senhor.

O prelúdio de Eunice terminou com uma cascata melodiosa de notas e um acorde delicado. Ela se levantou graciosamente, desceu os degraus e sentou-se no banco da frente. Um silêncio de espera caiu sobre a congregação. Samuel duvidou que fosse o único a prender a respiração quando Paul se levantou e subiu ao púlpito.

O SOM DO DESPERTAR

Paul esperava que aqueles que olhavam para ele não percebessem o quão nervoso ele estava. As palmas das mãos suavam, o coração batia forte e a garganta estava seca. Ele respirou fundo e exalou lentamente pelo nariz enquanto olhava para seu pequeno rebanho de fiéis idosos.

Samuel Mason estava sentado na segunda fila, ladeado por um homem mais velho com uma bengala e outro casal de idosos. Paul sorriu para ele, grato por sua presença. Casais de idosos estavam espalhados pelo santuário, provavelmente sentados em assentos que ocupavam há mais de quarenta anos, os espaços vazios entre eles deixados por aqueles que tinham ido viver com o Senhor. Ele olhou para Eunice na primeira fila, aliviado com o amor brilhando em seus olhos. Ela sorriu, e o coração dele se encheu de amor por ela. Ele queria deixá-la orgulhosa.

Ó, Pai, dê-me tuas palavras para falar a essas pessoas. Pareço uma criança assustada. Eu não quero falhar contigo. Quero edificar a sua igreja para que a sua luz brilhe nos corações deles. Eles parecem tão velhos e frágeis.

— Me sinto honrado por ser chamado aqui para servi-los.

Paul fez contato visual com o máximo que pôde. Ele reconheceu sua juventude e inexperiência e falou sobre juventude e paixão, usando o apóstolo João e o discípulo Timóteo como exemplos. Falou a respeito de como o Senhor mediu o sucesso e como Deus escolheu agricultores e pastores para fazerem o trabalho dele. Falou dos poucos fiéis que estiveram junto à cruz e dos discípulos assustados que se esconderam atrás de portas trancadas até que Jesus ressuscitado aparecesse para eles. Falou do pequeno número de discípulos fiéis que retornaram depois de testemunhar a ascensão de Jesus e esperaram no cenáculo, unidos de mente e coração, dedicando-se continuamente à oração enquanto esperavam pelo cumprimento da promessa de Deus do Espírito Santo.

— E quando o próprio Senhor habitou neles, aqueles poucos santos fiéis levaram o evangelho da salvação a um mundo agonizante e trouxeram nova vida a milhares. — Paul estendeu as mãos, com as palmas para cima. — De um pequeno grupo de pessoas, o Senhor espalhou sua palavra ao mundo. — Ele olhou para os rostos das pessoas que Deus lhe havia dado para pastorear e sentiu um amor intenso por elas. Alguns ouviam atentamente. Alguns cochilavam. — Sim, somos apenas alguns, mas Deus só precisa de alguns para realizar muito. No Dia de Pentecostes, o Espírito Santo encheu os discípulos. Eles correram pelas ruas de Jerusalém e proclamaram a mensagem de redenção e salvação de Deus! Três mil almas foram salvas naquele dia. E dessas três mil vieram outras milhares enquanto levavam a mensagem de volta para suas casas em Creta, na Mesopotâmia, na Ásia, na Capadócia, na Grécia, em Roma.

— Ele sorriu ternamente para os homens e mulheres idosos. *Senhor, reviva-os.*

— Somos poucos em número, mas fortes na fé. Oremos.

Eunice voltou ao piano e conduziu a congregação em vários hinos. Paul estava diante do altar, com um prato de biscoitos em uma mão e uma bandeja com pequenos copos de suco de uva na outra.

— "O Senhor Jesus, na noite em que foi traído, tomou o pão e, logo após haver dado graças, o partiu e disse: 'Isto é o meu corpo que é dado por vós. Fazei isto em memória de mim.' Do mesmo modo, depois de comer, Ele tomou o cálice e declarou: 'Este cálice é a nova aliança no meu sangue. Fazei isto todas as vezes que o beberdes, em memória de mim.' Portanto, todas as vezes que comerdes deste pão e beberdes deste cálice proclamais a morte do Senhor, até que Ele venha."

Eunice tocou e cantou outro mix de hinos enquanto Paul servia a comunhão a cada membro da congregação.

— Que o Senhor renove suas forças e o abençoe — disse ele suavemente a cada membro de sua congregação. Ele falou brevemente sobre as bênçãos que Deus prometeu derramar sobre quem dá com alegria e entregou as bandejas de latão para Samuel e Otis. Depois de recolher as ofertas, Samuel empilhou as bandejas e colocou-as no altar antes de retornar ao seu lugar.

Paul ficou no púlpito diante do altar e orou pela congregação. Ele orou por corações abertos e anseio pelo Senhor. Ele orou para que o poder do Espírito Santo renovasse suas forças e, assim, cada um pudesse levar a mensagem de salvação ao mundo. E pediu a bênção do Senhor para cada pessoa que compareceu ao culto naquela manhã. Depois, ele e Eunice caminharam pelo corredor até a porta da frente da igreja e apertaram as mãos enquanto os fiéis saíam, convidando-os a ficar para tomar café, chá e comer biscoitos no salão social.

— Espero que ele não espere que entremos no campo missionário — disse um homem idoso, pegando o braço da esposa antes de descer os degraus mancando.

— Por que iríamos para um campo de mísseis?

— Eu disse campo missionário. Campo *missionário*!

A esposa dele deu um tapinha no aparelho auditivo.

— Acho que minha bateria acabou.

Paul ficou desanimado. Seu sermão foi recebido por ouvidos surdos.

Samuel Mason foi o último a sair da igreja. Seus olhos estavam úmidos, seu aperto de mão, firme.

— Foi um bom sermão.

Eunice passou o braço pela cintura de Paul enquanto o último casal descia a escada.

— Seu sermão trouxe lágrimas aos meus olhos e uma canção ao meu coração.

Paul desejou que todos os outros fossem tão fáceis de agradar.

Samuel levou Abby para almoçar no Denny's.

— Timmy se comportou muito bem. — Ela elogiou o menino por quinze minutos antes de perguntar sobre Paul e Eunice.

— Ele tem paixão e ela toca piano e canta como um anjo. — Ele sorriu ironicamente. — Você contou a Mabel sobre a visita de Eunice a Vine Hill outro dia, não foi?

Os olhos dela brilharam com malícia.

— Eu sabia que era o melhor jeito de todos ficarem sabendo como Eunice é uma jovem maravilhosa. E o sermão de Paul?

Samuel disse a ela:

— Ele está tentando ressuscitar os mortos.

— Bom! — Ela tomou um gole de seu descafeinado com leite e açúcar. — Você está satisfeito, não está?

— Sim.

— E os outros?

— Ficaram chocados.

— Todos precisam de um choque de vez em quando.

Samuel sorriu.

— Não acho que seja uma questão de vez em quando, Abby, mas sim de agora em diante.

Paul retirou-se para o escritório da igreja e passou o resto do dia planejando uma programação para a semana. Ele ligou o computador, fez uma lista completa dos membros da igreja; primeiro os presbíteros, com endereços e números de telefone, e criou linhas e colunas para registrar visitas futuras. Ele iria conhecer cada membro da igreja e descobrir a melhor forma de servi-lo. Mas ele também precisava conhecer outras pessoas de fora da congregação. A igreja precisaria de pessoas mais jovens se quisesse sobreviver.

Ele começou outra lista. Ligaria para a câmara de comércio e veria se existia um clube de recém-chegados. Ele iria ao ponto de encontro da escola secundária, conheceria o proprietário, conheceria mais algumas crianças. Ele faria questão de conhecer alguns dos comerciantes da Main Street. Participaria das reuniões do conselho municipal e veria o que estava acontecendo na cidade. Precisava se envolver na comunidade e informar às pessoas que as portas da Igreja Cristã de Centerville estavam abertas para todo mundo.

Só quando Eunice ligou às 17h e disse que o jantar estava pronto é que Paul se lembrou de que não tinha comido nada o dia inteiro. Ele ficou ansioso demais antes do culto e um pouco enjoado antes de entrar no salão social. Trancou a igreja e foi para casa.

A bancada da cozinha estava forrada e cheia de louças, panelas, potes de plástico e pratos. A montanha de comida que chegou nos últimos três dias desapareceu. Euny viu seu olhar e sorriu. Com um gesto de mão, ela abriu o freezer para que ele pudesse ver as porções tamanho família, bem embaladas, em sacos para freezer, bem juntinhas nas prateleiras.

— Não vou precisar fazer compras ou cozinhar por semanas.

— Você pode colocar os pratos no salão social e pedir que os recolham no próximo domingo.

Ela fechou a porta do freezer.

— Prefiro entregar tudo em mãos. Isso vai me dar a oportunidade de conhecer os membros do nosso pequeno rebanho. E falar bem do meu marido.

Ele se sentou à mesa.

— Uma representante de relações públicas agora cairia bem. — Ela havia colocado uma linda toalha de mesa e um pequeno buquê de rosas, ao lado do qual havia uma única vela vermelha. Ele desejou ter mais vontade de comemorar. Em vez disso, sentiu como se tivesse falhado.

— É o seu primeiro domingo, Paul. — Ela ficou atrás dele, massageando seus ombros. Inclinando-se, ela beijou sua bochecha. — As pessoas precisam de tempo para conhecer *você*, Paul, e não apenas o que você quer fazer pela igreja.

— Cadê o Timmy?

O SOM DO DESPERTAR

— Dormindo. Ele comeu mais cedo, dei banho nele e o coloquei na cama. — Ela riu. — Abby deixou ele cansado. Deus a abençoe.

Paul virou a cadeira e puxou-a para seu colo. Ele a beijou longamente e com vontade. Ela tinha gosto de paraíso. O que ele faria sem ela?

— Vou começar as visitas amanhã.

Ela passou os dedos pelos cabelos da nuca do marido.

— Eles vão te amar.

— Não parece.

— Eles ainda estão de luto pela perda de Henry Porter, Paul. Mas essas pessoas estão ansiosas para conhecer você. Faça algumas perguntas para eles, encoraje-os a falar sobre a vida deles. Você ficará surpreso.

— Você nasceu com habilidades sociais, Euny. Eu tive que fazer aulas.

Ela o beijou novamente.

— Você é muito bom com as pessoas.

Cinco anos de casamento e ela ainda mexia com ele tanto quanto no dia em que se conheceram.

— Abby ligou há um tempo e disse que Samuel se sentiu tocado pelo seu sermão.

— Tocado... — Ele queria agitá-los, acendê-los, tirá-los de seus bancos e sair para a comunidade, não os fazer se sentir apenas *tocados*.

Euny passou os dedos pelos cabelos dele novamente.

— Samuel tem orado pelo renascimento desta igreja nos últimos dez anos.

— Ele te contou isso? — perguntou Paul.

— Abby me contou após dizer que Samuel sentiu alguma esperança depois de ouvir você falar hoje.

As preocupações dele pareceram menores quando a mão dela deslizou por seu pescoço e ombro. Ela sussurrou uma risada em seu ouvido.

— Paul, seu estômago está roncando.

— Eu não comi de manhã.

— Nem no salão social. — Ela se levantou e foi até o fogão.

Ele a seguiu.

— Estou com fome. — Sorrindo, ele colocou as mãos nos quadris dela e beijou a lateral do seu pescoço enquanto ela servia um ensopado de carne em uma tigela. Ele inalou seu perfume, adorando. Seu estômago roncou mais uma vez.

Ela riu.

— Tem um monstro na sua barriga. — Ela o cutucou de lado e colocou duas tigelas sobre a mesa. Tirou uma caixa de fósforos do bolso do avental e acendeu a vela. Ele se sentou novamente e observou-a apagar a luz da cozinha. Quando ela se sentou, ele olhou para ela. Ela ergueu as sobrancelhas com uma expressão questionadora.

— Eu te amo, Eunice. — Tanto que às vezes doía e o assustava. Os olhos dela suavizaram e brilharam.

— Também te amo.

Ela era doce e sábia, linda e muito forte na fé. Às vezes ficava maravilhado com ela. *Senhor, nunca pensei que me casaria com um anjo.* Sentiu um nó na garganta quando a gratidão o dominou.

Euny se inclinou na direção dele, com as mãos estendidas.

— Você levou mais de um dia para conquistar meu coração, Paul Hudson. Pode demorar um pouco com eles também. Seja paciente. Você vai conquistar o coração deles assim como conquistou o meu. Dê tempo a eles.

Ele pegou as mãos dela, beijou as palmas e agradeceu humildemente ao Senhor por suas bênçãos.

CAPÍTULO 3

Às 6h30, Stephen Decker entrou no Charlie's Diner e se sentou no balcão com os outros madrugadores. Ele abaixou o seu *Wall Street Journal* enquanto a garçonete se afastava da cozinha com dois pratos de café da manhã nas mãos. Ela o olhou duas vezes e sorriu antes de voltar sua atenção para dois clientes a vários bancos de distância. Então, colocou uma omelete na frente de um dos homens, que vestia um macacão manchado de óleo, e serviu ovos Benedict para o outro, trajado com o uniforme marrom da UPS.[2] Em um movimento fluido, ela se virou, pegou a cafeteira da chapa elétrica, encheu novamente as xícaras dos rapazes e, sorrindo, caminhou em direção a Stephen.

— Café?

— Por favor.

Ela colocou uma xícara no balcão e encheu-a até a borda.

— Leite? Açúcar?

— Café puro está bom, obrigado.

— Acho que nunca vi você antes. Tenho certeza de que lembraria se tivesse visto.

Erguendo a xícara, ele sorriu por cima da borda e tomou um gole da bebida escaldante.

— A propósito, meu nome é Sally Wentworth. E o seu?

— Stephen Decker.

Ela olhou do *Wall Street Journal* para a camisa de trabalho dele. Stephen se perguntou se ela estava tentando descobrir quem e o que ele era.

---

[2] UPS, ou United Parcel Service, é uma empresa de serviço de entrega criada em 1907, em Seattle. Atualmente, é uma das maiores empresas de logística do mercado. A cor da marca é marrom. [N. E.]

— Alguém já te disse que você parece o Tom Selleck?

— Uma ou duas vezes. — Ele sorriu. — Ele é mais velho.

Ela riu.

— Bom, ele não é o único. Que tipo de trabalho você faz?

— Construção.

— Carpinteiro?

— Um pouco de tudo.

— Você não é exatamente um livro aberto, não é?

O cozinheiro bateu duas vezes na campainha.

— Ei, Sally, pare de importunar os clientes. Panquecas e omelete.

— Um dia desses vou tirar essa campainha de você, Charlie! — Ela olhou para Stephen e balançou a cabeça. — Meu marido.

— Gosto de ver você pular! — gritou Charlie lá de trás.

— Sei, sei. — Rindo, ela colocou a cafeteira na chapa elétrica e pegou os dois pratos. Ela os levou para dois idosos sentados em uma mesa perto das janelas da frente. Stephen podia ouvi-la conversando com os clientes. Aparentemente, eles eram frequentadores regulares, pois a garçonete aproveitou o contato para mandar seus cumprimentos à filha do casal e perguntou por seus netos chamando-os pelo nome.

— Ei, você aí no balcão! — Charlie o examinou. — Se Sally fizer muitas perguntas, diga para ela cuidar da própria vida!

Stephen deu risada.

— Você tem um excelente lugar aqui.

Sally voltou para trás do balcão.

— Gostamos de tratar nossos clientes como família. — Ela tirou o bloco de papel do bolso do avental e o lápis do coque loiro na cabeça. — O que Charlie pode preparar para você no café da manhã? Algo leve e saudável ou carregado de gordura e sabor?

— Três ovos com a gema mole, batatas fritas e um bife mal passado.

— Bom para você. Só se vive uma vez, é melhor se divertir enquanto se entope de colesterol — gritou ela por cima do ombro. — Um café da manhã de machão, Charlie! E rápido! Parece que esse cara está com fome! — Ela piscou para Stephen. — Quer um pouco de suco de laranja para molhar o bico enquanto espera?

— Claro. Por que não?

Ela o deixou sozinho depois disso, foi conversar com o motorista da UPS e o mecânico de automóveis.

O SOM DO DESPERTAR

Stephen abriu o jornal e leu enquanto esperava. Ele estava por fora do que vinha acontecendo no mundo há um tempo. Seis meses num centro de reabilitação de drogas e álcool faziam isso com você. Ele só estava fora de lá há seis semanas. Ainda caminhava com cuidado, tentando permanecer seco num mundo molhado. Ele tomou uma decisão consciente de deixar os negócios para trás e focar na recuperação. Foi uma decisão acertada.

Infelizmente, ele esperou muito para que isso fizesse diferença para sua família. No dia seguinte à internação, sua esposa, Kathryn, fechou as contas bancárias deles e saiu de sua vida, levando consigo sua filha de cinco anos, Brittany. Ele enfrentou sua primeira grande tentação quando ligou para casa e descobriu que o telefone tinha sido desligado. Foi necessária toda a força de vontade que ele tinha para seguir o programa e não fazer as malas e voltar para casa, para uma casa vazia e uma garrafa cheia de uísque.

Ele se acalmou quando um amigo fez algumas verificações e descobriu que Kathryn havia se mudado para um apartamento em Sacramento, mais perto da corretora onde ela tinha trabalhado nos últimos quatro anos. Mas quando ele recebeu os documentos do divórcio um mês após o início do programa, Stephen realmente precisou lutar. Os antigos impulsos retornaram. A vontade de ficar bêbado e escapar da dor o atingiram com mais força na manhã seguinte. Felizmente, ele sabia que aquela não era a solução.

"Diferenças irreconciliáveis", afirmou Kathryn.

Ele passou as semanas seguintes agitado pela raiva, atribuindo culpas, justificando e racionalizando seu próprio comportamento nos últimos anos. Contudo, nada disso funcionou desta vez. Seu conselheiro, Rick, não o deixou escapar impune, e o regime do programa de doze passos o colocou cara a cara consigo mesmo. Ele não gostou do que viu no espelho.

Rick foi direto.

— Se você parar de beber pela sua esposa e filha, vai fracassar. Você tem que parar de beber por si mesmo.

Stephen conhecia a verdade desse conselho. Ele já tinha tentado parar com a bebida algumas vezes, mas teve uma recaída. Se voltasse a beber agora, sabia que não pararia até morrer. Então tomou a decisão de entregar sua vida a Jesus Cristo e viver um dia de cada vez. *Viva*, dizia o programa. Viva e deixe viver, o que significava que ele tinha que colocar sua própria vida em ordem e permitir que Kathryn fizesse o mesmo com a dela. Significava abandonar a amargura e a ira que às vezes ameaçavam dominá-lo.

Significava não a culpar pela bebida e não aceitar o papel de bode expiatório para todos os problemas dela.

Ele assinou a papelada do divórcio e entrou em contato com um advogado, embora já tivesse decidido não contestar o assunto. Ele recebeu um forte tapa na cara quando Kathryn lhe disse, por meio de seu advogado, que queria a casa em vez de pensão alimentícia. Uma separação limpa, ela disse, mas ele sabia que não era bem assim. O mercado imobiliário estava aquecido e ela ganharia muito dinheiro com a casa que ele projetou e construiu em um campo de golfe perto de Granite Bay. Ele concordou, sem esperar que ela lhe desse um soco no estômago ao recusar a guarda conjunta da filha. Quando ele disse que lutaria por isso, ela o chutou abaixo da cintura ao alegar que ele tinha sido um marido e pai abusivo, citando como "prova" a estadia em um centro de reabilitação. Ela exigiu pagamentos exorbitantes de pensão para a filha e insistiu que fossem feitos com base em depósitos diretos bimestrais.

Quando o advogado deu a notícia, Stephen se sentiu tonto como uma barata.

— Verifique os registros e veja se alguma vez devolvi um cheque ou não fiz um pagamento em dia. Ligue para o banco! Entreviste minha equipe! Fale com meus subcontratados! Posso ter bebido uma garrafa de uísque por dia, mas nunca coloquei a mão na minha esposa ou na minha filha e nunca deixei as contas vencerem!

O advogado realmente verificou.

Stephen sentiu uma pequena satisfação. Apenas alguns amigos íntimos sabiam que ele tinha um problema com a bebida e nem eles tinham adivinhado a profundidade do problema. E os registros mostravam que ele tinha um negócio de sucesso e ganhava o suficiente para sustentar a família num bairro nobre. Ele nunca foi preso por dirigir alcoolizado ou causou um distúrbio público. As únicas perturbações ocorreram atrás da porta fechada de sua casa luxuosa e bem isolada.

— Agradeça por ela ter instruído o advogado a remover o nome dela de qualquer coisa relacionada ao seu negócio — disse o advogado a ele. — A Califórnia é um estado de regime de comunhão de bens, e ela tem o direito de pedir metade de tudo.

Stephen sabia que essa decisão não era indício de boa vontade da parte dela. Kathryn viveu de perto alguns dos anos mais difíceis da vida de Stephen: talvez ela tivesse medo de que ele se autodestruísse e ela acabasse tendo que

O SOM DO DESPERTAR

arcar com penhoras contra seus projetos para especulação imobiliária. O mercado das construções oscilava demais a cada flutuação da economia. Kathryn só queria garantir cada centavo que pudesse ganhar adiantado. E ela não se importava se isso o deixasse com apenas alguns centavos para viver.

— Você pode lutar contra ela — disse o advogado a Stephen. — Não precisa aceitar isso calado.

Stephen quase cedeu à tentação de revidar, e revidar com força. Em vez disso, cerrou os dentes e disse que pensaria no assunto. Ele não queria reagir com raiva desta vez. Queria responder com sabedoria e fazer o que fosse melhor para Brittany. E Kathryn. Ele poderia lutar bem e provavelmente vencer alguns *rounds*. Ela teve um caso há três anos, depois de largar Brittany em uma pré-escola. Como sempre, ela o culpou por ser muito insensível às suas necessidades, e ele comprou uma garrafa de Glenfiddich. Ele poderia lutar com ela e encher o bolso do advogado com dinheiro, sem conseguir nada além de satisfação momentânea. Não sentiu vontade de revidar dessa vez. Eles já tinham causado danos suficientes um ao outro nos últimos cinco anos. O nascimento de Brittany foi uma tentativa de salvar seu casamento em crise. E funcionou por dois anos — mas quantos danos eles não teriam causado à filha durante as brigas aos gritos nos últimos três?

Não, dessa vez ele engoliria seu orgulho e deixaria Kathryn ter tudo o que queria. Ele esmagaria o desejo de se defender. Chega de se culpar. Chega de racionalizar ou justificar seu lado das coisas. Mesmo que ele tivesse que ir à falência.

Talvez quando ela estivesse sozinha descobriria que ele não era a causa de todos os seus problemas.

Stephen seria cuidadoso e viveria um dia de cada vez. Ele enfrentou seu problema com a bebida quando se internou na clínica de reabilitação do Exército de Salvação. Sabia que teria vontade de beber pelo resto da vida. Nas primeiras semanas, trabalhou no programa em seus próprios termos, determinado a vencer o álcool, a acabar com o vício. A perda da esposa, da filha e do lar eliminou qualquer ilusão de que ele tinha controle sobre sua existência. Ele falhou completamente. Mas foi na angústia que se seguiu que ele percebeu que tudo estava mudando de dentro para fora.

Foi só quando chegou ao fundo do poço que ele se dispôs a olhar para cima e clamar a Jesus por ajuda, pois finalmente enfrentou o fato de que era impotente. "'Não por força nem por poder, mas pelo meu Espírito', diz o Senhor dos

Exércitos." Algo aconteceu naquela noite que mudou tudo. Stephen ouviu a voz das pessoas que faziam o que era necessário e acreditou nas promessas que a Bíblia oferecia. "Venham a mim todos os que estão cansados e sobrecarregados, e eu lhes darei descanso."

Ele havia sido avisado do inimigo à espreita. "Leia a Bíblia diariamente", disse Rick. "Vá às reuniões do Alcoólicos Anônimos. Encontre uma comunhão de fiéis. O maior erro que um alcoólatra pode cometer é se isolar, sair sozinho e pensar que pode sobreviver sozinho." Stephen levou o conselho a sério, sabendo que vinha da voz da experiência.

Ele estava fora da reabilitação há seis semanas. Lia sua Bíblia às 5h, frequentava as reuniões do AA três vezes por semana e malhava na academia quando sentia vontade de beber. A casa foi vendida dois dias depois que Kathryn a colocou à venda. As poucas peças de mobília que Kathryn tinha deixado para trás foram para um depósito até que ele encontrasse um apartamento. Pela graça de Deus, Stephen tinha um projeto esperando por ele e ganharia o suficiente para manter a Decker Design and Construction no azul nos próximos meses.

Alguns membros de sua antiga equipe se disponibilizaram. Carl Henderson, um carpinteiro apelidado de Carvalho por seus amigos devido ao seu 1,80 metro de altura, e Hector Mendoza, a "retroescavadeira mexicana" de Stephen, com quem se podia contar para fazer o trabalho de dois homens. Carl era um dos companheiros de bebida de Stephen, então avisou-o antecipadamente: "Esses dias acabaram para mim." Hector, cidadão norte-americano naturalizado, era um católico devoto e filho dedicado, e ajudava no sustento da mãe, pai e vários irmãos que ainda estavam ao sul da fronteira.

No geral, a vida era suportável. Seria ainda melhor quando ele se mudasse para uma casa própria, em vez de pagar por semana em um hotel de beira de estrada na Rodovia 99. Ele administrava seu negócio em casa e, agora que não tinha mais uma casa, teria que tomar algumas decisões. A ideia de voltar para a agitação de Sacramento o deprimia, mas Centerville também não era exatamente seu estilo. Ele teria que se contentar com sua caminhonete e seu trailer até que o projeto fosse concluído. Seis meses, no máximo. A menos que tenham problemas com os fiscais de obra.

— Aqui está — disse Sally e colocou um prato com três ovos com a gema mole, batatas fritas e uma bisteca. Ela reabasteceu o suco de laranja e encheu a xícara de café até a borda.

Stephen estava terminando seu bife quando a campainha da porta tocou.

O SOM DO DESPERTAR

— O pastor Paul está aqui, Charlie.

Um jovem entrou, vestindo moletom e camiseta úmida. Seu cabelo louro escuro era curto.

— Ei, Sally — disse ele com um sorriso. — Como está o movimento?

— Lento nesta manhã. Espero que o povo chegue por volta das 8h. O que posso te oferecer?

— Suco de laranja — disse ele, e acenou para o casal de idosos sentado numa mesa antes de se sentar no banco ao lado de Stephen. — Meu nome é Paul Hudson — disse ele, estendendo a mão.

Stephen se apresentou enquanto lhe devolvia o cumprimento.

Sally colocou um copo grande de suco de laranja no balcão.

— Quantos quilômetros você correu hoje, pastor?

— Fiz o trajeto mais curto. Três.

— Está ficando fraco? — gritou Charlie, da cozinha.

Hudson riu.

— Mais ou menos isso. — Ele se virou para acenar ao motorista da UPS. — Como vai a sua esposa, Al?

— Ficando impaciente pela chegada do bebê.

— Falta quanto tempo? Mais um mês?

— Duas semanas.

O mecânico disse que gostou do sermão de Hudson, do domingo.

— Minha filha está planejando ir à próxima reunião de jovens. Ela disse que alguns dos amigos estão participando.

— Somos doze pessoas — disse Hudson. — Diga a ela para trazer quantos amigos quiser. — Ele voltou sua atenção para Stephen. — Você é cristão?

— Gosto de pensar assim.

— Bom, adoraríamos que você viesse visitar a Igreja de Centerville. Dois quarteirões abaixo, vire à esquerda; procure a torre. O culto começa às 9h.

Sally deu um sorriso de canto de boca.

— Cuidado, Decker. O pastor Paul está sempre rondando os bares em busca de possíveis convertidos. — Ela se concentrou em Hudson com um sorriso malicioso. — O sr. Decker é novo na cidade, faz de tudo um pouco. — Ela recolheu o prato dele e o olhou. — Come como um boi.

— Está procurando trabalho?

— Não, estou construindo uma casa em Quail Hollow.

Sally colocou a conta na frente de Stephen.

— Quail Hollow? Você vai trabalhar naquele lugar enorme para os Atherton? Ele assentiu.

— Alguns caras que trabalham na fundação chegaram outra tarde. Hector Mendoza e um gigante conhecido como Carvalho. Você conhece?

— Sim, senhora. Eles são a razão pela qual estou aqui. Eles me disseram que o Charlie's Diner era o lugar ideal para boa comida e serviço amigável. Eles só não me avisaram que era tão amigável.

Ela riu com os outros.

— Bom, Hector e Carvalho disseram que o lugar terá mais de 1.800 metros quadrados, e que só Atherton e a nova esposa vão morar lá — anunciou Sally a todos que estavam ouvindo. — Imagina? O que as pessoas fazem com tanto espaço?

Mantêm distância, pensou Stephen cinicamente e tirou a carteira do bolso de trás. Ele pegou uma nota de vinte e entregou-a a Sally, que digitou o valor na caixa registradora e lhe devolveu o troco. Ele colocou uma gorjeta de 20% no balcão enquanto se levantava.

— Obrigado. — Ele precisava de alguns minutos de interação humana antes de voltar à solidão autoinfligida.

Ela deu um sorriso largo.

— Bonito *e* generoso. — Ela dobrou as notas e as guardou no bolso do avental. — Volte logo, Stephen, viu?

— Pretendo fazer daqui uma parada rotineira. — Ele deu uma saudação casual.

A campainha tocou quando ele saiu pela porta. Talvez Centerville fosse exatamente o lugar onde ele precisava estar para curar suas feridas.

Eunice fechou a porta da frente da casa do pastor e se dirigiu para a Main Street segurando Timmy pela mão. Ela jogou a ponta do cachecol de lã branca sobre o ombro para se proteger do frio do outono e lutou contra as lágrimas. Paul geralmente caminhava com eles, mas hoje estava se preparando para uma reunião. O tempo com ele estava se tornando escasso e precioso.

Em breve seria Natal, o segundo Natal deles em Centerville. Por que os problemas aconteciam com frequência durante as festas de fim de ano? Isso significava que eles teriam ainda menos tempo em família. Mas não tinha como evitar essa situação. Ela se lembrou de como foi crescer na casa de um pastor.

O SOM DO DESPERTAR

Ah, como ela sentia falta dos pais. A dor da perda era sempre maior na época do Natal. As lembranças a inundaram, levando-a de volta à infância em uma pequena cidade da Pensilvânia e à família da igreja onde seu pai serviu como pastor leigo por 25 anos. De certa forma, Centerville a lembrava de Coal Ridge. A congregação tinha menos de cinquenta anos e era tão unida quanto parentes de sangue. Os jovens cresceram e se mudaram. A maioria se casou com "forasteiros".

Durante as férias de primavera do último ano de Eunice na Midwest Christian, Paul a levou de carro para casa na Pensilvânia para conhecer os pais dela. A reserva do pai e da mãe o deixou duplamente consciente de tudo o que disse e fez, mas ele foi obstinado em conseguir a aceitação deles. Não que ele precisasse se preocupar. Eles o encheram de amor e atenção. "Tinha sorte se passasse cinco minutos por dia com meu pai", Paul lhe contara mais tarde. "Ele estava sempre ocupado com os negócios da igreja."

Paul estava ficando mais ocupado a cada mês que passava. Ela estava preocupada, mas não chateada. Ela caminhou pela rua arborizada, pensando em seus pais. Como eles conseguiram equilibrar as obrigações domésticas e religiosas? Nunca houve qualquer dúvida de que eles eram devotados um ao outro, bem como ao corpo de Cristo.

A mãe e o pai dela morreram com dois anos de diferença. Um dos presbíteros realizou o funeral de sua mãe. Eunice se sentiu como uma órfã quando todos foram embora e a deixaram perto do túmulo dos pais. Ela estava grávida de seis meses na época. Paul tinha voltado para Coal Ridge com ela, mas estava ansioso para retomar as aulas que dava. Foi a única vez que ela discutiu com ele. Suas emoções estavam tão confusas, sua dor tão intensa. Paul achou melhor ir para casa. Ele queria ser o único a distribuir os documentos da aliança. Ela ficou tão magoada e irritada que disse que não se lembrava de o Senhor alguma vez ter exigido que seus discípulos assinassem um pedaço de papel para terem um relacionamento de aliança com ele. Paul finalmente disse que eles poderiam ficar mais alguns dias, mas ela sabia que o luto nem sempre se enquadrava na programação da igreja e disse que eles poderiam voltar para Illinois.

A esposa de um pastor não poderia esperar ter o marido só para ela.

Durante os poucos dias que passaram em Coal Ridge, ela tentou imaginar o que Paul pensava do lugar onde ela cresceu. Casas precárias, mais bares que qualquer outro tipo de comércio, lojas fechadas. A mina onde seu pai e o resto da população da cidade trabalhavam havia sido interditada definitivamente, e a cidade estava morrendo. Os poucos habitantes que permaneceram mantinham a vida com a Previdência Social. Nenhum pastor veio substituir seu pai. Que jovem universitário brilhante gostaria de vir para uma cidade sem saída, sem perspectivas de futuro?

Ainda assim, a igreja seguiu em frente, embora tenha mudado. As pessoas não iam mais aos domingos para ouvir a pregação de Cyrus McClintock. Eles iam se sentar nos bancos que rangiam e oravam por todos e por tudo que o Senhor colocava em seus corações. As portas permaneciam destrancadas durante a semana toda para que quem sentisse o encorajamento do Senhor pudesse ir lá orar. Eunice não tinha dúvidas de que aquelas pessoas preciosas que seu pai pastoreou por tantos anos continuariam a oferecer louvores e súplicas até que o último membro fosse para o céu.

A Igreja Cristã de Centerville também estava mudando, mas Eunice não estava completamente confortável com o que via acontecer. As ambições de Paul para a igreja cresciam juntamente com a igreja. Os bancos estavam se enchendo de gente nova. Os visitantes chegavam por curiosidade e tornavam-se participantes regulares porque amavam o estilo de pregação de Paul.

Senhor, o que está por trás da minha preocupação? Estou sendo egoísta? Por que esse sentimento de descontentamento em meio a tamanha bênção? Ajude-me com isso. Ajude-me a ver com clareza.

Ela tentou conversar com Paul sobre isso, mas achou difícil expressar suas preocupações em palavras. Ele ainda arranjava tempo para ela e Timmy, mas não tanto quanto antes de virem para cá. Mas isso era compreensível. As responsabilidades de um pastor eram maiores do que as de um pastor auxiliar.

— Quando chegamos aqui, tinha menos de sessenta pessoas nos bancos em qualquer domingo, Euny. A ideia é *construir* a igreja, não deixar que ela fique estagnada.

O primeiro pensamento dela viajou até Samuel e Abby Mason, ambos vivendo uma fé vibrante, praticando tudo o que haviam aprendido com o pastor anterior, Henry Porter. Eunice desejou que ela e Paul tivessem chegado alguns dias antes para conhecer aquele cavalheiro e sua esposa que serviram por tanto tempo e com tanta fidelidade e ainda eram tão amados.

— Só porque havia apenas alguns membros não significa que a fé deles estava estagnada.

— Como se fala quando nada está acontecendo? Claro, eles tiveram pequenas reuniões de oração e um estudo bíblico que tem sido organizado na casa

O SOM DO DESPERTAR　　　　　　　　　　　61

de Samuel nos últimos vinte anos, mas será que eles estão lá fora colhendo almas para Jesus? Como você chama esse tipo de fé senão de estagnada?

— Foram as orações de Samuel que Deus ouviu, Paul. Foram as orações dele que trouxeram você até aqui.

— Eu sei. E Samuel tem orado por renascimento, ele me contou também. É isso que estou tentando trazer, Euny. Renascimento!

Eunice sabia que tinha escolhido o momento errado para falar com ele e procurar o seu conselho. Paul estava sempre impaciente aos sábados, dando os últimos retoques em seu sermão e praticando-o para a manhã de domingo.

— Acho que vou dar um passeio com Timmy.

Ele pegou a mão dela.

— Euny, me desculpe. Eu não queria parecer tão duro. É que você não entende. Você veio de uma igrejinha que não tinha possibilidade de crescimento. Tem potencial aqui. Deus nos colocou no lugar certo na hora certa, mas cabe a nós fazer a obra dele.

Não era o momento certo para lhe dizer que ele poderia estar se esforçando demais para seguir os passos do pai.

— A propósito — disse ele quando ela abriu a porta —, vamos começar a mudar a música para atender às necessidades da congregação.

— A congregação adora hinos.

— Os membros mais antigos, talvez, mas os novos que chegam têm outros gostos. A caixa de sugestões indica que é preciso mudar se quisermos transformar os recém-chegados em membros. Não vamos mudar tudo de uma vez, Euny, mas gostaria que você apresentasse uma música nova a cada semana, do livro que usamos em Illinois.

Eunice caminhou pela Main Street, desejando poder conversar novamente com o pai e a mãe. Podiam ser pessoas comuns, com pouca educação, mas tinham mais sabedoria do que ela vira em alguns pastores que pastoreavam rebanhos aos milhares. Às vezes, Eunice se perguntava se Paul não estava sendo guiado pelo seu passado, instigado pelos seus próprios sentimentos de inadequação. Ele sempre trabalhou duro para provar que era digno. Seu pai lhe mostrara pouca ou nenhuma boa vontade. Apesar da aparente autoconfiança de Paul, ele era um jovem ainda desesperado para conseguir a aprovação do pai.

O pai dela percebeu isso em Paul e disse para ela encorajá-lo e amá-lo durante os anos futuros e escolher suas batalhas com sabedoria. E sua mãe disse para ser paciente e disposta a ficar de lado para ajudar os mais necessitados. Ela guardou o conselho deles no coração.

Ó, Senhor, o senhor me deu este marido maravilhoso. Eu não o mereço.

Foi um milagre que Paul tivesse reparado nela, uma garota de uma pequena cidade caipira, a primeira da família a ir para a faculdade. Desde o momento em que conheceu Paul, o último de uma longa linhagem familiar de pastores instruídos, ela o considerou bom demais para ela. O que ela tinha a oferecer a um homem como ele, além de adoração? Todos no campus sabiam quem era Paul Hudson, com seu *pedigree* cristão impecável.

Eunice resistiu a sair com ele no início porque sentia que não era digna. Ela ficou lisonjeada quando ele a convidou para sair e apaixonada por ele no final do primeiro encontro. Ela disse não duas vezes depois disso, convencida de que estava fadada ao desgosto, mas Paul foi persistente.

Já tinham se passado meses de namoro antes que ela começasse a ver a dor e a luta dentro dele, o fardo que ele carregava desde a infância. Ela se lembrou de como se sentiu desconfortável na primeira vez que frequentou a igreja que o pai de Paul tinha construído. Sentiu-se deslocada entre os milhares de fiéis abastados, em seus ternos caros e enfeitados com joias de ouro verdadeiro. E todos ficaram hipnotizados pela pregação de David Hudson. No palco, ele ficou acima de todos, segurando a Bíblia com uma mão e gesticulando com a outra enquanto andava de um lado para o outro, olhando para o enorme público. Ele foi eloquente e elegante, polido e perfeito em sua apresentação.

Ela ficou envergonhada quando percebeu que a mãe de Paul a estava observando atentamente. Será que Eunice havia demonstrado seus sentimentos de inquietação? Foi a primeira vez em seu relacionamento com Paul que ela sentiu aquele "controle em seu espírito", como seu pai o chamava. Como se Deus estivesse tentando mostrar algo, e ela não tivesse olhos para enxergar. Ela olhou mais de perto e ouviu com mais atenção, mas ainda assim não conseguia identificar o que estava errado ou por que estava preocupada. As palavras estavam certas...

Estava sentindo a mesma sensação em seu espírito agora.

Ela tinha poucas ilusões, tendo crescido como filha de um pregador. Ela sempre teria que compartilhar Paul com outras pessoas. As exigências sobre o marido sempre seriam grandes. As necessidades dos outros muitas vezes superavam as suas. Ela poderia aceitar isso. Mesmo assim, sentia falta de conversar sobre a Bíblia com ele. Ela era tão apaixonada por isso quanto ele. Mas recentemente Paul ficou irritado quando ela teve outro ponto de vista. Ele ficou na defensiva.

O SOM DO DESPERTAR 63

Talvez tenha sido a tensão depois da reunião com os presbíteros.

Ela sempre orou para se casar com um pastor como seu pai. Ela tinha trabalhado duro para se qualificar para uma bolsa de estudos em uma faculdade cristã, sabendo que era mais provável que encontrasse homens devotos em um ambiente devoto. Seu pai havia lhe dito antes de ela partir em um ônibus rodoviário que nem todo jovem em um campus cristão era cristão. Ela lhe disse, um ano depois, que nem todos os professores de um campus cristão também eram cristãos.

Ela nunca questionou a fé de Paul, nem a questionava agora. Ele amava o Senhor. Ele tinha sido chamado para o ministério.

Ó, Senhor, deixe Paul experimentar a tua graça. Deixe-o sentir o teu amor incrível. Ele recebeu tão pouco de seu pai de nascimento.

Ele estava dando tudo de si para a Igreja de Centerville. A mãe dela não a avisou que a vida de pastor nunca era fácil e às vezes era mais difícil para a esposa dele? "Ele recebe ligações no meio da noite e tem que sair na neve porque alguém está doente, morrendo ou em perigo. E você terá que preparar o café da manhã e o almoço dele e agradecer a Deus se tiver uma refeição ininterrupta com ele."

Pelo menos Paul recebia um salário adequado da igreja e não precisava trabalhar durante o dia para sustentar sua família. Mesmo assim, ela não conseguia se lembrar de uma época em que seu pai não estivesse presente quando sua mãe precisasse dele. Ou quando sua filha precisasse dele. Ele havia *arranjado* tempo. Nem uma vez seu pai a fez sentir que ela era sua última prioridade.

Ela tinha que parar de pensar assim. Afundar na autopiedade não ajudaria. Ela poderia desejar a atenção de Paul, mas não ser tão egoísta a ponto de exigi-la. Outro dia ela ficou surpresa quando ele disse: "Nunca imaginei que você fosse tão carente". Ela corou de vergonha ao pensar nisso. *Carente*. Ela era assim? Uma mulher apegada impedia um homem de fazer o que Deus pretendia. Ela deve aprender a ficar ao lado dele em vez de atrapalhá-lo.

Tudo estava tão confuso. Uma dúvida levou a outra até que sua mente ficou uma bagunça. Ela saiu para uma caminhada, queria dar espaço para Paul fazer o que precisava. Timmy estava implorando ao papai para jogar futebol com ele, mas Paul tinha que se preparar para outra reunião.

— Rejeitem as coisas que os impedem de servir a Cristo de todo o coração — disse Paul no domingo passado.

Foi sua *carência* que a fez se sentir rejeitada? Ou o foco de Paul estava tão concentrado na tarefa que tinha pela frente que ele não conseguia perceber que ela precisava dele tanto quanto no dia em que se casaram? *Senhor, tu és meu companheiro constante. Tu sempre tens tempo para mim.*

— Eunice!

Surpresa, Eunice soltou uma risada suave, percebendo que havia caminhado mais de um quilômetro até a casa dos Mason.

— Seu jardim é maravilhoso.

Abby fez uma expressão de boas-vindas quando colocou o balde de ervas daninhas de lado, limpou as mãos no avental e abriu o portão.

— Eu estava prestes a fazer uma pausa. Gostaria de me acompanhar em uma xícara de café?

— Eu adoraria, Abby.

— Sam! — Timmy se soltou da mãe e correu em direção à casa. — Sam! — Parecia estar pedindo ajuda.

Eunice sentiu o calor tomar conta de seu rosto.

— *Sr. Mason*, Timmy. Você deve chamá-lo de sr. Mason.

Abby riu.

— Sam está em casa, Timmy. E ele vai adorar ver seu amiguinho.

— Sam! — Timmy parou na varanda.

Abby abriu a porta da frente.

— Samuel, você tem companhia.

— Sa-mu-el.

— Está tudo bem, Eunice. — Abby deu risada.

Timmy foi direto pela sala de estar até a porta aberta que dava para o pequeno escritório de Samuel Mason.

— Sa-mu-eeeeeel.

Eunice pensou no quanto seu pai teria amado Timmy. Ela pressionou os dedos contra os lábios trêmulos. *Ó, papai, eu gostaria que você tivesse vivido o suficiente para que meu filho pudesse ter corrido para você como está correndo para Samuel Mason.*

A risada de Abby morreu. Sua expressão se suavizou quando ela estendeu a mão e passou o braço em volta da cintura de Eunice.

— Entre, querida, vamos para a cozinha. Vou preparar um café para nós e você pode me contar o que está te incomodando.

Eunice sentiu como se tivesse voltado para casa.

Samuel estava de joelhos orando quando ouviu Abby chamando. Ele também ouviu Timmy e sorriu. Seus velhos ossos protestaram quando ele se endireitou. Paul Hudson esteve em sua mente durante toda a manhã, e ele considerou isso uma necessidade de oração. A maioria das senhoras da igreja achava-o "adorável", mas os homens não estavam tão apaixonados, sentindo a pressão das novas exigências.

— Pelo jeito que ele fala, você pensaria que eu nunca conduzi uma reunião — Otis tinha gritado ao telefone alguns dias antes. — Ele me disse que quer uma pauta na próxima reunião. Eu sempre tenho uma pauta! Ele quer que seja impresso desta vez e que tenha cópias suficientes para todos. Como se isso fosse fazer alguma diferença no modo como as coisas sempre acontecem. E ele me deu uma lista de coisa que ele quer com o título de *novos* negócios. Ele quer um novo sistema de som.

Samuel tentou explicar que Paul estava apenas tentando atrair pessoas mais jovens, mas Otis continuou reclamando.

— Atrair com o quê? Rock?

Ele tentou um pouco de frivolidade.

— Fique calmo, Otis. Tenho certeza de que ele não colocaria a Eunice para tocar rock. Imagina isso?

— Não, mas tem muitas outras coisas que eu também não poderia imaginar há alguns meses. Como servir pipoca e refrigerantes e exibir filmes no salão social!

— Ele exibiu o filme *JESUS*.

— Então dessa vez ele exibiu algo que vale a pena. O que ele vai inventar na próxima terça à noite? Não me lembro sequer de ele ter nos consultado sobre poder ou não usar a sala para ver filmes. Ele falou com você, por acaso?

Samuel se pegou desejando os velhos tempos, quando ele e Henry Porter saíam para jogar uma partida de golfe e conversavam sobre as necessidades da igreja. Agora, ele tinha que ligar e marcar uma reunião com Paul para conversar sobre qualquer coisa. E o jovem estava pronto com sua opinião, que geralmente começava com: "Isso funcionou em Mountain High."

Não adiantava nada lembrar a Paul Hudson que a Igreja de Centerville estava muito longe de ser uma megaigreja. E o fato de novas pessoas frequentarem a igreja apenas serviu para dar mais certeza a Paul de que os métodos dele estavam funcionando. Ele era como um pastor que usava seu cajado para atrair pessoas para a congregação. Mas Samuel tinha medo de usar esse dom dado por Deus para afastar os membros antigos, como Otis, que não conseguiam ou não queriam acompanhar o ritmo.

— Toc, toc! — Timmy bateu na porta.

Samuel deu um passo para o lado e abriu a porta.

— Quem é?

— É o pato.

— Que pato?

— Pato aqui, pato acolá.

Os dois riram. Era uma piada boba que eles tinham e que Timmy adorava. Samuel passou a mão pelos cabelos do menino enquanto o recebia na sala. Timmy foi direto para a pilha de livros infantis na prateleira de baixo, ao lado da mesa de Samuel. Samuel se sentou em sua poltrona e esperou. Nas últimas três vezes que Eunice trouxe Timmy, o menino escolheu o mesmo livro, que agora estava enfiado no meio da pilha. O menino examinou livro por livro até chegar ao que ele queria. Samuel levantou Timmy, colocou-o no colo e abriu o livro que havia lido mais de uma dúzia de vezes.

Quando terminou a história, Timmy ergueu os olhos.

— Peixe?

— Sim, aposto que eles estão com fome. — Samuel colocou Timmy de pé. Ele podia ouvir Abby conversando na cozinha. Com cuidado para não interromper, ele atravessou a sala de estar e abriu a porta de vidro. Timmy saiu correndo, atravessou o gramado até a queda d'água no canto do quintal e espiou o tanque de peixes. — Carpas!

Samuel tirou um punhado de bolinhas de comida de um saco plástico e despejou um pouco na mão de Timmy. O menino segurou as bolinhas com cuidado e jogou uma de cada vez na água, rindo enquanto os peixes dourados e brancos subiam à superfície e deslizavam e subiam uns sobre os outros para pegar uma bolinha. — O Senhor fez lindos peixes para nós saborearmos, não foi, Timmy?

— Nós comemos peixe.

— Nós também. Os peixes são bons para comer, mas não comemos esses peixes.

— Porque eles são bonitos.

— Não, porque eles são peixes limpa-fundo. Viu como as bocas deles são formadas? Quando terminarem de comer essas bolinhas, eles vão até o fundo do tanque e vão se alimentar de todo lixo que encontrarem lá. — Ele se agachou ao lado de Timmy, observando as carpas rodopiantes e pensando em como as pessoas podiam engolir pedacinhos da verdade no domingo de manhã e depois comer lixo durante toda a semana. Elas poderiam parecer bonitas, elegantes e saudáveis, e estar cheias de todo tipo de maldade. Mas ele não poderia contar tudo isso a um garotinho; era uma lição destinada a alguém mais velho, alguém disposto a ouvir. Havia outras lições que precisavam ser ensinadas a uma criança que estava começando a ver o mundo ao seu redor, ávida por conhecê-lo, com o coração aberto para aquele que o criou.

— O Senhor criou todas as criaturas da terra, grandes e pequenas, cada uma com seu propósito. Talvez Deus as tenha feito tão bonitas por causa do trabalho sujo que têm que fazer para limpar o fundo do lago.

Timmy perdeu o interesse pelas carpas e caminhou em direção ao jardim de rosas ao longo da cerca. Samuel caminhou com ele, agachando-se novamente quando Timmy apontou para um botão e quis saber o que era.

— É o começo de uma flor. Vê como o longo caule se estende em direção à luz do sol? Em breve esse botão vai abrir e veremos uma flor como essa linda vermelha, laranja e amarela aqui. Vai durar um tempo, depois todas as pétalas vão cair e vai se tornar como esse jambo aqui, que pode ser colhido e transformado em um chá que é bom para você.

Ele virou Timmy e bateu em seu peito.

— Seu coração é como esse botão de rosa, Timmy. Você vai ficar mais alto, vai se desenvolver e por dentro desejará algo que não consegue explicar. E então vai conhecer Jesus e vai sentir a luz e o calor de Deus brilhando sobre você, e seu coração se abrirá pouco a pouco até que você esteja totalmente aberto. — Ele segurou uma flor perto para que Timmy pudesse cheirá-la. — As pessoas olharão para você e dirão: "Veja como a vida de Timmy é linda por causa de Jesus." E um dia você será um homem velho como eu, e espero que deixe um legado que ajude os outros a saberem que servir a Jesus nos deixa felizes.

— Eu conheço Jesus.

— Conhece?

— Ele me ama.

— Seu pai te contou isso?

— Uhum. E a mamãe também.

Samuel sentiu lágrimas em seus olhos enquanto passava a mão com ternura pelos cabelos loiros do menino.

— Jesus te ama muito, Timmy. — Tirou o canivete do bolso e cortou uma rosa que começava a abrir. — Dê isso para a sua mãe.

Timmy se dirigiu para a porta de vidro, e logo que Samuel a abriu pôde observar o garoto correr em direção à cozinha.

— Mamãe!

— Ah, que linda!

Quando Samuel entrou pela porta dos fundos, viu Eunice se abaixar e beijar o filho.

— Aposto que vocês dois vieram comer um biscoito. — Abby segurou o prato para que Timmy pudesse pegar um.

Samuel percebeu que os olhos de Eunice pareciam inchados. Ela estava chorando? Qual o motivo? Ele perguntaria a Abby mais tarde.

— Vou me servir de uma xícara de café e Timmy pode tomar seu leite e biscoitos na sala comigo. O que você acha de assistirmos ao *Ursinho Pooh* juntos, Timmy? Não assisto desde a última vez que você esteve aqui.

— Pooh!

Acomodado confortavelmente no sofá, com os pés apoiados no pufe, Timmy aninhou-se ao lado dele. Samuel orou por Eunice enquanto Pooh dançava e cantava na tela. Ele não tinha ideia do que estava errado, mas pediu ao Senhor que estivesse no centro da conversa que acontecia em voz baixa na cozinha. Eunice era uma jovem adorável e de coração terno. Ele agradeceu ao Senhor pela maneira como ela abraçou todas as pessoas da igreja, mesmo aquelas que reclamavam e resmungavam. Ela conquistou os corações delas semanas após sua chegada — e acalmou os ânimos que Paul nem sabia que tinha irritado.

Abençoe-a, Senhor, como ela nos abençoou.

Paul tinha energia reprimida, era zeloso e apaixonado pelo Senhor, mas era jovem. Ele ainda não tinha aprendido a avançar com cautela. Algumas de suas mudanças provocaram faíscas na congregação. Felizmente, Deus foi bondoso o bastante para chamar a atenção de Abby para o perigo, para que ela pudesse deixá-lo saber onde um pouco de cuidado evitaria que um incêndio começasse.

O que aconteceu com as visitas de Paul? Durante os primeiros meses do seu ministério em Centerville, Paul visitou todos os membros da congregação. Ele queria que todos entendessem o que ele esperava realizar, e que seu entusiasmo, se não suas ideias, fossem aprovados. Infelizmente, ele não levou a sério as ressalvas das pessoas. Agora, alguns estavam firmes e resistindo a qualquer tipo de mudança.

O SOM DO DESPERTAR

Outros ficaram perturbados com a quantidade de pessoas novas que estavam entrando na igreja. Noventa e duas pessoas compareceram ao último culto. Isso foi 55 a mais do que os que compareceram ao primeiro culto. Se os números fossem a única coisa que importasse, parecia que Paul tinha começado muito bem.

Paul ainda fazia visitas, com mais frequência para receber novas pessoas. Ele havia iniciado uma aula sobre os fundamentos do Cristianismo. Isso teria sido mais bem recebido por Otis e Hollis se eles tivessem participado do processo de decisão. Para ser honesto, Samuel também ficou magoado por ter sido excluído. Magoado e incomodado. A última coisa que a igreja precisava era de uma luta por poder. Ele tentou conversar com Paul sobre isso, mas o jovem parecia não entender que havia canais pelos quais nadar antes de embarcar em águas profundas.

— Com certeza vocês não vão ser contra uma aula sobre o que significa ser cristão.

— Temos que trabalhar em unidade, Paul. Uma igreja não pode funcionar bem sem o envolvimento dos presbíteros. Otis e Hollis são bons homens que desejam a mesma coisa que você: manter Cristo no centro de tudo o que fazemos. Seja paciente. — Ele viu o brilho nos olhos de Paul, o jovem entendeu. Ele pisou no calo de três pessoas e precisava fazer as pazes. Ele seria humilde o suficiente para fazer isso?

Paul não disse nada, ele parecia preocupado e um pouco assustado. O tempo pode ajudá-lo a ver as coisas com mais clareza. E tudo o que Samuel queria era ajudá-lo.

— Podemos evitar problemas fazendo com que os presbíteros leiam o currículo do curso e deem sua aprovação.

Paul concordou de imediato.

Samuel fez o que pôde para preparar o caminho, mas Otis precisou de algumas semanas para desabafar a tensão que havia acumulado. Demorou um mês até que Samuel conseguisse que Hollis e Otis lessem o currículo de Paul para um curso de seis semanas sobre os fundamentos do Cristianismo. Nesse meio-tempo, Samuel leu e estudou o curso, orando para que o Espírito Santo lhe mostrasse qualquer coisa que pudesse ser incorreta de acordo com a doutrina. O curso era uma apresentação clara do evangelho de Jesus Cristo. Era simples e direto com a autoridade apropriada da Palavra de Deus. A graça e a misericórdia de Deus brilhavam lindamente e encorajavam boas obras com o propósito de alegria e ação de graças. Samuel ficou impressionado.

Foi Eunice quem lhe contou que Paul havia redigido o curso enquanto terminava o último ano da faculdade. Esse foi um dos principais motivos pelos quais lhe foi oferecido um cargo em uma megaigreja em Illinois. "Ele é um professor talentoso."

Samuel também acreditava nisso, mas era preciso mais do que ensinar dons para pastorear uma igreja, especialmente uma tão pequena e consanguínea como a Igreja de Centerville. Samuel não tinha dúvidas de que Paul era a resposta de anos de oração. Mesmo assim, bons pastores não nascem prontos, eles são orientados.

O que parecia excepcional numa sala de aula ou numa dissertação de mestrado nem sempre era fácil de colocar em prática no dia a dia. Paul Hudson tinha muito a aprender sobre como pastorear pessoas que tinham duas a três vezes a sua idade. Otis precisava de correção de vez em quando, mas se viesse de Paul, era melhor que fosse feita com ternura, como um filho para um pai, e não como um jovem capitão de navio dando ordens a um velho marinheiro cansado e experiente que passou a maior parte de sua vida no cordame.

Senhor, estou preparado para isso? Como posso orientar um jovem que pensa que aprendeu tudo o que precisa saber depois de alguns anos de faculdade e de ver seu pai administrar uma grande igreja? Ele te ama. Não tenho dúvida disso. Ele está muito entusiasmado. O problema é que ele tem um talento especial para desencadear rusgas. Um sistema de som, pelo amor de Deus. Senhor, tu sabes como as pessoas ficam irritadas com a música. Ele está no trabalho há apenas um ano, Senhor, e já estou começando a me sentir como um bombeiro correndo por aí com um balde de água. Não quero apagar a chama desse jovem, Senhor. Só quero que tu me mostres como lidar com ele.

— Deus fez os Efalantes?

Samuel foi pego de surpresa até olhar a tela da TV.

— Bom... — disse Abby da porta, Eunice sorrindo atrás dela.

— Ele criou os homens que inventaram os Efalantes — disse Eunice, sorrindo para Samuel enquanto dava um abraço no filho. Uma xícara de café e alguns biscoitos com Abby animaram a jovem.

— E os Dinonhas — disse Abby.

Eunice sorriu para Timmy.

— Obrigada por cuidar dele, Samuel.

— Disponha.

Samuel caminhou com eles até a porta.

— Diga tchau ao sr. e à sra. Mason, Timmy.

— Tchauzinho. — Ele acenou.

Abby acompanhou Eunice até o portão. Eunice abraçou Abby e beijou sua bochecha. Ela disse alguma coisa e depois se virou.

Samuel acenou de volta.

— Volte logo, amiguinho. — Samuel esperou na porta enquanto Abby fechava o portão e subia a passarela. — Tudo bem, Abby?

— Ela estava sentindo falta da mãe e do pai. Não faz muito tempo que eles morreram. Ela ainda está de luto, eu acho. Mudar para o outro lado do país e criar raízes entre estranhos apenas trouxe isso à tona. E Paul tem estado tão ocupado...

— Posso fazer alguma coisa para ajudar?

Ela colocou o braço em volta da cintura dele enquanto entravam na casa.

— Exatamente o que você está fazendo. — Ela olhou para ele. — Continue orando. — Ela soltou a cintura dele e foi para a cozinha. — Tenho que preparar o jantar.

— Eu deveria orar por alguma coisa específica?

Ela lançou um olhar brincalhão.

— Pare de ser intrometido.

— Só fiquei curioso.

— Você não pode consertar tudo, Samuel. Algumas coisas só dão certo com tempo e atenção.

— Bem, eu...

— O tempo e a atenção *deles*.

Ele fez uma careta para ela.

— Sabe, você está ficando uma velha atrevida.

Ela deu uma risada irônica.

— Melhor do que ser um velho intrometido.

Stephen estacionou sua caminhonete próximo ao projeto dos Atherton e reuniu sua papelada. Uma checagem rápida confirmou que uma equipe completa tinha aparecido. Martelos batiam e serras sabre scrravam à medida que o trabalho avançava.

A construção subterrânea e local ocorreu sem problemas. A colina atrás da casa tinha um terraço, e a entrada curva de Quail Hollow era nivelada. Adufas foram construídas com tocos no chão para conexões subterrâneas de água, esgoto, eletricidade, telefones, televisão a cabo e computadores.

Os materiais chegavam diariamente à medida que as paredes subiam. Os componentes do telhado deveriam chegar até o final da semana. Tudo estava sob o olhar atento de vários fiscais de obra que estiveram no local e na estrutura, garantindo que tudo fosse feito de acordo com os códigos de construção mais recentes e atualizados.

— Bem, Decker, eu diria que você não faz nada pela metade — dissera um inspetor ontem.

— Gosto de construir casas que ainda vão existir muito tempo depois que eu morrer.

Se tudo corresse conforme o cronograma de Stephen, o projeto estaria concluído em noventa dias, incluindo o paisagismo. Atherton havia dito inicialmente que um acre de gramado com algumas árvores ornamentais e arbustos o deixaria satisfeito, mas sua jovem esposa conseguiu sua aprovação para uma piscina de formato livre cercada por rocha natural. Ah, e ela queria uma cascata de água sobre ela. Em seguida, deveriam construir uma varanda. Poucos dias depois, ela acrescentou à sua lista caminhos de ladrilhos e um mirante com diversas treliças e bancos embutidos. Stephen fez a pesquisa e informou a Atherton que a última "lista de desejos" de Sheila chegaria a mais de cem mil dólares. Atherton queria manter os planos originais ou prosseguir com as alterações?

— Faça o que ela quiser — dissera Atherton no tom de um executivo que tinha pouco tempo a perder e queria ver sua esposa feliz.

Projetos de construção, mesmo aqueles que ocorriam de forma relativamente tranquila, muitas vezes causavam atritos entre marido e mulher. Mas Stephen tinha a sensação de que as tensões que sentia entre Robert Atherton e sua esposa visivelmente mais jovem haviam começado muito antes do início da obra nesta casa de 1.800 metros quadrados.

Ele ouviu o barulho do cascalho quando um veículo se aproximou. Olhando por cima do ombro, ele viu um Cadillac prateado parar e estacionar ao lado de sua caminhonete. Bufando por dentro, ele enrolou as plantas. Um cavalheiro poderia ter aberto a porta do carro para Sheila Atherton, mas Stephen decidiu manter uma distância segura. Ela saiu do carro como Vênus sai do mar, jogando os longos cabelos loiros para trás sobre os ombros enquanto se aproximava dele como uma modelo em uma passarela de Paris. Ela usava calças de couro pretas justas e um suéter branco com gola redonda.

O SOM DO DESPERTAR

As serras sabre pararam bruscamente e os martelos ficaram silenciosos de maneira perceptível.

Se houvesse alguma dúvida de que ela sabia exatamente que resposta seu traje receberia, foi rapidamente eliminada. Ela lançou um sorriso radiante para a equipe e acenou.

— Oi, pessoal!

Alguém assobiou.

— Está com a cara boa, sra. Atherton! — outro gritou.

Irritado, Stephen percebeu que seus homens não eram os únicos olhando.

— De volta ao trabalho!

Ela riu.

— Ah, eles não me incomodam, Stephen. Estou acostumada com esse tipo de reação.

— Não estou surpreso. — Ele tentou manter seu tom amigável, mas neutro.

Ela colocou a mão no quadril e inclinou a cabeça, um brilho de desafio nos olhos azuis.

— Eu estava a caminho de Sacramento para fazer algumas compras e pensei em passar por aqui e ver como estão as coisas.

— Está tudo dentro do prazo, *sra.* Atherton.

O sorriso dela diminuiu.

— Quantas vezes tenho que dizer para você me chamar de Sheila? Você me faz me sentir tão velha quando me chama de sra. Atherton. — Ela se aproximou o suficiente para ele sentir o cheiro do seu perfume caro. — Por que você não me acompanha e me mostra o que fez desde a última vez que passei por aqui?

— Não mudou muita coisa desde anteontem. E tenho que me preparar para uma inspeção. — O compromisso só seria às 16h, mas ela não precisava saber disso.

Sheila Atherton ajustou a postura. Olhou em direção à casa e depois de volta para ele.

— Eu estive pensando... — Ele sabia exatamente o que isso significava e cerrou os dentes. — Não temos claraboias na casa, Stephen.

— Estamos construindo uma claraboia na estufa, lembra?

— Ah, aquela. Esqueci disso. Bem, isso não importa, não é o suficiente. Quero uma no quarto, uma grande para poder olhar as estrelas à noite.

— O que Rob acha dessa ideia?

— Rob não se importa. Ele não está interessado em nada além dos negócios. — O olhar dela ficou duro como aço. — Ele disse que posso fazer o que quiser, e quero uma claraboia no meu quarto.

— Bom, então acho que vamos fazer as plantas para colocar uma claraboia no seu quarto.

— Quanto vai custar a mais?

— Depende de quantas estrelas você quer ver. — Sua piadinha não deu certo, então ele decidiu ser franco. — Isso significa alterações nos projetos, aprovação, mudanças estruturais, tempo adicional, dinheiro adicional, inspeções adicionais. — Não é só fazer um buraco no telhado sem causar alguns problemas.

— Bom, apenas me mande a proposta quando estiver pronta. Rob provavelmente vai te dizer para contratar mais homens. Ele está ficando impaciente para se mudar.

— Vou fazer os desenhos e ter um orçamento pronto para seu marido assinar até o final da semana.

Toda sorrisos agora, ela se aproximou.

— Sei que vai ser lindo quando tudo estiver pronto, com certeza. Todo mundo vai me invejar. — Ela colocou a mão no braço dele e sorriu. — Por que não tomamos um café qualquer dia desses? Podemos conversar sobre muitas coisas além da casa.

— Eu não acho.

— Rob não se importaria.

— Duvido disso.

— Você tomaria café com Rob se ele pedisse, não é?

— Ele não pediria.

— Por que não?

— Nenhum de nós tem tempo a perder.

Todo o divertimento desapareceu numa piscada de olhos.

— Você consegue ser completamente rude às vezes!

— Você e seu marido me contrataram para fazer um trabalho, *sra*. Atherton. É para ele que toda a minha energia está indo agora.

Ela ficou séria de repente.

— O que faz você pensar que quero algo mais de você do que isso?

Ela o lembrava de sua ex-mulher, elegante e loira, faminta por posses e poder, entediada e à espreita quando conseguia tudo isso. Pobre Atherton.

Ele provavelmente começou pensando que tinha uma gatinha fofinha para mantê-lo aquecido durante os anos de inverno e estava aprendendo da maneira mais difícil que estava preso a uma tigresa. Ele olhou Sheila diretamente nos olhos e deu-lhe um meio sorriso. O silêncio respondeu melhor do que as palavras.

— Que ego você tem, sr. Decker. Como se eu olhasse duas vezes para um operário como você! — Ela marchou até seu carro.

Aliviado por ela estar indo embora, Stephen abriu as plantas e começou a fazer estimativas mentais do tempo que levaria para adicionar a claraboia. Pelo que sabia, ela voltaria amanhã querendo levantar o telhado e acrescentar água-furtada. Sheila bateu a porta do carro com tanta força que ele estremeceu. Ao dar ré, errou por pouco o lado do motorista da caminhonete. Ela lançou um olhar venenoso para ele antes de pisar no acelerador e lançar uma chuva de cascalho com as rodas traseiras.

— Ei, chefe — gritou Carvalho do andaime. — O que você disse à dama para ela ficar tão irritada?

— Não é da sua conta! — Enquanto a equipe de trabalho ria, ele se virou e murmurou. — E ela não é nenhuma dama.

— O *señor* Decker sempre tem problemas com as mulheres — disse Hector de uma escada. — Até a Sally, do Charlie's Diner, tem perguntado de você.

Carvalho riu e colocou um viga no lugar.

Stephen apontou para seu amigo.

— Continue falando, Hector, e vou te mandar de volta para o México!

— Ei, não tem problema, Decker. De qualquer maneira, vou voltar neste inverno e vou levar uma grande parte do seu dinheiro comigo!

Stephen riu.

Tom Hadley, o fiscal de obra, chegou atrasado e examinou o local como se tivesse uma lupa na mão. Stephen forneceu detalhes das plantas, respondeu a suas questões, perguntou algumas coisas e contou algumas piadas. Durante seus anos como aprendiz, Stephen percebeu que os fiscais de obra podiam transformar um trabalho aparentemente fácil em um pesadelo. Era preciso levar em conta que tratava-se de homens ou mulheres cumprindo suas tarefas, mas que também tinham uma vida além do trabalho. Um negócio forte era construído com base na combinação certa de respeito mútuo e cortesia. Ter uma atitude antagônica em relação aos fiscais de obra era tão construtivo quanto usar dinamite para cavar uma trincheira.

Hadley era um homem de família, ansioso para se gabar de seus filhos, que estavam na faculdade. Ele ainda estava conversando em frente à caminhonete quando percebeu os homens de Stephen caminhando em direção a seus veículos.

Ao olhar para o relógio, Hadley se endireitou.

— Nossa, nem vi a hora passar.

Stephen percorreu o local uma última vez. Tudo parecia adequado. Ele nunca se cansava da emoção de projetar e construir algo do zero. Ainda assim, apesar de toda a satisfação que conseguia com o trabalho, ele não conseguia se livrar da inquietação que o dominava com frequência. Ele subiu na caminhonete, bateu a porta e desceu a colina.

Ele se perguntou se conseguiria conversar com a filha esta noite. Nos últimos dias, Kathryn bloqueou habilmente todas as suas tentativas. Lembrar da conversa da noite anterior o deixou nervoso.

— O que você acha que eu quero? — perguntou ele em resposta à saudação pouco amigável dela. — Quero falar com a minha filha. Tenho ligado todas as noites e só caio na secretária eletrônica.

— Estive ocupada.

— Eu não quero saber de você.

— Isso é bom, porque você não tem o direito.

— Pode chamar a Brittany?

— Ela está na cama.

— Às 18h? Ela está doente?

— Não, ela não está doente. Não que você fosse se importar se ela estivesse.

— Estou ligando, não estou? Por que ela está na cama?

— Ela está de castigo. Ela se recusou a recolher os brinquedos e não vou fazer isso por ela. Às vezes, ela age exatamente como você. Teimosa, cabeça dura.

— Me deixa falar com ela.

— Não, ela vai ver isso como uma recompensa, e isso minaria a minha autoridade como mãe dela.

— E quanto aos meus direitos como pai? Não consigo falar com ela há oito dias, Kathryn. Tudo que estou pedindo são alguns minutos.

O SOM DO DESPERTAR

— Isso é maravilhoso, Stephen. Você nunca teve tempo para Brittany ou para mim quando éramos casados. Quantas vezes implorei por um minuto do seu precioso tempo? Você só se importava com seu negócio, com seus colegas de construção ou com algum jogo de futebol americano ou beisebol na televisão.

Stephen cerrou os dentes ao se lembrar da forma agressiva como ela falou. Ele lutou contra a vontade de dizer que ela sempre amou demais o papel de mártir para que ele interferisse. Além disso, quem iria querer passar tempo com uma mulher que aproveitava todas as oportunidades para derramar sua ladainha de reclamações? Ele quase perguntou se ela ainda estava tendo um caso com o chefe.

Kathryn McMurray Decker teria adorado colocar nele toda a culpa por sua vida miserável, mas a verdade é que ela já era infeliz muito antes de eles ficarem juntos. Antes de se casarem, ela atribuía sua infelicidade às fraquezas da mãe e às tendências abusivas do pai. Quando Stephen conheceu os dois, só pôde concordar, e isso a colocou na defensiva. Ela começou a culpar qualquer trabalho ou chefe que tivesse. Ela sempre começava um trabalho delirando sobre como todos eram maravilhosos e, seis meses depois, reclamava porque seus supervisores e colegas não a tratavam adequadamente, ou não lhe davam o aumento ou o crédito que ela achava que merecia.

Foram necessários dois anos de casamento para ele perceber que tentar fazê-la feliz era uma batalha perdida. Quando ele parou de tentar, Kathryn o culpou por seu sofrimento. Ela transformava tudo em autopiedade muito rapidamente. Contudo, para piorar a situação, Stephen passou a usá-la como desculpa para beber. Quando ela dizia que ele já tinha tomado uma bebida, ele preparava outra. Se ela dissesse que ele já tinha bebido muito, ele bebia mais só para irritá-la. E assim o carrossel deu voltas e mais voltas, ganhando velocidade, deixando os dois enjoados.

Velhos hábitos são difíceis de mudar.

Cada vez que ele ligava e ouvia a voz de Kathryn, o desejo crescia dentro dele mais uma vez. A batalha contra pegar aquele primeiro copo de uísque estava se tornando cada vez mais difícil. Ele passou por uma loja de bebidas e precisou de toda a sua força de vontade para não parar no estacionamento. Começou a suar frio porque quase podia sentir o gosto do uísque na língua. Ele agarrou o volante.

Será que isso vai ficar mais fácil, Jesus?

A vontade piorou quando ele destrancou a porta e entrou no seu apartamento vazio. O silêncio o envolveu como uma prisão. Ele ligou a televisão e encontrou um canal de esportes. O problema é que isso o lembrava de como ele costumava se sentar na sua poltrona com uma bebida na mão. Desligou a televisão e ligou o rádio. Abriu a geladeira, mas nada nela o atraiu. Batendo sua porta com força, ele voltou para a sala.

Ele estava enlouquecendo em silêncio naquele apartamento. Ele se sentiu tão mal quanto nas primeiras semanas em que se internou nas instalações do Exército de Salvação. Em desespero, pegou o telefone e discou um dos números salvos.

— Alô?

— Mindy, é o Stephen. — Ele olhou para o relógio e fez uma careta. — Você acabou de sentar para jantar, não é? — Podia ouvir vozes de crianças ao fundo. — Posso ligar de volta mais tarde.

— Não, está tudo bem, Stephen, sério. Espere, vou chamar o Rick.

Stephen se inclinou para a frente, coçando a ponta do nariz enquanto segurava o telefone.

— Ei, Stephen, faz um tempo que não tenho notícias suas. Como vai? — a voz profunda de seu conselheiro era a única tábua de salvação de Stephen.

— Não tão bem.

— Quer conversar sobre isso?

— Você já ouviu tudo isso antes. Só me diz uma coisa, fica mais fácil?

— Depende de como você encara isso: como uma maldição ou uma bênção.

— No momento, é uma maldição.

— Bem, você deu o primeiro passo na direção certa ao me ligar em vez de servir a primeira bebida.

— Não me dê os parabéns ainda.

— Você está lendo sua Bíblia?

— Todos os dias.

— Você já encontrou uma igreja?

Ele deu desculpas. *Sem tempo. Muito trabalho para fazer.*

— Você sabe o que precisa fazer para que isso funcione, Decker. Então, o que está te impedindo de verdade?

Stephen sabia o que tinha que fazer, mas isso não tornava as coisas mais fáceis.

— Nunca frequentei uma igreja além dos cultos na reabilitação e todos estavam em pé de igualdade. Todos os homens naquele lugar eram alcoólatras, viciados em drogas ou ambos.

— Ah, entendi. Você acha que precisa limpar completamente sua vida antes de ter o direito de entrar em uma igreja normal, certo? Sabe, você não precisa marcar um "A" na testa.

Stephen deu uma risada baixa.

— Ninguém espera que você entre em uma igreja e diga: "Olá, meu nome é Stephen Decker e sou um alcoólatra em recuperação." Guarde isso para as reuniões no AA. Por falar nisso, não tenho visto você em nenhuma reunião ultimamente.

— Sei disso, mas ainda me irrita não poder fazer isso sozinho.

— Isso também me irritou, Stephen. E da primeira vez não consegui porque deixei meu orgulho atrapalhar. Lembra do que conversamos? O diabo ronda como um leão. Os alcoólatras tendem a viver em isolamento autoimposto. Isso nos torna presas fáceis. Você já procurou uma reunião do AA?

— Não existe garantia de que esses sentimentos vão desaparecer se eu começar a frequentar a igreja.

— E não existe garantia de que não vão desaparecer. Uma coisa você vai ter, no entanto.

— E o que é?

— Responsabilidade.

Isso de novo.

— Está bem, está bem. Então, qual é o procedimento?

— Você entra pela porta, senta em um banco e ouve.

— É mais fácil falar do que fazer. — A última vez que ele entrou, sentou em um banco e ouviu um culto na igreja foi porque isso era necessário para permanecer na reabilitação e obter a ajuda de que precisava. No final dos seis meses, ele se viu esperando pelos domingos. Mas ele não compareceu a nenhum culto desde que saiu da reabilitação. Estava com sede de novo. Seria melhor se ele bebesse em abundância a Água Viva do que uma garrafa de uísque.

— Obrigado, Rick.

— Disponha. Posso te levar para uma reunião ou para a igreja, é só pedir. Eu e Mindy estamos orando por você, Stephen. Toda manhã. Apenas lembre-se disso. Viva um dia de cada vez.

— Sim. — Alguns dias eram mais difíceis do que outros.

Ele desligou, mas ainda não conseguiu se livrar da inquietação. Estava com fome agora, mas não tinha vontade de cozinhar para si mesmo. Pegando as chaves, ele saiu em busca de um lugar para comer. Enquanto dirigia pela Main Street, ele avistou dois caras da sua equipe entrando no Wagon Wheel Saloon and Restaurant. Seria fácil parar e se juntar a eles, e seria difícil dizer não quando pedissem a primeira rodada de bebidas.

Em vez disso, ele foi até o Charlie's Diner. O estacionamento tinha duas vagas restantes. Pessoas. Muitas pessoas. Ele lutou contra a vontade de se virar e voltar para o supermercado e para casa novamente, mas Rick estava certo. Ele tendia a se isolar, e quanto mais isolado ficava, mais difícil era lutar contra a tentação de comprar uma garrafa de um bom uísque e tomar aquele primeiro gole, que o mandaria mais uma vez para o buraco negro.

— Ei! Stephen Decker voltou, Charlie! — Sally chamou o marido. — Eu disse que não o afugentei!

— Então, diga para ele se sentar e lhe dê um cardápio.

— Quer uma mesa ou prefere sentar no balcão?

Stephen olhou em volta e viu uma mesa sobrando lá no cantinho. Se ele aceitasse, teria total privacidade. Ele poderia comer sozinho e depois voltar para casa, para seu apartamento vazio e meditar um pouco mais.

— Balcão — disse ele.

Sorrindo, Sally fez um gesto com a mão.

— Escolha o seu lugar.

Ele se sentou em um banco perto do meio e abriu o cardápio que ela lhe entregou.

— Nosso especial desta noite é rosbife com purê de batata com alho e minicenouras. Ele vem com um pão assado fresquinho e você pode escolher minestrone caseiro ou salada fresca.

— Parece bom. Vou querer a sopa e uma xícara de café, assim que possível.

— Saindo! — Sally prendeu o pedido no porta-comanda sobre o balcão do cozinheiro. Virando-se, pegou uma cafeteira com tampa laranja direto da chapa e buscou uma caneca branca na prateleira. Ela colocou a xícara na frente dele e a encheu.

— Como vai o negócio de construção?

— Em expansão.

Ela preparou um guardanapo e colocou faca, garfo e colher nele.

— Isso é empolgante, hein?

O SOM DO DESPERTAR

— Você sabe alguma coisa sobre as igrejas da região?

Charlie bateu na campainha. Sally pegou a sopa e colocou-a na frente de Stephen.

— Bem, você pode escolher. Católica, protestante, mórmon e tudo o mais. Temos até uma mesquita a alguns quilômetros daqui e alguns budistas que se reúnem num pequeno santuário em McFarlane. Mas se você está pedindo uma recomendação, eu digo Igreja de Centerville. — Ela baixou a voz. — Sempre teve um ensino bíblico bom e sólido, se é que você me entende. Completamente sem vida, no entanto. Não há muita coisa acontecendo. Apenas um punhado de veteranos na congregação até um ano atrás, quando conseguiram um novo pastor. — Ela se endireitou, falando mais alto. — Igreja de Centerville. Se você quer um lugar movimentado, é para lá que deve ir. Eu e Charlie frequentamos, não é, querido? Pelo menos, quando consigo tirá-lo da cozinha. O pastor Paul prega lá. Você o conheceu no dia em que veio tomar café da manhã.

— O corredor?

— Esse mesmo. Se estiver interessado, pode participar do estudo bíblico amanhã à noite. Começa às 19h30 no salão social. Eu e Charlie vamos trabalhar neste horário, senão iríamos para lá. — Ela acenou com a cabeça em direção a um casal de idosos sentado em uma mesa. — Aqueles são Samuel e Abby Mason. Eles são membros há anos. Na verdade, Samuel foi um dos presbíteros que chamou o pastor Paul ao púlpito. Ei, Samuel, o que vocês estudam nas noites de quarta-feira?

— Acabamos de começar o livro de Efésios.

— Tem espaço para mais um? Tenho alguém interessado aqui.

— Bastante espaço. — Ele acenou com a cabeça para Stephen.

Stephen acenou de volta.

— Pronto, Decker — disse Sally, sorrindo novamente. — Você está inscrito.

— Presumindo que ele queira ir! — gritou Charlie lá de trás.

— Ele me perguntou sobre igrejas, seu velho idiota!

— Você não tem alguns pratos para lavar?

Sally piscou para Stephen enquanto respondia:

— Ele precisa pegar o jantar e comê-lo primeiro.

Charlie deslizou um prato de rosbife, purê de batatas e minicenouras na bancada da cozinha e tocou a campainha.

Stephen riu com os outros que ocupavam o balcão. Enquanto jantava, percebeu como Sally conversava com o marido enquanto lavava a louça e a colocava em prateleiras de esterilização. Ela riu de algo que ele disse. Ele saiu e carregou a prateleira lotada para ela até os fundos. E então a brincadeira recomeçaria. Alfinetadas sem picada.

Bebendo seu café, Stephen se sentiu solitário mais uma vez. Mesmo no meio de um restaurante lotado, ele se isolava. E sabia que se se permitisse ficar assim, ele se autodestruiria. Talvez o estudo bíblico fosse um bom começo.

Se ele quisesse construir uma nova vida, teria que construir novos hábitos.

CAPÍTULO 4

Paul avistou o empreiteiro que conheceu brevemente no Charlie's Diner. Ele estava entrando no salão social com uma Bíblia embaixo do braço. Paul abriu caminho através da reunião de frequentadores regulares.

— Stephen Decker, não é?

As sobrancelhas de Decker ergueram-se ligeiramente.

— Você tem uma boa memória.

— Que bom que se juntou a nós. — Paul desenvolveu um método de associação de nomes enquanto trabalhava na Mountain High. As pessoas se sentiam acolhidas quando seus nomes eram lembrados. Isso as fazia se sentir importantes e cuidadas e proporcionava um sentimento de pertencimento. Quando conheceu Stephen Decker no Charlie's, ele acionou gatilhos de memória: *deque, empreiteiro, construtor, Decker, Stephen, primeiro mártir*. Também era importante aprender quais habilidades as pessoas possuíam e como poderiam servir melhor a igreja.

Eles deram um aperto de mão.

— Não deixe o barulho afetar você — riu Paul. — Começamos nossos estudos bíblicos com lanches. Dá às pessoas a chance de se misturar. Vou lhe apresentar a todos. Você viu o anúncio sobre o estudo no *Centerville Gazette*?

— Não, foi Sally quem me contou.

— Tenho que agradecê-la. — Paul conduziu Stephen e o apresentou a todos, mas se concentrou nas pessoas com quem ele teria interesses em comum. Matt Carlson era telhador. Phil Sturgeon era encanador. Tom Ingersol era eletricista. Todos estiveram envolvidos em vários projetos em torno de Centerville e no extremo norte de Sacramento, e se tornaram novos e valiosos membros da igreja. Um arquiteto que também fosse empreiteiro seria inestimável, pois a ICC — a Igreja Cristã de Centerville — crescia além de seu santuário e salão social.

Stephen apertou a mão de Tom.

— Você fez a fiação do meu projeto em Vine Hill.

— Fiz mesmo. Você está construindo uma casa e tanto ali. Quem vai se mudar para lá? O Bill Gates?

Decker riu.

— Não é tão grandioso.

— Maior do que qualquer outra coisa que temos nesta região.

Com Decker integrado, Paul se sentiu à vontade para subir ao palanque, onde fez uma verificação de última hora em suas anotações.

— Certo, pessoal, vamos começar. Temos muito o que abordar hoje. — Ele contou quantas pessoas havia enquanto elas se sentavam. Trinta e oito. Boa mistura de homens e mulheres, de meia-idade e mais velhos.

Ele esperava que os reclamões que continuavam a comparecer se comportassem bem. Não queria que nenhum deles martelasse doutrina na cabeça dos recém-chegados. Quanto mais cedo a igreja crescesse, melhor. Ele queria renovar o conselho de presbíteros. Se esta igreja quisesse crescer, homens como Otis Harrison e Hollis Sawyer teriam que se aposentar da liderança. Eles viviam no passado, e Paul estava cansado de tentar argumentar. Se pudessem, esta igreja permaneceria a mesma hoje como tem sido nos últimos quarenta anos.

— Vamos abrir com uma oração. — Paul orou com fervor para que todos os presentes tivessem corações e mentes abertos para as lições que Deus estava prestes a lhes dar, que assumissem o papel que Jesus tinha para eles, que aceitassem a liderança de Deus nos dias futuros e que o Senhor os abençoasse por sua obediência.

Depois de revisar o contexto histórico de Efésios, Paul percorreu o livro versículo por versículo, enfatizando fortemente que cada pessoa presente foi escolhida por Deus e nunca deveria deixar de ser grata. Enfatizou, ainda, que a sabedoria e a revelação os iluminariam sobre o serviço para o qual o Senhor os havia criado em sua igreja. Samuel Mason levantou a mão. Paul ignorou. Quantas vezes ele teria que explicar que era um estudo, e não um grupo de discussão? Ele tinha elaborado seu plano de aula para que durasse exatamente cinquenta minutos, deixando dez minutos para pedidos de oração no final. Ele não tinha tempo para interrupções ou para qualquer discussão.

O SOM DO DESPERTAR

À medida que se aproximava o fim do estudo bíblico, Paul fechou sua Bíblia e perguntou quais eram os pedidos de oração. Ele os anotou em um pedaço de papel. Para economizar tempo, ele mesmo orou pela lista, resumiu o que havia ensinado naquela noite e agradeceu a Deus pela sua palavra. Ele encerrou a aula às 21h. Seu pai lhe dissera anos atrás que os recém-chegados eram mais propensos a retornar a uma turma que tivesse começo e fim definidos.

Colocando os pedidos de oração em sua Bíblia, Paul se preparou para conversar com aqueles que permaneceram. Agora era a hora das perguntas. Várias pessoas vieram lhe dizer que ele era um professor maravilhoso e como ele deu vida à Bíblia.

— Deus trouxe você aqui, pastor Paul — disse Edna Welty. — Henry Porter era um bom homem, mas me fez dormir pregando a mesma coisa repetidamente.

Samuel e Abby se juntaram a eles.

— Henry Porter ensinou sobre a graça, Edna — disse Abby calmamente.

Samuel olhou nos olhos de Paul.

— Uma lição que vale a pena ensinar repetidamente, pois está além da compreensão dos homens.

Paul forçou um sorriso. Quanto tempo ele ainda teria que ouvir os aplausos ao antigo pastor? Será que Samuel Mason e os outros dois presbíteros ainda não perceberam que o reverendo Porter quase levou esse pequeno rebanho patético ao completo esquecimento?

— Aqueles que recebem a graça de Deus também são chamados a uma responsabilidade maior. — A maioria dos fiéis vinha à igreja por hábito, não por fé. A fé era viva e ativa, não chata e complacente.

— Sim, mas o trabalho surge por gratidão, não por obrigação.

Samuel Mason era como chiclete no sapato! Ele não conseguia se livrar dele.

— Gratidão, sim, mas as pessoas que têm um chamado em suas vidas são úteis e vitais.

— Cada membro do corpo de Cristo é vital.

— Mas nem todos são úteis. Alguns vêm apenas passear, não dando nada em troca ao Senhor que os salvou.

— Mesmo assim, é importante não passar uma ideia errada.

A confiança de Paul evaporou.

— Que ideia errada eu estava passando na aula de hoje? — Ele tinha sido tão cuidadoso.

Abby parecia angustiada.

— Não acho que seja isso que Samuel está dizendo, Paul.

Samuel não alterou suas palavras nem se desculpou.

— A salvação é uma dádiva gratuita de Deus, não algo que podemos ganhar através de boas obras.

— A fé sem obras é morta. — Paul não pretendia parecer tão obstinado, mas Mason merecia uma reprimenda. O presbítero não tinha o direito de envergonhá-lo. Quem se formou no seminário? Mason que não foi. Quem passou inúmeras horas estudando a Bíblia, preparando-se para esta aula? Quem era o pastor desta igreja agora?

— Fé e obras estão interligadas — disse Samuel.

O velho era obstinado.

— Um homem é justificado pelas obras porque elas mostram a sua fé.

— Abraão ofereceu seu filho Isaque porque ele *acreditou* em Deus e isso lhe foi imputado como justiça. Foi por causa de sua fé que ele foi chamado de amigo de Deus.

Paul sorriu rigidamente.

— Então nós dois concordamos, não é? Apenas temos maneiras diferentes de chegar à mesma conclusão. — Ele viu a expressão preocupada nos olhos do velho e se aproximou, falando em voz baixa. — Devíamos encerrar esta conversa antes que os outros pensem que estamos brigando. A última coisa que queremos é um espírito de divisão na igreja. — Ele esperava que isso fosse suficiente para calar a boca do velho.

O rosto de Abby ficou vermelho vivo.

— Espera um pouco!

— Já disse o suficiente. — Samuel colocou o braço em volta dela. — Boa noite, Paul.

Mason parecia cansado. Nove e meia provavelmente já passava da hora de o velho dormir.

Paul sentiu um peso na consciência ao observar os Mason deixarem o salão social. Eles tinham boas intenções, não queria que saíssem assim. Quando ele começou a segui-los, uma mulher apareceu em seu caminho e disse que havia sido nutrida por seus ensinamentos. Paul olhou além dela em direção à porta. Os Mason já tinham ido embora e seria rude passar direto por essa mulher. Talvez ele ligasse para Samuel amanhã e sugerisse que almoçassem juntos. Eles precisavam ter uma convergência de opiniões se a igreja quisesse

O SOM DO DESPERTAR   87

continuar a crescer. Esta igreja precisava de trabalhadores. Samuel deveria perceber isso melhor do que ninguém, considerando os anos de trabalho que ele dedicou para manter esta igreja funcionando. Por que ele estava resistindo agora? Certamente queria que a Igreja Cristã de Centerville se tornasse um farol na comunidade, não que continuasse sendo uma lâmpada apagada. Samuel Mason era um presbítero, mas isso não lhe dava o direito de desafiar a autoridade de Paul.

Trancando as portas ao sair, Paul debateu com sua consciência durante a curta caminhada até a casa do pastor. Eunice sempre esperava por ele, mas não queria que ela ficasse sabendo do que tinha acontecido entre ele e os Mason. Ele achou que tinha suas emoções completamente sob controle quando entrou pela porta da frente e encontrou Eunice costurando um macacão de Timmy. Ela olhou para cima com um sorriso, e suas sobrancelhas se ergueram em questionamento. Deprimido, Paul largou a pasta e a Bíblia sobre a mesa. Ela poderia lê-lo como um livro.

— Nem queira saber. — Ele tinha cometido um erro com Samuel e Abby e não queria que Eunice saísse em defesa deles. Ela os amava como se fossem seus pais.

Certa vez, o pai de Paul lhe dissera para ter cuidado com o que compartilhava com sua esposa. "As mulheres são facilmente enganadas", ele dizia. Paul se afundou na poltrona.

Euny voltou a costurar o rasgo do macacão de Timmy, mas Paul não se deixou enganar. Ela estava esperando que ele dissesse alguma coisa. Talvez ele devesse conversar com ela, ouvi-la falar sobre o que havia acontecido. Ela poderia aconselhá-lo sobre como fazer as pazes sem recuar no que ele vinha ensinando.

— Tivemos outro recém-chegado hoje. Stephen Decker. Um arquiteto. Ele é o responsável pela mansão que fica na estrada Vine Hill. — Deus era soberano. Não era por acaso que tantas pessoas envolvidas na construção estavam vindo para a Igreja Cristã de Centerville. Era um sinal.

— Posso ver que está pensando em alguma coisa, Paul.

— Tenho grandes esperanças nesta igreja.

— Com razão, mas não faria mal nenhum desacelerar um pouco.

— A ICC não tinha uma pessoa sequer com menos de setenta anos quando chegamos aqui, Euny, e agora temos um grupo de jovens de vinte e famílias jovens estão começando a aparecer. Você sabe tão bem quanto eu que o futuro da igreja está na sua juventude. E os cultos de domingo também estão lotados. Tivemos 107 no domingo passado.

— Você não precisa ficar na defensiva comigo, Paul.

— Não estou na defensiva!

Ela piscou.

Ele se retraiu.

— Desculpe, eu não queria explodir assim.

— O que aconteceu?

— Não aconteceu nada que eu não possa resolver. Algumas pessoas acham que é errado ser ambicioso pela obra de Deus. — Ele se levantou, sabendo que, caso se sentasse novamente, iria desabafar suas frustrações, e ela poderia acabar dizendo algo que enfraqueceria sua determinação. — Vou tomar um banho e depois ir para a cama. Tenho algumas visitas matinais.

— Vai ver Fergus Oslander e Mitzi Pike na Vine Hill?

— Não. — Ele não ia a Vine Hill há semanas, não tinha tempo. — Vou passar no local de trabalho de Stephen Decker. — Ele sentiu a inquietação da esposa. — Não posso estar em dois lugares ao mesmo tempo, Eunice. Ajudaria se você fosse vê-los.

— Eu *tenho* ido. Todas as semanas desde que chegamos, mas às vezes eles precisam ver o pastor deles.

— Eles pediram uma visita?

— Não exatamente.

— Vou tentar passar por lá para dar um oi no caminho de volta para a cidade. — Dizer que tentaria não significava que ele realmente tivesse que fazer isso.

— Samuel também vai toda semana.

— Samuel está aposentado, ele tem muito tempo. Pode escolher para onde vai e quem vê. Eu não tenho esse luxo. — Paul sentiu aquele peso desconfortável na consciência de novo. Desejou boa-noite a Eunice e a deixou sozinha na sala.

Por que ela não conseguia entender que ele tinha que fazer escolhas difíceis? Fazia mais sentido passar o tempo com um homem que pudesse se tornar uma parte vital da congregação, em vez de dois idosos doentes que passavam os seus últimos anos numa casa de repouso. Eles não conseguiam mais assistir aos cultos nem tinham um dólar sequer sobrando para a causa de Cristo. Além disso, tudo o que conversavam era sobre seu querido pastor,

Henry Porter, e sobre como ele era um bom homem. Porter pode ter sido bom, mas também foi inútil.

Eunice era melhor com os velhos. Ele a encorajaria a continuar indo vê-los, mas ele tinha que colocar sua energia em outro lugar. O dia tinha apenas 24 horas e ele precisava usar o tempo que tinha para cultivar relacionamentos com homens como Stephen Decker, que poderiam transformar esta igreja em algo que glorificaria a Deus.

Stephen voltou para a Igreja de Centerville para o culto de domingo de manhã. Ele pegou a programação oferecida por uma pessoa que dava as boas-vindas e se sentou na última fileira. Ele não ia a um culto religioso desde que deixou as instalações do Exército de Salvação e não tinha certeza de quão confortável se sentiria naquele. Ele gostou do estudo bíblico de quarta-feira à noite, com Paul Hudson percorrendo com confiança as Escrituras, explicando o significado histórico, o significado literal e a aplicação. Talvez ele aprendesse algo que pudesse ajudá-lo a passar os dias sem tremer.

Quem tocava piano tinha praticado. Inclinando-se para o lado, ele avistou uma linda mulher loira à frente. Ela parecia familiar, mas ele não conseguia identificá-la. Paul Hudson entrou pela porta lateral, subiu os degraus e se sentou à esquerda do púlpito. A pianista loira terminou os últimos compassos da música, levantou e sentou-se na primeira fileira.

Durante a hora seguinte, Stephen absorveu cada palavra dita. Hudson estava falando de Romanos, e o sermão parecia pensado para Stephen, abordando as lutas pelas quais ele vinha passando nos últimos cinco anos. Era como se Hudson tivesse uma habilidade incrível de examinar seu coração e estivesse usando um *laser* para apontar as áreas que Stephen precisava mudar, ao mesmo tempo que o lembrava do que havia aprendido durante seis meses em um centro de tratamento de alcoolismo. *Deus, conceda-me a serenidade para aceitar as coisas que não posso mudar, a coragem para mudar as coisas que posso e a sabedoria para saber a diferença entre elas*. Rick sempre acrescentava: "Seja feita a tua vontade e não a minha". Stephen lembrou-se do essencial. Ele admitiu que era impotente diante do álcool e que sua vida havia se tornado incontrolável por causa do vício. Ele acreditava que somente Jesus Cristo poderia devolver sua sanidade. Mas o que aconteceu com a decisão que ele tomou há seis meses de entregar sua vontade e sua vida a Jesus Cristo?

Ele começou bem e depois falhou nisso, o que lhe deu a desculpa para não fazer uma pesquisa completa e um destemido inventário moral de sua vida. Ainda era mais fácil para ele fazer o inventário de Kathryn do que observar a destruição que seu próprio comportamento havia causado no casamento e na vida deles. Ele voltou a viver de acordo com velhos hábitos, racionalizando e justificando seu comportamento e atitudes.

— Se confessarmos os nossos pecados, ele é fiel e justo e nos perdoará os pecados e nos purificará de toda injustiça.

Stephen estremeceu. Mesmo sentado na última fileira, de cabeça baixa e olhos fechados, ele via seus defeitos e as áreas de sua vida que precisavam de limpeza. Era fácil não enfrentar as coisas quando você ficava longe de pessoas que poderiam realmente lhe dizer a verdade. Ele tinha evitado ir à igreja porque achava que era forte o suficiente para prosseguir sozinho. E por que ele queria prosseguir sozinho? Porque não queria ter que se desculpar se tivesse uma recaída. Sozinho, ele poderia fingir que não prestava contas a ninguém. Sozinho, ele poderia continuar fingindo que sua vida era sua, que suas ações não afetavam ninguém além de si mesmo, que o que ele fazia não importava. Ele poderia ver uma bebida como um pequeno deslize em vez de uma forte queda no pecado.

Estou aqui e estou ouvindo, Jesus. O Senhor sabe que estou lutando pela minha vida. Não tem uma alma neste lugar que saiba onde estive ou com o que estou lutando. Por que eles deveriam se importar? Sentei aqui no fundo porque pensei que poderia me levantar silenciosamente, sem ser notado, e sair por aquela porta e fazer o que quisesse sem que ninguém percebesse a diferença. Mas tu saberias, Senhor. Tu sabes. É por isso que tudo o que sai da boca desse cara está me cortando profundamente. Eu não consigo fazer isso sozinho. Estou me preparando para outra queda se tentar sobreviver sozinho. E toda vez que caio, é um pouco mais difícil me levantar.

A congregação se levantou. Desorientado, Stephen fez o mesmo, baixando a cabeça enquanto Hudson orava por todos os presentes, para que atendessem ao chamado de Cristo em suas vidas, seja lá o que esse chamado pudesse implicar.

Quando o culto terminou, Stephen se demorou. Em vez de ir direto para o carro, saiu pela porta lateral e desceu os degraus até o pátio, onde estavam sendo servidos café e biscoitos. Ele reconheceu algumas pessoas. Um senhor idoso se aproximou e estendeu a mão.

O SOM DO DESPERTAR

— Fico feliz que você tenha se juntado a nós. Meu nome é Samuel Mason e esta é minha esposa, Abigail.

— Stephen Decker.

— Você é novo na comunidade, sr. Decker?

— Pode me chamar de Stephen, senhora.

— Só se você me chamar de Abby, sr. Decker.

— Sim, senhora. — Ele riu. — Abby. — Ela tinha olhos azuis que brilhavam por dentro. — Sim, sou novo em Centerville. Mudança temporária. Estou construindo uma casa em Vine Hill.

— Ah, você é carpinteiro, então.

— Mais como "pau para toda obra".

Samuel deu risada.

— O sr. Decker está sendo modesto, Abby. Ele é arquiteto e empreiteiro, estou correto? Li sobre você no *Sacramento Bee*. Você construiu várias casas em Granite Bay, pelo que me lembro. Uma delas foi comprada por uma estrela de cinema.

O artigo foi escrito há quase dois anos.

— Você tem uma memória boa.

— Gostei da aparência da casa.

— Que estrela de cinema? — perguntou Abby.

— Ninguém que você reconheceria — disse Samuel. — Não assistimos muitos filmes.

— O último que vimos foi *Fúria Indomável*.

Stephen riu com eles.

Paul Hudson se aproximou com a linda loira ao lado dele e um garotinho com um elegante terno de domingo segurando a mão dela.

— Stephen, que bom ver você de novo. — Eles apertaram as mãos. — Quero que conheça minha esposa, Eunice. Eunice, este é Stephen Decker. Ele apareceu no estudo bíblico de quarta-feira à noite. Espero que você continue vindo.

— Estes são meus planos.

— Você ainda não chegou à mesa de bebidas, sr. Decker — disse Eunice. — Posso pegar algo para você?

— Não se preocupe.

— Ah, não tem problema. — Quando ela sorriu para ele, ele foi pego de surpresa pelo choque da atração. Ele nunca sentiu um choque assim, mesmo nos primeiros dias com Kathryn. — Eu e Timmy estávamos indo até o prato de biscoitos.

Outras pessoas se juntaram ao seu pequeno grupo, ofertando conversa fiada e saudações amigáveis para fazer um estranho se sentir bem-vindo.

Eunice entregou a Stephen um copo de ponche e um pratinho com vários biscoitos caseiros. Seus dedos roçaram os dela acidentalmente.

— Gostei da sua música, Eunice.

— Obrigada. — Ela corou.

Ele a estava encarando?

Um velho com uma bengala e um olhar ressentido interrompeu.

— Com licença, Paul, mas gostaria de falar com você.

Stephen percebeu a irritação nos olhos de Hudson antes de ele disfarçá-la.

— Claro, Hollis. Mas, antes de mais nada, deixe-me apresentar Stephen Decker. Stephen, este é Hollis Sawyer, um dos nossos presbíteros.

— Prazer em conhecê-lo — disse Hollis de maneira superficial antes de lançar um olhar carrancudo a Hudson novamente. — Vou tirar apenas um minuto do seu precioso tempo e então você poderá voltar à sua socialização.

O rosto de Paul Hudson ficou vermelho. Ele estendeu o braço e virou-se para o lado com o velho.

— Ó, céus — disse Abby suavemente.

— Com licença, Stephen. — Samuel juntou-se aos dois homens, que se dirigiam para a extremidade do salão.

Era óbvio que Hollis Sawyer estava chateado com alguma coisa e Eunice também estava preocupada. Uma senhora idosa chamou Abby Mason de lado. Eunice olhou novamente para o marido e mordeu o lábio.

— Onde você estudou música, Eunice?

— Perdão? — indagou ela, voltando a atenção a Stephen.

— Música. Onde você estudou?

Ela disse Midwest alguma coisa. Ele nunca tinha ouvido falar do lugar. Stephen acenou com a cabeça na direção dos três homens conversando próximo à fachada da igreja.

— Eu não me preocuparia com isso, seu marido parece um homem que consegue lidar com uma crise. Além disso, é revigorante para alguém como eu saber que nem todos numa igreja são perfeitos.

Hollis se virou e saiu mancando. Ele fincava a bengala no chão a cada passo. Samuel disse algo para Hudson. Hudson levantou a cabeça e respondeu algo de volta.

— Estamos longe de ser perfeitos — disse Eunice suavemente.

Stephen sorriu com ironia.

— Ah, então, talvez tenha espaço para um alcoólatra divorciado em recuperação.

Ela olhou para ele.

— Esse não é o tipo de informação que eu esperaria que alguém compartilhasse no primeiro contato.

Ele esfregou a nuca, inquieto, e deu uma risada suave.

— Não, não é, e não sei exatamente por que fiz isso. — Ele nunca deixava escapar assuntos particulares. Kathryn reclamava o tempo todo do pouco que ele compartilhava sobre si mesmo. Ela alegou que essa foi uma das dezenas de razões pelas quais decidiu pedir o divórcio. O problema era que toda vez que ele compartilhava algo, ela usava isso como uma arma contra ele.

Agora ele tinha a desculpa programada: o anonimato era parte vital da sua recuperação. Ele tinha que lutar contra seus próprios demônios sem acrescentar à mistura a fera da condenação pública. Então, o que ele estava fazendo contando sobre sua vida pessoal para aquela jovem? Ele não fazia ideia de quem ela era e acabara de colocar em suas mãos informações que poderiam arruiná-lo na comunidade e também na igreja, antes mesmo de tentar fincar raízes.

Talvez ele estivesse esperando que a oportunidade evaporasse.

— Está tudo bem, sr. Decker. — O sorriso dela era gentil e o deixou com os joelhos fracos. — Vou me lembrar de esquecer.

O tempo diria se ela era uma mulher de palavra.

Só por segurança, Stephen decidiu calar a boca e ir embora antes de deixar escapar o fato de que ela era a mulher mais atraente que ele conhecera em muito, muito tempo.

Paul observou Stephen Decker deixar a reunião no pátio. Irritado e deprimido, ele deixou os ombros caírem.

— Estou cheio das reclamações de Hollis Sawyer.

— Não quero dar razão a ele, Paul, mas as tradições têm o seu lugar e devem ser levadas em conta.

Ele também não estava com disposição para receber mais conselhos sábios de Samuel Mason. Se esses velhos conseguissem o que queriam, a igreja continuaria a morrer, envolta em tradição.

— É a tradição que está sufocando essa igreja. — Ele se esforçou para manter a voz baixa, suas emoções escondidas dos espectadores. Não queria que as pessoas percebessem que algo estava errado entre ele e outro presbítero. Já era bastante ruim que Hollis tivesse escolhido interromper a conversa com Stephen Decker e depois ir embora furioso. A Igreja de Centerville precisava de mais homens como Stephen Decker entrando por suas portas, profissionais abastados na casa dos trinta e poucos anos, com outros tantos anos de serviço pela frente. Em vez disso, a igreja estava repleta de idosos e idosas, cansados e destroçados, convencidos de que uma igreja poderia funcionar sem mudar os seus velhos hábitos. Esta igreja não funcionava há muito tempo. — Que diferença faz se a Bíblia no púlpito é a King James ou a Nova Versão Internacional?

— Isso é importante para Hollis. E para os outros também.

— A ideia é comunicar o evangelho, e não o disfarçar em uma linguagem que ninguém mais usa, muito menos entende.

— Se tivermos amor uns pelos outros, todos saberão que somos discípulos de Jesus, Paul.

O calor subiu dentro de Paul. Essas palavras faladas gentilmente o atingiram profundamente. Samuel estava dizendo que lhe faltava amor? Ele não demonstrou seu amor ao dedicar toda a sua energia para recuperar a igreja?

— Samuel, eu posso amar Hollis, e realmente o amo. Ele é meu irmão cristão, mas isso não significa que eu tenha que ceder a ele em tudo.

— Não é uma questão de ceder. A Bíblia King James em questão foi dada à igreja por um dos membros fundadores.

— Jesus é o fundador desta igreja, Samuel.

— Não vou debater com você sobre esse ponto.

— Espero que não.

— Mesmo assim, nunca vale a pena queimar pontes.

Por que não, se eram estruturas de madeira apodrecidas que deveriam ser substituídas por aço e macadame? A observação do presbítero despertou o antigo medo do fracasso.

— Não estou tentando queimar pontes, Samuel. Estou tentando construir uma igreja.

— Então é preciso um pouco de concessão.

A palavra concessão irritou Paul. Quando é que estes velhos colocariam na cabeça que a igreja era um organismo vivo que respira e deixariam de olhar para ela como um diorama num museu? Se ele cedesse a Hollis, teria Otis

O SOM DO DESPERTAR

Harrison em seu escritório na sequência, tentando fazer com que toda a música voltasse a ser hinos antigos e frios. Ou algum outro membro pediria que a ordem de adoração voltasse à forma como Henry Porter fez durante quatro décadas! O medo da mudança era o que estava por trás de cada reclamação. O grito deles era sempre o mesmo: "Não mude nada!" Quanto mais cedo Paul enchesse esta igreja com sangue novo, mais cedo ele teria ajuda para fazer desta igreja algo que agradasse a Deus.

Enquanto isso, ele tinha que se resignar a lidar com esses velhos rabugentos. Na última reunião de presbíteros, Paul sugeriu recrutar diáconos e diaconisas da crescente congregação. Como é típico, Hollis e Otis recusaram. Eles disseram que não sabiam o suficiente sobre os recém-chegados para nomear qualquer um deles. Otis insistiu que homens e mulheres deveriam ser membros praticantes por no mínimo cinco anos antes de serem considerados para qualquer tipo de liderança. O que, naturalmente, eliminou efetivamente todos na congregação que tinham menos de cinquenta anos. Qual a melhor maneira de travar uma congregação em crescimento e mantê-la sob o reinado rígido de alguns presbíteros?

A reunião terminou sem nada ser realizado. De novo. Samuel Mason disse, mais uma vez, para ser paciente, orar e esperar no Senhor. O que eles estavam esperando? Paul nunca teve certeza da posição de Samuel Mason. Ele era apenas mais um dos bons e velhos garotos que existiam desde o início dos tempos e queriam que tudo permanecesse igual? Ou ele era um pensador progressista? Ele estava disposto a arriscar velhas amizades para trazer o renascimento pelo qual ele afirmava ter orado nos últimos dez anos?

Paul não sabia. Portanto, manteve seu próprio conselho e não compartilhou seus pensamentos com Mason. Paul achou melhor procurar aliados da sua própria geração que se aproximassem dele e levassem esta igreja com sucesso para o século XX, ao qual ela pertencia, em vez de tentar mudar a mentalidade de dois velhos determinados a manter as coisas como estavam.

E agora, aqui estavam eles de novo, fazendo a mesma coisa de sempre.

— Vou orar a respeito disso, Samuel. — Mason não discutiria com isso. — Por que não nos juntamos aos outros e tomamos um café?

Eunice tinha aquele olhar preocupado.

— Está tudo bem, Paul?

— Conversamos sobre isso mais tarde. Socialize com as pessoas.

À medida que a reunião diminuía, várias senhoras levaram a tigela de ponche e as bandejas de biscoitos vazias para a cozinha. Os pratos e guarda-napos extras de papel voltaram para os armários. Eunice sacudiu as toalhas amarelas e juntou-as enquanto seguia para casa com Timmy. Ela as lavaria, passaria e traria para a confraternização da próxima semana.

— Só vou demorar um minuto. — Paul voltou para trancar as portas da igreja. Aproveitou para olhar as anotações na caixa de sugestões: em sua maioria, reclamações dos membros antigos. Ele as amassou e jogou na lata de lixo do seu escritório. Retornou à cozinha e incentivou as senhoras a transferirem a sessão de bate-papo para uma cafeteria local para que ele pudesse trancar o salão social e ir para casa. Elas partiram rapidamente.

Passava pouco das 14h quando ele atravessou a porta da frente da casa do pastor. Eunice tinha colocado música clássica no rádio. Timmy estava sentado à pequena mesa da cozinha, mergulhando seu sanduíche de pasta de amendoim e geleia na sopa de tomate.

— Desculpe não termos esperado — disse Eunice. — Ele estava morrendo de fome e eu não tinha certeza de quanto tempo você demoraria.

Ele a beijou.

— Gladys foi a última a sair, e sabe como ela é. Eu a acompanhei até o carro. Ela estava prestes a ir embora, mas então abaixou a janela e me fez outra de suas perguntas filosóficas que exigiria um curso universitário para responder.

— Ela é professora aposentada.

— Eu deveria ter adivinhado. — Ele afundou em uma cadeira com um suspiro de alívio. Eunice deu-lhe uma caneca grande de sopa quente. Depois colocou um sanduíche na frente dele e sentou-se à mesa. Paul pegou a mão da esposa.

— Obrigado, Pai, por todos que vieram ao nosso culto deste domingo. Pedimos que os recém-chegados se sintam bem-vindos e retornem. Pedimos que tu abrandes o coração dos outros. Dê-lhes a tua visão para que possam enxergar o que pode ser em vez do que foi. Obrigado por esta comida e pelas mãos que a prepararam. Por favor, abençoe-a para uso dos nossos corpos. Em nome de Jesus, amém.

A expressão preocupada no rosto de Eunice incomodou Paul. O que tinha de errado agora?

— Posso brincar, mamãe?

— Pergunte ao seu pai.

— Posso, papai?

Paul deixou.

— Coloque sua caneca e prato na bancada da pia, Tim. Isso vai ajudar sua mãe. — Timmy juntou suas coisas e fez o que lhe foi pedido.

— Obrigada, querido. — Eunice beijou o filho e deu-lhe um tapinha carinhoso nas costas. — Você pode brincar um pouco e depois será hora do banho.

Paul viu a expressão desanimada no rosto do filho e o pegou no colo.

— Talvez possamos brincar mais tarde. — Ele o beijou e o colocou no chão.

— Você não tem passado muito tempo com ele ultimamente — disse Eunice.

— Eu sei. — Qual foi a última vez que ele brincou no quintal com o filho? Ele se esforçaria para arranjar tempo. — Hollis Sawyer ficou chateado porque guardei a Bíblia King James. — Ele deu uma mordida em seu sanduíche. — Ele quer que ela seja colocada de volta no púlpito. Samuel quer que eu faça uma concessão.

— Abby achou que poderia ter algo a ver com a Bíblia. Ela disse que um dos fundadores...

— Samuel me contou. Não tinha problema em usar a versão King James quando apenas os membros originais participavam dos cultos, Euny. Mas temos novos membros que me dão um olhar vazio quando a leio, então parei de usá-la.

— E onde a colocou?

— No meu escritório.

— Em uma caixa ou em uma prateleira?

Ele estava perdendo rapidamente o apetite. Será que ela o estava lembrando da onda de indignação quando ele encaixotou todos os antigos livros de referência de Henry Porter?

— Na prateleira.

— Talvez você pudesse colocá-la em um suporte no nártex.

— Para satisfazer Hollis?

— Para dar um lugar de honra para ela. A Bíblia é a base de todos os seus ensinamentos. Você concorda com esses homens nisso. E esta Bíblia em particular tem um significado histórico para a Igreja de Centerville. Seria um conforto para os membros mais velhos da nossa congregação vê-la antes de entrar no santuário. Isso daria uma sensação de continuidade a eles. Você poderia conversar com Samuel sobre isso primeiro. Veja o que ele pensa a respeito.

Sabe que ele vai fazer tudo o que puder para incentivar os outros a trabalharem com você para o bem da congregação.

Ele ficou ofendido por se sentir como um garotinho que tinha que pedir a opinião do seu presbítero para tudo, mas o que Eunice disse fazia sentido. Ele já tinha problemas suficientes com Hollis e Otis, não precisava criar mais um. Até que conseguisse adicionar novos presbíteros que pudessem entender o que ele estava fazendo, teria que fazer tudo o que pudesse para evitar que as ondas aumentassem e afundassem aquele navio.

— É uma pena que Hollis Sawyer e Otis Harrison não tenham algo melhor para fazer com seu tempo do que caçar coisas que possam causar discórdia.

Eunice sorriu com ternura.

— Não acho que eles causem discórdia intencionalmente, Paul. Eles são os últimos membros da velha guarda que mantiveram esta congregação viva. Eles acham que você não valoriza suas tradições e o trabalho árduo necessário para manter viva a Igreja Cristã de Centerville.

— Eles teriam tido mais sorte se tivessem mudado com o tempo.

— Nem todas as coisas deveriam mudar, Paul, muito menos o nosso amor uns pelos outros como irmãos e irmãs.

Ele sentiu um aperto no estômago.

— Não tenho nada além de respeito pela fidelidade deles.

— Sei disso, mas eles não. Você tem que demonstrar a eles.

— Como, Eunice? Nem Hollis nem Otis conseguem passar por uma reunião sem divagar. E agora Hollis está tão bravo que duvido que ele dê ouvidos a Samuel, muito menos a mim. — Ele estava cansado desses velhos tentando administrar sua igreja.

— Em primeiro lugar, peça perdão por remover a Bíblia e não dê desculpas.

— Espera aí!

— Me ouve, Paul. Por favor.

Ele lutou para controlar seu temperamento.

— Está bem, o que você sugere?

— Você poderia reservar dez minutos nos próximos cultos e fazer com que cada um deles desse seu testemunho à congregação. Como eles chegaram a Cristo? Como esta igreja os ajudou a caminhar na fé ao longo das décadas? Quais são as esperanças deles para a Igreja de Centerville?

— Eunice, você conhece esses homens?

— Sim, eu conheço. — Ela falou baixinho.

— Então você sabe que nenhum dos dois pode dizer nada em menos de trinta minutos. Se eu desse um microfone a Otis, estaríamos sentados nos cultos de domingo até a segunda vinda.

— Paul...

— Sem chance.

— Você não está interessado em saber nada a respeito deles?

— A questão não é se eu estaria interessado, mas se a congregação estaria interessada.

— Como pastor, é seu trabalho ensinar seu povo a amar uns aos outros. Como você pode ensiná-los a amar esses presbíteros se você mesmo não consegue fazer isso?

— Eu os amo.

Ela olhou para ele, não precisou dizer mais uma palavra para ele saber o que ela estava pensando. E, a contragosto, ele teve que admitir que ela estava certa. Não tinha sido nem paciente nem gentil com esses dois respeitáveis cavalheiros. Eles irritaram seus nervos, e ele se ressentiu da interferência deles. Paul ignorou as sugestões deles e fez o que achou melhor para a igreja.

— Alguém tem que estar no comando, Eunice. Caso contrário, este lugar ficará uma bagunça.

— Jesus está no comando, Paul. Você sabe disso melhor do que ninguém. Também sabe que Samuel orou durante anos para que esta igreja fosse renascida.

— É isso que estou tentando fazer! Eu achei que você, entre todas as pessoas, entenderia o quanto estou trabalhando duro para esse fim.

— Você foi chamado aqui para atiçar a chama, Paul, e não para jogar lenha no fogo que poderia queimar esta igreja.

Ele jogou o guardanapo sobre a mesa.

— E tirar a Bíblia do púlpito poderia acabar com tudo? Você é uma mulher, não entende nada a respeito da administração de uma igreja ou...

Os olhos dela arderam subitamente.

— Você sempre me disse que eu deveria falar quando vejo algo errado.

— Por que está tão determinada a criticar o meu ministério? — Mesmo enquanto dizia isso, ele sabia que estava sendo injusto, mas não estava disposto a pedir desculpas.

— Não estou criticando, Paul. Estou tentando te ajudar a entender esses homens.

Os olhos dela estavam cheios de lágrimas. Por quem? Por seu marido ou por aqueles homens que sempre causavam problemas a ele?

Ela se inclinou na direção dele.

— Hollis Sawyer serviu nas Filipinas durante a Segunda Guerra Mundial. Ele sobreviveu à Marcha da Morte de Bataan. A maioria dos homens com quem serviu não teve tanta sorte. Ele disse que foi nessa época que se voltou para Cristo. Ele precisava da sua fé porque, quando voltou para os Estados Unidos, descobriu que a namorada do colégio com quem se casou estava morando com alguém que conheceu enquanto trabalhava em uma fábrica. Ninguém jamais havia se divorciado na família dele. Ele foi o primeiro e foi devastador. Mas então, ele conheceu e se casou com sua segunda esposa, Denise, depois de sofrer um acidente em uma construção. Ela era a enfermeira que cuidava dele. Tiveram três filhos juntos. Uma filha nasceu com síndrome de Down e morreu com vinte e poucos anos. Seus outros dois filhos se casaram e mudaram para a Costa Leste. Denise morreu de câncer ósseo há oito anos. Hollis cuidou dela em sua própria casa até o fim.

Ela enxugou uma lágrima da bochecha e continuou:

— Otis Harrison serviu no exército durante a guerra, mas esteve na frente europeia como médico. Ele foi prefeito de Centerville de 1972 a 1976. Foi reeleito em 1986 e depois deixou o cargo devido à saúde de Mabel e serviu no conselho municipal por mais três anos. Ele agora está cuidando de sua esposa há 48 anos. Mabel sofre de doença cardíaca congênita. Ela é famosa em Centerville, Paul. Você sabia que ela ganhou dois concursos nacionais de culinária?

Com um só fôlego, Eunice deu sequência ao desabafo:

— E Samuel Mason. Samuel era artilheiro do B-17 e realizou mais de trinta bombardeios sobre a Alemanha antes de ser abatido. Abby era professora na escola secundária local. Ela ensinava educação cívica. Os alunos ainda passam por lá para visitá-la. Um deles apareceu na última vez que a visitei e me disse que foi Abby quem acreditou nele e o fez se matricular na faculdade.

— Está bem. Certo, entendi o que você quer dizer.

— Será que entendeu, Paul? Você sabia que Samuel pagou os impostos da propriedade da igreja durante três anos seguidos, e que Otis e Hollis pagaram a troca do telhado da casa do pastor?

A raiva dele se dissipou.

— Quem te contou tudo isso?

O SOM DO DESPERTAR

101

— Aprendi muito com as pessoas que visitei na Casa de Repouso de Vine Hill. Elas são uma fonte rica de informações sobre a história da igreja, Paul, e sobre quem serviu com zelo ao longo dos anos. — Ela sorriu ternamente. — Tudo o que você precisa é fazer uma ou duas perguntas e depois sentar e ouvir.

Ela o surpreendia às vezes. Uma pena que ele não tivesse o talento dela ou tempo para desenvolvê-lo.

— Você consegue entender quando digo que não tenho tempo para passar horas ouvindo a história de vida de todo mundo como você? — Ele viu uma sombra aparecer nos olhos dela e apertou sua mão. — Posso respeitá-los por tudo o que fizeram e amá-los como irmãos e irmãs cristãos, mas tenho que tirar esta igreja do passado e colocá-la no século XX, Euny, ou ela vai morrer.

— Essas pessoas *são* a igreja, Paul.

O pai dele estava certo. Uma mulher deveria aprender a ser silenciosa e submissa! Ele não deveria ter conversado com ela a respeito dos seus problemas.

— Eles fazem *parte* da igreja. — Ele admitiria isso. — Mas já são minoria. — Por que era necessário explicar? — Havia menos de sessenta quando chegamos, e nosso comparecimento aumentou esse número muito acima do que era. Todos os domingos temos visitantes agora. Todos os domingos! E isso não acontece porque Hollis, Otis, ou mesmo Samuel, estão batendo de porta em porta e conversando com pessoas de toda a cidade ou se envolvendo em atividades comunitárias para jovens. Eu é que tenho feito isso! São as gerações mais jovens que precisamos alcançar. Eles são o futuro da igreja. E estamos conseguindo isso. Você, com sua música. Música de que eles não gostavam, se você se lembra. Não vou permitir que esses velhos atropelem toda a congregação e nos mantenham cativos do conforto pessoal deles. Quero construir esta igreja, Eunice, e não ficar parado vendo-a sufocar até a morte com ideias e métodos ultrapassados!

— Você tem a melhor das intenções, Paul. Eu sei disso.

Ele podia ouvir a advertência.

— Por que você está do lado deles?

— Não é uma questão de lados, Paul. É uma questão de estarmos unidos uns com os outros, estarmos em paz uns com os outros. Somos todos membros do corpo de Cristo. Todos somos necessários.

— Então devo fazer as pazes a qualquer preço?

— Colocar a Bíblia no nártex é "qualquer preço"? Qual é o verdadeiro problema aqui, Paul?

— Você é minha esposa, Eunice! Essa é a questão! Você deveria ficar ao meu lado e não dizer o contrário para tudo o que eu faço.

Ela empalideceu com as palavras dele e falou com calma e gentileza.

— Qual é o verdadeiro problema?

— A verdadeira questão é não permitir que aqueles velhos ditem o que devo ou não fazer para mudar esta igreja!

Ela abaixou a cabeça.

— Papai? Por que você está bravo com a mamãe?

Envergonhado, Paul recuou.

— Não estou bravo com a mamãe, Tim. Só estamos conversando. Vá brincar com seus brinquedos. — Quando o filho sumiu de vista, ele olhou suplicante para Eunice. — Qual é o problema com você ultimamente? Você costumava ficar ao meu lado, Euny. Por que está me desafiando agora quando tudo está indo tão bem? Eu lutei por você, lembra? Eles não gostavam da música que você tocava há dois meses. Tive que argumentar exaustivamente antes que eles concordassem em nos deixar ter uma mistura de hinos contemporâneos e tradicionais. — Pode ter sido ideia dele em um primeiro momento, mas ela concordou com aquilo.

Os olhos dela se encheram de lágrimas, mas ela não disse mais nada.

Paul sentiu aquele peso na consciência novamente. Ele se ressentiu disso. Não estava tentando machucá-la. Ela havia considerado o quanto as palavras dela o machucaram? Ela deveria pensar sobre isso em vez de olhar para ele com aqueles olhos inocentes. Ele era o marido dela. Se ela devia lealdade a alguém, era a ele. Por que tinha que fazer disso um problema? Ela não conseguia entender que ele estava tentando varrer as teias de aranha da Igreja de Centerville? Queria dizer exatamente isso, mas não o fez, pois sabia que ela diria que ele estava varrendo os membros antigos pela porta dos fundos enquanto os novos entravam pela frente. Essa não era a intenção dele. Ela deveria saber disso.

Eunice não disse mais nada a respeito de Hollis ou da Bíblia. Ela apenas perguntou se Paul gostaria de mais sopa. Ele disse que não. Ela tirou a mesa, jogou detergente líquido na pia e ligou a torneira de água quente. Paul teve a sensação de que ela estava orando enquanto lavava a louça. Ele foi até a sala e se sentou em sua poltrona. Talvez devesse ligar para o pai e pedir um conselho. Mas por que se preocupar? Ele já sabia o que seu pai diria: "Deixe a Bíblia de lado e deixe Deus cuidar dos velhos. Continue construindo a igreja e pare de se preocupar

O SOM DO DESPERTAR

com o que algumas pessoas descontentes pensam. Sempre há inimigos na igreja, homens e mulheres que querem destruir o que você está construindo."

Mas Euny, Senhor? Euny nunca brigou comigo antes.

Uma esposa exemplar; feliz quem a encontrar! É muito mais valiosa que os rubis. E Euny era virtuosa. Não foi por isso que ele se apaixonou por ela? Por tudo isso e por seus lindos olhos azuis e sorriso doce. *Ela só lhe faz o bem, e nunca o mal, todos os dias da sua vida.* Euny sempre conversava com ele sobre seu trabalho para o Senhor. Ela sempre o apoiou. Sempre foi sua companheira, sua encorajadora.

"Qual é o verdadeiro problema aqui, Paul?"

O orgulho dele, foi o que ela quis dizer, e a pergunta doeu. E aqueles dois velhos? Nem me fale sobre orgulho! Hollis era insubordinado. Nas reuniões do conselho da igreja, ele e Otis passavam metade do tempo conversando sobre o passado em vez de resolverem os assuntos da igreja. Ele deveria ceder toda vez que um deles tivesse um ataque por causa de alguma tradição? O orgulho os endureceu para que não ouvissem.

Paul queria que eles se afastassem e permitissem que ele levasse esta igreja adiante sem restrições. Ele queria que eles parassem de atrapalhar seus planos e trabalhassem ao lado dele. Ele queria que a Igreja Cristã de Centerville fosse um farol na cidade. Como pastor, ele deveria ter o respeito deles.

Eunice entrou na sala. Ela colocou a mão em seu ombro, inclinou-se e beijou-o.

— Eu te amo, Paul.

Ela foi até o quarto de Timmy e disse ao filho que era hora de guardar os brinquedos e tomar banho. Timmy adorava banhos. Não demorou muito para que ele estivesse tagarelando no banheiro, com a água correndo. Eunice ria e conversava com ele.

Paul colocou a mão sobre a Bíblia.

Tu sabes o que estou tentando fazer aqui, Jesus. Esta igreja estava seca como poeira quando cheguei. Era como um vale de ossos mortos. Foi por isso que Samuel ligou para o reitor. Os presbíteros sabiam que estavam em apuros. É por isso que tu me chamaste aqui. Para mudar as coisas. Então, por que eles brigam comigo a cada passo? Por que discutem e se preocupam como velhinhas com cada mudança que faço?

Timmy saiu com o cabelo molhado penteado para trás e seu livro favorito debaixo do braço. Paul não estava com vontade de ler aquele livro do trenzinho pela milionésima vez.

— Hoje não, Timmy. — O garoto se aproximou e estendeu o livro. — Eu disse que não. — Eunice estava parada na entrada do corredor. — Pode me dar uma ajudinha aqui? Ele tem uma biblioteca de livros no quarto dele e quer este. *De novo.*

— É o favorito dele. — Ela sorriu e se sentou na beira do sofá. — Sua mãe me disse que você amava *Pedro Coelho* quando era pequeno. Ela me disse que deve ter lido para você mil vezes.

Ele se lembrou e cedeu.

— Está bem, Timmy. — Ele colocou o filho no colo e abriu o livro. Quanto mais cedo ele lesse a história, mais cedo seu filho iria para a cama. Paul queria voltar a pensar em assuntos mais importantes do que motores de brinquedo e bons meninos e meninas do outro lado da montanha. — "Acho que posso, acho que posso..." — Timmy tentou manter a página aberta, mas Paul afastou a mão dele e passou para a página seguinte. — "Pensei que poderia, pensei que poderia, pensei que poderia..." — Ele fechou o livro e jogou-o sobre a mesinha de centro. — Pronto. Hora de tirar uma soneca. — Paul beijou seu filho enquanto o tirava do colo.

— Vamos, Timmy. — Eunice estendeu a mão.

O menino deixou os ombros caírem. Eunice pegou a mão de Timmy e eles desapareceram no corredor. Ele a ouviu falando baixinho.

— O papai tem muito em que pensar. Não, ele não está bravo com você. — E então ela começou a ler na outra sala, lenta, dramaticamente, ritmicamente, de modo que ele quase conseguia ouvir o barulho do trenzinho de brinquedo.

Então o que eu faço, Senhor?

"Qual é o verdadeiro problema aqui, Paul?"

Orgulho, pensou ele. *Meu e deles.* Ele se sentiu envergonhado por ter deixado a raiva tomar conta dele, mas era compreensível. Ele vinha lutando para ter paciência com Hollis e Otis há meses. Não é de admirar que ele tenha perdido o controle quando Hollis criou caso porque a velha Bíblia desapareceu do púlpito? Ele não ouviu o que estava por trás da reclamação de Hollis. Talvez ele tenha sido um pouco rude com Samuel. Hollis sem dúvida iria até Otis e reclamaria, e então teria dois presbíteros bravos com ele. Três, se Samuel guardasse rancor. Não, isso não era típico de Samuel. A cabeça de Paul latejava.

A porta do quarto de Timmy fechou suavemente e Eunice apareceu no corredor.

— Vou tomar um banho de espuma.

— Desculpe por ter ficado impaciente com Timmy. — Ele deu a ela um sorriso frio. — Talvez você pudesse esconder esse livro por um tempo e ele me deixaria ler outra coisa para ele, para variar.

Ele sabia que a tinha magoado mais cedo. Ela sempre esteve ao lado dele e ouviu seus problemas, aconselhando onde podia. Ele sabia que tinha dito todas as coisas erradas para Hollis. E agora, por mais que isso o irritasse, teria que tentar fazer as pazes com ele.

— Vou ligar para Samuel. Se colocar aquela velha Bíblia King James surrada dentro de um vidro no nártex for acalmar os ânimos, vou fazer isso.

Ela olhou para o relógio da lareira.

— Ainda é cedo, Paul. Você não deveria esperar. — Ela colocou a mão no batente da porta. — Vou tomar meu banho. Estarei orando por você, Paul. Tudo vai dar certo, basta que você confie no Senhor.

"*Confie no Senhor.*"

Esperou até ouvir a água caindo na banheira antes de pegar o telefone. Ele hesitou por um momento e depois discou o número de Samuel Mason.

Samuel colocou o telefone de volta no gancho.

— Então? — Abby olhou para ele por cima dos óculos, com as sobrancelhas levantadas. Ela havia parado de balançar a cadeira quando o telefone tocou e continuava sentada, pensativa, com a fronha que bordava no colo, enquanto esperava que ele lhe contasse o que estava acontecendo.

— Como vai a fronha? — Todos os anos, ela fazia um novo conjunto de fronhas bordadas para a filha e o genro e também fronhas novas para os dois netos.

— Bem. Agora, o que era "uma boa ideia"?

— Paul queria saber o que eu achava de colocar a Bíblia King James da igreja em uma caixa de vidro especial no nártex.

Ela deu um sorriso largo.

— Bem, bom para ela. — Ela levantou o bastidor de bordado.

— Bom para quem?

— Eunice, é claro.

— Acha que foi ideia dela?

— Você não acha que Paul teve uma ideia como essa sozinho, não é? Cheira a humildade e a fazer reparações.

— Abby...

— Ah, não me venha com Abby. Esse menino é como um cavalo de corrida com o freio nos dentes.

Ele riu.

— O que você sabe sobre cavalos de corrida?

— Paul vai falar com Hollis?

— Ele não disse, mas duvido que um pedido de desculpas leve a algum lugar com Hollis agora, de qualquer maneira.

— Você pode convencer Hollis a parar de ser orgulhoso e começar a construir uma ponte.

Ele faria o seu melhor. Samuel pegou seu livro e fingiu ler. Em vez disso, começou a orar novamente, orando para que, se conseguisse construir uma ponte, Paul Hudson tivesse bom senso suficiente para atravessá-la.

Stephen estava sentado no balcão do Charlie's Diner, tomando café e conversando com Sally, quando Paul Hudson entrou, com o cabelo molhado de suor, o moletom amarrado na cintura e a camiseta grudada no peito. Ele se sentou num banquinho ao lado de Stephen, cumprimentou-o e pediu um suco de laranja.

— Quantos quilômetros esta manhã, pastor Paul? — perguntou Sally.

— Oito, pelo menos — disse Paul, ofegando.

A boca de Stephen se curvou em um meio sorriso.

— Alguma coisa está te incomodando?

Paul deu uma olhada de soslaio para ele e sorriu.

— Relações humanas.

— Ah. — Stephen levantou sua caneca. — A pista de obstáculos da vida.

— Tropecei em um obstáculo e caí de cara no domingo passado. — Ele tirou um lenço do bolso de trás e enxugou o rosto e o pescoço.

— O cavalheiro que parecia pronto para voar no seu pescoço.

— Você não perde uma, não é?

— Estou sempre atento em ambientes novos. — O mundo tinha muitos campos minados.

— Domingo foi sua primeira vez na igreja?

— Não, mas já fazia um tempo.

O SOM DO DESPERTAR   107

— Experiência ruim?

— Experiência de mudança de vida. Uma boa. Eu só não tinha certeza se encontraria algo parecido com o que eu tinha.

— E...?

Se Hudson fosse mais velho, Stephen teria percebido que ele estava querendo um elogio. Talvez ele fosse jovem demais para conhecer seu poder.

— Vou voltar.

— Que bom. — Agradecendo a Sally, Paul pegou o copo de suco de laranja e bebeu metade. — Você é arquiteto, não é?

— Ele está construindo aquele lugar grande no alto da colina — disse Sally.

— Então você conhece alguns artesãos.

Ih.

— Poucos. — Alguns novatos cínicos nas instalações do Exército de Salvação lhe disseram que uma igreja sempre queria que os fiéis trabalhassem e dessem dinheiro. — Que tipo de artesão você tem em mente?

— Alguém que pudesse construir uma vitrine para nosso nártex.

Stephen pensou no Carvalho: grande, volumoso, parecia idiota como um poste, mas era um dos artesãos de madeira mais habilidosos do mundo. Carvalho construía móveis como hobby. Ele gostava de usar ferramentas e métodos antigos.

— Talvez. Vou ver o que posso descobrir para você. Quanto está disposto a pagar e quando precisa que o trabalho seja feito?

— Precisaria de uma estimativa, e quanto mais cedo terminarmos, melhor.

— O homem que tenho em mente faz um belo trabalho, mas é uma atividade secundária, não sua ocupação principal. Se ele estiver interessado, vou pedir para passar na igreja e você poderá dizer a ele o que está procurando.

— Ótimo! Obrigado.

— Não me agradeça ainda, não vai ser barato. Pode ser muito mais fácil e rápido ir a uma loja de móveis e ver o que você consegue encontrar.

— Talvez, mas acho que esta peça em particular deveria ser algo especial.

O pastor Paul deve ter arranhado o nariz quando caiu no "obstáculo". Tendo batido e se ralado algumas vezes, Stephen sabia como era.

— Quando você trabalha com pessoas, pastor, se depara com problemas. É algo esperado.

— Concordo plenamente. — Paul terminou seu suco de laranja. — E me chame de Paul. — Ele colocou o copo vazio no balcão. — Parece que temos muito em comum, Stephen. Somos construtores e temos de lidar com fiscais de obra que chegam à procura de algo errado com o nosso trabalho. — Ele tirou a carteira e pegou dinheiro suficiente para pagar o suco e deixar uma gorjeta generosa.

— Compensa fazer amizade com fiscais de obra que podem impedir o progresso do trabalho. — Stephen se virou no banco e inclinou a cabeça. — A vitrine é um suborno ou uma forma de fazer as pazes? — Ele viu o rosto do jovem ficar corado e se perguntou se seria raiva ou vergonha, talvez ele não devesse ter dito nada. Não era da conta dele o que acontecia dentro da Igreja Cristã de Centerville. A menos que ele decidisse que queria fazer parte disso.

— Os dois. — Paul fez uma careta. — Mas admito que errei.

— Nunca é algo fácil de se fazer.

— Talvez a lembrança disso me impeça de cometer o mesmo erro de novo. — Ele fez uma saudação casual. — Espero ver você no domingo que vem. — Ele agradeceu a Sally e saiu pela porta.

Stephen pagou o café da manhã e se dirigiu ao local de trabalho. Ele conversou com Carvalho sobre a vitrine da igreja, mas não obteve resposta. Ele estava construindo uma cristaleira para a mãe dele.

— Se eu começar outro projeto antes de terminar o móvel dela, ela vai acabar com minha raça.

Quanto mais Stephen pensava nisso, mais ele queria assumir o projeto sozinho. Ele fez o acabamento nas estantes de livros do escritório da sua casa em Granite Bay e construiu a lareira que era a peça central da sala de estar. Quando era criança, ele fez algumas peças de mobília em uma matéria eletiva de marcenaria. Uma mesa dobrável que ganhou um prêmio na feira do condado. Seu professor lhe dissera que ele tinha talento para trabalhar com madeira, mas Stephen sabia que não era possível ficar rico. Ele obteve um lucro de menos de cem dólares quando calculou o tempo que levou para construir o móvel. Esse foi um fator decisivo na sua definição de ser arquiteto com licença de empreiteiro. Quanto maior o projeto, mais dinheiro ganharia.

A casa de Atherton o colocaria no azul novamente, e o projeto já abria possibilidades para mais obras na área. Mas ele ainda tinha muito tempo disponível. Muito tempo sozinho. Muito tempo para pensar e lamentar ações passadas, o que só aumentava a tentação de beber e esquecer.

Ele nunca construiu nada para uma igreja. Por que não fazer o projeto? Isso o manteria ocupado à noite.

O SOM DO DESPERTAR

Rob Atherton apareceu no final da tarde. Antes de ele sair do carro, um Cadillac apareceu na entrada da garagem. Stephen gemeu por dentro. Sheila estacionou ao lado do marido. Eles conversaram brevemente. Mesmo à distância, Stephen percebeu que Rob estava de mau humor. Provavelmente um dia difícil no escritório. Stephen esperava que Sheila entendesse a dica e não tivesse outra ideia idiota que deixaria todo mundo maluco.

Ele os cumprimentou cordialmente e os conduziu pela casa novamente, explicando como o ritmo aumentaria nas semanas seguintes, à medida que a fiação, os cabos e o encanamento fossem concluídos, o isolamento fosse instalado e o gesso fosse colocado. Em seguida viria o acabamento e a texturização, ou painéis, dependendo do cômodo. Os armários da cozinha e do banheiro estavam em construção e seriam entregues para instalação até o final do mês. Sheila já havia decidido cores, azulejos, carpetes, painéis e luminárias. Tudo top de linha, do jeito que ela queria. Mal haviam entrado na cozinha, Sheila anunciou que queria uma geladeira de luxo e forno de convecção de aço em vez de preto. Stephen exalou lentamente para liberar a raiva.

Rob soltou várias palavras de baixo calão. Stephen não poderia ter expressado suas próprias frustrações de forma mais eloquente.

— Já deu, Sheila! Já chega! Deixe tudo como está agora, Decker. Sem mais alterações. Quero que esta casa esteja terminada enquanto eu ainda tiver sessenta anos.

— Mas, Rob, eu só estava contando o que li. Deveríamos atualizar os eletrodomésticos.

— Eu disse que *não*. É uma perda do tempo *dele* e do *meu* dinheiro. Afinal, por que você quer saber de geladeiras e fornos? Você nem cozinha!

Ela ficou furiosa.

— Bem, eu poderia cozinhar se tivesse uma cozinha decente.

— Decente? Qualquer pessoa ficaria feliz em cozinhar aqui. — O rosto dele estava vermelho e tenso. — Molly nunca teve nada melhor do que as pessoas comuns e ela sempre conseguia ter um bom jantar na mesa às 18h em ponto.

— Então talvez você devesse ter continuado casado com ela.

— Não pense que isso não passou pela minha cabeça centenas de vezes nos últimos três anos.

Sheila ficou chocada. Seus olhos azuis se encheram de lágrimas.

— Você está sempre me culpando! — Virando-se abruptamente, ela saiu da casa. Atherton murmurou outro palavrão em voz baixa. Ele deu um passo atrás dela e então parou, praguejou novamente e se dirigiu para os fundos da casa. Stephen ouviu a porta de um carro bater, o barulho de um motor e o cascalho sendo esmagado violentamente.

Stephen encontrou Rob parado na sala de estar árida que daria para um jardim francês com gazebo e piscina, se os planos de Sheila prosseguissem conforme o combinado.

Rob olhou para as vigas e para as alcovas prontas para abrigar estantes de livros.

— A ideia de cozinhar de Sheila é ligar para um restaurante que faz entregas. — Ele soltou o ar, os ombros caídos. — Nada como um velho idiota que pensa que virou o chefão, não é? — Quando se virou, Stephen viu o cansaço em sua expressão, o olhar desgastado de um homem vivendo com uma infinidade de arrependimentos. — Você já desejou poder voltar e refazer as coisas, Decker?

— O tempo todo.

— Molly foi minha primeira esposa. — Ele olhou em volta novamente. — Qual a sua opinião?

Stephen não tinha certeza do que Rob Atherton estava perguntando, mas não entraria em um confessionário com um executivo amargurado que estava pagando perto de setecentos mil dólares para abrigar sua esposa-troféu.

— Construa sempre com a ideia de revenda. Os homens olham para as garagens. As mulheres olham para as cozinhas. — Mesmo que nunca as tenham usado.

Atherton deu uma risada sombria.

— Aí está, Decker. Sheila sabe como ganhar dinheiro. — Os olhos dele eram indiferentes e avaliadores. — Eu gostaria de prometer mantê-la longe de você, mas não acho que isso seja possível.

Stephen sentiu a mensagem por trás dessas palavras. Atherton não era bobo. Ele se casou com uma adúltera e sabia que ela não era confiável. Pena que Rob não podia levar Sheila para passar férias de dois meses nas Bahamas, no Havaí ou em Tombuctu. Quando voltassem, a casa estaria concluída, o paisagismo pronto, e Stephen poderia entregar a chave a Rob Atherton ou à sua querida esposa e ir embora com o último cheque a ser compensado após a conclusão.

Seria um sonho...

— Já estou começando a desejar ter comprado um terreno mais perto de Sacramento — disse Rob. — O que você faz por aqui?

— Participo de um estudo bíblico nas quartas à noite.

— Estudo bíblico? Você está brincando — Atherton riu.

— Não, não estou brincando.

— Por algum motivo, não pensei que você fosse desse tipo.

— Que tipo seria esse?

Atherton hesitou, avaliando.

— Você ganha mesmo alguma coisa com isso?

Ele não estava mais zombando, e Stephen sabia por quê. Apesar de todo o seu dinheiro e poder, sua vida estava em ruínas.

— Você sabe onde eu estava antes de me contratar.

— Na reabilitação — respondeu Rob. — Olha, não estou tentando bisbilhotar, só estou curioso.

— Sobre o quê?

— Se a religião melhora mesmo a sua vida.

— A religião torna a vida mais difícil. Deus torna a vida suportável.

— E tem uma diferença?

— Diferença de vida e morte, mas, se você quiser entender, deveria dar uma passada na Igreja de Centerville.

— Neste momento, eu tentaria qualquer coisa.

Stephen sorriu cinicamente.

— Bem, siga um pequeno conselho de alguém que já percorreu algumas estradas. Fique longe da bebida, experimente a igreja.

CAPÍTULO 5

Quando Eunice saiu da casa do pastor e se dirigiu para a igreja para praticar piano, Paul estava se afastando do meio-fio com seu Toyota. Ela acenou, mas ele não percebeu. Ele estava acordado desde as 5h, praticando seu discurso para o Rotary Club.

— Papai! — Timmy o chamou.

Eunice se agachou ao lado do filho.

— Vamos orar pelo papai, Timmy. — Ela encostou a testa na dele. — Senhor Jesus, sabemos que nos ama e cuida de nós. Sabemos que desejas que te obedeçamos em tudo o que fazemos. Por favor, esteja com o papai hoje. Diga a ele as palavras que desejas que ele fale hoje aos homens e mulheres na reunião do Rotary Club. Deixe o teu amor brilhar no papai para que todas as pessoas que o ouvem queiram ser teus filhos. No precioso nome de Jesus, oramos.

— Amém — disse Timmy.

Ela o beijou e se levantou. Ele correu na frente dela até a escadaria da igreja, com os braços estendidos como um avião. Rindo, ela o seguiu. Enfiou a mão no bolso para pegar a chave, mas viu que a porta já estava entreaberta. Não era típico de Paul deixar a igreja destrancada quando não estava no escritório. Ela notou uma caminhonete bege metálico estacionada na rua lateral, perto da esquina.

— Espere, Timmy! — Tarde demais, seu filho desapareceu pela porta.

— Quem é você? — ela ouviu Timmy perguntar.

Subindo os degraus com pressa, Eunice abriu a porta. Ela encontrou um homem alto usando botas de trabalho marrons, calça jeans desbotada e uma camisa xadrez de trabalho, musculoso, carregando uma linda vitrine. Ele olhou para trás e ela sorriu de alívio.

— Este é Stephen Decker, Timmy.

Timmy se aproximou.

— O que você está fazendo?

— Colocando uma vitrine para a Bíblia da igreja.

— É linda, sr. Decker. — Eunice admirou os pés curvos do móvel esculpidos com folhas e cachos de uva.

Ele se endireitou e passou a mão pela madeira que emoldurava o tampo de vidro.

— Me chame de Stephen.

O coração dela deu um pequeno salto com o tom da voz dele. Ela olhou em seus olhos brevemente e depois abaixou a cabeça, colocando a mão com leveza na cabeça de Timmy.

— Talvez devêssemos voltar mais tarde e deixar o sr. Decker terminar o trabalho.

Timmy se afastou dela.

— Mamãe pratica piano todo dia de manhã. — Ele parou e apontou. — Você tem um dodói.

— Um dodói?

— O que você fez no seu dedão?

— Ah! — Entendendo, Stephen Decker sorriu para ele. — Eu esmaguei.

— Uma vez esmaguei meu dedo numa porta.

— Esmaguei meu polegar com um martelo. — Stephen tirou o martelo do cinto de ferramentas. — Este aqui, na verdade.

— Por quê?

— Bom, não de propósito, posso garantir. Eu não estava prestando atenção no que estava fazendo. Você tem que prestar muita atenção ao usar um martelo.

— Doeu?

— Doeu como... — ele parou e olhou para Eunice. — É, doeu. Bastante.

— Você precisa de um band-aid. A mamãe tem band-aids da Vila Sésamo.

— É uma boa oferta, Timmy — disse Decker, e então olhou para ela com um largo sorriso. — Mas não acho que teria coragem de aparecer no trabalho usando um band-aid do Garibaldo.

Eunice riu.

— Posso ver como isso pode causar alguns problemas.

— Eu nunca esqueceria disso.

Ela recuou um passo.

— Vamos, Timmy.

— Não adie sua prática de piano por minha causa, sra. Hudson. Eu adoraria ouvir enquanto termino aqui.

Pela primeira vez em muito tempo, Eunice sentiu vergonha de tocar.

— Eu cometo muitos erros.

Ele sorriu.

— Prometo não contar a ninguém.

— Contanto que você prometa prestar atenção no que está fazendo.

Ele colocou o martelo de volta no cinto de trabalho como um pistoleiro guardando a arma.

— Pode apostar.

Ela pegou a mão de Timmy e entrou no santuário. Depois que seu filho se acomodou com alguns brinquedos que ela guardava em uma cesta embaixo do banco da frente, ela se sentou ao piano e começou a praticar as escalas. Estava frio naquela manhã, havia uma onda de outono no ar e seus dedos estavam rígidos. Ela percorreu todas as escalas, foi para os acordes e, então, para os arpejos. Depois ela simplesmente passou a tocar o que lhe vinha à cabeça, trechos de hinos, movimentos clássicos, canções populares, musicais da Broadway e também algumas de suas próprias composições. Ela adorou o desafio de fazer tudo fluir de uma parte para a outra para que se misturasse sem costuras. Paul chamava os ensaios dela de "local de improvisação".

Ele não assistia aos ensaios de Eunice desde que se tornou pastor. Sem tempo. E desde que chegou à Igreja de Centerville, seu único interesse real na música dela era fazê-la funcionar no culto religioso. Paul queria que ela tocasse músicas que agradassem às pessoas que ele estava tentando atrair para a igreja. Vários dos membros mais antigos da igreja vinham até ela e reclamavam, gentilmente, das novas músicas e perguntavam por que não estava mais tocando os hinos que costumava executar quando chegou. Ela não conseguia dizer que Paul lhe havia dito que tipo de música tocar. Isso apenas agravaria a tensão entre o seu marido e alguns dos membros mais velhos da congregação. Pior, isso a faria sentir como se estivesse se protegendo em vez de ficar ao lado do marido em sua missão de servir a igreja da melhor maneira que ele soubesse.

— Parece triste.

O SOM DO DESPERTAR

Assustada, ela viu Stephen Decker sentado no segundo banco. Ela tirou as mãos das teclas.

— Você parecia bastante envolvida nisso.

O rosto dela ficou quente.

— Achei que você já tinha ido embora.

— Esperava que eu tivesse ido embora, você quer dizer.

— Não, eu não quis dizer...

— Eu deveria ter ficado de boca fechada para poder aproveitar o resto do show. O que você estava tocando?

— Um pouco de tudo.

— Nunca ouvi falar disso.

Ela desejou não corar tão facilmente.

— E provavelmente nunca mais vai ouvir.

— Ah. Você inventa à medida que avança.

— É assim que eu me aqueço. — Ela encolheu os ombros. — Eu só toco qualquer música que me vem à mente.

— Eu reconheci muita coisa, menos a última parte. Quem escreveu essa música?

— Não consigo me lembrar. — Ela desviou o olhar e abriu o livro de música no suporte.

— É claro. Você é muito tímida para dizer que é sua.

Ela o observou caminhar de volta pelo corredor. Ele a incomodou. Por um lado, ele era atraente demais e havia algo na maneira como ele olhava para ela. Voltando a se concentrar na música à sua frente, ela começou a tocar de novo, desta vez seguindo as notas da página. A música era contemporânea e projetada para louvor e adoração em cultos mais carismáticos do que aqueles aos quais os idosos da Igreja de Centerville estavam acostumados a ouvir. Ela questionou a escolha de Paul. "Eles vão se acostumar", Paul lhe dissera. Ela concordou que era uma bela canção, mas qualquer um dos quatrocentos hinos dos livros dispostos em cada banco também era. A nova música era tão fácil; ela memorizou em poucos minutos. As palavras eram claras, concisas e simples. Uma criança seria capaz de cantar a estrofe de cor depois do primeiro domingo.

— Que chato! — gritou Stephen Decker em voz alta do fundo da igreja.

— Perdão?

— Você me ouviu. É repetitivo.

— O que você quer dizer com repetitivo? — Irritada, ela desejou que ele fosse embora e a deixasse ensaiar em paz.

— Repetitivo, como repetir a mesma coisa muitas vezes.

— As palavras...

— Eu conheço as palavras.

Ela colocou as mãos nos joelhos vestidos com jeans.

— É a música mais atual, sr. Decker.

— A mais atual não significa necessariamente a melhor, sra. Hudson.

— Isso atrai a geração mais jovem. — Ela sentiu a cor subir às suas bochechas enquanto ele ria.

— Trinta e quatro anos e já faço parte da geração mais velha, sra. Hudson? Mas, realmente, para uma jovem de vinte e poucos anos, isso deve parecer à beira da morte.

— Ela explica a mensagem do evangelho em termos básicos. O objetivo é dar às pessoas algo para levar para casa. Algo que possam lembrar e pensar durante a semana. As pessoas têm tantas coisas para fazer hoje em dia. Não é como há cinquenta anos, quando a igreja era a vida social das pessoas e cantar hinos era agradável.

— Não sabia que íamos à igreja para nos divertir.

— Não inteiramente. — Ela estava desconfortável com o rumo que a conversa estava tomando. — Você não gosta de ser cristão?

— *Gostar* não é um termo que eu usaria. Tentando virar o jogo contra mim, sra. Hudson?

— Só estou curiosa.

— Eu também. Por que você não toca algumas das suas composições?

Ela balançou a cabeça.

— Não são boas o suficiente.

— É melhor do que o que você estava tocando.

— Bem, obrigada. — Ela rejeitou seu elogio facilmente.

— Só te acho medrosa.

Ela nunca conheceu um homem mais perturbador.

— Nunca terminei nenhuma, se quer saber.

— Por que não? Você não me parece alguém que desistiria facilmente.

Ela tentou pensar em uma resposta rapidamente.

— Eu não desisti. — Ela havia deixado isso de lado. Paul precisava dela. Timmy precisava dela. — Só não tenho tempo agora. Algum dia. Talvez.

— Quando seu marido se aposentar do ministério e seu filho crescer e se mudar?

Ela levantou a cabeça ao ouvir o tom seco dele. Ele estava parado no final do corredor da igreja, com os braços cruzados e apoiando o quadril na ponta de um banco. Por que ele a estava provocando?

— Minha música não é tão importante quanto meu marido ou meu filho.

— Boa desculpa. Acho que não há como as pessoas continuarem casadas e ainda serem tudo o que Deus planejou que fossem como indivíduos. — Ele se endireitou. — Desculpe por ter interrompido seu ensaio. — Ele pegou sua jaqueta e saiu.

O que ele disse a incomodou. Às vezes ela se sentia inquieta. Ela sentiu uma mudança na sua vida e no seu casamento. Todas as noites, Paul parecia ter uma reunião marcada. Ele aceitava convites de qualquer organização que lhe pedisse para falar, vendo-os como oportunidades do Senhor para "divulgar a palavra". Mas a palavra sobre o quê? O Evangelho? Ou a Igreja de Centerville? Ou ainda eram a mesma coisa? Às vezes ela se perguntava.

Paul foi levado a construir a igreja, mas ela não tinha mais certeza do que ele queria dizer com isso. Sua esposa e filho não deveriam ser uma prioridade?

Ela sentia falta de Paul. Sentia falta dos momentos em que eles se sentavam e conversavam sobre o Senhor e o que haviam aprendido juntos em seus devocionais matinais. Ela sentia falta das caminhadas que faziam no início do casamento. Sentia falta de dormir até tarde no sábado de manhã com os braços de Paul em volta dela. Ela virou uma página de sua partitura. Ela não deveria sentir pena de si mesma, isso só pioraria as coisas.

Os dedos dela se moveram sobre as teclas. Escalas de novo, com uma mão, para cima e para baixo, cada vez mais alto, depois com as duas mãos. A música no suporte ficou turva. *Ah, Senhor, Senhor...* Ela não tinha palavras para orar, mas seus dedos se moviam, falando através de sua música, do tom maior ao menor, notas suaves e uma melodia que ela sabia que nem tentaria colocar no papel porque era apenas entre ela e o Senhor.

E lá estava Timmy, deitado de bruços no banco da frente, o queixo apoiado nos braços cruzados enquanto a observava e ouvia.

Enquanto Samuel conduzia Hollis para sua sala de estar, ele se perguntou que reclamação seu velho amigo apresentaria desta vez. Abby estava na cozinha preparando café e lanches. Ela sempre pensou que café e biscoitos poderiam curar qualquer coisa. Às vezes estava certa.

Fechando a porta, Samuel ofereceu a Hollis sua cadeira de couro. Era desgastada e confortável e muito mais fácil de sair do que a cadeira de balanço que Abby preferia. Hollis agradeceu, sentou-se na poltrona e deixou a bengala de lado.

— Para mim já chega, Sam. Estou cheio.

— Por que você não me conta o que aconteceu?

— Nada que eu possa pontuar. — Hollis balançou a cabeça. — Estou cansado de me sentir inútil e velho. Ele não nos ouve. Você sabe disso tão bem quanto eu.

— Ele é jovem.

— Ser jovem não é desculpa para desrespeito.

— Não estou tentando dar desculpas para Paul, mas reflita. Ele demonstrou respeito pelo que você tinha a dizer quando colocou a vitrine no nártex. E ele pediu desculpas pessoalmente a você, não foi?

— Só se você puder chamar de pedido de desculpas a *explicação* que ele deu por remover a Bíblia King James. Ele nunca se desculpou de verdade. E aquela vitrine...

— É linda.

— Claro, é linda, mas era conveniente para ele, Samuel. Quanto mais pessoas novas entrarem na igreja, menos aquele garoto sentirá que precisa considerar qualquer coisa que dissermos.

Samuel temia que Hollis estivesse certo.

— A primeira coisa que precisamos fazer é lembrar que ele foi chamado aqui para ser nosso pastor — comentou Samuel.

— Ele age mais como um ditador.

— Você e Paul conversaram de novo?

— Não. — Hollis parecia mais magoado do que zangado. — Talvez seja o que ele não diz ou o que ele faz ou deixa de fazer em relação ao que *nós* dizemos. Olho nos olhos dele e vejo impaciência. Quase posso ouvir o que ele está pensando: "O que esse velho quer agora?" Bem, Sam, estou cansado de lutar. E por que ainda estou lutando? Para manter as coisas como estavam? Não conheço mais a maioria das pessoas que vêm à igreja. Todos os rostos são novos.

O SOM DO DESPERTAR

— Isso é uma coisa boa, Hollis. A igreja está crescendo.

— Todos os rostos *jovens*. — Ele apertou a boca. — E tenho certeza de que eles querem presbíteros mais *jovens*, de acordo com as ideias *jovens* deles.

— Eles precisam de liderança.

— Eles têm Paul, o ungido deles.

Samuel franziu a testa, preocupado com as palavras dele.

— Somos todos ungidos, Hollis. Todo crente recebe o Espírito Santo.

— Eu e você sabemos disso, mas, para ouvir alguma conversa, Paul Hudson tem mais unção do que o resto de nós, pessoas comuns. Talvez seja por isso que ele não quer se sujeitar aos presbíteros. Talvez ele tenha audiências privadas com o próprio Deus. Talvez ele...

Samuel se inclinou para frente.

— O sarcasmo não vai nos ajudar a trazer unidade.

— A unidade terminou no dia em que Henry Porter deixou Centerville. Éramos uma família contando que ele estivesse no púlpito. Os sermões dele podem não ter atraído as pessoas que Hudson atrai, mas nunca tivemos que nos perguntar se ele nos amava.

Abby bateu na porta antes de entrar. Ela carregava uma bandeja e a colocou sobre a mesa. Serviu o café, acrescentou o leite, mexeu e entregou a caneca a Hollis.

— Tem alguns bons nogados aqui para você, Hollis. Sei que você gosta.

— Obrigado, Abby. — Ele pegou um.

Abby saiu silenciosamente da sala, fechando a porta atrás dela.

— Estou me demitindo do cargo de presbítero, Samuel.

— Não faça isso, Hollis, por favor. — Samuel estava com o coração partido, apesar de tudo o que esperava. O que aconteceria aos fiéis se restassem apenas dois presbíteros para supervisionar a igreja? — Temos 150 pessoas novas chegando a cada domingo.

— A maioria são transferências de outras igrejas. Hudson pode contratar alguns deles para serviço.

— Não sabemos nada sobre essas novas pessoas, Hollis.

— Eu não me encaixo mais em Centerville, Sam. E você sabe disso. — Ele colocou o café de lado. Ele parecia não gostar de seus biscoitos favoritos. — Além do mais, não suporto a música nova. Quantas vezes podemos cantar as mesmas quatro linhas? Sinto como se estivesse cantando algum mantra cristão. Eles estão emburrecendo a igreja assim como estão emburrecendo os

Estados Unidos. E antes que você comece a defendê-lo, direi que ouvi toda a retórica por trás disso. Se isso vai trazer pessoas novas a Cristo, que assim seja. Mas isso não significa que eu tenha que me sentar em um banco e me sentir atacado todas as semanas.

— Você já se decidiu. — A velha guarda estava desistindo do seu posto.

— Escrevi meu pedido de demissão e o enviei antes de vir. — Hollis não conseguia olhar nos olhos dele. — Eu sabia que se esperasse, você me dissuadiria novamente. E está na hora, Samuel. — Os olhos dele estavam vidrados de umidade. Ele desviou o olhar e pegou sua caneca de café. Seus lábios tremiam enquanto bebia. — Devo avisá-lo, Otis também se demitiu.

Samuel sentiu como se tivesse levado um soco no estômago. *Senhor, devo ficar sozinho nesta batalha?*

— Sinto muito por ouvir isso. — Sua voz embargou. Ele se perguntou se faria alguma diferença para Paul que dois terços dos presbíteros estivessem deixando a igreja por causa de seus métodos de aumentar o número de membros. O homem mais jovem parecia não se abalar com críticas, mas Samuel sabia, pelas coisas que Eunice compartilhara com Abby, que as aparências muitas vezes enganavam. Paul Hudson cresceu à sombra de seu pai famoso. Era isso que o estava deixando tão duro? Medo de não se sair bem?

Neste momento, Samuel estava mais preocupado com os velhos amigos, que serviram com ele ao longo dos anos.

— Aonde você irá para participar dos cultos?

— Vou ficar na minha sala de estar, eu acho. Não posso mais dirigir, e Otis está amarrado a Mabel no estado em que ela se encontra. — Ele deu uma risada frágil. — Acho que devemos assistir aos televangelistas. Deus nos ajude. Há um número suficiente deles todas as semanas. O evangelho embrulhado para viagem. Envie uma doação e receba uma bênção.

— Têm alguns bons, se esse for o caminho que pretende seguir, mas tome cuidado.

— Sim, e a melhor parte é que você nunca sabe quais travessuras estão acontecendo nos bastidores. Tudo o que você vê são rostos sorridentes enfileirados nos bancos. Provavelmente eles mantêm todos os desajustados da porta para fora. Ali você vai achar uma brilhante equipe de adoração profissional, e ainda tem o pregador, que fala como se Charlton Heston estivesse abrindo o Mar Vermelho.

— Por que não fazemos um estudo bíblico aqui? Apenas para velhos como nós, que ansiamos pelos bons e velhos tempos. Vou convidar Otis e Mabel e algumas outras pessoas que não têm ido à igreja ultimamente.

— Tentando nos manter na família, Samuel?

— Nós *somos* uma família.

Os olhos de Hollis se encheram de lágrimas.

— Parece bom. Que dia? Que horas?

— Qualquer dia, menos domingo.

— Você vai continuar?

— Até que Deus diga o contrário.

— Ou até que Paul Hudson te dispense.

Um envelope branco simples com o nome de Paul escrito à mão estava sobre o mata-borrão da mesa quando ele entrou no escritório da igreja na manhã seguinte. Quando o abriu, uma chave caiu. Ele leu a nota de uma linha: "Não me sinto mais bem-vindo na Igreja Cristã de Centerville e, portanto, me demito do cargo de presbítero. Otis Harrison."

Paul sentou-se pesadamente. Deprimido, ele folheou a correspondência e viu um envelope com o nome e endereço do remetente de Hollis Sawyer. Provavelmente outra ladainha de reclamações. Irritado, ele abriu a carta com o canivete. "Todos os meus esforços para trabalhar com você falharam", leu ele. Que esforços? Hollis tentou bloqueá-lo a cada passo. Mesmo quando contratou Stephen Decker para construir a vitrine, Hollis não demonstrou nenhum sinal de gratidão. Será que o velho não percebeu o quanto isso custou e que o dinheiro veio das economias que ele e Eunice conseguiram reservar para o fundo da faculdade de Timmy? Ele tinha a intenção de contar a Hollis Sawyer, mas sua raiva evaporou quando ele leu as últimas linhas de Hollis. "Eu amo e faço parte desta igreja há mais tempo do que você tem de idade e agora descubro que não há lugar para mim. O que um homem pode fazer quando o pastor o faz se sentir velho e inútil? Você não me deixou escolha a não ser renunciar com alguma aparência de dignidade."

Com o coração apertado, Paul leu a carta novamente. Ele sentiu a frustração e a desesperança de Hollis Sawyer e ficou cheio de remorso. Nem uma vez Hollis recontou discussões anteriores. Em vez disso, ele resumiu tudo de uma forma que abalou a confiança de Paul. Estes eram dois dos três homens que o chamaram para o pastorado aqui e diziam que ele havia falhado com eles. Fechando os olhos, ele pediu a Deus que o perdoasse. Paul nunca pretendeu fazer esses homens deixarem a igreja. Só queria que eles se afastassem. Eles o chamaram para reviver a Igreja de Centerville. Tudo o que ele sempre quis deles foi o apoio em seus esforços. Em vez disso, Otis e Hollis o criticaram e lutaram contra ele em todas as frentes. Agora, Paul tinha que encontrar uma maneira de lidar com as inevitáveis fofocas sobre o motivo pelo qual dois presbíteros haviam renunciado e deixado a igreja.

Pelo menos, agora ele estava livre para preencher os cargos deles.

Deixe-me encontrar homens que pensam da mesma forma, Deus. Homens que me ajudarão a tornar a Igreja de Centerville o centro de adoração que sei que ela pode ser.

Ele orou por mais de uma hora e acabou se sentindo mais seco do que quando começou. Às vezes, ele sentia como se suas orações batessem no teto e caíssem de volta no seu colo. Ele abriu uma gaveta e tirou a lista da igreja, anotou os nomes dos homens que compartilhavam sua visão. Dois se destacaram como se o próprio Senhor tivesse colocado uma luz sobre eles. Ambos foram transferidos de outras igrejas, onde serviram como diáconos e presbíteros.

Marvin Lockford e sua esposa, LaVonne, moravam a vinte minutos ao norte de Centerville, o que facilitava o deslocamento de Marvin até a igreja. Ele era gerente da filial de uma grande imobiliária e estava listado como um de seus principais vendedores.

— Estávamos procurando uma congregação tão apaixonada pelo Senhor quanto nós — disse Marvin a Paul quando discutiram sua participação, seis meses atrás. Ele e sua esposa se sentaram neste escritório e conversaram sobre sua fé e serviço antes de se apresentarem no domingo seguinte, durante o culto de adoração. — Francamente, Paul, a Igreja de Centerville estava completamente sem vida na única vez que participamos — continuou Marvin. — Eles tinham um velho no púlpito que ficava divagando, e cantavam hinos de cem anos atrás. Então fizemos o trajeto para o norte. Gostávamos bastante da outra igreja, mas era muito longe para nos envolvermos em qualquer um dos programas. E sentimos falta de estar envolvidos, gostamos de servir. Quando soubemos que a Igreja de Centerville tinha um novo pastor, pensamos em tentar mais uma vez. Então aqui estamos, extremamente felizes.

O SOM DO DESPERTAR

123

E eles foram generosos no apoio financeiro. Paul colocou uma estrela ao lado do nome de Marvin Lockford.

O próximo que lhe pareceu o principal candidato ao cargo de presbítero foi Gerald Boham. A esposa dele, Jessie, era enfermeira escolar em uma das escolas secundárias ao sul de Centerville. Gerald era um planejador financeiro que administrava seus negócios em casa. Ele dirigia uma grande empresa em Los Angeles, mas decidiu que seria melhor para seus clientes e para sua vida familiar se ele seguisse sozinho. Aparentemente, ele estava bem; tinha acabado de comprar um Jaguar.

Se esses dois homens concordassem em servir como presbíteros, Paul sabia que teria homens trabalhando *com* ele em vez de *contra* ele. Marvin e Gerald eram exatamente o tipo de homens que ele precisava para manter a igreja crescendo.

Paul bateu com o lápis, se perguntando se deveria ligar para os outros pastores e pedir algum tipo de referência. Mas o que pensariam se ele pedisse referências e verificasse os antecedentes de um irmão cristão?

Ele precisava de mais de três presbíteros para gerenciar as operações agora. A Igreja de Centerville não teve diáconos nos últimos dez anos devido ao pequeno número de membros. Os presbíteros tinham feito tudo, desde o trabalho árduo, aconselhamento dos membros e funções de planejamento até a gestão financeira da igreja. A igreja estava lotada e ele precisava de homens que pudessem pintar, encanar, construir armários e prateleiras, trocar lâmpadas no teto do salão social e fazer alguns trabalhos de jardinagem, como cortar a grama e aparar as cercas vivas. Ele tinha coisas mais importantes para fazer. Seria um bônus adicional se os homens organizassem e ministrassem aulas da escola dominical para adultos e suas esposas ensinassem as crianças.

Os diáconos economizariam dinheiro por não terem que contratar um profissional — dinheiro mais bem gasto em um sistema de som, materiais educacionais, novos livros de louvor, faixas para as paredes, novas almofadas para os bancos e um videocassete para o crescente número do grupo de jovens. Paul havia feito ele mesmo a maior parte do trabalho servil. É claro que Samuel Mason ajudou tanto quanto pôde um homem com mais de setenta anos, mas, quando o fez, Paul teve que aguentar o sermão dele sobre um assunto ou outro. Paul tinha que se desligar do velho para poder terminar o trabalho mais rápido e passar para coisas mais importantes. Os trabalhos de zeladoria tiravam tempo daquilo que Paul sabia que deveria estar fazendo — estudar e ensinar, passar mais tempo conhecendo pessoas importantes na comunidade, construir pontes do mundo exterior para a Igreja Cristã de Centerville.

Todos os homens que ele tinha em mente eram casados e tinham filhos, exceto um. Suas esposas eram mulheres capazes que também poderiam ser chamadas para servir de alguma forma a igreja. Abby Mason já havia convocado várias delas para ajudar no berçário e ensinar algumas turmas do ensino fundamental, mas eram necessárias mais. Abby foi ótima no berçário, mas os planos de aula que ela deu aos outros estavam desatualizados. As crianças do ensino fundamental e médio deveriam ouvir histórias modernas que incorporassem princípios bíblicos, em vez das mesmas histórias desgastadas de Daniel na cova dos leões, Davi e Golias ou Moisés abrindo o Mar Vermelho.

Quanto mais Paul pensava nisso, mais convencido e animado ficava de que as demissões de Hollis Sawyer e Otis Harrison eram bênçãos diretas do Senhor. A saída deles marcava uma nova era na Igreja Cristã de Centerville. Chega de brigas por causa da música e da ordem de adoração! Chega de comparações com Henry Porter! Chega de reuniões que duravam duas horas e não resultavam em nada!

Eunice poderia fundar um coral adulto e um coral infantil. Com toda a sua formação, ela deveria ser capaz de organizar e orquestrar cantatas que atraíssem o público no Natal e na Páscoa. Se os programas fossem bons o suficiente, os visitantes se tornariam frequentadores assíduos dos cultos.

Senhor, dê-me cinco anos e farei desta igreja um ponto focal na comunidade!

Pulsando de excitação, Paul pegou o telefone. Ele sabia que o protocolo da igreja dizia que deveria informar Samuel Mason dos seus planos antes de iniciar o processo, mas Samuel poderia querer que ele procurasse os outros dois ex-presbíteros e tentasse recuperá-los. Sem chance! Ele não os queria de volta. Deixe suas demissões serem efetivadas. Deixe-os sair da igreja. Já vão tarde. Não, ele não ligaria para Samuel. Hollis, Otis e Samuel eram um trio há anos. Seria melhor se ele ligasse primeiro para Marvin e Gerald e descobrisse se eles estavam dispostos a servir como presbíteros. Assim que conseguisse o acordo, ele ligaria para Samuel. Caso contrário, Samuel pediria que ele esperasse. Ele pediria cautela, referências, verificação de antecedentes. Ele criaria uma dúzia de outros obstáculos que consumiriam um tempo valioso. Uma coisa estava clara para Paul: esta igreja não poderia funcionar com um pastor e um velho presbítero teimoso.

O SOM DO DESPERTAR

Ele discou o número do trabalho de Marvin Lockford.

— Claro! — Marvin estava ansioso para servir. — Já fui presbítero antes, sei o que o trabalho envolve.

Paul ligou para Gerald Boham, que estava igualmente disposto.

— Ficaria honrado em servir — disse Gerald. Paul explicou mais uma vez que o assunto seria resolvido assim que o corpo da igreja votasse sobre ele, mas que ele não achava que haveria qualquer problema em obter a aprovação dos membros. Os novos membros agora superavam em número os que estavam aqui há décadas e os mais novos seguiriam sua liderança.

Paul sentiu um desconforto no estômago. Talvez tenha sido algo que ele comeu naquela manhã. Mas ele comeu alguma coisa? Examinou o resto da correspondência, jogando as contas em uma cesta e, em vez disso, examinando os folhetos sobre o crescimento da igreja. Ele anotava ideias em um caderno que guardava na gaveta superior direita. O telefone tocou uma, duas, três vezes e a secretária eletrônica atendeu. Ele odiava usá-la, mas precisava filtrar suas chamadas para poder trabalhar. Se ele atendesse todas as chamadas recebidas no escritório da igreja, passaria todo o seu tempo correndo e visitando vários membros da igreja, em vez de preparar sermões e aulas. O que ele precisava era de um auxiliar escolhido a dedo, que compartilhasse sua visão e estivesse qualificado para assumir parte da carga. Ele deu uma olhada nos relatórios financeiros. As ofertas aumentaram durante as últimas semanas, desde que ele começou a escrever seus sermões para um público interessado. Talvez um auxiliar possa ser a primeira tarefa do novo presbitério. Mas primeiro teria que haver um aumento em seu próprio salário para que ele e Eunice pudessem se mudar para uma casa própria. Não precisava ser muito grande. Três quartos seriam bons para que ele pudesse ter um escritório em casa. Dessa forma, ele teria mais tempo com Eunice e Timmy. E a casa do pastor estaria disponível para outro membro da equipe e sua família quando eles aparecessem.

Mas ele estava se adiantando.

Paul fez uma lista de homens que seriam bons diáconos. Ele chegou na metade dela antes do meio-dia. Quando foi almoçar em casa, não contou a Eunice sobre Hollis e Otis. Ela só ficaria chateada e o questionaria sobre os detalhes. Ele não queria falar sobre isso. Também não contou sobre Marvin ou Gerald. Também não contou sobre os novos diáconos que havia selecionado. Ele contaria à noite, depois de ter falado com todos eles e antes que a notícia se espalhasse e ela soubesse por outra pessoa. Como Samuel ou Abby Mason. Ele teria que preparar uma lista na qual os membros da igreja pudessem votar. Se tudo corresse bem, ele convocaria uma reunião com toda a igreja após o culto deste domingo. Não demoraria muito. Todos sabiam que a igreja precisava de trabalhadores. E no ano seguinte ele deixaria a congregação nomear os diáconos e diaconisas.

— Está tudo bem, Paul?

— Não poderia estar melhor. — Ele terminou seu sanduíche e bebeu seu copo de suco de tomate. — Vou fazer visitas a tarde toda. — Uma visita pessoal do pastor tinha mais probabilidade de obter um acordo para servir do que um telefonema. — Então vou voltar tarde.

— Quer que eu te espere para jantar?

Ele limpou a boca com o guardanapo e jogou-o sobre a mesa.

— Não. — Ele iria ao Charlie's Diner e veria se conseguia entrar em contato com Stephen Decker. Sally disse que Stephen tomava café da manhã às 7h e jantava entre 18h e 19h. Ele deu um beijo rápido em Eunice. — Vá em frente e jante sem mim.

— Está se tornando um hábito.

— É inevitável.

Ele bagunçou o cabelo de Timmy.

— Seja um bom menino para a mamãe.

— Paul?

— Tenho que correr, querida.

— Você não pode ficar por trinta minutos? Até um empresário tem horário de almoço.

— Não sou um empresário. — Ela, entre todas as pessoas, deveria entender, tendo crescido como filha de um pastor. — Tenho muito trabalho a fazer e quase não tenho tempo suficiente. Você queria falar sobre algo específico? É importante?

— Acho que não.

Ele a beijou novamente.

— Conversaremos mais tarde. — Ele contaria a ela todas as suas boas notícias quando tudo estivesse resolvido.

O SOM DO DESPERTAR

Stephen Decker ficou surpreso ao ver Paul Hudson entrar no Charlie's Diner na hora do jantar. Se Stephen tivesse uma esposa como Eunice em casa, ele não estaria comendo em uma lanchonete, mesmo que ela só pudesse cozinhar cachorros-quentes e macarrão com queijo. Stephen acenou com a cabeça e ficou surpreso quando Hudson se aproximou da sua mesa.

— Se importa se eu me juntar a você?

Surpreso, Stephen reuniu a papelada com os detalhes finais do projeto de Atherton.

— Sente-se. — Ele ergueu as sobrancelhas. — Você e sua esposa brigaram?

Paul riu.

— Não. Na verdade, vim aqui para conversar com você.

— Visita pastoral. Parece sério. — Ele não estava perto de um bar. Então essa não poderia ser a razão desta conversa.

— Preciso de alguns bons homens para servirem como diáconos.

Stephen recostou-se.

— E você acha que eu me qualifico? — Ele riu.

— Sim, eu acho.

Eunice não deve ter compartilhado a conversinha deles com o marido, o que elevou ainda mais a opinião dele sobre ela.

— Você não sabe nada sobre mim, exceto o que faço para viver e que posso fazer um trabalho razoável na construção de uma vitrine. Ou era isso que você tinha em mente? Operários da igreja que trabalham à noite e aos sábados.

O pastor Paul foi verdadeiro.

— Operários, sim, mas também homens que amam o Senhor e estão dispostos a trabalhar comigo para fazer da Igreja Cristã de Centerville a igreja que tem potencial para ser.

— E que tipo de igreja é essa?

Paul se inclinou para frente, ansioso para contar a ele.

— Um centro de adoração cristã para Centerville, bem como para as áreas vizinhas, um lugar aonde as famílias podem vir e se envolver e serem nutridas na fé, um lugar que incendiará as pessoas pelo Senhor e as encorajará a sair e cumprir a grande comissão de fazer discípulos de todas as nações.

Uau. Paul estava indo rápido.

— Temos todos os tipos de religião no Vale Central, do islã ao budismo e à Nova Era, Stephen. E neste momento, há algumas igrejas cristãs patéticas que realizam programas de extensão para levar à salvação aqueles que não creem. Precisamos de homens mais jovens com ideias novas e progressistas que possam nos ajudar a construir o reino de Deus e a trazer a igreja para o século XXI.

Intrigado, Stephen fechou o arquivo e guardou-o na pasta aberta. Ele reconheceu a ambição quando a viu, mas, pelo que sabia, não havia nada de errado em ser ambicioso na construção de uma igreja. Onde ele estaria agora sem o Senhor? Tendo uma recaída. O que ele seria? Um bêbado.

— Sou totalmente a favor de retribuir ao Senhor.

— Foi isso que eu pensei.

— Mas antes de prosseguirmos, tem uma coisa que poderia me eliminar como diácono.

Paul franziu a testa.

— E o que seria?

— Sou um alcoólatra em recuperação. Fiquei em um centro de reabilitação por seis meses. Enquanto estava lá, minha esposa se divorciou de mim e ficou com a custódia da nossa filha. — Ele viu o olhar perturbado aparecer nos olhos do pastor Paul, quase podia ouvir as engrenagens em seu cérebro girando e tentando encontrar uma maneira de voltar atrás na sua proposta.

— Há quanto tempo você não bebe?

— Onze meses, uma semana e três dias. — Só para que o pastor soubesse que não era fácil permanecer sóbrio.

— A Bíblia diz que um diácono não deve ser um homem dado à bebida e como você não bebe, não vejo nenhuma razão para que não possa servir como diácono. Se todos tivessem que viver uma vida perfeita para servir ao Senhor, não haveria ninguém servindo. — Ele sorriu. — O que você diz? Quer participar do planejamento do futuro da Igreja de Centerville?

— Tudo bem — disse Stephen lentamente. — Pode contar comigo.

— Ótimo! — Paul estendeu a mão para apertar a de Stephen. — Bem-vindo a bordo.

Stephen sentiu como se tivesse acabado de fazer algum tipo de contrato com o pastor.

— Estou preparando a lista e planejando convocar uma reunião de membros da igreja após o culto no domingo de manhã. A congregação tem que votar sobre isso, mas vejo que não haverá problemas. Assim que esses detalhes forem resolvidos, poderemos ter nossa primeira reunião e ver para onde vamos.

O SOM DO DESPERTAR

Um influente regular.

Sally apareceu com a salada de Stephen.

— Vai ficar para jantar, pastor Paul?

— Se Stephen não se importar com companhia. Eu pago minha parte, é claro.

— Bobagem — disse Sally. — O que você quiser é por conta da casa. — Ela saiu e voltou com um cardápio.

Paul sorriu.

— Ouvi dizer que o bolo de carne do Charlie é fantástico.

— Os bifes dele são melhores — disse ela.

— Bife, então. Mal passado.

— Cogumelos?

— Claro. Por que não?

— Entendi. — Sally deu o pedido a Charlie assim que chegou atrás do balcão.

Stephen ficou curioso sobre Paul Hudson. Ele era jovem para dirigir uma igreja.

— Como você acabou na Igreja de Centerville?

Paul contou sobre o colapso do pastor anterior e o telefonema do reitor da faculdade que ele e Eunice frequentaram.

— Eu estava trabalhando para uma grande igreja no Centro-Oeste na época. Mas eu sabia que Deus estava me chamando para este posto. Quando chegamos, conheci pessoas e senti fome nelas. Elas não eram alimentadas há muito tempo. Não que Henry Porter não tenha tentado cumprir com suas responsabilidades. Ele o fez, admiravelmente. Os fiéis o amavam, e o amavam tanto que quase o mataram de trabalho. Eles só precisavam de um homem mais jovem.

— E eles com certeza conseguiram um. Quantos anos você tem, afinal?

Paul contou a ele.

— Sou jovem, mas não inexperiente, sou um filho de pregador.

— Filho de pregador. — Stephen já tinha ouvido a expressão. — Você escolheu o caminho que alguns fazem?

— Me arriscar fora da zona de conforto, você quer dizer? — Paul riu. — Pensei nisso algumas vezes, mas não ousei continuar. Nunca quis envergonhar meu pai ou minha mãe. E, mais do que isso, queria agradar ao Senhor. Entreguei minha vida a ele quando tinha sete anos.

— Seu pai batizou você?

— Não. Na verdade, foi minha mãe. Bem, meu pai fez isso depois. Oficialmente. Não consigo me lembrar onde meu pai estava quando contei à minha mãe que havia decidido entregar minha vida ao Senhor. Ela me levou imediatamente para o banheiro e me batizou na banheira, com roupa e tudo. — Ele riu. — Ela sempre foi um pouco não ortodoxa.

— Bem, alguém tinha que fazer isso — disse Stephen, rindo também.

— Meu pai me rebatizou na frente da congregação no domingo de Páscoa.

Stephen se perguntou por que a expressão de Paul se tornou subitamente solene e retraída. Paul percebeu isso e continuou.

— Cresci vendo como uma igreja é construída. Meu pai começou com um punhado de pessoas e aumentou a congregação para milhares. Talvez você já tenha ouvido falar dele. David Hudson.

— Desculpe, não conheço.

— Os cultos dele são televisionados. E meu avô também era pastor. Não teve sucesso, mas ele tentou, eu acho. Ele era um evangelista itinerante que fazia reavivamentos em tendas em pequenas cidades por todo o país.

— Então você recebeu o dom naturalmente.

— O dom?

— Da pregação. Você deve saber que é a razão de tantas pessoas novas virem conhecer a Igreja de Centerville.

Paul ficou claramente satisfeito com o elogio, embora tenha tentado minimizá-lo.

— Não consigo pensar em mais nada que eu preferiria fazer do que trabalhar para o Senhor.

— É assim que deveria ser.

Sally trouxe a salada de Paul e depois serviu os bifes. Eles se demoraram durante o jantar, conversando sobre a igreja, a casa dos Atherton e outros projetos que Stephen havia construído, programas nos quais Paul estava envolvido e queria iniciar na Igreja de Centerville.

Stephen deixou Paul falar a maior parte do tempo. O jovem pastor tinha um sonho — um grande sonho — de construir o reino para a glória de Deus. Uma fagulha se acendeu em Stephen. Talvez fosse disso que ele precisasse para acalmar a sua inquietação. Ele precisava trabalhar em algo que o ocupasse por mais tempo do que os seis meses a um ano necessários para construir uma casa ou um prédio de escritórios. Ele sabia que Paul estava falando de

O SOM DO DESPERTAR

pessoas quando falou sobre a construção do reino, mas se conseguisse, a congregação logo alcançaria os limites do pequeno edifício da igreja onde agora se reuniam. Vários serviços ajudariam. Por um tempo.

Mais cedo ou mais tarde, a Igreja de Centerville precisaria de instalações maiores.

Como seria projetar e construir uma igreja? Seria um grande desafio!

Quanto mais ele ouvia Paul, mais animado ficava por fazer parte do que estava acontecendo na igreja. Ele e Paul podiam ter origens diferentes, mas tinham uma coisa importante em comum: ambos queriam construir algo que durasse.

TERRA PROMETIDA À VISTA

CAPÍTULO 6

1992

Eunice lutou contra a exaustão física e a depressão que sempre a atingiam na época do Natal. Ela não sabia como conseguiria chegar ao Ano-Novo. Era a sua terceira cantata, e os ensaios estavam correndo bem, mas as habituais brigas entre os membros do coro seguiam presentes. As tensões sempre aumentavam à medida que o dia da apresentação se aproximava.

Ela teve que lembrar mais uma vez a vários participantes das horas de trabalho que dois membros seniores dedicaram para fazer as lindas fantasias. Eles deveriam receber agradecimentos, e não mais reclamações. A questão não era fazer uma produção da Broadway, mas apresentar o evangelho. Membros não resgatados da comunidade viriam e precisavam aprender o verdadeiro significado do Natal: o nascimento do filho unigênito de Deus, Jesus Cristo. No entanto, semana após semana, as mesmas três mulheres se juntavam e resmungavam, com atitudes e palavras distantes das presenças angelicais que deveriam retratar na apresentação.

Felizmente, o ensaio acabou. A cabeça dela estava latejando e ela se sentia desgostosa. Quando a última pessoa foi embora, Eunice apagou as luzes, trancou o salão social e entrou no santuário. Ela caiu de joelhos e tentou orar, mas nenhum pensamento honrava ao Senhor. Ela deveria vir diante dele e resmungar sobre aqueles que resmungavam?

Ah, Senhor, Senhor... Eu adorava o Natal. Quando era pequena, cantávamos canções de Natal por puro prazer. Ninguém se importava que estivéssemos vestidos com roupas compradas em um brechó. Ouviam com alegria! Lembro de ser convidada para tomar chocolate quente e comer biscoitos caseiros.

Eunice cantou baixinho ao Senhor.

— Ouça! Os anjos mensageiros cantam: "Glória ao rei recém-nascido..."

O SOM DO DESPERTAR

135

Ela cantou as mesmas músicas que as mulheres dessa congregação cantariam em dois dias, a menos que três delas desistissem porque não conseguiam superar o tamanho de suas asas ou a quantidade de purpurina colada em suas vestes brancas! "Devíamos brilhar!" Por que não conseguiam superar que essa cantata não era sobre a aparência delas no palco, mas sobre o que Deus tinha feito pela humanidade? Todos ficaram tão envolvidos com os cenários, fantasias e decorações que ela não conseguiu trazê-los de volta à simplicidade e beleza do Natal. Em vez de ser uma peça sobre a paixão do amor de Deus, tornou-se uma produção de Hollywood.

Perdoe-me, Senhor. Por favor, me perdoe. Tu sabes que o desejo do meu coração é trazer glória a ti, e o que estou vendo está muito longe disso. Quero amar essas mulheres, Senhor. Quero amá-las como tu me amas. Me ajude.

Ansiando por mais alguns momentos para desfrutar da presença de Deus, Eunice voltou ao escritório da igreja e telefonou para casa. Talvez Paul estivesse disposto a dar banho em Timmy.

— Onde você está? — Ele parecia frustrado.

— Ainda estou na igreja. Eu estava...

— É tarde e Timmy precisa de um banho.

— Eu esperava que talvez você pudesse cuidar disso. Não é tão difícil encher a banheira, Paul. — Ela tentou colocar um pouco de humor na voz.

— Não tenho tempo para brincar com ele, ou com você. Estou no meio dos estudos.

Ela queria dizer que tinha acabado de terminar duas horas cansativas de ensaio, sem mencionar que tinha lidado com três mulheres obstinadas e egocêntricas que em breve a deixariam louca. Ela precisava de tempo para orar. Precisava de tempo para implorar ao Senhor pela paciência e amor dele.

— Não poderia ter mais alguns minutos...? Paul?

Ele já tinha desligado.

Magoada e irritada, Eunice saiu pela porta da frente da igreja, trancou-a e dirigiu-se para a casa do pastor. A casa estava silenciosa, Paul acomodado na cadeira, com livros e anotações espalhados ao seu redor.

— Cadê o Timmy?

— Mandei para a cama.

— Achei que você tivesse dito que ele precisava de um banho.

— Disse a ele que você daria banho nele de manhã.

— Ele tem aula de manhã.

Ele ficou irritado.

— Então, acorde-o mais cedo e ele toma um banho antes de sair.

Eunice colocou a pasta de partituras de lado e se sentou lentamente.

— O que aconteceu? — perguntou ela.

— Você o mimou demais.

A voz dele era alta o suficiente para atravessar a porta fechada do quarto de Timmy. Ele percebia o quão cruéis suas palavras soavam, o quão condenatórias?

— Paul...

Paul fechou o livro com força.

— Eunice, o menino tem oito anos, mas chora como um bebê. Ele quer assistir a um vídeo, quer uma história, quer um banho. Ele quer, quer, quer...

— Ele quer um tempo com o pai.

— Não me venha com isso, eu passo tempo com ele.

— Cinco minutos de vez em quando não é tempo suficiente, Paul. Você deveria saber disso melhor do que ninguém. — Ela viu a mudança na expressão dele e sabia que deveria ter dito algo menos arriscado, algo que não o comparasse a David Hudson. Seria melhor se ela tivesse acenado uma bandeira vermelha na cara de um touro.

— Eu o ajudei com o dever de casa ontem à noite. — Por cinco minutos antes de mandá-lo para a cozinha para ela. — Joguei beisebol com ele no sábado. — Até que o *pager* dele tocou dez minutos depois de saírem. — Eu o levei ao Charlie's Diner. — E o trouxe para casa aos prantos menos de uma hora depois porque Gerald Boham ligou e convidou o papai para uma partida de golfe no clube de campo. — Se eu passasse o dia todo, todos os dias com ele, não seria suficiente. Ele não consegue enfiar na cabeça que *tenho responsabilidades*.

— Não precisa gritar. — Cada palavra apunhalou o coração dela, e as paredes eram tão finas que o pobre Timmy conseguia ouvir tudo o que o pai dizia. Ela observou Paul juntar sua papelada.

— Aonde está indo?

— Para o escritório da igreja, onde posso trabalhar! — Ele enfiou suas anotações na pasta.

— São 21h30, Paul.

Ele foi até o armário do corredor, onde seu casaco estava pendurado.

— Alguns de nós têm que trabalhar para sobreviver. — Ele enfiou um braço no casaco.

O SOM DO DESPERTAR

Eunice cerrou os punhos quando ele saiu pela porta da frente, fechando-a de forma pouco silenciosa atrás de si. Ela esperou alguns minutos, dando tempo a ele para mudar de ideia. Em seguida, ela acendeu a luz da varanda.

Quando abriu a porta do quarto de Timmy, ouviu seus soluços abafados. Ela não acendeu a luz. Sentou-se na beira da cama e passou a mão nas costas do menino.

— Ele te ama, Timmy.

— Não, não ama.

— Ele te ama muito. É que ele está trabalhando demais. — Lugares para ir e coisas para fazer. Pela igreja. Ele tinha que definir prioridades. Infelizmente, Timmy estava no fim de sua lista. Ela também. Depois das ligações dos presbíteros, das reuniões dos diáconos e das necessidades dos fiéis. — E é mais difícil para ele nesta época do ano porque... — Timmy rolou e caiu em seus braços. Ela o abraçou, lutando contra as lágrimas enquanto acariciava suas costas e o embalava com ternura. — Muitas pessoas sofrem no Natal, Timmy. Elas ligam para o papai e ele tem que estar lá para aconselhá-las. Ele está sob muita pressão.

— Ele vai estar em casa no Natal?

— Estaremos todos juntos para os cultos na véspera e no dia de Natal — e nesse meio-tempo, a menos que Paul recebesse uma ligação de uma família em crise. No ano passado, Paul foi chamado para sair de casa no momento em que o peru estava sendo retirado do forno. Ela e Timmy comeram sozinhos. Vovó Hudson ligou às oito e pouco para desejar um Natal abençoado. Eunice esperou mais uma hora antes de permitir que Timmy abrisse seus presentes. Ela finalmente o colocou na cama às 23h. Paul chegou tão tarde que estava cansado demais para se levantar e passar a manhã com eles. Porém, ele levantou a tempo de se preparar para os cultos religiosos do dia de Natal.

Este ano seria assim?

— Você fez suas orações, querido? — Timmy balançou a cabeça no ombro dela. — O que acha de fazermos isso agora, enquanto pensamos sobre isso?

Eles oraram juntos suavemente, agradecendo a Deus por seu amor e misericórdia, sua provisão e orientação, e agradecendo-lhe especialmente por seu filho, Jesus. Timmy orou por ela e pela cantata. Orou por Samuel e Abigail. Orou pela vovó e pelo vovô Hudson. Orou por seus amigos na escola e por seu professor. Orou pela paz no mundo.

— Em nome de Jesus, amém.

— E o papai — disse Eunice suavemente, incentivando-o. — Deus abençoe o papai.

Limpando o nariz na manga, Timmy recostou-se nos travesseiros e deu-lhe as costas. Ele puxou seu ursinho de pelúcia para perto. A luz noturna do corredor lançava um brilho suave no quarto. Ela viu que os ombros dele tremiam e sabia que ele estava chorando de novo, tentando abafar os sons no seu bicho de pelúcia desgastado. Isso partiu o coração de Eunice.

— Eu te amo, Timmy. E papai também te ama. — Ela acariciou o cabelo macio de Timmy. Era loiro-escuro, como o de Paul. Timmy levantou os joelhos e enterrou a cabeça ainda mais nas cobertas. Com o coração doendo, a garganta apertada e quente, Eunice se inclinou e o beijou. — Você é tão precioso para mim. Eu te amo muito, muito, Timmy. — Ela o beijou novamente. — Você é uma bênção de Deus para o papai e para mim. — Ela passou a mão pelos cabelos dele mais uma vez. Levantando-se, arrumou as cobertas para que ele ficasse aquecido e fechou a porta silenciosamente ao sair.

Sentada na sala, Eunice cobriu o rosto com as mãos e chorou. Paul tinha mais compaixão pelos membros rebeldes de sua igreja do que por seu próprio filho. Ou por ela, aliás. Quantas vezes ela pediu seu conselho sobre fiéis resmungões e fofoqueiros e ele rapidamente lhe disse para ser paciente, ouvi-los e se curvar o máximo possível para que eles desfrutassem do serviço para o Senhor? E, em seguida, ele saía pela porta de novo. Será que Paul queria que ela tratasse essas mulheres com luvas de pelica porque as três eram esposas de presbíteros? Ela deveria criar regras especiais para pessoas especiais? Como Paul poderia ordenar que ela se curvasse para elas, e depois se recusasse a se curvar para seu próprio filho? Paul ao menos a estava escutando? Ele não conseguia entender que Timmy agia assim porque queria desesperadamente a atenção do pai? A atenção negativa era melhor do que nenhuma atenção. Paul sempre conseguia reorganizar sua agenda para almoçar ou jogar golfe com um dos presbíteros. Por que não para Timmy? Por que não para ela?

"Faça isso, Eunice. Faça aquilo, Eunice."

Paul lhe disse para formar um coro e depois disse para organizar uma cantata para o Natal e outra para a Páscoa. Mesmo enquanto ela obedecia, ele deixou claro, de diversas maneiras, que ela não deveria esperar sua ajuda enquanto ela tentava alcançar os objetivos dele. Ele não tinha tempo. Tinha coisas mais importantes para fazer. Lugares para ir e pessoas para encontrar.

Ela dizia a si mesma que Paul estava fazendo todo esse trabalho "para o reino", mas às vezes um pensamento invasivo tomava conta do seu coração. Qual reino? Ele estava fazendo e executando planos tão rápido que ela se perguntava como ele teria tempo para pedir o conselho de Deus e muito menos para ouvi-lo.

E, no entanto, tudo parecia estar avançando exatamente como ele disse que aconteceria. Paul encarava cada sucesso como um sinal de Deus de que estava no caminho certo, de que estava realizando o que Deus queria, de que seus métodos eram apropriados ao trabalho que Deus lhe havia confiado. A Igreja Cristã de Centerville estava crescendo tão rápido que Eunice não conhecia muitas das pessoas que no momento a frequentavam regularmente. Paul fazia dois cultos dominicais agora e contava com o apoio dos presbíteros para acrescentar pessoal. Reka Wilson, uma gerente administrativa aposentada, se ofereceu para assumir o cargo de secretária da igreja recebendo um salário mínimo. No último mês, Reka atendeu ligações e economizou inúmeras horas de papelada para Paul. Eunice esperava que Paul pudesse passar mais tempo com ela e com Timmy, e mais tempo escrevendo maravilhosos estudos bíblicos centrados em Cristo, como fez durante seu último ano de faculdade.

Em vez disso, Paul agendou mais palestras.

— A única maneira de poder influenciar a comunidade é se as pessoas souberem quem eu sou e o que defendo. — Paul se tornou bem conhecido e querido na comunidade. Quando o prefeito chegou aos cultos, Eunice percebeu como Paul reduziu o número de citações da Bíblia e trouxe mais histórias e ilustrações, justificando a mensagem suavizada ao dizer que queria que as pessoas voltassem à igreja novamente, e não viessem uma vez e nunca mais porque "eles foram bombardeados com alguma lição enfadonha de doutrina". E Paul tinha cancelado o estudo bíblico de quarta-feira à noite há vários meses porque poucas pessoas compareciam no meio da semana.

O relógio marcou 23h.

Envergonhada, Eunice percebeu que havia passado mais de uma hora se afundando na autopiedade, avaliando os defeitos do marido sem examinar os seus próprios.

Senhor, por favor, remodele meu pensamento, remodele meu coração, destrua a raiva que ameaça criar raízes de amargura no meu casamento e na minha vida.

Ela foi até a cozinha, aqueceu uma xícara de leite no micro-ondas e se sentou à mesa onde ela e Timmy faziam a maior parte das refeições sozinhos.

Senhor, tu és o meu pastor. Tu me deste tudo que preciso. Tua força e poder, teu amor e orientação me mantêm no caminho que traçaste para mim. Proteja-me, Senhor. Mantenha o inimigo afastado, Pai, por favor. Estou vulnerável agora, Jesus. Sei no meu coração que é quem tu és que é importante, e não o que faço. Mas é tão fácil se deixar levar pelo espetáculo de tudo isso. Deixe minha vida ser uma luz pela qual outros possam te ver. Quero fazer o que é certo, mas, às vezes, parece que tem tanta coisa acontecendo, tantas atividades ao mesmo tempo, que nem sei por onde começar.

A porta da frente foi aberta.

Eunice colocou as mãos em volta da caneca de leite quente. Ela ouviu o barulho suave quando a porta do armário de casacos foi aberta e fechada. Passos no piso de linóleo. Um suspiro cansado.

— Tinha uma mensagem de Marvin Lockford na secretária eletrônica. LaVonne não está se sentindo bem e pode não conseguir participar da apresentação.

— Que bom. — Ela estava cansada de brigar. Imaginou que Jessie Boham e Shirl Wenke ligariam amanhã com a mesma desculpa esfarrapada.

— Que bom? O que você quer dizer com "que bom"?

Senhor, por favor, não me deixe falar com raiva.

— Elas têm uma ideia errada sobre a cantata.

— Cabe a você dar a eles a ideia *certa*, Eunice. Você tem ideia do problema que me causou por não lidar com essa situação com mais delicadeza?

— Você está me culpando por algo que não tenho poder de mudar.

— Você está no comando, a responsabilidade é sua.

Ela não estava disposta a jogar na cara os fracassos dele.

— Tudo bem, Paul. Então, como a "responsável", tenho o seguinte a dizer: o objetivo da cantata não é o tamanho das asas de LaVonne ou a quantidade de brilho no manto dela, mas a proclamação do nascimento do nosso Salvador e Senhor, Jesus Cristo.

O rosto dele se contraiu.

— Tenho certeza de que ela entende isso tão bem quanto qualquer pessoa.

— Se entendesse, você não teria recebido uma ligação do marido dela.

— Liguei para Marvin e disse que você ligaria para LaVonne amanhã e pediria desculpas pelo mal-entendido.

Ele presumiu que ela obedeceria. Fogo na lenha que ela pediu a Deus para apagar. *Pai, essa é uma das batalhas que quis dizer? Que assim seja.*

— Vou ligar e dizer a LaVonne que sinto muito por ela estar muito doente para participar da cantata.

— Que atuação é essa?

O SOM DO DESPERTAR

— Não estou atuando, Paul. — Os olhos dela se encheram de lágrimas. — Não vou ser refém da chantagem emocional de LaVonne Lockford.

— Você está deixando seu orgulho atrapalhar a união com uma irmã cristã.

LaVonne Lockford era uma irmã cristã?

— Como posso ter unidade com uma mulher que deseja que os holofotes estejam voltados para *ela* e não para *Jesus*?

— Você está exagerando.

— Você não está me ouvindo, Paul! Você não ouve nada do que eu digo há meses!

Ele puxou uma cadeira para trás e sentou-se.

— Está bem, estou ouvindo agora. Diga qual é o seu problema.

O problema *dela*. Não deles. Ela olhou para ele do outro lado da mesa, a caneca de leite esfriando entre suas mãos.

— Você já atribuiu a culpa a mim. Por quê? — Ela era só um bode expiatório conveniente?

Ele não disse nada, mas a expressão em seu rosto a fez querer gritar com ele. *Senhor, Senhor, tuas palavras, não as minhas. Por favor. Tua vontade, não a minha.*

— Não é problema meu com a LaVonne, Paul. É o relacionamento dela com Jesus. Ela tem um?

— O marido dela é um dos nossos presbíteros, Eunice. É claro que LaVonne tem um relacionamento com Jesus.

— Gostaria de pensar que sim, mas não vi nenhuma evidência disso desde que ela entrou para o coro. — *Nem antes disso*, ela quis dizer, mas não ousou. Os Lockford pareciam um casal bastante simpático quando se filiaram à igreja e aparentemente serviram em diversas outras igrejas antes de se mudarem para Centerville. Mesmo assim, ela ficou chocada, três anos atrás, quando Paul a informou sobre as demissões de Hollis Sawyer e Otis Harrison e apresentou a lista de nomeações com Marvin Lockford indicado para o cargo de presbítero. Eles mal o conheciam. Ninguém questionou os nomes que Paul deu à congregação, exceto Samuel, que expressou suas reservas a Paul em particular e foi sumariamente ignorado. "Eu disse a ele que não vou conduzir uma investigação da CIA sobre um irmão e uma irmã cristãos!" Tudo correu bem com Marvin, que encorajou e apoiou os esforços de Paul para aumentar o número de membros da igreja, mas, desde o início, LaVonne tendia a usar a posição do marido para se autopromover.

— Eunice, por que você está dando tanta importância a uma coisa tão pequena? Que mal há em colocar mais glitter, ou o que quer que ela queira, na fantasia de LaVonne?

Ela estava exagerando? Era verdade que ela gostava cada vez menos de LaVonne com o passar do tempo. Talvez seus próprios sentimentos estivessem atrapalhando seu julgamento. Por outro lado, não havia algo de errado na essência em ceder repetidas vezes às exigências mesquinhas de uma pessoa?

— É uma coisa pequena, Paul, sei que é. E Abby fez alterações no figurino para agradar LaVonne, mas não foi suficiente. — Nunca era suficiente. — Houve muitas pequenas coisas nos últimos três anos. Você não percebeu? E tudo isso resulta em uma grande questão: ela está salva?

Ele arregalou os olhos.

— Eu dificilmente teria pedido a Marvin para ser presbítero se não estivesse convencido de que ele e sua esposa foram salvos.

Não adiantava lembrá-lo de que ele tinha conhecido os Lockford pouco tempo antes de convocar Marvin para ajudar no funcionamento da igreja. Ele também não conhecia os Boham há muito tempo. Nem os Wenke, na verdade.

— Paul, é mais importante para mim sabermos onde LaVonne está com Jesus do que se ela canta um dos solos da cantata.

Paul puxou a cadeira para trás, com as bochechas vermelhas.

— E você acha que isso não importa para mim? Ligue para ela, Eunice, e peça desculpas. Entendeu? Você é minha esposa e deveria estar construindo pontes, e não queimando aquelas que construí sozinho, sem qualquer ajuda sua! — Ele saiu da sala.

Esgotada e ofendida por aquela acusação, Eunice ficou atordoada e magoada. *Senhor, ele está certo? Estou queimando pontes? Ajude-me a abandonar os sentimentos feridos e a concentrar-me nas questões necessárias, Deus. Me ajude... me ajude.*

— Paul?

Ó, Deus...

— O quê? — O olhar impaciente no rosto dele a fez sentir que ela era apenas um problema para ele.

Ela lutou contra as lágrimas. *Coisas necessárias, Senhor. Por favor, faça-o ouvir desta vez.*

— Precisamos conversar sobre Timmy.

Ele fechou os olhos, irritado.

— Hoje não, estou cansado.
— Quando?
— Amanhã de manhã.

Mas, quando Eunice acordou de manhã, Paul já tinha saído. Ele havia deixado um bilhete na mesa da cozinha. "Café da manhã com S.D. Almoço no clube de campo com o prefeito. Talvez esteja em casa para o jantar."

Ela sabia que não deveria esperar.

Quando Stephen chegou para a cantata de Natal, o salão social estava lotado. Ele ficou no canto dos fundos, junto com meia dúzia de outras pessoas que, como ele, tiveram que estacionar a seis quarteirões da igreja. Na opinião dele, se o número de membros da Igreja de Centerville continuasse crescendo como estava, os poderes constituídos teriam que considerar a construção de uma instalação maior para acomodar o rebanho. Este lugar estava ficando muito pequeno.

Ele poderia relaxar agora que havia encontrado um espaço para ficar de pé. O ar cheirava a pinho misturado com pão de gengibre. O salão parecia algo saído de um antigo cartão de Natal vitoriano, com guirlandas de pinho e azevinho amarradas com laços de veludo vermelho nos parapeitos das janelas, no palanque, no topo do piano e na frente do palco.

Todos ficaram em silêncio quando o pastor Paul entrou, elegantemente vestido com um terno preto, camisa branca e gravata preta, e anunciou a cantata. A oração de Paul foi um pouco longa, mas eloquente como sempre. Ele parecia absolutamente majestoso enquanto fazia que sim com a cabeça e depois se sentava na primeira fila. Stephen se perguntou por que Timmy não estava sentado com o pai. O menino estava sentado em uma cadeira entre Abigail e Samuel Mason.

Quando Eunice entrou, Stephen ficou sem ar. O cabelo loiro dela caía sobre os ombros. Ela estava usando um único colar de pérolas e um longo vestido preto. Stephen engoliu em seco e passou a hora seguinte observando cada movimento que ela fazia, saboreando o puro prazer da experiência no canto escuro dos fundos do salão social. Ele nunca tinha visto uma mulher tão bonita por dentro e por fora, com uma beleza de tirar o fôlego.

Esta foi a terceira cantata de Natal dela, foi uma melhor que a outra. Mais cenários, mais cantores, mais biscoitos, mais ponche, mais decorações. Mais trabalho!

Quando a apresentação terminou, Stephen ficou no fundo. Ele guardaria seus cumprimentos para mais tarde. As integrantes do coro fantasiadas se misturavam aos que tinham vindo ouvir e assistir ao espetáculo. As pessoas tiveram que recuar rapidamente quando LaVonne Lockford passou, batendo as asas brilhantes. Stephen quase riu. Ela parecia mais uma fada mutante gigante do que um anjo.

Agora que o espetáculo tinha acabado, com agradecimentos e parabéns, o rebanho pastava em mesas repletas de biscoitos de Natal e sidra quente de maçã. Eunice estava sorrindo, com Timmy ao seu lado, mas Stephen reconheceu o cansaço quando a viu. O palpite dele é que a adrenalina tinha passado e o colapso estava próximo. Paul estava ocupado servindo ponche ao prefeito e à sua esposa.

Stephen abriu caminho no meio da multidão. Seu olhar encontrou o dela e ele sentiu o peso na consciência atingi-lo. Isso sempre o pegava desprevenido. Ele esperava que ela não tivesse ideia do quanto ele a admirava. Não queria que ela se fechasse e eles deixassem de ser amigos.

— Ei, cara, como você está? — disse ele a Timmy. — O que você acha de irmos pegar um biscoito de gengibre antes que acabem? A menos que sua mãe rejeite a ideia.

— Mamãe?

Sorrindo, ela passou a mão pelo cabelo de Timmy, que estava penteado para trás.

— Pode ir, querido.

Stephen pegou dois biscoitos e encheu uma xícara extra de ponche, mas, quando se virou, viu que Paul havia sinalizado para sua esposa se juntar a ele e o prefeito. Eunice se levantou da cadeira onde estava sentada com os Mason e abriu caminho no meio da multidão para apertar as mãos e cumprimentar os ilustres convidados de Paul. Quando Eunice olhou em volta, Stephen ergueu a mão para que ela o avistasse. Ele apontou para baixo. Timmy ainda estava seguro ao seu lado. Ela sorriu e acenou.

— Quer conhecer o prefeito, Timmy?

— Não, quero voltar e sentar com Sam e Abby.

Decidido, Timmy saiu correndo. Stephen encolheu os ombros e apontou novamente. Timmy já estava sentado entre os Mason. Stephen o seguiu e entregou a Abby Mason o copo de ponche que ele serviu para Eunice.

— Grande público esta noite.

O SOM DO DESPERTAR 145

— Mais de trezentas pessoas — disse Samuel. — Alguns em pé.

— Eu era um deles.

— Chegamos aqui uma hora mais cedo ou não teríamos conseguido um bom lugar — disse Abby.

Samuel colocou o braço nas costas da cadeira de Timmy.

— O chefe dos bombeiros estava aqui roendo as unhas. Se ele não fosse membro da igreja, teria que nos intimar por violações.

— Poderia ser melhor se fizessem a apresentação em dois dias seguidos.

Samuel assentiu.

— Acredito que sim.

— É uma pena que não tenhamos uma igreja maior. — Quando Samuel levantou a cabeça, Stephen sorriu e ergueu uma das mãos. — Não que eu esteja procurando trabalho, veja bem. Foi só um pensamento.

Abby forçou um sorriso.

— Um pensamento que ocorreu a Paul Hudson, tenho certeza.

— Abigail. Queríamos crescimento.

— Crescimento, sim, mas...

Samuel pigarreou. Abby fechou os lábios entreabertos e não disse mais nada.

Encantado, Stephen puxou uma cadeira de uma das fileiras e sentou-se com eles. Ele olhou entre os dois idosos.

— Nunca vi isso acontecer antes.

— O quê? — disse Samuel, confuso.

— Um homem capaz de silenciar uma mulher sem dizer uma palavra.

Abby deu um tapa no joelho dele.

— Você faria bem em aprender algumas lições com meu marido em vez de tentar irritar os outros.

Stephen sorriu ironicamente.

— Sim, senhora.

— Minha esposa raramente fica quieta por muito tempo — disse Samuel com uma risada.

Stephen recostou-se.

— Você acha que deveríamos manter a igreja pequena?

— Depende de como você define pequena — disse Samuel.

Paul reclamou várias vezes da cautela do presbítero durante o café da manhã no Charlie's.

— Diria menos de trezentas pessoas.

Samuel olhou para ele.

— Deus nunca se preocupou com números, Stephen. Ele está preocupado com o foco e o coração. O crescimento em número é uma bênção, desde que o crescimento espiritual e a maturidade o acompanhem.

Stephen assentiu.

— Concordo, mas às vezes o crescimento vem rápido. Lembre-se, a igreja ganhou três mil membros em um dia durante o Pentecostes.

— Sim — Samuel sorriu —, e Cristo educou 120 indivíduos para a liderança. Eles viveram com Jesus, ouviram os ensinamentos dele, viram o que significava viver e praticar a fé. O Espírito Santo desceu sobre eles enquanto oravam juntos naquele cenáculo, e foi através do Espírito do Senhor que os corações foram tocados naquele dia. Não foi por causa de um bom espetáculo.

Stephen sentiu que ele se irritou.

— Está dizendo que não deveríamos ter programas como este? — Ele apontou com a cabeça em direção ao palco, pensando em como Eunice deve ter trabalhado duro para organizar tudo.

— De modo algum — disse Samuel, e Stephen sentiu a sondagem por trás do olhar do presbítero. — É evidente que a motivação de Eunice era montar um programa para agradar ao Senhor. Quem a conhece também sabe que ela ama o Senhor e procura servi-lo. E todos os que compareceram esta noite ouviram o coração do evangelho, Jesus Cristo, proclamado em cada música e cena. O nascimento do Salvador da humanidade é motivo de celebração. Eunice é um excelente exemplo do foco e do coração certos de que estou falando.

Outras pessoas se juntaram a eles, direcionando a conversa para o clima, visitas a familiares, planos de férias, compras de Natal e reclamações sobre preços. Stephen percebeu que sua atenção estava vagando até que Abby se aproximou.

— À medida que os bebês crescem, eles precisam de algo mais do que leite, Stephen. Eles precisam de *carne*. — Ela deu um tapinha no joelho dele como se ele fosse um garotinho. — E agora que os homens estão falando de futebol, é hora de ver o que precisa ser feito na cozinha.

Bebês? Carne? Será que sua mente estava vagando por tanto tempo que ele perdeu completamente o controle da conversa? Confuso, Stephen pegou Samuel olhando para ele. Ele tinha a sensação de que os Mason estavam tentando lhe dizer alguma coisa e ele não tinha ouvidos para ouvir.

O SOM DO DESPERTAR

A multidão diminuiu. Stephen ficou para ajudar a arrumar as cadeiras dobráveis embaixo do palco. Paul tirou o paletó e ajudou. Eunice voltou à casa do pastor para colocar Timmy na cama.

— Correu tudo bem, não acha? — disse Paul.

— Melhor do que bem, eu diria. — Stephen apoiou seu peso no carrinho de cadeiras e empurrou-o para dentro da área de armazenamento. — Casa lotada.

— Eu disse a Eunice que ela terá que planejar duas noites nesta Páscoa. A notícia vai se espalhar sobre a qualidade das cantatas. Não conseguiremos receber todos com apenas uma noite. Uma senhora veio me dizer que a apresentação foi tão boa quanto qualquer coisa que ela viu em São Francisco.

— Talvez você devesse vender ingressos.

Paul riu.

— Não ache que não pensei sobre isso. — Ele se endireitou depois de trancar a porta do compartimento de armazenamento. — A congregação está superando o tamanho do prédio.

— Eu estava dizendo a mesma coisa para Samuel Mason.

A expressão de Paul ficou confusa.

— Algumas pessoas veem o crescimento como uma ameaça. Qualquer tipo de mudança as assusta. — Ele agradeceu a dois outros diáconos que terminaram de arrumar as cadeiras. — Apenas deixem todo o resto. Algumas das diaconisas voltam de manhã para varrer e terminar de limpar a cozinha. — Paul acompanhou Stephen enquanto ele caminhava em direção à porta. — O problema é estacionar.

— Concordo. — E o estacionamento continuaria sendo um problema. A igreja foi construída quando Centerville estava apenas se formando, e a maioria dos fiéis estava à distância curta. As coisas são diferentes agora. A maioria dos membros da igreja era de fora de Centerville. Alguns vinham de trinta quilômetros ao norte.

— Eu estava pensando. — Paul parou nos degraus entre o santuário e o salão social e vestiu o casaco. — Os presbíteros aumentaram o meu salário no ano passado. Seria um exagero, mas acho que poderia comprar uma casa em um dos novos subúrbios. Se eu tirasse minha família da casa do pastor, poderíamos demoli-la e transformar aquela parte da propriedade em um estacionamento.

— Boa ideia, mas custaria mais do que você imagina e seria apenas uma solução de curto prazo. Sem mencionar o problema que você criaria com seus vizinhos se transformasse aquele lindo lugarzinho em uma placa de asfalto.

— Stephen balançou a cabeça. — Não. Má ideia, pastor. Melhor e mais econômico se você procurasse um imóvel e começasse do zero. Construa com a ideia de expandir à medida que a congregação cresce.

Paul ergueu a gola.

— Parece a sua especialidade.

Stephen não era tão ingênuo a ponto de não conseguir ver para onde estava indo o pensamento de Paul.

— Nunca projetei uma igreja. — Não que ele não tivesse pensado nisso de vez em quando desde que se tornou diácono da ICC.

— Provavelmente houve um tempo em que você nunca tinha projetado um prédio de escritórios ou uma casa. — Paul desceu os degraus e começou a atravessar o gramado do pátio.

— Você não conseguiria me pagar!

Paul riu e acenou sem olhar para trás enquanto seguia para a casa do pastor onde Eunice estaria esperando por ele.

Vestindo sua jaqueta de couro, Stephen se dirigiu para sua caminhonete.

Confortável e aquecida, vestindo um pijama de flanela desbotado com flores amarelas e azuis, um roupão de chenile rosa e chinelos felpudos, Eunice enrolou as pernas no sofá e tomou um gole de chá quente de ervas. A dor de cabeça desapareceu assim que a cantata terminou e a multidão se dispersou. O *Messias* de Handel tocava suavemente no aparelho de som. Fechando os olhos, Eunice ouviu e agradeceu ao Senhor por ter um mês de descanso antes de começar a fazer planos para a cantata de Páscoa.

O telefone tocou. Ela se assustou. Ainda estava muito tensa. *Por favor, Deus, não deixe que seja outra emergência para chamar Paul para longe de casa antes mesmo de ele entrar pela porta.*

— É a mamãe, Euny. Como foi a cantata? Melhor do que você esperava?

Eunice relaxou ao som da voz da sogra. Elas conversaram muitas vezes nos últimos meses e Lois Hudson deu conselhos bons e sábios.

— Todos gostaram.

— Alguma pena voou?

Eunice riu.

— Não, todos os anjos se comportaram bem.

O SOM DO DESPERTAR

— Isso é bom. Você parece cansada.

— Exausta.

— Meu filho está em casa?

— Ainda não. Ele provavelmente foi parado por alguém no caminho para casa.

— O drama de todos os pastores. Você gostaria de receber visita? David vai tirar alguns dias de folga em janeiro e sugeri que fôssemos ver como nosso filho está se saindo no púlpito. Ficaríamos em um hotel, é claro. Tem algum perto de vocês? Mal posso esperar para abraçar meu neto de novo.

— Uma pousada abriu no mês passado. Fica na mesma rua, mas não tenho certeza de quanto eles cobram.

— O que eles cobrarem estará bom. — Ela deu várias datas possíveis. — Confira sua agenda e veja quais dias se adaptam melhor à sua programação e vá em frente e faça as reservas. Então me avise.

Elas conversaram por mais meia hora sobre o progresso de Timmy na escola, o programa de escola dominical que Paul queria que ela organizasse e intermediasse e os muitos compromissos de Paul. Eunice percebeu mais do que cansaço na voz de Lois. Algo estava errado. Quando ela perguntou, sua sogra tornou-se evasiva. Lois disse que ela e David só precisavam fugir de todas as pressões e estresses do trabalho.

— Avise meu filho que é melhor ele reservar algum tempo para a mãe dele — disse Lois. — E, querida, eu te amo. Tenha fé.

— Eu também te amo, mamãe. — Eunice sentiu um nó na garganta quando desligou o telefone. Lois Hudson sempre esteve ao seu lado, especialmente durante os dias sombrios depois que a mãe e o pai de Euny faleceram. Sempre que precisava lidar com alguma situação difícil, ela sabia que podia contar com Lois para obter conselhos sólidos e sensíveis. Lois enfrentou todo tipo de dificuldade em seus anos como esposa de pastor. A única coisa que Eunice nunca falava com a sogra era sobre Paul. Até onde Lois sabia, tudo era perfeito na família mais jovem dos Hudson, e Eunice nunca quis que ela pensasse o contrário.

A porta se abriu. Euny observou Paul tirar o paletó.

— As diaconisas vão terminar de limpar a cozinha amanhã — disse ele sem olhar para ela —, mas o chão precisa de uma boa esfregada e tem que ser encerado. — Ele pendurou o casaco no pequeno armário. Ela sabia que ele esperava que ela fizesse aquilo ou chamasse alguém para fazer.

— O programa correu bem, não acha? — Ela recebeu muitos elogios de outras pessoas, mas até agora Paul não disse nada sobre o resultado.

— Claro, correu tudo bem. — Ele afrouxou a gravata. — E o chão da cozinha? Você precisa terminar amanhã para que esteja pronto no domingo.

Ela desviou o olhar, com a garganta apertada.

— Preciso de um dia de descanso, Paul.

— Eu também preciso de um dia de descanso. — Ele foi em direção à cozinha. — Sabe, eu e Stephen estávamos conversando, e ele acha que faria mais sentido construir outro prédio do que tentar fazer este funcionar para uma congregação maior.

Ela fechou os olhos. Podia ouvir a porta da geladeira se abrindo.

— Estou com fome — gritou Paul quase sem paciência. — Não tem nada para comer nessa casa?

Não houve muito tempo para cozinhar durante a semana passada, com todos os preparativos de última hora para a cantata.

— O resto do bolo de carne está em um pote na prateleira de cima. Fora isso, tem carne para o almoço, queijo e alguns pêssegos.

— Quando você vai fazer compras?

— Eu ia amanhã. — Ela teria que ir cedo para ter tempo de esfregar e encerar o chão da igreja. Ainda bem que os supermercados abriam de madrugada.

— Você vai estar por aqui amanhã para cuidar do Timmy?

— Não, vou encontrar Gerald no clube.

O que significava que ela teria que pedir a Abby para tomar conta do Timmy ou deixar ele brincar sozinho no salão social enquanto ela trabalhava na cozinha da igreja.

— Faz um tempo que não como um queijo-quente.

Uma dica nada sutil. Ela estava cansada demais para se levantar da cadeira, que dirá ir para o fogão e cozinhar para ele. Será que ele se importava com os meses de trabalho gastos na cantata? Ele entendeu a energia gasta para realizar a apresentação desta noite? Ou o estresse de ser uma pacificadora entre LaVonne Lockford e metade do coro? Às vezes, parecia que um trabalho bem executado significava adicionar outro trabalho e mais outro, até que a pessoa fosse esmagada pelo peso da responsabilidade.

— Eunice?

— Sabe, não me deram nem uma xícara de ponche esta noite, nem um único biscoito de Natal. — Ela odiava transparecer esse sentimento de autopiedade.

O SOM DO DESPERTAR

— Também não me lembro de ter pegado nenhum.

— Ah, sim, você pegou, Paul. Quando você serviu o prefeito e a esposa dele, você também serviu a si mesmo. Enquanto estávamos todos conversando, lembra? — Ele nem sequer tinha pensado em oferecer-lhe algo para beber, e ela não queria envergonhá-lo pedindo licença para ir buscar uma xícara para si. E agora, a julgar pela cara dele, seria melhor se ela não dissesse nada.

— Certo, já que você está tão cansada, o que posso preparar para você comer, presumindo que já não preparou alguma coisa antes de eu chegar em casa?

Ela se levantou lentamente, passou por ele e foi até a cozinha, despejou o chá frio no ralo e colocou a xícara na pia.

— Vou lavar a sua louça de manhã, se você decidir, pode fazer um queijo-quente sozinho. — Ela se dirigiu para o corredor.

— Precisamos conversar, Eunice.

Ela olhou para ele.

— Eu tentei, Paul. Durante semanas, durante meses, eu tentei. Esta noite estou muito cansada. — Ela se sentiu como um coelho na mira de um rifle carregado para atacar. Mas até um coelho idiota sabia como escapar do extermínio. — Mamãe ligou.

— Mamãe?

— Ela e seu pai virão passar alguns dias conosco em janeiro. Ela pediu que você reservasse algum tempo na sua agenda para ela.

O grande David Hudson em carne e osso. Ela tentou amar o pai de Paul como amou o seu próprio, mas os dois homens eram muito diferentes em método e teologia, não que Paul compreendesse isso. Ele ainda estava se esforçando para obter a aprovação e os elogios de seu pai. Ela podia ver que Paul já estava fazendo planos.

— Isso é ótimo! Vou espalhar a notícia. Poderia até levar Otis Harrison de volta à igreja para um culto. Você não comentou uma vez que a esposa dele... qual é o nome dela...?

— Mabel.

— Que Mabel gosta de assistir ao culto televisivo do meu pai? Talvez o resto dos membros mais velhos venham para um culto especial.

Eunice percebeu ali um sinal de alerta.

— Está planejando deixar seu pai pregar?

— Não. De qualquer forma, ele não faria isso, a menos que lhe convidássemos com antecedência, e mesmo assim... — Ele encolheu os ombros. — Acho que não.

Qual seria sua taxa hoje em dia?

A Igreja de Centerville não poderia arcar com grandes honorários, e Eunice duvidava que David Hudson fizesse algo de graça, mesmo por seu próprio filho. Ela odiava o quão cínica era em relação ao pai de Paul. O que havia em David Hudson que a fazia antipatizar tanto com ele? Sua negligência com Paul quando menino não foi suficiente para fazer com que ela não gostasse dele para sempre. Era outra coisa, algo mais, algo oculto e elementar nele que a deixava tensa, vigilante, desconfortável.

— Mas deveríamos ter um horário de confraternização para que as pessoas possam conhecê-lo. — Paul começou a tirar as sobras da geladeira. — Meu pai gostaria disso. Você vai precisar ligar para todas as diaconisas amanhã e marcar uma reunião para poder tomar as providências. Precisaremos de lanches, decorações. Talvez você pudesse planejar um jantar festivo para toda a igreja com eles como nossos convidados de honra.

Mais trabalho, e ele estava perdendo o foco.

— Paul, não transforme esta visita em um evento. Seus pais estão vindo *nos visitar*. Eles não vêm a Centerville para fazer uma aparição pública. Não seria bom se você e seu pai pudessem relaxar e conversar sobre qualquer coisa? Sem interrupções. Apenas vocês dois. — Quantas vezes ele disse que nunca passou um tempo sozinho com o pai? Sempre surgia alguma coisa para interferir. E sempre eram eles que dirigiam para o sul por alguns dias para que Timmy pudesse manter contato com os avós.

— Meu pai não é o tipo de homem que quer sentar na varanda e conversar o dia todo. — Ela sabia que a pequena indireta era dirigida ao pai dela, que passava horas sentado na varanda. Era uma das muitas coisas que ela amava nele. Ele sempre teve tempo para as pessoas, especialmente para sua filha.

— Sempre podemos ter esperança, Paul. — Ela se virou antes que ele visse as lágrimas. — Boa noite.

Paul estava mudando, e isso a enchia de tristeza. Ele era tão entusiasmado pelo Senhor. Ele respeitava o pai dela, apesar do pouco tempo que conviveram, ou ele estava apenas fingindo? Quem não respeitaria e amaria o pai dela? Ele sempre reservava tempo para ela e seu rebanho. Ele também reservara tempo para Paul (horas, na verdade) naquela varanda que seu marido agora mencionava com tanto desprezo. Nunca em toda a sua vida o pai a fizera sentir-se indigna do seu amor, indigna do seu tempo e atenção.

O SOM DO DESPERTAR

Ela sempre pensou que Paul era um homem como seu pai, um homem conforme o coração de Deus. Mas ele era? Às vezes ela se perguntava.

— Eunice, eu não quis dizer isso do jeito que soou.

— Espero que não. — Ele só falou sem pensar e pediu desculpas depois. Em que parte ela deveria acreditar?

Será que ele sabia que estava negligenciando Timmy da mesma forma que tinha sido negligenciado pelo próprio pai? Eunice tentou dizer isso gentilmente, mas ele não estava disposto a ouvir. Ela o amava tanto quanto sempre amou. Amava-o mais do que qualquer outra pessoa na igreja, mais do que todos eles juntos, se fosse o caso. Já ocorreu a Paul o quanto ela se importava, quantas vezes ela se sacrificou para agradá-lo, como ela comprometeu seus próprios pontos de vista para acomodar os dele? Ela era igual a ele em alguns aspectos. Ela trabalhava constantemente para obter a aprovação e atenção dele.

— Estou com fome e cansado, Euny. Não sou eu mesmo.

Desculpas. Questão esquecida. Não toque no assunto novamente. Ele tinha coisas mais importantes no que pensar, como fazer seu próprio queijo-quente e uma lista de doces para ela, para que tudo estivesse perfeito quando seu pai chegasse. Isso se David Hudson não cancelasse no último minuto. Como da última vez e da vez anterior. Sempre surgia algo melhor. Um *talk show* na televisão. Uma palestra em um cruzeiro. Ela sabia que não deveria ter expectativas em relação a nenhum ser humano, nem mesmo ao seu marido. Ninguém era perfeito. Todo mundo era pecador.

Ela fechou a porta do quarto silenciosamente e se ajoelhou ao lado da cama. *Estou me afogando, Deus. Nunca me senti tão sozinha. A quem posso recorrer senão a ti, Senhor? Onde mais a esposa de um pastor procura ajuda quando seu casamento está fracassando e sua vida está fora de controle? Em quem posso confiar minha angústia, Senhor? Quem além de ti?*

Agarrando o travesseiro, ela o apertou com força contra a boca para que seus soluços não fossem ouvidos.

A última vez que ela viu o pai vivo, eles estavam sentados na varanda conversando. "Centre sua vida em Jesus." Como ele havia feito. "Não coloque suas esperanças nas pessoas, querida. Se fizer isso, você apenas vai aumentar o fardo delas e trará tristeza para si mesma. Ame a Deus e ele lhe permitirá amar os outros, mesmo quando eles te desapontarem."

Seu pai a conhecia melhor do que ninguém, exceto o Senhor. Será que o pai dela também conhecia Paul? Ele tinha visto o que o futuro reservava para ela?

"Entregue seu coração a Jesus, Euny, e você pode ter certeza de que ele vai cumprir todas as promessas feitas a você e vai cuidar de tudo o que acontecer."

Era uma lição que seu pai repetia com frequência. Talvez ele tivesse percebido o problema chegando.

Acho que Paul nem me ama mais, Deus... se é que ele já amou. E não estou falando por autopiedade, Pai. Só quero saber. Quero entender. O que Paul viu em mim que o fez acreditar que eu seria uma boa esposa para ele? É só porque sei cantar e tocar um pouco de piano?

"Você me ama."

Sim, eu te amo. Ó, Senhor, eu te amo, mas a vida tem que ser tão cheia de dor e solidão? Tu és soberano, então tenho que acreditar que sou a esposa que tu escolheste para Paul. Mas ajude-me a entendê-lo! A cada dia que passa, temos menos a dizer um ao outro, menos em comum. Quanto mais eu tento, menos tempo e interesse ele parece ter por mim ou por nosso filho. Quero me apegar ao meu marido, Pai, mas ele balança com cada vento que sopra, e Timmy e eu somos atirados pela tempestade e deixados à nossa sorte.

"Agarre-se a mim, amada."

Estou tentando, Jesus.

Ela se levantou e se aninhou na cama, com cobertores sobre a cabeça. Talvez ela fosse mais parecida com Paul do que imaginava. Talvez ela tenha ficado presa na sua infância empobrecida, mas tranquila, com um pai que seguiu seu caminho com firmeza todos os dias de sua vida. *"Sirva ao Senhor de todo o coração, mente, alma e força."* Ela agradeceu a Deus por ter crescido à sombra da fé de seu pai.

Infelizmente, Paul cresceu à sombra da ambição de David.

Samuel foi até a cozinha e se serviu de uma caneca de leite. Ele colocou no micro-ondas e pressionou o botão de dois minutos. Como ele poderia estar tão fisicamente exausto e mentalmente acordado? Ele havia tentado meditar no salmo 23 durante a última hora e ainda não conseguia acalmar seus pensamentos agitados. Eram como as correntes abaixo de uma cachoeira, sugando-o para o desânimo, a frustração e a raiva.

— Não consegue dormir? — disse Abby com uma voz sonolenta. Ela ficou parada na porta.

O SOM DO DESPERTAR   155

— Não.

— Quem está na sua cabeça hoje?

— Eunice.

Ela apertou mais o roupão de chenile azul no corpo. Abriu a geladeira, tirou o leite, pegou uma caneca da prateleira e serviu.

— Então chegamos a este ponto, Samuel. Dois ranzinzas tomando leite quente na cozinha às 3h.

Plim! Samuel tirou sua caneca do micro-ondas e colocou a dela, apertando os botões.

— Pegue a minha.

— Você é um amor. Por que não vivemos perigosamente e colocamos chocolate?

— Por que não? Estamos ficando velhos demais para sermos cuidadosos.

Ela abriu a despensa.

— Já que estamos falando nisso, vamos arriscar tudo e adicionar alguns daqueles marshmallows que sempre compramos para o Timmy.

Samuel estava sentado com ela à mesa, com uma caneca de chocolate quente entre as mãos. O calor aliviou a dor em seus dedos artríticos, mas não tocou a dor em seu coração.

— Ela está com dificuldades.

— Sim, está.

— Ela conversou com você sobre isso?

— Ela não precisa conversar e vai resistir a falar sobre isso até que se torne demais para ela. Cada vez que fala, ela se sente culpada, como se de alguma forma estivesse sendo desleal com Paul por ter que confiar em outra pessoa. Eu estava observando-a depois da cantata. Ela provavelmente virá daqui a um ou dois dias e tomaremos chá mais uma vez. Você e Timmy podem ir para o seu jardim e alimentar as carpas.

— Não tenho certeza se esperar é aconselhável, estou preocupado com ela.

— Não somos os únicos.

Ele levantou a cabeça ao ouvir o tom seco e a encarou. Ela fez uma careta para ele como se ele fosse estúpido.

— Posso estar usando óculos trifocais, Samuel, mas eu ainda enxergo muito bem. Stephen Decker tem mais do que o interesse comum de um fiel pela esposa do nosso pastor.

Samuel fez uma expressão de desaprovação e se perguntou se mais alguém tinha notado. Ele sempre parecia sentir as coisas, e Abby era observadora além da conta.

— Isso não significa que ele faria algo a respeito.

— Não, não significa. Nem significa que, se ele considerasse fazer qualquer coisa, fosse o que fosse, a nossa Euny cairia de amores por ele. Ela é a jovem mais devota que já conheci, Samuel. Não acho que ela tenha ideia de que Stephen Decker esteja apaixonado por ela.

— Eu não disse que ele estava apaixonado por ela.

— Duvido que ele saiba disso. E talvez seja uma coisa boa.

— Então, o que fazemos para protegê-la?

— Oramos.

Ele revirou os olhos, irritado.

— Isso é tudo que eu faço. Orar. E orar um pouco mais.

— E depois de orarmos, cuidamos da nossa vida. Dificilmente você pode confrontar alguém por algo que ele ainda não fez ou que talvez nem tenha em mente fazer. Pior, você pode estar plantando uma ideia.

Ele lutou contra sua raiva.

— Paul está cego como um morcego.

— Pelo contrário, Paul enxerga bem. Infelizmente, não está focado em seu lindo pardal. — Ela se inclinou para frente e apoiou os cotovelos na mesa. Apertando os dedos, ela lhe deu seu sorriso travesso. — Por que não convidamos Stephen Decker para nosso estudo bíblico de quarta-feira à noite?

— Ah, tenho certeza de que um homem de trinta e poucos anos vai aproveitar a oportunidade de passar a noite com oito velhos idiotas.

O sorriso dela aumentou.

— Se ele resistir, acuse-o de etarismo. Esses jovens empresários começam a suar frio sempre que essa palavra é mencionada. Isso fede a processo.

— Usar coerção, você quer dizer.

— Uma palavra tão desagradável. Tudo o que estou dizendo é que Stephen precisa de um forte encorajamento. Vou encher a barriga dele com biscoitos caseiros e sidra, e você enche a cabeça e o coração dele com a sã doutrina. E quem sabe? — Ela abriu as mãos. — Stephen Decker pode acabar se tornando um aliado em vez de um adversário.

— Stephen não é um adversário.

Ela olhou nos olhos dele.

— Claro, você está certo. — Cruzando os braços, ela inclinou a cabeça. — Se quer minha opinião, ele é mais como um carnívoro que vive de leite e está de olho em um saboroso cordeiro.

— Abigail.

— Não me venha com Abigail, foi você quem me acordou às 3h porque não conseguia dormir de tanta ansiedade.

— Não estou ansioso.

— Perdão, deveria ter dito que você não consegue dormir por estar *preocupado*.

— Eu já te disse que às vezes você é completamente ranzinza?

— E você é o sr. Paz e Amor? — Ela colocou as mãos sobre a mesa e se levantou. Colocou a caneca na pia e jogou água nela. Deu um tapinha nas costas dele e um beijo em sua careca. — Eu te amo, apesar do seu humor.

Ele soltou uma risada e lhe retribuiu com um tapa suave nas costas quando ela passou.

— Eu também te amo, velha.

As pantufas dela saíram fazendo flip-flop pela porta. Ela bocejou.

— Bem, você discute tudo com o Senhor e me conta pela manhã o que ele decidir.

— Pressupondo que ele vai me dizer.

Ela parou na porta, aquele sorriso atrevido de volta ao rosto.

— Ah, imagino que o Senhor te dirá a mesma coisa que eu. Ore, cuide da sua vida e confie nele para cuidar das coisas.

— A última palavra tem que ser sua, não é?

Ela levou as pontas dos dedos aos lábios e lhe mandou um beijo.

Voltando de uma viagem de negócios de dois dias, Stephen apertou o botão da secretária eletrônica e tirou o paletó. As três primeiras mensagens eram ofertas de trabalho. Ele anotou nomes e números. A quarta mensagem era de Kathryn pedindo mais dinheiro. Ela queria que Brittany tivesse aulas de piano, o que significava que ela precisava de um piano, um bom piano. Ela verificou os preços, e variavam de três mil a dez mil dólares, mas ele tinha dinheiro para isso. E seria bom para a filha deles. Ela sempre dizia "nossa filha" quando queria alguma coisa.

Cerrando os dentes, Stephen anotou um lembrete para conversar com Brittany sobre aulas de piano e ver se isso foi ideia dela ou de Kathryn. Se sua filha quisesse aulas de música, ele pagaria diretamente ao instrutor dela. E ele também encomendaria e pagaria pelo piano, em vez de confiar o dinheiro a Kathryn. As mensagens cinco, seis e sete eram vendedores. A oitava era Kathryn de novo, insistindo. Ele apagou antes que ela terminasse o discurso.

"Stephen, aqui é Samuel Mason. Eu e Abby gostaríamos de convidá-lo para o nosso estudo bíblico nas quartas-feiras à noite. Temos um pequeno grupo de pessoas interessadas em estudar a Bíblia. Você pode fazer as perguntas que quiser. Se não soubermos as respostas, vamos procurá-las. Começamos às 19h30 com café, chá, biscoitos e conversa e depois passamos para uma hora de estudo aprofundado e terminamos com uma oração. Esperamos que você venha."

O primeiro impulso de Stephen foi apagar a mensagem e fingir que não tinha ouvido. Ele se perguntou se poderia inventar alguma desculpa para recusar o convite... *se* ele respondesse. Uma reunião de AA estava marcada para as noites de quarta-feira, mas ele optou pela reunião de sexta-feira de manhã em Sacramento porque geralmente estava lá a negócios e depois passava as tardes com Brittany sempre que Kathryn permitia, o que não acontecia com frequência. Ele não conhecia muito bem Samuel e Abby Mason, exceto que Samuel era uma pedra no sapato de Paul Hudson. Na verdade, Stephen não conseguia se lembrar de Paul alguma vez ter dito algo particularmente gentil sobre esse presbítero. "Sempre posso contar com Sam Mason para votar contra qualquer plano que eu tenha", disse Paul não muito tempo atrás. Isso parecia estranho, considerando que Eunice e Abby eram amigas, e Timmy andava por aí com Samuel como se o velho fosse seu avô.

Mesmo assim, um estudo bíblico com alguns idosos não seria uma maneira emocionante de passar as noites de quarta-feira. Ele descartou a ideia e foi até a cozinha ver o que poderia preparar para o jantar. Nada parecia particularmente apetitoso, mas ele também não estava com disposição para o Charlie's Diner. Às vezes, o senso de humor de Sally o irritava. Ele pegou uma embalagem de comida congelada, fez furos na parte superior com a caneta e jogou-a no micro-ondas. Desabotoou a camisa e a tirou a caminho do quarto. Um bom banho quente colocaria as coisas em ordem.

Ele estava inquieto, irritado com nada em particular. O som da voz de Kathryn sempre fazia isso com ele. Seus gritos maliciosos sempre o faziam querer quebrar alguma coisa. Ela era uma pedra no sapato dele, uma câimbra, uma hemorroida pulsante.

A vontade de comprar uma garrafa de uísque tomou conta dele de novo.

Ele tomou um banho frio em vez de quente e depois vestiu jeans surrados e um moletom velho. Descalço, ele voltou à cozinha para verificar o jantar. Foi cozido o mais próximo da perfeição que uma comida de origem desconhecida poderia chegar. Provavelmente a carne era de um cachorro de rua de Los Angeles. Ele comeu enquanto estava no balcão examinando sua correspondência. Lixo, principalmente. Propagandas de supermercados, mulheres e crianças desaparecidas. Ele desejou que Kathryn desaparecesse. Talvez então ele passasse algum tempo com a filha antes que ela completasse dezoito anos e estivesse a caminho da faculdade, ou se casasse e mudasse para outro estado. Ele abriu duas contas e as colocou de lado e depois abriu um extrato de seu corretor. Suas finanças estavam em melhor situação agora do que em dez anos. Mesmo com os pagamentos mensais a Kathryn para Brittany, ele tinha dinheiro suficiente para comprar outra casa em Granite Bay. Ou construir uma em Centerville.

"Compre sempre pensando na localização. O melhor lugar para investir é Vine Hill." Nossa, ele poderia comprar o terreno de cinco acres ao lado dos Atherton e ter a Sheila tocando a campainha para pedir uma xícara de açúcar. No domingo passado, ela entrou na igreja e se sentou ao lado dele.

— Rob está em Orlando a negócios. — O que ela quis dizer foi muito claro, especialmente quando colocou a mão na coxa dele. Ele agarrou seu pulso e empurrou sua mão para longe dele. E ela apenas sorriu.

Vários amigos em Sacramento lhe perguntaram por que ele não comprou um dos condomínios luxuosos que projetou perto de Roseville. Certamente estaria mais próximo da "ação". Qualquer tipo de ação que ele quisesse. Vários amigos eram divorciados e namoravam. Stephen não tinha saído mais de uma dúzia de vezes desde o divórcio e apenas com mulheres que conheceu no trabalho: três corretoras imobiliárias, uma operadora de câmbio, uma bancária, duas agentes de crédito e uma advogada. Ele esteve perto de dormir com várias delas, mas recuou. Ele sabia por experiência própria que o sexo tendia a ligar uma mulher a um homem como chiclete na sola do sapato e ele não precisava nem queria esse tipo de complicação neste momento da sua vida.

Apenas uma mulher tentou sua decisão de manter seus muros erguidos, e ela estava tão indisponível quanto inconsciente. O que era bom.

Jogando a embalagem vazia da refeição no saco de lixo embaixo da pia, Stephen foi para a sala e ligou a TV na CNN, mas tinha ouvido todas as notícias no caminho de Los Angeles para o norte. Ele zapeou pelos canais até parar no *The Rush Limbaugh Show*, mas logo ficou irritado com as constantes interrupções e a atitude combativa e sabe-tudo de Limbaugh. Desligou o aparelho, jogou o controle remoto na mesinha de centro e pegou o romance que comprou no supermercado. Dez minutos depois, jogou o livro de volta na mesinha de centro, indignado. Colocar esse lixo em papel bom era um desperdício de árvores.

Ele queria uma bebida. Muito mesmo.

Xingando baixinho, tentou esquecer o sabor que um copo de uísque fino teria naquele momento. Mas quanto mais ele tentava, mais o desejo persistia. Seu padrinho lhe disse para fugir da tentação. Ele precisava sair do apartamento ou ficaria maluco. Mas para onde poderia ir? Estava muito escuro e muito frio para correr. Muito longe de Sacramento para que valesse a pena dirigir até lá "para alguma ação".

Ele folheou o jornal até encontrar a programação do cinema. Só tinha um filme passando e era sobre um *serial killer* que gostava de fígados humanos.

As mãos dele estavam tremendo de novo. Isso não acontecia há dois anos. Qual a razão de uma crise tão grande esta noite?

Olhando para o relógio, viu que eram apenas 19h10. Ele nunca ia para a cama antes das 22h30. Nada na televisão. Nada que valesse a pena ver no cinema. Não estava interessado em ler um romance. Não tinha espaço suficiente para se exercitar na sua sala de estar e isso também não era atrativo. Não tinha nada na sua coleção de vídeos que ele quisesse assistir. Então, o que ele faria para passar a noite sem sair para comprar uma garrafa de uísque e acabar de volta ao inferno?

Deus, me ajude. E é só quarta-feira.

Quarta-feira.

Ele finalmente entendeu.

Levantando, Stephen se dirigiu para o escritório de casa. Frustrado, ele apertou o botão da secretária eletrônica e ouviu mais uma vez a mensagem a respeito do estudo bíblico dos Mason. Por que não? Ele tentaria uma vez. Ele foi para o quarto, calçou meias e tênis, tirou o moletom e vestiu uma camiseta e um suéter. Pegou sua jaqueta de couro preta ao sair pela porta. Xingando em voz baixa, ele destrancou a porta novamente e voltou para procurar o endereço dos Mason.

O SOM DO DESPERTAR

Quando parou em frente à casa deles, viu outros três carros — um deles era um Buick com um suporte para cadeira de rodas na traseira. O que ele estava fazendo aqui? Isso era uma loucura. O que ele tinha em comum com uma casa cheia de idosos? O relógio marcava 19h28. Em mais três minutos, ele estaria atrasado e poderia partir com a consciência tranquila.

E ir para onde?

Estacionou sua caminhonete e puxou o freio de mão. Ao sair, levantou a gola da jaqueta de couro e caminhou em direção ao portão da cerca branca dos Mason. A luz da varanda estava acesa, lançando um brilho quente sobre o atraente gramado e as roseiras bem podadas que ladeavam o caminho de paralelepípedos até os degraus da frente. Ouviu o som de vozes e apertou a campainha.

Ele observou a reunião pela porta de tela. Ninguém com menos de setenta anos.

Abigail Mason o viu.

— Stephen!

— Deveria ter ligado primeiro. — Ele deu um passo para trás.

— Bobagem! — Ela empurrou a porta de tela. — Estou tão feliz que você veio! — Passando o braço pelo dele, ela o puxou, fechando a porta firmemente em seguida. Não poderia mais escapar sem ser rude.

A pequena senhora de cabelos brancos o conduziu pela pequena alcova até a sala de estar, onde outras oito pessoas estavam reunidas, uma delas em uma cadeira de rodas, perto do carrinho de lanches — a esposa de Otis Harrison. Todos na sala tinham mais do que o dobro da idade de Stephen, exceto o menino sentado ao lado de Samuel Mason.

Aparentemente, Abigail Mason notou que ele percebeu.

— Estamos cuidando do Timmy. Eunice tinha algumas compras de última hora para fazer antes que seus sogros chegassem à cidade. Ela virá mais tarde.

O coração dele deu uma pequena acelerada.

— Ela frequenta o estudo bíblico?

— Não. — Ela lançou um olhar de soslaio que ele não conseguiu decifrar. — Normalmente não.

Significa que Eunice pode comparecer de vez em quando? Ele tirou a jaqueta de couro e entrou na sala de estar. A conversa parou.

— Amigos, temos um recém-chegado — disse Abigail com animação. — Vamos dar as boas-vindas a Stephen Decker. — Vários o cumprimentaram cordialmente, incluindo Samuel e Timmy. Abigail soltou seu braço e olhou para ele. — Agora, o que posso servir a você, Stephen? Temos macarrons hoje. Que tal um café? Ou você prefere uma boa xícara de chá quente?

Chá! Stephen riu.

— Café, por favor, Abby.

— Normal ou descafeinado? Açúcar ou leite?

— Normal e puro, senhora. E obrigado.

— Café, então. — Ela deu a ele um sorriso atrevido. — Estamos felizes por você estar aqui. Estávamos orando para que você viesse.

Assim começou uma noite cheia de surpresas, entre as quais a menor delas foi a rapidez com que o tempo passou ou o fato de ele nem ter notado quando Eunice Hudson tirou Timmy da reunião. Samuel Mason prendeu sua atenção. O velho colocou todos eles na Bíblia, delineando aspectos históricos, cultura e significado, juntamente com aplicações atuais. E ele fez perguntas que fizeram Stephen pensar. Mason havia coberto apenas quatro versículos curtos, mas Stephen sabia que pensaria nesses versículos pelo resto da noite e provavelmente também pelos próximos dias. Ele nunca pensou que os Profetas Menores tivessem algo vital a dizer sobre os dias atuais, então, na melhor das hipóteses, ele os tinha lido por alto, ou os ignorado completamente de vez em quando. Ele não poderia estar mais errado ou mais satisfeito com a descoberta.

— Então, qual foi o gosto da carne, Stephen? — Abby entregou-lhe sua jaqueta.

— Carne? — Talvez ela tivesse Alzheimer.

Ela riu e deu um tapinha no braço dele.

— Está tudo bem.

Os outros saíram na frente dele, Otis empurrando primeiro a cadeira de rodas da esposa enquanto Samuel se despedia na porta. Quando chegou a vez de Stephen partir, Samuel estendeu a mão.

— É bom ver você se juntando a nós. — O velho deu um aperto de mão forte. Stephen gostou disso.

Ele saiu para a varanda da frente e olhou em volta. Levantando a gola da jaqueta de couro, ele olhou para trás.

— Vejo vocês na semana que vem. — Ele desceu as escadas sentindo-se melhor do que se sentia há semanas.

CAPÍTULO 7

Paul estava na porta da frente da igreja, apertando a mão das pessoas enquanto saíam do santuário. Vários disseram que sua mensagem era abençoada. A maioria comentou, com um sorriso no rosto, que gostou muito do culto. No entanto, seu desespero se aprofundou. Não importava quantos o elogiassem, a opinião de seu pai era a que mais importava, e tudo o que David Hudson disse foi:

— Nada mal. Vou te dar algumas dicas mais tarde.

O pai dele ainda conseguia reduzi-lo a nada com apenas algumas palavras.

Desde a noite em que Eunice lhe contou que seus pais estavam vindo, ele trabalhou sem parar. Agora, os pais estavam no salão social; seu pai, sem dúvida, cercado de admiradores, festejado pelos diáconos e diaconisas que haviam preparado um elaborado banquete e um programa para homenagear David Hudson, famoso televangelista.

O que tinha de tão errado com o sermão que ele fez? Aliteração impecável, ilustrações comoventes, toques leves. A congregação riu quando ele quis que risse, ficou em silêncio e pensativa quando ele quis que ficasse em silêncio e pensativa. Ele até provocou lágrimas.

"Nada mal."

A maldição do falso elogio.

Dias de trabalho duro e ainda assim ele não correspondeu às expectativas do pai. Ele nunca tinha correspondido, e provavelmente isso nunca aconteceria. Várias pessoas novas apareceram na esquina, conversando. Paul manteve o sorriso no rosto. Ele precisava estar otimista ou elas poderiam sair pela porta e nunca mais voltar. E ele teria falhado mais uma vez.

— Ótimo sermão, pastor.

— Estou feliz que se juntaram a nós esta manhã. Espero que voltem.

— Não perderíamos por nada. David Hudson é mesmo seu pai?

O que isso deveria significar? Que seu sermão era uma sombra para os talentos oratórios do pai dele?

— É, sim.

— Ele vai pregar no culto da noite?

— Não.

— Que pena. Esperávamos ouvi-lo pessoalmente.

Paul sentiu um aperto no estômago.

— Meu pai está aqui de férias, mas vocês têm a oportunidade de conhecê-lo no salão social. Vamos ter um almoço ao estilo festa americana para homenageá-lo.

O marido e a mulher se entreolharam consternados.

— Não trouxemos nada.

— Planejamos para visitantes, temos bastante comida. O salão social fica logo ali na esquina. Vocês são mais que bem-vindos para ficar e conhecer os meus pais, bem como os membros da nossa congregação. Todos farão com que se sintam bem-vindos. — Ele os observou descer os degraus em direção à reunião e então se virou para encontrar vários outros saindo da igreja.

Talvez ele também tenha decepcionado a mãe. Ela sorriu para ele, mas não disse nada antes de descer as escadas com o pai dele. Na verdade, ela mal olhou para ele. Ele desejou poder entrar em seu escritório, fechar a porta e ter alguns minutos para controlar suas emoções antes de se juntar aos outros no salão social. Ele sentiu vontade de quebrar alguma coisa.

Onde estava Eunice quando ele precisava dela? Ela estava conversando com algumas das velhas chatas de novo? Ela deveria conversar com pessoas como LaVonne Lockford e Jessie Boham, mulheres que poderiam realmente *fazer* algo pela igreja.

Ele nunca esteve tão consciente da pequena escala desta velha igreja como hoje, com seu pai sentado no banco da frente. A ICC deve parecer pequena e pobre em comparação com a igreja de seu pai. E a maioria das pessoas eram trabalhadores comuns, e não membros abastados da congregação do seu pai. Mas isso estava mudando. O prefeito agora vinha regularmente, assim como os Atherton, bem como outros que possuíam seus próprios negócios. Ainda assim, Paul tinha visto a maneira como seu pai olhava ao redor.

Paul apressou os últimos retardatários para a festa e caminhou pelo corredor. Eunice estava guardando suas partituras no banco do piano.

O SOM DO DESPERTAR

— Por que você está demorando tanto? Devíamos estar no salão social.

Ela desceu as escadas.

— Você me pediu para tocar um poslúdio. Podemos usar as portas laterais. — Ela fez uma pausa. — Você está bem?

— Claro que estou bem. Vamos antes que perguntem onde estamos.

— Pode ir na frente, preciso pegar o Timmy.

— Abby o levará para o salão social.

— Preciso registrar a saída dele. Temos novas regras, lembra?

— Esqueci.

— O que tem de errado, Paul?

A mesma coisa que sempre esteve errada. Ele não era bom o suficiente.

— Nada.

Ela colocou a mão no braço dele.

— Todos adoraram o seu sermão.

Eunice era fácil de agradar. Qualquer coisa que ele fizesse para o Senhor, por mais insignificante que fosse, a deixava feliz.

— Nem todos. — Ele queria sentar no último banco e enterrar a cabeça nas mãos. — Aparentemente, não estava de acordo com os padrões do meu pai.

Os olhos dela brilharam.

— Ele disse isso?

— Não exatamente. Deixa para lá, é melhor nos juntarmos aos outros. Espero que as diaconisas tenham conseguido resolver tudo.

— Todas as decorações estão montadas, inclusive o *banner* de boas-vindas ao seu pai e sua mãe. E tem comida suficiente para alimentar um exército, não precisa se preocupar.

Ao entrarem pela porta, Paul ficou atordoado com sentimentos de traição e com a onda de ciúme que brotou ao ver seu pai cercado por *seus* fiéis. Paul engoliu em seco. Normalmente, essas mesmas pessoas *o* cercavam no momento em que ele entrava no corredor. Essas mesmas pessoas diziam o quão maravilhosa tinha sido a sua mensagem. Agora, eles nem o notaram, tão determinados que estavam em se aproximar do grande David Hudson. O pai dele estava com um sorriso beatífico de humildade no rosto bonito, inclinando a cabeça para um e depois para outro, como um rei diante de seus humildes súditos. Até Hollis Sawyer apareceu para bajulá-lo!

— Adoro o seu programa de televisão, dr. Hudson.

— Obrigado.

— Minha esposa te assiste há anos! Ela crê em cada palavra que o senhor diz.

— Só falo o que o Senhor me ordena.

— Deus ungiu o senhor, pastor Hudson, com certeza.

— Estamos muito honrados com sua presença, pastor Hudson.

— É um prazer estar aqui.

— O senhor poderia autografar a minha Bíblia?

— Claro.

A mãe de Paul tocou o braço dele.

— Sinto muito, Paul.

— Sente muito pelo quê? — Ela diria a ele que seu sermão também era péssimo?

— Por isso. — Ela acenou com a cabeça em direção ao pai dele.

Paul forçou uma risada.

— Está tudo bem, mãe. Ele é famoso, é lógico que as pessoas gostariam de apertar a mão dele e dizer o quanto ele significou para elas ao longo dos anos.

— Elas não o conhecem como nós.

Paul se enfureceu.

— Ele trabalhou duro durante toda a vida para ser o que é hoje.

— Sim, ele trabalhou duro e fez sacrifícios ao longo do caminho. — Ela observou a multidão ao redor dele. — Nós dois sabemos disso.

— Tenho orgulho dele, mãe. Sempre tive. — Não era culpa de ninguém que essas pessoas simples vissem David Hudson como a realeza eclesiástica fazendo a corte neste humilde salão. — Ele atrai as pessoas.

A mãe pegou a mão dele.

— O carisma é uma coisa poderosa, Paul. Seu pai...

— Eu sei, mãe. Acredite em mim, eu sei. Desde que me lembro, tenho visto como as pessoas o admiram, elas ficam maravilhadas. Se apegam a cada palavra dele.

"Nada mal."

— Você se lembra de como conversávamos quando você era pequeno, Paul? Você se lembra do seu sonho?

— Claro, servir ao Senhor.

— Então mantenha seu foco nisso, filho. Siga a liderança do Senhor, não do seu pai.

— Parece que estou falhando terrivelmente em seguir a liderança de alguém.

— Este não era o lugar para catalogar os seus defeitos, e ele não queria falar

O SOM DO DESPERTAR

sobre seu pai ou sobre o sucesso que David Hudson sempre teve no púlpito. Ele só se sentiria mais inadequado. David Hudson construiu uma das maiores igrejas do país, uma potência evangélica carismática que incendiou almas. Paul queria saber se ele estava no caminho certo no seu ministério, se tinha alguma esperança de realizar seu trabalho aqui em Centerville. Ele estava se esforçando tanto, sacrificando tanto. — O que você achou do meu sermão?

Ela desviou o olhar.

— Você tem a eloquência do seu pai, Paul. E o carisma.

Ele ficou surpreso e satisfeito.

— Pensei que, depois do que ele disse, eu tinha passado vergonha.

Ela suspirou.

— Você é muito parecido com ele, mais parecido com ele do que eu jamais imaginei.

O ânimo dele melhorou.

— Nunca pensei que ouviria alguém dizer isso para mim.

Ela olhou para ele atentamente.

— Não tenho dúvida que, se você continuar como está, vai acabar com uma igreja tão grande quanto a que ele construiu. Mas é isso que você quer?

O sorriso dele foi largo desta vez, desencadeado pelos elogios de sua mãe.

— Claro que é o que eu quero. Não foi sempre isso que eu quis, construir algo para o Senhor? Algo *grande*. Algo que o mundo notaria. — Ele ergueu a mão da mãe e a beijou. — Você sempre foi minha base de encorajamento.

A boca dela se curvou ligeiramente.

— Não me dê nenhum crédito, Paul. O que você decide fazer com seu ministério é de sua responsabilidade.

— Ali está Eunice, mamãe. — Ele acenou para a esposa, irritado ao ver Samuel e Abigail Mason vindo com ela.

Eunice abriu caminho para o casal de idosos. Ela sorriu radiante enquanto beijava a bochecha da mãe dele. Lois levantou Timmy e o beijou.

— Desculpe por ter demorado tanto, mamãe. Estabelecemos novas regras desde que a congregação cresceu. Temos que registrar a entrada e a saída dos nossos filhos nas aulas e dificilmente posso quebrar as regras. Mamãe, diga oi para Samuel e Abigail Mason, nossos queridos amigos. Samuel, Abby, esta é minha sogra, Lois Hudson.

Enquanto se cumprimentavam, Paul pediu licença.

— É melhor eu encerrar esta reunião para que possamos começar o programa.

Uma vez instalado na mesa principal, David Hudson seria separado do rebanho de Centerville, e Paul poderia assumir o comando novamente.

Depois da festa, Paul conduziu o pai ao escritório da igreja e ofereceu-lhe a poltrona.

— Fique à vontade, papai.

Seu pai se sentou e olhou em volta.

— Esse espaço é bem apertado.

Paul forçou uma risada.

— Fica mais fácil alcançar as coisas.

Seu pai se inclinou incisivamente e passou a mão por uma estante de livros.

— Não tem muito espaço para expandir a biblioteca — disse David.

— Estamos usando todas as salas que temos para aulas.

— Percebi que seu culto estava cheio.

— Os *dois* cultos estão lotados, e o culto de sábado à noite está lotando bem rápido.

Fazendo uma careta, seu pai tirou um fiapo da calça cinza-escura.

— Você vai precisar de uma nova instalação. Este lugar parece ter sido construído há 150 anos.

— Bem perto disso, é um dos marcos históricos mais importantes de Centerville.

— Marco histórico? Dê adeus à reforma deste celeiro. Você deveria procurar um terreno onde possa crescer e colocar esse prédio à venda.

Paul recostou-se na cadeira do escritório.

— Já pensei nisso, papai. Estive verificando se há algum terreno de cinco acres disponível.

— Cinco acres? Só isso? Comecei com quinze.

— E isso foi há trinta anos. Os preços eram muito mais baixos do que são agora.

— Tudo é relativo, Paul. Pense pequeno e vai continuar pequeno.

Paul sabia que não devia dizer que as coisas levavam tempo e que ele era pastor da Igreja Cristã de Centerville há apenas cinco anos. Nos primeiros cinco anos de seu ministério, David Hudson já havia lançado as bases para um

O SOM DO DESPERTAR

edifício de vinte mil metros quadrados com santuário e dois andares de salas de aula. Em dez anos, ele criou uma escola cristã que ia do jardim de infância até o primeiro ano do ensino médio. Cinco anos depois, ele tinha uma escola secundária no local. Eles possuíam uma frota de ônibus e um centro de mídia do qual seu pai fazia uso especializado, conquistando seguidores em todo o país. As doações chegavam de todas as partes do país, enchendo os cofres do programa de construção.

Olhando ao redor, Paul podia imaginar o que seu pai pensava daquela pequena igreja atrasada.

— Não estamos exatamente no mesmo tipo de área de alta densidade que o senhor está.

— Quando a notícia se espalhar, você vai atrair pessoas de Sacramento, Paul. Você só não atingiu a plena forma. Vai atingir, se quiser. Você tem talento, mas precisa aprimorar suas habilidades.

Paul tentou não mostrar o quão profundamente as palavras do pai o feriram.

— Poderia ser um pouco mais específico?

Seu pai ergueu as sobrancelhas.

— Tem certeza de que quer ouvir isso? Não me lembro de você ter pedido meu conselho antes.

Treinado em desviar das alfinetadas sutis, Paul sorriu.

— Já sou adulto.

— Fico feliz em ouvir isso. Estava com medo de que você fosse um filhinho da mamãe pelo resto da vida.

A farpa machucou, mas Paul não demonstrou. Este não era o momento para acusações que apenas eliminariam qualquer possibilidade de conseguir o conselho do pai.

— Como o senhor conseguiu que sua congregação concordasse com um projeto de construção?

Seu pai riu.

— Concordasse? Posso ver que temos muito trabalho pela frente. — Ele cruzou as pernas. — Ouça, filho. Você é o pastor aqui, não é?

— Sim, senhor.

— Será que o pastor pede orientação às suas ovelhas? Você tem que lembrar que é o líder. A primeira coisa que precisa é de uma visão do que a Igreja Cristã de Centerville pode ser e então seguir em frente. Você não pergunta se está tudo bem para eles. Você os leva junto. Você os guia e transforma no que deveriam ser. Se esperar que eles te digam o que querem fazer com esta igreja, nunca vai fazer nada.

Havia algo errado com o que seu pai estava dizendo, mas Paul não conseguia explicar o que era.

Os olhos de seu pai se estreitaram.

— Posso ver que já está hesitando. Essa é a sua fraqueza. Você deveria ser aquele com a visão, tem que agir de acordo com isso. Deus te ungiu para ser pastor da Igreja Cristã de Centerville e Deus o colocou aqui para construir a igreja dele. E o único que o impede de fazer exatamente isso é você.

— O senhor faz parecer fácil.

— É fácil. O segredo é conhecer seu povo. Tem que descobrir o que os motiva individualmente. Descubra o que eles querem como um todo. O dinheiro e os talentos do seu povo deveriam ser usados para glorificar a Deus, mas eles não entendem isso, assim como as ovelhas não entendem que a lã delas é valiosa. Você tem que ensiná-los. Faça-os se sentirem bem em abrir os bolsos. Elogie-os por usarem seus talentos. Edifique-os e faça-os se sentir bem consigo mesmos enquanto constroem o reino. Esse é o segredo do sucesso. A verdadeira questão é: você quer ter sucesso?

— Claro que quero.

— Você consegue fazer escolhas difíceis ao longo do caminho?

— Que tipo de escolhas difíceis o senhor quer dizer? — Ele já havia feito algumas escolhas difíceis, mas não as compartilharia com o pai.

Seu pai recostou-se.

— Sempre tem pessoas que querem manter as coisas como estão, elas estão em uma rotina e gostam disso. — Ele ergueu uma mão. — Elas se apegam a edifícios e ideias antigas.

Como Otis Harrison e Hollis Sawyer.

— Tive algumas pessoas assim, dois dos três presbíteros que me chamaram para esta igreja. — Eles tinham ido embora agora, graças a Deus.

— Espere um pouco, Paul. Recue um pouco. Você precisa mudar seu pensamento. Os presbíteros desta igreja não chamaram você aqui, Deus chamou. Você precisa se lembrar disso sempre que alguém atrapalhar o progresso. Como esta igreja provavelmente foi construída na época da corrida do ouro na Califórnia, vou usar uma diligência como ilustração. A maioria dos seus fiéis são como passageiros sentados lá dentro. Eles compraram uma passagem, sabem para onde querem ir e estão deixando que você os leve até lá.

O SOM DO DESPERTAR

Então, você tem os cavalos, aqueles que fazem o trabalho para chegar ao destino. É você quem está com as rédeas, Paul. É sua função orientar e definir o ritmo dos trabalhadores e levar todos até a meta. Então, o que aconteceu com os encrenqueiros?

— Eles tornaram minha vida desgraçada por um tempo.

— Você venceu a batalha?

— Bem, não sei se chamaria isso de vitória ou não. Eles renunciaram ao cargo de presbítero e não frequentam mais a igreja. — Exceto hoje, quando Hollis apareceu para pegar um autógrafo de David Hudson.

— Alguém questionou a saída deles?

— Não que eu tenha ouvido. Tínhamos tantas pessoas novas chegando naquela época que não acho que sentiram falta deles.

— Bom para você.

Paul sentiu uma onda de prazer com a aprovação do pai.

— A única que ficou chateada com tudo isso foi Eunice.

— Mulheres! — Seu pai riu. — Você sabe que amo sua mãe, mas ela nem sempre facilitou as coisas para mim. Na verdade, acho que as batalhas mais difíceis que travei foram com ela por causa de vários indivíduos que me causaram problemas. Conhece sua mãe, ela ouve cada reclamação como se tivesse mérito.

Como ela o ouviu por inúmeras horas enquanto ele crescia. Se não fosse pelo amor de sua mãe, Paul se perguntava onde estaria agora.

Seu pai riu.

— Se você e eu ouvíssemos tudo o que todos têm a dizer, passaríamos o resto das nossas vidas sem fazer mais nada.

Paul riu com ele.

— Isso é verdade. No final, eu já estava cansado de ouvir aqueles dois velhos resmungando sobre tudo.

O pai dele ficou sério novamente.

— Você tem sorte de eles não terem envenenado o seu ministério. — Os olhos dele endureceram. — Da próxima vez que tiver esse tipo de problema, não espere que eles se demitam.

Tinha mais uma pedra no sapato de Paul, mas o dano era insignificante agora que ele tinha outros homens ao seu lado contra quaisquer discussões que Samuel Mason quisesse levantar.

Seu pai se levantou. Ele nunca conseguia ficar sentado por muito tempo.

— Sempre que alguém começar a lançar obstáculos no seu caminho, Paul, é melhor você tirá-lo da sua igreja rapidamente. Se deixá-los escapar impunes, vai tropeçar em cada passo do caminho. Fique atento, avalie qualquer situação que surja quanto ao seu potencial destrutivo, tome uma decisão e cumpra-a. Não se deixe influenciar, especialmente por sua esposa. Por mais inteligentes que sejam, as mulheres são movidas pelas emoções.

Não ajudava Paul o fato de Eunice ser tão ligada a Abigail Mason.

— Tem uma boa churrascaria nesta cidade?

Seu pai provavelmente não teve a oportunidade de comer muito na festa com todas as pessoas disputando sua atenção.

— O campo de golfe tem um bom restaurante. — Ele se sentiu encorajado pela forma como as sobrancelhas de seu pai se ergueram. Paul sorriu. — O gerente é membro da nossa igreja. Tudo o que preciso fazer é ligar e ele vai ter uma mesa esperando por nós.

— Então faça a ligação.

Paul pegou o telefone e apertou a tecla de discagem rápida enquanto o pai examinava os volumes nas estantes. Ele pegou um e folheou, empurrou-o de volta, pegou outro e fez cara feia.

— Está tudo pronto — disse Paul, colocando o fone de volta no gancho. — Mesa para quatro. — Eles poderiam deixar Timmy na casa dos Mason.

— Vamos deixar as mulheres em casa, está bem? Duvido que estejam interessadas em discussão de trabalho de qualquer maneira.

Paul ficou lisonjeado porque seu pai queria passar mais tempo sozinho com ele. Ele iria até a casa do pastor e avisaria Eunice que ela não precisava preparar o jantar para eles.

O pai fechou o livro e deixou-o cair na mesa de Paul, com desdém.

— Eu conheço o cara que escreveu isso.

— Imagino que você não tenha uma opinião muito boa sobre ele. — Eunice ficou impressionada com o livro e pediu que ele o lesse.

O pai dele deu de ombros e vestiu o *blazer* esporte.

— Ah, ele escreve muito bem, mas choraminga um monte de bobagens sobre paciência e humildade. Ambas são qualidades admiráveis, mas, se seguisse os conselhos dele, você você ficaria sentado sem fazer nada e esperando que o Espírito o movesse.

Paul franziu a testa ligeiramente.

— É ruim desse jeito?

— Bem, vá em frente e leia se não acredita em mim. Só pensei em poupar um pouco de tempo para você.

— Vou guardá-lo na biblioteca. — Pegando as chaves, Paul seguiu seu pai para fora da igreja.

Enquanto Paul levava o pai ao escritório da igreja para conversar depois da festa, Eunice levou Timmy e a sogra para casa.

— Quer se deitar na nossa cama, mamãe, e descansar um pouco? — Ela nunca tinha visto a sogra parecer tão abatida nem tão quieta.

— Sabe do que eu gostaria, Eunice? De uma longa e agradável caminhada com você e meu neto. Deve ter um parque em algum lugar desta pequena cidade e uma lanchonete onde podemos tomar um café com leite e Timmy tomar um chocolate quente.

— Podemos, mamãe? Podemos, por favor? — Depois da timidez inicial com dois avós que ele vira apenas quatro vezes na vida, Timmy rapidamente se familiarizou com Lois Hudson.

— Tem um pequeno parque na rua onde vocês estão hospedados e o Charlie's Diner na Main Street. — Ela esteve lá apenas algumas vezes com Paul, mas gostou da atmosfera caseira e da camaradagem entre Charlie e Sally Wentworth. — Os proprietários são membros da igreja, vai gostar deles.

— Não quero conhecer ninguém, Euny. Já conversei o bastante por hoje. Só quero um tempo com você e Timmy. Tem algum lugar na cidade onde Paul *não* seja conhecido?

Eunice colocou a bolsa na mesinha lateral.

— O ponto de parada de caminhões na Rodovia 99. — A clientela passava direto para outros lugares. Paul nunca viu sentido em se sentar no balcão com alguém que não acabaria em um dos bancos da Igreja de Centerville.

— Parece perfeito.

Eunice olhou para ela.

— Quer ir lá?

— Parece um lugar encantador para mim. Além disso, os pontos de parada de caminhões devem ter a melhor comida da cidade.

Eunice pensou ter visto um brilho de lágrimas nos olhos castanhos da sogra, mas antes que pudesse perguntar se estava tudo bem, Lois bateu palmas.

174   FRANCINE RIVERS

— Vamos, vamos. Você e Timmy vestem algo que não se importam de sujar enquanto deixo um bilhete para o vovô e o papai. E depois vamos caminhar até a pousada para que a vovó possa tirar este traje de domingo e os saltos altos e vestir um moletom confortável. — Timmy riu. — O que foi? Não sabia que as vovós usavam moletom? Bem, você tem muito o que aprender, meu garoto. — Ela se inclinou para ficar no nível dos olhos dele. — É melhor usar tênis de corrida, Timmy, porque vou correr com você até o escorregador. — Ela se endireitou e olhou para Eunice. — Supondo que tenha um escorregador.

— Tem! — Timmy correu para o seu quarto.

— E balanços, espero! — gritou Lois.

— O suficiente para nós três. — Eunice riu. — Vamos estar prontos em um ou dois minutos.

Timmy nunca tinha entrado na pousada dos Bedford, mas não ficou nem um pouco impressionado com o salão em estilo vitoriano, o tapete de seda oriental no chão de madeira polida, as almofadas bordadas ou as estatuetas da Royal Doulton sobre a enorme lareira esculpida.

— Ela vai descer em alguns minutos, querido — disse Eunice. — Sente-se e não mexa em nada. — Ele se jogou em uma poltrona coberta de brocado e balançou as pernas para frente e para trás. Assim que Lois apareceu, ele saltou da cadeira e correu para a porta da frente.

— Espere no portão, espertinho — gritou Lois atrás dele. — Esta será uma corrida justa. — Ela virou os olhos para Eunice. — A que distância daqui o parque fica?

— Um quarteirão abaixo, vire à direita na esquina e outro meio quarteirão.

— Graças ao bom Deus. Acho que consigo chegar a essa distância. — Ela desceu os degraus e se inclinou ao lado de Timmy. — Um, dois, três e já! — Timmy saiu correndo pela calçada, mas Lois não estava muito atrás dele. Rindo, Eunice fechou o portão atrás de si e seguiu num ritmo mais lento.

Era uma tarde linda — fresca, sem nuvens e tranquila. Ela não queria perder um minuto se preocupando com o tipo de conselho que Paul estava recebendo do pai. Infelizmente, tudo o que David Hudson dissesse seria lei para Paul. Ela estava igualmente certa de que Paul não compartilharia uma fração disso com ela.

— Você nunca gostou dele — Paul lhe dissera uma vez.

— Não tem nada a ver com gostar ou não gostar, Paul. Só porque ele é seu pai não significa que saiba de tudo.

O SOM DO DESPERTAR

— Ele sabe mais do que eu sobre a construção de uma igreja. Eu seria burro se não o ouvisse! — Eunice sabia que quaisquer sugestões feitas por David Hudson seriam apresentadas aos presbíteros escolhidos a dedo por Paul, Gerald Boham e Marvin Lockford, ambos prontos e dispostos a acompanhar quaisquer planos que Paul tivesse para construir a igreja.

E aqui estava ela, fazendo exatamente o que tinha decidido não fazer: se preocupando.

Ela dobrou a esquina e viu Timmy descendo o escorregador primeiro, Lois seguindo logo atrás dele. Ela adorava a sogra. Ela era tão acolhedora quanto David era frio. O sogro dela perdeu o interesse em Timmy depois de cinco minutos.

"Dê o livro para sua avó, ela vai ler para você. Eu e o papai temos coisas importantes para conversar." Política sobre a qual eles não tinham controle. Pontuações de beisebol. O estado da economia e como isso afetou as doações à igreja. Encantada com o neto, Lois colocou Timmy no colo e leu para ele até a hora de dormir, depois perguntou se poderia orar com ele e colocá-lo na cama. Depois de meia hora, Eunice foi ver se estava tudo bem e ouviu Timmy tagarelando enquanto sua avó ouvia cada palavra que ele dizia com total atenção. Como ela poderia não adorar uma sogra assim?

Uma pena que David Hudson tenha vindo no pacote.

Com as mãos no ar, Lois deu um grito de alegria enquanto descia o escorregador. Ela se endireitou e saiu da caixa de areia. Timmy subiu o escorregador e desceu mais uma vez enquanto a avó se dirigia para o balanço. Euny sorriu quando a sogra sentou no balanço ao lado dela. As duas pegaram impulso e levantaram os pés.

— Isso que é vida — disse Lois, sem nenhum sinal da tensão que Eunice tinha visto em seu rosto no início do dia.

— Vovó, olha para mim! — gritou Timmy do topo do escorregador.

— Estou vendo! Vamos ver o quão rápido você vai desta vez! — Timmy subiu no escorregador e desceu com tudo pela curva de metal brilhante e voou pela ponta. Ele mal conseguiu ficar de pé. Lois aplaudiu e elogiou o esforço dele. Radiante, Timmy subiu a escada de novo enquanto ela ria. — Imagine o que eu poderia fazer com um décimo dessa energia. — Lois deixou as pernas balançarem. Euny balançou para frente e para trás enquanto estudava a sogra. Sabia que ela estava aflita com alguma coisa, mas não a pressionaria.

Ficaram no parque por uma hora antes de caminhar um quilômetro e meio até o ponto de parada de caminhões na Rodovia 99. Timmy não reclamou da distância. Ele estava absorvendo a atenção que Lois dedicava a ele, saboreando a risada dela, tagarelando sobre tudo o que via e qualquer coisa que lhe surgisse na cabeça. Euny adorou o som da risada de Lois, sincera e vibrante. Lois se inclinou e segurou o rosto de Timmy.

— Eu te amo, Timothy Michael Hudson. Você aquece minha velha alma cansada.

— Quantos anos você tem, vovó?

— Bem, isto depende. Eu me senti com cem anos esta manhã, mas agora me sinto mais jovem que sua mãe. — Endireitando-se, ela passou a mão pelos cabelos dele.

Perplexo, Timmy olhou para Euny, mas não pediu explicação.

— Posso comer um hambúrguer?

Lois riu.

— Pode apostar.

— Ebaaa! — Ele correu na frente.

— Não vá além do fim do quarteirão, Timmy — gritou Eunice. O ponto de parada de caminhões estava à vista, e o estacionamento estava cheio de caminhões, picapes e vários veículos recreativos.

— Deve ser um bom lugar para comer — disse Lois.

Timmy esperou por elas na placa de pare. Lois pegou uma mão enquanto Euny pegou a outra antes de atravessarem o último cruzamento e o estacionamento. Quatro motocicletas Harley-Davidson estavam estacionadas perto das portas duplas dianteiras. Eunice olhou para Lois, mas a sogra abriu a porta da frente sem piscar. Quatro homens com jaquetas de couro pretas estavam sentados no balcão. Um deles tinha a tatuagem de um dragão em volta do pescoço com a boca horrível aberta como se afundasse as presas na jugular. Eunice olhou para Timmy. Ela colocou a mão no ombro dele.

— Não fique encarando, querido.

Ele não conseguia se conter.

— A placa diz para sentarmos onde quisermos. — Lois olhou em volta. — Que tal aquela mesa ali perto das janelas que dão para o estacionamento, Timmy? Você pode observar os caminhões indo e vindo.

— Está bem. — Os olhos dele ainda estavam fixos no homem no balcão, que percebeu sua atenção e olhou para ele. Timmy tirou a mão de Eunice de seu ombro e foi até o balcão. — O que é essa coisa no seu pescoço?

O homem ergueu as sobrancelhas, surpreso.

O SOM DO DESPERTAR

— Carinha intrometido, hein?

Com o coração disparado, Eunice deu quatro passos para resgatar o filho.

— É uma tatuagem, querido. — Ela olhou nos olhos do homem. — Desculpe, senhor.

— Senhor! Ouviu isso, Riley?

Ela colocou a mão no ombro de Timmy e segurou dessa vez.

— Vamos, querido.

Os quatro homens estavam olhando para ela agora, e ela podia sentir o calor subindo por suas bochechas.

— Mas ele tem um dragão no pescoço, mamãe! Olha! E está com os dentes nele!

— Timmy.

— Vovó, venha ver! — Ele olhou para o homem de novo, resistindo a Euny enquanto ela tentava afastá-lo. — Isso dói?

Os homens estavam rindo agora, todos exceto aquele com tatuagem de dragão. Ele parecia angustiado, perplexo, cansado e irritado.

— Mil desculpas, senhores. — Lois pegou a mão de Timmy e indicou a mesa. — Isso é resultado de viver uma vida protegida.

— Onde esconderam ele?

— Ele está crescendo na igreja. — Lois acenou com a cabeça em direção a Eunice. — Esta é a mãe dele, a esposa do pastor.

— Esposa do pastor! — Um riu e deu um assobio de lobo. O homem ao lado dele pronunciou o nome do Senhor em vão. Um terceiro sorriu, virando-se e apoiando os cotovelos no balcão enquanto dava uma olhada em Eunice. — Se eu soubesse que os pastores tinham esposas parecidas com esta, já teria voltado para a igreja há anos.

— Chega, senhores. — A ousadia de Lois surpreendeu Euny.

A essa altura, todos no pequeno restaurante estavam observando a conversa. Dois dos homens viraram os bancos lentamente quando Lois e Eunice passaram por eles, Lois segurando Timmy pela mão. Eunice manteve os olhos baixos, mas podia sentir a leitura dos homens. O último se inclinou para frente quando ela chegou perto dele.

— O que uma garota bonita como você está fazendo em um lugar como este?

— Cale a boca, Jackson! — O homem tatuado lançou um olhar furioso para ele.

— Só estou me divertindo um pouco.

— Abra a boca de novo e vou garantir que você não a abra por um mês, entendeu?

Com o rosto pegando fogo, Eunice deslizou para sua mesa, com a sogra e o filho do lado oposto. Lois entregou um cardápio a Timmy para que ele tivesse outra coisa para olhar além do homem no balcão. Felizmente, os quatro homens vestidos de couro preto se viraram novamente, dedicando sua atenção aos pratos de comida que a garçonete colocou diante deles.

Lois sorriu para ela do outro lado da mesa.

— Isso me lembrou dos dias em que um grupo de amigos meus ia aos *barrios* de Los Angeles. Falávamos sobre Jesus para as pessoas nas ruas.

— Você e David? — Eunice não conseguia imaginar nenhum dos dois parados numa esquina, conversando com prostitutas, viciados em drogas ou pessoas sem-teto.

— Ah, não. Não, não. Durante meus anos de ensino médio, antes de conhecer David. — Ela abriu o cardápio e o abaixou para olhar Euny por cima dele. — A propósito, o jantar é por minha conta. Peça o que quiser.

Eunice não tinha certeza se conseguiria comer alguma coisa. Ela ainda estava abalada pela atenção dos homens no balcão. *Hell's Angels*! O que ela tinha na cabeça quando concordou em levar Timmy a um lugar como aquele?

Lois abaixou o cardápio mais uma vez.

— Euny, eles se esqueceram de nós completamente. E mesmo que não tenham esquecido, tenho certeza de que o cavalheiro com a tatuagem fará com que o resto deles se comporte bem.

Eunice se concentrou no cardápio. Não era extenso, mas o aroma que emanava da cozinha dos fundos era tentador. Timmy estava empilhando cubos de açúcar numa torre.

Lois deixou o cardápio de lado.

— Vou comer um bife. Você ainda quer um hambúrguer, Timmy?

— Sim. — Os cubos de açúcar caíram e ele recomeçou.

Lois afastou alguns cabelos da testa de Timmy.

— O papai vai para casa todas as noites para jantar com você e a mamãe?

Timmy levantou um ombro e não disse nada enquanto brincava com os cubos de açúcar.

Paul quase nunca estava em casa para jantar, mas Eunice não tinha certeza se deveria contar isso a Lois.

— Ele vai sempre que pode.

O SOM DO DESPERTAR

— Bem, eu sei o que isso significa. — Lois balançou a cabeça enquanto olhava pela janela para as caminhonetes, picapes e motocicletas. — Eu orei e orei... — Os olhos dela se encheram de lágrimas e ela balançou a cabeça novamente.

— Na maioria das vezes não tem como evitar. Alguém está sempre ligando e... — Eunice deu de ombros — Bem, você, entre todas as pessoas, deve saber o que quero dizer. A vida de um pastor não é dele.

— Sinto muito, Euny. Sinto muito, muito mesmo.

Antes que Euny pudesse perguntar o que ela queria dizer, ela ouviu o rangido do couro. Olhando para cima, seu coração disparou quando ela olhou nos olhos escuros do homem tatuado parado ao lado dela. Ele recuou, sua boca se curvando em um meio sorriso irônico enquanto ele erguia as mãos em um gesto pedindo calma.

— Desculpe te assustar, senhora. Só queria me desculpar pelo comportamento dos meus amigos. — Ele apontou a cabeça na direção dos três homens que saíam pela porta. Ele se moveu para trás.

Eunice abriu a boca, antes que pudesse pensar em uma palavra para dizer, Lois começou a falar e, no espaço de menos de dois minutos, ela soletrou todo o evangelho de Jesus Cristo para o homem que estava na mesa delas. "Todos pecaram e precisam da graça e misericórdia de Deus para serem salvos. E o Senhor Deus, com poder e misericórdia, abriu um caminho através de seu filho, Jesus Cristo, que morreu na cruz como sacrifício de sangue para expiar todos os pecados da humanidade desde o início dos tempos até o fim. Quando Jesus ressuscitou, ele mostrou que tinha poder sobre o pecado e a morte. Todos aqueles que creem nele não perecerão, mas terão a vida eterna."

Eunice nunca tinha ouvido o evangelho ser falado tão rápido ou de maneira tão clara a ninguém em toda a sua vida. Nenhuma pergunta instigante ou longas lições de preparação conduzem gradualmente ao significado da cruz e da ressurreição. Apenas a verdade simples, nua e crua, dita com uma ousadia que a deixou sem fôlego. E também deixou o homem sem fôlego, se ela pudesse julgar pela expressão no rosto dele.

A boca dele se curvou em um sorriso sombrio.

— Você vai direto ao ponto, não é, senhora? — Ele se moveu para trás de novo.

— Considerando o fato de que você está indo para a porta, pensei que não tinha tempo a perder.

Ele firmou os pés, seu rosto entristecendo.

— Duvido que possa imaginar algumas das coisas que fiz na minha vida.

— A esposa de um pastor ouve mais do que a maioria dos padres em um confessionário, jovem, e você precisa saber a verdade. Nada, repito, *nada* do que você já fez é demais para ser lavado pelo sangue de Cristo. Ele te ama. Ele morreu por você.

— Já estive na prisão.

— Todos nós também.

Sua risada zombava.

— Não do mesmo tipo.

— Os muros que construímos à nossa volta podem nos prender com mais força e por mais tempo do que o concreto e o aço. Agora, ouça, querido. Se Deus pôde criar a terra e o universo e tudo o que existe nele, você acha mesmo que seus pecados podem derrotá-lo? — Ela sustentou seu olhar. — Nunca. Repito, nunca. Cristo Jesus já provou o amor dele por você. — Ela sorriu com ternura para o homem. — Sem mencionar o fato de que foi ele quem trouxe você até nós para que pudesse ouvir o que ele tem a dizer pessoalmente. Ele sussurrou em seu ouvido e você respondeu. Isso me diz que ele escolheu você para ouvir a palavra dele. Nesse momento, ele está te dando a oportunidade de escolhê-lo.

Três Harleys rugiram lá fora. Uma expressão desgastada apareceu nos olhos do homem. Com o rosto endurecido, ele saiu pela porta. Eunice observou enquanto ele passava a perna por cima da Harley e colocava o capacete. Ele levantou a cabeça enquanto puxava a motocicleta para trás. Seus olhos encontraram os dela em um olhar penetrante quando seu pé com botas pretas pisou com força no pedal de partida. A Harley fez um barulho alto e o motor começou a funcionar.

— Ele vai na nossa igreja? — Timmy se esticou para olhar pela janela.

— Podemos ter esperança, Timmy. — Lois acenou. O motociclista deu um leve aceno de cabeça antes de virar a moto e acelerar a caminho da rampa de acesso para a rodovia em direção ao norte. Ela bagunçou o cabelo de Timmy. — Se ele fizer isso, faça-o se sentir bem-vindo. Diga oi e sente-se com ele, tudo bem? Esse homem provavelmente tem muito em comum com um dos discípulos de Jesus, Simão, o Zelote. Lembra dele?

— Não.

— Não? — Ela olhou para o outro lado da mesa. Eunice corou na mesma hora. Ela não tinha passado muito tempo nos discípulos, se concentrou mais em Jesus.

— Bem, Simão era um zelote.

— O que é um zelote?

O SOM DO DESPERTAR

— Nos dias atuais, um zelote seria um terrorista, alguém que planeja e executa atos de violência e homicídio por razões políticas. Os zelotes às vezes eram chamados de sicários por causa das facas curvas que carregavam.

A garçonete anotou o pedido.

Timmy derrubou os cubos de açúcar embrulhados em papel e começou a construir mais uma vez. Lois assistiu, entretida. Eunice se sentiu desconfortável com o ambiente.

— Paul vai ficar furioso comigo por trazer você aqui.

— Você não me trouxe, eu trouxe você. Além disso, não precisamos nos preocupar. David vai estar com a cabeça tão cheia de planos para a construção da igreja que nenhum deles sequer vai se perguntar para onde fomos ou o que fizemos. Presumindo que eles estejam na casa do pastor quando voltarmos.

Eunice nunca tinha ouvido Lois falar com tanto cinismo. Ela estudou Lois enquanto sua sogra observava os clientes que jantavam no longo balcão e nas mesas cheias e apertadas. O sorriso dela era melancólico.

— Faz muito tempo desde que estive em um lugar como este. Me acostumei demais com eventos religiosos, centros de conferências, restaurantes de clubes e residências particulares.

— Acontece a mesma coisa comigo.

— Uma pena, não é? É aqui que Jesus teria vindo comer.

Eunice viu a tristeza nos olhos de Lois.

— O que há de errado, mamãe?

— Nada e tudo. — Ela deu um sorriso vago. — O que está incomodando você, minha querida?

— Nada. Tudo. — Ela balançou a cabeça. — Por mais que estivesse com medo de entrar aqui, olho em volta, Lois, e vejo o quanto essas pessoas têm em comum com nossos fiéis. Elas vêm pelo serviço, ficam sentadas por uma hora, esperando ser atendidas. Mordiscam o que Paul lhes ensina e depois seguem para a vida normal, nada mudou.

— E você é a garçonete?

— Não. — Ela riu tristemente. — Sou a *jukebox*. Coloque algum dinheiro no prato, diga a Paul o que você quer ouvir e ele vai se certificar de que eu atenderei aos pedidos.

— E o resto do tempo?

— Entretenimento e música de fundo. A ICC se tornou um ponto de parada espiritual de caminhões.

— Por que você não está mais escrevendo músicas?

— Não tenho tempo.

O rosto de Lois se suavizou.

— Ah, Euny.

— Isso não importa, mamãe, mas Paul passa horas aperfeiçoando seus sermões. Ele nunca fala mais de quinze minutos porque alguém lhe disse que as pessoas gostam de mensagens curtas. Se falarmos mais do que isso, os homens começarão a pensar no jogo de futebol que vão perder se não chegarem em casa logo e as mulheres vão fazer listas de compras. Mil outras coisas consumindo seus pensamentos. Então, ele trabalha quinze horas em quinze minutos de pregação que nunca é absorvido de verdade.

— E provavelmente entra por um ouvido e sai pelo outro com regularidade semanal. Espere até que as escolas cristãs comecem a ministrar cursos de publicidade. Então provavelmente teremos comerciais de três minutos para Deus.

A risada de Eunice se desfez.

— Nunca ouvi você falar assim.

— Vem com a idade e a experiência. Deus permite que soframos as flechadas da nossa própria estupidez. — Ela apoiou os braços sobre a mesa. — Paul ainda te escuta, Eunice? Você tem *seus* quinze minutos? E não me dê de ombros. O que me disser não vai sair desta mesa. Quero a verdade nua e crua.

— Não, ele não me escuta.

— Ele escuta alguém?

— Além do papai, você quer dizer?

— O pai dele é certeza, mas e os outros? Os presbíteros? Amigos próximos da igreja?

— Paul passa muito tempo com Gerald Boham e Marvin Lockford. — Seus presbíteros escolhidos a dedo. — E ele almoça com Stephen Decker uma vez por semana ou a cada quinze dias.

— Quem é Stephen Decker?

— Ele projeta e constrói casas e edifícios de escritórios de alto padrão.

— Ah. — Lois fechou os olhos.

A garçonete trouxe as refeições. Lois deu as mãos a Timmy e Eunice e orou em silêncio. Timmy pegou seu hambúrguer e tentou abrir a mandíbula o suficiente para acomodá-lo. Euny riu e cortou o hambúrguer ao meio, tirou metade da alface e um pouco de cebola e achatou o pão para ele.

— David está pensando em se aposentar.

— Está brincando! Nunca pensei que o papai fosse se aposentar.

— As coisas mudam. Às vezes, para melhor. — A expressão dela era enigmática. — Ele deveria deixar o cargo. — Ela garfou uma fatia de tomate. — Já está na hora.

Eunice não conseguia imaginar David Hudson se aposentando do púlpito por qualquer motivo.

Lois lhe deu um sorriso delicado, embora um tanto frágil.

— É claro que as coisas sempre podem mudar de novo. Temos apenas que esperar e ver o que o Senhor decidirá. — Ela perguntou a Timmy se ele tinha gostado do hambúrguer e depois se ele gostava da escola, quem eram seus amigos, o que ele gostava de fazer para se divertir.

O sol estava se pondo enquanto elas caminhavam um quilômetro e meio de volta à cidade. Timmy correu pela calçada até a esquina e voltou. Lois riu.

— Ele está fazendo o dobro da distância que nós.

— Ele vai dormir bem esta noite.

Lois pegou a mão dela.

— Sobre a aposentadoria de David. Ele ficaria irritado se soubesse que comentei isso com você.

— Não vou dizer nada. — Ela duvidava que algo acontecesse, mas se falar sobre isso perturbasse Lois, Euny nunca mais mencionaria o assunto.

Lois apertou a mão dela antes de soltá-la.

— Estou muito feliz que Paul tenha se casado com você, Eunice. Você é como uma filha para mim.

Quando chegaram à casa do pastor, tinha um bilhete rabiscado abaixo do de Lois. Ela entregou para Euny.

— Você consegue decifrar isso?

— Paul levou o papai para jantar no clube do Centerville Golf Course. Ele deixou o número caso alguém precise entrar em contato com ele.

— E esse garrancho o que significa.

Eunice riu.

— Isso é um *AV*, mamãe. Significa "amo você".

Lois tirou o blusão.

— Que bom que ele se esforça tanto para avisar você.

Stephen largou o lápis e se endireitou. Erguendo os braços, ele se espreguiçou, tentando aliviar as câimbras nos ombros. Examinando os esboços e ideias, ele sorriu. Não se divertia tanto há anos!

Ele olhou para o relógio de pulso. Três da manhã! Incrédulo, ele se levantou para checar as horas no painel do micro-ondas da cozinha, que lhe mostrou a mesma coisa. Ele teria dificuldade em sair da cama às 6h para poder chegar a Sacramento para uma reunião às 8h. Abriu a geladeira e pegou uma fatia de pizza de pepperoni gelada. É melhor ficar acordado a noite inteira, depois parar em um Starbucks e tomar alguns expressos. Ele pegou um refrigerante na porta da geladeira.

Paul Hudson talvez nem tivesse ideia da semente que tinha plantado. Nem que tivesse criado raízes e estivesse consumindo a imaginação de Stephen. Que tipo de igreja ele poderia construir para glorificar a Deus? Uma pergunta transbordou em outra até que Stephen se viu pesquisando, ligando para outros arquitetos que conhecia, encomendando livros sobre igrejas em todo o país e ao redor do mundo. Ele estudou tudo, desde capelas até catedrais de vidro.

Samuel Mason falou sobre viver uma vida que glorifica a Deus. Qual a melhor maneira de conseguir isso do que construir uma igreja que se levantaria e proclamaria o nome dele a todos que a vissem? É claro que seria necessário dinheiro, muito dinheiro, para construir o tipo de instalação que ele estava esboçando. Mas a congregação crescia de forma constante. Assim como o orçamento da igreja.

Depois de acabar o refrigerante, Stephen esmagou a lata e jogou-a no recipiente de reciclagem no canto. Ele terminou o último pedaço de pizza, jogou a borda da massa no lixo, lavou as mãos e voltou para o escritório em casa.

Não ficava tão entusiasmado com nada desde... nem conseguia se lembrar desde quando.

Ele ajustou o alarme no seu relógio de pulso para ter tempo suficiente para tomar banho e fazer a barba antes de seguir para o norte, para Sacramento. Em seguida, ele se acomodou no banco, pegou o lápis e voltou a desenhar. Ele duvidava que Igreja de Centerville alguma vez aceitasse algo tão grandioso, mas isso não o impediu de sonhar.

Sonhar não custa nada.

CAPÍTULO 8

Abby tirou o avental da gaveta e o amarrou com um laço nas costas.

— Por que vocês, cavalheiros, não saem para o pátio e aproveitam os últimos raios de sol enquanto eu limpo a cozinha? Aqui já está quente o bastante sem a presença de vocês.

Samuel riu.

— O que me diz, Stephen? Acha que lá fora vai estar mais fresco?

Abby se virou na pia.

— Você sempre pode ligar o sistema de irrigação.

Samuel abriu a porta de tela, pedindo que o convidado do jantar o seguisse.

— Nunca discuta com uma dama, Stephen. Se você vencer, vai acabar se sentindo culpado.

O jovem riu enquanto colocava a cadeira em seu lugar, sob a mesa da cozinha.

Estava muito mais fresco no quintal. Samuel abriu uma torneira e o silvo suave dos irrigadores começou.

— Uma das desvantagens de ter uma casa antiga é a lamentável falta de ar-condicionado central. — Ele se acomodou em uma cadeira ao lado da mesa de vidro protegida por um grande guarda-sol de lona verde.

Stephen se sentou e esticou as longas pernas.

— Já pensou em instalar um ar-condicionado?

— Todo verão, quando as temperaturas atingem a casa dos trinta graus. — E toda vez, ele e Abby decidem que têm lugares melhores para investir o seu dinheiro: um hospital cristão no Zimbabué, um missionário na Tailândia. Além disso, eles tinham quatro ventiladores. E os irrigadores. Quando o sol se punha, eles abriam todas as janelas e deixavam o ar fresco entrar.

Stephen sorriu para ele.

— Vamos terminar o livro de Romanos esta noite?

— Bem, não sei bem, filho — respondeu Samuel com falsa solenidade. — Depende de quantas perguntas você tiver e de quanto tempo vamos acabar conversando sobre qualquer coisa que surja. — Ele olhou para Stephen por cima dos óculos. — Faz só seis meses desde que começamos Romanos.

Stephen riu e cruzou os braços atrás da cabeça.

— Quanto mais tempo moro em Centerville, mais tempo pareço ter.

— Está ficando sem trabalho por aqui?

— Não, só não estou tão obcecado em conseguir projetos de muito dinheiro quanto antes. Ganhei o suficiente nos últimos três anos para me dar espaço para respirar. Tempo para pensar, tempo para sonhar.

— Tempo para ficar com a sua filha?

Stephen franziu a testa.

— Não tenho muita esperança quanto a isso. Liguei para minha ex para perguntar se poderia levar Brittany em uma viagem à Disney. Achei que ela e o novo marido gostariam de um pouco de tempo a sós. Ela disse que já tinha planos para Brittany ficar com uma amiga.

— Faz quanto tempo desde a última vez que viu a Brittany?

— Três semanas, e foi só por algumas horas.

A porta de tela bateu quando Abby saiu com dois copos grandes de chá gelado.

— Algo para molharem o bico.

Stephen se levantou.

— Por que você não se junta a nós, sra. Mason?

— Sente-se, Stephen. Prefiro o calor aos mosquitos. — Ela acenou com a mão na frente do rosto suado. — Otis ligou.

Samuel pegou a mão dela.

— Ele não vem?

— Ah, ele está vindo. Disse que não perderia, mas está fora de si de novo por causa da Mabel. Ela não está comendo nada na casa de repouso, disse que tudo tem gosto de cola. Vou fazer alguns biscoitos de manteiga de amendoim, sabe como ela adora biscoitos de manteiga de amendoim. — A voz dela estava rouca.

— Podemos fazer uma visita amanhã. Passamos naquele restaurante chinês onde nós costumávamos almoçar e compramos comida para ela.

Abby assentiu e voltou para dentro de casa.

Stephen a observou partir.

— Abby está chateada, não é?

— Abby e Mabel são amigas há décadas. Elas costumavam cozinhar a maior parte da comida para as festas da igreja. Organizavam piqueniques familiares e escolas bíblicas de férias. Não sobraram muitos amigos próximos. — Ele deu a Stephen um sorriso triste e tomou um gole de chá. — Chegou ao ponto de Abby me deixar abrir a correspondência porque não quer ser a primeira a ler sobre outro amigo que acabou em uma casa de repouso ou morreu.

— É uma pena o que aconteceu com Mabel.

— Mabel está cansada e pronta para voltar para casa, para o Senhor. É Otis quem está passando por momentos difíceis. Ele não quer deixá-la ir. Eles estão casados há 58 anos. — Samuel olhou para o gramado, para o jardim que ele e Abby plantaram juntos quando eram jovens e seus filhos eram pequenos. As rosas estavam em plena floração ao longo da cerca branca. — Eu entendo como ele se sente. — Alguém tinha que passar primeiro pelos portões perolados do céu. De forma egoísta, ele esperava ser o primeiro a partir. Não conseguia se imaginar vivendo o tempo que lhe restava nesta terra sem Abby ao seu lado. Só a ideia de perdê-la lhe dava um nó na garganta. Ele tomou outro gole de chá.

Stephen se inclinou para frente.

— Estão falando muito sobre a construção de outra igreja.

Samuel pousou o copo com cuidado. Stephen deve ter almoçado com Paul nos últimos dias.

— Isso surge de vez em quando.

— O que acha da ideia?

Paul Hudson teria obrigado Stephen a fazer a grande pergunta?

— É preciso muito dinheiro para construir uma nova igreja.

— Precisa mesmo, mas temos uma congregação de doadores e dois cultos lotados todos os domingos e um cheio no sábado à noite.

— Sim.

— Mas você ainda tem reservas com relação a isso.

— Sim, mas tenho orado por elas. — Ele estava bem ciente da convicção de Paul de que o antigo edifício da igreja não era grande o bastante, ou bom o bastante, para a sua crescente congregação. Samuel tentou discutir o assunto discretamente com ele, mas Paul não estava interessado em discutir nada.

Ele queria ação. Queria manter as coisas "avançando". Cada vez que Samuel falava com o jovem pastor, ele saía sentindo como se estivesse em uma batalha espiritual. Paul Hudson o tratava com respeito, provavelmente devido ao apego de Eunice a Abby, mas Samuel ainda tinha a sensação de que Paul o via como um homem velho, que não sabe o que acontece no mundo e uma pedra no caminho do progresso.

— Você se importaria de compartilhar suas preocupações comigo, Samuel?

Samuel tirou os óculos e pegou o lenço.

— O que você precisa antes de começar a construir um prédio, Stephen?

— A maioria dos projetos começa com uma fase exploratória e um comitê de viabilidade. Depois, você contrata um arquiteto para fazer um desenho conceitual que se adapte às necessidades e ao terreno. Assim que os presbíteros votam, começa a fase de projeto, o arquiteto é contratado, a equipe de projeto é reunida e um caminho crítico para a obra é organizado, e aí manda ver.

Samuel limpou os óculos lentamente.

— Estava pensando em algo anterior.

— Anterior quanto?

— A permissão pode ser um bom começo.

Stephen se sentou.

— Claro! É óbvio. Você leva a ideia e os desenhos à congregação e consegue a aprovação dela.

Samuel colocou os óculos de volta. Percebeu que Stephen estava animado com a ideia. Ele queria ser o único a projetá-la e construí-la? E se sim, quais foram suas motivações? Ele ainda era jovem no Senhor, aprendendo a dar pequenos passos em sua caminhada com Cristo. Um projeto de construção poderia derrubá-lo de cara no chão. Pior ainda, poderia machucá-lo e tirá-lo do caminho.

— Não estava pensando na congregação.

— Comissão de planejamento? Supervisores do condado?

— Alguém muito mais acima na hierarquia, filho. Você vai até o chefe da igreja, vai até o Senhor. Você expõe tudo diante dele em oração e então espera, ouve e observa. Você faz essas coisas primeiro e, quando consegue uma resposta, presumindo que a resposta seja seguir em frente, então prossegue. Não antes disso. Não deve começar algo e depois orar para que o Senhor venha e o ajude a terminar.

A boca de Stephen se retorceu.

O SOM DO DESPERTAR 189

— E o salto de fé de que todo mundo fala?

Todo mundo quer dizer Paul.

— A fé é baseada no conhecimento. — *Não em ambição pessoal desenfreada*.

— E quanto à grande comissão? E a expansão do nosso território?

Samuel também compareceu aos cultos e ouviu Paul pregar semana após semana sobre ousadia na fé, avançando e expandindo o território de Deus. Ele agarrou cada nova frase de efeito. Mas era realmente esse o território de Deus que Paul queria expandir? Era coincidência que a determinação dele ficasse mais forte cada vez que David Hudson o visitava? Só porque o pai construiu uma igreja que abrigava cinco mil membros não significava que o filho tivesse que fazer a mesma coisa. Samuel queria desesperadamente dar ao jovem pastor o benefício da dúvida, mas às vezes ele se perguntava qual pai Paul Hudson estava seguindo.

— David Hudson nunca teve tempo para o filho — disse Eunice uma vez. — Ele estava muito ocupado construindo seu império. — A garota corou e pediu desculpas por ter dito uma coisa tão horrível sobre o sogro. Mas seu pequeno deslize na lealdade familiar deu a Samuel e Abby uma dica do que estava por trás da busca de Paul pelo sucesso. E todas as ofensas e insultos velados que Samuel sofreu de Paul nos últimos cinco anos deixaram de doer tanto. Ele percebeu que o menino ainda estava lutando pela aprovação do pai. A constatação encheu Samuel de compaixão por Paul, bem como de apreensão em relação à batalha espiritual travada dentro do jovem Hudson. Paul parecia alheio a isso, pois não via nada de errado nos métodos e pensamentos mundanos que estavam se infiltrando nos seus programas e ensinamentos. Eunice disse que se apaixonou por Paul porque ele tinha um coração voltado para Deus. Samuel também sentiu isso em Paul, mas naquele momento parecia que Paul estava precisando de uma "cirurgia cardíaca", e com urgência.

Samuel tinha se esforçado muito para construir um relacionamento com Paul Hudson. Ele ainda estava tentando. Se não fosse por Eunice e Timmy, ele não teria ideia do que motivava Paul ou dos problemas que ele estava enfrentando e que precisavam ser apresentados ao Senhor em oração. Samuel passou mais horas de joelhos orando por Paul do que por qualquer outro membro da congregação. Exceto talvez Stephen Decker.

— Samuel?

— Desculpe. — Ele deu a Stephen um sorriso de desculpas. — Só estou perdido nos meus pensamentos. Você mencionou a grande comissão e o ato de dar um salto de fé.

— Um projeto de construção realizaria os dois.

Se fosse orientado por Deus.

— Parece que você já se decidiu. — Ou Paul Hudson decidiu por ele com estímulos e incentivos sutis.

— Não exatamente, embora alguns possam me acusar de ter um interesse pessoal. — Ele apoiou os antebraços na mesa do pátio, os olhos brilhando. — Há meses venho fazendo desenhos conceituais. Apenas brincando com algumas ideias. Mas não estou tentando convencer ninguém a construir nada.

— Você sabe o que isso implicaria?

— Desde a compra do terreno até a mudança, pode apostar que eu sei. Um projeto de construção testaria o compromisso da congregação.

— E aí está o problema, Stephen. O compromisso de construir uma igreja não significa necessariamente compromisso com o Senhor. — Ele percebeu que Stephen não entendia o que ele estava dizendo, mas não conseguia explicar sem parecer que estava contra Paul Hudson, o que não era verdade.

— A Igreja de Centerville está explodindo de gente, Samuel. Qual é a sua resposta?

— Não tenho uma resposta, apenas perguntas esperando respostas. — Mais da metade dos novos membros frequentavam a Igreja de Centerville porque consideravam a sua igreja anterior "muito fundamental e intolerante". Paul suavizou sua mensagem. Ele não dava mais as aulas de fundamentos básicos. Os sermões dele abordavam brevemente o evangelho e se concentravam na boa vida em Cristo. Ele tinha esquecido que Deus queria que os seguidores vivessem uma vida devota. Isso exigia obediência e às vezes significava sofrimento e sacrifício. O coração tinha que mudar antes que uma vida mudasse, antes que alguém experimentasse a alegria abundante que advém de um relacionamento pessoal com Jesus Cristo, uma habitação do Espírito Santo, uma revisão completa da alma.

— Então você não é contra a exploração da possibilidade de um projeto de construção?

— Sou a favor de reservar um tempo para descobrir o que o Senhor quer que façamos. Qual é a motivação por trás da construção de uma nova instalação?

— Estamos crescendo, precisamos de mais espaço.

— Só porque algo cresce não significa que seja saudável, Stephen. O câncer cresce. Quantos daqueles que vieram ouvir a pregação de Paul no domingo de manhã estão interessados num estudo bíblico no meio da semana? Precisamos fazer discípulos daqueles que estão frequentando agora. Eles precisam

O SOM DO DESPERTAR

aprender a Bíblia, precisam amadurecer como cristãos. O que Deus quer dos membros da sua igreja? Como eles vivem uma vida agradável ao Senhor? Como podemos nos oferecer como sacrifícios vivos?

Stephen ouviu, mas estava preparado.

— Quanto mais pessoas você tiver, mais talentos poderá aproveitar para liderar.

— E você acha que precisa de um prédio grande e novo para fazer isso? O apóstolo Pedro, no poder do Espírito Santo, pregou o evangelho no Pentecostes e trouxe três mil novos membros para a igreja. Não acredito que a primeira tarefa deles tenha sido um projeto de construção.

— Eles se reuniram no templo, não foi?

Samuel deu risada.

— Você tem lido sua Bíblia.

Stephen sorriu.

— Achei que seria uma boa ideia ter você como meu professor.

Samuel ficou satisfeito.

— Sim, eles falaram diante do templo. Se reuniam nos corredores, nas escadas e nas casas particulares. Eles continuamente se dedicavam ao ensino dos apóstolos e à comunhão, à fração do pão e à oração. Não estavam pedindo promessas para construir outro templo. Deus está construindo o templo, uma pedra viva de cada vez. Eu e você estamos falando sobre dois tipos diferentes de projetos de construção, Stephen.

Stephen relaxou em sua cadeira de jardim.

— Acho que entendi o que você quer dizer. — Ele ficou pensativo.

— Então, você fez alguns desenhos conceituais. — Será que Paul tinha pedido por eles?

— Vários, por diversão. É melhor passar uma noite fazendo isso do que bebendo uísque.

— Ainda é uma luta?

— Sempre vai ser, é a pedra no meu sapato.

— Todos nós temos pecados que nos atormentam, Stephen. Eles são os problemas que nos deixam de joelhos e nos mantêm dependentes do Senhor para conseguir forças.

Stephen lançou um olhar irônico.

— Ainda não cheguei ao ponto da minha fé em que posso chamar o alcoolismo de bênção.

— Você vai chegar nesse ponto.

— O que eu gostaria de saber é o seu pecado que te atormenta.

Samuel riu com ele.

— Digamos apenas que nem sempre fui o homem legal, calmo e controlado que você vê agora.

A porta de tela rangeu e Abby colocou a cabeça para fora.

— Hollis chegou.

— Estamos entrando. — Samuel se levantou e pegou o copo vazio.

— Por que você não traz seus desenhos conceituais, Stephen? Gostaria de ver como você acha que uma igreja deveria ser.

— Acho que me precipitei.

Samuel sorriu.

— Depende de quem estava te encorajando.

O que Samuel mais temia era a Igreja Cristã de Centerville acabar sendo vítima no campo de batalha pela alma de Paul Hudson.

— É o aniversário da sua mãe, Paul. — Eunice não conseguia acreditar que ele deixaria isso passar sem nem sequer ligar para Lois.

— Você mandou um presente para ela, não foi? — Ele pegou o casaco no armário do corredor.

— Sim, mas ela vai querer receber uma ligação sua.

— Está bem! Vou ligar e desejar feliz aniversário para ela.

Ela teve que morder a língua ou diria algo de que se arrependeria. Paul amava a mãe, e ela sabia disso, assim como sabia que ele a amava. Ele só deixou que outras responsabilidades atrapalhassem. Paul dedicou seu tempo a uma dúzia de pessoas que ligavam toda semana querendo seu aconselhamento. Ele dedicou seu tempo aos diáconos e aos presbíteros, com exceção de Samuel Mason. Neste caso, Paul estava "ocupado" ou "em visitação" ou alguma outra desculpa que ele insistia que ela desse para um homem que ela aprendeu a amar e admirar como seu próprio pai.

"Você está passando muito tempo com os Mason", Paul havia dito outra noite. Ele passou a desprezar Samuel. Ele não disse isso, talvez nem percebesse, mas ela percebia em seu tom de voz sempre que o nome de Samuel

O SOM DO DESPERTAR 193

era mencionado. E ela sabia a causa da animosidade de Paul. Samuel Mason nunca cedeu à "opinião popular".

— Feliz aniversário, mamãe! — Paul disse ao telefone.

Eunice estava tremendo. Ela foi até a cozinha e ligou a torneira. Talvez uma xícara de chá a acalmasse. *Senhor, Senhor, mate a raiz da amargura que cresce em mim. Não quero me sentir assim em relação ao meu marido. Meu sol não nasce e se põe por causa dele. Tu és meu Deus, minha ajuda em tempos difíceis. E Deus, ó, Deus, estou com dificuldades!* Ela podia ouvir o zumbido constante da voz de Paul enquanto ele conversava com a mãe — apenas falou, não ouviu. A voz dele se aproximou.

— Diga oi para o papai. Diga que tudo está indo bem aqui, posso ter ótimas notícias em breve. Eunice quer falar. — Ele lhe entregou o telefone e foi para a sala de estar.

— Oi, mamãe.

— Oi, querida. Você teve que discar o número para ele?

— Não, claro que não. — Uma mentirinha para poupar os sentimentos da sogra. Ela ouviu a porta da frente abrir e fechar enquanto Paul ia se encontrar com o prefeito no clube de campo.

— Como vai o design de interiores?

Ela e Paul tinham mudado recentemente para uma casa nova, desocupando a casa do pastor bem a tempo da chegada do novo pastor auxiliar.

— Mais devagar do que Paul gostaria, mas está avançando. — Ela falou sobre a pintura, o papel de parede e a confecção de cortinas para a sala de estar e o quarto principal. — E o paisagismo está quase pronto.

— Não tive oportunidade de contar a Paul, mas o pai dele está se aposentando.

— É mesmo?

— O conselho de administração vai fazer uma grande festa para ele daqui a seis semanas. Coloque na sua agenda. — Ela passou a data para Eunice.

— Ele vai mesmo fazer isso?

— Ele não ousaria mudar de ideia.

— Você está aliviada? — Um longo silêncio se seguiu à sua pergunta. Às vezes o silêncio diz mais do que palavras.

— Vou sentir falta de todos os amigos que fiz nesta igreja.

— Só porque papai está se aposentando não significa que você tenha que deixar a igreja.

— Claro que sim, querida. O novo pastor teria muita dificuldade em liderar este rebanho se David Hudson ainda estivesse sentado em uma das fileiras, não acha?

— Não tinha pensado nisso.

— Acho que seria melhor sair da região. Mas prometo não me mudar para um raio de 160 km de Centerville.

— Eu adoraria te ter como vizinha.

— E arriscar perder a igreja do seu marido para o pai dele? Se morássemos perto o suficiente para frequentar a ICC, David se envolveria no ministério de Paul dentro de semanas, e como Paul se sentiria em relação a isso?

Como um garotinho que não conseguia fazer nada direito. De novo.

— Talvez você goste de Oregon ou Washington. E o Maine?

Lois riu com ela.

— Na verdade, eu estava pensando que uma ilha deserta seria bom. — A voz dela falhou. — Chega de reuniões do conselho, chega de retiros para presbíteros, aulas intensivas de disciplina ou sessões de aulas particulares sobre os significados mais profundos da Bíblia. Se David quiser viajar, vai ter que me levar junto. Chega de sessões de aconselhamento particulares...

Eunice sabia que algo estava errado, mas não queria se meter onde não devia.

— Mamãe?

— Jurei que não ia fazer isso. — Lois assoou o nariz em silêncio. — Estou bem, Euny, estou mesmo. Só estou com tanta raiva que estou prestes a explodir. E nem consigo dizer de quem estou com mais raiva. De Deus, em sua soberania, que tudo vê e espera com tanta paciência? De David, por ser o que é? Dos membros da liderança da igreja, que escolheram ignorar as fraquezas de David porque ele estava trazendo as pessoas que enchiam de dinheiro os pratos de ofertas? Ou dos amigos que sabiam o que estava acontecendo e não tiveram coragem de me contar?

Sabiam o quê? Eunice teve medo de perguntar. Ela estava com medo de já saber.

— Sempre tentei acreditar no melhor das pessoas, principalmente no do meu marido. Euny, preciso falar com alguém e prefiro que seja você do que outra pessoa. Mas tem que prometer guardar segredo.

Lois descarregou seus fardos, e Eunice ficou sobrecarregada por eles, cheia de justa ira e tristeza.

— Ah, mamãe, sinto muito. O que o papai diz?

— Que tudo isso é um mal-entendido. Que há joio entre o trigo que está tentando sufocar o seu ministério. Que tudo isso é uma questão de ciúme e ambição. Que ele está sendo perseguido assim como Jesus Cristo. Ele contra-atacou no começo, como um lobo numa armadilha. Talvez seja por isso que os membros do conselho começaram a se unir. Seja como for, a última reunião resolveu a questão. Nunca vi David tão zangado, mas ele escreveu a carta de demissão. E agora, a congregação vai fazer uma grande festa para agradecer e nos desejar boa sorte. Eles não têm ideia do que aconteceu. E essa é a última coisa que direi sobre o assunto, porque estou muito próxima de tudo para ser objetiva. Como o Timmy está? Me conte o que meu neto tem feito ultimamente.

Eunice aproveitou a deixa e passou os quinze minutos seguintes falando sobre as atividades de Timmy. Ele adorava futebol e andava de bicicleta, mas tinha dificuldade em "se manter concentrado" na escola.

— Paul era do mesmo jeito. E você? Está tudo bem com você?

— Estou mais ocupada do que gostaria, e Paul está trabalhando mais do que deveria, mas fora isso, está tudo bem.

— Aham, posso ver como está bem.

— Tenho aprendido lições difíceis desde que viemos para Centerville. A vida de um pastor não é sua. Como você deu conta todos esses anos?

— O Senhor é meu primeiro marido, Eunice. Meu fiel companheiro. — Ela riu suavemente. — A parte mais difícil é aprender que você não pode orar na segunda-feira e esperar que Deus responda na terça de manhã.

Eunice pegou um lenço de papel da caixa que estava em cima do balcão.

— Não seria bom se ele fizesse isso?

— Defina um *timer* para cinco minutos. *Plim*! Problema resolvido. Claro, isso implicaria descer a rampa direto para o fogo, em vez de caminhar rumo à graça e misericórdia, não é? — Ela lembrou a Eunice sobre a data da comemoração da aposentadoria. — Se Paul te causar algum incômodo, diga-lhe que o pai precisa dele. Não conte a Paul nada do que compartilhei com você. Quero que seja David quem explique tudo isso, se tiver coragem.

Paul examinou a correspondência que Reka Wilson tinha colocado na sua mesa. Uma carta de um advogado chamou sua atenção. Ele a abriu e leu que a Igreja Cristã de Centerville era a única beneficiária de um tal de Bjorn Svenson. O coração dele disparou. Ele se virou para o computador e digitou o nome. Não apareceu nada. Ele apertou a discagem rápida número cinco.

— Eunice, você se lembra de alguém chamado Bjorn Svenson?

— Não, acho que não. Por quê?

— Acabei de receber uma carta do advogado dele me informando que a igreja é a beneficiária principal de Svenson. — Ele se perguntou quanto dinheiro estava envolvido. *Que seja muito, Deus! Que seja o suficiente para eu seguir em frente com meus planos. Precisamos de uma instalação maior. Se não for o suficiente para isso, que seja o suficiente para comprar um terreno.*

— Samuel deve saber.

Ele não estava disposto a ligar para Samuel.

— Os móveis do escritório já chegaram?

— Todas as peças sobreviveram sem nenhum arranhão.

— Quero minha mesa e o aparador perto das janelas da frente.

— Tudo está exatamente onde você disse que queria, Paul. Não esqueça que temos que encontrar a professora de Timmy hoje à tarde.

Ele tinha esquecido, mas será que era tão importante assim?

— Não tenho tempo hoje, Eunice.

— É importante que você esteja presente desta vez, Paul.

— Você pode lidar com isso.

— Deveríamos estar juntos nisso, e a professora dele pediu para falar com nós dois. Ele esteve em duas brigas no último mês.

— Então, coloque-o de castigo de novo. Por mais do que alguns dias desta vez.

— Paul...

— Olha, Eunice. Você sabe que eu o amo, mas tenho um dia inteiro programado. Todo mundo quer um pedaço de mim.

— São só vinte minutos, Paul. E é o seu filho.

Ele começou a ficar irritado, seus músculos ficaram tensos.

— Não me lembro de meu pai ter participado de nenhuma das minhas reuniões de pais e mestres. Minha mãe era quem ia.

— E você me disse uma vez que nunca se sentiu importante para o seu pai.

Por que ela tinha que mencionar algo que ele disse em um momento de fraqueza, só para jogar na cara dele?

— A reunião é às 15h30.

— Tudo bem, vou fazer o possível para estar lá. — Ele desligou. Olhou para o calendário, olhou para o relógio e pegou o telefone. Ele queria saber mais a respeito da herança de Svenson. Esta podia ser a resposta às suas orações.

Paul nem pensou na reunião de pais e mestres até voltar de Rockville. Eunice ficaria desapontada, mas assim que ele lhe contasse a novidade, ela entenderia.

Ele entrou no beco sem saída de casas novas, parou na entrada da maior delas no final da rua e colocou o controle remoto no quebra-sol. Ele sentiu um grande orgulho ao olhar para sua nova casa. Quatro quartos, dois banheiros, uma ampla sala familiar e sala de jantar formal adjacente a uma sala de estar com lareira. O portão abriu suavemente e ele dirigiu seu novo Saturn até a garagem para dois carros, estacionando ao lado do seu velho Toyota.

Destrancando a porta lateral, ele entrou na cozinha e sentiu cheiro de carne assada com maçãs. A mesa estava posta para dois. Eunice estava junto à pia, descascando batatas. Ele colocou as mãos nos quadris dela e lhe deu um beijo no pescoço. Ela não se mexeu.

— Desculpe por ter perdido a reunião de pais e mestres. — Ela continuou descascando as batatas. — Você vai entender assim que eu te contar o motivo.

— Tenho certeza de que você tem um bom motivo, você sempre tem. — Ela cortou uma batata sobre uma panela em cima da bancada, abriu a torneira até que os pedaços de batata estivessem cobertos e depois a fechou. Se afastou dele e colocou a panela no fogo.

— Não esqueci do compromisso de propósito. Eu te contei sobre a carta que recebi do advogado.

Ela se virou para ele.

— Que advogado?

— Aquele que me enviou uma carta a respeito de Bjorn Svenson, o homem que fez da igreja sua única beneficiária. — Uma expressão surgiu nos olhos dela, mas ele não conseguiu decifrar. Paul vasculhou a geladeira e tirou uma lata de refrigerante. — Svenson era comerciante em Rockville. Ele teve uma loja de roupas lá durante quarenta anos. — Ele abriu a lata e tomou um longo gole. — Quando sua esposa morreu, ele tentou vender. Houve uma recessão, então o lugar ficou parado por alguns anos, sem ofertas. O corretor de imóveis o aconselhou a retirá-lo do mercado, o que ele fez. Quando a saúde de Svenson piorou, ele se mudou para uma casa de repouso ao norte de Sacramento e deixou o advogado cuidar dos detalhes do seu patrimônio. Os impostos sobre a propriedade eram pagos em dia todos os anos, mas a loja estava vazia. Saí para ver isso com um corretor de imóveis esta tarde.

Ele sorriu. Talvez ela ficasse mais entusiasmada quando ele desse a ótima notícia.

— Adivinhe quanto vale o imóvel no mercado atual, Eunice.

— Não sei.

— Quinhentos e cinquenta mil dólares! Acredita nisso? — Ele riu. O resto do refrigerante borbulhou em sua língua. Ele colocou a lata vazia na bancada. — É por isso que tenho orado: um sinal claro de que devo seguir em frente com o projeto de construção.

— Isso pode significar outras coisas, Paul.

— Não, isso é um sinal de Deus, Euny, um sinal claro de que devemos avançar nas novas instalações. Essa sorte inesperada é o dinheiro que preciso para começar. Convoquei uma reunião do conselho para sexta à noite. O corretor de imóveis disse que poderia ter o relatório sobre valores comparáveis pronto até lá.

— Está presumindo que todos vão enxergar isso da mesma maneira que você.

— Sim, até Samuel vai concordar que isso é providencial. — Ele segurou o rosto dela. — Então, vai me perdoar por perder a reunião de pais e mestres e colocar um lugar para mim na mesa de jantar?

— Seu lugar está posto. Timmy vai passar a noite com os Mason. Nós precisamos conversar.

Os sinos de alerta soaram, mas ele não queria que nada estragasse o ímpeto que sentiu desde que conversou com o advogado e o corretor de imóveis. Ele não queria que nada diminuísse sua alegria.

— Sabe, esta é a primeira vez em muito tempo que ficamos sozinhos.

— Paul...

Ele a beijou mais uma vez, como fizera quando se casaram.

— Eu te amo. Sei que não digo isso com frequência o bastante ou demonstro...

Demorou só um momento para que a resistência dela derretesse. Eles poderiam conversar sobre os problemas de Tim pela manhã.

CAPÍTULO 9

Algo estava errado. Paul percebeu isso pela maneira como o pai enfiou a mão no bolso e tilintou as chaves enquanto esperavam o início do banquete de aposentadoria. A mãe de Paul estava sentada no sofá de couro entre Eunice e Timmy, linda, mas mais velha do que da última vez que ele a vira, sete meses atrás. Foi a saúde dela o motivo da aposentadoria do seu pai?

— Sente-se, David. — Ela alisou a saia do conjunto de seda cor de pêssego.

— Não estou com vontade de sentar.

— Não está enfrentando um pelotão de fuzilamento.

Ele lançou um olhar venenoso a ela e voltou para sua poltrona de couro de encosto alto, perto das estantes embutidas de mogno. O escritório foi redecorado mais uma vez. Tudo era de primeira classe.

— Se você pretende atrair executivos para sua igreja, tem que ter uma boa aparência — disse ele a Paul no início da noite. — Não pode conduzir um executivo a qualquer espelunca e pensar que vai convencê-lo de que Jesus é o caminho para uma vida boa. — Os painéis de madeira de cerejeira, as cortinas personalizadas, as luminárias de metal e o carpete macio verde-floresta provavelmente custavam mais do que um ano do salário de Paul, isso sem contar a nova escrivaninha e o aparador.

Seu pai tamborilou os dedos na cadeira de couro vermelho.

Era melhor alguém dizer alguma coisa para aliviar a tensão na sala.

— Duvido que eu viva o suficiente para ter um escritório como este — disse Paul, esperando que a inveja não transparecesse na sua voz.

Seu pai se levantou e caminhou novamente.

— Você vai ter que trabalhar duro o bastante.

— Paul trabalha muito — disse Eunice.

— Eu disse que não trabalha?

Paul fez uma careta de advertência para Eunice. Ela sabia que não devia ser contestadora. A última coisa que ele precisava era do seu pai fazendo piadas sobre um marido que precisava da esposa para defendê-lo.

— Uma igreja de quinhentas pessoas não se compara a uma de seis mil, Eunice.

— Jesus começou com doze. — Sua mãe deu um tapinha na mão de Eunice. — Algumas pessoas esquecem que o trabalho é apenas trabalho se não for guiado pelo Espírito Santo.

Seu pai lhes deu as costas e olhou pela janela.

— Quem está assumindo o púlpito, papai?

— Joseph Wheeler.

— Ele é pastor auxiliar há cinco anos — disse sua mãe. — É um homem segundo o coração de Deus.

Paul não conseguia se lembrar dele.

— Nunca o ouvi pregar. Ele é bom?

Seu pai bufou.

— Os presbíteros acham que sim.

Sua mãe sorriu.

— Ele é um excelente professor com uma base sólida na Bíblia. As pessoas podem confiar nele.

O pai afastou-se das janelas e olhou para o Rolex.

— Por que estão demorando tanto?

— Tente relaxar, papai. Está deixando todo mundo nervoso.

— Esta noite não foi ideia minha. — Ele tirou um lenço adornado com monogramas de um bolso do terno Armani e enxugou o suor que escorria da testa. — Não gosto de ter coisas planejadas para mim. — Dobrando o lenço mais uma vez, ele o colocou de volta no bolso.

— Pelo menos não é uma festa surpresa — disse Paul, tentando amenizar um pouco o clima.

— Eu gostaria de fazer uma surpresa para eles. — O humor de seu pai se transformou.

A mãe de Paul olhou para o marido com um sorriso frágil.

— Eu não recomendaria isso.

— Me pediram para dizer algumas palavras sobre como era ser seu filho.

— De quem foi essa ideia? — David olhou para a esposa. — Sua, Lois?

O SOM DO DESPERTAR

— Pode confiar que Paul será gentil, David. — Ela cruzou as pernas e alisou a saia sobre os joelhos. — Achei que seria bom se seu filho falasse de você.

Paul não estava disposto a admitir que levou três dias para escrever um discurso de cinco minutos (e algumas horas para pensar em quantas vezes seu pai o tinha magoado). Que honra resultaria de ele contar toda a verdade?

— Vou dizer que cresci vendo em primeira mão a devoção necessária para construir uma igreja. Qualquer pessoa que o conheça viu a sua paixão pelo ministério e a sua dedicação ao seu chamado. Espero seguir seus passos. — David Hudson dedicou sua vida à igreja e era isso que Paul pretendia dizer ao público que esperava para lhe desejar um afetuoso adeus.

— Bem, espero que você se saia melhor no negócio do que eu.

Paul ficou surpreso.

— Acho que você se saiu bem, papai.

A mãe dele deu risada.

— Sem dúvida ele se saiu bem. E ele seria o primeiro a contar como Deus o abençoou.

A porta foi aberta.

— Estamos prontos para você, David.

— Obrigado. — O pai seguiu em direção à porta e depois parou, olhando para a esposa.

— Lois — o homem disse respeitosamente e acenou com a cabeça antes de voltar para o corredor. — Está na hora, Lois.

— Sim, está na hora. Chegou a hora. — Ela se sentou olhando para ele com a expressão enigmática.

Eunice corou e olhou para Paul, inquieta.

— Papai? — Paul nunca tinha visto seu pai parecer vulnerável ou inseguro, e isso o abalou. — O que está acontecendo aqui?

— Nada com que você deva se preocupar. — Ele estendeu a mão para sua esposa. — Lois...

— Nos últimos anos, tenho ficado de escanteio apenas assistindo ao jogo, David. E agora você me quer ao seu lado. — Ela apertou os lábios. — Esta é a sua noite, é você que todos vieram ver. Vá lá e receba sua justa recompensa. — Os olhos escuros dela eram tomados pelas lágrimas. Ela sacudiu a cabeça.

Ele empalideceu.

— Por favor, Lois — disse David.

Uma expressão de angústia encheu os olhos dela. Ela os fechou com força por um momento e depois se levantou elegantemente.

— O show vai começar. — Lois colocou a mão na dobra do braço de David e saiu pela porta com ele.

Paul colocou a mão no ombro de Tim.

— Você fica com a gente, filho. Fique por perto. — Ele se inclinou na direção de Eunice. — Você poderia sorrir, por favor? Parece que está indo para um enterro.

— Seu pai conversou com você sobre o motivo da aposentadoria dele?

— Ele disse que estava cansado e precisava descansar e que queria passar mais tempo com a mamãe.

— Bem, isso é bom — disse ela em um tom estranho antes de seguir o cerimonialista.

Outros dois cerimonialistas de terno escuro esperavam por eles nas portas duplas que davam acesso ao ginásio da igreja. Paul ouviu o barulho baixo de uma grande multidão e a música suave de um quarteto de cordas.

— Dr. Hudson, o pastor Wheeler estará aqui em um instante para acompanhar o senhor e Lois até a mesa principal. Vou mostrar a mesa do seu filho e da família dele. Eles vão ficar bem na frente do palanque. Temos uma linda noite planejada para o senhor, esperamos que goste. — O sorriso dele era sutil e frio. — Joseph vai falar primeiro, e depois o jantar será servido. Logo depois da sobremesa, a programação vai ter início. Vários dos nossos pastores auxiliares dirão algumas palavras e em seguida vem o discurso do seu filho. Cinco minutos — disse ele, olhando para Paul. — Tudo o que você disser vai servir como uma introdução a um vídeo que a equipe preparou para resumir a carreira do seu pai. Planejamos uma música especial no final, e aí acabou.

"*Acabou*." Ele fazia com que parecesse uma provação em vez da celebração da vida de um homem.

— Senhoras e senhores — alguém disse ao microfone, e a multidão se acalmou até um zumbido baixo. — Por favor, deem as boas-vindas ao dr. e à sra. David Hudson. — Quando as portas se abriram e a mãe e o pai de Paul avançaram, um homem ficou esperando por eles. As pessoas começaram a se levantar de seus assentos e bater palmas enquanto seus pais eram escoltados até a frente do ginásio, onde uma plataforma e uma longa mesa principal tinham sido montadas. Logo toda a congregação estava de pé. Os aplausos foram estrondosos.

Paul e Eunice, com Timmy entre eles, foram escoltados até a mesa deles. Os aplausos continuaram mesmo depois que seu pai e sua mãe chegaram aos seus lugares. E ainda assim os aplausos continuaram enquanto seu pai ajudava

O SOM DO DESPERTAR

sua mãe a se ajeitar em sua cadeira. David ficou sentado por alguns segundos e depois se levantou, como se estivesse envergonhado pela adoração e elogios, e abriu as mãos, acenando com a cabeça e gesticulando para que todos se sentassem. A mãe de Paul puxou seu terno e ele voltou mais uma vez para seu assento, e o restante das pessoas que estavam na mesa principal fizeram o mesmo.

A inveja tomou conta de Paul. Chegaria o dia em que sua congregação o teria em tão alta estima? Toalhas de mesa damasco, porcelana fina, talheres de prata e taças de cristal de verdade, um centro de mesa floral que não tinha saído do jardim de ninguém. O custo da festa de despedida pela aposentadoria de seu pai acabaria com todo o orçamento de dois anos da Igreja de Centerville. Paul se sentia pequeno e insignificante.

Joseph foi até o microfone. Cadeiras se arrastaram enquanto as pessoas se sentavam. Ele abriu com oração, convidando todos os presentes a darem graças ao Senhor pelas muitas bênçãos recebidas. Em seguida, falou brevemente sobre a programação da noite.

À medida que a noite avançava, Paul tornou-se mais ciente da tensão do pai. David falou pouco com o homem à sua direita, e tamborilou tanto os dedos na toalha da mesa que Lois precisou colocar a mão sobre a dele. Quando ele ergueu a mão dela e a beijou, Paul ficou chocado. Ele nunca o tinha visto fazer algo assim antes. A mãe dele puxou a mão e cruzou as duas no colo antes de voltar sua atenção para a salada que tinha sido colocada diante dela. Nenhum dos seus pais parecia estar com muito apetite.

Ele também não. Suas palmas estavam suando. Tudo o que ele planejou dizer saiu da sua cabeça. O coração batia forte. O estômago estava embrulhado. As únicas vezes que seu pai demonstrava interesse por ele era quando Paul o decepcionava. E isso acontecia com frequência quando ele era criança. As notas dele não eram altas o suficiente. Ele não era atlético o suficiente. Ele se vestia de forma inadequada. O cabelo dele era muito longo. Ele era um filhinho da mamãe. É verdade que o pai dedicara as suas energias à construção desta igreja, mas fez isso à custa de um filho que não queria nada mais do que agradá-lo e deixá-lo orgulhoso.

— Paul? — Eunice colocou a mão na perna dele.

Ela sempre sentia quando algo o incomodava. Desta vez, ele ficou aliviado.

— As coisas não estão bem entre minha mãe e meu pai, não consigo entender o que é. E não tenho certeza se o que planejei dizer se adequa à ocasião. Ore para que o Senhor me dê as palavras, querida. Ore muito.

Ela pegou a mão dele e apertou.

— A liderança está desviando a atenção do seu pai e colocando-a no Senhor e na obra dele. Isso é bom, Paul. É assim que deveria ser.

— Olha a cara do meu pai.

— Se concentre no Senhor, Paul. Se olhar a programação, vai ver que toda a intenção é tirar o foco do seu pai e colocá-lo em Jesus Cristo.

Ela estava certa. Teria sido ideia do seu pai mudar os holofotes? Parecia fora do personagem, mas apropriado. Sua aposentadoria poderia mudar a direção de todo o ministério aqui. A programação deve ter sido elaborada para garantir a seu pai que seu trabalho para o Senhor continuaria. O ministério dele continuaria por muito mais tempo depois da sua partida.

Os pratos de salada foram retirados e o bife Wellington foi servido, seguido de *mousse* de chocolate como sobremesa.

Paul mal conseguiu engolir qualquer coisa. *Senhor, dê-me as palavras que tu queres que eu fale.*

Joseph Wheeler se levantou e apresentou Paul. Paul se levantou, pegou o microfone e encarou a multidão. Ele hesitou por apenas alguns segundos e falou com paixão sobre o respeito que tinha por seu pai ao vê-lo dedicar sua vida à igreja. Ele encorajou todos os presentes a nutrirem a fé em seus filhos e filhas, incentivando-os a seguir o Senhor de todo o coração, pois isso agradaria a Deus. Quando se sentou, ele olhou para a mesa principal. Sua mãe estava sorrindo, com lágrimas escorrendo pelo rosto, mas seu pai estava olhando para a tela enquanto as luzes diminuíam e o vídeo que resumia seu ministério estava começando.

Eunice pegou a mão de Paul por baixo da mesa e inclinou-se na direção dele.

— Isso foi perfeito, Paul. Você não poderia ter dito nada melhor.

Uma pena que seu pai não estivesse satisfeito.

Eunice sabia que seu sogro tinha dito algo a Paul antes de sair da igreja, pois seu esposo deu um breve boa-noite que incluiu toda a família antes de descer para a espaçosa suíte de hóspedes na luxuosa casa de seus pais em North Hollywood Hills. Tim foi para o banheiro.

Lois suspirou e perguntou:

— O que você disse ao seu filho desta vez, David?

— Nada que deva deixá-lo irritado igual a uma criança. — Ele afrouxou a gravata e foi para o quarto principal.

O SOM DO DESPERTAR

— Talvez você devesse conversar com Paul e ver se ele está bem — Lois disse a Eunice. — Pode dizer que estou orgulhosa dele.

Lois encontrou Tim no meio do corredor.

— Quer assistir a um filme com a vovó na sala? Já viu *Ben-Hur*? Você vai adorar a corrida de bigas. Podemos comer pipoca e tomar chocolate quente.

Eunice abriu a porta da suíte de hóspedes e viu a mala em cima da cama. Paul voltou do armário com uma braçada de roupas. Ela fechou a porta atrás de si e atravessou o quarto.

— O que você está fazendo?

— O que parece? Estou fazendo as malas.

— Paul, não podemos ir embora.

— Isso é o que você acha!

— Como sua mãe vai se sentir?

— Ela vai entender.

— Mas, Paul, você disse que ficaríamos até sexta-feira.

— *Você* fica. Vou voltar para Centerville. Você pode dizer a eles que algo aconteceu. Tenho trabalho a fazer. Essa é a verdade.

— Presumo que você e seu pai conversaram depois do banquete.

Ele deu uma boa risada.

— Só o bastante para me fazer querer sair daqui o mais rápido possível. Eu não deveria ter dito nada, nem deveria ter vindo.

— O que ele disse, Paul?

— Disse que esperava mais do filho do que um mero tributo à paternidade que qualquer estudante do primeiro ano do seminário poderia escrever em cinco minutos.

— E o que teria agradado ele? Dizer que o ministério vai desmoronar sem ele? Se Deus quiser, não vai. — Ela deu um passo na direção de Paul. — Não podemos ir embora, Paul. Estas são as primeiras férias em família que temos desde que você assumiu o púlpito em Centerville. Seis anos, Paul. Prometemos levar Timmy à Disney e ao Universal Studios. E toda aquela conversa sobre Zuma Beach e Rancho do Poço de Piche de La Brea e todos os outros lugares que sua mãe te levou quando você era menino? Não é justo com ele.

— Ele vai superar isso. — Ele estava de costas para ela enquanto abria outra gaveta.

— Quando você vai parar de viver sua vida para agradar seu pai?

Ele parou de fazer as malas por tempo suficiente para olhar para ela.

— Você não sabe do que está falando! — Ele jogou algumas camisas na mala.

Eunice estava com tanta raiva que tremia, ela sabia exatamente o que aconteceria se ele continuasse com isso.

— Se você for embora amanhã de manhã, seu pai vai dizer que você enfiou o rabo entre as pernas e fugiu.

Ele se virou tão bruscamente que ela não sabia o que ele pretendia fazer. Ela caiu para trás, mais pelo estado de choque do que pelo tapa no rosto. Ela colocou a mão sobre a bochecha dolorida e olhou para ele, horrorizada. Quando ele deu um passo em direção a ela, ela recuou.

— Euny — disse ele, com o rosto pálido.

Ela estava com o coração saindo pela boca.

— Às vezes, me pergunto se te conheço.

— Sinto muito — disse ele com a voz rouca. Ele se sentou na cama, com os ombros curvados, e chorou.

Ela passou a mão trêmula pelos cabelos dele, como fazia com Timmy quando ele estava muito chateado. Geralmente por causa de algo que o pai tinha feito (ou deixado de fazer).

— Paul, seu pai ficou chateado esta noite e descontou em você.

Ele pegou a mão dela.

— Me perdoa?

— Eu já perdoei.

— Como é possível amar tanto alguém e odiá-lo ao mesmo tempo? Meu pai me deixa louco!

Isso era uma desculpa para o que Paul tinha feito com ela?

— Seu pai é responsável por muitas coisas ruins, Paul. — Ela não poderia dizer mais do que isso sem quebrar a confiança de Lois. Não importava o que ela soubesse sobre o sogro, não tinha o direito de condená-lo ou de tentar destruir a reputação dele aos olhos do filho. A verdade teria que vir do pai dele ou de Lois. E se não fosse de nenhum deles, Eunice orou para que o próprio Deus revelasse a verdade a Paul e seu pai deixasse de ser seu ídolo.

Ela se sentou na cama ao lado do marido.

— Você me pediu para orar por você, Paul, e eu orei. Orei de todo o coração e alma para que você falasse as palavras de Deus. *Você* orou também e discursou as palavras que o Senhor te deu. — Ela pegou a mão dele entre as dela. — O Senhor está satisfeito, Paul, mesmo que seu pai não esteja.

— Tive certeza de que Deus estava falando essas palavras através de mim, Euny. Tanta certeza. Fazia muito tempo que não me sentia tão bem.

O SOM DO DESPERTAR

Ó, Senhor, deixe-o ver claramente o quão perdido ele está. Deixe que este seja o momento. Por favor.

— Às vezes acho que meu pai me menospreza de propósito. Sempre houve algo entre nós que o deixa inquieto. — Os olhos dele estavam cheios de angústia. — Tem algo em mim que o irrita.

Senhor, por favor, tuas palavras, não as minhas. Deixe Paul ouvir a verdade com amor.

— Às vezes as coisas não são o que parecem, Paul.

— O que você quer dizer?

O coração de Eunice acelerou enquanto ela ficava nervosa. *Deixe minha motivação ser pura, Senhor.*

— Só porque um homem diz que é cristão não significa que ele seja. Mesmo que ele esteja no púlpito.

Ele a encarou, examinando seus olhos por alguns segundos, e então soltou sua mão.

— Você está dizendo o que eu penso que está?

A raiva estava de volta em sua voz. Que assim seja.

— Não podemos conhecer o coração do seu pai, Paul. Mas podemos ver quais frutos estão sendo produzidos.

Ele se levantou.

— Você entendeu errado, Eunice. É inacreditável o quão errada você está.

Paul estava a apenas trinta centímetros dela, mas ela sentia a distância crescente no seu coração. Mesmo enquanto ele a encarava com desprezo, ela sentiu que ele lhe virava as costas.

— Espero que sim, Paul.

— Como você pode pensar que meu pai não é cristão? Veja o que ele construiu para o Senhor. Você viu as centenas de pessoas naquele salão? Elas estavam lá para agradecer pelos anos de serviço dele. Você ouviu o que estavam dizendo a ele quando passaram pela fila de recepção? Que não poderiam agradecê-lo o suficiente por tudo o que ele fez por aquela gente! Se não fosse pelo meu pai, nunca teriam recebido o evangelho! Alguns choraram!

Eunice se perguntou como ele podia ser tão facilmente influenciado. Ele estudou a Bíblia ainda mais do que ela. Foi Deus, e não David Hudson, quem abrandou os corações. Foi a palavra de Deus, Cristo Jesus, quem salvou. Foi pela morte dele que essas pessoas foram redimidas. Ao longo dos séculos, houve homens que proclamaram o evangelho para seu próprio benefício. E

Deus usou até mesmo eles para cumprir o seu bom propósito. David Hudson nunca salvou uma única alma em toda a sua vida nem salvaria. Ela queria gritar contra o homem que oprimiu Paul durante toda a sua vida, o homem que poderia esmagá-lo com algumas palavras ou um olhar, e cuja gentileza Paul estava tão desesperado em ganhar. Mas qual era a utilidade? Ela só precisou olhar nos olhos do marido para ver que ele não estava pronto para ouvir.

Cansada, frustrada e magoada, ela se levantou.

— Faça e pense o que quiser, Paul. — Ela caminhou até a porta do quarto.

— Imagino que agora você vai reclamar com minha mãe sobre como sou um péssimo marido e pai.

Com a mão na maçaneta, ela se virou e olhou para ele. Ele pensava tão pouco dela assim? Ou ele apenas disse coisas para magoá-la da mesma forma que seu pai disse coisas que o magoaram?

— Vou descer e sentar com Timmy e mamãe para assistir *Ben-Hur*.

Ela deixaria Paul emburrado sozinho.

Quando Eunice foi para a cama tarde naquela noite, Paul a abraçou e pediu desculpas de novo. Tudo parecia bem entre eles — melhor do que há meses —, até que ela acordou de manhã e se viu sozinha na cama. Ela se sentou rapidamente, e ficou aliviada ao ver o terno, as calças e as camisas de Paul nos cabides do armário e a mala dele no canto ao lado da dela. O relógio na mesa de cabeceira marcava 7h.

Empurrando o edredom, ela calçou os chinelos. Vestindo o roupão de chenile rosa, ela foi ver como Timmy estava no quarto de hóspedes do andar de cima. Ao passar pela sala, ela viu Lois, vestida com calça preta, blusa branca e um suéter roxo até o quadril, fechando o sofá-cama.

— Achei que deveria me levantar antes que Paul ou Tim soubessem que eu estava dormindo aqui.

A porta do quarto principal estava fechada.

— Paul e papai devem estar na cozinha tomando café.

— Acho que não.

— Paul deve ter saído para correr.

— Então ele ainda está correndo.

— Não com a frequência que ele gostaria.

Lois sorriu.

O SOM DO DESPERTAR

— Ele estudou atletismo no ensino médio. Naquela época, ele vencia tantos *sprints* que um olheiro até o chamou para conversar sobre treinamento para as Olimpíadas.

— E por que ele não fez isso?

— Deus o chamou para o ministério.

A cozinha estava banhada pelo sol do sul da Califórnia. Lois tinha decorado em azul, branco e amarelo. Eunice se sentou na bancada enquanto Lois moía os grãos de café, despejava os grãos frescos em um filtro e colocava o suporte na cafeteira.

— O que estava incomodando Paul ontem à noite? — Ela despejou a água.

— Ele se saiu tão bem no banquete.

Eunice encolheu os ombros. Ela não queria dizer nada sobre Paul.

— Papai deve estar aproveitando seu primeiro dia de aposentadoria, ele geralmente não dorme até tarde.

— Ele se levantou e saiu como Paul. Fechei a porta do quarto principal porque ainda não tive oportunidade de arrumar a cama. — Lois deu-lhe um sorriso sem graça. — Ele saiu para jogar golfe em Lakeside.

— Ah. Bom, talvez Paul esteja com ele.

— Não — disse Lois, olhando pela janela da cozinha. — Ele está chegando agora.

A porta da frente abriu e fechou. Paul entrou na cozinha de calça de moletom e camiseta sem mangas, o cabelo loiro-escuro molhado de suor.

— Bom dia, senhoras! — Ele deu um beijo em Eunice e depois beijou o rosto da mãe. Abrindo a geladeira, tirou o suco de laranja, encontrou um copo e o encheu. Ainda arfando, ele ergueu-o em saudação. — Saúde! — Esvaziou o copo e o colocou na pia.

Lois jogou para ele um pano de prato.

— Antes que você sue no chão limpo da minha cozinha.

Ele enxugou o rosto e colocou o pano em volta do pescoço.

— Onde o papai está?

— Ele... teve que sair esta manhã. — Lois lançou a Eunice um olhar de advertência.

— Eu esperava levá-lo para almoçar. Quando ele chega em casa?

— Acho que ele não vai chegar em casa antes do final da tarde, Paul. — Lois preparou xícaras e pires. — O que significa que você pode ir comigo, Eunice e Timmy ao Griffith Park e ao zoológico.

— Ah, que alegria. — Ele segurou as duas pontas do pano. — Qual é o número do *pager* do papai?

— Ele não levou o *pager* com ele.

Eunice percebeu que Lois não tinha intenção de contar a Paul que seu pai estava jogando golfe.

— É melhor eu tomar um banho — disse Eunice. Talvez se ela estivesse fora da cozinha, Lois pudesse conversar com Paul.

— Deixa eu tomar o meu primeiro. — Paul se dirigiu para a porta. — Preciso mais de um banho do que você.

Ela sentou novamente no banco, deprimida. Mais cedo ou mais tarde, Paul descobriria onde seu pai estava e ficaria magoado por não ter sido convidado.

Lois serviu um pouco de café para Eunice.

— Se Paul vier conosco, ele vai se divertir e não vai estar por perto para ver seu pai entrar com os tacos de golfe. Acho que David está evitando o momento em que Paul vai perguntar por que ele se aposentou.

Mais desculpas.

Lois pegou uma caixa de leite na geladeira, encheu uma pequena jarra e colocou-a com cuidado na bancada ao lado do açucareiro.

— Estou feliz que a noite passada tenha ficado para trás.

— Foi uma programação muito bonita.

O rosto de Lois suavizou.

— Sim, foi. A liderança conseguiu acabar com a fofoca antes de começar. Algumas pessoas deixaram a igreja, mas fizeram isso discretamente. — Ela serviu uma xícara de café para si mesma e se sentou. Ela acrescentou leite e açúcar e mexeu lentamente. — A noite passada contribuiu muito para tornar a transição mais fácil para a congregação.

— Você vai ficar bem, mamãe?

— Na verdade, estou melhor do que esperava.

— Na sala?

Ela sorriu sarcasticamente.

— Meu ciático está gritando.

Essa seria a história que Paul ouviria se perguntasse por que sua mãe não dormia com seu pai.

Paul foi com eles para Griffith Park. Timmy ficou com o pai, absorvendo cada palavra que Paul lhe contava sobre os vários animais, enquanto Lois e Eunice ficavam conversando.

O SOM DO DESPERTAR

— Tudo foi tratado discretamente — disse Lois —, o que é melhor para a igreja. A última coisa que quero é causar desunião no corpo, sem falar na desilusão de alguns dos membros mais novos. David sente muito por tudo, é claro.

Ele estava arrependido ou apenas lamentava que seu ministério tivesse chegado ao fim? Eunice queria perguntar, mas não queria machucar mais Lois.

Sua sogra preparou um piquenique. Eles encontraram um lugar tranquilo à sombra perto de um gramado. Lois também lembrou de levar duas luvas e uma bola de beisebol. A luva menor parecia bem usada, já a maior estava nova. Eunice não conseguia se lembrar da última vez que vira Paul jogando bola com o filho. Ela aproveitou cada momento disso.

— Levante a luva, Tim —gritou Paul para o filho. — Isso! Boa pegada, filho! — Tim sorriu.

O dia estava quase perfeito até que pararam na frente da casa. A porta da garagem estava aberta, e o pai de Paul tirava os tacos de golfe do porta-malas.

— Ele *teve* que sair, você disse. — Paul puxou o freio de mão. — Boa tentativa, mãe.

Lois se inclinou no banco de trás e colocou a mão no ombro dele.

— Tivemos um dia muito bom, Paul.

Paul tirou as chaves da ignição.

— Vou voltar para Centerville amanhã de manhã.

— Achei que a gente ia para a Disney — disse Tim do banco de trás.

— Outra hora, filho.

— Mas, papai...

— Tenho coisas mais importantes para fazer do que ir a um parque de diversões!

Eunice virou-se no banco da frente e forçou um sorriso.

— Você sabe que seu pai não quebraria uma promessa feita a você, Tim. Ele tem que voltar, mas nós não. Eu, você e a vovó vamos para Anaheim amanhã de manhã e vamos passar o dia inteiro na Disney. Descansamos um dia e depois vamos ao Universal Studios.

— Legal! — Tim saiu do carro e foi para casa. Lois saiu e o seguiu.

Paul olhou para Eunice.

— E a escola?

— O professor do Tim sabe que ele só volta na segunda-feira.

— Imagino que devo voltar aqui e pegar vocês dois na sexta-feira.

— Não se preocupe, Paul. Sempre podemos ir à rodoviária e pegar um ônibus para casa.

— Como quiser. — Paul abriu a porta, saiu, bateu-a e caminhou pela passarela. Eunice ficou sentada no carro por um momento, observando o sogro polir os tacos de golfe antes de sair e seguir o marido para dentro de casa.

Samuel apoiou seu peso no aparador de grama enquanto terminava de limpar o caminho que levava até os degraus da frente. Ele juntou o mato com uma pá de lixo, jogou-o na lixeira da garagem e guardou a vassoura e o aparador. Estava cansado, mas se sentia bem. Ele adorava o cheiro da grama recém-cortado.

Em consideração a Abby, ele tirou os sapatos e os deixou ao lado do degrau antes de entrar em casa pela garagem. Ele podia sentir o cheiro de pão de banana assando. Abby não estava na cozinha. Samuel se dirigiu para a porta que dava para o quintal, mas o cronômetro apitou. Ele desligou o forno. Pegando a luva de cozinha, ele abriu o forno, tirou dois pães de banana e os colocou na grelha para esfriar.

Abby não estava no quintal. Ele voltou para dentro.

— Abby? — Ele a encontrou sentada no chão do quarto, lutando para respirar, com as costas apoiadas na beirada da cama. — Abby! Querida, o que foi? — Ele a abraçou, tentando deslizar o braço por baixo dos joelhos dela.

— Não! — Ela engasgou, seus lábios azuis. — Não me levante.

— Vou ligar para o médico. Não se mexa! — Ele se atrapalhou para pegar o telefone, derrubando-o da mesinha lateral no chão. Ele o endireitou e discou para a emergência. Assim que deu à atendente as informações que ela precisava, ele desligou e se ajoelhou ao lado de Abby. Puxando-a para seus braços, ele a abraçou com ternura. — Espere, querida, eles estão a caminho. Espere. Espere.

Ele podia ouvir sirenes à distância. Colocando Abby de volta no chão, ele agarrou a cabeceira da cama e se levantou. Estremecendo por causa da dor nos joelhos, ele correu pelo corredor, abriu a porta da frente e chegou à calçada no instante em que os paramédicos viravam a esquina.

— Aqui. — Ele acenou para eles e correu de volta para dentro. — Abby, eles estão aqui, querida. Estão chegando. Espere, querida. — Ele estava lutando contra as lágrimas.

— O pão.

— Está na bancada, querida. Desliguei o forno. Não se preocupe com nada. Você vai ficar bem. Vai ficar bem. — Ele pegou a mão dela e a sentiu apertar de volta, já sem forças.

O SOM DO DESPERTAR

213

— Acalme-se, Samuel, ou teremos que chamar outra ambulância. — A testa dela estava coberta de suor. Ele a beijou e a abraçou, incapaz de dizer qualquer coisa por causa do nó na garganta. *Não a tire de mim, Senhor. Por favor, não a leve. Ainda não.*

Quando os paramédicos entraram com os equipamentos, não tinha espaço no cômodo para Samuel. Ele ficou para trás, observando enquanto eles mediam os sinais vitais de Abby, conversavam com um médico, iniciavam um soro intravenoso e a levavam suavemente para a maca.

— Eu vou com ela. — Samuel os seguiu pelo corredor e saiu pela porta da frente. Millie Bruester estava esperando no portão, perguntando o que poderia fazer para ajudar. — Tranque a casa, está bem? — Os paramédicos colocaram a maca na ambulância enquanto Abby erguia sua mão. — Eu tenho que ir.

— Não se preocupe com nada, Samuel. Apenas vá. Vá!

A viagem até o hospital pareceu durar uma eternidade. Quando chegaram, os paramédicos levaram Abby para a sala de emergência, onde um médico os recebeu e foi informado dos sinais vitais dela enquanto a transportavam através de portas duplas. Samuel tentou segui-la, mas uma enfermeira o interceptou.

— Preciso de algumas informações, senhor. Precisa preencher esses formulários.

— Mas minha esposa...

— O dr. Hayes está com ela, senhor. Ele é um excelente médico, ela não poderia estar em melhores mãos. — A enfermeira estendeu a prancheta com os formulários. — Entregue no balcão de registro quando terminar de preencher.

Alguns minutos depois, ele estendeu a prancheta para ela.

— Tem algum telefone que eu possa usar?

Sorrindo, ela pegou a prancheta de volta e acenou com a cabeça para a direita dele.

— Os telefones ficam no final da sala de espera, entre os banheiros.

Telefones públicos! Ele enfiou a mão no bolso, estava vazio. Ele enfiou a mão no bolso de trás e lembrou que tinha deixado a carteira em cima da cômoda, na agenda que sua filha lhe dera. Que necessidade ele tinha da carteira enquanto cortava a grama?

Senhor, Senhor...

— Samuel. — Ele viu Eunice correndo na sua direção, Tim logo atrás dela.

— Achei que vocês dois estivessem no sul da Califórnia.

— Voltamos há cerca de uma hora. Eu estava desfazendo as malas quando Millie ligou. Viemos imediatamente. Como ela está?

— Eles não vão me contar, ela está com o médico. — A voz dele ficou rouca. — Eunice passou os braços em volta da cintura dele e o abraçou com força. Ele colocou o braço em volta dos ombros de Timmy e puxou-o para perto. Todos choraram juntos.

— Não desista, Samuel. — Eunice esfregou suas costas e começou a orar em voz alta com a mesma naturalidade com que respirava. Timmy chegou mais perto e Samuel abraçou com mais força enquanto Eunice pedia a Jesus para estar com eles, para curar o corpo de Abby, para lhes dar força e paciência. Quando ela terminou, os três permaneceram abraçados.

— Eu ia ligar para minha filha, mas não tenho nem um centavo no bolso e esqueci minha carteira.

Eunice enfiou a mão na bolsa e tirou a bolsinha de moedas.

— Você esqueceu outra coisa também, Samuel. — Ela sorriu para ele em meio às lágrimas.

— O quê?

— Seus sapatos.

Assim que Stephen ficou sabendo sobre Abigail Mason, ligou para o local de trabalho, disse que não iria e foi para o hospital. Comprou um arranjo de flores na loja de presentes e perguntou à recepcionista onde poderia encontrar Abby. Quando chegou à sala particular no segundo andar, bateu na porta antes de abri-la.

Abby sorriu para ele por trás da máscara de oxigênio enquanto Samuel se levantava e apertava sua mão. Stephen ficou chocado ao ver como Abigail Mason parecia pequena, magra e pálida na cama do hospital. E Samuel tinha envelhecido nos últimos dias.

— Mais flores.

Stephen sorriu e colocou o arranjo de botões de rosa ao lado de uma pequena cesta de margaridas na mesa de cabeceira de Abby. Outra mesa com rodinhas tinha mais três arranjos com cartões anexados e mais dois estavam em uma prateleira.

— Você poderia abrir sua própria loja, sra. Mason.

Ela riu.

O SOM DO DESPERTAR

— Quando acordei, pensei que estava participando do meu próprio velório.

Samuel mantinha a mão dela entre as suas.

Stephen teve que concordar que não era tão engraçado.

— Eu estava em Sacramento e só soube que você estava no hospital hoje de manhã.

— Você estava vendo a sua filha?

Ele tinha buscado Brittany na nova casa de Kathryn em Gold River. Durante os primeiros oito meses de seu novo casamento, Kathryn foi educada e cooperativa com ele, permitindo-lhe mais privilégios de visitação. Mas, desta vez, quando Kathryn atendeu a porta, ele sabia que as coisas já estavam dando errado. Ela estava com aquele olhar. Desilusão, raiva, à procura de um alvo. Seu marido estava em outra viagem de negócios e ela tinha planos para aquele dia. Brittany contou para ele durante o almoço: "Mamãe queria ir com ele para Paris e Londres, mas Jeff nem quis saber." Eles brigaram, e Brittany esperava que ele não voltasse, mesmo que fosse na casa dele que elas morassem. Ela odiava o padrasto por fazer a mãe chorar. Stephen se perguntou se Brittany o odiava pelos mesmos motivos.

— Tivemos um dia inteiro juntos desta vez.

— Isso é bom — disse Samuel.

— Não correu tão bem quanto eu esperava. — No final do dia, ele desenvolveu uma forte aversão por sua própria carne e sangue. Ela era uma Kathryn em miniatura, reclamando e colocando defeito em tudo. A única palavra no vocabulário dela parecia ser *chato*. O filme a que assistiram juntos foi chato. O almoço foi chato. Tudo era *chato*. Stephen imaginou que ela também o achava chato. Tentou ficar grato porque a palavra favorita dela não era um palavrão. Mas finalmente explodiu às 14h quando sugeriu que alugassem bicicletas e andassem pela margem do rio.

— Ah, isso é tão chato!

Quando ele a perguntou o que queria fazer, ela respondeu "compras". Esse foi o limite.

— Sabe de uma coisa, querida? Isso é chato para mim.

Ela revirou os olhos e soltou um suspiro pesado e resignado.

— Então você vai me obrigar a fazer um passeio *chato* de bicicleta.

Ela parecia tanto com Kathryn que o mau humor dele aumentou.

— Pessoas chatas acham a vida chata. Se a única coisa que te interessa é gastar o dinheiro de outra pessoa em coisas que você não precisa ou nem mesmo quer, você tem um problema, querida, um grande problema. — Assim como a mãe dela. Kathryn estava casada há apenas oito meses e já estava reclamando. Stephen sentiu pena do pobre idiota que colocou o anel no dedo dela e agora tinha que lidar com sua interminável lista de exigências.

Ainda assim, ele deveria ter mantido a calma em vez de permitir que uma menina de onze anos o irritasse. Ele ainda estava se arrependendo das suas palavras. Ele as lançou com raiva, sem se importar com o dano que causariam. Agora era tarde demais. A ponte que ele tentava construir há cinco anos pegou fogo. O abismo ficou maior do que nunca. Só porque Kathryn era insensível não significava que Brittany também era.

— Já que sou tão chata, papai, não perca seu precioso tempo comigo no mês que vem!

— Não é minha culpa que só consigo ver você uma vez por mês. Converse com sua mãe sobre isso.

— Eu não ligo. *Eu odeio vocês dois!* — Ela não disse mais nenhuma palavra pelo resto do dia. Outra habilidade infeliz que ela estava aprendendo com Kathryn: como usar o silêncio e as lágrimas para fazer um homem se sentir esgotado e indefeso. Ele pediu desculpas, mas não adiantou.

— Não correu bem? — Samuel estava esperando.

— Um desastre completo, foi como atravessar um campo minado — que ele não tinha conseguido percorrer sem ferimentos. Nem Brittany.

Abby fez um gesto para Samuel, que se levantou e apertou o botão para erguer um pouco mais a cama. Quando se sentiu mais confortável, ela deu um tapinha na cama e fez um gesto para que Stephen se sentasse.

— As meninas idolatram os pais, Stephen.

Ele bufou.

— Ela me odeia. — Kathryn a ensinou bem.

— Não, ela não odeia.

— Ela disse à queima-roupa que me odiava.

— Talvez você tenha dado um bom motivo para ela ter ficado chateada.

— A culpa é sempre do homem.

— Pare de se afundar em autopiedade e me escute. É provável que sua filha procure um homem exatamente como você para se casar e, em seguida, vai tentar consertar o que há de errado no momento entre vocês dois.

Abby poderia muito bem ter dado um soco no estômago dele. Ele tentou fazer pouco caso.

O SOM DO DESPERTAR

— Alguém bonito e inteligente, você quer dizer? — Era mais provável que sua linda filhinha se casasse com alguém rico que cuidasse dela da forma que ela se acostumou.

Abby se recusou a aceitar isso.

— Estou velha e doente, Stephen, mas ainda possuo as minhas faculdades mentais. Bem, a maioria delas. — Ela fez uma careta para Samuel e depois encarou Stephen novamente, com uma expressão solene. — Já vi muito mais coisas da vida do que você e vi garotas cometerem esse erro repetidas vezes. — A mão dela era como a garra de um passarinho na dele. — Você precisa se conectar com Brittany e resolver as coisas entre vocês. Logo, ouviu? Ela não é a sua esposa, Stephen. Ela é sua filha. São duas pessoas muito diferentes, por mais que sejam parecidas para você. E outra coisa: você precisa perdoar Kathryn.

— Eu já a perdoei.

— Na sua cabeça, talvez, mas não em seu coração. Cada vez que você fala dela, tem um tom de voz e um olhar diferentes. Sua filha não é cega. Você tem que orar sobre tudo isso, Stephen. Bastante e por muito tempo, mas tem que ser feito se você quiser seguir em frente e crescer em Cristo. Já se passaram cinco anos, meu jovem, e você ainda está afiando seu machado. E quer você saiba disso ou não, está afundando seu machado na Brittany.

A verdade disso o atingiu. Que chances sua filha teve quando ele olhou para ela e viu tudo o que desprezava na sua ex-mulher? Tornou-se muito conveniente culpar Kathryn pelo modo como Brittany estava se comportando. Como pai dela, ele carregava uma grande parte da responsabilidade.

"Já que sou tão chata, papai, não perca seu precioso tempo comigo no mês que vem!"

Ele ouviu a mágoa e a acusação na voz dela, mesmo com ela desviando o rosto. Como ele poderia afirmar que a amava e se importava com ela se não estava disposto a lutar por mais tempo juntos? Um dia por mês não era suficiente para construir um relacionamento com ninguém, muito menos com a sua própria filha. Kathryn usou Brittany como arma.

Abby sorriu com ternura.

— Cristo te perdoou, Stephen. Como você pode negar o perdão a Kathryn?

Ele não poderia negar se quisesse ser chamado de cristão. Não importa o que sua ex-mulher fez, ele tinha que manter os olhos fixos em como ser um pai melhor para Brittany.

— Vou trabalhar nisso.

— Você vai fazer melhor que isso, sei que vai. — Ela deu um tapinha na mão dele. — E vai ficar surpreso com o quanto mudará entre vocês três quando isso acontecer.

Outra batida na porta.

— Alguém em casa? — O coração de Stephen deu um pulo e ele sentiu um calor na boca do estômago enquanto Eunice Hudson espiava dentro da sala. Ela o viu e sorriu. — Oi, Stephen. — Ele deu um oi sem graça enquanto Samuel se levantava para recebê-la com um abraço e um beijo em sua bochecha. — Como a nossa paciente está hoje? — Eunice pegou a mão de Abby. Ela estava tão perto; Stephen inalou o cheiro do perfume dela. Ou era apenas o cheiro da sua pele? Ele se levantou e recuou da cama para lhe dar espaço. Samuel estava observando. Seus sentimentos transpareceram? Ele era um idiota. Infelizmente, lembrar a si mesmo que o objeto da sua paixão era casado com nada mais, nada menos que o seu pastor não ajudou.

— É melhor eu ir — disse ele.

Abby protestou.

— Mas você acabou de chegar. Não está fugindo por causa do que eu disse, está?

Eunice levantou a cabeça.

— Não, senhora. Eu só... — Só o quê? Ele não conseguia pensar em uma desculpa boa o suficiente quando Eunice estava olhando para ele.

— Não queria interromper sua visita, Stephen. Só tenho alguns minutos.

O coração dele estava disparado.

— Acho que Abby já terminou de me dar um sermão sobre meu mau comportamento, de qualquer maneira. — Ele assistiu enquanto Eunice tomava seu lugar na beira da cama.

— Trouxe para você uma fita do culto e um toca-fitas. — Ela os tirou da bolsa e colocou na mesa de cabeceira. — E as crianças fizeram cartões. — Ela deu a Abby uma pilha de envelopes amarrados com uma fita amarela. Elas conversaram por mais alguns minutos, uma conversa tão fácil e aberta quanto entre mãe e filha, e então Eunice se inclinou e beijou a bochecha de Abby. — Você deveria descansar, Abby.

— Isso é tudo que tenho feito.

Eunice pegou a mão dela novamente e apertou.

— Volto para ver você de noite com o Tim. — Ao se levantar, ela olhou para Stephen. — E vejo você na igreja, Stephen.

O SOM DO DESPERTAR

— Sim. — Ele a observou sair pela porta.

— Euny e Timmy sentaram comigo na sala de espera por seis horas na manhã em que Abby chegou ao hospital. — Samuel pegou a mão de Abby novamente.

Abby riu.

— Ela até comprou sapatos para ele.

— Sapatos?! — Stephen moveu o olhar de um para o outro.

— Abby sempre me faz tirar os sapatos na garagem...

— Não quero que ele deixe sujeira e grama no nosso tapete limpo e bonito.

— E quando a encontrei caída, esqueci de colocar outro par.

— Então ele veio para o hospital só de meias.

Samuel ergueu a mão dela e beijou-lhe a palma.

— A perda das minhas capacidades mentais é prova da minha devoção. — Ele levou os dedos de Abby até sua própria bochecha e segurou a mão dela ali. Stephen ficou impressionado com a ternura do gesto e a palidez do rosto de Samuel. Ele estava exausto e preocupado. Abby Mason ainda não estava fora de perigo.

Todos conversaram por mais alguns minutos, e Stephen sabia que era hora de ir embora. Abby parecia exausta. Samuel, preocupado.

— É melhor eu ir embora.

— Samuel ainda vai realizar o estudo bíblico amanhã à noite, Stephen.

Ele olhou para Samuel.

— Tem certeza?

Ele não tinha, mas faria isso de qualquer maneira.

— Abby insiste.

Ao sair da sala, Stephen viu Eunice no posto de enfermagem. Ele ficou mais dez minutos para evitar falar com ela, ou pior, perguntar se ela gostaria de uma xícara de café, mesmo aquelas coisas nojentas do refeitório do hospital.

— Stephen, gostaria de te apresentar alguém. Esta é Karen Kessler. Karen, este é Stephen Decker — disse Eunice.

Uma morena atraente se levantou da sua estação de trabalho e estendeu a mão.

— É um prazer finalmente te conhecer, Stephen.

— Igualmente. — Ele já tinha visto aquele olhar nos olhos das mulheres antes.

— Karen é nova na igreja. Ela está começando um grupo de solteiros.

Ah, não.

— Sim, bem, boa sorte. — Ele deu um passo para trás e ergueu a mão num gesto de "até mais".

— Por que não ligo para você e conto o que faremos na próxima reunião? — disse Karen.

— Desculpe, não tenho tempo. — *E não estou interessado*. Ele se dirigiu para a saída, furioso.

— Stephen!

Eunice passou pelas portas automáticas de vidro. Ela parecia preocupada.

— Fiz algo errado lá atrás?

Ele enfiou a mão no bolso e tirou as chaves da caminhonete.

— Não. — *Por que ele estava tão irritado?*

— Parece que tem algo errado.

Sim, tinha. Os sentimentos dele por ela estavam fora de controle. Tudo o que ela fez foi tentar colocá-lo em contato com a Florence Nightingale. Talvez fosse bom que Eunice não tivesse a menor ideia do que ele sentia por ela. Que bagunça! Ele acalmou os nervos e deu um sorriso.

— Não tem nada de errado, Eunice. Pelo menos, nada que você possa consertar. — Paul era seu amigo, mas isso não significava que Stephen não o invejasse com a esposa. O que estava errado, totalmente errado. Não ajudou em nada o fato de ele saber que tinha tensão entre os Hudson. Ele reconhecia um casamento em apuros quando via um. Ele ficou tentado a amenizar a dor que viu nos olhos dela. Negligência. Solidão. Estresse. Ele tinha a sensação de que se convidasse Eunice para tomar um café agora mesmo, ela diria que sim. E isso significava problemas com *P* maiúsculo. — Até mais.

— Stephen?

O coração dele bateu forte. Ele não poderia ter saído dali nem que sua vida dependesse disso. *Ajude-me, Jesus*!

— Posso te perguntar algo confidencial?

— Manda. — *Uma bala bem entre os meus olhos*.

— Paul disse que você fez alguns desenhos conceituais para uma nova instalação.

— Isso mesmo.

— Ele pediu para você fazer isso? — Ela procurou os olhos dele.

— Não. Ele me disse em dezembro passado que estávamos crescendo mais do que a ICC podia suportar, e isso me fez pensar. Nunca projetei uma igreja. Comecei a brincar com a ideia. Não... — ele balançou a cabeça —, seu marido

O SOM DO DESPERTAR   221

não me pediu para fazer nenhum desenho. — Ele viu o alívio inundar os olhos dela antes que ela desviasse o olhar. Ela não confiava no marido. Ele se perguntou por que, em seguida, se xingou mentalmente. *Não é da sua conta, Decker. Coloque isso na sua cabeça. Entre na sua caminhonete e saia daqui agora.*

Ela olhou para ele com aqueles olhos azuis-claros e ingênuos.

— Ele disse que são bons.

A sensação de calor se espalhou por seu peito e pelas pernas. *Ó, Senhor, dê-me força*s. Se ela fosse qualquer outra mulher, ele pensaria que ela estava dando em cima dele. Mas Eunice Hudson? Sem chance! Ele podia imaginar a expressão no rosto dela se a convidasse para ir à sua casa para ver seu trabalho.

— Incorporei muitas ideias de várias instalações. Quando sonho, sonho grande.

— Paul também.

Foi bom que ela trouxesse o nome do marido para a conversa. Teve um efeito de banho frio. Ele olhou nos olhos dela e sustentou seu olhar.

— Sim, bem, muitas pessoas também. Sonham, quero dizer. Isso não significa que vai resultar em alguma coisa. Ou que deveria resultar em alguma coisa. — Ele deixou seus sentimentos transparecerem apenas o suficiente para ela entender.

Ele esperava que ela desviasse o olhar, mas ela não fez isso. Ela sustentou o olhar dele, as bochechas ficando rosadas, os olhos ficando úmidos.

— Stephen...

Ó, Senhor, ajude. Ele não esperava ver o que havia nos olhos dela.

— É melhor eu ir embora.

— Sim.

Nenhum dos dois se moveu.

— Sinto muito, Stephen.

Ele não sabia por que ela disse isso, mas não queria que ela se preocupasse com ele além de tudo o mais que tinha em mãos. Ele era adulto. Podia cuidar de si mesmo.

— Obrigado por me apresentar à Florence Nightingale. Talvez eu ligue para ela.

Ela pareceu respirar de novo.

— O nome dela é Karen.

— Karen — disse ele obedientemente. Ele não poderia se importar menos.
— Ela é muito legal.
— Tenho certeza de que é. — Não que isso fizesse alguma diferença.

Samuel estava sentado em uma sala silenciosa, ao lado de uma longa mesa. Junto dele estava o dr. Shaeffer, uma assistente social, um conselheiro e alguém do departamento de encaminhamento de pacientes do hospital. Ele se sentia muito triste.

O médico era jovem e bem-educado. Samuel tinha visto os diplomas emoldurados na parede do escritório dele. Ele também não tinha tempo a perder e foi direto ao ponto rapidamente. A condição de Abby era irreversível, e seu prognóstico não era bom. Ele terminou o que tinha a dizer em menos de dois minutos. Fatos destacados. Ele perguntou a Samuel se ele tinha alguma dúvida, mas seu tom indicava que ele já havia explicado tudo e não tinha tempo a perder com amplificações. Samuel disse que não. E mais tarde, da assistente social ao conselheiro e ao encaminhamento de pacientes, todos achavam que ele e Abby ficariam melhores se ela fosse transferida para uma casa de repouso.

O médico pediu licença para se retirar. Estava reduzido a três contra um.

— Vou levar minha esposa para casa amanhã de manhã. — Ele podia ver que eles já haviam encontrado resistência antes e estavam preparados para lutar contra ele.

— Isso é nobre, sr. Mason, mas imprudente.

— Você não pode cuidar de sua esposa sozinho, sr. Mason.

— Ela precisa de cuidados de enfermagem 24 horas por dia. Ninguém pode fazer isso sozinho.

— Agradeço sua preocupação, mas estou decidido.

A assistente social suspirou profundamente e colocou as mãos sobre a mesa.

— Sabemos que é difícil, sr. Mason. Mas precisamos conscientizá-lo dos fatos. Você é mais velho que sua esposa, teve um pequeno ataque cardíaco há quatro anos. Se cuidar de sua esposa em tempo integral, sua saúde será prejudicada.

— Vou me arriscar.

— E o que acontece se você acabar no hospital, sr. Mason? Sua esposa ainda vai precisar de cuidados constantes.

O SOM DO DESPERTAR   223

Eles sabiam como forçar as pessoas a fazerem o que eles queriam.

— Ela receberia atendimento de alta qualidade na Casa de Repouso de Vine Hill. Se não quiser seguir esse caminho, encorajamos você a procurar ajuda.

— Precisa conservar sua energia a longo prazo, sr. Mason.

— O médico já deixou claro que sua esposa não vai conseguir melhorar.

Samuel se sentiu em inferioridade numérica.

— Ela vai precisar de mais cuidados com o passar do tempo. E esse cuidado vai aumentar o seu fardo.

Foi essa última palavra que fortaleceu a determinação dele.

— Abby nunca foi um *fardo*.

— Sr. Mason...

Samuel ficou de pé.

— Se pudessem escolher, tenho certeza de que cada um de vocês escolheria morrer na sua própria cama. — A boca dele estremeceu enquanto ele continha as lágrimas.

Ele não se atreveu a voltar para o quarto de Abby em seu estado atual, então foi até o refeitório do hospital e bebeu uma xícara do café de gosto horrível. Ele esperou mais meia hora depois disso, mas ainda assim Abby olhou para ele e percebeu.

— Ah, Samuel, não leve isso tão a sério.

— Eles falaram com você, não foi?

— Claro que sim. Tenho um problema cardíaco, não mental.

Ele xingou pela primeira vez em anos.

Abby bufou.

— Se isso não é um sinal de pura exaustão e frustração, não sei o que é.

— Não vou te colocar em uma casa de repouso e ponto-final!

— Bem, fico feliz em ouvir isso, mas você vai conseguir ajuda. Se eu tiver que usar fraldas, não quero que você as coloque em mim.

Ele riu e depois chorou. Ela chorou também, com a mão na cabeça baixa dele.

— Pelo amor de Deus, Samuel, sabíamos que um de nós iria primeiro. Não vamos fazer uma corrida para ver quem passa primeiro pelos portões perolados.

Ele agarrou a mão dela e segurou-a contra sua bochecha com força. Ele não conseguia pronunciar uma palavra sequer por conta do nó que crescia em sua garganta.

— Você precisa fazer a barba, Samuel. — Ele poderia ver que ela estava começando a cochilar novamente. — Prometa que não vai se transformar em um velhote com a barba por fazer.

Ele se levantou e se inclinou, beijando-a firmemente na boca.

— Eu prometo.

Ela sorriu.

— Precisa de um banho também.

Samuel observou Abby adormecer antes de sair.

A boca de Paul se contraiu quando o interfone tocou. As pessoas não poderiam deixá-lo em paz por uma hora? Até Jesus conseguiu fugir por um tempo. Ele apertou o botão.

— Eu disse para você segurar as minhas ligações, Reka. — Ele precisava ler os documentos imobiliários.

— Samuel Mason está na linha um.

— Ah. — Sua raiva evaporou. Abigail Mason estava no hospital há mais de uma semana, e ele ainda não tinha feito uma visita. Ele deveria ter ligado. — Você enviou as flores?

— Sim.

Graças a Deus, Eunice ia ao hospital todos os dias. Ela estava contando a ele algo sobre a condição de Abby na noite passada, mas ele não conseguia se lembrar o que era.

— Ele mencionou como Abby está?

— Parecia que ele estava chorando, Paul. Eu fiquei com medo de perguntar.

Paul esfregou a testa, envergonhado por não ter ido ao hospital e conversado com os dois. Mas parecia que algo acontecia todos os dias.

— Tudo bem — disse ele a Reka. Ele apertou o botão da linha um. — Samuel, como a Abby está?

— Tão bem quanto possível. Vou trazê-la para casa amanhã.

Graças a Deus. Pelo menos Abby ainda estava viva.

— Vou pedir a Reka para ligar para o diácono. Eles vão preparar refeições para você e Abby...

— Não é por isso que estou ligando, Paul. Estou me demitindo do cargo de presbítero.

— Perdão?

— Eu disse que estou me demitindo do cargo de presbítero.

Atordoado, Paul recostou-se na cadeira. Ele vinha tentando descobrir uma maneira de destituir Samuel de maneira educada nos últimos dois anos, e agora o ataque cardíaco de Abby tinha conseguido o que ele não conseguiu. O tempo do Senhor não poderia ser mais perfeito.

— Sinto muito, Samuel. — E ele sentia mesmo. Desejou que Samuel tivesse remado com ele em vez de ir contra a corrente. — Sei que nem sempre concordamos, mas sei que você sempre teve em mente os melhores interesses para a Igreja de Centerville. Quero que saiba que reconheço tudo o que você fez pela igreja. Seu trabalho não será esquecido.

— Obrigado.

— Você gostaria que eu te colocasse na lista para receber as fitas dos cultos?

— Por favor.

— Sentiremos sua falta.

— É muita gentileza sua dizer isso, Paul.

Paul se mexeu na cadeira.

— Quando Abby estiver acomodada, eu e Eunice vamos fazer uma visita.

— Vocês são bem-vindos a qualquer hora, Paul. Se algum dia precisar conversar, sabe onde me encontrar.

— Obrigado, Samuel.

Paul desligou e ergueu as mãos, dando graças a Deus. Agora tinha sinal verde para seguir em frente com seus planos para a igreja.

VAGANDO PELO DESERTO

CAPÍTULO 10

1996

—Certo! Vamos! — Paul ocupou seu lugar no banco de trás do conversível branco alugado. Ele deu um tapa nas costas do mais novo pastor auxiliar. — Vamos, Ralph. Avise à cidade que estamos aqui!

Ralph Henson buzinou ao iniciar a procissão de carros em direção ao centro da cidade. Ele riu.

— Ainda bem que o chefe de polícia é membro da congregação.

Todos os motoristas da caravana que os seguiam buzinaram até o barulho se tornar ensurdecedor. As pessoas na calçada ficaram boquiabertas. Outras vieram correndo das lojas para ver o que estava acontecendo. Paul se levantou e usou um megafone para avisar que a antiga Igreja Cristã de Centerville estava de mudança, abrindo caminho para uma nova vida. Laurel Henson acenava como uma Miss Universo.

— Acene, Tim! Vamos! Mostre animação! — Tim enfiou os dedos na boca e deu um assobio ensurdecedor.

Paul se inclinou para onde Eunice estava escondida em seu assento.

— Qual é o seu problema? — Ela parecia querer se esconder no fundo do carro. — Faça alguma coisa! Não fique aí sentada! — Ela acenou, mas não aderiu ao coro de gritos e assobios.

Assim que passaram pela cidade, Paul colocou o cinto de segurança. Ralph desceu a Rodovia 99, com serpentinas voando. Laurel deu um grito agudo e ergueu as mãos. Olhando para trás, Paul viu o resto dos carros o seguindo e sorriu. Relaxando, ele aproveitou o vento em seu rosto.

Foi incrível a rapidez com que as coisas deram certo depois que os obstáculos foram removidos. A saída de Samuel Mason do conselho de presbíteros, três anos antes, abriu o caminho. Paul levou menos de dois anos para montar

O SOM DO DESPERTAR

seu time dos sonhos. Assim que os novos presbíteros obtiveram a aprovação da congregação para construir, acendeu-se o sinal verde. A pouca oposição que surgiu no início foi rapidamente eliminada. Sua equipe orquestrou uma campanha de relações públicas dentro da igreja. Bastou um punhado de pessoas em posições de liderança para alinhar toda a igreja. Marvin Lockford colocou os desenhos conceituais de Stephen Decker no salão social. Stephen contratou um profissional para construir uma maquete do complexo projetado. Os líderes começaram a falar do "projeto de vinte anos". Paul imaginou que os planos seriam concluídos muito antes disso, especialmente com os números crescentes que a ICC estava atraindo desde que ele mudou seu formato de pregação para cultos ao gosto do freguês.

"Se construirmos, eles virão" foi o grito de guerra da igreja. Mil e duzentas pessoas compareceram às cerimônias de lançamento de pedra fundamental hoje! *Obrigado, Jesus!*

Os velhos que tinham dado tanta dor de cabeça ficaram em silêncio. Otis Harrison morreu poucos meses depois de sua esposa, Mabel. O funeral de Hollis Sawyer foi na semana passada e a quantidade patética de pessoas que compareceram mostrou quão pouca falta ele fez. Apenas Samuel Mason ainda estava por perto, mas ele estava muito ocupado cuidando da esposa doente. Ele nunca mais foi à igreja, embora tenha solicitado fitas dos sermões.

Ralph gritou:

— Aí está!

Laurel gritou e ergueu as mãos novamente quando Paul avistou o *outdoor* identificando o futuro local do Centro Nova Vida do Vale. Graças a Deus Stephen Decker chegou a tempo. A congregação votou no novo nome há apenas um mês. Estava de acordo com a expansão. *Vale* foi facilmente decidido; a igreja não estaria mais localizada em Centerville. A briga tinha sido por causa da palavra *Cristã*. Muitos membros mais novos disseram que nunca teriam colocado os pés dentro da igreja se não fosse por amigos próximos que os levaram. *Cristã* era associada ao fundamentalismo e à intolerância. Assim, o novo nome foi escolhido de acordo com a nova direção da igreja.

Eunice tinha sido contra a mudança de nome, mas por respeito à posição de Paul, não tornou pública a sua opinião. No entanto, nada a impediu de expressá-la em casa.

— Devíamos ser um farol para o mundo, Paul. Como seremos diferentes do mundo se...?

Ele estava cansado de ouvi-la.

— A única maneira de transmitir a mensagem é fazer com que as pessoas cheguem primeiro. Assim que entrarem, podemos começar a ensiná-las.

— É enganoso, Paul. Como isso é diferente do que as seitas fazem?

Ralph dirigiu até o meio do terreno de quarenta acres e estacionou. Laurel saltou do carro e dançou como uma líder de torcida do Texas. Por que Eunice não estava tão entusiasmada? Ela não conseguia ver como Deus estava trabalhando e trazendo as pessoas para o rebanho? Seria uma coincidência que a venda da propriedade dos Svenson em Rockville fosse exatamente o que a igreja precisava como entrada no primeiro lote de vinte acres? Três meses depois, o proprietário doou um segundo lote de vinte acres como dedução fiscal. Com certeza isso indicava a aprovação de Deus. Talvez a campanha de arrecadação de fundos tenha começado devagar, mas assim que Gerald Boham começou a colocar as doações no salão social, o dinheiro entrou. As pessoas gostavam de ver seus nomes no gráfico. Elas precisavam se sentir importantes.

Quando as doações diminuíram novamente, Paul teve a ideia de visitar os membros mais velhos da congregação, especialmente os da Casa de Repouso de Vine Hill, onde vários dos membros mais ricos estavam vivendo seus últimos anos. Mitzi Pike e Fergus Oslander o receberam de braços e corações abertos. Nenhum dos dois tinha mais familiares. Todas as quintas-feiras ele levava donuts para Mitzi e jogava damas com Fergus. Ele ia sempre no mesmo dia para que o esperassem. Ele nunca ficava mais de uma hora e nunca mencionava o projeto de construção. Em vez disso, ele falou com eles sobre a morte ser a porta de entrada para o céu e uma eternidade com Jesus. Ele perguntou-lhes como gostariam de ser lembrados. Somente quando começaram a conversar sobre deixar algo para a igreja é que ele trouxe a maquete da instalação proposta. Eles ficaram tão entusiasmados quanto ele.

Mitzi Pike morreu e deixou todos os seus bens de herança para a ICC. Cento e oitenta e sete mil, quinhentos e quarenta e dois dólares e cinquenta e três centavos! Paul ficou impressionado com a generosidade. E havia rumores de que o espólio de Fergus era muito maior que o dela.

Ah, o Senhor era bom. Veja como Jesus estava abençoando a igreja. As comportas do céu estavam se abrindo e estava chovendo dinheiro.

As pessoas se aglomeravam no espaço aberto, com cestas de piquenique nas mãos. Elas se sentaram ao redor do marco onde um dia ficaria o púlpito. LaVonne Lockford e três de suas amigas cantaram músicas de abertura.

Paul fez um culto breve. O sol estaria forte bem antes do meio-dia e ele não queria que as pessoas ficassem desconfortáveis.

Stephen Decker presenteou-o com uma pá nova com três fitas coloridas amarradas no cabo: branca, para a pureza de Cristo; verde, para a Palavra viva; e violeta, para o sacerdócio real de todas as pessoas de fé. Paul escolheu Rob Atherton para lançar a primeira pá de terra, mas Sheila disse que seu marido insistiu que ela fizesse isso. Como Robert Atherton doara 35 mil dólares para o fundo de construção, Paul achou justo que seu pedido fosse atendido.

Stephen protestou.

— Se uma mulher vai fazer isso, deveria ser a Eunice.

Se Eunice tivesse sido convidada, ela teria recusado.

O chão era acidentado e Sheila, calçando sandálias brancas de tiras finas, foi com cuidado para a frente. Ela parecia uma estrela de cinema com suas calças justas de couro branco e blusa azul-clara com gola redonda.

— Obrigada, pastor Paul. — Ela sorriu para ele enquanto pegava a pá. A terra tinha sido solta para ela, então foi fácil pegar uma pá cheia e jogar a terra de lado.

— Aleluia! — disse Paul, uma onda de adrenalina surgindo por todo seu corpo. — Obrigado, Jesus!

Centenas de pessoas se juntaram, gritando e levantando as mãos.

— Deus seja louvado! — Alguém começou a cantar "Firm Foundation".

Sheila olhou para ele com olhos brilhantes.

— É tudo por sua causa, pastor Paul.

Paul estava cheio de orgulho por sua congregação. *Olhe para eles! Estão em chamas pelo Senhor. Não admira que Deus esteja nos abençoando.*

Samuel queria chamar uma ambulância, mas Abby recusou.

— Você está com dor, Abby. Não me diga que não está. — Ele podia ver isso no rosto dela e não conseguia suportar.

Sua boca se curvou tristemente.

— Quero morrer na minha própria casa, Samuel. Eu te amo. Você sabe disso, mas isso não é jeito de viver. — Os lábios dela estavam azuis, sua pele pálida. — Me deixe ir embora. — Ele procurou um comprimido de nitroglicerina, mas ela balançou a cabeça e bateu os dedos no lençol de linho limpo que a enfermeira domiciliar tinha colocado naquela manhã. Ele aumentou o oxigênio que alimentava a pequena máscara de plástico sobre a boca e o nariz dela.

— Hoje foi a cerimônia de lançamento da pedra fundamental — disse ela, cada palavra uma luta.

— Não fale, Abby. — As lágrimas vieram. Ele segurou as mãos dela entre as suas, tentando aquecê-las. — Eu te amo.

— Um cavalheiro sempre abre a porta para uma dama.

Ele não estava com humor para as piadinhas dela. O peito dele doía enquanto ouvia a respiração dela. A porta estava sendo aberta, mas não por ele. Ele fez tudo o que pôde para mantê-la fechada por um ano e assistiu impotente enquanto ela se afastava dele. Ele queria implorar para ela não ficar tão ansiosa, para aguentar esta vida um pouco mais. Pelo bem dele. Ele sabia que era o tipo mais cruel de egoísmo pressioná-la. E fútil. Deus queria que Abigail voltasse para casa.

— Hoje foi a cerimônia de lançamento da pedra fundamental. — Foi um sussurro desta vez.

Ela tinha ouvido as buzinas estridentes há uma hora? Ou estava falando de outra coisa? Os lábios dela se moveram. Samuel se inclinou para ouvir.

— Pobre Paul. — Ele sentiu os dedos dela se moverem, uma vibração suave, uma última hesitação. — Continue orando por ele. Continue orando...

A respiração dela desacelerou. Ele podia ver a dor diminuindo, a paz se espalhando pelo rosto dela. Os olhos piscaram brevemente, como se alguém tivesse riscado um fósforo e acendido uma vela dentro deles. Ela prendeu a respiração e depois deu um suspiro longo e lento. Quando o corpo dela relaxou, sua cabeça se virou para ele, os lábios levemente curvados. Como uma criança dormindo. O coração de Samuel parou por um momento. Ele desejou que parasse para sempre e ele pudesse ir com ela.

Segurando o rosto da esposa com as mãos trêmulas, Samuel se inclinou e beijou seus olhos fechados. Depois, beijou os lábios dela. Ele se levantou e a cobriu com as cobertas, passou os dedos pelos seus cabelos brancos e saiu do quarto, fechando a porta com cuidado atrás de si, como se ela estivesse apenas dormindo. Ele foi para o escritório. Apoiando-se pesadamente na mesa, ele se ajoelhou.

— Senhor, em todas as coisas damos graças... Senhor... Senhor...

Samuel soluçou.

O SOM DO DESPERTAR

Encolhendo-se por dentro, Eunice estendeu a toalha de piquenique enquanto Paul falava com Timothy. Ela tentou sorrir e fingir estar feliz com esse dia de sucesso, mas queria chorar.

— Não me importo se você quer brincar ou não — Paul rosnou, de costas para os outros enquanto repreendia o filho. — Você vai fingir que gostou, a menos que queira passar a próxima semana no seu quarto. — Várias pessoas gritaram saudações. Paul virou-se, sorriu e acenou.

Tim zombou.

— Vocês são todos hipócritas.

O corpo de Paul ficou rígido.

— O que você falou?

Tim levantou o queixo em desafio.

— Que vocês são todos hipócritas, e você é o pior de todos! — Ele se retirou.

Paul voltou-se para Eunice. Ela sentiu um aperto no estômago. *Lá vem de novo.*

— Ei! Pastor Paul! Precisamos de você aqui!

Sorrindo, Paul levantou a mão.

— Já vou aí, Marvin. — Ele se inclinou, seus olhos frios. — É melhor você cuidar do seu filho, Eunice.

Ela tirou três pacotes de talheres da cesta de piquenique.

— Ele é *nosso* filho, Paul, não uma coisa qualquer.

— Seu comportamento é pior que o dele. Tente lembrar que você é minha esposa. Este é o dia mais importante da minha vida e você e Tim estão fazendo o possível para estragar tudo para todos. Talvez você devesse orar sobre isso. — Ele se levantou e foi embora.

Lutando contra as lágrimas, Eunice terminou de organizar os refrigerantes e os guardanapos. *Ore,* ele disse. Isso foi tudo que ela fazia: orar. Tim estava muito perto da verdade, esse era o problema. Paul se curvava com cada vento que soprava, mas era um muro de pedra no que dizia respeito aos dois. Paul passaria o dia todo sorrindo, dando risadas, socializando. Ela procurou por Tim e o viu com Ralph e Laurel Henson. Por mais chateado que ficasse, Tim sempre acabava fazendo o que Paul pedia. Será que Paul percebia isso?

— Você tem um ótimo lugar aqui, Eunice — disse LaVonne Lockford, sorrindo. — Podemos nos juntar a você?

Jessie Boham acenou em direção ao outro extremo da propriedade.

— Nossos rapazes estão ali jogando softbol.

Paul estava indo naquela direção agora.

— Provavelmente eles vão ter derrames neste calor — disse Shirl Wenke.

Elas estenderam as toalhas em volta de Eunice.

— Sabe, Eunice, você é que deveria ter participado da cerimônia, não a Sheila Atherton. — Jessie colocou a cesta sobre a toalha. — Essa mulher é detestável.

Shirl bufou.

— É típico *dela* usar calças brancas para um piquenique.

— E um suéter quando a previsão do tempo indica que vai fazer um calorão! — LaVonne revirou os olhos. — Adivinhe no que ela queria que todos reparassem.

Eunice pigarreou, mas eles não entenderam a dica.

— Ela só estava exibindo as novas melhorias corporais — disse Jessie.

Todas riram. Eunice corou e tentou mudar de assunto, mas o linchamento verbal continuou.

— Achei que os olhos de Marvin iriam saltar das órbitas.

Uma das mulheres novas na igreja juntou-se a elas e à conversa.

— Meu marido trabalhava para Rob Atherton quando ele era casado com a primeira esposa.

— A *primeira* esposa! — Os olhos de LaVonne brilharam. — Quantas ele teve?

— Bom, só duas.

Eunice inclinou-se para frente.

— Senhoras... — Ela captou o olhar e a careta de LaVonne.

— Sheila era secretária de Rob — disse a visitante.

LaVonne olhou para ela.

— O que aconteceu com a primeira esposa dele?

— Ela pegou os filhos deles e se mudou para a Flórida.

— Filhos! Aquela destruidora de lares.

— Senhoras, por favor!

Jessie Boham olhou com surpresa para Eunice.

— Queria dizer alguma coisa, Eunice?

— Sim. — As bochechas dela estavam queimando de vergonha pela conversa. — Sheila Atherton é nossa irmã em Cristo.

Jessie deu uma risada grosseira.

— Você só pode estar brincando!

O SOM DO DESPERTAR

Os olhos de LaVonne se estreitaram:

— Não, ela não é. Mas uma coisa é certa: não deveríamos estar falando sobre Sheila Atherton. Ela não vale o nosso tempo. Temos coisas muito mais interessantes.

Elas seguiram comentando sobre o clima, as notas baixas nas provas da Centerville High School, o fluxo de trabalhadores migrantes. Falaram de tudo de maneira afetada.

Eunice não aguentou.

— Vou ver se consigo ajudar as mulheres nas mesas de comida. Alguém gostaria de me acompanhar?

— Talvez mais tarde, Eunice.

Ela não estava fora do alcance auditivo antes de escolherem outro alvo.

— Bem, quem ela pensa que é? Ela não precisava me envergonhar daquele jeito!

— Não é como se disséssemos algo falso sobre Sheila Atherton.

— Só porque ela é a esposa do pastor...

— Graças a Deus Paul não é como ela. Ele sempre faz as pessoas se sentirem bem consigo mesmas, em vez de fazê-las se sentirem inferiores.

Eunice fingiu não ouvir, mas a maldade delas a machucou.

As mulheres nas mesas de comida não precisavam de apoio. Tudo funcionava como uma máquina bem lubrificada. Ela ofereceu ajuda ao grupo de jovens, mas Paul havia contratado dois rapazes com a energia do coelhinho da Duracell para auxiliá-lo. Ela sentia que estava atrapalhando. Pior, ela se sentia como uma alienígena entre aquelas pessoas.

— Você parece perdida, garotinha.

O coração dela disparou quando se virou e viu Stephen Decker.

— Estava procurando o Tim.

— Provavelmente ele está se divertindo com os amigos. — Ele entregou a ela uma lata de refrigerante. — Parece que você acabou de perder sua melhor amiga.

Eunice não precisou olhar para trás para saber que LaVonne, Jessie e Shirl provavelmente estavam olhando para eles. O que achariam de Stephen lhe dando um refrigerante? O que elas quisessem inventar! Ela olhou em volta, inquieta.

Stephen ergueu sua lata de refrigerante e tomou um gole.

— Se você está procurando o Paul, ele está ali conversando com os Atherton — disse ele.

— Ah. — Paul provavelmente estava tagarelando, como disse Lois, esperando receber outra doação no futuro. *Senhor, não gosto da linha dos meus pensamentos. Estou ficando cínica.* — Eles têm sido muito generosos com a igreja.

— Ah, não há dúvida sobre isso. E igualmente generosos com o Comitê de Diversidade Cultural do Vale Central.

Ela sentiu como se o ar tivesse sido arrancado dela.

— Perdão?

— Rob foi o convidado de honra no mês passado. Não ficou sabendo?

— Não.

— Você tem que dar muito dinheiro para ter um almoço em sua homenagem. — Ele ergueu as sobrancelhas e tomou outro longo gole de refrigerante. — Foi parar no jornal.

Ela não lia o jornal todos os dias, mas Paul sim.

— Rob deve precisar de deduções fiscais. — Stephen esmagou a lata e jogou-a em uma das latas de lixo que o grupo de jovens tinha montado para coletar latas de alumínio. "Cada centavo conta", Paul sempre dizia. — O que você acha de tudo isso? — disse Stephen, apontando para todo o local.

— É um dia maravilhoso para um piquenique — ela respondeu.

Ele riu.

— Bem, me diga o que você pensa de verdade.

Que estou enjoada? Que tenho essa sensação horrível de que Paul sabia sobre os Atherton e não se importava? Ó, Deus, ajude-nos.

— Espero que o Senhor organize tudo.

— Até agora, parece que organizou.

Eunice desviou o olhar. O que ela poderia dizer sobre isso? Deus desprezou as ofertas dos israelitas quando eles se dividiram e praticaram os costumes das pessoas ao seu redor. Eles adoraram debaixo de todas as árvores frondosas e de todos os lugares altos, assim como os pagãos faziam, e então tiveram a audácia de trazer ofertas ao Senhor em seu templo e esperaram serem abençoados por isso. Deus queria o amor sincero do seu povo. Ele os advertiu através dos profetas, e quando eles não quiseram ouvir, ele os disciplinou. Ele os destruiu em guerras, os enviou ao exílio, os espalhou pela face da terra. "Seja santo, porque eu sou santo", disse Deus. Sem meio-termo!

Ela olhou em volta para a reunião. Que tipo de mensagem enviaria a estas pessoas pobres se soubessem que o casal no topo da lista de Paul também estava ajudando a financiar uma organização que promove estilos de vida pecaminosos e religiões pagãs? Com certeza Paul não sabia. "Se eu soubesse." Ela poderia ter dito alguma coisa. Ela poderia tê-lo avisado. Ele poderia ter falado com Rob e Sheila e ensinado os caminhos de Deus com mais clareza. *Sejam santos! Honrem a Deus e não deixem espaço para a carne*! Rob e Sheila podem ter uma ideia errada sobre o que significa ser um seguidor de Cristo. Quantos outros estavam em estado semelhante de confusão?

— Me desculpe por ter te contado, Eunice. Você está sofrendo mais do que Paul.

Ela deu uma olhada rápida para cima.

— Paul sabia? — indagou Eunice.

— Depois do ocorrido. Rob o convidou para o almoço.

Eunice se sentiu enjoada. Ele tinha ido?

— Ele não foi, Eunice. Ele deu uma desculpa e não foi. O almoço foi numa quarta-feira, e eu e Paul temos um compromisso de almoçar às quartas-feiras. Passamos a maior parte daquele almoço conversando a respeito daquela doação. Paul disse que o Senhor opera de maneiras misteriosas e que não há condenação em Cristo. — Ele encolheu os ombros. — Ele é o pastor, sabe muito mais do que eu.

— Só porque Paul é o pastor não significa que você não tenha o direito de expressar sua opinião.

— Eu expressei minha opinião, mas ele disse que tinha medo de que a recusa da doação dos Atherton pudesse ser como fechar a porta do céu na cara dele.

Eunice queria ir para casa, se esconder no armário e chorar.

— Sentimos sua falta no estudo bíblico, Eunice.

— Sinto falta de ir. — Ela não se atreveu a contar a ele que Paul tinha pedido que ela não fosse... ou que ela concordou por motivos que não poderia compartilhar com nenhum dos dois homens.

A cerimônia de lançamento da pedra fundamental durou a tarde toda. Eunice não falava com Paul desde que ele se afastou dela no início do dia, apenas teve vislumbres dele enquanto Paul socializava.

A reunião começou a se dispersar antes do pôr do sol. Tim perguntou se poderia passar a noite com Frank Heber. Os Heber eram cristãos já consolidados que se mudaram do Missouri para Centerville e que também frequentavam o estudo bíblico dos Mason. Eunice não viu mal nenhum em Tim passar a noite lá. Eles frequentavam a igreja todos os domingos. Ela o acompanhou até o carro dos Heber, conversou brevemente com eles e disse que passaria por lá mais tarde com as roupas de igreja de Tim.

Tim se inclinou para beijar sua bochecha.

— Obrigado, mãe. Não quero estar em casa de noite e ter que ouvir o papai se gabar. — Antes que ela pudesse dizer qualquer coisa, ele tinha entrado no carro e estavam indo embora.

Ela voltou para pegar suas coisas. Quando apanhou a toalha e a sacudiu, Paul se aproximou.

— Cadê o Tim?

— Ele vai passar a noite nos Heber.

— Gostaria que você tivesse me perguntado primeiro. Eles são um pouco legalistas demais para o meu gosto.

— Quer que eu vá buscá-lo?

— Não, deixa para lá. Foi um dia fantástico, não foi? Ralph e Laurel carregaram todos os equipamentos. Então, quando você estiver pronta, podemos ir. Encontro você no carro. Quero agradecer aos Atherton mais uma vez.

— Paul, você sabia...

Ele virou as costas.

— Falo com você mais tarde.

Ela observou enquanto ele se afastava. Ao colocar a toalha em cima dos pratos, talheres e guardanapos de pano já na cesta de piquenique, ela observou Paul se aproximar dos Atherton. Ele conversou com Rob por cima do novo Jaguar deles enquanto abria a porta para Sheila.

Deprimida, Eunice pegou a cesta e foi até Ralph e Laurel. *Ó, Pai, todo esse show! E para quê? Não está certo! Como faço para dizer a Paul que estamos sendo condescendentes? Ele não vai ouvir. Estou errada? Interpretei mal a tua palavra? Paul está certo e tudo o que está acontecendo é uma afirmação da tua bênção? Mas tu devastaste Israel em meio à prosperidade.*

— Grande dia, hein? — Queimado de sol e sorrindo, Ralph abriu a porta do carro para ela.

— Estou exausta! — Laurel deslizou e apoiou a cabeça no encosto do assento. — Você sabia que tivemos mais de quinhentas crianças aqui hoje? A Escola Bíblica de Férias vai ser um zoológico! Não sei como vou lidar com isso. Precisamos de mais pessoal. Quanto antes, melhor.

O SOM DO DESPERTAR

Paul chegou a tempo de ouvir o comentário de Laurel.

— Você e Ralph fizeram um excelente trabalho hoje, mas está certa. Precisamos de mais pessoal. E nós vamos ter o que precisamos.

O real *nós*.

Ralph e Laurel conversaram durante todo o caminho de volta para Centerville. Ralph os deixou na igreja. Paul e Eunice voltaram para casa em carros separados. Paul sempre tinha que estar na igreja antes de todo mundo. Ela não conseguia se lembrar da última vez que ela, Paul e Timothy estiveram juntos no mesmo carro.

Eunice chegou em casa primeiro e viu o número sete piscando na secretária eletrônica. Paul esperava que ela anotasse as mensagens para ele. Ela esvaziou a cesta na bancada da cozinha, colocou os pratos, talheres e copos de plástico na lava-louças, jogou a toalha no cesto de roupa suja da lavanderia e guardou a cesta de piquenique no armário do corredor antes de pegar um bloco de papel e uma caneta e apertar o botão da secretária eletrônica.

As três primeiras ligações foram de fiéis que precisavam de consultas de aconselhamento. Ela anotou seus nomes e números e apagou as mensagens. O quarto telefonema foi de Jack Hardacre, diretor de Tim. Infelizmente, ela não precisou anotar o nome e o número dele, já sabia de cor. O que Tim fez desta vez? Ela deixou um lembrete em sua agenda pessoal para ligar para o diretor na segunda-feira de manhã. Só o som do telefone sendo colocado de volta no gancho na quinta ligação. O mesmo na sexta.

A última ligação foi de Millie Bruester.

— Abby morreu esta manhã — ela chorou. — Achei que você gostaria de saber. — O telefone emitiu o som "bipe" duas vezes... e depois silêncio.

Eunice se sentou, atordoada. Ela estava pegando a bolsa quando Paul entrou, vindo da garagem.

— O que foi?

— Abby morreu. — Eunice procurou as chaves na bolsa. Incapaz de encontrá-las, jogou tudo na bancada. Chorando, ela remexeu nas coisas espalhadas: organizador de bolso, batom, bloco de notas, óculos escuros, talão de cheques, bolsinha de moedas, carteira, chaves da igreja.

— Sinto muito, Euny — ele falou baixinho. — Sei o quanto ela significava para você.

— O quanto ela significava para *todos nós*, Paul. Ela cuidou de todos, e Samuel... — A voz dela falhou. Pobre Samuel. Ela sabia por que ele não tinha ligado. Ele sabia que todos estavam presentes na cerimônia de lançamento da pedra fundamental. Ele não gostaria de interromper as festividades. Agarrando as chaves, ela enfiou todo o resto de volta na bolsa. — Preciso ligar para os Heber. Não quero que Tim descubra na igreja amanhã.

Paul pegou as chaves da mão dela.

— Vamos buscá-lo e iremos juntos.

Surpresa, ela olhou para cima e viu a umidade nos olhos dele.

O homem ainda tinha o poder de surpreendê-la.

Stephen saiu cedo da cerimônia de lançamento da pedra fundamental e foi para Sacramento. Ele ligou para Kathryn do seu celular, na esperança de marcar um horário para visitar Brittany em algum momento da semana.

— Ela saiu.

Ele sabia que estava no seu direito insistir no assunto. Deveria passar um tempo com a filha todos os meses, mas já fazia quase seis semanas desde a última vez que a vira. As coisas ainda não estavam bem entre eles. Stephen sentiu o abismo aumentar. Seria apenas a idade dela? Ou era algo mais profundo?

— Preciso falar com ela, Kathryn.

— Por quê?

— Estou tentando construir uma ponte.

Ela deu uma risada rude.

— Bem, boa sorte. Ela não escuta ninguém hoje em dia.

— Achei que vocês duas se davam bem.

— Você está sendo sarcástico?

Mesmo quando ele falava em tom neutro, Kathryn ficava ofendida.

— Não, eu não estou. Há quanto tempo você está tendo problemas com ela?

— Não me lembro de uma época em que não tenha *tido* problemas com ela. Tudo o que ela faz é reclamar. Dediquei minha vida para garantir que ela tenha tudo o que deseja, e ela me trata como se eu não fosse nada. Estou cheia de brigar com ela.

Ele estremeceu com o sarcasmo na voz de Kathryn. Brittany sempre foi uma arma na mão dela, uma forma de feri-lo repetidas vezes. Mas a hostilidade no tom da ex-mulher agora era mais profunda. Tinha uma forte antipatia que o preocupava.

O SOM DO DESPERTAR

— Você quer conversar sobre guarda conjunta? — Talvez houvesse uma luz no fim deste túnel.

— Não estou tão cheia assim para entregá-la a você.

Cada vez que ele lhe dava a oportunidade de fazer as pazes, ela partia para cima dele com tudo. Stephen estava cansado de revidar, respondendo na mesma moeda. Não queria que ela descarregasse sua raiva na filha deles.

— Está bem — disse ele cuidadosamente. — Quando seria um bom momento para ligar para Brittany?

Kathryn não respondeu imediatamente e, quando o fez, seu tom era cansado.

— Seu palpite é tão bom quanto o meu, Stephen. Ela quase nunca está em casa e, quando está, é tão sarcástica que acabo a mandando para o quarto. Estou tão cansada de tentar manter a paz nesta casa. Eu e Jeff não estamos nos dando bem e a culpa é dela.

Então agora ela estava culpando Brittany pelos problemas do seu casamento. Ele teve que parar e lembrar a si mesmo que tinha o hábito de culpar Kathryn pela maior parte do que havia de errado entre eles.

— Lamento ouvir isso, Kat. — *Viva e deixe viver.* Sua ex-mulher teria que encontrar seu próprio caminho. Talvez ela achasse mais fácil se ele iluminasse o caminho em vez de apagar a vela sempre que pudesse.

Outra hesitação. Stephen esperou pela próxima farpa.

— Você não me chama de Kat há anos.

— Desculpe.

Ela suspirou.

— Brittany deixou um bilhete dizendo que está com amigos. Isso é tudo que sei no momento, Stephen. Tenho o número do celular dela, se você quiser.

— Claro. — Ele abriu o console central, onde tinha um bloco de papel. — Pode falar.

Ela passou o número para ele.

— Não que haja qualquer garantia de que ela vai atender. Tentei ligar mais cedo, mas ela tem identificador de chamadas.

Se ela e a mãe estivessem em conflito, Brittany não atenderia.

— Vou fazer uma tentativa.

— Boa sorte — disse ela secamente e desligou.

Brittany não atendeu. Ele deixou uma mensagem dizendo que queria passar algum tempo com ela.

— Vou ficar em Sacramento por alguns dias, gostaria de te ver. — Ele disse a ela que estava hospedado no mesmo lugar da última visita. — Estou com meu celular. — Ela tinha o número, se tivesse se dado ao trabalho de guardá-lo. — Eu te amo, Brittany. Pode não parecer às vezes, mas eu amo. Mais do que você jamais vai saber.

Ele ligou para Kathryn na noite de segunda-feira e caiu na secretária eletrônica. Deixou outro recado para Brittany e passou o dia inteiro de terça-feira em reuniões de negócios com possíveis clientes. A filha dele não ligou. Na quarta-feira, ele fez *check-out* e rumou para o sul.

A tensão o abandonou assim que pegou a via de acesso para a Rodovia 99. Talvez ele só não fosse mais um garoto da cidade grande. Sentia falta dos amigos de Centerville. Principalmente Samuel. O estudo bíblico de quarta-feira à noite era ainda mais importante para ele do que o culto de domingo. Tornou-se sua tábua de salvação. Por alguma razão, ele saía da igreja insatisfeito. Como se, convidado para um banquete, tivesse comido aperitivos, mas tivesse perdido o prato principal.

A correspondência estava empilhada abaixo, na caixinha de correio. Ele examinou tudo rapidamente, jogando o lixo em uma cesta. Ele só tinha tempo suficiente para esquentar a comida congelada no micro-ondas antes de ir para a casa dos Mason.

A luz da varanda estava acesa. Ele via as pessoas através das cortinas transparentes da sala do pequeno bangalô americano. Deu uma olhada no relógio, se perguntando se estava atrasado. Não, ele estava trinta minutos adiantado. Pegou sua Bíblia. Ao sair da caminhonete, avistou o carro de Eunice. Seu coração disparou. Já fazia muito tempo que ela não frequentava o grupo.

Os Mason sempre deixavam a porta destrancada. No minuto em que Stephen entrou, soube que Abby tinha morrido. Em vez de risadas e conversas animadas, as pessoas estavam sentadas na sala falando em tons suaves, com rostos solenes. Samuel estava sentado na poltrona que todos chamavam de "assento do rabino" e Eunice estava na beirada do sofá, segurando sua mão e conversando com ele. O amigo e mentor de longa data de Stephen parecia velho e frágil.

Samuel apertou a mão de Eunice, levantou-se e veio cumprimentá-lo.

— Stephen. — Ele estendeu a mão. — Pensei que estivesse em Sacramento.

— Cheguei faz uma hora. Quando isso aconteceu?

— Abby foi para casa no sábado de manhã.

O SOM DO DESPERTAR

Stephen sentiu como se alguém segurasse sua garganta com as duas mãos, sufocando-o. Os olhos dele ardiam.

— Sinto muito.

O rosto de Samuel suavizou. Os olhos dele se encheram de lágrimas. Ele abaixou a cabeça e gesticulou.

— Sente-se, por favor.

Eunice cedeu seu lugar no sofá. Quando ela colocou a mão no ombro de Stephen, ele sentiu o calor percorrer todo o seu corpo.

— Gostaria de um café ou chá, Stephen?

Ele não olhou nos olhos dela.

— Café, puro. Obrigado.

— Então... — Samuel sentou-se novamente. — Como foram as coisas em Sacramento?

Era muito típico de Samuel pensar nos outros num momento como este.

— Não tão bem, mas não vou desistir. — Ele cruzou as mãos entre os joelhos. — Quais são seus planos?

— O funeral de Abby será no sábado.

Stephen percebeu que Samuel não poderia visualizar nada além disso. Ele não conseguia nem imaginar como seria perder uma esposa com quem viveu por 62 anos. Ele sabia, no primeiro ano com Kathryn, que o casamento deles não daria certo. E, na verdade, não tinha se esforçado muito tentando se manter sob controle. Era necessário o poder da ressurreição para fazer o amor durar por muito tempo. E eram necessários um homem e uma mulher dispostos a se entregarem um ao outro e àquele que inventou o casamento em primeiro lugar. Ele desperdiçou sua chance, mas isso não significava que seu coração não ansiasse pelo tipo de relacionamento que Samuel tinha compartilhado com Abigail.

— Ela fará falta. — *Muita falta.* Ele já podia sentir a diferença na casa. Abigail Mason havia partido. Ele já podia ver a diferença em seu amigo. Samuel não conseguia esconder a dor intensa em seus olhos ou o fato de que provavelmente não dormia desde sábado.

Eunice voltou com uma caneca de café preto. Seus dedos roçaram os dela enquanto ele pegava a caneca. Ela parecia tão exausta quanto Samuel. Ele sofria por ela. Eunice sentou-se do outro lado da sala, ao lado de Marilyn Heber.

Gradualmente, as pessoas começaram a conversar mais uma vez, compartilhando memórias de Abby e de como ela impactou suas vidas. Stephen falou sobre a vez em que a visitou no hospital.

— Ela não me deixava escapar impune de nada.

— Nem eu — disse Samuel.

Os outros riram. Todos compartilharam histórias engraçadas e o clima melhorou. No final da noite, o foco mudou de pensar na perda para entender que ela estava com Jesus, que sua dor tinha passado, que ela não estava mais presa a um corpo que a mantinha na cama. Não que tudo o que foi dito tenha tornado a perda de Abby mais fácil para Samuel.

Já passava das 23h quando as pessoas começaram a ir embora. As senhoras guardaram toda a comida. Samuel tinha o suficiente para durar um mês. Stephen foi um dos últimos a sair. Samuel o acompanhou até a porta. Stephen apertou sua mão.

— Se importa se eu passar aqui amanhã? Para ver como você está?

— Sempre que quiser, Stephen.

O ar da noite estava frio, sem sinal de vento. Stephen levantou sua gola e desceu os degraus. Ao abrir o portão, olhou para trás e viu Eunice e Samuel abraçados na porta. Samuel deu um tapinha em sua bochecha. Ele levantou a cabeça e olhou para Stephen parado no portão antes de fechá-lo. Estranho como um olhar desses pode dar uma palavra de advertência.

Stephen segurou o portão aberto para Eunice.

— Como está sendo para Tim?

— Difícil.

Ele não perguntou sobre Paul. Sabia o suficiente sobre as relações tensas entre Samuel e o pastor para não tocar no assunto. Mesmo assim, ele nunca tinha ouvido Abby ou Samuel dizer uma única palavra contra Paul Hudson. Paul era quem sempre falava. Falava demais, agora que Stephen pensava no assunto. Por que ele não estava sentado naquela sala, contando histórias sobre Abby?

Eunice puxou o casaco para mais perto de si. Stephen podia ver o brilho das lágrimas. Ele deveria ficar de lado e deixá-la ir para casa.

— Abby era uma boa amiga para muitas pessoas.

— Ela era a melhor amiga que eu tinha nesta cidade. Não sei o que vou fazer sem ela.

O comentário dela o perturbou.

— Você tem muitos amigos, Eunice.

— Poucos em quem posso confiar. — Ele viu o pesar dela à luz suave da rua. — A esposa de um pastor tem que ter muito cuidado com o que diz e para quem diz. Nunca tive que me preocupar com Abby. Eu poderia conversar sobre

O SOM DO DESPERTAR

qualquer coisa com ela e saber que ela não diria para ninguém. Talvez para Samuel. — Ele ouviu a voz suave dela, a dor impotente tomando conta outra vez. — Não sei o que vou fazer sem ela e isso me deixa com muita raiva.

— Por quê?

— Porque é tão egoísta.

— Não vejo dessa forma.

— Ela estava sofrendo, Stephen, e aqui estou eu, sentindo pena de mim mesma.

Ele queria confortá-la, mas manteve distância. Ainda assim, ele não pôde deixar de se perguntar. Houve problemas entre ela e Paul? Ele sabia que havia problemas entre ela e outros membros da igreja. Certamente seu marido deveria ser seu melhor amigo. Ele sabia que algumas pessoas se sentiam desconfortáveis perto de Eunice Hudson. Ela entrava em uma sala e as pessoas mudavam de assunto. Era como se Jesus tivesse entrado com ela e as pessoas percebessem o que diziam e faziam. Jesus era tudo para Eunice Hudson e todos sabiam disso.

— Sou seu amigo, Eunice.

Ela olhou para cima.

— Eu não deveria ter dito nada.

— Qualquer coisa que você me disser agora não irá além deste portão. — Ele sentiu o silêncio dela e sabia que ela tinha ouvido. Ele sentiu que ela ouviu muito mais do que o que ele disse.

— Não posso.

— Porque sou amigo de Paul?

— Em parte.

— Porque eu sou homem?

— Isso também. — Ela procurou os olhos dele. — Você é perigoso.

— Perigoso? Eu? — Ele começou a fazer pouco caso até perceber o que ela queria dizer.

— Boa noite, Stephen.

O som suave e devastado da voz dela o fez dar o espaço que ela precisava. Ele enfiou as mãos nos bolsos da jaqueta de couro quando Eunice passou por ele. Ele queria segui-la até o carro e dizer que nunca faria nada para machucá-la. Ela podia confiar nele.

Tudo bem, certo! Ele tinha boas intenções. Ele faria promessas. Mas um homem de caráter cumpria suas promessas, e Stephen sabia que não teria forças para fugir da tentação se ela chegasse à sua porta na forma de Eunice Hudson.

Stephen gostava de Paul, até o admirava como um pastor que conseguia comover e agitar a sua congregação. Mas isso não significava que Stephen estava cego para os defeitos do amigo. Paul não dava o devido valor a sua esposa; ele estava tão envolvido na construção de uma igreja que prestou pouca atenção aos problemas e tensões dentro de sua própria família. Stephen reconhecia o desastre no horizonte porque ele tinha sido muito egocêntrico enquanto ajudava a destruir seu próprio casamento.

Seria possível para uma igreja destruir um casamento? E Paul seria sábio o suficiente para garantir que isso não acontecesse?

Stephen tinha visto Tim se afastando dos pais na cerimônia de lançamento da pedra fundamental. Ele tinha visto Eunice curvada, arrumando as coisas do piquenique enquanto Paul falava com ela e depois saía para passar o resto do dia com outras pessoas. Stephen saiu mais cedo porque sabia que, se não fizesse isso, diria ou faria algo de que se arrependeria.

Esta noite, Eunice estava vulnerável. De luto e desprotegida, ela falou francamente. Não era preciso ser um cientista espacial para perceber que ela já estava arrependida.

O coração de Stephen bateu forte quando ele entrou na caminhonete e enfiou a chave na ignição. Ela sabia como ele se sentia. Ela já tinha traçado o limite uma vez. Esta noite ela o traçou novamente. Mas desta vez foi mais fino e não tão reto. Ele observou as luzes traseiras do carro de Eunice quando ela virou à esquerda na esquina. Ligando sua caminhonete, ele teve vontade de segui-la. Ela estava sozinha e magoada, talvez um pouco confusa. Ele poderia parar ao lado dela no próximo cruzamento e perguntar se ela queria tomar uma xícara de café no ponto de parada de caminhões. Não era um lugar frequentado pelos membros da ICC. Eles poderiam conversar, talvez resolver algumas coisas entre eles.

Ele sabia para onde estava indo. *A mente tende a justificar tudo o que o coração escolheu.*

— Senhor — disse ele baixinho —, Senhor, é melhor me ajudar aqui. — Stephen foi até a esquina e parou. Ele viu as luzes traseiras de novo. Ela estava ao fácil alcance. Ele ficou com a caminhonete parada por mais um momento antes de tomar sua decisão.

Virou à direita e foi para casa.

O SOM DO DESPERTAR

Menos de cem pessoas compareceram ao funeral de Abby. Envergonhada, Eunice sentou-se ao piano, lutando contra as lágrimas enquanto tocava os hinos favoritos da amiga. Samuel sentou-se na primeira fila, Tim ao lado dele. Paul abriria o culto e depois sairia silenciosamente, deixando o pastor Hank Porter assumir. Eunice só tinha sido informada disso esta manhã.

— Isso é errado, Paul! Errado!

— Não poderia estar mais certo. Apenas ouça.

— Se está tão certo, por que você esperou até o último minuto para me contar?

— Porque você tem estado muito sensível ultimamente. Às vezes você não é sensata, Eunice. Me ouve só um minuto! Hank Porter é um presente de Deus. Ele não poderia ter vindo em melhor hora. Howard MacNamara é a chave da comissão de planejamento. Não pretendo cancelar e correr o risco de atrasos no projeto de construção.

— E os sentimentos de Samuel? E quanto aos anos de serviço de Abby nesta igreja? Eles não são importantes para você?

— Hank Porter chegou ontem do Oregon. Já falei com ele, e ele está mais do que disposto a assumir o culto. A mão de Deus está nisso. Você não consegue ver? De qualquer forma, Porter deveria ser quem conduziria este serviço, Eunice. Ele foi pastor de Samuel e Abby por quarenta anos! Vou iniciar o funeral, direi algumas palavras sobre Abby e depois vou me afastar. Ninguém vai notar quando eu sair.

— Eu vou notar.

— Estou fazendo isso pela igreja!

— Abby era importante para esta igreja.

— Ela foi importante por um tempo, Eunice. A maioria das pessoas nem sabe quem ela é ou se importa com o fato de ela ter falecido.

— E isso é um sintoma do que está errado no seu ministério, Paul. Eles deveriam se importar. — Foi a coisa errada a dizer.

— Não tem nada de errado com o meu ministério! Se tivesse, a igreja não estaria realizando quatro cultos cheios de gente. Você é a única na congregação que parece não achar que estou apto para o trabalho! Pessoas novas chegam toda semana para ouvir os meus sermões. Elas estão abrindo seus bolsos e se esforçando para nos dar o dinheiro para construir uma instalação maior. Vai me dizer que isso não é uma bênção de Deus para o meu ministério.

— Só porque algo cresce não significa que seja bom, Paul. O câncer cresce.

Ela nunca tinha visto tal expressão no rosto dele.

— O que você sabe, Eunice? Você não cresceu como eu. Tudo o que você conheceu foi aquele barracão nas colinas. Quantos membros seu pai tinha no final? Quinze? Vinte? Você chama isso de igreja? Isso não é nada!

Ela quase retaliou, quase explodiu de raiva porque seu pai tinha sido mais pastor do que o pai dele jamais fora. Mas ela baixou a cabeça, fechou os olhos e orou freneticamente para que Deus a mantivesse em silêncio, para que Deus a impedisse de atirar pedras nele, pedras mais pesadas do que o desprezo que ele sentia por ela e pela sua herança. Ela já tinha falado demais e nenhuma palavra do que dissera nos últimos cinco anos tinha sido ouvida.

Agora aqui estava ela, lutando para manter uma fachada pacífica para aqueles que por acaso olhavam na sua direção. Afinal, ela era a esposa do pastor Paul. Seu papel nunca foi tão desconfortável quanto hoje!

Hank Porter era baixo, careca, ligeiramente acima do peso e, embora não fosse eloquente, falava de Abigail Mason com a voz entrecortada. Ninguém duvidou do seu amor e respeito por ela.

— Ela tinha um coração de serva — disse ele e tirou o lenço do bolso.

Outros compartilharam histórias engraçadas sobre a franqueza dela.

— Certa vez, eu estava reclamando dos meus pais e ela me disse que eu era um idiota egocêntrico — disse um jovem. Todo mundo riu. — Ela disse algumas outras coisas também, mas acho que não quero falar sobre o quão idiota eu era na época. De qualquer forma... o que eu queria mesmo dizer é que, se fosse qualquer outra pessoa além da sra. Mason, eu não teria ouvido. Eu sabia que ela me amava.

A esposa de Hank Porter estava de pé, vestindo uma roupa um tanto berrante que fez as pessoas comentarem.

— Alguns de vocês provavelmente estão se perguntando como a esposa de um pastor poderia ousar usar uma roupa como esta, mas fiz isso para homenagear Abby. Ela me deu este chapéu vermelho e esta blusa roxa no meu aniversário de 65 anos. — Todos riram, inclusive a própria Susanna Porter, que enxugou as lágrimas dos olhos.

Tim se levantou, tentou falar e sentou mais uma vez. Samuel colocou o braço em volta dele, e eles inclinaram as cabeças. Eunice levantou, pegou o microfone oferecido e contou a todos sobre o serviço incansável de Abby à igreja, sua compaixão pelos outros, especialmente pela tímida e jovem esposa do pastor. Ela olhou para Samuel em meio às lágrimas.

O SOM DO DESPERTAR 249

— Ela era como uma mãe para mim e minha amiga mais querida. Sempre que estive com Abby ou Samuel, senti a presença de Deus. — Incapaz de dizer mais nada, ela sentou novamente no banco do piano.

Quando todos ficaram em silêncio, Hank Porter encerrou o culto.

— A última coisa que podemos fazer por Cristo neste mundo é morrer bem. As últimas palavras de Abby para o marido, Samuel, não foram sobre ela mesma, mas sobre sua preocupação com outra pessoa. Não tenho dúvidas de que, quando nossa Abby abriu os olhos novamente, ela estava olhando diretamente para o rosto de Jesus, e ele estava sorrindo e dizendo as palavras que todos desejamos ouvir...

Houve um suave estrondo de vozes enquanto os membros mais velhos da congregação falavam em uníssono com ele:

— Muito bem, servo bom e fiel.

Hank Porter baixou a cabeça e orou de forma simples:

— Senhor, receba nossa amada irmã, Abigail Mason. Ela foi um exemplo do teu amor para todos que a conheceram. Ajude-nos a honrá-la vivendo nossas vidas como ela viveu, nossos olhos fixos em teu precioso filho, Jesus, em cujo nome oramos.

Mais uma vez o suave estrondo de vozes, que disseram:

— Amém.

Eunice estava grata por saber de cor todos os hinos favoritos de Abby. Não poderia ter enxergado a partitura através das lágrimas. Ela tocou uma após a outra até que o santuário ficou quase vazio e todos estavam a caminho do salão social, onde as diaconisas tinham preparado um bufê de almoço.

— Por que papai não ficou? — perguntou Tim, no caminho para casa.

— Hank Porter foi pastor de Samuel e Abby por quarenta anos.

— Você não respondeu à pergunta.

— Ele teve uma reunião importante.

— Claro. E você também acredita em extraterrestres, mãe. — Ele olhou para frente. — Os Mason são os melhores amigos que já tivemos, e papai é burro demais para saber disso.

— Não fale assim do seu pai.

— Por que não? É verdade.

Ao chegar na entrada para carros, ela apertou o controle do portão da garagem. O novo carro de Paul estava lá dentro, e ela estacionou logo ao lado. Tim ainda era um menino, mas seu rosto tinha uma dureza que magoou Eunice.

— Seu pai não precisa da sua condenação, Tim. Ele precisa das suas orações.

— Por que ele precisaria das minhas orações? Ele tem o ouvido de Deus. Basta perguntar a ele. — Ele saiu do carro e bateu a porta.

— Tim! — Ela saiu do carro o mais rápido que pôde, mas ele já estava na bicicleta. — Aonde você está indo?

— Qualquer lugar que não seja aqui!

Paul estava cheio de boas notícias. O almoço com MacNamara foi melhor do que ele esperava.

— Nós nos demos bem, ele disse que vai facilitar as coisas e garantir que tudo aconteça dentro do prazo.

— Não vai perguntar como foi o funeral de Abby?

— Tenho certeza de que correu bem. Sabe, eu costumava ficar cansado de ouvir o nome de Henry Porter o tempo todo, mas ontem à noite não poderia ter ficado mais feliz em encontrá-lo. Deus trabalha de forma misteriosa.

— Você não quer dizer conveniente?

Ele ignorou o comentário dela e deu mais detalhes sobre sua reunião com a comissão de planejamento e como tudo estava se encaminhando da maneira pela qual ele orava.

Nem uma vez ele perguntou sobre Tim, que estava sofrendo mais com a morte de Abby Mason do que ela.

CAPÍTULO 11

1999

Paul folheou as páginas da revista *Christian Worldview*, examinando artigos com ideias progressistas. Em meio à lista dos livros mais vendidos, o do seu pai, *Construindo uma igreja para o século XXI*, estava no topo. Deixando a revista cair sobre a mesa, Paul se recostou, deprimido. Virando a cadeira giratória, ele olhou pela janela do seu novo escritório e observou uma equipe trabalhando na estrutura da terceira ala do Centro Nova Vida do Vale. Ele percorreu um longo caminho em doze anos, mas não foi o suficiente. A sensação de mal-estar na boca do estômago era muito familiar. Ele sempre viveria à sombra do seu pai? Deveria estar feliz por ele, não sentindo essa praga de inveja.

Decidido, pegou o telefone e apertou um botão de discagem rápida. Olhando para o CNVV, ele tentou se encorajar. Ele também estava ganhando almas, não estava?

— Ei, mãe, como você está?

— Bem, como vai *você*? Já faz um tempo desde a última vez que você ligou.

— Bem, você sabe como são as coisas. As horas do dia não dão conta. O projeto de construção está adiantado.

— Que bom para você.

— Acabei de ver o livro do papai na lista dos mais vendidos. Não que eu esteja surpreso.

— Não que você devesse estar.

Às vezes ele se perguntava sobre o tom da sua mãe.

— Estou ligando para parabenizá-lo. Ele está por aí ou jogando golfe com algum grande figurão?

— Ah, ele está aqui, trabalhando e planejando como sempre. Espere, Paul. Temos um novo sistema telefônico. Se eu apertar o botão errado e interromper sua ligação, ligo de volta.

Os pais dele se mudaram para uma nova casa em North Hollywood logo depois que seu pai se aposentou. Era nas colinas com vista para o Vale de São Fernando. A última vez que ele e Eunice foram visitá-los, seu pai lhe mostrou o novo escritório que construíram sobre a garagem para dois carros. Era tão grandioso quanto aquele que ele tinha desocupado na igreja que construiu.

Paul tamborilou os dedos. Dois minutos se passaram antes que sua mãe voltasse à linha.

— Seu pai vai falar com você em breve, Paul. Ele está em outra ligação.

Ele provavelmente estava conversando com a editora sobre uma sequência.

— Então, como a Eunice está? E o Tim?

Manobras dilatórias?

— Euny ainda toca piano e canta, embora não tanto agora que temos um ministro da música em tempo integral. E Tim está fazendo o que quer. — Ele olhou para o relógio novamente. — Olha, posso ligar mais tarde.

— Você não pode falar com sua mãe por cinco minutos?

— Claro, não quis dizer...

— O que Tim está fazendo atualmente?

— O que a maioria dos adolescentes faz: saindo com amigos. Ele vai à igreja todos os domingos.

— Tenho certeza disso.

Esse tom mais uma vez.

O telefone fez um barulho de clique.

— Ei, Paul. Como vão as coisas na sua pequena região?

Seu pai nunca perdia a chance de dar uma cutucada.

— Vou deixar vocês dois conversando. — Sua mãe desligou abruptamente.

— Você ligou para pedir conselhos de novo? Sabe, um dia desses estarei cantando com os anjos e você vai ter que descobrir as coisas sozinho.

Paul se irritou, mas conseguiu rir.

— Não liguei para pedir conselhos, não é necessário. Só liguei para dar os parabéns por estar na lista dos mais vendidos. Quando recebo uma cópia?

— Assim que encomendar uma. — Seu pai riu. — Brincadeira, garoto. Já coloquei você na minha lista de influenciadores. Você deve receber uma cópia do editor a qualquer dia desses. Na verdade, estou surpreso que ainda não tenha recebido.

Belo toque pessoal.

— Sem autógrafo?

— Você parece um pouco ressentido.

Paul teve o cuidado de suavizar seu tom.

— Longe disso. Estou orgulhoso de você, pai. Deveria trazer você aqui para palestrar. Você atrairia pessoas de Sacramento. Poderíamos aproveitar o dia.

Seu pai riu.

— Minha taxa aumentou.

— Quanto você está cobrando hoje em dia? Temos dois mil membros agora, pai. Podemos pagar o melhor.

— Bem, bom para você. Quanto tempo precisou para colocar essa igreja de pé? Quinze anos?

— Doze. — Paul conteve sua irritação. — Comecei com trinta e oito membros.

— Eu tinha menos do que isso quando comecei. A propósito, como vai o projeto de construção?

Paul ficou feliz por seu pai ter tocado no assunto.

— Adiantado. — Foi a vez dele se gabar. — A terceira ala está subindo. Recebi uma ligação ontem informando que a *Architectural Digest* vai fazer um artigo sobre nosso designer, Stephen Decker.

— Nunca ouvi falar dessa revista.

— Porque não é cristã, papai. É o que a *Atlantic Monthly* é para a literatura, só que no mundo da arquitetura. Você não consegue nem mesmo ter uma revista cristã nas prateleiras hoje em dia. A *Digest* está em todos os supermercados do país. E nosso santuário vai estar na capa de agosto. — Paul jogou a *Christian Worldview* na cesta de lixo e inclinou a cadeira para trás. — Vou te enviar uma cópia quando for lançada.

— Tenho outras cartas na manga.

Paul gostou do tom ressentido do pai.

— Bom para você, papai. — Ele inclinou a cadeira para frente. — Olha, eu gostaria de conversar mais, mas tenho que correr. Dê um abraço na mamãe. — Ele desligou antes que seu pai pudesse dizer mais alguma coisa.

Ele venceu desta vez e se perguntou por que se sentia curiosamente vazio, apesar da vitória.

Houve dias em que Stephen desejou nunca ter apresentado a proposta para construir o Centro Nova Vida do Vale. Ele soube no minuto em que Paul entrou pela porta do Charlie's Diner, com a pasta na mão, que aquilo seria tudo menos um almoço com um amigo.

Lidar com um executivo exigente que pretendia construir a casa dos seus sonhos ou com um proprietário de terras projetando um parque empresarial era moleza comparado a construir uma igreja. Paul — e o resto da comissão de construção — parecia ter esquecido que a taxa habitual de um empreiteiro era de 10% do custo de construção. Stephen havia redigido o contrato de 5%, considerando a diferença como sua dádiva a Deus. E ainda assim alguns estavam convencidos de que ele estava enchendo os bolsos de ouro.

"Quanto tempo para esta fase terminar?" estava se tornando uma ladainha irritante, junto com "Você precisa cortar custos".

Stephen já tinha explicado o conceito do caminho crítico uma dúzia de vezes. O cronograma foi definido para fazer o melhor uso do tempo na coordenação de subcontratados, dos materiais e dos cronogramas de pedidos. Ele incorporou o tempo de folga para que o projeto fosse econômico, mesmo em caso de atrasos. Mesmo assim, Paul pressionava, cada vez com mais força.

— Você me disse na semana passada que o próximo carregamento de madeira chegaria na segunda-feira.

— O caminhão da Coast Lumber quebrou na I-5, então há um atraso de dois dias. Não é nada demais.

— Nada demais? — Paul ergueu as sobrancelhas. — Tempo é dinheiro.

— Eu avisei que sempre há atrasos, Paul. Não sou Deus. Estamos trabalhando duro. As escavadeiras estão preparando o estacionamento dos fundos e os tratores estão preparando o terreno para plantar o olival.

— Sim, mas...

Stephen odiava os "sim, mas". Isso o deixava louco. Ele também não gostava de ter os esforços reconhecidos. Nem gostava que os membros do comitê de construção de Paul chegassem até ele de todas as direções com ideias, pensando que uma mudança aqui ou ali não significaria muito. Quantas vezes nos últimos três anos ele os lembrou por que havia elaborado um plano para *vinte* anos?

— Você está indo rápido demais, Paul. Vai afundar tanto nossa igreja em dívidas que nunca conseguiremos sair.

— O dinheiro está entrando.

O SOM DO DESPERTAR 255

— Não rápido o suficiente. Não para o trabalho que você deseja realizar.

— Você precisa ter mais fé, Stephen. — Às vezes Paul tinha os olhos de um buldogue mordendo a perna de um carteiro.

— Eu tenho fé, mas também tenho experiência. As empresas que tentam crescer muito rápido vão à falência.

— Não somos uma empresa. Deus proverá.

Sim, mas...

Gerald Boham provavelmente inventaria outro de seus estúpidos esquemas de arrecadação de fundos. E Marvin Lockford não se importaria em segurar o pagamento das contas por sessenta dias ou mais.

A igreja não era a única a contrair dívidas. Sempre foi uma questão de honra para Stephen garantir que seus subcontratados e trabalhadores fossem pagos em dia. Mas ele só tinha alguns recursos. E já estava cansado de esperar pelo reembolso.

— Documentação — Lockford sempre dizia. — Precisamos de mais documentação. — Qual era o versículo bíblico sobre devolver a capa de um homem antes do anoitecer para que ele tivesse algo para dormir?

Stephen não contratou estranhos. Ele contratou homens com quem construiu relacionamentos. Ele tratava pelo primeiro nome o engenheiro estrutural, o empreiteiro de estruturas, o engenheiro civil e o arquiteto paisagista. Stephen ficou de olho nas coisas porque não confiava em Marvin Lockford para manter as contas em ordem. Ele não gostava de sentir que precisava usar um pé de cabra para tirar o dinheiro devido do punho cerrado de Lockford.

Stephen duvidava que Paul tivesse que esperar pelo seu salário.

As contas estavam sempre vencendo. Engenheiros acústicos instalando sistemas de som; o engenheiro mecânico responsável pelos sistemas de aquecimento, ventilação e ar-condicionado; o engenheiro elétrico, o engenheiro hidráulico e o engenheiro de combate a incêndio. Entrelaçados em todo o trabalho deles estavam o estresse constante e o fluxo de fiscais de obra que poderiam interromper o projeto se tudo não fosse feito de maneira correta.

Alguns dias, Stephen se sentia como um guarda de trânsito num cruzamento de Manhattan. Seria mais fácil se ele se deitasse no meio da rua e deixasse todos passarem por cima dele. Infelizmente, não era da sua natureza.

Senhor, quem está encarregado deste projeto? O Senhor ou Paul Hudson? Quero fazer a tua vontade, Jesus. Estou tentando acertar.

Stephen queria que esta igreja permanecesse de pé muito depois que ele e Paul Hudson estivessem mortos e enterrados. Queria que as pessoas vissem Cristo em cada tábua e tijolo. Mas, toda vez que ele via um dos caras do comitê de construção andando pelo local, ouvia falar de outro "evento" de Gerald Boham ou via Paul entrar no Charlie's com sua pasta de couro na mão, a pressão arterial dele subia.

Sally Wentworth serviu café. Paul sorriu e conversou brevemente com ela, depois voltou direto ao assunto.

— Não vejo por que não podemos cortar alguns custos aqui e ali.

Quantas vezes eles teriam que ter essa conversa? Stephen se esforçou para ter paciência.

— Corte custos e a qualidade cai. Você recebe o que paga, Paul. Esta igreja está sendo construída para honrar a Deus e será construída com os melhores materiais disponíveis. — Contanto que ele tivesse alguma palavra a dizer sobre isso.

Paul corou.

— Eu disse para construir com materiais baratos? — Ao falar sobre a pressão que estava sofrendo por parte do seu comitê de construção, Stephen quase zombou. Paul escolheu esses homens a dedo; eles assinavam embaixo de tudo que Paul queria.

O que está acontecendo aqui, Senhor?

Stephen sabia que algo estava errado, mas não conseguia identificar o que era. As coisas estavam mudando — o pastor Paul, acima de tudo. Stephen costumava respeitar o carisma de Paul no púlpito, a sua capacidade de organizar programas e escolher uma equipe que trabalhasse com ele como uma unidade. Mas, ao longo dos últimos anos, ele tinha visto algumas dessas mesmas pessoas passarem por cima de qualquer um que discordasse da "visão". Paul Hudson ainda conseguia motivar as pessoas e aproveitar talentos e recursos, mas Stephen estava se sentindo cada vez mais desconfortável com ele.

Talvez seja porque me sinto levado ao limite, Senhor. É apenas uma questão de dinheiro ou tem algo mais acontecendo aqui?

Ele se perguntou se mais alguém tinha dúvidas. Ele estava vendo uma determinação feroz de Paul em construir o CNVV antes do cronograma proposto de vinte anos. O que aconteceu com o amigo descontraído que costumava

O SOM DO DESPERTAR

257

sentar-se em um banquinho no balcão do Charlie's Diner depois de uma corrida de seis quilômetros?

Stephen empurrou o almoço pela metade para o lado e cruzou as mãos sobre a mesa.

— Vamos recuar, Paul. Vamos desacelerar. Existe um motivo para eu ter escrito um projeto de vinte anos. Os melhores materiais custam mais, mas duram mais. Sonhamos em construir algo que durasse.

— Eu sei, Stephen, mas no ritmo em que estamos indo, teremos sorte se vivermos o suficiente para ver o complexo concluído.

— Faz diferença se vivermos para ver isso? Queríamos que fosse bem-feito. Costumava levar centenas de anos para construir uma catedral. — Stephen ficou perplexo com a frustração e a impaciência de Paul.

Paul riu sem achar graça.

— Eu gostaria que *fosse* uma catedral.

— Estamos adiantados, Paul. Acalme-se. Dê à congregação uma pausa nos programas de arrecadação de fundos. Deixe-os se acomodarem.

Paul assentiu.

— Está bem, vamos adiar o ginásio. Mas gostaríamos de ter a fonte instalada e funcionando até o final do ano.

Stephen respirou lentamente. *Ele está ouvindo, Senhor?*

— A fonte está nos planos da última fase. Uma dessas opções a considerar no futuro, *após* a conclusão do plano de vinte anos.

— Parece espetacular no papel, Stephen. A água viva jorrando da terra e fluindo sobre aquelas estátuas como um riacho purificador. Seria inspirador. Isso atrairia pessoas.

— Era um desenho conceitual.

— Então você não sabe quanto custaria.

— Algo em torno de trezentos mil dólares. Provavelmente mais quando conseguirmos instalá-la. *Se* isso acontecer.

— Imagino que você poderia projetar algo mais simples, mas incorporando as mesmas ideias. Você sempre teve ótimos conceitos de design, Stephen.

Ele viu para onde Paul estava indo. Ele queria outro conjunto de plantas por uma taxa nominal — ou nenhuma taxa. Era hora de parar. Ele não poderia continuar doando seu tempo e suas economias. Ele tinha que fazer os pagamentos de casa e comprar mantimentos.

— Não tenho tempo, tenho outros três trabalhos agendados.

— Esse pode ser um dos seus problemas, Stephen.
Stephen olhou para ele, a pulsação acelerada.
— O que você está dizendo?
— O comitê acha que você está sobrecarregado.
O comitê, ou seja, ele.
— Eu tenho que trabalhar para viver, Paul. O CNVV não está pagando a taxa atual de nenhum empreiteiro geral, muito menos o que eu ganho normalmente. Estou no vermelho.
— Todos sabemos que você está fazendo isso pelo Senhor, Stephen, e sei que ele vai abençoá-lo por isso. Estamos todos gratos por ter um homem com a sua reputação liderando este projeto. Mas será uma grande vitória para você também, não será? Seu primeiro trabalho para o Senhor. Foi capa de uma das mais prestigiadas revistas de arquitetura do país. As pessoas estão observando para ver como você se sai neste projeto.
Paul achava que ele era tão ingênuo? Ele reconheceu a manipulação quando a viu.
— Gratidão e publicidade gratuita não pagam o aluguel. Tive que pagar contas que Marvin Lockford não paga em dia. — Ele ficou aliviado quando Paul pareceu surpreso. Ele não queria pensar que era Paul quem estava dizendo ao seu tesoureiro para reter os fundos.
— Ele não está pagando?
— Sessenta a noventa dias de atraso hoje. — Stephen apoiou os antebraços na mesa. — Meus homens têm família, Paul. Eles mal podem esperar pelos seus contracheques. Paguei do meu próprio bolso os trabalhadores diaristas, mas não posso continuar assim. — Ele observou a mudança de expressão de Paul, mas não conseguiu decifrar o que estava pensando. Foi como se um véu caísse, e isso incomodou Stephen. Ele não conhecia mais Paul. Pior, ele não tinha certeza se queria conhecê-lo. Tudo o que ele sabia era que não gostava de se sentir culpado quando pedia seu salário. E ele não gostava de se sentir usado.
— Desculpe. — Paul pegou sua carteira. — Vou falar com Marvin. O que você acha de eu pagar o almoço hoje? — Ele tirou uma nota de vinte da carteira.
Stephen decidiu não discutir sobra a conta. Paul certamente estava com mais dinheiro sobrando este mês do que ele.

O SOM DO DESPERTAR

Eunice estava sentada na sala de espera do lado de fora do escritório de Paul. Ela esperava falar com Paul ao telefone, mas Reka a informou de que Paul havia dado ordens para não ser incomodado, a menos que fosse uma emergência. Ele estava aconselhando alguém. Eunice sabia que ele não consideraria a situação devastadora o suficiente para interrompê-lo.

— Vamos descer e esperar para vê-lo.

Paul deixou bem claro para ela que Eunice nunca deveria iniciar qualquer especulação. Ele havia dito mais de uma vez: "Lide com isso e me conte mais tarde." Ela achava que era democrático tratar ela e Tim como qualquer outro membro da igreja que pedia ajuda, mas ela se ressentia disso. Quantas vezes o telefone tocou durante um jantar em família e ele passou uma hora ou mais conversando com alguém que estava em crise? Quantas vezes ele se levantou no meio da noite para ser o apoio de alguém? Ele sempre encontrava tempo para os outros, mas, quando se tratava da própria esposa e filho, ele não tinha energia nem tempo sobrando. Ela tentou reprimir o ressentimento enquanto se sentava ao lado de Tim na sala de espera.

Reka deu-lhes um sorriso desconfortável.

— Mandei um bilhete, ele sabe que vocês estão aqui. Tenho certeza de que ele vai terminar logo. — Ela voltou a digitar.

Quinze minutos se passaram. Timothy estava ao lado dela, sombrio e silencioso.

Reka se ofereceu para fazer café. Eunice disse que não era necessário. Mais quinze minutos se passaram antes que a porta se abrisse e Rob Atherton passasse por ela com Paul em seu encalço. Ele deu um tapinha nas costas de Rob.

— Obrigado por ter vindo, Rob. — Rob parecia exausto. Ele acenou para Eunice. Será que Paul estava tentando arrancar outra doação do homem?

— Eunice, pode entrar no escritório — disse Paul. — Estarei com você e Tim em apenas um minuto. — Ele saiu para o corredor com Rob.

— Estou surpreso que ele tenha tempo — disse Tim ao se levantar.

Eunice sentou-se no sofá de couro macio. Passaram-se mais dez minutos até que Paul voltasse à sala.

— São quase 16h, Reka. Você pode terminar o boletim informativo da igreja pela manhã. — Ele entrou em seu escritório e fechou a porta atrás de si. O sorriso desapareceu. O mesmo acontecia com o olhar de terna paciência que ele tantas vezes exibia ao falar com pessoas como Marvin e LaVonne Lockford ou Jessie Boham.

— Vocês dois têm problemas estampados nos rostos. Não poderiam ter guardado o que quer que fosse em casa para conversarmos mais tarde, em vez de virem aqui e ficarem sentados lá fora, onde qualquer um possa ver vocês?

Eunice sentiu suas defesas subirem.

— Você me disse esta manhã que não voltaria para casa até tarde porque tinha outra reunião importante com o comitê de construção. E eu liguei. Reka falou que você disse a ela para suspender todas as ligações. E não podíamos esperar. — Algumas coisas não podiam ser adiadas e deixadas de lado. Não mais. E ela não queria que Paul ouvisse as más notícias de alguém da igreja. Jessie certamente contaria a Gerald, e Gerald contaria a Paul...

— Está bem, está bem. Vá direto ao ponto. O que aconteceu desta vez?

— Por que não pergunta para mim, pai? — Com o rosto pálido, Tim olhou para o pai. — Por que descontar nela?

— Não estou descontando nada nela, mas talvez você devesse pensar em como seu comportamento afeta os outros. Especialmente *a mim*. O que você faz afeta a *minha* reputação. — Ele se virou para ela. — Então, você vai me contar ou não?

— Se você me der uma chance. — Tim abaixou a cabeça.

Paul sentou, parecendo irritado.

— Fala logo. — Ele olhou no seu relógio. — Tenho que sair em 45 minutos para uma reunião importante.

— Tim foi suspenso da escola.

— Ótimo! Exatamente o que eu precisava! — Paul se levantou e caminhou. Com as mãos na cintura, ele olhou para cima como se estivesse procurando em seus livros de aconselhamento aquele que lhe daria uma maneira rápida e fácil de sair desta última crise. — O que há com você, Tim? Você está tentando me envergonhar na frente da minha congregação? — Ele olhou para o filho deles como se o desprezasse. — Você está tentando fazer de mim motivo de chacota para todos na cidade?

— Não.

— E a sua mãe? Como você acha que ela se sente quando você faz alguma proeza que a faz ser chamada à sala do diretor? Ela não pode defendê-lo pelo resto da sua vida. Quando você vai sair da saia dela e crescer? Você não sabe que todo mundo observa a nossa família? Somos importantes para esta comunidade. As pessoas nos consideram exemplos. E que tipo de exemplo você é com seu olho roxo e lábio cortado? O que as pessoas vão dizer quando te virem no domingo de manhã?

O SOM DO DESPERTAR

— Eu não me importo com o que eles dizem.

— Porque você não se importa com ninguém além de si mesmo.

Eunice ficou com medo de que ele estivesse apenas se aquecendo.

— Paul...

— Quando você vai crescer?

Eunice tentou interromper.

— Fique fora disso, Eunice. Você está sempre o protegendo. Parece não entender o que quero dizer. Se as pessoas pensarem que não posso administrar meu próprio filho, vão começar a se perguntar se posso administrar minha igreja.

Paul nem sequer perguntou o que aconteceu para provocar a suspensão. Tudo tinha que se reduzir à igreja *dele*, à reputação *dele*? Desde quando a verdade era medida pelo que os outros poderiam dizer? As pessoas inventavam fofocas, e as esposas de alguns dos presbíteros de Paul eram as piores infratoras de todas.

— Você não está dando uma chance a ele...

— Ele teve chance após chance.

Paul parecia cego para o menino ferido que estava se tornando um jovem furioso. A atenção dele estava fixada no seu pastorado, no seu ministério, na sua reputação.

Eunice percebeu que também estava cansada de algumas coisas. Cansada da gentileza pública de Paul e de sua intimidação particular.

Lágrimas brotaram dos olhos de Tim enquanto ele olhava para o pai.

— A única coisa com a qual você se preocupa é a sua igreja.

— Eu me importo com todos nesta igreja, incluindo você.

— Não que eu já tenha notado.

— Não se atreva a falar comigo desse jeito!

— Paul, ouça seu filho!

Ele se virou para ela.

— Se você não estivesse sempre tentando consertar as coisas para ele, ele não estaria em outra confusão.

Ela estava apenas seguindo suas instruções, lidando com os problemas e tentando contar a ele mais tarde. Só que ele nunca ouviu!

— Por que você está sempre culpando a mamãe? Por que não tenta olhar para si mesmo, para variar? Sr. Pastor Paul, a imagem perfeita.

— Você acha que eu não sei o que é ser um filho de pregador? Sei que não é fácil, mas você nem tenta. Tirei notas altas durante toda a escola! Fiz atletismo! Nunca perdi uma reunião do grupo de jovens! Fiz viagens missionárias! Participei de conferências com a minha mãe! Fiz *tudo* o que pude para facilitar a vida do meu pai. E aqui está você. — Ele deu um aceno de desdém. Colocando as mãos na mesa, ele se inclinou na direção de Tim. — Cada vez que você age assim, está servindo a Satanás. Você está abrindo a porta desta igreja e convidando-o a entrar.

— *Já chega*! — Eunice ficou parada, com as bochechas em chamas, dominada pela ira. Paul e Tim encararam ela, e não é de admirar. Ela nunca tinha gritado com ninguém em toda a sua vida. Ela estava tremendo de raiva. — Tim, vá para casa. — O coração dela doeu ao ver a expressão no rosto dele. Ela colocou a mão no ombro dele. — Preciso conversar a sós com seu pai.

Tim ficou de pé, com os olhos cheios de lágrimas.

— Me desculpe, mamãe.

— Me desculpe também.

Paul olhou para ela.

— Você é a maior parte dos problemas dele, sabia disso? Ele nem me escuta.

— Por que ele deveria ouvir você? Você nem sequer permitiu que ele contasse o que aconteceu.

— Não precisei perguntar, ele está com um olho roxo e um lábio cortado. Ele estava em outra briga.

— Shirl Wenke me ligou na semana passada.

— O que isso tem a ver?

— Ela elogiou muito o quão paciente e compreensivo você foi com o filho dela, Bobby, quando ele foi pego escrevendo grafite com marcador permanente no banheiro da igreja.

Os olhos de Paul endureceram.

— Ele repintou a parede.

— E Shirl disse que você o levou para comer um hambúrguer e conversou com ele por mais de uma hora. — Ela pegou sua bolsa. — Sim, Paul, Tim estava brigando. Um dos meninos do nosso grupo de jovens estava sendo espancado no vestiário por alguns jogadores de futebol. Tim interveio. Foram quatro contra um. Tim poderia ter acabado no hospital.

Os olhos dele tremiam.

— Então por que ele foi o único suspenso?

— Ele não foi: todos foram suspensos. Até Frank Heber, que sofreu mais danos.

O SOM DO DESPERTAR

Paul afundou na cadeira.

— Lutar não é a resposta.

— Talvez não, mas às vezes você não consegue ficar parado. E duvido que Tim tenha causado tanto dano com os punhos quanto você causou com a língua.

Ele levantou a cabeça, ficando irritado mais uma vez.

— Como você pode me acusar depois de gritar comigo na frente do nosso filho?

— Você não esperou trinta segundos antes de condená-lo e julgá-lo!

— Você não está sendo justa! Por que não pensa e considera a posição em que ele me colocou?

— Não fale de justiça, Paul. Observo você mimar os membros da sua congregação, mesmo aqueles que estão pecando abertamente. Homens e mulheres morando juntos, diaconisas fofocando, presbíteros que retêm dinheiro dos trabalhadores.

— O que você sabe sobre isso? — Os olhos dele se estreitaram. — Tem conversado com Stephen Decker?

— Não, outro dia ouvi um dos diaristas no banco. — Ela engoliu a dor. — Me apego à esperança de que tudo vai ficar bem, mas às vezes me pergunto se vai, Paul. — Ela procurou os olhos dele. — Você mudou.

— Você também mudou, Eunice. Está longe de ser a garota submissa com quem me casei. Você me desafia sempre que pode.

O que ele estava falando?

— Você nem está me ouvindo, não é? Você está tão envolvido na construção desta igreja que não tem tempo para nós.

Paul soltou um suspiro sofrido.

— Estou cansado. Talvez eu tenha exagerado, mas o que você esperava, tendo chegado ao final do dia com uma situação dessas?

— Suponho, então, que teria sido melhor se Tim tivesse sido suspenso logo pela manhã. — Ela colocou a mão na maçaneta. — Sabe, Paul, nem consigo me lembrar da última vez que você concedeu graça a mim ou a Tim.

— Ele não precisa de graça, precisa de disciplina.

Havia alguma utilidade em conversar com ele? Ele tinha olhos para ver ou ouvidos para ouvir? Ela não podia continuar contornando o assunto.

— Você está tratando Tim da mesma forma que seu pai tratou você.

O rosto dele ficou vermelho.

— Não fale do meu pai. O que você sabe sobre as pressões de construir uma igreja? Sou um pastor melhor porque meu pai me incentivou. Agora que estou no lugar dele, posso olhar para trás e entender o estresse que papai estava sofrendo, a batalha constante para construir algo para Deus. Não sou mais um garotinho correndo para minha mãe toda vez que meus sentimentos são feridos.

Cada palavra perfurava e feria.

— Não existe desculpa para a crueldade, Paul. — Ela examinou o rosto dele, se perguntando o que teria acontecido com o jovem que ela tanto amava. Ela viu Paul se tornar mais duro e obstinado. Às vezes, ela se perguntava se a única razão pela qual ele comparecia aos eventos escolares era para ser visto pelos outros pais do CNVV. Ele passava a maior parte do tempo conversando com os outros pais, filhos e filhas de outras pessoas.

Tim via. Tim sabia. Tim era profundamente afetado por isso. Ela quase podia ouvir o filho se perguntando se ele contava no esquema das coisas — além de ser um garoto-propaganda de Paul Hudson, pastor da igreja que mais cresce no Vale Central.

Às vezes ela se perguntava a mesma coisa sobre seu próprio papel. Ela sabia cantar. Sabia tocar piano. Tirando isso, quem era ela? Apenas a pequena Eunice McClintock, uma menina das colinas da Pensilvânia que entregou sua vida a Cristo antes dos nove anos de idade. Ela não era ninguém especial. Sempre se perguntou o que Paul via nela.

Talvez ele estivesse se perguntando a mesma coisa.

— Nenhum de vocês parece se importar com os problemas que esta situação pode me causar. — Paul fez um gesto com a mão sobre a mesa. — Como se eu já não tivesse o suficiente para lidar.

Essa sempre foi a desculpa dele.

Ela sabia que o casamento deles estava em dificuldades, mas onde a esposa de um pastor ia para obter aconselhamento?

— Por que você não conta para todo mundo que seu filho quase se tornou um mártir cristão? — Paul parecia que poderia considerar a ideia. — Vou para casa, Paul. Tem alguma coisa que você queira que eu diga ao Tim?

— Ele está de castigo.

O futuro se estendia à frente dela, sombrio e solitário. *Ajude-me, Deus.*

— Se você continuar como está, Paul, vai expulsar o Tim da igreja.

Ele pode até afastar o filho deles de Deus.

O SOM DO DESPERTAR

Quando Samuel ouviu a campainha tocar, pensou que talvez fosse um dos meninos mórmons com camisas brancas e calças pretas. Da última vez, eles aceitaram o convite para tomar leite e comer biscoitos e deixaram as bicicletas presas no portão da frente. Depois de meia hora, um dos jovens estava ansioso para ir embora, mas o outro não pôde ser arrancado da cadeira. Samuel convidou os dois para o estudo bíblico da noite de quarta-feira.

— Tim! Quanto tempo. — Ele abriu bem a porta. — Entre.

— Obrigado.

Samuel fez uma careta.

— Você está bem?

— Sim.

— E o outro cara?

— Caras. — Tim passou pela porta da frente e ficou na sala. Samuel se perguntou se o menino estava se lembrando de como Abby costumava perguntar se ele queria alguns biscoitos quando ele passava pela porta. Os ombros de Tim tremeram e um som saiu dele como o de um animal ferido. Afundando no sofá velho, ele segurou a cabeça e começou a soluçar.

Samuel colocou a mão no ombro de Tim e se sentou ao lado dele.

Tim esfregou o rosto na manga e se sentou curvado, com os antebraços apoiados nos joelhos.

— Desculpe, não queria vir aqui e chorar como um bebê.

— Eu tive meus momentos, Tim. Se não fizéssemos isso, estaríamos totalmente expostos.

Tim deu uma risada forçada.

— Ou deixaríamos outra pessoa exposta. — Ele soltou um longo suspiro através dos lábios franzidos. — Espero não ter interrompido nada.

— Nada que não possa esperar. — Samuel deu um tapinha no ombro de Tim, colocou as mãos nos joelhos e se endireitou. — Por que você não vem até a cozinha e me ajuda a descobrir o que preparar para comer? — Tim o seguiu e ficou na porta dos fundos, olhando para fora. Samuel espiou dentro do freezer. — Eu tenho comida congelada. Bife suíço, bolo de carne e lasanha. Ou podemos jogar uma dessas pizzas no forno.

— O que você quiser.

Samuel sabia que Tim gostava de pizza. Ele ligou o forno, abriu a caixa da pizza, tirou o papel celofane e colocou a pizza numa assadeira.

— Deve ficar pronta em meia hora. — Ele pegou dois refrigerantes na geladeira. — Ou quando o alarme de fumaça disparar. — Ele abriu uma lata de um refrigerante e deslizou-a sobre a mesa.

Tim tomou um longo gole, largou a lata e apoiou os braços sobre a mesa.

— Você se dava bem com seu pai, Samuel?

Samuel sorriu.

— Nós batíamos de frente de vez em quando.

— Fui suspenso. Fui levado para a sala do diretor de novo. — Ele olhou para a lata. — Estou cheio de todos eles, Samuel. Eles são um bando de hipócritas horríveis. Estou cheio de ver o diretor se curvando para desculpar os atletas. Estou cheio de ver meus professores me dizendo que estou desperdiçando meu talento natural, como se eles realmente se importassem. Estou cheio de ver o papai culpar a mamãe toda vez que alguma coisa acontece. Acima de tudo, estou cheio dele. — Ele tomou outro gole de refrigerante. — Eu não me importo com o que qualquer um deles pensa de mim.

Samuel percebeu o quanto ele não se importava. Ele pensou em uma dúzia de respostas banais: "Não é fácil crescer." "Você vai superar isso." "Seu pai te ama." "Não é fácil ser pai hoje em dia." "A vida é dura." Tudo verdade, mas era Tim quem precisava conversar. Não ele.

Então Samuel o deixou falar. Já sabia da maior parte. Ele estava envolvido na vida de Timothy Hudson desde que o menino era empurrado em um carrinho. Foi apenas nos últimos anos, quando as visitas de Tim diminuíram para uma vez por mês ou mais e duravam menos de trinta minutos, que ele teve que contar com Eunice. Ela ainda fazia longas caminhadas e parava para tomar chá. Ela atualizava as notícias sobre Tim. Fuga da escola dominical, dificuldade com o dever de casa, reuniões de futebol interferindo no grupo de jovens, escapadas em acampamentos da igreja. Tim havia escrito uma peça teatral, uma sátira completa sobre a igreja, que chegava um pouco perto demais do lar para ser confortável. Jessie Boham pensou tê-lo visto fumando maconha atrás da pista de boliche. Acontece que era outra pessoa, mas as pessoas tendiam a acreditar nas fofocas.

Tim se levantou e deu a volta na mesa, abrindo a porta do armário embaixo da pia e colocando a lata no cesto de reciclagem.

— Não vou mais à igreja.

Samuel não tinha dúvidas de qual era o objetivo daquele discurso.

— Se importa de me dizer por quê?

O SOM DO DESPERTAR   267

— Estou cheio de ficar sentado com um bando de hipócritas, Samuel. A sra. Lockford e sua Gestapo verificando todos. O sr. Boham dizendo ao grupo de jovens que temos que nos sacrificar pelo reino enquanto ele sai e compra um carro novo todos os anos. A sra. Boham tagarelando sobre a decadência moral da juventude americana. Você sabia que ela grava três novelas por dia?

— Como você sabe disso?

— Trudy. Ela é tão viciada quanto a mãe. Ela devora tudo! E a mãe dela me olha com desdém porque eu ouço heavy metal. — Ele sentou na cadeira de novo, com as pernas abertas. — Você tem sorte de estar fora disso.

Ele não estava fora disso. Ele só encontrou outra maneira de participar.

— Você precisa mudar seu foco. Olhe para cima.

— Tudo bem, certo. Para o púlpito? Para o meu pai? Toda aquela conversa sobre como devemos "amar uns aos outros". Ele é o maior hipócrita de todo aquele lugar.

Pelo menos ele não incluiu a mãe em sua condenação abrangente.

— Olhe mais alto, Tim.

— O que tem para ver? Alguns pedaços de madeira pregados na parede frontal? Isso não significa nada, não para eles. Não que eu possa ver. — Ele inclinou a cabeça. — Eu nem sei se acredito mais em Jesus. Ou mesmo se eu quero acreditar.

De todas as coisas que Tim dissera nas últimas duas horas, essa foi a que mais entristeceu Samuel. Ele sabia o que era se sentir excluído, isolado, derrotado. Mesmo depois de anos amando e servindo ao Senhor, Samuel teve momentos de desânimo. Ele teve momentos de agitar o punho para o céu e perguntar por quê. Cada dia exigia uma decisão, e, em alguns dias, Samuel implorava para que Jesus o levasse para casa. *Senhor, sinto falta da minha esposa. Por que tenho que ficar sem ela?* Ele sabia o que Abby diria sobre isso. "É melhor você orar, Samuel. Você está em uma batalha, deixe o Senhor armar você. Não pode enfrentar o inimigo vestindo roupas íntimas espirituais."

Então, Senhor, o que eu digo? O menino não está com disposição para um sermão.

Tim ficou em silêncio. Samuel só podia esperar que o menino estivesse esperando uma réplica.

— As pessoas falham o tempo todo, Tim. É nossa natureza bagunçar as coisas. O único homem que passou pela vida sem estragar tudo foi Jesus, e ele é Deus. Olhe para ele. Não espere que seu pai tenha todas as respostas que você precisa.

— Não brinca. — A boca dele se retorceu. — Às vezes me pergunto se papai acredita. Afinal, para que ele precisa de Deus? Ele acha que pode fazer tudo sozinho.

Timothy Hudson tinha mais sabedoria do que imaginava.

— Você esteve em chamas por Jesus uma vez.

— Talvez.

— Eu estava lá no dia em que você foi batizado.

— Não durou.

— Qual parte sua não foi mergulhada?

— Digamos que não vejo que isso tenha mudado alguma coisa.

— Vou te dizer uma coisa: você segue sua fé, por mais fraca que seja, em vez das suas dúvidas, por mais fortes que lhe pareçam agora. Você faz isso e deixa o resto com Deus. Ele vai garantir que tudo corra conforme o planejado.

Tim inclinou a cabeça e olhou para ele. Como alguém tão jovem poderia ter um sorriso tão cínico?

— Seria muito mais fácil se eu não fosse à igreja.

Paul tentou se concentrar na reunião, mas sua mente sempre voltava para Eunice e Tim. Ele não deveria ter perdido a paciência. Deveria ter ouvido o lado da história do filho. Mas ele tinha acabado de passar uma hora cansativa com Rob Atherton, tentando fazer aquele homem se abrir. Ele poderia muito bem estar muito feliz. Foi Sheila quem pediu aconselhamento matrimonial, mas ele não iria longe se Rob não cooperasse.

Depois de uma hora com o reticente Rob, ele se sentia frustrado por tentar ajudar um casal sem orientar o marido a frequentar a igreja. Rob estava em cima do muro, e Paul não queria que o homem jogasse seus recursos na direção errada. A visão de Tim com outro olho roxo destruiu o pouco de paciência que lhe restava.

E agora esta reunião. Esses homens não conseguiam fazer nada sem ele?

— Então, o que quer que façamos, Paul?

— A única coisa que podemos fazer agora: economize dinheiro em missões e pague aos subcontratados. Não quero ter de repetir, na semana que vem, a mesma conversa que já tive com Stephen Decker. Se quisermos fazer as coisas, vamos ter que fazer sacrifícios.

Marvin assentiu.

O SOM DO DESPERTAR   269

— Isso é o que tenho dito o tempo todo. Precisamos manter o dinheiro aqui, e não em algum país estrangeiro com pessoas que nem conhecemos.

— Temos que fazer o que é melhor para a nossa congregação — concordou Gerald.

Eles conversaram por mais algum tempo. Todos queriam fazer o que era melhor para a igreja. E o melhor era continuar crescendo.

No caminho para casa, Paul ligou para Stephen no celular e deixou uma mensagem dizendo que Marvin Lockford teria um cheque pronto para ele pela manhã.

— Sinto muito pelo atraso, Stephen. Eu não sabia disso. — Quantas outras coisas lhe escapavam? Ele teria que ser mais diligente. Pena que ele não podia ser clonado.

Talvez ele devesse parar no mercado para comprar um buquê. Já fazia muito tempo que ele não levava flores para Eunice. Ele se inclinou e tirou um pacote novo de pastilhas antiácido do porta-luvas. Seu relógio de bordo marcava 21h48. Se ele parasse, isso significaria apenas mais quinze minutos para chegar em casa. Talvez mais se Maggie O'Brien estivesse no caixa. Ela falava alto toda vez que ele a via e, a essa hora, os clientes seriam poucos e distantes entre si e ele não teria uma desculpa pronta para escapar. Não, as flores poderiam esperar. Paul sempre poderia mandar Reka comprar um buquê no dia seguinte. Ele mastigou uma segunda pastilha.

As luzes da sala estavam apagadas quando ele entrou na garagem. Ele apertou o controle remoto do portão da garagem. A bicicleta de Tim estava encostada na parede, o capacete pendurado no guidão. Tim. *O que vou fazer com esse garoto, Deus? Ele está me deixando louco. O Senhor poderia me ajudar um pouco? Promova uma mudança em sua vida, Senhor.*

Paul tirou o paletó e afrouxou a gravata enquanto subia as escadas. A televisão estava ligada na sala, Tim estava esparramado no sofá.

— Você sabe que não quero que assista a esse programa. — Paul pegou o controle remoto e desligou a televisão. — E já passa das 22h.

Tim se espreguiçou e ficou de pé.

— Você chegou em casa mais cedo.

Ele estava tentando arranjar uma briga?

— Olha, sinto muito por esta tarde no meu escritório. Tive um dia difícil.

— Eu também.

Paul encostou no batente da porta.

— Sua mãe disse que eram quatro contra um.

— Eu não estava contando o placar.

— Você quer me contar sobre isso?

Tim pegou os tênis e foi até a porta.

— É um pouco tarde, papai.

— Não tão tarde. — O telefone tocou. Tim lançou um olhar irônico e passou por ele. — Tim... — O telefone tocou pela terceira vez, o som estridente afetando os nervos de Paul. Era tarde. As pessoas não poderiam deixá-lo em paz?

— É melhor você atender, papai. Pode ser alguém importante. — Tim entrou em seu quarto e fechou a porta.

O telefone parou de tocar. Já estava na hora de Eunice atender. Paul jogou o controle remoto no sofá. Ele parou na porta de Tim, mas decidiu deixá-lo em paz. Melhor esperar até de manhã, depois de ambos terem tido uma boa noite de sono. Ele abriu a porta do quarto principal e tirou o paletó.

— Paul...

— Anote a mensagem, estou exausto.

— É a sua mãe.

Ele podia ver que algo estava terrivelmente errado. Ele pegou o telefone.

— Mãe? O que aconteceu?

— Seu pai, Paul. — Ela estava chorando. — Ele morreu!

CAPÍTULO 12

Paul sentou na primeira fileira da igreja de seu pai, sua mãe de um lado e sua esposa e filho do outro. Olhando para frente, ele lutou contra a raiva que o atormentava. Velhas mágoas surgiram, provocando-o enquanto ele ouvia os oradores elogiarem seu pai. Estiveram presentes representantes da comunidade, do estado e da nação. Cinco mil pessoas compareceram para prestar suas homenagens, entre elas políticos estatais, estrelas de cinema, pregadores evangélicos conhecidos, bem como outros líderes religiosos que elogiaram David Hudson pelo seu amor por toda a humanidade. Tinha até um guru no meio da multidão, junto com uma dúzia dos seus seguidores vestidos de túnica, sentados nos bancos. Flores e mensagens de condolências estavam chegando. A revista *People* tinha convidado sua mãe para uma entrevista.

Ele deveria saber que seu pai encontraria uma saída do mundo antes que o Centro Nova Vida do Vale estivesse concluído. Mais cinco anos e Paul poderia ter conquistado o respeito e a aprovação do pai.

Tarde demais agora. David Hudson, renomado pregador evangélico, estava sendo sepultado, sua eloquência silenciada para sempre. Fora o que ele tinha a dizer no livro que ainda liderava as listas de mais vendidos.

Sua mãe se recusou a falar com qualquer pessoa da imprensa.

— Se você me ama, Paul, não dirá nada. Você vai sentar ao meu lado, segurar minha mão e me ajudar a passar por este circo! — Lois estava pálida e com olheiras escuras; ela parecia tão perturbada que ele nem discutiu. — Não quero que o funeral dele seja uma oportunidade de ouro.

Oportunidade? A palavra doeu.

Então aqui estava ele, sentado entre milhares de pessoas, em silêncio, segurando a mão dela e a língua dele enquanto outros fora da igreja elogiavam seu pai. Ele poderia ter dito mais e melhor do que os repórteres de jornais e aqueles diante das câmeras de TV. Quem conheceu um pai melhor do que seu próprio filho? As pessoas se perguntariam por que ele não estava falando? Será que considerariam isso uma afronta à memória do grande David Hudson? Mas ele obedeceria aos desejos de sua mãe. A menos que ela tenha mudado de ideia. Ele se inclinou, mas a mão dela o apertou. O rosto dela estava rígido e pálido, manchado de lágrimas.

Tudo estava sendo feito de acordo com os desejos dela. Até mesmo o culto simples presidido por Joseph Wheeler. Paul se perguntou quantos participantes ficaram ofendidos com a mensagem do Evangelho. Ele podia ouvir o movimento nos bancos, as vozes suaves e murmurantes. Wheeler não vacilou. Ele explicou isso em passos simples e intransigentes para a salvação. Jesus salva. Ninguém mais. Ele deu a bênção e a orquestra de louvor iniciou o poslúdio. Eunice provavelmente adorou os hinos. Os cerimonialistas avançaram para escoltar ele e sua mãe pelo corredor. Eunice e Tim seguiram logo atrás.

Fotógrafos, cinegrafistas e repórteres esperavam na frente. A mão de sua mãe apertou seu braço.

— Fique ao meu lado.

— Eles esperam que alguém fale pela família.

— Não me importo com o que "eles" esperam. Esta é a última vez que seu pai estará sob os olhos do público e vamos fazer o que é certo! Não diga nada! Entendeu, Paul? Nem uma palavra. — Ela puxou o véu preto sobre o rosto e saiu com ele pelas portas da frente da igreja.

O *flash* das câmeras disparou. Os repórteres avançaram. Perguntas vieram de todos os lados enquanto microfones eram erguidos. A excitação tomou conta de Paul. Vários dos cerimonialistas avançaram para bloquear a imprensa enquanto Paul acompanhava a mãe escada abaixo até a limusine preta que os esperava.

— Sra. Hudson, você pode falar algumas palavras?

— Sra. Hudson!

— Sra. Hudson!

— Sra. Hudson!

— Sra. Hudson!

— Sra. Hudson!

O motorista abriu a porta do carro e sua mãe quase mergulhou para dentro. Paul se conteve, esperando que Eunice e Tim chegassem na frente dele.

Havia tanta coisa que ele queria dizer sobre seu pai. Ele reconheceu alguns dos repórteres. Ele os tinha visto na televisão.

— Este é Paul Hudson, o único filho de David Hudson. Reverendo Hudson, seu pai foi um dos maiores evangelistas do século XX. E agora fomos informados de que você está construindo uma igreja no Vale Central para rivalizar com os esforços dele. Espera seguir os passos do seu pai? — Uma linda mulher de cabelos loiros empurrou um microfone na direção dele.

Os cerimonialistas se posicionaram na frente dele, estendendo os braços para bloquear o avanço da imprensa enquanto o atendente da limusine acenava atrás de Paul.

— Paul! — Sua mãe estendeu a mão para ele. Ele não podia ignorá-la sem que isso chegasse à imprensa. Deslizando para dentro da limusine ao lado dela, ele olhou para fora quando a porta foi fechada com firmeza, impedindo sua última chance de dizer qualquer coisa. Enquanto a limusine se afastava rapidamente do meio-fio, Paul olhou para o mar de rostos.

— Algumas palavras não fariam mal, mãe. — Ela poderia ter dado a ele um minuto, pelo menos. — Eles vão pensar que eu não me importo.

Ela desviou o olhar.

— Deixe-os pensar que você está muito enlutado para dizer qualquer coisa — disse Eunice, olhando para ele através das lágrimas.

O que havia de errado com ela?

Tim espiou pelas janelas escuras.

— Aquele é o governador?

Paul olhou para fora, lutando contra o seu ressentimento.

— Sim. — Ele nem teve a chance de apertar a mão dele.

— Uau! — Tim disse. — E ali está Tom Davenport! Ele tem um novo filme saindo no mês que vem. Não sabia que o vovô o conhecia.

— Ele não é mais importante do que ninguém, Tim.

O ressentimento de Paul aumentou ainda mais com o comentário de Eunice.

— Não se esqueça por que estamos aqui.

— Desculpe, vovó.

Sua mãe olhou para a frente.

— Muitas pessoas vieram para ter seus rostos nos jornais ou no noticiário noturno.

Paul ficou surpreso e desapontado porque o funeral do seu pai recebeu apenas cinco minutos de cobertura jornalística. A âncora resumiu a ilustre carreira de David Hudson usando clipes do pai de Paul pregando na igreja que ele havia construído, e depois outro clipe quando ele pregava para cinquenta mil pessoas em um estádio de futebol. Tinha clipes dele apertando a mão do presidente Ronald Reagan e, mais tarde, do presidente Bill Clinton. O governador, Tom Davenport, e várias outras celebridades entrevistadas tiveram uma cobertura de alguns segundos cada. A última cena era de Paul e sua mãe descendo as escadas da igreja, Eunice e Tim atrás deles. A comentarista de notícias pegou seus papéis e os deixou de lado enquanto passava para outros eventos de interesse jornalístico.

— O mundo continuará girando sem ele, Paul.

Ele olhou para cima e viu sua mãe parada na porta. Por que ele deveria ficar envergonhado por assistir ao noticiário? Por que ele deveria se sentir culpado? O que tinha de errado em querer ver o que a mídia tinha a dizer sobre a morte do seu pai?

Ele ainda estava chateado com a notícia de que o corpo do seu pai estava sendo enviado para Midvale, Missouri. Seu pai teria odiado a ideia. Paul lembrou da avaliação que David havia feito sobre seu próprio pai. "Seu avô nos mudou de cidade em cidade durante vinte anos e nunca pregou para multidões maiores que algumas centenas! Não dê ouvidos à sua mãe. Ela tem uma ideia sonhadora sobre quem foi meu pai e o que ele realizou. Só porque ele era um bom homem não significa que ele tenha feito algo que valesse a pena para Deus. A Bíblia diz que um homem que não cuida da sua família é pior que um incrédulo. Eu cresci usando sapatos e roupas que minha mãe ganhava nas vendas de artigos da igreja! Meu pai mal conseguia pagar o aluguel do barraco em ruínas em que morávamos. Lembro de ir para a cama com fome! Se você quer ser um grande homem de Deus, não olhe para Ezra Hudson. Seu avô foi um completo fracasso como pregador — e como homem."

— Ainda está com raiva de mim, não está, Paul?

— Não estou com raiva. Estou decepcionado. Quero entender, mãe. Por que você não me deixou dizer nada em nome do papai?

— Você costumava me chamar de mamãe. — Ela suspirou. — Há muita coisa que você não sabe, Paul.

— Então me diga.

Ela procurou seus olhos por um momento e depois balançou a cabeça.

O SOM DO DESPERTAR

— Algumas coisas você já sabe. Algumas não está disposto a lembrar. — Ela se sentou em uma poltrona perto da janela e empurrou a cortina para o lado para poder olhar para fora. — Outra hora. — Ela estava pálida e tensa. — Eu também o amava, Paul. Muito mais e por muito mais tempo.

— Sei que ele não era perfeito, mãe. Mas devemos perdoar. Nós nos reconciliamos. Achei que você entendesse isso.

— Ah, eu sei. Vi a mudança em você.

— Devíamos ter feito uma declaração.

Ela baixou a mão e a cortina transparente flutuou de volta ao lugar.

— Você não acha que foi suficiente aquela jornalista dizer: "A família enlutada partiu sem fazer uma declaração à imprensa?"

— Não.

A boca dela se inclinou em um sorriso melancólico.

— Por que não?

— Porque ele iria querer mais.

— Um feriado nacional em nome dele, talvez?

— Não faça piada, mamãe.

O silêncio caiu entre eles. Ele lutou contra as lágrimas que o sufocavam. Estava com tanta raiva que queria quebrar alguma coisa. Sentiu os olhos da mãe sobre ele, observando, esperando. Ele se sentiu pequeno e mesquinho sob sua terna leitura. Ela soltou a respiração lentamente e inclinou a cabeça para trás.

— Ele estava a caminho de Chicago para discutir os detalhes da sua última empreitada.

— Outro livro? — Ele não queria parecer invejoso ou amargo, mas sabia que ambas as emoções o estavam consumindo.

— A *alma mater* dele ofereceu um cargo de professor. Ele iria conduzir seminários para líderes cristãos sobre como construir uma igreja.

— Tudo o que ele me disse é que tinha outras cartas na manga. — O desespero tomou conta de Paul. Chega de pensar que ele e o pai tinham algum tipo de relacionamento. — Achei que papai e eu estávamos nos aproximando nos últimos anos. — Ele nunca correspondeu às expectativas do pai. Ele nunca atingiu a nota máxima. Mesmo com tudo o que conquistou no CNVV, ele ainda ficou aquém.

— Ele era um pecador, Paul, assim como eu e você. Não queria que você dissesse nada porque ele já estava elevado o suficiente. — Ela balançou a cabeça. — Não queria que você dissesse algo que o agradasse. Já foi dito o suficiente. Mais que o suficiente. E qualquer coisa que você acrescentasse seria mentira.

Ele levantou a cabeça.

— O que quer dizer com isso?

— Se você não entende, esqueceu tudo o que lhe ensinei sobre o Senhor e o que ele quer de nós. — A voz dela era baixa. — Isso me entristece ainda mais do que a morte do seu pai, Paul.

Ele nunca conseguira a aprovação do pai e agora parecia que também tinha falhado com a mãe. Os olhos dele ficaram turvos de lágrimas.

— Eu teria falado sobre o que ele fez de certo, mãe, e não sobre o que ele fez de errado.

— Eu queria que o evangelho fosse apresentado no funeral do seu pai. Queria que a verdade fosse proclamada de forma clara e simples. Cristo glorificado. — A voz dela estava rouca de tensão e tristeza. — Queria que as últimas palavras proferidas naquele culto fossem sobre aquele que nos redimiu e abriu um caminho para retornarmos ao abraço de Deus.

— Como posso argumentar contra isso?

— Não deveria pensar que você iria querer. Talvez agora você esteja livre para se tornar o pastor que Deus planejou que você fosse.

Paul cruzou as mãos entre os joelhos.

— Eu esperava... — Ele chorou. Esperava o quê? Ouvir as palavras "Estou orgulhoso de você, filho"?

Sua mãe veio até ele e segurou seu rosto como fazia quando ele era menino. Ela o beijou. O olhar dela era feroz e encharcado de lágrimas.

— Só é necessária uma coisa, Paul. No meio da sua dor, lembre-se a quem você serve.

Sozinho na sala, Paul se perguntou por que sua mãe sentiu necessidade de lembrá-lo daquilo. As palavras dela eram como sal em suas feridas.

Ele era um pastor. Se alguém deveria saber que se esperava mais dele era ele próprio.

Eunice não tentou convencer Paul a ficar no sul da Califórnia. Por que implorar quando ele não queria ouvir? Ela apenas anunciou os próprios planos.

— Vou ficar com a sua mãe por mais alguns dias. Já fiz algumas ligações e consegui algumas mulheres para me substituir na igreja enquanto eu estiver fora.

O SOM DO DESPERTAR   277

— Que bom que você me avisou.

— Será mais fácil para ela se não partirmos todos de uma vez, Paul. Achei que você ficaria satisfeito e pensei que seria bom se você levasse Tim para casa com você. É uma longa viagem. Vocês dois vão ter algum tempo a sós para conversar.

Ele colocou um dos livros do pai em uma caixa. Outras três já estavam fechadas com fita adesiva.

— Não faça planos por mim, Eunice. Tim não disse cinco palavras para mim nos últimos quatro dias. A ideia de ficar enfiado em um carro com ele por cinco horas não é nada atraente.

— Você também não o procurou, passou a maior parte do tempo aqui no escritório do seu pai.

Ele jogou outro livro na caixa.

— O que você espera que eu faça? Saia e sente na piscina com ele? Não sou uma criança com tempo a perder. Mamãe disse que eu poderia pegar o que quisesse na biblioteca do papai. — Ele acenou com o braço. — Como você pode ver, tenho muito o que fazer.

Como posso alcançá-lo, Senhor? Como faço para romper as paredes que ele está construindo ao seu redor? Eunice olhou ao redor da sala. Em uma mesa de exibição estava o modelo da igreja de David Hudson. Ela se aproximou e olhou para ele e depois olhou para a parede de fotos. David Hudson apertando a mão do presidente Clinton. David Hudson com uma estrela de cinema conhecida por suas artes marciais, outra por seu corpo. David Hudson apertando a mão de um embaixador da China. David na porta da frente da sua igreja, com as mãos juntas enquanto fazia uma reverência de boas-vindas a um guru visitante. O mesmo guru que compareceu ao funeral outro dia e disse que David Hudson era um dos pastores mais esclarecidos do século XX, um verdadeiro homem de paz e amor. Todas as fotografias eram caras e emolduradas. A parede de troféus de David Hudson.

Perturbada, ela olhou ao redor da sala lentamente, com cuidado, procurando. Em nenhum lugar da sala havia uma foto da esposa de David Hudson, do único filho de David Hudson, nem do único neto de David Hudson. Nem mesmo qualquer menção a Jesus.

— Você pode ficar aí parada o dia todo, Eunice, mas eu não vou mudar de ideia. E você também não pode me fazer me sentir culpado por isso. Não tenho tempo para vigiar Tim. Não posso levá-lo de carro para a escola e depois acompanhar onde ele está quando eu não estiver presente.

— Isso é trabalho da mãe, certo? — Uma coisa que ele gostava de lembrar que ela não tinha feito direito desde o primeiro dia.

— Já tenho muita coisa para fazer. — Ele selecionou outro livro para adicionar à sua biblioteca pessoal e colocou-o em cima dos outros. *Quando ele teria tempo para ler todos aqueles livros?* Eunice se perguntou. — Faz quatro dias que estou fora — disse ele, de costas para ela. — Você sabe tão bem quanto eu que terei uma pilha de mensagens para responder. — Ele examinou a estante em busca de tesouros. — E tenho que me reunir novamente com o comitê de construção e garantir que eles acompanhem algumas coisas. Stephen Decker quer o dinheiro dele. Achei que ele poderia esperar algumas semanas. — Ele puxou com força outro livro da prateleira e colocou-o na caixa. — Não é como se tudo que eu tivesse que fazer fosse tocar algumas músicas no domingo de manhã e conversar ao telefone pelo resto da semana.

Outra farpa apontada para o coração dela.

— Se você preferir que eu não aconselhe as mulheres da sua congregação, é só me dizer, Paul, e eu as encaminharei para quem você quiser.

— Acertei um ponto fraco?

Ela podia ver que não chegaria a lugar nenhum com ele.

— Como tenho tão pouca coisa importante para fazer, você e a igreja não vão sentir minha falta se eu decidir ficar uma semana em vez de alguns dias.

— Fique um mês, se quiser! — *Quem foi que disse que palavras não machucam?* — Olha, desculpe. — Ele parecia mais frustrado do que arrependido. — Eu não quis dizer isso, você sabe que eu não quis dizer isso.

— Não, não sei disso, Paul. Não sei mais nada. Eu não *te* conheço mais!

— Eu pedi desculpa. O que mais você quer de mim?

— Sinceridade serviria. "Desculpe" é apenas uma palavra, Paul. Isso não melhora as coisas.

Ele a pegou antes que ela pudesse sair pela porta. Puxando-a contra si mesmo, ele passou os braços em volta da cintura dela e a abraçou.

— Perdi meu pai há alguns dias, não sou eu mesmo. — *Mais desculpas.* — Me perdoe.

Ela lutou contra a vontade de cravar as unhas no braço dele para se libertar. Setenta vezes sete, disse o Senhor. *Setenta vezes sete.*

— Eu te perdoo.

Os braços se afrouxaram.

— Você não consegue entender o quanto os últimos anos significaram para mim. Pela primeira vez na vida, senti que tinha um relacionamento com o meu pai. E agora ele se foi. — Ele a soltou. — Sabe o que mais me deprime? Ele nunca vai ver o Centro Nova Vida do Vale concluído.

Por que tudo sempre voltava para isso?

Paul já estava de volta à estante, de volta ao trabalho. Ele olhou de livro em livro, tirou um, folheou-o, avaliando sua utilidade. Ele o colocou de volta na prateleira. Talvez ela não devesse ter sido tão rápida em perdoar. Ele estava mesmo arrependido? *Se não fosse por ti, Senhor...*

— Por que você não desce e vai bater um papo com a mamãe? — Ele a estava ignorando novamente. Tornou-se um hábito.

— O que você vê quando olha ao redor do escritório do seu pai, Paul?

Ele não tentou esconder a impaciência desta vez.

— Você quer me deixar fazer o meu trabalho? Desço mais tarde, Eunice.

— Diga o que você vê, Paul, e eu saio.

— Uma vida inteira de conquistas. Fama. Respeito. O mundo notou David Hudson. É isso que vejo refletido nesta sala. Por que, o que você vê?

— Vejo o que está faltando, Paul. Vejo o que ele deixou de lado. — Pior ainda, ela nunca tinha visto qualquer evidência de que David Hudson se arrependesse de ter deixado de lado aqueles que mais o amavam: sua esposa e seu filho.

Ela desceu e saiu pelas portas de correr que davam para o quintal. Lois estava sentada sob o guarda-sol, com a Bíblia aberta no colo. Gritando como uma alma penada, Tim deu dois grandes passos, saltou e disparou como uma bala de canhão na piscina.

— É bom ter um menino por perto de novo. Lamento que Paul e Tim tenham que ir embora tão cedo.

— Decidi que Tim vai ficar comigo.

Lois colocou o marcador de fita de volta na Bíblia, fechou-a e colocou-a na mesa do pátio. Elas observaram Tim saltar do trampolim novamente.

— Ele fica mais parecido com o pai a cada dia.

— Paul? Ou Tim?

Lois sorriu com tristeza.

— Os dois.

Eunice acordou com Paul na manhã seguinte. Ele já havia colocado as caixas de livros no porta-malas do seu carro. Ela preparou o café da manhã para ele enquanto ele arrumava suas roupas e o kit de barbear. Lois entrou na cozinha vestindo seu roupão. As sombras sob seus olhos eram mais pronunciadas. Abrindo o armário, Eunice pegou outra xícara e pires e serviu-lhe café.

— Obrigada, querida. Só vim desejar uma boa viagem ao meu filho. — Eunice quebrou mais dois ovos na frigideira.

— Paul pegou todos os livros que queria?

— Seis caixas cheias.

— Algum arquivo?

Paul entrou na cozinha.

— Não tive tempo de examinar os arquivos desta vez, mamãe. — Ele se serviu de uma xícara de café e sentou à mesa. — Além disso, pensei que alguém na igreja poderia querer lê-los e usá-los para escrever a biografia dele.

Lois colocou a xícara no pires.

— Dennis Nott sugeriu a mesma coisa.

— Eu ia perguntar a você sobre ele. Quem é Nott, afinal? Ele deixou alguns bilhetes enigmáticos no escritório do papai. Ele era secretário dele ou o quê?

— Ele era o *ghostwriter* do seu pai.

Paul manteve a xícara de café suspensa.

— *Ghostwriter*?

— Ele escreveu o livro do seu pai.

Eunice dividiu os ovos em três pratos e colocou a frigideira na pia para lavar depois. Ela serviu Lois primeiro, depois Paul. Ele parecia pensativo. Eunice esperava que ele estivesse pensando na falta de ética do pai. Estaria ele se perguntando se David Hudson era capaz de outros tipos de engano, se permitiria que o público acreditasse que ele tinha escrito um livro que outra pessoa havia escrito para ele?

— Gostaria que você pudesse ficar mais alguns dias, Paul — disse Lois. — Há muitas coisas que eu gostaria de conversar com você.

— Eu gostaria de poder, mãe, mas tenho alguns incêndios para apagar no CNVV.

— Problemas?

— Nada que não possa ser consertado quando eu chegar lá. O empreiteiro geral está se transformando em uma verdadeira dor de cabeça. — Ele ficou em pé. — É melhor eu ir. Tenho uma longa viagem pela frente. — Ele se inclinou e

O SOM DO DESPERTAR 281

deu um beijo em sua mãe. — Você sabe que se precisar de alguma coisa, é só pedir. — Ele se endireitou. — Venha comigo até o carro, Eunice.

Ela saiu com ele, orando por palavras de reconciliação.

— Diga adeus ao Tim por mim. — Ele lhe deu um beijo superficial e entrou no Buick. — Mantenha o controle sobre ele. Não quero que ele tenha mais problemas aqui. Mamãe não precisa disso. E não fique mais de uma semana. Você não pode deixar suas responsabilidades para os outros, não importa o que você queira fazer.

Desapontada, ela o observou voltar pela entrada. Ele mal podia esperar para voltar para sua amante, a igreja.

Lois ainda estava na cozinha.

— Ele ainda está chateado por não ter aparecido no noticiário, não é?

Eunice sentou-se novamente.

— Ele só tem muito em que pensar. — Ela tentou ter apetite o suficiente para comer seus ovos mexidos. Lois levantou e serviu-se de mais café, sentou mais uma vez e permaneceu em silêncio por um longo tempo. Desistindo de todas as pretensões, Eunice levantou, jogou os ovos no lixo e colocou a louça na máquina de lavar.

— Parece que nós duas estamos sem apetite. — Lois se espreguiçou e colocou a mão sobre a de Eunice. — Não fique longe de casa por muito tempo, querida.

— Eu só estava brincando sobre ficar um mês, mamãe.

— Sei disso, mas há momentos na vida de um homem em que ele está particularmente vulnerável. Este é um momento para Paul. Ele está muito confuso. Havia muitos assuntos inacabados entre ele e David. — Ela apertou a mão de Euny e recostou-se na cadeira novamente. Ela girou a xícara no pires. — Continuo esperando que Deus abra os olhos de Paul. Achei que mexer nas coisas do pai poderia refrescar sua memória sobre o passado.

— Ele viu o que queria ver, mamãe. — Até dizer isso a fez se sentir culpada. Não era seu direito falar contra David Hudson. Lois a deixou a par de informações que o público nunca saberia. E caberia a Lois contar a Paul, se algum dia decidisse fazer isso. Saber mais sobre os pecados do sogro só aumentaria a tentação de expô-lo. E tudo o que isso ocasionaria era a destruição de seu casamento já em ruínas.

Quem imaginaria que a esposa de um pastor poderia se sentir tão presa ao desespero?

— Não tenho certeza do que vou fazer em relação às finanças — disse Lois.

— A igreja não deu uma pensão ao papai?

— Ah, claro. Ele recebia uma aposentadoria generosa. Infelizmente, ela não se estenderá a mim.

— Oh, mamãe.

— Eu me viro, tenho Previdência Social. Não estou contando os *royalties* do livro de David. Estou guardando apenas o suficiente para pagar os impostos sobre a renda. Providenciei para que Dennis Nott receba 25% e o restante irá para missões.

Eunice desejou que Lois tivesse dito tudo isso a Paul.

— Às vezes acho que deveria contar tudo ao Paul. — Lois tomou um gole de café. — Já pensei nisso tantas vezes, mas toda vez que penso que está na hora de colocar tudo na mesa, algo me impede. Acabo examinando meus próprios motivos e percebendo que eles não são nada puros. Todos aqueles anos de dor, os anos assistindo David brincar no trabalho. Não quero usar a verdade como arma de vingança, Euny. — A voz dela falhou. Ela olhou pela janela por um longo tempo antes de falar de novo. — Eu continuava esperando que Deus chegasse até David e ele se arrependesse. A Bíblia diz: "Deus os entregou a paixões vergonhosas." Vi isso acontecer de perto. Muito perto. Deus continuou me lembrando que um homem pode ser conquistado pela submissão de sua esposa. — Ela olhou para Eunice. — Deixei David uma vez e levei Paul comigo. Ele já te contou sobre isso?

— Não.

— Talvez ele não se lembre. Ele era só um garotinho e não demoramos muito.

— Para onde você foi?

— Morro Bay. Eu não tinha condições de pagar um quarto de hotel, então dormimos no carro. Tinha em mente continuar seguindo a Rodovia 1 pela costa até o Canadá, mas voltei para casa no dia seguinte. Era sábado. Todo mundo faria perguntas se eu não fosse vista sentada no banco da primeira fila no domingo de manhã.

Pelo menos Eunice estaria salva dessas especulações. Ela tinha a desculpa pronta de uma morte na família.

Lois empurrou a xícara e o pires para longe.

— Chega de reclamar do passado. Vou fazer algumas mudanças na minha vida. Amanhã logo cedo, vou ligar para um corretor de imóveis e colocar esta casa à venda. — Ela olhou ao redor da cozinha. — Uma pessoa só não precisa de um lugar tão grande.

Eunice se inclinou e tocou o braço de Lois.

— Você pode ficar com a gente por um tempo.

— Acho que não, Euny. Não acho que aguentaria assistir... — Lois balançou a cabeça. — A vida de um pastor é difícil. Isso faria resgatar muitas memórias.

— Talvez você devesse esperar para tomar qualquer decisão.

— Não. Preciso me livrar desta casa. Preciso me livrar de muitas coisas. Não há mais glória refletida para mim. — Ela parecia frágil e abalada. — Sabe o que dói mais, Euny? Parece que não consigo mais ouvir a voz do Senhor. Costumava ser tão clara que parecia o toque de uma trombeta, como o shofar do antigo Israel. Mas não consigo mais ouvi-lo. Nem mesmo a voz mansa e delicada. E eu quero isso mais do que tudo. — Ela pegou a mão de Eunice com os olhos cheios de angústia. — Não deixe isso acontecer com você, querida. Por favor, não deixe isso acontecer.

CAPÍTULO 13

Stephen Decker sabia o que aconteceria no minuto em que abriu o boletim informativo da igreja e leu a manchete: "Construindo pedras para uma nova vida." Ele disse tudo o que pôde para dissuadir Paul de concordar com o mais recente esquema de angariação de fundos de Gerald Boham — um programa concebido para dar um reconhecimento especial a todos os membros que doaram mil dólares ou mais para o fundo de construção. Os presentes designados também receberiam reconhecimento. Se você pagasse por um banco, uma pequena placa de latão com seu nome seria anexada. Dê um vitral e seu nome ficará gravado nele. Os nomes daqueles que doaram quantias menores seriam publicados todos os domingos. Pedras de pavimentação do pátio seriam comercializadas entre o santuário e o complexo educacional.

Pai, perdoe-nos. Amassando o boletim informativo, Stephen o jogou na cesta de lixo. Eles precisariam de Jesus e do seu chicote para esvaziar o novo templo. Stephen pegou o telefone e discou para o CNVV. A secretária eletrônica atendeu. Todos estavam ocupados, mas logo alguém falaria com ele. Em seguida, uma gravação começou, anunciando os próximos eventos na igreja. Stephen colocou o telefone de volta no gancho. O que ele tinha a dizer era melhor ser dito pessoalmente.

Os olhos de Reka se arregalaram quando ele entrou pela porta.

— Quer que eu ligue para o pastor Paul?

— Não se preocupe.

— Stephen, ele está em aconselhamento...

Stephen estava nervoso demais para se importar. Ele bateu duas vezes na porta e a abriu. Sheila Atherton sentou-se no sofá, com os olhos arregalados.

— Você me assustou muito, Stephen.

O SOM DO DESPERTAR

Stephen conhecia aquele olhar.

— Por quê? Achou que eu era o Rob? — Ela estava vestida para matar.

O pastor Paul estava de pé.

— Quem você acha que é invadindo o meu escritório assim? Estou no meio de uma sessão de aconselhamento.

O pastor Paul foi muito rápido em sua defesa. Sheila também percebeu e pareceu presunçosa. Paul era ingênuo ou apenas estúpido?

— Cinco minutos é tudo que preciso e então você pode voltar aos negócios normalmente.

Sheila sorriu enquanto pegava sua bolsa.

— Ciúmes? — Ela murmurou a palavra, de costas para Paul.

— Você não precisa ir embora, Sheila. Stephen é quem está saindo. — Ele era tão solícito, tão cuidadoso com os sentimentos dela. Um peixinho doura-do cortejando uma piranha.

— Está tudo bem, pastor Paul. Não acredito que Stephen se comportaria de maneira tão imprópria se não fosse importante. — Ela fechou a porta atrás dela.

O rosto de Paul estava vermelho.

— É melhor que você tenha um bom motivo, Stephen.

Stephen pensou em Eunice, amorosa e fiel, e virou a cabeça, olhando nos olhos de Paul.

— *Você* é que *deveria* ser bom. — Se ele visse um lampejo de culpa, que-braria a cara dele.

— Do que você está falando?

O pastor Paul não tinha a menor ideia. Stephen deixou passar e foi direto ao ponto de sua visita.

— Construindo pedras para uma nova vida?

Paul sentou.

— Você disse que precisava de mais dinheiro, estamos conseguindo mais dinheiro para você.

— Não se atreva a colocar isso na minha conta! Eu disse que precisamos de mais *tempo*!

— Não vamos precisar de mais tempo se tivermos mais dinheiro, e ele tem aumentado desde que o boletim informativo foi publicado. Dez mil dólares chegaram só nesta manhã.

— Para quê? A Cruz? Vai gravar o nome de quem nela, Paul?

— *Você passou do limite*!

— Você que passou muito do limite, meu amigo — respondeu Stephen, balançando a cabeça.

Paul fez um esforço notável para controlar seu gênio.

— Você não tem ideia da pressão que estou sofrendo. Se não tivéssemos finalmente vendido aquele antigo prédio da igreja, estaríamos afogados em dívidas.

Stephen tinha avisado.

— Pressão de quem? Pressão de quê? É você quem pressiona todos os domingos, intimidando a congregação para que doe cada vez mais. Você está usando coerção, Paul. O que vem depois? Você e o General Gerald vão começar a vender ações da igreja? Você também concorda com essa ideia?

Paul piscou os olhos.

— Não são ações, são títulos. Não tem nada de errado com isso! Isso nos dará o que precisamos para terminar o projeto. — Paul tentou sorrir, mas não conseguiu. — Você não vai mais precisar se preocupar em pagar os subcontratados.

Não havia como falar com ele nem o afastar do desastre. Quando a igreja fosse concluída, seria apenas mais um grande projeto concretizado. Stephen desejou nunca ter se envolvido. Ele desejou nunca ter feito os desenhos conceituais e as plantas. *Deus, perdoe-me. Por favor. Eu não sabia no que estava me metendo. Eu não sabia no que estava metendo essas pessoas.* Ele se sentiu mal.

— Fui contratado para terminar a ala oeste. Está quase pronta. Depois disso, estou fora. Não posso, em sã consciência, seguir em frente. Não na direção que você está indo.

Paul parecia triste, mas não surpreso. Ele cruzou as mãos sobre a mesa.

— Gerald não achou que você conseguiria ficar.

— É mesmo? Com base em quais informações? — Ele nunca havia deixado um projeto inacabado até agora. Por outro lado, ele nunca tinha trabalhado com um pastor e um conselho que pensassem ter recursos ilimitados. Eles administravam este lugar como o governo, com um novo aumento de dízimo a cada mandato.

— Tivemos nossas divergências, Stephen, mas eu esperava que você levasse esse projeto até o fim. O resultado final será tão fantástico quanto imaginamos inicialmente.

O resultado final foi exatamente o que Stephen vinha falando há meses, mas Paul parecia não ter entendido.

— Tinha a impressão de que uma igreja não era apenas um edifício, Paul. Uma igreja é construída sobre a fé.

O humor de Paul começou a mudar.

— Não preciso que me diga isso. Está sendo construída com base na fé. *Minha* fé na capacidade das pessoas desta igreja de cumprirem o compromisso!

— Cumprir o compromisso para quê? Para quem? Você?

— É você quem não tem fé, Stephen. Você teve o suficiente para começarmos, mas não o suficiente para chegar até o fim. E essa é a fé salvadora. Você não tem nem um grão de mostarda. — Ele assumiu uma expressão de profundo desapontamento. — Quem imaginaria que você seria o obstáculo para um projeto como este? Algo que trará crédito ao seu nome, quer você termine ou não?

— Não quero que meu nome seja mencionado. Eu nunca quis.

Paul balançou a cabeça.

— O mínimo que você pode fazer neste momento é nos dar algumas recomendações.

Stephen não conseguia acreditar no que ele dizia.

— Alguém com mais fé do que eu, você quer dizer? Alguém que vai trabalhar por 3%? Outros subcontratados que irão embora quando eu for porque sabem que Marvin Lockford tem a chave do dinheiro e terão que usar dinamite para entrar no cofre?

— É sempre sobre dinheiro com você, não é? Chega de toda a sua retórica sobre construir algo para Deus!

Stephen cerrou o punho. *Senhor, ajude-me a pensar direito. Não deixe minha raiva tomar conta de mim.*

— Que tal me dar o nome de alguém que valoriza sua reputação? — disse Paul, e Stephen sentiu uma onda fria de choque.

— Isso é uma ameaça?

— É o que as pessoas dirão quando a notícia de que você abandonou a obra no meio da construção da nossa igreja se espalhar. E o que os jornais vão pensar disso? Eu me pergunto. Você pensou nisso antes de entrar aqui com as suas demandas? Stephen Decker não termina o que começa, ele não é confiável. É isso o que as pessoas vão dizer. Não acho que você será bem-vindo no CNVV depois que a notícia for divulgada. Duvido que você encontre muito trabalho na região também.

— E você se autodenomina um homem de Deus.

— É você quem está dando as costas à igreja, Stephen! É você que abandonou Jesus Cristo!

Stephen não conseguia acreditar que o homem sentado atrás da mesa de mogno fosse o mesmo homem que fizera amizade com um estranho no Charlie's Diner. Ou tudo isso foi apenas um bom disfarce para o que ele é de verdade?

— É por causa de Cristo que estou me afastando deste projeto, Paul. E é por causa de Cristo que não vou subir na sua mesa agora e arrebentar a sua cara.

Os olhos dele se arregalaram de medo.

— Experimente e vou mandar prender você por agressão.

— Sabe qual é o seu verdadeiro problema, Paul? Você esqueceu para quem trabalha. — Stephen abriu a porta com força.

— Terminou tão rápido? — Sheila cantarolou, erguendo-se como Vênus do mar. Stephen imaginou que o pastor Paul poderia se defender sozinho em águas infestadas de tubarões.

Samuel estava sentado em seu carro em frente à antiga Igreja Cristã de Centerville, com um jornal no assento ao lado com a manchete que o havia enviado para verificação: "Marco histórico vendido." As portas da frente da igreja estavam abertas. Um guindaste estava estacionado no meio-fio e uma equipe de dois homens trabalhava na torre. Samuel viu uma caminhonete parar. Um homem saiu, arrancou a placa de "Vende-se" já coberta por uma faixa de "Vendido", colocou-a no porta-malas e foi embora. Uma empresa de sinalização local estava trabalhando na montagem de uma nova marquise na frente do prédio.

Ele ouviu gritos vindos do guindaste. A cruz de madeira que há mais de cem anos ficava acima das copas das árvores de Centerville tombou, ricocheteou no telhado e caiu, estilhaçando-se nos degraus da frente da velha igreja. Samuel soltou um grito angustiado, mas ninguém o ouviu. Quem se importava com um homem velho em um carro velho observando o progresso chegar à cidade?

Dois jovens saíram da igreja. Um segurava uma caixa. Eles conversavam animadamente enquanto colocavam letras na marquise. Quando terminaram, eles se abraçaram. A equipe do guindaste recolheu os pedaços da cruz e os jogou na traseira do caminhão, recebendo então um cheque de um dos jovens. Enquanto o guindaste se afastava, Samuel conseguiu ler a marquise:

Nova sede da Igreja da Ciência da Mente
Cultos todos os domingos, às 10h
Visitantes são bem-vindos

Inclinando a cabeça, Samuel chorou. Soluços sacudiam o corpo. Ele mal conseguia recuperar o fôlego. Com um cansaço na alma, ele ligou seu velho carro e dirigiu para casa, orando durante todo o caminho para que o Senhor não o deixasse nesta terra por muito mais tempo.

Paul atendeu o telefone no segundo toque e seu coração deu um pulo ao ouvir a voz familiar do outro lado da linha.

— Paul, preciso falar com você.

Ele olhou para a cozinha onde Eunice descascava batatas.

— Eu disse para você nunca me ligar em casa.

— Eu não pude evitar. Rob foi um completo monstro antes de sair ontem. Ele disse as coisas mais cruéis para mim. Preciso falar com você, estou desesperada.

Paul podia ouvir seu choro fraco.

— Sheila, eu já expliquei antes. Você deve ligar para o escritório da igreja e marcar uma consulta através da Reka. A última coisa que qualquer um de nós deseja é um mal-entendido sobre nosso relacionamento.

— Reka não gosta de mim.

Eunice olhou na direção dele. Ele encolheu os ombros e revirou os olhos, fingindo que era alguém sem importância.

— Por que você diz isso?

— Eu percebi. Toda vez que eu ligo para uma consulta, ela me deixa na espera por cinco minutos.

— Recebemos muitas ligações.

— Você sabe que eu nunca iria te incomodar sem motivo, Paul. Sei que você é muito importante.

— Talvez eu devesse ligar para Carol Matthews, ela tem mestrado em aconselhamento familiar.

— Eu não me dou bem com mulheres, Paul.

— Ela é bem treinada.

— Não importa o quão bem ela esteja treinada. Nunca funciona.

Eunice o estava encarando mais uma vez. Ele levou o telefone para a sala, mas encontrou Tim relaxado no sofá, lendo seu livro de história americana. Abrindo a porta de vidro, Paul saiu para o pátio.

— Elas não gostam de mim, Paul. Acho que elas têm inveja. Eu tenho dinheiro, elas não. Faço tudo o que posso para ficar bonita para meu marido. E elas fofocam sobre tudo, desde a diferença de idade entre mim e Rob até o tamanho do meu peito. Aposto que você não sabia disso, não é?

— Não, não sabia. — Uma mentirinha.

Paul admitia que Sheila era a mulher mais bonita da congregação. E ele ouvia fofocas. LaVonne Lockford fez uma piada em um jantar não muito tempo atrás sobre Sheila Atherton ter um corpo como a personagem Sete de Nove de *Jornada nas Estrelas*: *Voyager*. Se foi fabricado por cirurgiões plásticos, Paul não sabia. Mas ele era um homem saudável. Ele não podia deixar de notar o corpo dela quando ela comparecia às sessões de aconselhamento com calças e suéteres justos. Às vezes ela se movia de tal maneira que a boca dele ficava seca.

— Tenho me contido, Paul — disse Sheila na semana anterior. — Eu não queria parecer desleal ao meu marido, mas acho que é melhor ser honesta e deixar as coisas claras. Acho que tem algo errado com o Rob. Queria que ele fosse fazer um *check-up*, mas ele disse que está bem. — Paul a pressionou. — Bem, eu não sei como dizer isso... — Ela explicou com detalhes embaraçosos qual era o problema.

Não admira que a pobre garota estivesse infeliz.

Ela disse que queria filhos, mas não parecia ter muita chance de isso acontecer. Além disso, Rob já tinha três filhos da primeira esposa e um neto a caminho.

— Tentei ser amiga deles, mas eles me odeiam. Eles acham que fui eu quem acabou com o casamento do pai e da mãe. Mas tudo acabou muito antes de eu entrar em cena.

Quanto mais ela falava, mais a mente dele vagava por áreas que ele sabia que deveria evitar. Ela lhe deu um abraço da última vez, e ele ficou chocado com sua resposta física. Claro, ela não quis dizer nada com o abraço. Ela estava agradecendo todo o tempo que ele passou aconselhando-a e tentando ajudá-la a consertar seu casamento. Ela estava tão grata.

— Você poderia vir até em casa? Rob saiu esta manhã e estou muito chateada. Acho que não consigo dirigir sem sofrer um acidente. Por favor, Paul.

O SOM DO DESPERTAR

— Não posso, Sheila. — Rob estava fora da cidade. — É inapropriado.

— Inapropriado? — A voz dela falhou. — Por quê? Você é meu pastor, não é?

— As pessoas teriam uma ideia errada.

— Ideia errada sobre o quê?

Ela era tão inocente.

— Tenho que ter um cuidado especial com a minha reputação.

— E você acha que eu faria qualquer coisa para magoar você? Ah, eu não faria isso. Juro que não faria isso.

— Sei que você não faria isso, mas as pessoas podem facilmente ter uma ideia errada. Elas falam. — Uma reputação que levou anos para ser construída poderia ser desfeita em poucos minutos. Ele sentiu um peso na consciência. Stephen Decker agora tinha poucos negócios em Centerville ou nos arredores porque Marvin Lockford e Gerald Boham disseram que Decker não era tão honesto quanto as pessoas pensavam. Eles sabiam que ele passou um tempo em um centro de tratamento para alcoólatras? Paul ficou fora disso, mas seu silêncio ajudou a espalhar as fofocas contra o empreiteiro. E Stephen não disse nada para se defender. Nos primeiros domingos depois do início da fofoca, ele foi à igreja e sentou-se nas primeiras fileiras, olhando para Paul. Depois de um mês, Stephen deixou o CNVV.

Às vezes Paul se arrependia, mas pelo menos nenhum mal tinha saído dele. O programa de construção estava dentro do cronograma. O novo empreiteiro não era cristão. Ele não questionava sobre fazer economias.

— Sinto muito, Paul. Acho que estou pedindo demais de novo. Rob diz que estou sempre pedindo demais. — Ela estava chorando mais alto agora. — É só que... que estou tão infeliz. Às vezes eu queria morrer. Às vezes acho que Rob ficaria feliz se eu batesse com meu carro em uma árvore! Ou tomasse um frasco de comprimidos.

Paul sentiu uma pontada de medo. Ele aprendeu no treinamento a nunca encarar levianamente uma ameaça de suicídio.

— Não fale assim, ele se preocupa com você. *Eu* me preocupo com você. — Talvez ele devesse ir à casa dela. Ela precisava dele. E ela não confiava em mais ninguém. Normalmente, ele poderia levar Eunice para algo delicado como isso, mas Sheila achava que as mulheres não gostavam dela. Ela nunca se abriria se Eunice estivesse lá.

— Me desculpe por ter ligado para você — disse Sheila com a voz arrasada.

— Não deveria ter te incomodado.

— Você não me incomoda.

— Vou ficar bem, não precisa mais se preocupar comigo. — Ela se atrapalhou com o telefone quando desligou.

Quão desesperada ela estava? O que Rob disse para deixar Sheila nesse estado? Ele poderia acreditar que ela ficaria bem? E se ela não ficasse, como ele poderia viver sabendo que ela ligou para ele e fez um pedido desesperado de ajuda? Ele não poderia, em sã consciência, abandoná-la.

— Tenho que sair por algumas horas. — Ele colocou o telefone de volta na fonte de energia e se dirigiu para a porta dos fundos da garagem.

— Quem era no telefone?

Ele fingiu que não ouviu enquanto pegava as chaves do carro.

— Vou tentar ligar para você mais tarde.

Ela secou as mãos em um pano de prato e o seguiu enquanto ele saía pela porta.

— Paul? — Ela ficou na porta.

Ele só conseguia pensar em chegar até Sheila antes que ela fizesse alguma loucura.

Stephen estava sentado no balcão do Charlie's Diner.

— Faz um tempo que não te vejo, bonitão. — Sally serviu seu café.

— O pastor Paul ainda ocupa algum banco aqui?

— Ah, não, faz séculos. Não desde que ele se mudou para aquele novo conjunto habitacional. Acho que ele não corre mais por aqui. Pelo menos, não que eu tenha visto. — Ela colocou o café de volta na chapa elétrica. — Ainda vai à igreja?

— Não ultimamente. E você?

Ela levantou um ombro.

— Não com tanta frequência como costumávamos. A ICC ficou grande demais para nós. Desculpe, esqueci. O Centro Nova Vida do Vale. Bela instalação, de qualquer forma. Aquela fonte é incrível mesmo, Stephen.

— Respinga muito.

— Você está bem?

— Por que a pergunta? Você ouviu falar que tive uma recaída? Não acredite em tudo que você ouve, Sally.

O SOM DO DESPERTAR

Ela cerrou o punho e parou perto do queixo dele.

— Você deveria me conhecer melhor do que isso. Só parece que você está um pouco deprimido hoje.

— Ferido, mas não derrotado.

— Então, o que você está construindo atualmente? Hotel? Hospital? Novo aeroporto?

— Nada. — Ele ainda tinha ofertas de negócios, mas nenhuma que o entusiasmasse tanto quanto construir aquela igreja. No começo, pelo menos. Alguns dos investimentos sólidos que fizera até então foram uma ótima providência. Ele precisava de uma folga.

— Claro que sinto falta de ir à igreja. Você com certeza podia sentir o Espírito se movendo...

— Você deveria dar uma passada pela casa de Samuel Mason se quiser sentir o Espírito se movendo. Ele ainda realiza o estudo bíblico todas as quartas-feiras à noite.

O estudo bíblico foi o único porto seguro durante as tempestades que atingiram a vida de Stephen. Brittany tinha fugido de casa. O detetive particular não conseguiu mais avançar na investigação em São Francisco. "Provavelmente ela está morando na rua..."

Stephen comprou uma garrafa de uísque naquela noite e quase tomou seu primeiro gole em anos. Então, ele se lembrou do que seu padrinho do AA lhe dissera: "É o primeiro gole que te mata." Ele não queria que sua filha voltasse para casa e descobrisse que o pai tinha se tornado um bêbado de novo.

— Talvez eu vá para esse estudo bíblico — disse Sally. — Quarta-feira é uma noite lenta. Eu e Charlie poderíamos fechar mais cedo. Tem certeza de que Samuel não se importaria?

— Ele sempre deixa a porta aberta. Vocês podem ter que sentar no chão, mas vai ter espaço para vocês.

Outros entraram. Stephen tomou o café da manhã sozinho, orando pela segurança da filha, orando para que ela voltasse para casa logo. Ele até orou por Kathryn. Ela estava uma bagunça, o casamento desmoronando.

A única coisa que o impediu de vender sua casa e voltar para Sacramento foi o estudo bíblico de quarta-feira à noite. Tornou-se uma tábua de salvação. Ele aparecia na casa de Samuel algumas vezes por semana. Cada vez que fazia isso, eles se sentavam na cozinha ou no pátio conversando sobre a Bíblia. Stephen ficou viciado nisso. Isso preencheu os buracos que a vida tinha aberto nele. Stephen sempre sentiu a presença de Deus durante aquelas poucas horas com Samuel. Ele voltava se sentindo melhor, acreditando que Deus estava trabalhando em algum lugar, de alguma forma. Apenas não estava na sua linha de visão.

— Não suma — disse Sally quando a campainha tocou enquanto ele saía pela porta.

Stephen foi dar uma volta. Ele teve uma vontade inexplicável de ir para Rockville. A pequena cidade combinava com seu nome, o único negócio aparente era uma empresa de areia e cascalho nos arredores da cidade. Enquanto dirigia pela rua principal, avistou um prédio à venda. Parando, olhou para ele. Poderia ter sido uma antiga loja de utilidades com um apartamento na sobreloja para o proprietário. Tijolo e argamassa com toques da virada do século. Um banco de ferro estava na frente, uma pessoa em situação de rua dormia com a cabeça sobre um jornal.

Stephen saiu da caminhonete e caminhou pela rua de uma ponta a outra. Estava ladeada por velhos bordos e prédios degradados, um terço vazio devido à falência de negócios. Ainda assim, havia algo naquela cidade degradada.

O lugar combinava com ele.

Rindo de si mesmo, tirou o celular do bolso e discou o número da imobiliária que cuidava do prédio. Teresa Espinoza disse que poderia estar em Rockville em uma hora. Ele passou o tempo dirigindo para cima e para baixo pelo resto das ruas. Metade das casas foram construídas em terreno descoberto, tendo sido construídas antes que as leis de zoneamento impedissem sua construção sem fundações adequadas.

Teresa era uma mulher pequena, com cabelos pretos grisalhos e olhos escuros e inteligentes.

— O banco executou a hipoteca há três anos, acho que não teve nenhuma oferta pelo prédio. — Ela destrancou a porta e entrou. — Como pode ver, precisa de muito trabalho.

Isso foi um eufemismo. Ele caminhou pela grande sala, olhando para o chão, as paredes, o teto. As escadas rangeram quando ele subiu para o apartamento em cima da loja vazia. Tinha uma bela vista da rua principal, supondo que alguém quisesse ter aquela visão deprimente.

— Quanto?

— Você está brincando.

— Por que eu iria brincar com você?

— Eu vi o nome na sua caminhonete. Decker Design and Construction. Você não construiu alguns lugares em Granite Bay?

— Três ou quatro. — Graças a Deus, ela não mencionou o CNVV.

Quando saíram, ela fez uma careta de desgosto quando o vagabundo caiu no banco da frente, com uma garrafa de vinho barato pela metade ao lado.

— Francamente, não consigo imaginá-lo aqui, sr. Decker. — Ela trancou a porta novamente.

Ele olhou nos olhos do bêbado.

— Eu posso. — Sua própria batalha estava longe de ser vencida.

Ela disse o preço.

Talvez aceitar um desafio como uma reforma fosse exatamente o que ele precisava para manter sua mente longe do que não podia mudar ou controlar. Deus havia começado uma renovação completa da alma dele e a remodelação de sua vida. Por que ele não deveria assumir este projeto?

Brittany, querida, onde você está? Deus, mantenha-a a salvo.

Relaxe. Deixe Deus. Viva. Deixe viver. Não se esforce. É mais fácil falar do que fazer, Senhor. Seria mais fácil se sua mente e suas mãos estivessem ocupadas.

Disse a Teresa Espinoza que assinaria assim que ela tivesse os documentos prontos.

O diretor Kalish jogou um documento grampeado sobre a mesa. Eunice percebeu pela expressão dele que ele estava no limite. Timothy não receberia misericórdia desta vez.

— Chama-se *zine*, sra. Hudson, uma revista alternativa.

Ela folheou as páginas fotocopiadas enquanto o calor subia pelo pescoço e enchia seu rosto. Um artigo intitulado "Quem está realmente no comando" tratava de gangues que perambulavam pelos corredores enquanto os professores fingiam não ver. A segunda página trazia um artigo satírico sobre os atletas da escola. Cada página tinha uma caricatura. Uma delas era inconfundivelmente o diretor Kalish, com sua cabeça calva de circunferência cada vez mais proeminente escapando pela camisa de botões. O desenho de Kalish o representava em sua grande cadeira de escritório, com os pés apoiados sobre a mesa, um cigarro em uma das mãos, uma garrafa de Johnnie Walker na outra e uma placa na parede ao fundo: "Apenas diga não." Outra caricatura de dois professores de educação física retratava uma briga no campo de futebol, seguida da legenda: "Tudo depende de como você joga o jogo." A última, intitulada "Segurança nas escolas", mostrava os alunos passando uma bazuca pela lateral de um detector de metais enquanto um professor examinava minuciosamente a lixa de unhas de uma garota.

Eunice sentou, paralisada e convencida de que tinha falhado como mãe. Tim sentou-se ao lado dela. Ela esperava que ele percebesse que qualquer coisa que dissesse agora seria usada contra ele. Como ela iria contar isso ao Paul? O que ele faria com Tim quando soubesse?

— Confiscamos todas as cópias. Tim está suspenso por três dias e recomendo a expulsão. Ele tem sorte de eu não apresentar queixa contra ele por esse pedaço de lixo difamatório!

— É liberdade de imprensa — disse Tim. — E todo o corpo discente já sabe o que você guarda na gaveta de baixo.

O rosto do diretor Kalish ficou vermelho como pimenta.

— Quem mais estava envolvido na sua pequena organização?

Tim cruzou os braços e relaxou.

— Me recuso a divulgar minhas fontes.

— Eu quero *nomes*!

A reunião foi de mal a pior.

No caminho para casa, Eunice começou a chorar.

— Me ajude a entender, Tim. — *Ajude-me a entender, Deus.* Ela se sentia impotente. — Por que você fez isso?

— Porque estou cheio desses joguinhos. — Ele olhou pelo para-brisa dianteiro. — Estou cansado de todo mundo me dizer para viver de uma maneira enquanto vivem de outra. Estou cheio da — ele usou uma palavra vil — desse "sistema".

Eunice corou.

— Você não precisa falar desse jeito para transmitir o seu ponto de vista.

— Se acha que sou mau, você deveria ficar no corredor da escola por cinco minutos. Vai ouvir coisas muito piores!

— Você não deveria falar como todo mundo, Tim. Você é cristão.

— É mesmo? Bem, o que tenho visto de cristãos ultimamente não me faz querer ser como um.

Ela entrou na garagem.

— Isso me inclui?

— Você principalmente.

Atordoada e num silêncio ferido, ela só conseguiu olhar para ele. Ele saiu do carro e bateu a porta. Ela saiu, com medo de que ele tentasse ir embora. O que ela faria se ele fizesse isso?

— Precisamos conversar sobre tudo isso, Tim.

— Eu não quero falar disso, tudo bem? Vá em frente e ligue para o papai. Diga a ele o que quiser. Acha que eu me importo? Ele não vai ouvir de qualquer maneira. E tudo o que você faz é tentar consertar tudo. Você não pode! Não entende? — Ele entrou em casa com raiva.

Ela lutou contra o desejo de segui-lo e gritar com ele por tê-la metido nessa confusão. O que ela iria dizer ao pai dele? O que a congregação pensaria quando soubesse disso? Uma história como essa se espalharia como um incêndio com LaVonne, Jessie e Shirl atiçando as chamas. Um dos alunos diria algo a um dos pais, que diria algo a um amigo, que ligaria para outro amigo até que toda a congregação estivesse envolvida.

Chorando de frustração, Eunice tentou decidir o que fazer. Ela não conseguia pensar direito. Talvez uma xícara de chá ajudasse.

O telefone tocou inúmeras vezes durante o dia. Alguém sempre queria conversar com ela sobre alguma coisa, pedir conselhos, reclamar ou chorar em seu ombro, até que ela tivesse vontade de tapar os ouvidos com as mãos e gritar. A secretária eletrônica atendeu e ela ouviu sua própria voz. "Aqui são os Hudson. Lamentamos não poder atender agora. Por favor, deixe seu nome, número e uma pequena mensagem após o bipe. Entraremos em contato assim que possível." Tão doce. Tão calma. Tão falsa.

— Euny, é a mamãe.

Eunice abriu e fechou as mãos, respirou fundo e pegou o telefone.

— Oi, mamãe.

— Filtrando suas ligações?

— Acabei de entrar pela porta com Tim.

— Aconteceu alguma coisa?

— Nada. — Ela pressionou a mão sobre a boca e fechou os olhos com força. Sentada, ela balançou para frente e para trás na cadeira. *Nada está errado. Tudo está bem.* Quantas vezes ela proferiu essa mentira nos últimos anos?

— Está certo — disse Lois lentamente. — Se está tudo bem, então não há nada que impeça você e Tim de virem aqui por alguns dias, não é?

Qual foi a utilidade de mentir?

— Depois do que aconteceu hoje, acho que Paul vai deixar Tim de castigo até ele completar dezoito anos e poder sair de casa.

— Foi tão ruim assim?

— Pior que ruim. Tim acha que todos os cristãos são hipócritas, incluindo eu. E sabe de uma coisa? — Ela começou a chorar. — Estou começando a achar que ele está certo.

— O que ele fez? Incendiou a igreja?

Eunice deu uma risada fraca.

— Nada tão drástico. Ele escreveu um *zine*.

— Um o quê?

— Uma revista alternativa. Ele parece ter talento para a sátira e para expressar a angústia adolescente.

— O que Paul vai fazer a respeito disso?

Ela estava com medo de pensar.

— Vai colocar ele de castigo. — Dilacerar ela.

— Eu e Tim sempre nos demos bem, sabe.

— Eu sei. — Havia apenas duas pessoas no mundo que Tim parecia ouvir atualmente: Samuel Mason e sua avó. Eunice desejou que não doesse tanto que ele não pudesse mais confiar nela.

— Eu preciso da ajuda dele, Eunice. A casa foi vendida esta manhã. Foi para isso que liguei, para te contar. Fiz uma oferta por um apartamento de três quartos. Tenho muita coisa para embalar e descartar. Ele não viria aqui de férias. Eu o colocaria para trabalhar. Isso lhe daria algo para fazer e tempo para conversarmos. Às vezes, uma avó consegue chegar aonde uma mãe não consegue.

— Parece que não consigo fazer nada certo hoje em dia.

— Não se culpe por tudo, querida. Pense a respeito da minha oferta. Converse sobre isso com Paul. Se ele tiver dúvidas, diga a ele para me ligar.

Eunice estava tremendo quando ligou para Paul.

— Eu sei, Eunice. Acabei de falar ao telefone com Don Kalish. — Ela ficou aliviada com o som suave da voz dele. Talvez ele fosse razoável desta vez. Talvez eles pudessem conversar sobre o assunto e tentar descobrir o que poderiam fazer para ajudar Tim nesse momento difícil. — Espere um segundo — disse ele. Ela podia ouvir Paul falando com Reka. — Obrigado. Vou fazer isso assim que desligar o telefone. Feche a porta ao sair, está bem? Obrigado mais uma vez. Você é um amor. — Ele voltou à linha. — Como eu estava dizendo... — A voz dele estava diferente. Ondulando sobre a água escura.

O SOM DO DESPERTAR

Nada iria mudar. Ela ficou na cozinha, com o corpo rígido e os olhos fechados, enquanto ele lia para ela o ato do motim. Ele contou a ela o que o diretor tinha a dizer sobre o filho deles. Ele conseguiu manter a voz baixa o suficiente para que Reka não ouvisse, mas foi um grito de raiva em seu ouvido. Era tudo culpa dela. Ela era uma péssima mãe. Ele desenterrou todos os delitos que Tim havia cometido desde que tinha "idade suficiente para entender melhor" e colocou a culpa de tudo nela. Ele não lhe deu chance de dizer nada em sua própria defesa ou em defesa do filho *dela*.

— Não quero ver o rosto dele quando voltar para casa esta noite. Diga a ele para ficar no quarto ou não me responsabilizo pelo que disser ou fizer a ele. — Ela podia ouvir a outra linha telefônica dele tocando. — Espera aí, Eunice. Nós ainda não terminamos de conversar.

Nós?

Ele a colocou em espera.

Ela ficou parada, em estado de choque e ferida. Ela esperou dois minutos. O sentimento voltou, profundo, turbulento, crescente. Ela esperou mais um minuto antes que Paul voltasse à linha.

— Onde eu estava?

Ele realmente esperava que ela o lembrasse? Ela deveria assumir sua posição como alvo e entregar-lhe a munição para recarregar? Ele era um atirador treinado. Ele nunca errava.

— Vou levar Tim para a casa da sua mãe.

— Não, não vai. Você não pode largar Tim com ela e esperar que a mamãe resolva os seus problemas. Ela já tem problemas suficientes.

— Tim não é um problema, Paul. Ele é uma pessoa, é o nosso filho.

— Olha aqui...

— Não. Escute *você*. Sua mãe vendeu a casa dela, ela ligou há alguns minutos. Ela sabe da situação e convidou eu e Tim para a casa dela. Ela disse que precisava da ajuda de Tim e eu vou levá-lo.

— Escuta aqui, Eunice.

— Eu escutei, Paul. Eu escutei e escutei. Um dia desses *você* vai ter que tentar. — Ela desligou. Como era possível amar tanto alguém e não gostar dele tão intensamente? O telefone tocou novamente. Ignorando isso, ela subiu as escadas. Bateu na porta de Tim e entrou. Ele estava esparramado na cama, o braço jogado acima da cabeça enquanto olhava mal-humorado para o teto.

— Não estou com vontade de conversar.

— Faça as malas, nós vamos para a casa da vovó. Saímos em meia hora.
— Quanto tempo vou ficar?
— Vamos descobrir isso quando chegarmos lá.

Eunice dirigiu para o sul pela Rodovia 99, orando a cada quilômetro para estar fazendo a coisa certa. Quando o celular tocou, ela desligou-o e jogou-o no banco de trás. Ela teria tempo suficiente para enfrentar as consequências quando chegasse a North Hollywood.

Tim estava sentado no banco do passageiro, com fones de ouvido e olhos fechados, fingindo estar dormindo. Ela não presumia saber o que ele estava pensando. Ela tentou não permitir que sua imaginação criasse cenários. Seu coração estava partido porque ela sabia que precisava entregar seu filho nas mãos de Lois, mesmo sabendo que a própria Lois também tinha falhado como mãe. Afinal, será que, se ela tivesse tido sucesso nessa empreitada, Paul estaria tão distante do Senhor, tão cego à sua própria insensibilidade com os outros, especialmente em sua própria casa?

Ó, Pai, perdoe-me por falhar com este teu filho. Perdoe-me por todos os meus erros ao criá-lo. Tudo o que sempre quis foi que meu filho te amasse mais do que qualquer outra pessoa ou qualquer outra coisa. E agora ele diz que não acha que quer ser cristão.

Ela agarrou o volante com mais força.

Senhor, Tim vê minha submissão ao pai dele como fraqueza e covardia. Ele está certo? Usei a submissão como meio de evitar minha responsabilidade? Paul está certo? Sou muito permissiva e cega para ver o que Tim precisa? Não sei mais. Não sei de nada, exceto que o tempo está se esgotando. Meu filho fará dezesseis anos em breve. Em dois anos, ele terá idade suficiente para ir embora. E depois, Pai?

Ela nunca soube como lutar contra a ambição de Paul. No início, ela viu o zelo dele como evidência de seu relacionamento vibrante com Jesus. Só mais tarde ela se perguntou se ele estava mais interessado em provar seu valor ao pai do que ao Pai. Sempre que ela tentava tirá-lo da maré que o arrastava, ele resistia e a atacava. Por fim, ela o viu dedicar sua paixão, energia e tempo à construção de algo que, segundo ele, glorificaria a Deus. E enquanto observava, ela sentia cada vez menos paz em relação ao trabalho dele, cada vez menos paz em relação a ele. Às vezes, ela se ressentia da igreja porque parecia que ela estava destruindo sua família. Ela não conseguia fugir disso. Isso invadiu sua vida.

Ela cresceu de maneira tão diferente. Ela nunca se sentiu abandonada pelo pai. Nunca duvidou do amor dele. Tinha o visto trabalhando com sua congregação. Ele ensinava com convicção e pelo exemplo. Ela via a paz dele, experimentou essa paz na presença dele. Ela não conseguia se lembrar de uma ocasião em que ele tivesse perdido a paciência e usado seu conhecimento da palavra de Deus para derrubá-la, esmagá-la sob os calcanhares dele. Ela podia descansar no amor de Deus naquela época. Mas ela era uma criança com pouca experiência de vida.

Ó, papai, sinto tanto sua falta.

Estou aqui.

Ela sentiu arrepios.

A Grapevine se aproximava à frente, o trecho longo e estreito da rodovia que subia até as montanhas. Ela pegou a rampa de saída e parou em um posto de gasolina. Tim tirou os fones de ouvido e olhou para ela.

— Pode me dar dinheiro para eu comer alguma coisa?

Ela deu dinheiro suficiente para comprar sanduíches, batatas fritas e refrigerantes enquanto abastecia, verificava o óleo e a água e lavava o para-brisa. Ela entrou para pagar a gasolina e se refrescar. Lavou o rosto e puxou uma toalha de papel do suporte.

Tim estava engolindo o resto do sanduíche quando ela voltou para o carro. Ela desembrulhou o sanduíche dela e abriu a lata de refrigerante antes de ligar o carro.

— Você está bem, mãe?

— Vou ficar. — Ela sorriu para ele. — Tudo vai ficar bem, Tim.

— Claro, mãe.

— Vai ficar, sei que vai. Deus tem um plano. — *Tu tens, não é, Deus?*

Quando eles chegaram, Lois saiu para recebê-los.

— Não esperava vocês até tarde da noite.

— A mamãe está com pressa para se livrar de mim. — Tim colocou a mochila nas costas e se dirigiu para a porta da frente.

— Tem sopa de carne caseira no fogão, Tim. Fique à vontade. Vou colocar o pão de alho no forno num minuto. — Ela colocou o braço em volta da cintura de Eunice. — Como foi a viagem?

— Silenciosa.

— Você não trouxe muita coisa.

— Vou para casa amanhã.

— Paul ligou. Eu disse a ele que a casa foi vendida e que precisava da ajuda de Tim por um tempo. Ele foi favorável à ideia.

Eunice sorriu ironicamente.

— Tenho certeza de que ele foi.

— Acho que tudo isso é o tempo de Deus, Euny. E a misericórdia dele também. Eu e Tim temos muito o que conversar.

Lois falou a maior parte do tempo durante o jantar.

— Quero que você me ajude a examinar todos os arquivos do seu avô, Tim. Estou tirando as fotos e colocando-as em um álbum...

O comportamento rude e entediado de Tim desapareceu. Ele estava na casa há menos de dez minutos e já tinha começado a relaxar. Eunice assistiu e ouviu. Quando terminaram de comer, ela fez um gesto para Lois se sentar e retirou a louça. As lágrimas arderam enquanto ela ouvia a mudança na voz de Tim. Lois sempre foi capaz de fazê-lo rir. Eunice ligou a lava-louças.

— Vou me deitar — disse ela.

— O quarto azul está pronto para você, querida. Coloquei toalhas limpas na bancada.

— Obrigada. — Ela beijou a bochecha de Lois. Tim virou o rosto quando ela tentou beijá-lo. O coração dela parecia que iria explodir de tanta dor. *Ó, Senhor, alcance meu filho e extraia a mágoa. Volte-o para ti. E para mim. Por favor.*

— Espero ver você pela manhã, Tim.

Eunice não dormiu bem naquela noite. Ela se levantou quando o sol nasceu e foi na ponta dos pés até o quarto de hóspedes onde seu filho dormia. Ele parecia um garotinho, toda a angústia e tensão desapareciam enquanto ele dormia. Ela afastou algumas mechas de cabelo loiro-escuro da testa dele. Ainda era macio e sedoso. Ele ainda era seu bebê. Ele sempre seria, não importa quantos anos tivesse.

— Eu te amo, Timmy. Eu te amo muito. — *O suficiente para abrir mão de você.* Ela se inclinou e o beijou suavemente. Ele não se mexeu. Ela fechou a porta com cuidado atrás dela.

Ela tomou banho, se vestiu, escovou os dentes e o cabelo, guardou seus poucos produtos de higiene pessoal na maleta e desceu as escadas. Lois estava na cozinha com o café pronto. Elas já tinham se sentado juntas nesta mesa muitas vezes. Lois estendeu as mãos para ela. Eunice as pegou.

O SOM DO DESPERTAR

— Deus não vai nos decepcionar, Euny. Se apegue a isso.

Eunice apertou as mãos de Lois antes de seguir seu caminho.

— É melhor eu ir andando.

— Você deveria tomar café da manhã primeiro.

— Não estou com fome.

— Café, pelo menos.

— Vou parar em algum lugar no caminho.

Os olhos de Lois estavam cheios de lágrimas.

— Vou cuidar bem dele, Euny. Prometo.

Eunice assentiu. Ela não podia confiar em si mesma para falar.

Enquanto descia a colina e se dirigia para a rodovia, ela começou a chorar.

Meu filho, Senhor, meu filho, meu filho...

Só o Senhor poderia entender.

CAPÍTULO 14

Stephen não perdeu tempo para começar a trabalhar em sua propriedade. Com o dinheiro que recebeu do projeto conceitual de um prédio de escritórios em Vacaville, ele contratou uma equipe e ergueu o prédio de Rockville. Ele dirigiu até um mercado de esquina e contratou trabalhadores diaristas mexicanos para remover as antigas pedras fundamentais, cinzelar a argamassa velha e depois lavar e empilhar as pedras atrás do prédio. Stephen fez com que escavassem mais de um metro e meio de terra. Ele fez a grade de vergalhão para o piso do porão e montou a moldura para uma parede de blocos.

Depois que o concreto foi lançado, dois pedreiros aplicaram os blocos no nível do solo. Stephen colocou as antigas pedras fundamentais, adicionando linhas de pedra preta e branca para criar um padrão na base acima do solo de um metro. Passaram-se dois meses até que a antiga loja fosse colocada no lugar e protegida.

Em seguida, ele levantou o telhado caído em meio metro, removeu e substituiu as vigas danificadas, colocou telhas no telhado e reconstruiu a fachada falsa. Ele contratou um engenheiro elétrico para remover a fiação antiga e fazer sua atualização e um engenheiro hidráulico para remover os canos arcaicos. Ele removeu o antigo vaso sanitário para restauração e encomendou réplicas de antigas banheiras, pias e acessórios de banheiro. A porta dos fundos e o banheiro do andar principal teriam acesso para deficientes físicos.

Com a fundação concluída, a fiação e o encanamento refeitos, ele se mudou para o andar de baixo e começou a trabalhar no apartamento de cima. Já fazia muito tempo que ele não trabalhava em um projeto, mas ele estava se divertindo, apesar do polegar esmagado, de vários cortes, hematomas e lascas e dos músculos doloridos quando caía na cama todas as noites.

O SOM DO DESPERTAR   305

O bêbado da cidade espiava pelas janelas a cada poucos dias. Ele tinha um jeito estranho de andar, o que Stephen imaginou ter mais a ver com sua deficiência do que com a quantidade de vinho barato que bebia. Outros cidadãos de Rockville paravam para ver como o trabalho estava progredindo. A maioria achava que Stephen era excêntrico por desperdiçar tanto dinheiro em um prédio no meio de uma cidade degradada como Rockville. Até mesmo o prefeito.

— Eu me mudaria se pudesse. Estou com minha casa à venda há três anos sem nenhuma oferta — disse ele a Stephen.

— Os tempos estão mudando. As pessoas estão se deslocando cada vez mais para o trabalho.

— Ouvi dizer isso. E tenho dito. Por que você não concorre a prefeito? — Stephen balançou a cabeça.

— Eu não sou um político.

— Nem eu.

Stephen avistou o bêbado da cidade do outro lado da rua e ergueu a mão em saudação. O homem virou as costas e fingiu olhar a vitrine de uma loja.

— Esse é Jack Bodene. — O prefeito balançou a cabeça. — Caso triste, como muitos outros casos tristes nesta cidade. Ele mora no estacionamento de trailers no final da cidade. A primeira coisa desagradável que as pessoas veem quando dirigem para Rockville. Ele vive da pensão por invalidez.

Na vez seguinte que Jack espiou pela janela da frente, Stephen abriu a porta.

— Entre e dê uma olhada.

Jack recuou.

— Desculpe, não quis incomodar.

— Todo mundo na cidade já deu uma olhada, você também pode. — Ele estendeu a mão e se apresentou. Agora que olhou mais de perto, percebeu que Jack não poderia ter mais de trinta anos.

Nervoso, Jack entrou.

— Você está fazendo uma grande bagunça.

Stephen riu.

— Isso é verdade.

— Eu costumava fazer esse tipo de trabalho. — Jack coçou a barba desgrenhada enquanto olhava em volta.

— Carpintaria?

— Restauração de casas.

— Eu costumava fazer o que você está fazendo. Eu gostava muito de uísque.

— Não consigo comprar uísque.

— Veneno é veneno, não importa o custo.

— Você não parece esse tipo de pessoa.

— Que tipo seria esse?

— Perdedor. — Estava claro que ele ouvia a palavra com frequência.

— Perdi minha esposa. Perdi minha filha. Quase perdi meu negócio. Cheguei ao fundo do poço e fiquei lá por muito tempo. Passei seis meses de reabilitação numa instalação do Exército de Salvação. Tenho vivido um dia de cada vez desde então. — Ele colocou uma tábua em dois cavaletes de serrado.

— Faz quanto tempo?

— Doze anos. — Ele empurrou o cepilho pela borda da tábua, apoiando-se nela deliberadamente. — Ter amigos para me manter responsável ajudou. — Samuel Mason foi uma dádiva de Deus.

Jack estremeceu.

— Você está acabando com a madeira.

Stephen se endireitou.

— Fique à vontade.

— Já faz muito tempo.

— Não pode fazer pior do que eu. — Ele observou Jack de perto. Nada mal. — Há quanto tempo você não trabalha?

— Um ano e meio. Não terminei meu último projeto.

— Por que não?

— Caí, quebrei as duas pernas. Passei seis meses no hospital e fiquei viciado em analgésicos. Fali. — Ele deu uma passada longa e suave com o cepilho e uma curva perfeita de madeira surgiu. — Então as coisas ficaram muito ruins. — Um bêbado com senso de humor. Stephen gostou dele. Parecia que Jack vivia há muito tempo no lado pobre da Bósnia. Ele era magro, com cabelos longos e desgrenhados. Ele precisava de um banho, fazer a barba, algumas roupas limpas, um novo par de botas. — A bebida não vai ajudar você a se recuperar. Acredite em alguém que sabe.

— Não, mas me ajuda a esquecer.

— Esquecer o quê?

Jack deu-lhe um sorriso cansado e cínico.

— O que você é? Um psiquiatra de fim de semana?

— Sou arquiteto e empreiteiro. — Stephen sorriu. — Já faz um tempo que não faço nenhum trabalho de verdade.

O SOM DO DESPERTAR
307

— É melhor seguir o desenho da tábua ou vai desperdiçar muita madeira boa.

— Preciso de um bom homem.

— É melhor continuar procurando. — Jack olhou novamente ao redor da sala, lenta e tristemente. — Eu sou um alcoólatra. Pergunte a qualquer pessoa da cidade. Não tenho certeza se conseguiria fazer isso.

Stephen teve a sensação de que Jack estava falando de outra coisa além da carpintaria.

— Você acabou de dar o primeiro passo em direção à sobriedade, meu amigo. O resultado final é que você não consegue. Meu padrinho na reabilitação me ensinou algo que ficou comigo e me ajudou naqueles dias em que minha boca ficava seca e achava que ia morrer de vontade de beber: "Eu não consigo, Deus consegue. Entrego minha vontade a Deus."

— Ajuda se você acredita em Deus.

— Dê uma chance a ele. Ele vai te surpreender todas as vezes.

— Não sei. Isso vai ser uma condição do emprego?

— Não, mas sou cristão e Jesus é o centro de quem sou agora e de quem quero ser daqui em diante. Ele me dá forças para passar o dia sem beber. Então, se você aceitar esse projeto, vai ouvir muito sobre ele enquanto trabalha.

Jack olhou em volta mais uma vez.

— É melhor do que falar de política.

Stephen deu risada.

— O que você acha de fazermos uma pausa para o almoço primeiro? Tenho alguns sanduíches na geladeira. Geralmente armazeno na sexta-feira antes de voltar de um local de trabalho em Sacramento. — Ele abriu a geladeira, tirou um sanduíche embrulhado em papel branco e entregou a Jack antes de olhar novamente para a geladeira. — Tenho refrigerantes, suco de frutas, leite ou água. Ou café forte.

— Café. — Jack rasgou o papel do sanduíche e deu uma grande mordida.

— Onde você está morando, Jack?

Ele engoliu.

— Estacionamento de trailers. — Ele deu outra grande mordida.

Stephen serviu café em uma xícara térmica com tampa.

As mãos de Jack tremiam quando ele pegou.

— Você tem alguma planta para essa loucura?

— Dê uma olhada. — Stephen desenrolou as plantas e as prendeu.

Tomando seu café, Jack as examinou.

— Você teria economizado muito dinheiro demolindo este lugar e começando do zero.

— Eu sei, mas precisava do desafio.

— E que desafio. O que você espera fazer com este edifício? Você tem uma dupla personalidade aqui. Renovação, restauração, modernização.

— Estou tentando manter os toques antigos.

— Como a base que você lançou. A propósito, bom trabalho.

— E alguns dos acessórios antigos, o estilo. Este andar será meu escritório e área de trabalho. Lá em cima será minha área de estar. Porão para sala de jogos, quartos de hóspedes, o que for. Ainda não sei. Estou substituindo as tábuas lá em cima agora. Venha dar uma olhada.

Jack o seguiu, erguendo a perna direita a cada degrau. Ele olhou para as braçadeiras de metal que seguravam o telhado no lugar.

— Bem, esse é um toque moderno. Está planejando deixar assim?

— Tenho debatido os tetos altos e arredondados, mas nunca fiz esse tipo de trabalho e não tenho certeza se quero mexer com reboco. O que você acha das vigas de sequoia?

— Ah, claro. Sem problemas. — Ele bufou. — Se você for parente do Rockefeller. Por que você simplesmente não reveste esses canos com ouro? Seria mais barato e você teria um visual totalmente novo.

— Está bem, o que você sugere?

Jack bebeu mais um pouco de café, ainda olhando para o teto.

— Você levantou o telhado o suficiente para ter um sótão. Feche, coloque isolamento, coloque um contrapiso e vai poder colocar sua área de armazenamento lá em cima. Posso construir uma estrutura de ripas para você, se você conseguir instalá-la. Não posso mais trabalhar em uma escada.

— E o reboco?

— Conheço um cara que faz reboco de primeira linha. Uma moldura de gesso ficaria bem aqui. Você vai ter ar central?

— Não tenho certeza.

— Vai custar uma fortuna colocar um neste lugar. Um sótão isolado vai ajudar nisso e você pode conectá-lo aos ventiladores de teto. Caso contrário, você vai assar como um peru de Ação de Graças no verão. — Ele olhou ao redor. — E o resto?

— Estava pensando em um conceito aberto. Estritamente funcional. Ali vai ter uma cozinha e sala com fogão embutido, micro-ondas, pias duplas, lava-louças, geladeira embutida acima do balcão, uma bancada para café da manhã. Aqui uma estante de livros, um espaço para uma TV e alguns jogos naquela parede.

— Você pode pensar em uma cama embutida. Isso vai manter seu design versátil e seu espaço, mais arejado.

— Boa ideia. Quando você quer começar a trabalhar?

— Você está brincando.

— Não. Na verdade, preciso de uma ajuda agora.

Paul desligou o telefone e se afundou na cadeira de escritório. Era a nona reclamação em quatro dias sobre as músicas que Eunice estava escolhendo para os cultos de domingo de manhã. Seu recente solo causou ondas de desconforto e repulsa pela congregação. Se ela tivesse discutido sua escolha com ele, ele teria dito para ela escolher outra coisa. Agora era ele quem recebia as reclamações e tentava amenizar a indignação e a sensibilidade indignada de vários do principais doadores da igreja.

Até Sheila comentou sobre a escolha de Eunice quando veio para a sessão de aconselhamento.

— Toda a ideia de sangue é bastante repulsiva para mim.

O problema era como contar a Eunice. Ele se sentia desconfortável com a ideia de dizer à esposa que ela estava causando problemas para ele. A música sempre foi um dos aspectos mais importantes da vida dela e da sua parte no ministério.

— Eunice tem uma voz linda, pastor Paul — Ralph Henson dissera outro dia. — É o que ela está cantando que deixa tantas pessoas chateadas. Se quisermos atrair a geração mais jovem, precisamos manter os cultos otimistas. — O novo auxiliar, John Deerman, não concordou, mas ele não estava no mercado há tempo suficiente para aderir ao programa. Paul teria que esclarecê-lo sobre algumas coisas.

Quando ele chegou em casa, Eunice estava na cozinha, com uma tigela de folhas verdes sobre a bancada e uma jarra de molho caseiro para salada. Ela estava tirando filés de peito de frango da marinada e arrumando-os na assadeira.

— Como foi o seu dia?

— Atarefado. — Ele afrouxou a gravata. — Parece bom. — Quando ela olhou para ele, ele sentiu uma pontada aguda de culpa. — Acho que vou colocar um moletom. — Ele precisava ganhar mais tempo antes de falar com ela sobre as reclamações.

Ela deslizou o frango na prateleira superior do forno.

— Qual é o problema, Paul? — Ela falou calmamente. Recostando-se na bancada, ela olhou nos olhos dele. Os dela eram claros e ingênuos.

Ela era o problema.

— Vamos conversar depois que eu trocar de roupa.

Jogando o paletó na poltrona perto das janelas, caminhou para o quarto. Não deveria dar tanta importância a isso. Tudo o que ele precisava fazer era explicar. Ela ouviria a voz da razão. Ela sempre ouvia. Por que essa sensação desconfortável na boca do estômago de que as coisas nunca mais seriam as mesmas entre eles depois desta noite? Tudo o que ele ia fazer era pedir a ela que selecionasse uma música compatível com seus cultos ao gosto do freguês. Ela entenderia.

Quando viu velas acesas na mesa da sala de jantar, ele se sentiu mal. Sentando-se à cabeceira da mesa, ele orou, enfatizando o chamado deles para atrair pessoas para Cristo.

— O que está te incomodando, Paul?

— Vamos comer primeiro. — Ele cortou um pedaço do filé de frango e enfiou na boca. Tomou um gole de água gelada e engoliu.

— O frango está muito seco?

— Não, está ótimo. Como sempre.

Ela tirou o guardanapo de linho branco da mesa e colocou-o no colo.

— Você tem uma reunião hoje à noite, não é?

— Não antes das 20h.

— Vou sair às 19h15 — ela disse.

— Aonde você vai?

— É quarta-feira.

— E?

— Tenho frequentado o estudo bíblico de Samuel.

Irritado, Paul olhou para ela do outro lado da mesa.

— Achei que tínhamos um acordo. As pessoas podem ter uma ideia errada sobre o motivo de você estar indo.

— As pessoas que participam do estudo não frequentam mais a nossa igreja.

A irritação dele se transformou em raiva.

O SOM DO DESPERTAR   311

— O que isso deveria significar?

— É assim que as coisas são, Paul.

Ela deu uma pequena mordida no frango.

Ele largou o garfo.

— O que está acontecendo, Eunice? O que você tem, afinal?

Ela olhou para ele, surpresa.

— O que você quer dizer?

— Por que você realmente está indo para a casa do Samuel?

Ela procurou os olhos dele.

— Para estudar a Bíblia e passar tempo com cristãos que também são amigos. E é o único lugar onde posso ser eu mesma.

— Não poderia ter nada a ver com Stephen Decker, poderia? Ele frequenta aquele estudo bíblico, não é?

A boca dela se abriu.

— Não frequenta mais. Por quê? — Ela olhou para ele. — O que você está insinuando?

— Fique longe dele.

Ela largou o garfo.

— Stephen parou de frequentar logo depois que eu comecei. Ele se mudou para Rockville. Eu amo *você*, Paul. Com certeza você não duvida disso.

A leitura cuidadosa dela o deixou nervoso.

— Não duvido. — Ele deu outra mordida no frango.

— Então o que você quis dizer com o que acabou de dizer?

Ele pensou em Sheila e engoliu seu pedaço de frango.

— Deixa para lá, não é importante. Esqueça.

— O que está acontecendo de verdade, Paul?

Não era como se ele estivesse tendo um caso com a esposa de Rob Atherton. Um beijo, isso foi tudo o que aconteceu.

— Nada. — Ele bebeu meio copo de água e ainda sentia o calor subindo pelo pescoço. Ele se concentrou no jantar. — Vamos deixar isso para lá. Está bem?

— Por que seu rosto está todo vermelho?

Ele largou a faca e o garfo ruidosamente.

— Porque estou bravo! Tudo bem?

Ela se encolheu, arregalando os olhos.

Por que ela tinha que olhar para ele daquele jeito? Ela sabia como manipulá-lo.

— Talvez eu duvide da sua lealdade. Tem ideia de quantos problemas você me causou esta semana? — Ela estava fazendo isso de propósito?

Ela deixou a refeição intocada. Inclinando a cabeça, procurou os olhos de Paul novamente.

— Você pode me dizer. Se você não falar logo, vai te sufocar.

— Está bem. Você ofendeu várias pessoas muito importantes com as músicas que selecionou nos últimos domingos.

— Por pessoas muito importantes, a quem você se refere? Àquelas com dinheiro?

O calor subiu para o seu rosto novamente. O coração dele batia forte. Cerrando os punhos, ele olhou para ela.

— Talvez você tenha o luxo de ser imparcial, Eunice, mas eu não. As pessoas ficam ofendidas. As contas da igreja não são pagas. Tudo chega a um ponto insuportável. É isso que você quer?

— Tudo o que fazemos no ministério agora é baseado em quanto dinheiro entra?

— Você está tentando arranjar uma briga? Desde que Tim foi morar com a minha mãe, você está de mau humor.

— Não estou de mau humor, Paul. Estou de luto.

Ela estava forçando de novo.

— Sinto falta dele também, sabia. Sou o pai dele. — Ele continuou olhando para ela, olhando fixamente. — Só não faça isso de novo, Eunice. Não quero outro dia como o de hoje.

— Tenho que seguir minha consciência, Paul.

Ele não podia acreditar que ela o estava desafiando.

— E eu não? É isso que você está dizendo, não é? — Ela inclinou a cabeça. Seu silêncio foi resposta suficiente. — Acho que você precisa dar um tempo no ministério de música. Até que esteja equilibrada de novo. — O apetite dele desapareceu. Ele não conseguia nem fingir. — Olha, não quero ferir os seus sentimentos, Eunice, mas você traiu minha confiança. Você se colocou contra o meu ministério.

Ela dobrou o guardanapo e colocou-o de volta na mesa.

— Você não pode agradar a todos o tempo todo. Tem que fazer escolhas. *Tive* que fazer escolhas.

Ele se mexeu na cadeira.

— Várias pessoas acharam os hinos que você escolheu *deprimentes*.

— Como eles poderiam ser deprimentes? Eram sobre salvação.

O SOM DO DESPERTAR

— Você sabe o que eu quero dizer. Por que você tem que tornar isso difícil para mim?

— Vou ter o direito de me defender? Ou algum tipo de decisão já foi tomada? Diga quem e como eu ofendi.

— Você escolheu dois hinos na semana retrasada sobre o sangue de Cristo. Lembra?

— Dois em seis.

— E então você cantou um solo sobre a crucificação. Tem algumas pessoas, incluindo um dos nossos presbíteros, para não mencionar outros, que acham o assunto... menos atrativo, por falta de palavra melhor. Entendeu agora?

Ele lamentou sua crueldade, mas ela o pressionou. Ela tinha mudado nos últimos meses. Ela costumava fazer qualquer coisa só para agradá-lo. Agora, ele sentia como se estivessem travados em um combate mortal. Ele ansiava pela tranquilidade dos velhos tempos. Tudo o que ele precisava fazer era sugerir, e ela se curvaria. Ela nunca o questionou. Ela nunca interferiu.

— Teve uma época em que você me ouvia, Paul.

— Eu ainda ouço.

A expressão dela suavizou-se.

— Então espero que você aceite isso como pretendido, com amor por trás disso. — Ela respirou fundo. — Se o nosso povo não vai ouvir sobre Jesus derramando seu sangue por eles nos sermões, eles precisam ouvir sobre isso na música.

Apesar de toda a doçura tranquila da voz dela, as palavras saíram como um tapa forte no rosto dele.

— Lamento que você pense tão pouco do meu ministério.

— Tenho muita consideração por *você* — disse ela gentilmente. — Eu te *amo*.

— Talvez deva tentar mostrar isso. Amor significa lealdade.

— Amar também significa dizer quando você está errado.

— Talvez você precise se lembrar do seu lugar. *Eu sou* o pastor, não você.

— Qual é o meu lugar, Paul, senão ser honesta com o meu marido?

Ele olhou para ela por um momento.

— Você não vai fazer uma concessão, não é?

— Não, receio já ter sido condescendente demais.

— Tudo bem, Eunice. Faça do seu jeito. LaVonne Lockford selecionará as músicas a partir de agora.

Os olhos dela se encheram de lágrimas.

— Você acha que LaVonne se preocupa tanto com o seu ministério quanto eu?

— Acho que você está um pouco confusa sobre o papel que desempenha na minha vida. Você deveria ser minha companheira. Em vez disso, você se tornou um obstáculo.

— Não estou brigando com *você*, Paul.

— Ah, sim, você está!

— Tem uma batalha acontecendo, Paul, mas é espiritual, não física.

Ele estava tremendo.

— E você acha que é mais espiritual do que eu? Você se acha uma cristã melhor? Sabe o que eu acho que é tudo isso? Acho que você está contra mim desde que Tim foi morar com a minha mãe. Acho que tudo isso tem a ver com seu ressentimento, você está sentindo pena de si mesma e tentando se vingar de mim por tudo o que acha que fiz de errado como pai! Tente negar! Apenas tente!

As lágrimas escorreram pelo rosto dela.

— Você me conhece muito pouco.

— Quer você perceba ou não, Satanás está usando você contra mim. — Ele viu o rosto dela ficar branco. Satisfeito, ele apunhalou novamente. — Vou conversar com Ralph pela manhã e ver se tem outra área onde possamos te usar.

Os olhos dela piscaram.

— Por favor, não.

— Não o quê? Esperar que você se comporte como minha esposa?

— Não tente me *usar* mais. Acho que é melhor eu me afastar por um tempo.

Ele sentiu como se ela tivesse dado um soco nele.

— O que devo dizer às pessoas?

— Diga que estou doente.

— Você está?

— Sim, Paul. Estou com o coração partido pelo que testemunhei na nossa igreja.

Paul jogou o guardanapo em cima do jantar meio comido e empurrou a cadeira para trás.

— Vou sair para correr.

Mas, mesmo depois de percorrer um quilômetro, ele não conseguia fugir da culpa que o perseguia.

O SOM DO DESPERTAR

315

Samuel terminou de encerar seu carro e decidiu que era um bom dia para passear nele. Já tinham se passado algumas semanas desde que Stephen Decker bateu à sua porta. Samuel imaginou que não faria mal nenhum ir a Rockville para ver como estava indo o novo projeto dele. Ele não pegava a estrada há muito tempo. Não desde que Bjorn Svenson foi para uma casa de repouso.

Evitando a via expressa, ele pegou uma estrada rural tranquila. Com as janelas abertas, aproveitou a brisa quente no braço descoberto. Ele podia sentir o cheiro da areia quente e das amendoeiras prontas para a colheita. Ao entrar em Rockville, não pôde deixar de se perguntar por que Stephen tinha decidido sair de Centerville e se mudar para uma cidade cujos melhores dias já tinham passado. Não foi difícil achar o prédio de Stephen. Na verdade, aquela situação arrancou risadas dele. Será que Stephen sabia? Ou Deus tinha um senso de ironia? Ele estacionou na rua. Ao sair do carro, ouviu o grito agudo de uma serra sabre cravando os dentes na madeira. A porta da frente estava aberta e o cheiro de serragem era forte. Alguém estava martelando no andar de baixo.

Um carpinteiro gigante ergueu os óculos.

— Você está procurando alguém? — Samuel chutou que ele tinha 1,90 metro.

— Stephen Decker.

— Ei, chefe! Você tem visita!

— Pergunte o que ele está vendendo! — gritou Stephen.

O gigante olhou para ele.

— Você é vendedor?

— Não, meu nome é Samuel Mason. Eu sou um amigo...

— Ah, ei! Eu sei quem você é. — Ele arrancou a luva e estendeu a mão. — Você é o professor da Bíblia de quem ele fica tagarelando. Meu nome é Carl, mas todo mundo me chama de Carvalho. — Ele gritou para Stephen. — Ei, chefe! É o Samuel!

— Bom, mostre um pouco de hospitalidade, seu imbecil! Ofereça um refrigerante! Mande-o vir para o porão. Peça para trazer mais algumas latas com ele.

— Tudo bem! Tudo bem! Como se você estivesse me pagando! — Sorrindo para Samuel, ele balançou a cabeça. — A caixa de gelo está ali, fique à vontade. Escadas nos fundos.

Samuel tirou três latas de refrigerante. O calor sufocante do andar principal deu lugar ao frescor dos blocos de pedra e do cimento. Stephen estava com o pé em cima de uma caixa enquanto se inclinava sobre uma prancheta, estudando plantas com um jovem com rabo de cavalo. Endireitando-se, Stephen sorriu.

— Samuel! Bom te ver. — Ele entregou um refrigerante para o companheiro dele e abriu a outra lata. — Samuel, gostaria que conhecesse Jack Bodene. Jack, este é Samuel Mason, meu mentor de estudo bíblico.

Eles apertaram as mãos.

— Prazer em conhecê-lo, Samuel.

— Igualmente. — O jovem tinha olhos envelhecidos.

— O que você achou do lugar quando chegou? — Stephen levantou seu refrigerante. — Acha que estou maluco como o resto da população?

— Não.

— Desperdiçando meu dinheiro e meu tempo?

— Depende.

— Do quê?

— Do que o Senhor quer.

Stephen riu.

— Não tenho a menor ideia do que ele quer. Vamos, vou te mostrar o lugar. — Samuel encontrou Hector Mendoza e Cal Davies no andar de cima.

O prédio seria uma joia no meio de uma pilha de pedras, e bem no centro da cidade, nada menos. Nada acontecia por acaso. Samuel não pôde deixar de sorrir. Ele precisava de um bom lembrete de que Deus era soberano. E aqui estava. Sólido como a rocha da fé, Stephen ainda estava de pé. Graças a Deus. O homem planeja, mas é a vontade de Deus que prevalece.

Stephen sugeriu que todos fizessem uma pausa. Carvalho, Jack, Hector e Cal juntaram-se a eles no porão. Todos sentaram em cadeiras dobráveis, aproveitando o frescor das paredes de blocos.

— Sabe, estive pensando... — Stephen exibiu um sorriso dissimulado.

— Cuidado, amigos. *El hombre* teve outra ideia estúpida.

— Salve-se quem puder!

Stephen sorriu.

— Alguma chance de você vir a Rockville uma vez por semana e dar um estudo bíblico?

— Estou velho demais para dirigir à noite.

— Problema pequeno. Você pode ficar aqui, vou te dar o melhor quarto da casa.

— Se ele te der opção, escolha o porão — disse Carvalho.

O SOM DO DESPERTAR

Samuel percebeu que Stephen estava falando sério.

— Por que você não ensina?

— Tenho tentado, mas esses caras têm mais perguntas do que eu tenho respostas.

Samuel olhou em volta para aquele pequeno grupo de homens. Seria bom intervir e começar outra aula, mas ele sentiu o Senhor cutucando-o em outra direção.

— Vamos conversar a respeito disso.

Stephen assentiu e deixou passar.

Samuel ficou mais meia hora.

— É melhor eu ir para que esses homens possam voltar ao trabalho. — Stephen saiu com ele e perguntou-lhe novamente sobre orientar o estudo bíblico.

— Sabe, meu jovem amigo, o Senhor te capacita para qualquer trabalho que ele tenha te dado.

— Você tem anos de experiência e uma vida inteira de estudos.

— Você tem que começar algum dia, Stephen. Este é um momento tão bom quanto qualquer outro.

— Sinto falta das noites de quarta-feira. Aquele grupo era minha família da igreja.

— Nós sentimos sua falta também.

— Todo mundo ainda vai?

— Sally e Charlie ainda estão indo. E Eunice... *Oh.*

Stephen riu suavemente.

— Não me olhe assim, Samuel. É melhor se eu mantiver distância. Abby sabia.

— Sim, Abby sabia. Nós dois sabíamos, eu só esqueci.

— Bom, faça-me um favor e esqueça de novo.

Ele percebeu que era mais do que Eunice que mantinha Stephen afastado.

— O que mais está te incomodando?

— Paul é o que está me incomodando. Ele recebeu corda suficiente para se enforcar.

— O que você quer dizer?

— Nada, deixa para lá. — Stephen sorriu ironicamente. — Como você pode ver, ainda tenho um longo caminho a percorrer antes de aprender a amar o meu inimigo.

Samuel não tinha percebido que os sentimentos de Stephen eram tão intensos.

— Tive minhas lutas no que diz respeito a Paul.

— Sim, aposto que teve.

— Paul não é o inimigo, Stephen. Nossa batalha não é contra carne e sangue.

— Eu sei.

Eles apertaram as mãos perto do carro. Samuel entrou e baixou a janela.

— Ore por ele.

— É mais fácil falar do que fazer.

— Faço isso há anos. Faça disso um ato de obediência. O que será por um tempo, mas vou te contar uma coisa, Stephen. Você não vai conseguir continuar odiando Paul se orar por ele. Deus vai te dar outra visão do que Paul pode ser se ele se entregar novamente. — Ele ligou o carro. — Lembre-se, Cristo morreu por nós quando ainda éramos pecadores.

— Paul terá que responder por muitas coisas qualquer dia desses. — Stephen não parecia gostar da ideia.

Samuel sentiu o leve empurrão novamente. Deus tinha algo mais para ele dizer.

— Você precisa saber, Stephen. Esteja pronto.

— Pronto para quê?

— Não sei ainda. O que sei é que um dia desses Paul Hudson vai precisar de nós. Quando esse dia chegar, e não creio que esteja longe, precisamos estar prontos para fazer tudo o que Jesus nos pedir.

Erguendo a mão, Samuel se afastou do meio-fio.

Nada era por acaso. Os impulsos muitas vezes não eram nada disso. O vento quente soprava dentro do carro, trazendo consigo os aromas do Vale Central. A paz tomou conta de Samuel enquanto ele voltava para casa. Uma paz inexplicável e preciosa.

A mensagem que Deus lhe enviou foi recebida.

Paul ouviu os membros do comitê de construção e sentiu um desespero e uma repulsa crescentes na boca do estômago. Tudo parecia estar dando errado. Em vez de trabalharem juntos, todos eles se dedicavam aos seus próprios

O SOM DO DESPERTAR

projetos favoritos. Gerald Boham passou um fim de semana em Nob Hill, em São Francisco, e foi aos cultos na Grace Cathedral. Agora, ele estava entusiasmado com a ideia de um labirinto.

— Poderíamos colocá-lo na nova sala multifuncional.

— Para que serve isto? — Marvin serviu-se de outro copo de água.

— Bem, a ideia é que as pessoas sigam um caminho espiritual. Existem estações no labirinto.

Outro bufou com desprezo.

— Você quer dizer como a Via Sacra?

— Eu não vi isso em uma igreja católica.

— Mas qual é o objetivo? — Outro queria saber. — Um labirinto não é algo que gera confusão?

— Não, essa não é a ideia como eu vi. Quando chega ao fim, você alcançou a iluminação.

— Só porque você andou sobre alguns ladrilhos do chão?

— Você para e lê as instruções a cada poucos metros e medita sobre o que quer que elas digam. Então segue em frente e assim por diante.

— Parece religião da Nova Era — disse Paul.

— Talvez, mas não estamos tentando trazer os adeptos da Nova Era? Seríamos nós que escreveríamos as mensagens.

— Quanto custaria uma coisa dessas? — Marvin sempre estava de olho no resultado final: o dinheiro. Era seu trabalho como tesoureiro da igreja.

— Alguns milhares, eu acho. Nem tanto.

— Nem tanto? — Marvin bufou. — Nós mal estamos sobrevivendo do jeito que está. Precisamos de cada centavo para pagar as contas que temos agora.

O suor começou a escorrer pela nuca de Paul.

— Achei que as doações cobririam esse mês.

Marvin corou.

— Está tudo bem. Claro que está tudo certo. Não estou dizendo que não temos o suficiente. Acontece que não temos excedente para gastar em novos projetos.

— Então o que você está dizendo? — Gerald ficou irritado. — Que minha ideia é estúpida?

— Eu disse estúpida? Cara. Vai ser cara.

— Tudo bem — disse Paul rapidamente. — Está bem! É uma ideia para pensar, Gerald. E você está certo, Marvin. Precisamos cumprir o orçamento.

Talvez pudéssemos colocá-la na lista de coisas a considerar no próximo ano. — Demorou alguns minutos para acalmá-los de novo e, a essa altura, o estômago dele estava embrulhado. Os ânimos estavam exaltados esta noite. Ninguém parecia concordar mais com nada, exceto que muito precisava ser feito.

— Talvez você pudesse ter outra de suas brilhantes ideias de arrecadação de fundos, Gerry — disse Marvin num tom que poderia ter sido sério ou seriamente combativo.

— Marvin... — Paul o repreendeu com o olhar — não precisamos de outra arrecadação de fundos agora.

— A Páscoa está chegando — disse Gerald. — A doação é sempre alta na Páscoa.

— E se não for? — Marvin sempre foi catastrófico. — Não podemos esperar até o desfile de Natal para fazer algum dinheiro, Paul.

— Então qual é o problema? — Gerald, no ataque. — Parece que, na última reunião, você estava nos dizendo que tínhamos dinheiro suficiente para passar o trimestre.

— Eu achei que tínhamos, mas tivemos algumas despesas inesperadas.

— Quais despesas inesperadas? — Alguém perguntou.

— Aquele cara que caiu da escada, Tibbitson. Lembra dele? As contas médicas são pesadas.

— E o seguro?

— Estou avaliando isso, mas agora Tibbitson está dizendo que precisa de fisioterapia.

Todos começaram a falar ao mesmo tempo.

Paul estava começando a se sentir como um bombeiro tentando apagar as faíscas que sopravam em um campo de trigo. Quando ficou claro que ninguém estava ouvindo ninguém, ele bateu com o punho na mesa. Seguiu-se um silêncio surpreso. Ele tentou uma risada suave.

— Vamos respirar fundo, ok? Por que cada um de vocês não me dá seus relatórios, e eu analiso tudo? Agora, vamos nos acalmar e aproveitar o resto da refeição.

— Parece uma boa ideia para mim. — Marvin deu outra mordida na sobremesa. Outros concordaram.

— Então — disse Paul, ansioso para mudar de assunto para coisas mais agradáveis —, ouvi dizer que sua filha recebeu uma carta de aceitação da faculdade, Hal. Parabéns.

O SOM DO DESPERTAR

— Ela não irá se eu puder opinar.

— O que quer dizer?

— Ela tem uma noção quixotesca sobre ser missionária. Eu disse a ela que vou mandá-la para a Universidade do Sul da Califórnia, mas não vou desperdiçar 25 mil dólares por ano para que ela possa ir para alguma faculdade cristã sem nome e se preparar para um emprego que pagará menos do que um carteiro. Nunca na vida dela!

Paul estava com uma dor de cabeça terrível quando a reunião terminou. No caminho para o estacionamento, os homens conversavam sobre suas esposas participando de uma festa de velas naquela noite.

— A aromaterapia é a nova moda. Kristin tem ganhado uma grana desde que se tornou representante.

— Sim, ela faz minha esposa acender aquelas velas o tempo todo. Posso dizer com que humor ela está quando entro pela porta. Se for lavanda, ela está tentando se acalmar com alguma coisa.

— E se for canela, o romance está no ar, hein, Don?

Todos deram risada.

— Eunice está se sentindo melhor, Paul?

— Um pouco. Ela está indo com calma.

— Jessie disse que parece que ela perdeu peso. — Gerald falou sobre o trabalho de Jessie como enfermeira do ensino médio e sobre quantas meninas estavam chegando parecendo etíopes famintas porque queriam parecer uma estrela de cinema.

Larry deu um tapa nas costas de Paul.

— Vou pedir a Kristin que traga algumas velas. Eunice logo se sentirá melhor. Kristin tem algumas misturas de ervas que garantem melhorar a saúde.

Paul não queria pensar no que Eunice diria se Kristin aparecesse com velas de aromaterapia.

— Eunice tem meditado muito nas Escrituras desde que saiu do coral.

— Ah, bem, isso é bom. Kristin também medita. Ela tem um quarto pronto para isso. Ela comprou uma fonte na semana passada. Ela diz que o som da água corrente acalma a alma. Ela acende uma mesa inteira de velas, apaga as luzes e ouve algumas coisas do Yanni. Ela diz que isso a ajuda a se sentir centrada. Talvez seja disso que Eunice precisa. Centralização.

Centrar no quê? Paul queria perguntar, mas não o fez. Gerald podia ficar ofendido. Ele desejou boa noite a todos e dirigiu-se para seu novo carro do outro lado do estacionamento. Ele podia ouvi-los conversando enquanto se dirigiam para seus carros.

— Minha esposa tem uma dúzia desses CDs de música celta. Ela coloca para tocar o tempo todo.

— Isso é melhor do que o rock que meu filho está tocando.

Paul apertou o controle remoto, abriu a porta do carro e entrou. Soltando o ar, abriu o porta-luvas e tirou o remédio que seu médico tinha prescrito. O estômago o estava matando de novo. Seu celular vibrou no bolso da jaqueta. Ele o pegou e jogou no banco de couro do passageiro, onde zumbiu como uma cascavel. Com o estômago embrulhado, ele agarrou o volante até parar. Em seguida, ele o pegou e apertou um botão. Ele reconheceu o número iluminado em verde amarelado. *Sheila*. O relógio marcava 10h18.

A tentação tomou conta dele. Ele podia senti-la afundando suas presas nele e enviando correntes quentes por seu corpo. As presas se transformaram em dentes roendo-o.

Ele poderia ligar para Eunice e dizer que havia uma emergência. Ou ele poderia ignorar a ligação.

Rob Atherton estava em mais uma de suas viagens de negócios. Ele sabia porque Sheila tinha mencionado isso no domingo de manhã, quando deu um abraço em Eunice.

— Você deveria vir nadar, Eunice. Eu fico sozinha. Rob vai ficar fora esta semana toda. Ele está indo para a Flórida de novo. — Sheila beijou a boche-cha de Eunice. — Você está tão pálida, querida. Um pouco de sol faria muito bem. — Ela sorriu para ele como se ele fosse uma reflexão tardia. — Ah, e você também está convidado, é claro, pastor Paul. — Ele riu disso, fez o comentário esperado sobre ser o pobre marido esquecido. Ele não conseguia olhar para Eunice, com medo de que ela visse culpa nos olhos dele.

Ele teve apenas um lapso. Isso é tudo. O que Eunice não sabia não a ma-chucaria. E ele não deixaria isso acontecer novamente. Agarrando firmemen-te o volante com uma mão, ele girou a chave de ignição.

A casa estava silenciosa quando ele entrou. Viu que a luz estava acesa na sala de estar. Eunice estava sentada com a cabeça para trás, os olhos fecha-dos, a Bíblia aberta no colo. Por um segundo teve a sensação de *déjà vu*, só que era sua mãe. Talvez fosse porque Eunice tinha muito em comum com ela. Ela estava sempre lendo a Bíblia, mais agora do que quando se casaram. Ela abriu os olhos e o encontrou olhando para ela.

O SOM DO DESPERTAR

— Você parece cansado. Foi uma reunião difícil?

Um fiasco! Ele sentia como se estivesse em um poço de lama com lutadores profissionais. Mas ele não ia dizer nada disso para Eunice.

— Foi boa. Trabalhamos um pouco.

Ele conseguiu convencê-los novamente e manter as coisas sob controle.

Ela fechou a Bíblia e colocou-a na mesinha lateral.

— Você quer conversar?

— Na verdade, não. — A última coisa que ele queria era uma conversa franca com sua esposa. A maior parte do que estava acontecendo dentro dele ultimamente não merecia ser discutido com ela. Ele estava se apaixonando por Sheila Atherton e temia que não pudesse fazer nada a respeito. — Acho que vou dormir, estou exausto.

— Tenho orado por você, Paul. — Ele levantou a cabeça. Ela sorriu timidamente. — Não que eu não tenha orado sempre por você. — O sorriso dela diminuiu enquanto ela procurava os olhos dele. — Tive a sensação de que você precisava de oração extra esta noite.

Ele estava feliz com a luz fraca que escondia seu rubor.

— Alguma razão específica?

— Não sei, consegue pensar em alguma coisa?

Ele pensou em Sheila mais uma vez e se encheu de vergonha.

— Não, está tudo bem. — Ele deu a ela um sorriso sutil. Sua consciência se contorceu. — Mas não pare.

Ela se levantou e apagou o abajur da mesinha lateral. A luz da rua iluminava a sala o suficiente para que ele pudesse vê-la vindo em sua direção. Ela tocou seu rosto com ternura.

— Eu te amo.

— Eu sei. — A garganta dele fechou. — Eu também te amo. — Ele amava. Só não tanto quanto antes. Ele a puxou para perto e ouviu sua respiração suave. — Sei que às vezes não parece, mas eu amo. — *Eu quero amá-la, Deus.* Levantando seu queixo, ele a beijou. Suavemente, no início. Até que ele pensou em Sheila.

Ele achou que estava tudo bem até que acordou mais tarde e se viu sozinho na cama, os lençóis gelados onde Eunice deveria estar. Uma linha de luz brilhava sob a porta do banheiro principal. Ele se levantou. Estava prestes a bater quando ouviu o choro abafado de Eunice. Não suaves, mas soluços angustiados abafados contra algo macio. Uma toalha? Uma imagem de Cristo lavando os pés de seus discípulos veio até ele. Paul fechou os olhos por um longo momento e voltou para a cama, tomando cuidado para não fazer barulho.

Ela voltou para a cama uma hora depois e se enrolou sob as cobertas, longe dele. Ele podia sentir o calor dela.

Paul ficou acordado no escuro. Tentou orar, mas sua mente continuava divagando. Quando sua vida ficou tão fora de controle? Por que ele não conseguia mais administrar nada?

Provavelmente foi apenas algo que ele comeu no clube. Talvez ele estivesse pegando gripe. Ele precisava parar de se preocupar o tempo todo. Deus disse que ele não deveria se preocupar. Foi um pecado. Tudo estava sob controle.

Paul perambulava, sua mente vagando de um lado para outro como ondas na costa. Ele estava nadando no oceano e a água estava fria. Por mais que ele nadasse, a corrente continuava empurrando-o para mais perto das rochas. Ele podia ouvir o barulho violento, a espuma branca. Indefeso contra o poder do mar, ele bateu nas rochas. Ele não conseguia se segurar. Cada vez que ele agarrava alguma coisa, a correnteza o puxava para longe. Ele foi arrastado para uma floresta de algas marinhas. Suas pernas ficaram emaranhadas e as ondas ainda batiam nele, empurrando-o, golpeando-o, cobrindo-o com um peso esmagador. Ele não conseguia chegar à superfície para respirar. Ele lutou, se esforçando para se libertar, a luz brilhando através das folhas grossas e escorregadias das algas marinhas acima dele. Ar! Ele precisava de ar! Seus pulmões estavam explodindo, seu coração explodindo! Uma mão se estendeu até ele, mas ele tinha mais medo de pegá-la do que de se afogar.

Ele acordou abruptamente. Ainda estava escuro e seu coração batia forte. Ele estendeu a mão e descobriu que Eunice havia desaparecido. O relógio marcava 5h30. Ela estava acordada, provavelmente fazendo o café da manhã.

Tremendo, engolindo em seco, ele tentou relaxar. Tentou dizer a si mesmo que era apenas um pesadelo. Não tinha significado nada.

Mas ele não conseguia fugir da sensação de que Deus estava tentando lhe dizer algo há muito tempo e não conseguia ouvi-lo.

CAPÍTULO 15

Stephen estava trabalhando até tarde no projeto conceitual de um prédio de escritórios em Roseville quando ouviu uma batida suave na porta da frente. Eram 23h. Talvez fosse Jack. Aqueles primeiros meses de sobriedade eram difíceis. Stephen levantou-se do banco e foi até a porta.

As janelas da frente estavam agora cobertas com venezianas de madeira, de modo que as pessoas não podiam mais espiar. E o vidro chanfrado da nova porta da frente dava alguma aparência de privacidade e elegância. Ele podia ver através do vidro que era alguém menor que Jack.

Girando a fechadura, ele abriu a porta e encontrou um estranho vestindo um gorro de tricô multicolorido, uma jaqueta militar, jeans sujos e esfarrapados e botas militares pretas. Jogada na calçada estava uma sacola de lona encardida. O estranho não disse uma palavra, mas ficou de cabeça baixa, com os ombros caídos.

Embora não conseguisse ver um rosto, Stephen teve um pressentimento.

— Brittany?

— Eu não sabia mais para onde ir.

— Ó Deus! Ó, Jesus, obrigado. — Ele a puxou para seus braços e a sentiu enrijecer. — Estive tão preocupado com você. — Ela estava tremendo, provavelmente por causa do ar frio da noite. Ele afrouxou seu abraço. — Entre — Ele pegou a bolsa dela. Não pesava mais do que alguns quilos.

— Rockville — disse ela secamente enquanto entrava na sala de trabalho e olhava ao redor. — Pensei que talvez você tivesse voltado para Sacramento.

Ele colocou a bolsa de lona dela no sofá de couro.

— Você foi para Centerville?

— Sim. Depois liguei para a mamãe. — Ela não olhava para ele. — O marido dela atendeu e disse que achava que você tinha se mudado para Rocklin, Rock

Hill ou Rockville. Ele não conseguia se lembrar com certeza. Ele disse para verificar as páginas amarelas da Decker Construction.

Stephen estava começando a entender.

— Você não falou com a sua mãe?

— Jeff disse que ela não estava em casa. — Ela encolheu os ombros. — Nada de mais.

Se Kathryn recebeu a mensagem, ela não passou a informação para ele. Ele ouviu o estômago de Brittany roncar.

— Vamos lá para cima, pode dar uma olhada no espaço enquanto preparo o jantar para você. — Ele caminhou na frente dela, mas, quando olhou para trás, ela manteve a cabeça baixa. Ele deixou a lâmpada de baixo acesa e girou o *dimmer* para a escada. A faixa de carpete no centro abafava o som das botas militares dela. Elas tinham biqueira de aço?

— Posso pegar algo para você beber?

— Sim. — Ela deu uma risada sombria. — Que tal um martíni?

Era mais uma piada do que uma pergunta. Ele não tinha certeza da motivação dela e decidiu ser franco.

— Eu não bebo mais, Brittany, e não guardo bebida em casa.

— Com medo de ter uma recaída?

Novamente, o limite.

— Eu levo as coisas um dia de cada vez e não finjo que não é uma batalha contínua.

Ela levantou a cabeça o suficiente para que ele visse seu olho roxo, o lábio cortado e inchado e a bochecha arranhada. Tudo dentro dele ficou selvagem. Ele queria puxar sua filhinha para o colo, embalá-la e perguntar quem a machucara, mas não se mexeu. Ele também não disse nada. A postura dela, o silêncio dela, os punhos cerrados diziam-lhe para se manter afastado, para controlar as perguntas que lhe martelavam na cabeça.

Abrindo a geladeira, ele abaixou a cabeça para que ela não visse seu rosto.

— Tenho leite, suco de laranja, água com gás. — Ele estava feliz por ter grelhado dois bifes de lombo mais cedo. Tinha sobrado um. Ele tinha salada e bastante molho. Levaria dois minutos para colocar uma batata no micro-ondas, passar um pouco de manteiga e *sour cream*.

— Leite — disse ela. — Por favor.

Ele serviu um copo grande. Os dedos dela tremiam quando roçaram os dele. Ela não olhou nos olhos dele enquanto agradecia. Ele voltou para a

O SOM DO DESPERTAR

cozinha, lavou uma batata, fez furos nela e colocou-a no micro-ondas. Enquanto o equipamento emitia seu ruído habitual, ele despejou uma porção de salada em uma tigela e colocou na mesinha com vista para a rua principal. Ele colocou talheres, um guardanapo, molho de queijo azul, sal e pimenta. O micro-ondas apitou. Ele colocou o bife no prato e ajustou o cronômetro novamente. Brittany tinha terminado o leite e segurava o copo com as duas mãos.

— O jantar fica pronto em trinta segundos, querida. Sente-se.

Ela se movia como se estivesse tão cansada que mal conseguia ficar de pé. Sentando numa cadeira, ela apoiou o copo vazio sobre a mesa. Paul, então, pegou a caixa de leite na geladeira.

— Você colocou a mesa só para uma pessoa — disse ela.

— Eu já comi mais cedo. — Ele ficou perto do micro-ondas. — Como você chegou aqui? Ônibus?

— Peguei uma carona.

Ele desejou não ter perguntado.

— Sua carona te deixou com o olho roxo e o lábio cortado?

— Não. — Ela não deu mais detalhes.

O micro-ondas apitou mais uma vez. Engolindo uma centena de outras perguntas, ele pegou o prato e colocou na frente dela. Ela levantou a cabeça. O semblante em seus olhos castanhos trouxe uma lembrança em sua mente: Brittany, com três anos, parada na sala entre ele e Kathryn enquanto eles brigavam aos gritos. Sua filhinha o observando com medo e confusão, lágrimas escorrendo pelo rosto branco enquanto ela gritava como um animal ferido. Ele fechou os olhos com força.

— Posso lavar as mãos primeiro, papai?

Ele olhou para ela de novo, a dor aumentando e trazendo consigo um pesado fardo de culpa.

— Claro. Desculpe, não pensei nisso. — A voz dele estava rouca. — O banheiro fica ali atrás, por aquela porta. Sem pressa.

Seu peito pesou assim que a porta foi fechada. Afastando-se, ele se apoiou na bancada da cozinha. *Quanto do que aconteceu com ela é por causa dos meus pecados, Deus?* Se acalmando, ele abriu a torneira e lavou o rosto com água fria. Brittany estava aqui, viva, segura. Por enquanto, pelo menos. Ele precisava manter a calma ou ela poderia fugir novamente.

Quando ela saiu do banheiro, seu cabelo estava molhado. Era curto, loiro-claro e com raízes escuras e cheirava a seu sabonete em barra. Ele notou a tatuagem nas costas da mão dela enquanto ela colocava o gorro de tricô na mesa ao lado dos talheres. Suas orelhas e nariz eram perfurados com pequenas argolas de prata. Ela pegou o garfo e a faca, hesitou e apoiou os pulsos na beirada da mesa.

— Você vai ficar olhando para mim o tempo todo?

— É tão bom ver você. — Ele ficou parado. — Vou guardar algumas coisas lá embaixo. Volto já.

Stephen acendeu a luz enquanto se acomodava em seu banquinho. Ele tentou examinar seu trabalho, mas não conseguiu se concentrar, então devolveu suas anotações para um arquivo e fechou a gaveta. Apagando a luminária, voltou para o andar superior. Brittany ainda estava sentada à mesa. Estava dormindo, a cabeça apoiada nos braços cruzados, o prato vazio afastado. Ela tinha comido tudo, até a casca da batata. Stephen ficou ao lado dela, chorando silenciosamente enquanto tocava levemente seu cabelo. Ela ainda era um bebê. O que aconteceu com ela nos últimos seis meses enquanto morava nas ruas ou onde quer que tenha estado todo esse tempo? Como ela conseguiu sobreviver? Ele queria mesmo saber?

Quando ele se inclinou para levantá-la, ela lutou e emitiu um som que partiu seu coração.

— Está tudo bem, querida. É o papai. — Brittany relaxou enquanto ele a carregava. Ele a deitou na cama com cuidado, tirou a jaqueta camuflada e as botas militares. As meias dela tinham buracos e manchas de sangue. Ele as removeu e trouxe uma panela com água morna. Lavou os pés dela com ternura. Depois, a cobriu com o cobertor, inclinou-se e beijou-lhe a testa. — Durma bem, querida. Você está segura.

Já passava da meia-noite, mas ele ligou para Kathryn mesmo assim. Se ele estivesse no lugar dela, gostaria de ouvir que Brittany estava segura, não importa a hora. Ela atendeu no quarto toque, com a voz sonolenta.

— Desculpe por acordá-la, Kathryn.

— Eu não estava dormindo. Se forem mais notícias ruins, não quero ouvir.

Ele sabia que era a bebida, e não o sono, que a fazia parecer confusa.

— São boas notícias, Kat. A Brittany está aqui. Ela está segura.

Ela começou a chorar.

— Graças a Deus — soluçou ela. — Eu quero vê-la. Quero ver meu bebê.

Essa era a última coisa que Kathryn deveria fazer.

— Ela está dormindo. Exausta. Tenha uma boa noite de sono, Kat, e venha amanhã.

— Amanhã tenho que ir ao meu advogado.
— Seu advogado?
— Advogado de divórcio. Diga a Brittany que estou me divorciando do Jeff. Ela vai ficar feliz com isso. — Kathryn a estava culpando mais uma vez? Ele não estava em posição de julgar. — Jeff está no Soho com a nova namorada dele. Provavelmente levando-a para ver uma peça na Broadway.
— Ai — sussurrou ele.
— É. — Ela chorou novamente. — É bem isso.
— Você vai ficar bem esta noite?
— Não é da sua conta. Alguém se importa?
Ele descobriu que se importava, mas sabia que contar a ela não adiantaria nada. Ele não queria sondar sua dor ou criar hipóteses. Em vez disso, ele segurou o telefone e orou por ela em silêncio.
— Ainda está aí, Stephen?
— Sim, estou aqui. — Ele ouviu o tilintar de uma garrafa contra o vidro.
— Foi você quem me fez beber, sabia disso? — Não era verdade, mas ele não iria discutir com ela. — Só piora as coisas — acrescentou ela.
— Sim, eu sei.
— Eu gostaria de saber o que deu errado. E quando deu errado. Eu fico pensando. Continuo olhando para trás. Bem atrás. Minha vida está uma bagunça há tanto tempo que nem consigo me lembrar se alguma vez deu certo. Sabe o que eu quero dizer?
— Sei. — Ela precisava de Jesus, mas não era a hora de dizer para ela.
— Brittany está aí?
— Está dormindo, segura. — Agredida e machucada, ferida mais profundamente do que qualquer um de seus pais poderia consertar. Eles já haviam feito "consertos" suficientes ao longo dos anos.
— Talvez ela não queira me ver. — Ele queria perguntar o motivo, mas não perguntou. — Pergunte a ela, está bem? Não quero dirigir até aí e fazê-la fugir de novo, sabe?
— Sim, Kat. Eu sei.
— Tenho que desligar — disse ela com uma voz de uma garota magoada. Ela se atrapalhou com o telefone quando desligou.
Foi a primeira vez que Stephen sofreu pela ex-mulher e não por causa dela.

Eunice estava sentada na sala de estar da sogra tomando chá quando Timothy entrou pela porta da frente com seus amigos. Ele parecia diferente, maravilhosamente diferente.

— Ei, mãe! — Ele veio até ela e a abraçou com força. — Você está bonita!

Ela largou a xícara, com a garganta fechada.

— Você também.

Ele estava bronzeado, olhos brilhantes e claros. Ele parecia ter crescido alguns centímetros no último mês e estava ganhando músculos. Seus amigos estavam todos conversando ao mesmo tempo, cumprimentando Lois. Claramente, eles pareciam se sentir em casa ali no condomínio.

Um dos meninos deu um soco no ombro de Tim.

— Uau, cara. Você nunca contou que sua mãe era uma gata!

O rosto de Eunice ficou quente.

Outro se inclinou para perto de Tim e disse num sussurro que todos podiam ouvir:

— Por que você não a convida para vir junto e ser uma supervisora?

— Chega, pessoal. Ela está envergonhada. — Tim riu facilmente. — Não deixe que eles te incomodem. Eles só estão brincando.

— Tudo bem, meninos e meninas. — Lois se levantou. — Para a cozinha. Fiz biscoitos hoje de manhã. — Todos seguiram como pintinhos enormes atrás de uma pequena galinha.

Eunice tocou o cabelo de Tim, que descia até os ombros. Ele encolheu o corpo enquanto examinava os olhos dela.

— Eu sei — falou ele lentamente. — Papai arrancaria minha cabeça se visse.

— Jesus tinha cabelo comprido.

Ele sorriu.

— Sim, pelo que sabemos. — Ele sentou-se ao lado dela. — Você veio me ver?

— Estou com saudade. — Ela não conseguia dizer mais nada. Estava orgulhosa do jovem que ele estava se tornando, grata e triste porque era a sabedoria e o amor de sua sogra que o guiava em direção a Cristo.

— Estou indo para o México depois de amanhã.

— Sua avó me contou. Vai construir casas, ela disse.

— Temos uma equipe reunida e um carpinteiro que está disposto a nos dizer o que fazer e como fazer. Cara jovem, que aguenta a pressão. — Ele detalhou a aventura, o trabalho preparatório, as reuniões matinais, o objetivo de servir aos pobres e levar a luz da mensagem do evangelho.

O SOM DO DESPERTAR

Ela podia ouvir os outros conversando e rindo na cozinha.

— Eles vão?

— Todos eles.

Ele tinha bons amigos para levantá-lo em vez de derrubá-lo.

— Você acha que vai voltar para casa depois da viagem para o México?

Os olhos dele se tornaram tristes.

— Acho que não, mamãe.

— Nem mesmo para visitar?

— Acho melhor eu ficar aqui.

Ela ficou deprimida. Olhou para baixo para que ele não visse as lágrimas vindo. Ela sabia que ele estava certo, mas doía mesmo assim. Ela queria dizer que Paul tinha pedido que ele voltasse para casa, mas ele não pediu. Ele dizia às pessoas que sentia falta de Tim. Dizia para ela também. Mas ele nunca falou em mudar o acordo com Lois. Ele conversava com Tim ao telefone, mas não com frequência e por pouco tempo. Ele tinha muitas outras pessoas em mente. Mas ela era a mãe de Tim, afinal. Ela tinha cuidado dele. Ela o ajudou a dar os primeiros passos, ensinou a primeira oração, ensinou a andar de bicicleta. Nem uma vez naqueles primeiros anos ela pensou que chegaria o dia em que ela entregaria voluntariamente seu filho para outra pessoa criar, até mesmo Lois, a quem ela amava como a sua própria mãe.

— Eu oro por papai o tempo todo, mamãe. — Ela viu a dor nos olhos dele, ainda viva, renovada sempre que Eunice ia vê-lo e seu pai ficava em casa. Por que ele iria querer voltar para Centerville? — E por você.

— Também oro por ele, querido. — *Constantemente.* — Ele ama você, Tim.

— Contanto que ele possa fazer as coisas do jeito dele.

Ele não disse isso com amargura. Foi apenas um fato simples, doloroso e difícil de aprender. Ela era uma aprendiz lenta.

Os outros riram alto na cozinha. Tim se virou na direção do som e inclinou-se para ele. Ela abriu mão do filho de novo.

— Por que não nos juntamos a eles? — Embora ansiasse por um tempo sozinha com Tim, a vida se intrometeu.

Ela ocupou um assento na bancada de café da manhã e ouviu a conversa agitada. Quatro meninos e duas meninas entusiasmados em servir ao Senhor. Foi um paraíso ouvir. Ela contemplava aquela conversa como a terra absorve a água depois de uma longa estiagem.

Lois sorriu para ela e serviu mais chá.

— Você parece um pouco mais relaxada do que quando chegou.

— É bom estar aqui.

— Às vezes, o apartamento parece um pouco pequeno.

— Eu sonhava que minha casa seria assim. Cheia de crianças, do chão ao teto. Uma expressão estranha surgiu nos olhos da sogra.

— Você pode ficar o tempo que quiser, Euny. Você é sempre bem-vinda. A qualquer momento.

Lois não fez perguntas nem a pressionou sobre seus sentimentos. Eunice ficou agradecida. Ela não sabia o que realmente estava sentindo. Não tinha fundamento para a depressão que pairava como uma nuvem escura sobre ela ou para a sensação de que sua vida estava desmoronando ao seu redor sem um motivo aparente.

Domingo de manhã, ela frequentava a igreja do bairro. Tim sentou-se ao lado de sua mãe, e Lois os acompanhou. Eunice ficou à beira das lágrimas durante todo o culto. O pastor idoso lembrava o seu pai: cabelos grisalhos, magro, olhos brilhantes e vivos de paixão por Cristo, cada palavra que saía da boca dele a respeito do evangelho transbordava de amor por seu rebanho. Paul teria odiado a música. Os congregados cantaram com agradecimento pelo sangue de Cristo. Eles cantaram sobre o sofrimento e a morte de Jesus na cruz com tristeza e sobre sua ressurreição com alegre despreocupação. Não se importavam se os hinos eram politicamente incorretos e poderiam ofender alguém que os visitasse. *Deixe-se ouvir! Alegremo-nos em Cristo nosso Salvador! Cante ao Senhor um novo cântico de celebração!*

Quando o culto acabou, eles ocuparam o corredor. O pastor estava na porta para cumprimentá-los antes de irem embora. Seu aperto de mão foi firme, seus olhos gentis. Não havia necessidade de apresentações.

— É bom te ver de novo, Eunice. — Ele não mencionou Paul Hudson. Eunice agradeceu a Deus por isso. Ela tinha sua própria identidade aqui. Era uma irmã em Cristo. Nem mais nem menos.

Eles saíram para almoçar em uma lanchonete de propriedade de cristãos. Todos conheciam Lois e Tim e ficaram felizes em conhecê-la. Eunice não estava com fome. Apesar de toda a má reputação de Los Angeles, ela se sentia mais em casa aqui hoje do que em qualquer outro lugar há anos. Mesmo em sua própria casa com o próprio marido.

O que há de errado comigo, Deus? O que está acontecendo?

— Você está bem, mamãe?

— Eu estou bem, querido. Tudo bem. — Quando ela tinha se tornado uma mentirosa profissional?

Eles conversaram por mais de uma hora durante o almoço. Lois disse que eles viriam fazer uma visita no final do verão. Tim tinha um trabalho de verão agendado, mas até lá ele poderia tirar uma folga.

Alguns amigos do filho passaram pela mesa. Tim se inclinou e deu um beijo em sua mãe.

— Eu te amo, mamãe. Não fique longe por muito tempo. — E então ele se foi, o filhote voou do ninho e se juntou ao rebanho rumo ao sul, em direção à praia.

Lois e Eunice foram até o carro.

— Você está com raiva de mim, Euny?

— Nenhuma, mamãe. Nunca pense isso. — Ela se sentia excluída, deixada para trás, sozinha e solitária. Mas como ela ousaria admitir esses sentimentos sem parecer que estava mergulhada em autopiedade? — Estou agradecida, mamãe, mas dói. — Tim estava onde ele pertencia. Estava crescendo em Cristo aqui. Em Centerville, ele estava sob um microscópio. Todos os olhos voltados para ele e nenhum muito gentil. Principalmente os olhos do próprio pai.

Assim que chegaram ao apartamento, Eunice arrumou suas coisas e colocou a maleta na porta da frente. Lois parecia preocupada.

— Algo está errado. O que é?

— Eu gostaria de saber. — Talvez ela não quisesse saber.

— Por que você não fica mais um dia, Euny? Nós não tivemos a chance de conversar de verdade.

— Não posso.

— Não pode... ou não vai?

— Não posso.

Se ela ficasse mais um dia, talvez nunca mais voltasse para casa.

Samuel levantou-se lentamente ao som da campainha. Ele não estava ansioso para conversar com a corretora de imóveis, mas sabia que precisava pensar em todas as suas opções. Vender a casa era uma delas. Ele abriu a porta e se deparou com uma jovem atraente usando um vestido amarelo de primavera que o lembrava de algo que Abby usara anos atrás. Engolindo o nó na garganta, ele olhou atrás dela e viu o carro estacionado em frente à casa. Um Cadillac. Ao que tudo indica, a sra. Lydikson era uma corretora de imóveis de sucesso.

— Posso entrar, sr. Mason?

— Ah, desculpe. — Ele destrancou a tela e abriu a porta. Afinal, ele tinha ligado para ela. O mínimo que podia fazer era deixá-la dar uma olhada em tudo e fazer uma estimativa de quanto valia seu pequeno bangalô. — Gostaria de um de café, sra. Lydikson?

— Não precisa se preocupar.

— Já está feito.

— Então, sim. — Ela sorriu. — Seria ótimo.

Ele a conduziu até a cozinha.

— Sente-se.

Ela olhou pelas janelas.

— Você tem um lindo quintal, sr. Mason. E bem grande.

— Eu e Abby compramos este lugar logo depois da guerra. — Ele colocou uma xícara e um pires sobre a mesa e serviu. — Leite ou açúcar?

— Puro, obrigada.

Uma empresária. Abby sempre colocava um bocado de leite e duas colheres de açúcar. Ele sentou e apoiou as mãos na mesa de fórmica.

A sra. Lydikson ergueu a xícara. Suas sobrancelhas subiram ligeiramente.

— O café está ótimo.

— Minha esposa me ensinou a fazer.

— Ela vai se juntar a nós?

— Ela faleceu há vários anos.

— Oh. — Ela largou a xícara. — Desculpe.

— Não tinha como você saber. — Ele ainda tinha dúvidas sobre a venda. Cada canto desta casa o lembrava de Abby.

A sra. Lydikson pareceu ler sua mente.

— Tem certeza de que deseja vender, sr. Mason? Quero dizer, quando conversamos, o senhor parecia decidido.

— Estou verificando as minhas opções. Vender minha casa é uma delas.

— O mercado está aquecido.

— Ouvi falar. — Vários de seus vizinhos venderam as casas e se mudaram. Um deles foi para Nebraska para morar perto da filha. Outro casal tinha se mudado para uma comunidade de aposentados cara que não permitia a entrada de ninguém com menos de cinquenta e cinco anos e tinha regras sobre

O SOM DO DESPERTAR

pátios, carros e hóspedes. Sem mencionar as taxas da associação de proprietários. Mas o casal gostava de golfe e teria fácil acesso a um campo, desde que tivesse forças para subir num carrinho e balançar um taco.

Samuel não estava interessado em golfe.

— Por que você não dá uma olhada na casa? Me diga o que acha.

— Tudo bem. — Ela largou a xícara e se levantou.

Samuel ficou na mesa da cozinha, olhando para o quintal. Abby o ajudou a colocar as trepadeiras vermelhas que estavam espalhadas pela cerca dos fundos. Ela escolheu a murta de crepe e o espinheiro de Washington. A última vez que ele cortou a grama, ficou tão cansado que não conseguiu sair da cama no dia seguinte. E parecia não haver mais adolescentes por perto dispostos a ganhar cinco dólares para cortar a grama e tirar algumas ervas daninhas. Eles queriam dez dólares por hora ou nem falariam com você. Samuel recebia uma bela pensão, mas não era suficiente para pagar serviços semanais como jardinagem e limpeza da casa.

Mesmo assim, ele sempre ansiava pelo estudo bíblico nas noites de quarta-feira. Ele amava as pessoas que vinham. Ele amava o entusiasmo delas em aprender a palavra. Ele adorava a maneira como eles se fundiram como uma família. E gostava de ser mimado por Charlie e Sally Wentworth, que adquiriram o hábito de lhe trazer uma boa refeição quente, qualquer que fosse o prato especial: bolo de carne, rosbife, frango frito. Era a melhor refeição que fazia durante a semana toda, exceto o jantar de domingo no Millie Bruester's. No restante do tempo, ele vivia de comida congelada. Às vezes, tudo o que ele tinha vontade de comer era uma tigela de cereal.

O estudo bíblico era o que mais o preocupava. Se ele vendesse a casa, o grupo se separaria? O zelo deles diminuiria? Metade dos participantes eram cristãos relativamente novos. A outra metade estava sentada nos bancos da igreja há anos, mas não sabia nada a respeito da Bíblia. Eles eram como seus filhos. Ele sentia um carinho paternal por cada um deles.

Ele tinha que lembrar repetidamente que Deus amava cada um deles ainda mais do que ele próprio, e que Deus se certificaria de que a obra que ele tinha começado neles seria concluída. Samuel não era o Espírito Santo. Ele não era insubstituível.

Mas às vezes era bom pensar que sentiriam falta dele.

Ele vinha orando sobre sua situação há meses, e a resposta parecia ser vender a casa e se mudar. Mas era difícil arrancar raízes tão profundas. Ele estava cheio de boas lembranças aqui.

A sra. Lydikson voltou de seu passeio pela casa.

— Você se importa se eu checar alguns detalhes lá fora?

— Por favor. Fique à vontade.

Ele a observou caminhar até a beira do pátio e olhar ao redor. Ela voltou a atenção para a casa. Provavelmente verificando as condições do telhado. Ele a viu sorrir e acenar levemente com a cabeça antes de retomar a caminhada até a porta dos fundos.

— Você tem uma casa adorável, sr. Mason. É um verdadeiro encanto.

— Obrigado.

Ela veio preparada com compensações e expôs várias outras casas que estavam no mercado, em depósito ou que tinham sido vendidas. Quando ela lhe disse quanto valia a casa, ele não acreditou.

— Tudo isso?

Ela riu.

— Sim, senhor.

— É só um bangalô de três quartos.

— Um bangalô americano muito charmoso e bem conservado em um bairro estabelecido em uma cidade pequena com boas escolas.

— Eu e Abby compramos este lugar por 4.800 dólares. — Na época, isso lhes pareceu uma fortuna, uma hipoteca que os manteria trabalhando arduamente nos anos seguintes.

Os olhos dela estavam brilhando.

— As coisas melhoraram um pouco desde então.

— Eu acho que sim — Samuel disse.

Como é que os jovens casais conseguiam sobreviver quando tinham que pagar tanto por uma casa? Se vendesse, teria dinheiro suficiente para morar nos Apartamentos Residenciais de Vine Hill até completar cem anos. Claro, o dinheiro não iria durar tanto se ele acabasse em uma casa de repouso. Sempre uma possibilidade quando você atinge a idade que ele tinha.

O pobre e velho rei Salomão sabia do que estava falando em Eclesiastes. Os membros de Samuel tremiam depois de uma hora trabalhando no jardim. Ao contrário de Salomão, ele tinha a bênção das conveniências modernas. Poderia mastigar com dentaduras. Podia enxergar com lentes bifocais. Conseguia ouvir com seu aparelho auditivo, desde que se lembrasse de pedir ao farmacêutico para substituir a bateria. Tinha uma bengala, mas um dia desses, em um futuro não muito distante, precisaria de um andador.

O SOM DO DESPERTAR

Quanto ao sono, há tempos ele não conseguia dormir uma noite inteira. Se o barulho dos grilos não o acordava, era a bexiga cheia, e as brigadas de pássaros começando suas guerras ao amanhecer. A falta de sono noturno não era um problema. Ele dormia como um bebê todas as tardes em sua poltrona reclinável, embalado pelo zumbido da televisão. Ele tinha cabelos brancos e estava murcho, desdentado e se arrastava cada dia mais devagar. Ele chegou ao ponto de ficar sentado na varanda esperando o carteiro para não ter que descer as escadas. Podia estar a apenas um metro do nível da calçada, mas, na sua idade, era como se fosse uma queda de uma janela no terceiro andar.

Ninguém além do Senhor sabia o que o futuro reservava. Tudo o que Samuel queria era ser um bom mordomo com os recursos que Deus lhe dera, e orava fervorosamente para que seu corpo não sobrevivesse à sua mente.

A sra. Lydikson falou sobre o mercado, como ela iria divulgar, que publicidade faria.

— Aprendi com a experiência que poucos compradores vêm de anúncios em jornais. — Uma placa ficaria na frente junto com folhetos. — Se as pessoas baterem à sua porta, não as deixe entrar, a menos que estejam acompanhadas por um corretor de imóveis. — Ela sentiu que seria mais produtivo espalhar a notícia através dos corretores de imóveis da região. Eles se encontravam todas as semanas e ela sempre empurraria a casa dele. — Podemos filmar o interior e o exterior da casa para o nosso site. As pessoas podem fazer login e realizar um *tour* virtual.

O mundo estava mudando rápido demais para ele. A sra. Lydikson estava cheia de entusiasmo e energia. Ele estava exausto só de ouvi-la. Ela não tinha dúvidas de que a casa dele seria vendida. Na verdade, ela ficaria surpresa se durasse no mercado mais de uma semana.

Uma semana? O pânico tomou conta dele. O que ele faria se sua casa fosse vendida em uma semana? Havia algum apartamento disponível em Vine Hill? O que ele iria fazer com todos os seus móveis, bugigangas e quadros? E as cadeiras de jardim e a mesa de vidro com guarda-sol?

A sra. Lydikson continuou falando. Ajudaria se ele chamasse um inspetor de pragas e fizesse um relatório.

— Isso economizaria tempo e problemas e daria ao comprador uma sensação de confiança. — Ela perguntou se ele achava que a casa poderia ter cupins. Ele disse que não. A casa foi construída com sequoias do norte da Califórnia. E ele sempre verificava se havia podridão seca na casa. Em seguida, ela contou sobre as declarações informativas. As pessoas não confiavam mais em ninguém.

Ele não conseguia pensar em nada de errado com a casa, a não ser os eletrodomésticos, que eram todos velhos.

— Não tão velhos quanto eu, mas eles já existem há muito tempo. Exceto o micro-ondas.

Tendo servido e recebido todas as informações de que necessitava, ela agradeceu o café e se levantou para ir embora.

— Vou ter a papelada pronta para o senhor assinar amanhã. — Isso lhe dava vinte e quatro horas para pensar um pouco mais. Ele tinha o cartão de visita dela, poderia ligar se mudasse de ideia. Ele sabia que não faria isso. Se mudasse de ideia, significaria apenas um pequeno atraso antes do inevitável.

Assim que ela saiu, Samuel se afundou na poltrona, exausto e deprimido.

Ele acordou com a campainha. Surpreso, percebeu que já estava anoitecendo e que havia dormido três horas inteiras. Charlie e Sally Wentworth estavam na porta com uma marmita de jantar.

— Você está bem, Sam?

Ele se sentia amarrotado e velho.

— Vou ficar assim que me refrescar. Entrem e sintam-se em casa.

— Vamos esperar por você na cozinha.

Sally tinha lavado as xícaras e os pires e estava guardando-os quando ele entrou. Ela preparou os talheres e um guardanapo e colocou o jantar que trouxeram em um dos pratos Blue Willow favoritos de Abby. Presunto, purê de batata e ervilhas, com torta de pêssego como sobremesa.

— Vocês dois me mimam.

Sally sorriu.

— É um prazer inteiramente nosso. Sente e relaxe. — Ela serviu-lhe uma xícara de café. — É descafeinado. Nova marca. Os clientes gostam.

Ela e Charlie seguiram comentando sobre os moradores de Centerville. Eles nunca falavam mal de ninguém, e Samuel absorvia as notícias. Ao terminar o suntuoso jantar, agradeceu e se levantou para lavar a louça.

— Pode sentar. — Sally pegou seu prato. — Vou levar trinta segundos para lavar, secar e guardar.

Ele lhes contou sobre a sra. Lydikson.

Charlie cruzou as mãos sobre a mesa.

— Bem, não posso dizer que estou surpreso. É muito quintal para manter lá fora, Samuel. Eu não conseguiria e sou trinta anos mais novo que você.

O SOM DO DESPERTAR   339

— O que mais me preocupa é o estudo bíblico. — Ele olhou para Sally e Charlie. — Não quero que ele acabe.

Charlie encolheu os ombros.

— Não tem motivo para isso.

— Quem vai ensinar, Charlie? Você?

— Eu não! Você não está dizendo que vai sair da região, Samuel, está?

— Eu me candidatei para Vine Hill. — Uma senhora iria se mudar para a casa de repouso dentro de um mês. E nunca se sabe, de uma semana para outra, se alguém poderia morrer e deixar um apartamento disponível.

— Bem, nas noites de segunda-feira, estamos fechados. O que você acha de mudarmos a aula para esse dia e transferirmos o estudo para o restaurante?

Sally riu.

— Você é um gênio, querido! Por que não pensei nisso? Se oferecêssemos sobremesa, poderíamos realmente atrair mais gente. Trinta em vez de doze. Você vai parar de dirigir, Samuel?

— Não tinha pensado nisso.

— Bem, se você parar, o Charlie pode te buscar e levar para casa depois.

Charlie estava observando de perto.

— Você está bem com isso, Samuel? Foi só uma ideia. Não deixe Sally passar por cima de você como um trator.

Samuel se sentia bem, muito bem.

— Parece bom para mim, por enquanto. Mas não vou viver para sempre, sabe. — Um dia desses ele deixaria aquele corpo cansado e esgotado e iria ficar com o Senhor e com Abby.

— Sim — disse Charlie —, mas vamos pensar nisso quando esse momento chegar, certo?

Todos no estudo bíblico acharam boa a ideia de transferir o grupo de estudo para o restaurante nas noites de segunda-feira.

— Conheço quatro pessoas que queriam vir ao nosso encontro, mas sabiam que não havia espaço suficiente.

— Então, está resolvido. Podemos fazer um teste na próxima semana, se vocês quiserem.

Todo mundo ficou entusiasmado.

— Quando a casa for vendida, vamos ajudar na mudança, Samuel. — Todos concordaram com isso também.

Quando a placa de "Vende-se" foi afixada na cerca branca da frente, Samuel sentou na sua poltrona reclinável e chorou. Ele cochilou depois de um tempo e sonhou com Abby, como sempre fazia.

— Então, o que você diz sobre tudo isso, Abby?

— *Eu digo que já era hora, seu velho idiota.* — Ela estava provocando-o como sempre, seus olhos azuis tão vivos como sempre foram.

— Bem, eu não tinha certeza. É uma grande decisão.

— *Você está pronto para isso. Quem sabe o que o Senhor fará, Samuel? Você ainda tem tempo para servir.*

Em seus sonhos, ele ainda conseguia conversar com Abby no quintal. Ele poderia saborear sua limonada caseira e segurar sua mão ou observá-la atarefada pela cozinha e ouvi-la rir. Em seus sonhos, ele fazia longas caminhadas com ela. Antigamente, eles voavam alto com asas como águias. Em seus sonhos, seu corpo não o limitava. Não existia gravidade. Tudo era possível. Às vezes, ele até tinha um vislumbre, um tênue vislumbre, do céu.

— Aonde você está indo?

— *Você sabe para onde.*

— Quero ir junto.

— *Ainda não, Samuel. Seja feita a tua vontade, não a minha. Lembra?*

— Mas, Abby...

— *Tudo no tempo de Deus, meu amor.*

— Abby!

Era o despertar que sempre trazia de volta a sua fragilidade. E, junto dela, a tristeza.

Eunice viu a placa de Rockville e pensou em Stephen Decker. Quanto tempo fazia que ela não o via? Já fazia mais tempo ainda que eles não conversavam. Ela pensou em parar para ver como ele estava. Samuel disse ao grupo de estudo bíblico que Stephen estava liderando seu próprio grupo agora, e Eunice ficou muito contente com isso. Ela o viu crescer como cristão ao longo dos anos. Era uma pena que ele e Paul não fossem mais amigos. Considerando o assassinato de reputação que Paul permitira, ela duvidava que algum dia pudessem ser amigos novamente.

Mais adiante surgiu a via de acesso local, e Eunice saiu da rodovia. Paul não sentiria falta dela. Ele sempre jogava golfe com um dos membros do conselho depois dos cultos de domingo. A menos que ele tivesse outra ligação para aconselhamento de emergência. Isso acontecia com mais frequência ultimamente. Embora o CNVV agora tivesse dois psicólogos na equipe, Paul tinha dificuldade em abrir mão de qualquer coisa.

Rockville era uma pequena cidade pitoresca com uma rua principal larga, fachada alta e falsa, edifícios de estilo ocidental e ruas arborizadas. Ela não teve dificuldade em encontrar a casa de Stephen Decker. Ela havia buscado o endereço dele uma vez, mas mudou de ideia a respeito de passar por lá.

A porta da frente estava escancarada. O coração dela acelerou quando viu Stephen. Ela não esperava por isso e pensou em dar meia-volta, entrar no carro e ir embora antes que ele a notasse. Em vez disso, ela ficou plantada, com o coração saindo pela boca. Ele estava sentado em uma mesa, com vários livros espalhados ao seu redor, a Bíblia aberta. Estava fazendo anotações. Quando ele levantou a cabeça, o coração dela quase parou ao ver a expressão no rosto dele.

— Eunice?

— Desculpe se interrompi. Só pensei em passar por aqui no caminho para casa e ver como você está. — Ela tinha a consciência de que era um erro, mas não sabia como se virar agora e ir embora sem parecer constrangedor.

— Centerville fica ao norte.

— Eu estava em Los Angeles visitando Tim.

Ele levantou lentamente do banco.

— Você está mais magra.

Ela sentiu uma leve vibração no estômago.

— Mais velha também. — A risada dela saiu sem energia. Por que ela veio aqui? Que impulso a moveu? — Já estive aqui uma vez, há muito tempo. — Ela observou o espaço. — Claro, eu não entrei no prédio. Só olhei pela janela. — Então, ela encarou Stephen, e o calor nos olhos dele a agitou. — Quando foi dado pela primeira vez à igreja.

Ele franziu a testa, perplexo.

— Dado à igreja?

— Você não sabia? — Ela ficou aliviada. — Esta foi a propriedade deixada de herança à Igreja de Centerville. Pertenceu a um dos membros fundadores. Nunca conheci o cavalheiro. Ele morava em uma casa de repouso ao norte de Sacramento. Nós nem sabíamos da existência dele até Paul receber a notícia de que Bjorn Svenson havia deixado sua propriedade para a igreja.

Ele entendeu.

— E Paul vendeu e colocou o dinheiro na propriedade onde o CNVV está agora.

— Sim, isso mesmo.

Ele parecia abalado.

— Eu não sabia.

— Estava na esperança de que você não soubesse.

— Por quê?

Ela encolheu os ombros.

— Algum tipo de vingança contra Paul, eu acho.

Ele abaixou o queixo, os olhos desafiadores.

— Isso não me tornaria um grande cristão, não é?

Ela estava estragando tudo.

— Desculpe, não tive a intenção de trazer à tona diferenças passadas. — Isso pareceu irritá-lo ainda mais.

— Por que você está se desculpando, Eunice? Não foi sua culpa que as coisas desmoronaram.

— O CNVV ainda está de pé, Stephen. É magnífico, um testemunho para o seu amor em Cristo.

— Sim, bem, essa é uma maneira de ver as coisas.

— Você não vê dessa forma?

— O tempo dirá se o CNVV resistirá ou não.

Ele tinha motivos para ser cínico. Paul o havia maltratado. Pior ainda, Paul permitiu que fofocas lançassem dúvidas sobre a reputação de Stephen. Não que tenham durado muito. As pessoas não podiam ficar perto de Stephen por muito tempo sem saber que ele era um profissional completo. Ela não foi lá com a intenção de despertar velhas animosidades, mas de abrir a porta para a cura. Ela era ingênua; estúpida e ingênua.

— Eu não deveria ter vindo.

— Estou feliz que veio.

O tom dele se suavizou. A expressão também. O coração dela bateu forte.

— Papai?

Stephen se virou.

— Brit, venha aqui. Gostaria que você conhecesse uma velha amiga minha.

Eunice observou a garota avançar. Brittany enfiou os polegares nos bolsos da sua calça jeans azul desbotada e estudou-a com desdém. Apesar das

O SOM DO DESPERTAR   343

roupas e do corte de cabelo punk, dos piercings e das tatuagens, Eunice a achou linda. Ela tinha os olhos de Stephen.

— Seu pai sempre falava de você. — Eunice estendeu a mão para a menina pela qual ela orava desde que soube do seu desaparecimento.

— Nada de bom, aposto. — Brittany apertou sua mão fracamente e soltou. Eunice olhou para Stephen. Ela não conseguia ler nada em sua expressão, nada que lhe desse qualquer indicação de que tipo de resposta era necessária. Ela olhou para Brittany de novo, profundamente.

— Sempre tive a impressão de que seu pai te adorava e não conseguia passar tempo suficiente com você. Ele ia a Sacramento toda semana para te ver. Às vezes, ele mencionava planos que tinha feito. — Por que os olhos da garota piscaram? Eunice decidiu seguir outro caminho. — Nós oramos por você, Brittany. Seu pai, eu, Samuel. Você já conheceu Samuel Mason?

— Não.

— Espero que conheça, você vai gostar dele. De qualquer forma, estávamos todos orando pela sua segurança e para que você ligasse ou voltasse para casa ou que o investigador particular tivesse boas notícias...

— Investigador particular?

— Seu pai contratou um logo depois que você saiu de casa. Ele não te contou? — Ela olhou para Stephen, que ainda permanecia em silêncio. — Você foi para São Francisco, não foi, Stephen? Fiquei sabendo que você ficou lá por uma semana procurando pela Brittany.

Brittany olhou para ele.

— Você fez isso?

— Sim, eu fiz. — Foi uma declaração direta, sem nenhum indício do que ele estava sentindo.

— Não achei que você se importasse.

— Eu me importo, *e muito*.

O rosto da garota mudou. Ela parecia jovem e insegura, até um pouco assustada.

— Eu não fiquei mais do que alguns poucos dias em São Francisco antes de ir para Santa Cruz, e depois para Los Angeles. Eu... — Ela fez uma careta, baixou a cabeça e depois lançou um olhar para Eunice. — Eu não queria interromper nada, desculpe.

Eunice corou.

— Você não interrompeu nada, Brittany. Acabei de passar por aqui a caminho de casa. Tenho um filho quase da sua idade. Ele está morando com a avó em Los Angeles.

— Por que seu filho não está morando com você?

Era uma pergunta rude, um pouco desafiadora, mas Eunice se sentiu obrigada a responder.

— Timothy sentia como se estivesse vivendo sob uma lupa. Não é fácil ser filho de pastor. — *Ou esposa*. Ela tentou mudar de assunto. — Ouvi falar do último projeto do seu pai e pensei em dar uma olhada. Ele construiu o Centro Nova Vida do Vale, onde meu marido serve como pastor, sabia disso?

— Ele está sempre construindo alguma coisa.

A boca de Stephen se apertou.

— Como o Tim está, Eunice?

— Muito bem. Ele tem um ótimo grupo de amigos, e ele e Lois se dão muito bem. — Ela falou com ânimo além de sua dor. — Ele está a caminho do México com um grupo de jovens esta semana. Vão construir casas ao sul de Tijuana. E ele está falando sobre ir para a faculdade no Centro-Oeste.

— Alguma chance de ele voltar para casa?

Com medo de confiar em sua voz, ela balançou a cabeça.

— Por que não?

Eunice encarou Brittany. A garota não tinha como saber que estava investigando sua dor. Ou sabia?

— Porque ele está melhor onde está. Ele pode ser ele mesmo, é livre para abrir suas asas e voar para qualquer lugar que Deus o direcione.

— Em outras palavras, ele tem idade suficiente para decidir onde quer estar e prefere estar com a avó a estar com os próprios pais.

— Já chega, Brittany.

Eunice tentou não demonstrar o quanto as palavras da menina machucaram.

— Todo mundo quer escolher como viver e com quem, Brittany. Por mais que eu queira meu filho em casa comigo, vejo como ele se dá bem com a avó. Então, não vou perguntar e não vou pressioná-lo para voltar para casa. — Ela tinha toda a atenção de Brittany. — Essa é uma pergunta que você precisa responder agora. Onde poderá se tornar a mulher que Deus planejou que você fosse? Onde você vai prosperar?

Brittany franziu a testa, mas não teve resposta. Os três ficaram em um silêncio desconfortável.

O SOM DO DESPERTAR

Eunice falou primeiro.

— Bem, foi bom ver você, Stephen.

— Não vá, você nem viu a casa ainda. — Ele estendeu a mão.

Brittany olhou para o pai e depois para Eunice. Havia algo perturbador naquele olhar, algo muito sagaz.

— Quer que eu faça um café?

— Ótima ideia, Brit. O café está no armário da direita e...

— Consigo encontrar o que preciso.

Stephen deu a Eunice um grande *tour* do porão ao apartamento no segundo andar. Quando subiram, Brittany pegou um casaco militar.

— Acho que vou dar uma volta.

Eunice sentiu a tensão de Stephen enquanto observava a filha se dirigir para a escada dos fundos.

Stephen serviu café em duas canecas. Eunice ouviu a porta da frente fechar com firmeza.

— Quando você a encontrou?

— Eu não a encontrei; ela é que me achou. Brittany apareceu na minha casa do nada. — Ele pegou uma cadeira e recostou-se. — Cada vez que ela sai por aquela porta, me pergunto se ela vai desaparecer de novo. Mas sei que, se tentar segurá-la, isso vai fazê-la correr mais rápido do que qualquer coisa. — Ele ergueu o olhar, seus olhos escuros de dor. — Tem sido horrível nos últimos anos.

Ela tinha a sensação de que ele não estava falando apenas sobre sua filha fugitiva.

— Essa é parte da razão pela qual vim aqui. Queria dizer o quanto lamento que as coisas não tenham funcionado melhor entre você e Paul.

— Por que *você* está se desculpando?

— Bem, eu... — Ela não poderia dizer que Paul não tinha intenção de fazer isso, por mais que fosse necessário. — Não gosto de ver irmãos brigando.

— Boa ideia, Eunice, mas você não pode pedir desculpas por outra pessoa e achar que isso significa alguma coisa.

— Acho que não. Continuo esperando que Paul... — *Caia em si*? Ela não poderia dizer isso em voz alta, não sobre seu próprio marido. Era desleal.

— Não se preocupe com isso. — Ele ergueu a caneca e olhou para ela por cima da borda enquanto bebia. — Eu não fui mortalmente ferido.

— Às vezes, Paul passa por cima das pessoas quando está fazendo a obra do Senhor.

— A obra do Senhor? É assim que você chama?

Ela piscou. Ele estava zangado, mais zangado do que ela jamais vira.

— Você e Paul não estão se dando muito bem agora, não é?

Confusa, ela gaguejou.

— E-estamos nos dando tão bem como sempre.

— Ah, que bom, hein?

— Perdão?

Ele largou a xícara.

— Você não pode imaginar que tentação estou enfrentando agora. — Ele olhou para ela. — Em várias frentes.

O coração dela começou a bater forte. Não foi o que Stephen disse. Foi o jeito como ele a encarou. Ele parecia mais próximo, mesmo com a mesa entre eles.

— Eu costumava considerar isso uma paixão estúpida e infantil, algo que passaria com o tempo, mas não foi o que aconteceu. Cresceu e ficou mais profunda. Lembra daquele dia no hospital quando você me seguiu até o estacionamento?

Ela queria negar e não conseguiu.

— Sim.

— O fato de você se lembrar me diz mais do que você gostaria que eu soubesse.

Ela sentiu suas bochechas esquentarem. Há quanto tempo Paul não olhava para ela como se quisesse mais dela do que suas habilidades como pianista ou voluntária na igreja? Foi por esse motivo que ela foi até lá?

— Você me evitou durante meses, Eunice.

— Achei que era melhor.

— Você mal conseguia me olhar nos olhos.

— Eu...

— Não precisa explicar, estávamos trilhando o caminho honesto e moral. Isso machuca. Outras vezes, isso me deixava bravo porque... — Ele balançou sua cabeça. — Mas você estava certa. — Ela apertou as mãos em volta da caneca. Ele se inclinou para frente lentamente e ela perdeu o fôlego. — Quando vi você na porta há pouco, percebi uma coisa. — Os dedos dele roçaram as mãos dela e ela sentiu uma onda selvagem de sensações. — Nada mudou. Para mim, pelo menos.

— Ou para mim, Stephen.

— Cuidado com o que diz.

Ela afastou as mãos do toque dele.

O SOM DO DESPERTAR

— Quero dizer... — Ela engoliu em seco, com a respiração agitada. — Eu sou casada.

Ele se recostou.

— Eu sei. — Seus olhos gentilmente zombaram dela. — Casada e infeliz. E aí está o problema, eu gostaria de ser a pessoa que te faria feliz. Não apenas por algumas horas aqui no meu apartamento, mas pelo resto das nossas vidas.

Ela já havia sentido as faíscas voarem entre eles antes, mas a chama do fogo agora a assustava.

— Não vim para começar nada.

— Também sei disso, Eunice. Conheço *você*, é uma pena que Paul não conheça.

Estremecendo, ela se levantou e foi até as janelas que davam para a rua. Não sabia o que dizer. Não sabia como ir embora de maneira educada. Por que ela foi até lá? Ela e Stephen nunca conseguiram manter uma conversa casual. Muitas correntes moviam-se abaixo da superfície. Contracorrentes. Ressacas. Seria tão fácil ser arrastada para o mar. O que Paul diria se soubesse que ela tinha ido a Rockville para ver Stephen Decker? Ela sabia que não deveria ficar sozinha com este homem. O que estava pensando? Como esposa de pastor, ela não deveria ficar sozinha com nenhum homem na casa dele. Isso gerava fofoca. Ela se afastou da janela, virou e encontrou-o bem atrás dela. Ela estava tão envolvida em sua própria luta que não o ouviu se mover. E agora ela teria que contorná-lo para sair.

— Sabe o que eu acho, Eunice? Acho que Deus me mudou para Rockville para proteger nós dois. E acho que Deus trouxe Brittany para casa para garantir que nada acontecesse entre nós agora.

Ela olhou para cima e viu a pulsação martelando no pescoço dele. Ela estava com medo de olhar nos olhos dele, com medo de ver suas próprias necessidades refletidas ali. *Ó, Senhor. Senhor, me ajude!* Ela estava tremendo.

Stephen deu um passo para trás.

— Eu vou te acompanhar. — Ela soltou a respiração suavemente.

Ele lhe lançou um olhar terno e sábio. Abriu a porta para ela, mas segurou-a para que ela não pudesse passar. A intensidade estava de volta em seus olhos, o fogo contido, mas ainda queimando.

— Se algum dia eu ouvir que Paul saiu da sua vida, espere me encontrar na sua porta.

— Não é provável que isso aconteça, não é? — Ela não queria parecer desapontada.

A expressão dele mudou. Ele evitou olhar nos olhos dela enquanto soltava a porta.

O que ele estava pensando? Ela esperou alguns segundos antes de ultrapassar a soleira.

— Foi bom ver você de novo, Stephen. Você fez maravilhas com este edifício. Samuel disse que você está ensinando num estudo bíblico. Ele está muito orgulhoso de você.

— Samuel é um cara correto.

— Não existe ninguém melhor. Todo mundo sente sua falta no estudo bíblico.

Seu olhar segurou o dela.

— Mande lembranças a eles por mim.

Ela soube então por que ele não comparecia mais ao estudo.

— Sinto muito, Stephen.

— Eunice, você é a melhor coisa que Paul tem a seu favor.

Ela se sentia mais segura, menos fora de si, sob a luz do sol.

— Ele tem o Senhor.

— Esperemos que sim.

Stephen observou Eunice indo embora. Um vislumbre dela e a atração ressuscitou. Com uma vingança. Ele sentiu uma porta aberta, uma pequena oportunidade de passar por ela. E se ele tivesse passado? Quais seriam as ramificações? Quais seriam as consequências? Quais seriam as repercussões? Ele nem queria imaginar o que teria acontecido com Eunice se ele tivesse cedido ao impulso de tomá-la nos braços e beijá-la. E se ela tivesse correspondido?

— Então, qual é o problema dela, afinal?

Assustado, ele se virou e viu Brittany descansando no banco que Jack Bodene costumava ocupar. Ela estava sentada lá esse tempo todo?

— Ela é uma velha amiga.

Ela se levantou e veio em direção a ele, a cabeça inclinada, examinando-o com o olhar.

— Vocês dois tiveram alguma coisa ou o quê?

— Não. — Ele a encarou. — Nunca. Deixe isso claro na sua cabeça. — Ela empalideceu, mas levantou o queixo.

— Por que tão na defensiva?

— Porque Eunice é esposa de um pastor, e a mera sugestão de escândalo poderia causar muitos danos.

— Por que ela veio aqui ver você, então?

— Pelos motivos que ela disse. — *E outros que ela não mencionou.* Ele percebeu que Eunice estava profundamente perturbada. Por que ela tinha vindo até lá? Ela teria explicado se Brittany não estivesse aqui? Ele impediu que seus pensamentos seguissem esse caminho.

— Eu sou uma menina crescida, papai. Tenho dois olhos na minha cabeça. Você a ama, não é? Mais do que jamais amou a mamãe.

— Se você está perguntando se eu já tive ou gostaria de ter um caso com ela, a resposta é não. Admiro Eunice Hudson. Eu me importo muito com ela. Como você pode não amar alguém que sempre coloca as necessidades das outras pessoas à frente de seus próprios desejos? O filho dela é um excelente exemplo dos sacrifícios que ela está disposta a fazer.

— Por que ele realmente foi embora?

— Porque ele não conseguiu corresponder às expectativas do pai.

— Quer dizer que o pai dele é como a mamãe? Bem, não é de admirar.

— O que quer dizer?

— Você sabe o que eu quero dizer, você morava com ela. Sabe como ela é. Não importa o que você faça, nunca é suficiente para agradá-la. E tudo que dá errado é culpa sua. Foi por isso que você nos deixou, não foi? Porque tudo o que ela fez foi gritar com você por estar bêbado. Como ela gritava comigo por não tirar nota máxima, ou por não ter o tipo certo de amigos, ou por uma centena de outros motivos que ela conseguisse imaginar. "Você poderia perder alguns quilos, Brittany." "Quando você vai parar de roer as unhas, Brittany?" Você tem que estar bêbado ou chapado para viver com ela. Tem que estar tão fora de si que não consegue mais ouvi-la.

Ele tentou acalmá-la.

— Calma, querida. — Ele colocou a mão com gentileza no ombro dela. — Sua mãe não é a única com problemas, Brit.

Ela se afastou.

— Agora você vai me atacar também, certo? Vai me dizer o que tem de errado com a minha vida. Vai dar ordens.

Ela estava chapada de alguma coisa. Comprimidos, maconha, anfetamina... Ele não sabia o quê, mas conseguia ler os sinais.

— Eu estava falando de mim, Brittany. Eu sou um alcoólatra. Adquiri o hábito de culpar sua mãe e racionalizar meu comportamento, mas a verdade é que é na frente do espelho que eu encontro quem foi o responsável.

— Mas você não está bebendo mais, papai. Você não tem nem uma garrafa de vinho em casa, eu procurei. E ela ainda culpa você por tudo.

— Ainda sou alcoólatra. Só porque não bebo não significa que estou curado disso. Graças a Deus, Jesus tirou minha sede, mas ainda estou vivendo um dia de cada vez. Não estou dando nada como certo. — Ver Eunice desaparecer de vista o deixou com sede de uma garrafa de uísque. "É o primeiro gole que te mata." — Por que não voltamos lá para cima? Posso não ter vinho, mas tenho bastante refrigerante.

Brittany o seguiu e sentou-se em uma cadeira perto da janela.

— Quanto o detetive particular custou?

— Eu teria pagado mais se isso tivesse trazido você para casa antes. — Ele fez sanduíches de mortadela enquanto ela olhava pela janela da frente, silenciosa e perturbada. Ele não estava prestes a iniciar um interrogatório. — Vou ter que fazer compras mais tarde. — Ele colocou o sanduíche dela na mesa. — Estou com pouca coisa.

— Não quero mais te incomodar ou fazer você gastar nada. Não preciso ficar aqui.

— Eu gostaria que você morasse comigo.

— Gostaria? Sério?

Por que isso deveria surpreendê-la?

— Senti sua falta, Brittany. Desde o momento em que sua mãe te levou embora. Você não tinha como saber disso ou entender o quanto eu te amava naquela época. Você é carne da minha carne e sangue do meu sangue. — Ele podia vê-la lutando com cada palavra que ele dizia. — Você é minha filha, eu sempre te amei, sempre vou amar. Nada vai mudar isso.

— Você diz isso agora, mas não sabe nada sobre mim ou o que eu fiz. — A boca dela tremia. Os olhos lacrimejaram, quentes e brilhantes. — Você não faz ideia!

— Eu posso imaginar. — Era o que ele imaginava que aconteceria com ela que às vezes o enlouquecia e o deixava com sede de uísque e esquecimento.

Ela colocou as pernas na cadeira. Cobrindo a cabeça com as mãos, ela soluçou.

O SOM DO DESPERTAR

Stephen reprimiu a vontade de lhe dizer que estava tudo bem. Não estava. E não ficaria bem. Não imediatamente. Algumas feridas demoravam mais para cicatrizar. E a confiança não nascia da noite para o dia. Ele foi até ela. Agachando-se, tirou as mãos da cabeça dela.

— Olhe para mim, querida.

— Não consigo.

— Não precisa ter medo do que verá nos meus olhos, Brittany. Não vou atirar pedras em você ou te desprezar. Deus sabe quantas vezes pequei. Ou quantas vezes ainda fico aquém do que deveria ser. Acordo todas as manhãs e agradeço a Deus por mais um dia e peço forças para torná-lo um dia limpo e sóbrio. E então, à noite, agradeço a Jesus novamente por me ajudar.

Ela olhou para ele.

— Todo dia é tão difícil?

— Alguns dias são mais difíceis que outros, mas agora tenho ferramentas e bons amigos. Mais importante, tenho um relacionamento com Jesus Cristo. — Ele reconheceu a expressão que apareceu nos olhos dela, mas não deixou que isso o impedisse de dizer o que precisava ser dito. — Eu sei que posso ir até ele sempre que estiver com problemas, e ele vai me mostrar o caminho para me livrar deles. — Como fez com Eunice. — "Deus, conceda-me a serenidade para aceitar as coisas que não posso mudar, a coragem para mudar as coisas que posso e a sabedoria para saber a diferença entre elas."

— Isso é uma oração, não é? Eu vi algo parecido escrito em uma parede no Tenderloin.

Ele não queria pensar no que ela estava fazendo naquela região de São Francisco.

— Sim, sempre que você fala com Deus, está orando. A parte difícil é aprender a ouvir. — Ele já praticava há muito tempo, mas ainda tinha um longo caminho a percorrer. Ele enxugou uma lágrima da bochecha de sua filha.

— Você está tão diferente, papai. Mal conheço você.

— Temos todo o tempo do mundo.

O SOM DO DESPERTAR

CAPÍTULO 16

2003

Samuel abriu a porta do apartamento e se deparou com um jovem alto vestindo camisa azul, jaqueta de couro preta e calça jeans.

— Timothy Hudson! Que bom te ver. — Ele o abraçou. Chocado, Samuel recuou e gesticulou para que Tim entrasse. Ele lutou contra as lágrimas. O médico disse que as lágrimas vinham com muita facilidade por causa de um derrame leve.

— Cara, que bom ver você, Samuel. Que saudade.

— Você está com uma boa aparência, Tim. — O rebelde desgrenhado e de olhar duro que havia deixado Centerville voltou muito mais alto, com ombros largos e exalando um ar de confiança. O único toque remanescente de inconformismo era o cabelo loiro-escuro na altura dos ombros.

— Senti sua falta na igreja, Samuel.

— Parei de dirigir depois do derrame. Já faz algum tempo que não vou aos cultos. — Ele não disse a Timothy que nunca tinha colocado os pés no Centro Nova Vida do Vale. Não seria bom dizer a Tim que o único membro da ICC que telefonou para ele foi sua mãe. Quando Samuel parou de frequentar a igreja, ninguém se preocupou em perguntar o motivo, e ele não se sentiria à vontade para explicar. Aqueles que sabiam simplesmente não se importavam. O fato de sua ausência ter sido tão pouco sentida depois de tantos anos de serviço o deixou magoado e perturbado. — Eu me encontro com um grupo aqui na sala de recreação. Temos nosso próprio culto. Estudamos a Bíblia juntos, cantamos hinos e oramos.

Quando Samuel se mudou, ficou surpreso ao descobrir que não havia cultos dominicais em Vine Hill e apenas alguns clérigos se davam ao trabalho de passar por lá. O único visitante regular era o padre James O'Malley, um padre católico quase tão velho quanto os seus paroquianos naquela instituição de longa permanência.

O SOM DO DESPERTAR

"Não me importo que você ensine os membros da minha congregação", disse James em seu sotaque irlandês na primeira vez que Samuel o conheceu. "Você os está ensinando com base na palavra de Deus, e não tenho nada contra isso. Só não encha a cabeça deles com ideias rebeldes."

James O'Malley aparecia todas as quintas-feiras para uma longa visita. Embora nem sempre concordassem em questões teológicas, o padre amava Jesus e o povo que Deus lhe confiara. E era bom ter amigos.

— Você gosta daqui, Samuel? — Timothy parecia duvidoso.

O menino estava sentindo pena dele? Samuel não aceitaria nada disso.

— Eu não conseguia dar conta da casa e o trabalho no quintal era demais para mim. Aqui posso relaxar e aproveitar a vida. Tem alguém para cozinhar para mim, lavar meus lençóis, cuidar da minha roupa. — Ele tinha muito tempo para orar e ensinar aqueles cujos corações estavam abertos a Jesus. — Sente e sinta-se em casa.

Timothy sentou na velha poltrona de frente para as janelas, aquela onde James costumava sentar quando vinha até Samuel. Vine Hill foi construído de modo que todos os apartamentos davam para o pátio. Proporcionava aos idosos uma visão agradável de uma estátua de mármore de uma jovem camponesa despejando água de uma jarra colocada em um viveiro coberto de lírios. Samuel abriu a janela para que Timothy pudesse ouvir os pássaros que se reuniam nos comedouros do jardim do pátio.

— Posso desfrutar dos jardins sem nenhuma preocupação no mundo. Tomas Gomez mantém tudo arrumado e planta novas flores a cada estação.

— Esse lugar é ótimo, Samuel.

Um lar temporário até se juntar a Abby.

— Vi sua mãe na semana passada. Ela não me disse que você estava voltando para casa.

— Ela não sabia, foi uma surpresa. Eu e a vovó achamos que uma viagem para Centerville seria uma boa ideia.

— Alguma razão específica?

— Acho que posso dizer que eu só queria ver como estavam indo as coisas na igreja do papai.

Uma resposta cautelosa.

— E...?

— É uma instalação linda.

— Sim, é sim. — Samuel acomodou-se na poltrona e deixou a bengala de lado. — Eu deveria ter te oferecido alguma coisa. Gostaria de um refrigerante? Alguns biscoitos? Fique à vontade. — A cozinha americana tinha um frigobar, um micro-ondas e alguns armários.

Timothy preparou dois copos de chá gelado. Sorrindo, Samuel pegou o copo, mexeu o chá e tomou um gole. Tim até se lembrou de adicionar limão.

— Perfeito, bem do jeito que eu gosto. Agora, o que você estava dizendo?

— Você recebe as fitas do papai?

— Uhum.

— E...?

— Seu pai é um orador poderoso.

— Sim, eu sei disso, *mas...* — A expressão de Tim era vigilante, esperando, testando.

Samuel não tinha intenção de fofocar sobre o pai de Timothy ou de compartilhar seus pensamentos sobre a questão da pregação de Paul Hudson. Ele tinha conversado a respeito de tudo isso com o Senhor. Muitas vezes.

— Agora que você terminou o ensino médio, o que pretende fazer?

Timothy apoiou a cabeça no encosto da poltrona.

— Ainda não tenho certeza. Foi bom tirar um ano de folga para trabalhar e pensar nas minhas opções. Fui aceito em quatro faculdades.

— Isso é bom. Quais?

— Na Universidade da Califórnia em Los Angeles e em Berkeley, na Universidade do Estado da Califórnia em Sacramento e na *alma mater* da mamãe e do papai, Midwest Christian.

Samuel sorriu.

— Acho que você mudou de ideia sobre ser um caubói.

Timothy deu-lhe um sorriso torto.

— Certamente seria mais fácil se eu retomasse essa ideia. Me mudar para Montana. Morar em algum lugar longe de todos que pensam ter algo a dizer sobre a minha vida. Ainda não tenho certeza do que Deus quer, Samuel. Tenho perguntado a ele nos últimos dois anos. Estou avaliando todas as possibilidades.

Timothy falou do Senhor como um jovem que agora o conhecia intimamente.

— Alguma ideia do que você quer estudar?

— Nem tenho certeza se vou, Samuel.

— O dinheiro é um problema?

O SOM DO DESPERTAR

— Não é um problema que é impeditivo. Mamãe e papai reservaram economias para mim desde o dia em que nasci. Não o suficiente, mas não sou contra trabalhar na faculdade. Papai está pressionando para que eu vá à Midwest Christian College. Legado de terceira geração, diz ele, como se fosse um acordo fechado. — O sorriso sarcástico do jovem lembrou Samuel de Paul Hudson. — É a primeira vez que me lembro de ter feito algo que deixou meu pai orgulhoso de mim. — Ele balançou a cabeça e desviou o olhar. — O problema é que tenho quase certeza de que a Midwest Christian *não* é onde Deus me quer.

— Como você sabe?

— Não tenho paz com isso. Eu me inscrevi para agradar o papai. Agora eu gostaria de não ter feito isso. — Ele se levantou e encostou-se no batente da janela, olhando para o pátio. — É complicado.

— Vai saber onde Deus quer você quando a hora certa chegar.

— Espero que sim. Se eu for para outro lugar que não seja a Midwest, o papai vai ficar desapontado. Não tenho certeza do que devo fazer.

— Depende de quem você quer agradar.

Tim olhou para ele com total compreensão.

— E o mandamento de honrar pai e mãe?

— O maior mandamento é que você ame o Senhor, seu Deus, de todo o seu coração, e de toda a sua alma e com todo o seu entendimento, Timothy. O segundo é amar o próximo como a si mesmo. Destes dois mandamentos dependem toda a Lei e os profetas do Antigo Testamento, e ambos foram vividos na vida, morte e ressurreição de Cristo. Devemos seguir Jesus, e não os outros, não importa o quanto os amemos.

— Isso é claro e simples em teoria, Samuel. Só não é tão fácil de fazer na vida.

— Ninguém nunca disse que seria fácil. É aí que a batalha está desde o início. Até Jesus enfrentou isso no jardim, lembra? "Seja feita a tua vontade, não a minha." A vida é sempre assim. A mente e o coração são o campo de batalha de Satanás. Jesus e a palavra de Deus são a sua força e o seu escudo.

Timothy sentou novamente. Inclinando-se para frente, ele apoiou os antebraços nos joelhos.

— Estou preocupado com a mamãe. — Ele inclinou a cabeça. — Ela já conversou com você sobre alguma coisa?

— Ela fala comigo sobre todos os tipos de coisas.

— Alguma coisa que eu deva saber?

— Não, a menos que ela queira te contar. — Abby sempre foi a confidente de Eunice. Eunice o procurou algumas vezes, profundamente perturbada, mas nunca disse o que a incomodava. A mera reticência dela revelou-lhe que as suas preocupações se centravam em Paul, mas Samuel nunca se sentiu no direito de lhe perguntar ou pressioná-la para obter mais informações.

Tim encolheu os ombros.

— Mamãe e papai estão diferentes um com o outro, não sei o que é. Ele está nervoso, reservado. Eles se tratam como se fossem estranhos.

— O casamento é um trabalho árduo, Timothy.

— Fiquei sabendo, mas eles não deveriam estar melhorando nisso? Não vejo nenhum deles trabalhando em nada além de assuntos religiosos. A mamãe parece tensa. Ela nunca foi assim. — Timothy encolheu os ombros e olhou pela janela. — Ela parece decidida a se manter ocupada. Mantendo as aparências. Ela insiste que está tudo bem, mas tenho a sensação de que nada está. Não sei se ela acredita nisso ou apenas espera que seja verdade. É quase como se ela quisesse convencer a si própria. Não sei, Samuel. Não consigo achar uma solução. Ela tem seguido com a vida, mas... parece que está faltando algo.

— Por "achar uma solução", você quer dizer que gostaria de poder consertar as coisas, não é?

— Claro, se eu puder.

Samuel pensou nos sacrifícios que Eunice Hudson havia feito e se perguntou se o filho dela estaria à altura disso.

— Por que sua mãe levou você para Los Angeles, Timothy?

A expressão dele se tornou cautelosa.

— As coisas não estavam indo bem entre mim e meu pai.

— Por que ela deixou você lá?

— Ela me disse que sabia que eu precisava de espaço para descobrir quem eu era, além de filho do Paul Hudson.

— Acha que foi fácil para ela?

— Eu sei que não foi. — Ele fez uma careta. — Ainda não é. Ela chora toda vez antes de ir embora.

— Quer o meu conselho?

— Sim, essa é parte da razão pela qual estou aqui.

— Está bem, ouça. Siga o exemplo da sua mãe. Relaxe. Dê um passo para trás. Ore. E veja o que o Senhor faz.

— Pensei que, talvez, se eu falasse com o papai...

O SOM DO DESPERTAR

Samuel viu Paul Hudson no menino.

— Ah. — Ele sorriu gentilmente. — Você sabe como melhorar as coisas, é isso? Acha que pode dizer ao seu pai como viver a vida dele e fazer sua mãe feliz. — Samuel balançou a cabeça. — Ah, a juventude... Impetuosa e orgulhosa.

Timothy ficou vermelho.

— Tenho um pressentimento de que o casamento deles está se desintegrando e não quero ficar parado vendo isso acontecer sem dizer nada.

— Algum deles está pedindo o seu conselho?

— Não.

— Então, não dê. Deixe Deus moldar e dar forma, e quebrar, se necessário. Mantenha o foco, Timothy. O que acreditamos sobre Deus determina como o servimos. Muitas vezes, isso significa manter o nariz fora dos negócios de Deus. — Ele não poderia dizer isso de forma mais clara do que essa.

— Esperar no Senhor, você quer dizer.

— É isso.

— Tenho dificuldade em esperar.

Samuel riu.

— Não se sinta como o Cavaleiro Solitário. — As pessoas criavam seus próprios pequenos deuses quando o Senhor não trabalhava de acordo com o cronograma delas. Um programa. Um plano. Tudo com a ilusão de controle. Até que o desastre acontecia.

Como Samuel esperava, Timothy mudou de assunto. Ele perguntou sobre a saúde de Samuel. Samuel contou do derrame. Por menor que fosse, causou mudanças definitivas na vida dele.

— Sinto falta de dirigir, mas não quero correr o risco de matar alguém na estrada. Uma coisa é se matar, outra bem diferente é levar alguém com você. — Ele ainda tinha sua habilitação e seu carro, embora nenhum deles estivesse em uso atualmente.

Samuel convidou Timothy para almoçar com ele na sala de jantar do térreo. Ele ligou para a recepção e informou à gerente, Gladys Townsend, que teria um convidado.

— Quase todo mundo vem para comer — disse ele a Timothy. Para alguns, as refeições eram a única atividade social que tinham, a menos que participassem da miríade de atividades recreativas planejadas para eles todas as semanas, desde montar quebra-cabeças até tai chi. Samuel frequentava aulas de pintura a óleo uma vez por semana, mas não se importava em mostrar nada do que pintava a alguém com boa visão.

Samuel apresentou Timothy aos seus companheiros de mesa: Bessie Enright, Tom Orion, Foley Huddleston, Loraine Cramer e Charlotte Witcomb. Assim que foram feitas as apresentações, todos, exceto um, tentaram fazer com que Timothy se sentisse bem-vindo.

— Outro hippie de cabelos compridos. — Tom Orion se inclinou para frente, com o queixo saliente. — Pelo menos não é tingido de azul como o do meu neto. Você tem alguma tatuagem?

— Não, senhor.

— Bem, eu tenho.

Charlotte parecia horrorizada.

— Ninguém quer ver, Tom.

Bessie deu um tapinha na mão de Timothy.

— Ele é muito jovem para ser hippie.

— Ele tem cabelo comprido, não tem?

— Cabelo comprido é o estilo, Tom — disse Loraine. — Meu ator favorito em *Days and Years* tem cabelo comprido.

— Bobagem de novela! Não é à toa que seu cérebro está uma bagunça.

Loraine baixou os óculos e olhou para Tom por cima da armação.

— Melhor novelas do que ficar no saguão da entrada criticando a equipe.

— Eu não fico criticando.

— Você bale como uma cabra velha — disse Charlotte, juntando-se a Loraine no ataque.

— Orion — disse Timothy. — Tinha um treinador Orion na Centerville High School.

— É meu filho.

— O time de futebol começou a vencer quando ele assumiu.

Aparentemente, Timothy herdou o jeito encantador da mãe. Tom Orion foi desviado das suas reclamações. Já Charlotte, Loraine e Bessie ficaram mais impressionadas com os modos e a boa aparência de Timothy. Depois de dez minutos ouvindo recapitulações de jogos de futebol, Charlotte interrompeu Tom e perguntou a Timothy se ele já tinha encontrado uma namorada.

— Não, senhora. Nada sério, pelo menos.

— Eu tenho uma neta legal, ela é muito bonita.

— Ele não vai ficar em Centerville, Charlotte — disse Loraine. — Está apenas de visita.

— Que pena, eles formariam um casal tão bonito.

O SOM DO DESPERTAR 361

Loraine deu um tapinha na mão de Charlotte.

— Sua neta tem quarenta e quatro anos.

Charlotte não estava disposta a desistir.

— Quantos anos você tem, Timothy?

— Acabei de fazer dezenove.

Samuel aproveitou a refeição e a cena que se desenrolava ao seu redor. Timothy parecia perfeitamente à vontade com todos. Até Tom ficou mais tranquilo e falou sobre os bons e velhos tempos de Centerville, tempos em que havia mais pomares de amêndoas e vinhedos do que loteamentos. Eles estavam se divertindo tanto que um dos funcionários teve que pedir que eles desocupassem a sala de jantar para que a equipe de limpeza pudesse terminar o trabalho. Timothy ajudou as senhoras a se levantarem das cadeiras e apertou a mão de Foley Huddleston e Tom Orion.

Tom virou-se para Samuel antes de sair.

— Ele é mais ou menos. — Grande elogio do velho açougueiro rabugento.

Bessie Enright ficou com eles durante todo o caminho até o elevador.

— Você tem um neto tão legal, Samuel.

Samuel não fez nenhuma tentativa de corrigi-la sobre seu relacionamento com Timothy. Em dez minutos, ela nem se lembraria de que Timothy esteve aqui.

Samuel entrou no elevador com Timothy.

— Você gostou da sua refeição?

— Comida boa. Pessoas legais.

— Pessoas solitárias. Alguns esquecidos. Bessie Enright não recebe visitas da família desde que me mudei. Os filhos e netos dela moram no Leste. — Ele mencionou isso para Eunice uma vez, quando ela veio visitá-lo. Na próxima vez que veio, ela também passou pelo apartamento de Bessie e trouxe-lhe uma violeta-africana para adicionar à coleção que estava no parapeito da janela.

— Você vai ficar com seus pais enquanto decide qual faculdade frequentar?

— Não. — Timothy balançou a cabeça. — Vou pegar o ônibus para casa hoje à noite. Tenho um trabalho marcado para o início da próxima semana. Construção.

— Construção?

— Vou ser servente de pedreiro. — Ele sorriu. — Me disseram que é uma boa maneira de ganhar músculos. — Ele flexionou o braço.

— Sua mãe vem te buscar?

— Não.

362 FRANCINE RIVERS

— Sua avó?

— Ela foi para casa ontem.

Ele não conseguia imaginar Paul Hudson tirando um tempo da sua agenda lotada para buscar o filho.

— Como você vai voltar para casa, Timothy?

— Da mesma forma que cheguei aqui, andando.

Cinco quilômetros num calor de 32 graus! Samuel ficou emocionado por Timothy ter feito tanto esforço para vê-lo.

Eles conversaram sobre esportes, faculdade, viagens missionárias de Timothy ao México, agenda lotada da mãe dele, política. Nenhum dos dois mencionou nada sobre o Centro Nova Vida do Vale ou seu pastor.

— É melhor eu ir embora. — Enquanto Timothy se levantava, Samuel sentiu uma pontada de remorso. Ele poderia não ver o menino de novo deste lado do céu. Levantando-se da poltrona, ele acompanhou Timothy até a porta.

— Posso pedir que você faça algo por mim, Samuel?

— Qualquer coisa, a qualquer momento.

— Você oraria pelo meu pai?

— Deus me livre de parar. — Ele começou a orar por Paul Hudson antes mesmo de saber seu nome. Ele ainda se lembrava da primeira conversa que teve com Paul anos atrás, da certeza de que era ele quem estava sendo chamado para Centerville.

Mais uma vez, o olhar preocupado apareceu nos olhos de Timothy. Ele estava carregando um fardo e hesitou em largá-lo.

— O que está te incomodando, filho?

— Tenho a sensação de que as coisas vão ficar intensas e pesadas para o meu pai qualquer dia desses. — Samuel não precisou perguntar os motivos. — Foi ótimo ver você, Samuel. — Com os olhos úmidos, Timothy estendeu a mão. Seu aperto era firme, como o de um homem. Samuel teve um vislumbre do pequeno Tim de anos atrás, e o aperto de mãos se converteu em um abraço. — Eu tenho saudade de você. — Sua voz ficou áspera. — De todas as pessoas em Centerville, as que mais senti falta foram você e a mamãe. E Abby... — Ele recuou, envergonhado. — De qualquer forma — ele apertou a mão de Samuel novamente e seu aperto ficou mais forte por alguns segundos antes de soltá-la —, obrigado por tudo.

— Ainda não estou morto, sabe.

O sorriso dele era tímido.

O SOM DO DESPERTAR 363

— Sim, eu sei, mas, quando eu estava aprendendo a dirigir, você me disse para não dar a vida como certa. Algumas coisas devem ser ditas quando houver oportunidade. Eu te amo, Samuel. Você foi mais um avô para mim do que meu próprio avô.

Samuel estava muito emocionado para falar. Timothy curou a dor em seu coração pelo filho que foi morto no Vietnã. Parado na porta aberta, Samuel sentiu o toque gentil do Espírito Santo. Ao longo de setenta anos caminhando com o Senhor, ele aprendeu a não resistir a ele.

— Espere um minuto, filho. Tenho algo para você. — Foi mancando até a cômoda, abriu uma gaveta e folheou os papéis até encontrar o que procurava. Puxando a mesa, ele escreveu uma breve nota e assinou seu nome. Ele a colocou em um envelope, pegou as chaves no organizador e voltou para Timothy, que ainda estava parado diante da porta aberta. — Uma coisinha para ajudá-lo em seu caminho. — Ele estendeu as chaves do carro.

— Você está brincando!

— Eu nunca brincaria com aquele bebê, acredite em mim. — Ele entregou o envelope. — Esse é o título, estou passando o carro para você. Tudo que precisa fazer é passar no departamento de trânsito e ele é todo seu.

— Não posso levar seu DeSoto, Samuel. Eu sei o quanto você o ama.

— Eu não amo este carro, Timothy. Eu só gosto dele. Eu amo *você*. Além disso, pergunto: o que vou fazer com um carro que não posso mais dirigir? — Ele apontou para o corredor. — Saia por aquela porta, desça as escadas dos fundos e vá até a garagem. Ele é todo seu com uma condição: que você se lembre de que não precisa oferecer nada em troca. Se não combinar com você, venda e use o dinheiro para a faculdade.

Timothy ficou indeciso.

— Não sei o que dizer.

— Não diga nada, só vá e dê sua primeira volta com ele. Me ligue daqui algumas semanas e conte como ele funciona.

Timothy o abraçou e seguiu pelo corredor. Samuel observou-o girar as chaves do carro no dedo. Tim parou na porta. Sorrindo, ele acenou.

— Obrigado, Samuel!

Samuel ergueu a mão e resistiu à vontade de dar conselhos sobre direção. A porta bateu atrás de Timothy.

Samuel fechou a porta do apartamento. Ele tinha doado a maior parte do que estava em sua casa antes de se mudar para Vine Hill, mas não conseguiu abrir mão do carro. Nos últimos meses, ele foi até a garagem e passou algumas horas por semana polindo e verificando tudo. Ele até sentou no banco do motorista e ligou o motor só para ter certeza de que estava em boas condições de funcionamento, enquanto se perguntava por que ele se importava.

— Agora eu sei, Senhor. — Rindo, ele se sentou na poltrona e a reclinou para trás.

Para tudo há uma ocasião, e um tempo para cada propósito debaixo do céu.

Sorrindo, Samuel saboreou o prazer de se livrar de mais uma armadilha desta vida. Ele quase podia ver Timothy dirigindo pela Rodovia 99 até o cruzamento com a Interestadual 5, a janela aberta, o braço apoiado na porta.

Ó, é bom, Senhor, é muito bom dar rodas a um jovem.

Principalmente sabendo que seria Deus quem dirigiria.

Paul lutou contra os sentimentos confusos em relação ao filho. Ele estava orgulhoso dele e se sentia curiosamente desolado. Ele não esperava que Timothy conseguisse terminar o ensino médio, muito menos se destacar e ter notas boas o suficiente para ser considerado pela Universidade da Califórnia em Los Angeles. Timothy já estava planejando com antecedência, analisando suas opções. Será que Tim o ouviu? Por que ele deveria ouvir? Paul mal conhecia seu filho. Ele conversava com ele ao telefone uma vez por semana ou a cada quinze dias, mas as conversas eram breves e forçadas. Não era culpa dele ou de Timothy que eles não conseguissem conversar. As personalidades deles não combinavam. Eunice era a ponte, mas ultimamente ela tinha colocado uma grade de proteção.

Ela tinha ouvido rumores? Paul tinha o cuidado de marcar os compromissos de Sheila quando não havia pessoas na igreja. Nenhum deles queria terminar o casamento, embora esses casamentos não fossem o que deveriam ser. E os dois tinham muito a perder se os boatos começassem. Ela era da congregação e precisava de conforto. Precisava saber que pelo menos outro homem no mundo a via como uma mulher desejável, e ela o fazia sentir-se mais homem do que Eunice jamais fez.

Mas ele estava preocupado ultimamente. Sheila vinha assumindo riscos dos quais ele não gostava. Um beijo no rosto dele enquanto ela saía da igreja, um telefonema em casa, um bilhete na mesa. Timothy o observava tão atentamente naquela manhã, enquanto ele conversava com Sheila, que nem prestou

O SOM DO DESPERTAR

atenção às adolescentes sussurrando e observando a ele próprio. Se Timothy falasse alguma coisa a Eunice sobre Sheila, Paul simplesmente diria a verdade: ele a estava aconselhando. Eunice acreditaria nele. Ela sempre acreditava. Mesmo que Eunice o questionasse, ele perguntaria que tipo de pastor ele seria se recusasse ajuda à esposa de um dos principais doadores da igreja?

Ele precisava ligar para o farmacêutico e pegar mais comprimidos. Seu estômago o estava matando novamente. Ele não gostou da maneira como Sheila começou a brincar com ele. Ele sabia que era apenas mais um sinal da baixa autoestima dela. Rob não lhe dava nenhuma atenção, então ela procurava a dele. Ele ligaria para ela e conversaria a respeito disso mais uma vez. Rob estava viajando de novo. Talvez ele fosse vê-la na casa dela. Eles não teriam que se preocupar com alguém os vendo lá ou ouvindo a conversa.

O carro de Eunice já estava estacionado na garagem. Ela e Timothy tinham ido comer hambúrgueres no Charlie's Diner, mas ele deu uma desculpa. Não queria sentar à mesa com Timothy e ter uma disputa de olhares, e pior, ter que responder a qualquer pergunta que Eunice pudesse fazer. Mesmo que suspeitasse, Tim não diria nada relacionado a Sheila. Por que arriscar machucar a mãe?

Paul lembrou de ter estado no lugar de Tim uma vez e ficou feliz por não ter dito nada. Tirando o casaco, ele foi até a cozinha. Talvez ele devesse ter ligado para Sheila antes de sair da igreja.

A culpa tomou conta dele, seguida pela raiva. Por que ele deveria se sentir culpado? Fazia parte do dever do pastor aconselhar as pessoas. Não era como se ele estivesse marcando encontros com Sheila ou fazendo preparativos clandestinos para uma escapadela privada. Se ele estivesse fazendo isso, estaria fazendo reservas em alguma pousada afastada. Talvez naquele lugar legal em Mariposa. Um lugar onde ninguém os conheceria. Eles poderiam jantar juntos, dar um passeio agradável, ter uma longa conversa e...

Ele interrompeu seus pensamentos. Tudo o que ele fez foi confortar uma mulher solitária cujo marido era burro demais para saber o que estava perdendo. Ele afrouxou a gravata e desabotoou o colarinho. Nervoso e irritado, ele quase esbarrou em Eunice quando ela saía do quarto.

— Oh, desculpe. — Ela riu e colocou a bolsa no ombro.

— Aonde você está indo?

— Fazer compras. — Ela contornou-o.

Ele a seguiu até o corredor.

— É domingo à noite.

— Eu sei, mas você disse que acabou o café e que precisa de mais creme de barbear. Eu tenho uma lista de coisas.

— Cadê o Timothy?

— Ele foi dar uma volta, disse que voltaria a tempo de pegar o ônibus.

— Quanto tempo você acha que vai ficar fora?

— Uma hora no máximo.

Uma hora seria perfeito. Ele poderia conversar com Sheila sem preocupações. Ela franziu a testa.

— Posso esperar até amanhã, se você quiser. — Ela tirou a bolsa do ombro.

— Talvez eu deva esperar, já está meio tarde.

— Não, vá em frente. Tenho muito o que fazer.

Paul esperou até ouvir a porta da garagem abrir e fechar. Ele abriu as cortinas do quarto apenas o suficiente para observar Eunice descer a colina em direção a Centerville. Ele olhou para o telefone na mesa de cabeceira. De alguma forma, não parecia certo fazer a ligação no quarto principal. Ele jogou a jaqueta sobre a cadeira e desceu o corredor até seu escritório em casa.

Fechando a porta, ele a trancou e se sentou à sua mesa. Ele conversaria com Sheila sobre o comportamento dela esta manhã. Ele se perguntou quanto tempo Rob ficaria fora. Sheila sempre precisava mais dele quando Rob estava longe.

Paul não precisou procurar o número dela.

Stephen viu um carro prateado parar na frente de sua propriedade. Eram apenas 9h, e seu cliente só chegaria às 11h.

Kathryn saiu do carro.

— Ó, Senhor, me ajude! — Ele colocou o lápis na prancheta, não esperou que ela batesse. — Oi.

— Oi. — O tom dela foi curto. Ela mal olhou para ele quando entrou em seu escritório. Ela tinha deixado os cabelos loiros crescerem novamente, e os exibia macios e soltos sobre os ombros. Quando namoravam, Stephen dizia a ela que gostava dos seus cabelos compridos. Talvez tenha sido por isso que ela cortou depois de alguns anos. Ela tirou apenas cinco centímetros da primeira vez. No final do casamento, ela cortou o cabelo curto e usou gel. Isso o irritou, como ela bem sabia.

Ela ainda estava em boa forma. Provavelmente malhava em alguma academia todos os dias. Provavelmente também tinha um *personal trainer*. Captando

O SOM DO DESPERTAR

o rumo de seus pensamentos, Stephen os interrompeu. Ela nem sequer abriu a boca a não ser para dizer oi e aqui estava ele destruindo-a mentalmente, procurando defeitos e falhas, procurando fraquezas. Deus sabia que ele tinha bastante das três coisas.

— Por que diabos você comprou este prédio, Stephen? Por que você não renovou ou remodelou algo em Sacramento? Ou Roseville? Por que *Rockville*? Ela não iria facilitar as coisas.

— Ele me atraiu. — Ele não estava disposto a contar como o Senhor o havia conduzido até aqui ou que estava conduzindo um estudo bíblico no seu porão. Ela não estava pronta para ouvir e estava animada.

— Quanto dinheiro você despejou neste prédio? Nunca soube que você fosse burro com investimentos. Esta é uma cidade sem saída com pessoas sem saída. A maioria das casas que vi nem tem alicerces. E aquele parque de trailers! Que monstruosidade com todos aqueles mexicanos vagando na frente.

— Trabalhadores diaristas. A maioria deles é apanhada antes das nove.

— Dois estavam participando do seu estudo bíblico na noite de quarta-feira. Caras legais, solitários, com famílias ao sul da fronteira.

— Ninguém em sã consciência gostaria de morar em Rockville se tivesse dinheiro para morar em qualquer outro lugar. Até Centerville é melhor que isso. Não acho que Brittany deva morar aqui.

Stephen piscou. Depois de quatro anos, Kathryn de repente tinha uma opinião sobre onde sua filha deveria morar. Ele abriu a boca para dizer a ela que Brittany viveu em lugares piores que Rockville ou qualquer coisa que ela pudesse imaginar, mas se conteve a tempo. *Mantenha a cabeça fria, Decker. Não volte aos velhos hábitos.*

Kathryn olhou para as escadas nos fundos.

— Brittany deve ter me visto chegando. Pode pedir para ela descer?

— Ela saiu mais cedo.

Ela levantou a cabeça, mas ele não conseguia ver seus olhos através dos óculos escuros.

— Você disse a ela que eu estava vindo?

— Nem eu sabia que você estava vindo, Kathryn. Faz séculos que não tenho notícias suas. — Ele teve o cuidado de manter seu tom neutro, mas podia vê-la tentando interpretar algo mais nisso.

— Eu não sabia quando conseguiria chegar aqui, está bem?

Ele ignorou o sarcasmo.

— Brit geralmente sai de manhã e volta no meio da tarde. Não foi pessoal.

— Aonde ela vai?

— Não sei.

— E você não pergunta?

— Fiz algumas promessas à Brit quando a convidei para ficar aqui, Kathryn. Uma delas era que eu não me intrometeria nos assuntos pessoais dela se ela não quisesse me contar a respeito deles. Eu não estava exatamente envolvido ativamente na vida dela antes de ela aparecer aqui. — Brittany saía cedo todas as manhãs, nunca dando qualquer informação sobre aonde estava indo ou o que planejava fazer. Ele ficava grato por ela voltar, ainda mais grato quando ela não estava bêbada ou drogada. Claro, ele se perguntou aonde ela ia o dia todo. Claro, ele queria perguntar a ela. Mas manteve o silêncio e esperou. Ele não queria fazer com Brittany o que Kathryn costumava fazer com ele: um interrogatório toda vez que ela entrava pela porta da frente. Ele tinha a sensação de que Brittany já havia percorrido aquele caminho gasto para lugar nenhum.

Kathryn foi até a prancheta e olhou seus desenhos. Stephen reprimiu a vontade de se aproximar e enrolá-los. Kathryn suspirou profundamente.

— Provavelmente não demoraria muito para que Brittany fugisse de novo. — Ela deu uma risada curta e sombria. — A visão do meu carro na frente pode resolver isso.

Ele controlou a vontade de perguntar a Kathryn o motivo, mas queria derrubar muros, não os construir. Neste momento, sua ex-mulher estava andando pelas muralhas e certificando-se de que seus canhões estavam carregados. Ela estudou seus desenhos conceituais para um prédio de escritórios. Estava ganhando tempo?

— Por que não faço um café para nós?

Ela olhou para cima, surpresa.

— Café?

— Estou precisando de uma pausa, estou nesses desenhos desde as 7h.

— Eles são bons. — Ele não esperava um elogio e ficou pasmo. — Onde fica o lugar?

— Nordeste da ARCO Arena. — Ele se dirigiu para as escadas. — Suba, dê uma olhada. — Ela seguiu.

Enquanto ele tirava o café e o filtro do armário, Kathryn observou o que estava ao seu redor. Stephen olhou para ela. Ela estava mais magra, mais pálida e menos arrumada do que ele jamais a vira. Mesmo quando eles estavam se

O SOM DO DESPERTAR

divorciando, ela era meticulosa com sua aparência. Agora seus jeans de grife estavam largos, seu bronzeado de salão desbotado. Ela ainda tinha unhas compridas e pintadas de vermelho. Tirou os óculos escuros, dobrou-os e guardou-os no bolso da jaqueta. A pele sob seus olhos castanhos injetados de sangue estava inchada. Qualquer maquiagem que ela aplicasse não disfarçaria sua idade ou as olheiras das madrugadas, da bebida e da desilusão.

Stephen conhecia os sinais de uma ressaca. Ele sofreu com elas muitas vezes no passado.

— Você já comeu, Kat?

— Não. — Ela virou as costas para ele e olhou pela janela, com os braços cruzados.

— Nem eu. O que acha de eu preparar alguns ovos?

Ela olhou por cima do ombro, uma sobrancelha levantada.

— Você cozinha agora?

Ele deixou a zombaria dela passar.

— Nada chique. — Certa vez, Brittany havia mencionado que Kathryn estava tendo aulas de culinária *gourmet* para poder organizar jantares chiques para impressionar Jeff e seus amigos ricos. — Eu consigo fazer uma omelete. O que você diz?

— Isso eu preciso ver. — Ela sentou na cadeira de Brittany e observou enquanto ele preparava os ovos e o queijo ralado. Ele sabia que ela estava tentando irritá-lo. Ele despejou os ovos batidos em uma panela quente, polvilhou queijo ralado, tampou e baixou o fogo. Enquanto a omelete cozinhava, ele pôs a mesa para dois. Ela sorriu. — As maravilhas nunca cessam.

— É melhor você adiar os elogios até provar a comida. — Ele viu o início de um sorriso, mas ela o reprimiu. Ele serviu-lhe uma xícara de café fumegante. — Desculpe, não tenho creme. Quer um pouco de leite?

O olhar dela era questionador, cauteloso.

— Puro está bom.

Ele dividiu a omelete e serviu primeiro a porção dela. Ele sentou de frente para ela e fez uma oração rápida e silenciosa de agradecimento pela comida, finalizando com um apelo por presença de espírito e paciência. Kathryn não precisava fazer ou dizer nada para deixá-lo irritado.

— Por que você está sendo tão gentil comigo, Stephen? Vai pedir a guarda de novo?

Ela estava falando sério?

— Brittany acabou de completar vinte e um anos, Kat. Ela está um pouco velha para guarda.

Kathryn piscou, uma sombra brilhando em seu rosto.

— Ah, acho que sim. — Ela parecia prestes a chorar. Ela virou a cabeça e engoliu em seco. Estava lutando contra as lágrimas. Quanto ela teria bebido nos últimos anos? — Tanto tempo... — Ela balançou a cabeça e o encarou mais uma vez. Seus olhos endureceram em desafio. — O que você está olhando?

— Desculpe.

— Você ainda não me contou por que está sendo tão gentil.

Quanto do que ela havia se tornado era culpa dele?

— Achei que já estava na hora de pararmos de tentar encontrar maneiras de machucar um ao outro.

Ela olhou incisivamente para a omelete e depois para ele, com uma expressão irônica.

— Isso é uma reviravolta no Cavalo de Troia?

Rindo, ele estendeu a mão por cima da mesa, pegou uma garfada da omelete dela e comeu.

— Falta sal. Não tem arsênico.

Um sorriso veio desta vez. Breve, indiferente, sarcástico, mas ainda assim um sorriso. Ela deu uma mordida hesitante.

— Nada mal também.

Eles comeram em silêncio. Ele pegou os pratos vazios e colocou na pia para lavar mais tarde.

— Mais café?

— Por favor. — Ele serviu e colocou a cafeteira em um prato quente entre eles. Ela segurou a xícara entre as mãos. — Achei que você iria se gabar.

— Do quê?

Ela lhe lançou um olhar divertido.

— Por Jeff ter me largado. Por causa de outro casamento fracassado.

— Não encontro prazer na sua infelicidade, Kat. — Ele sabia que algumas coisas precisavam ser esclarecidas. — Eu fiz isso uma vez, não mais.

— O que causou a mudança de opinião?

— Aceitei Cristo como meu Salvador na reabilitação. E tenho aprendido a dar a ele o senhorio sobre minha vida desde então. Sem ele, eu não conseguiria passar um dia sem beber.

— Você costumava dizer que eu fazia você beber.

O SOM DO DESPERTAR 371

— Eu estava procurando alguém para culpar.

— Então, você entrou em uma igreja e tudo ficou melhor. É isso?

— Não estou falando de um prédio, estou falando de um relacionamento.

— Deve ser bom ter um relacionamento pessoal com o próprio Deus.

Ela estava pressionando com força. Ele também já tinha feito isso, pouco antes de se render.

— Eu precisava de Jesus na minha vida. Foi simples assim. Não tinha forças para dizer não ao álcool.

— Lembro disso muito bem.

Ele resistiu ao impulso de catalogar os pecados *dela*.

— Há um ditado na reabilitação: "Não consigo. Deus consegue. Entrego minha vontade a Deus." Tenho feito isso diariamente desde então. E, pela graça de Deus, permaneci sóbrio.

Ela olhou para ele, desta vez olhou de verdade. Os olhos dela ficaram confusos.

— É difícil?

— Alguns dias são mais difíceis que outros.

Ela se levantou e foi até a janela mais uma vez. Cruzando os braços, ela olhou para fora.

— Eu costumava culpar você por tudo. Culpei você quando estava infeliz. Culpei você quando nosso casamento começou a desmoronar. Culpei quando engravidei e não pude mais trabalhar. Culpei quando não consegui fazer a pensão alimentícia durar o suficiente para viver da maneira que eu queria. — Ela levantou a cabeça. — E então conheci Jeff e pensei que tudo seria maravilhoso. — Seus ombros tremeram. — E não foi. Então culpei a Brittany.

Não era difícil adivinhar isso, mas ele ficou surpreso por ela admitir. Ele viu esperança na confissão dela e uma pequena oportunidade.

— Gostamos da ilusão de ter o controle das nossas vidas, de que os pecados que cometemos não têm nada a ver com mais ninguém. Fechamos os olhos para as consequências e apontamos o dedo para outra pessoa. Não se sinta sozinha, Kat. Eu fiz mais do que minha cota de culpa.

Ele se lembrou de ter dito a Kathryn que ela era a razão pela qual ele bebia, que um homem tinha que ficar bêbado para viver na mesma casa que ela. Ele racionalizou e justificou seu péssimo comportamento. Era de se admirar que ela revidasse? Importava como a guerra tinha começado ou quem estava à frente? Ele queria paz entre eles. Tanto para o bem da Brittany quanto para o deles. A única coisa que atrapalhava era o orgulho.

— Não é culpa sua que eu seja alcoólatra, Kat. Nunca foi. — Ele se levantou e foi até ela. — Desculpe. — Quando ele colocou a mão em seu ombro, ele a sentiu enrijecer. Ele deixou a mão cair ao seu lado.

Eles ficaram em silêncio, olhando para a rua.

— Me desculpe também. — Ela lhe lançou um olhar irônico. — Especialmente agora que você se tornou um ser humano decente de novo.

Certa vez, ele achou o humor amargo dela atraente.

— Seu rímel está escorrendo. — Ele tirou o lenço do bolso e entregou a ela. — Não se preocupe, está limpo.

Eles se sentaram à mesa novamente. Kathryn tirou um pó compacto da bolsa, abriu-o e olhou para o rosto enquanto o enxugava brevemente. Com um suspiro pesado, ela fechou o pó compacto e colocou-o de volta na bolsa.

— Estou cansada de manter as aparências e tentar corresponder às expectativas dos outros. Eu nem sei mais quem eu sou. Só sei que não quero continuar assim. — O rímel estava escorrendo de novo. Ela girou a xícara de café no pires. — Brittany não gostou de Jeff desde o início. Achei que ela iria ser afetuosa com ele, mas ela não foi. Então, eu a mantive fora do caminho com aulas de balé e piano, futebol e acampamento de verão. Eu disse a ela que estava fazendo isso para o bem dela, mas ela sabia por que eu estava fazendo isso. Ela queria morar com você. Ela te contou isso?

— Sim. — Ele poderia adivinhar o resto. A ideia de que Brittany escolheria o pai alcoólatra em vez da mãe deve ter corroído a autoconfiança de Kathryn e despertado sua raiva ciumenta.

Ela fechou os olhos.

— Quando ela te contou?

— Quando ela veio aqui pela primeira vez. Você disse a ela que eu não a queria.

Ela levantou a cabeça.

— Talvez eu não estivesse certa.

— Talvez?

— Está bem. — Ela desviou o olhar. — Quanto mais você a queria, menos inclinada eu estava a entregá-la a você. Eu queria machucar você do jeito que você me machucou.

— Você conseguiu.

— Achei que ficaria feliz com isso.

Ele a estudou.

O SOM DO DESPERTAR

— É bom para você que não tenha ficado feliz.

Os ombros dela relaxaram.

— Nunca pensei que pudesse falar com você sobre tudo isso, Stephen. Nem em um milhão de anos.

Ele nunca tentou facilitar as coisas, para que ela pudesse falar sobre qualquer assunto. Ele parecia um jogador de futebol sentado no banco, observando o time adversário e esperando a chance de controlar a bola.

Pobre Brittany. Não admira que a filha deles estivesse tão confusa.

Ela tomou um gole de café.

— Eu sei por que ela fugiu, Stephen. Eu e Brittany tivemos uma briga terrível. Ela me disse que viu Jeff com outra mulher. Dei um tapa na cara dela e disse que ela estava apenas tentando arruinar meu casamento. Ela disse que não foi a primeira vez que os viu juntos. Ela disse que ele era um idiota e eu fui uma tola por ouvir suas desculpas esfarrapadas sobre por que ele estava sempre atrasado e por que tinha que viajar tantas vezes a negócios. — A boca dela estremeceu. — Eu dei um tapa nela de novo e disse que ela era uma bêbada como...

— Como o pai dela?

Kathryn parecia enjoada.

— E eu disse mais, muito mais. Coisas cruéis que nem consigo lembrar agora, mas sei que ela nunca vai esquecer. — A mão dela tremia enquanto enxugava as lágrimas do rosto. — Eu estava tão brava. Eu disse a ela que estava cheia dela e desejava que ela crescesse e fosse embora. E ela ficou ali, olhando para mim como se me odiasse. Eu disse que estava cansada de vê-la com seu cabelo azul e seu piercing no nariz. Eu disse... Eu nem me lembro de tudo que eu disse. E ela só me deu as costas e caminhou pelo corredor até seu quarto. Ela bateu a porta e trancou. Na manhã seguinte, ela tinha ido embora. Achei que ela tivesse saído como sempre. Ela estava sempre saindo. Às vezes, ficava fora por um ou dois dias, mas sempre voltava. Depois de três dias e três noites, eu sabia que ela tinha ido embora de verdade. E fiquei feliz. Por uma semana, fiquei feliz.

Ela enterrou o rosto no lenço e soluçou.

— Que ótima mãe que eu tenho sido — continuou Kathryn. — Depois de duas semanas, fiquei com muito medo. Eu estava com medo de ligar para você. Não sabia o que fazer. Algumas semanas depois, descobri que tudo o que ela disse sobre Jeff era verdade.

— Foi quando você ligou e queria que eu contasse a ela que estava se divorciando do Jeff. — Ela assoou o nariz e disse um sim choroso. Ele orou para que sua confissão não encerrasse essa conversa. — Eu não contei a ela, Kathryn. Desculpe. Eu gostaria de ter feito isso agora. Mas tive medo de que você a estivesse culpando pelo fim do seu casamento.

Pelo menos ela não estava gritando com ele. Pelo menos ela ainda estava sentada na cadeira, e não voando em direção à garganta dele.

Ela soltou a respiração lentamente. Fechando os olhos, Kathryn assoou o nariz novamente e depois amassou o lenço dele na mão.

— Estou feliz que você não tenha feito isso. Quero ser eu a dizer que ela estava certa. — A boca dela estremeceu. — Então, talvez ela consiga me perdoar.

Com o tempo, talvez Brittany fosse capaz de perdoar os dois por suas falhas como pessoas e fracassos como pais.

— Obrigada. — Kathryn mal sussurrou.

— Pelo quê?

— Por ouvir.

Ele deveria ter começado essa prática há muito tempo.

— Disponha. — Era um hábito que valia a pena cultivar.

— Isso é algo novo. — Brittany estava no topo da escada, observando-os. Ela enfiou os polegares nas alças da mochila e olhou dele para a mãe. — Eu nunca imaginei que vocês dois ficariam na mesma sala por mais de cinco segundos sem brigar.

Stephen se recostou na cadeira e sorriu para a filha.

— Sua mãe e eu tomamos café da manhã juntos.

— Não me diga.

— Seu pai cozinhou.

— Estava de acordo com seus padrões, mãe?

Quando Kathryn não respondeu, Brittany olhou para ele.

— Ela reclama de tudo. Não deixe ela te irritar, papai.

— Ela disse que estava bom.

— Milagre dos milagres, outra novidade. — Brittany olhou fixamente para sua mãe. Stephen tinha a sensação de que uma palavra errada a mandaria de volta escada abaixo e fora de suas vidas.

Kathryn quebrou o silêncio.

— Você estava certa sobre Jeff, Brittany.

— Me diga algo que eu ainda não saiba.

— Eu me divorciei dele.

— Você acha que eu me importo? — Brittany inclinou a cabeça da mesma maneira que Kathryn costumava fazer. — Soube de algumas coisas desde que cheguei aqui. Papai *me* queria. Você me disse que ele não queria.

— Eu menti.

Brittany pareceu surpresa por um momento com a confissão de Kathryn antes que seu rosto jovem endurecesse.

— Existe alguma razão pela qual eu não deveria odiar você pelo resto da minha vida?

— Não, mas espero que não me odeie.

— Espere sentada.

Stephen teve pena de Kathryn. Ele sabia como era difícil confessar. Kathryn pegou a alça da bolsa e colocou-a no ombro.

— É melhor eu ir.

Stephen se levantou.

— Eu te acompanho.

Brittany tirou a mochila e segurou-a com força em uma das mãos. Stephen teve a sensação de que ela usaria isso como arma se Kathryn tentasse chegar muito perto. Kathryn não tentou. Mãe e filha se entreolharam. Brittany deu as costas antes que Kathryn pudesse dizer qualquer coisa.

Stephen desceu as escadas atrás de Kathryn. Ele abriu a porta da frente para ela.

— Você vai ficar bem?

— Acho que vou ter que ficar.

— Eu quero saber com certeza.

Ela olhou para ele, pálida e triste.

— Você mudou. — Os lábios dela se curvaram sarcasticamente. — Relaxe, Stephen. Nós sabemos que sou egoísta demais para fazer qualquer coisa que me machuque. — O sorriso morreu. Ela colocou os óculos escuros de volta e deu um aceno irreverente. — Pelo menos eu sei que Brittany está segura e bem. Isso é o suficiente para me manter ativa agora.

Stephen observou Kathryn ir até o carro, abrir a porta e entrar. Ela ligou o motor, sentou por um momento, de cabeça baixa, e depois se afastou do meio-fio.

Eunice estava comprando uma caixa de comprimidos que supostamente aliviam enxaquecas quando viu Rob Atherton conversando com o farmacêutico.

— Eu sei, eu sei. — A impaciência de Rob transpareceu claramente. — Tenho uma consulta daqui duas semanas. — Mais uma vez o farmacêutico falou baixo, com uma expressão sombria. Eunice recuou, sem querer escutar. — De quanto tempo de espera você está falando? — O farmacêutico disse que ligaria para o médico de Rob, confirmaria se havia necessidade de reabastecer e teria a receita pronta em alguns minutos. — Está bem, vá em frente.

Rob se virou e a viu. Por que ele daria a ela um olhar tão dolorido?

A atendente chamou sua atenção, perguntando se ela precisava de ajuda. Eunice entregou a caixa de comprimidos. A senhora tagarelou agradavelmente enquanto abria a caixa registradora, pegava o dinheiro de Eunice, fazia o troco, enfiava a caixinha em uma sacola branca e grampeava o recibo nela. Ela devolveu a compra de Eunice.

— Tenha um bom dia, sra. Hudson.

Ela notou Rob vagando em um dos corredores.

— Está tudo bem, Rob?

Ele olhou para cima.

— Na verdade, não. Preciso reabastecer meus comprimidos de nitroglicerina, e ele insiste que eu deveria ter feito um *check-up* com meu médico. Ele está certo, é claro, mas minha agenda não permite isso.

— Nitroglicerina não é para problemas cardíacos?

— Angina.

— Eu não sabia...

— Não havia razão para você saber disso, a menos que Sheila tenha mencionado isso ao seu marido durante uma de suas... consultas de aconselhamento.

Ele falou aquilo de uma forma tão estranha que Eunice ficou se perguntando o que ele queria dizer. Ele estava preocupado com o fato de Paul estar falando sobre coisas que não deveria?

— Posso garantir — disse ela gentilmente —, Paul nunca me conta nada do que é dito durante qualquer uma das sessões de aconselhamento.

Os olhos dele se estreitaram ligeiramente.

— Acho que não deveria ficar surpreso.

Mais uma vez, a tendência de algo desagradável. O que havia de errado aqui? Paul nunca quebraria uma confidência. Era uma questão de ética. Ela não tinha certeza do que dizer além do que já havia dito.

O SOM DO DESPERTAR

— Me sinto negligente por não saber que você está tendo problemas de saúde, Rob. Desculpe.

— Bem, para ser franco, preciso de um conselho de irmã. — O farmacêutico chamou a atenção dele. — Você se importaria de me dar alguns minutos, Eunice? Eu gostaria de pedir sua opinião a respeito de algo.

Ela sentiu uma sensação desconfortável na boca do estômago, mas concordou em esperar. Ele pagou a receita e ouviu o farmacêutico alertá-lo sobre os efeitos colaterais do medicamento e explicar o uso adequado. Rob se juntou a ela mais uma vez no corredor cheio de remédios para dor de cabeça e de estômago.

— Tem algum lugar onde possamos conversar?

Ela sugeriu a cafeteria no final do quarteirão.

— Eles colocaram mesas na calçada há alguns dias. É agradável e ensolarado e não deve ter muitos clientes a esta hora da manhã.

Rob escolheu uma mesa mais distante da porta da frente. O guarda-sol ainda não tinha sido colocado.

— Não sei como começar, não sei o quanto você sabe.

— A respeito do quê?

— Do aconselhamento de Sheila.

— Bem, nada, claro. Paul nunca fala sobre suas consultas de aconselhamento com ninguém.

A boca dele virou ligeiramente para baixo enquanto ele a estudava. Ele abriu a boca para dizer alguma coisa e fechou quando viu a garçonete se aproximando. Ele perguntou a Eunice o que ela queria.

— Um café com leite, por favor. — Ele pediu um café descafeinado para si.

Ele recostou-se na cadeira e ficou observando-a por uns segundos.

— Quanto você sabe sobre mim e Sheila?

— Sei que vocês dois foram muito generosos com a igreja. — Ela não tinha certeza do quanto ou como dizer. — Sheila parece estar muito mais interessada em se envolver na igreja do que você.

Ele deu uma risada curta.

— Acho que essa é uma maneira de colocar as coisas.

— Ouvi dizer que você viaja muito.

— O mais frequente possível.

O tom seco dele a perturbou.

— A negócios, pelo que entendi.

Ele assentiu.

— A negócios e, às vezes, por motivos pessoais. — Ele colocou as mãos sobre a mesa e bateu as pontas dos dedos. — Eu vou para a Flórida a cada dois meses. Minha ex-mulher mora lá. Está tudo muito confuso, Eunice. Vou apenas explicar tudo para você e depois pedir seu conselho. Tudo bem? — Ele se recostou novamente enquanto a garçonete entregava o pedido.

Eunice agradeceu o café com leite antes de tomar um gole. Ela quase esperou que ele resistisse ao impulso de lhe contar mais detalhes de sua vida privada, mas Rob aproximou a cadeira da mesa, aparentemente com a intenção de começar seu relato.

— Molly, minha primeira esposa, me fez cursar a faculdade. Ela me ajudou a começar no mundo dos negócios. Ela é a mãe dos meus dois filhos. Na época em que eles estavam entrando no ensino médio e nos dando alguns problemas, contratei uma nova secretária. Inteligente, jovem, bonita. Como você pode imaginar, era Sheila, e não demorou muito para que eu tivesse um caso com ela. Minha esposa parecia chata comparada a ela. Molly nunca foi para a faculdade. Ela nunca teve a oportunidade.

Rob se recostou novamente, com os olhos distantes, e prosseguiu:

— Acho que, de certa forma, Molly me envergonhava. Lá estava eu, com um mestrado, ganhando mais dinheiro do que jamais sonhei que ganharia e envolvido em muitas funções sociais, e Molly parecia não se encaixar. Pior, ela parecia não querer se encaixar. Comecei a levar Sheila para jantares de negócios, e a partir daí as coisas avançaram. Pedi o divórcio a Molly. Claro, isso devastou ela e as crianças, mas, naquela época, eu estava tão apaixonado por Sheila que não me importava com o que fazia à minha família. Tive amigos que passaram por coisas semelhantes e me deram conselhos. Conselhos ruins. Me disseram para tirar o máximo de dinheiro possível das contas conjuntas e colocar tudo no meu nome. Fiz isso. Justifiquei para mim mesmo que fui eu quem ganhou dinheiro durante todo o casamento, exceto nos primeiros quatro anos, quando Molly trabalhou e me ajudou a estudar.

Ele balançou a cabeça e desviou o olhar.

— Consegui um advogado poderoso para garantir que eu reteria a maior parte dos ativos. Molly não lutou comigo. Ela disse que esperava que eu recuperasse o juízo e voltasse para casa. Então foi fácil tirar vantagem dela. Ela concordou com tudo o que meu advogado propôs. Pensão alimentícia por dez anos. Metade da casa. Ela nunca parou para pensar como me pagaria pela minha metade do pouco que eu daria a ela.

O SOM DO DESPERTAR 379

Inclinando-se para frente, ele segurou a xícara grande por um momento. Tomou um gole, estremeceu e começou de novo:

— Molly só colocou a casa à venda uma semana depois do meu casamento com a Sheila. Ficava em um bairro exclusivo e foi vendida na primeira semana. Ela não tinha dinheiro para comprar outra casa como aquela. Então ela alugou uma casa mais barata no mesmo distrito escolar. Ela queria ter certeza de que as crianças poderiam terminar a escola com os amigos. O que elas fizeram. Eu vi Molly algumas vezes. Ela perdeu muito peso. Estava tendo aulas de informática na faculdade local para poder encontrar um emprego. A pensão alimentícia não era suficiente. E é claro que não foi a partir dela que eu soube disso; meu filho é que me contou, na última vez que falou comigo.

Eunice podia enxergar a dor dele. Quando ele ficou calado observando-a, minutos antes, ela teve a sensação de que ele queria verificar se ela o estava julgando com severidade. Ela estava se esforçando para evitar julgamentos.

Os ombros dele relaxaram.

— A questão é que ainda amo Molly. Ainda amo os meus filhos. — Ele deu uma risada sombria. — Nenhum deles quer saber de mim. Não que Molly alguma vez os tenha envenenado contra mim. Eles viram tudo. Arranjei uma esposa-troféu. Alguém mais jovem e mais bonita que a mãe, e que não se importava com os métodos usados para conseguir um marido rico. Sheila ainda zomba de Molly e ainda se ressente de cada centavo que envio aos meus filhos. A verdade é que Sheila nem liga para mim.

— Tenho certeza de que isso não é verdade, Rob.

Ele olhou para ela com uma estranha mistura de pena e impaciência.

— Você não tem um pingo de maldade correndo nas veias, não é? Você não tem ideia de como funciona uma mulher como Sheila. Quão desonesta e enganosa ela pode ser. Quão ambiciosa. Ela provavelmente está... — Ele parou. Pressionando os lábios, ele balançou a cabeça novamente. Tomou outro gole de café. — Basta acreditar em alguém que a conhece. Sheila se entedia facilmente, e estava entediada comigo logo nos primeiros anos. Isso me incomodou no começo e fiz tudo que pude para manter o interesse dela. Depois de um tempo, olhei para o outro lado e mergulhei nos negócios.

— Sheila ainda está com você, Rob. Certamente isso diz alguma coisa.

— Sim, acredito que isso diz *alguma coisa*. — O que ele pensava que isso significava claramente não lhe dava conforto.

Eunice se sentiu perdida.

— Talvez você devesse falar com Paul...

Ele lançou para ela um olhar divertido.

— Não acho que conseguiria uma audiência justa.

— Paul já aconselhou casais antes, ele...

— É tarde demais, Eunice.

— Nunca é tarde demais.

Ele balançou sua cabeça.

— Sheila não é problema meu. Meus sentimentos por Molly são. Eu costumava ser consumido pela culpa. Agora percebo que é mais do que isso. Eu ainda a amo. Faço questão de voltar para a Flórida a cada dois meses. Para ver os meus filhos. Pelo menos é isso que digo a Sheila. Mas a verdade é que volto lá para ver Molly. — O sorriso dele era desconfortável. — Ela é mesmo incrível. Demorou dez anos, mas ela conseguiu fazer faculdade. Ela fez cinquenta e seis anos no mês passado e parece melhor do que nunca. Ela fez coisas que eu nem sabia que ela queria fazer. Começou a fazer caminhadas há alguns anos. Minha filha me disse que Molly treinou com pesos e mochilas durante meses porque queria vir para a Califórnia e escalar o Monte Whitney. Achei que ela estava louca e que desistiria da ideia, mas ela fez isso no ano passado. Eu não pude acreditar. Agora ela planeja ir para a Europa com alguns amigos e passear pela Espanha. Ela até está tendo aulas de espanhol. — Ele balançou a cabeça. — E eu achava que ela era chata.

A garçonete perguntou se eles queriam mais alguma coisa. Ele pediu outro descafeinado. Eunice mal tocara no café com leite. Seu estômago estava revirando.

Por que ela estava tão tensa? Inúmeras pessoas a procuraram ao longo dos anos querendo seu conselho. Por que ela estava tão inquieta agora?

Rob se recostou.

— Voltei para o casamento do meu filho no mês passado. Nem contei a Sheila porque sabia que meu filho não iria querer ela lá. Eu e Molly estávamos sentados juntos na recepção. Conversamos a tarde toda. Quando meu filho saiu com a noiva para a lua de mel, eu e Molly saímos para jantar e conversamos mais um pouco. O resultado final é que ainda a amo. Nunca parei de amar, na verdade. O que eu sentia por Sheila era luxúria, e isso morreu há muito tempo. Eu amo Molly um pouco mais cada vez que volto lá e a vejo.

— Você disse isso a ela?

— Sim, eu disse a ela. Ela chorou. Ela construiu uma vida sem mim. E me lembrou que agora estou casado com Sheila. Se é que dá para chamar isso de

O SOM DO DESPERTAR

casamento. — Ele xingou baixinho. — Não suporto ficar na mesma casa que Sheila. Ela reclama de tudo. Nada a satisfaz. Se eu desse a Lua a ela, ela iria querer Marte. Ela esgota a minha força. Nosso casamento é um desastre. Sinto que estou vivendo um pesadelo! — Ele não conseguia esconder seu desespero.

— Você amou Sheila um dia, Rob.

— Não foi amor, Eunice. É isso que eu estou dizendo. — Os olhos dele estavam cheios de angústia. — Eu quero minha esposa de volta. Quero voltar para casa à noite, para Molly. Quero um relacionamento com os meus filhos. Eu quero restauração. Deus não fala de restauração?

Os olhos de Eunice ardiam de lágrimas. O que ela poderia dizer que pudesse confortar aquele homem atormentado? Ele não entendia a restauração da qual falava.

— Rob, se você se voltar para o Senhor, ele lhe dará paz nisso. Ele vai ajudar você a construir...

— Não preciso ouvir sobre o Senhor! O que quero saber de você é se uma mulher pode perdoar um homem por traí-la do jeito que traí Molly. Você perdoaria?

— Essa não é uma pergunta justa.

— É justa. Eu preciso saber! Molly diz que me perdoou, mas nem fala sobre voltarmos. Ela me amou uma vez. Lembro do quanto ela me amava. Ela sacrificou seus próprios sonhos para me ajudar na faculdade. Você não acha que um pouco desse amor ainda pode estar lá? Que poderia ser revivido?

Eunice se sentiu dividida. Independentemente de como o casamento entre Rob e Sheila tivesse acontecido, era um casamento, no entanto, e não deveria ser deixado de lado de forma imprudente.

— Rob, se você está me pedindo para te dar aprovação para deixar Sheila para que você possa tentar reconquistar Molly, não posso dar.

Ele a examinou.

— Por que não?

O coração dela bateu forte. Ela pensou no que Paul diria se soubesse o que ela estava prestes a dizer a um homem que havia doado tanto dinheiro para a igreja.

— Porque é egocêntrico. — Ela disse isso tão gentilmente quanto pôde. — Você não está considerando a vida que Molly construiu, mas o que você jogou fora.

— Eu me pergunto se você sentiria o mesmo se conhecesse Sheila de verdade.

Ela estendeu a mão e colocou as mãos sobre as dele.

— Rob, *você* tomou a decisão de deixar Molly. Não foi isso que você disse?

— Sim.

— Então é justo jogar toda a culpa em Sheila pelos problemas que você está tendo? Ou colocar a responsabilidade pela sua felicidade futura em Molly? Estas são coisas que você precisa levar ao Senhor. Busque a vontade dele para sua vida. Ele pode curar, se você estiver disposto a permitir.

Os olhos dele se estreitaram.

— E se eu te dissesse que Sheila não é fiel a mim?

Ela tirou as mãos e recuou, o coração batendo estranhamente.

— Você tem algum motivo para acreditar que ela não é?

A expressão dele era cínica, o tom amargo.

— Você quer dizer algo além do caso adúltero que tive com ela?

— Sim.

— Oh, sim. Motivos o bastante. — Ele sustentou o olhar dela.

O Espírito movia-se dentro dela, mas ela não queria ouvir. Ela não queria prosseguir com o que Rob quis dizer. E ela não queria se perguntar o motivo. Rob suspirou pesadamente.

— Acho que tudo se resume ao velho ditado testado e comprovado: "Você colhe aquilo que planta." — Ele terminou seu café e permaneceu estático por um instante. — É melhor eu começar a trabalhar.

Ela sentiu que havia falhado com ele.

— Sinto muito, Rob.

Quando ele estendeu a mão, ela aceitou.

— Não sente tanto quanto eu. — Ele colocou a outra mão sobre a dela e apertou-a suavemente, com uma expressão estranhamente terna e triste. — Você me lembra Molly.

Eunice permaneceu à mesa em frente à cafeteria por mais meia hora, com seu café com leite frio e intocado.

CAPÍTULO 17

Paul entrou no escritório da igreja.

— Oi, Reka. Como você está? Bom te ver. — Ele estendeu a mão e pegou a correspondência ao passar pela mesa dela. — Limpe minha agenda esta manhã, sim? — Ele classificou sua correspondência. — Tenho um trabalho que preciso fazer. E segure minhas ligações.

Ele fechou a porta do seu escritório particular e jogou meia dúzia de cartas na lata de lixo. Sempre havia alguém no campo missionário pedindo uma esmola. Como o conselho havia concordado em cortar pela metade o orçamento das missões, ele nem se preocupou em repassar os boletins informativos da Coreia, da África do Sul e do México. O Centro Nova Vida do Vale precisava do dinheiro. Eles tinham seu próprio campo missionário para colher.

Ele puxou uma carta de Dennis Morgan. Graças a Deus. O orçamento precisava de uma injeção agora, e Morgan sempre enviava um cheque considerável. Dois mil dólares? Isso era tudo? O bilhete dizia: "Presente designado — bolsas de estudo para o seminário Promise Keepers. D. M."

Irritado, Paul amassou o bilhete e jogou na cesta de lixo. Agora ele tinha um encanador contratado lhe dizendo o que fazer! Morgan não tinha ideia de onde o dinheiro era mais necessário. O Conselho decidiria o que fazer com os míseros dois mil dólares.

O interfone tocou. Irritado, ele apertou o botão.

— Reka, eu disse para você segurar minhas ligações.

— Isso é o que eu estava dizendo à sra. Atherton, pastor, mas ela insiste que precisa falar com o senhor.

Sua pulsação disparou.

— Tudo bem. — Ele esperava parecer mais frio do que se sentia.

— A sra. Talbot ligou há alguns minutos. O marido dela faleceu ontem à noite.

— Sinto muito por ouvir isso. Ligo para ela mais tarde. — Ele soltou o botão, deu a volta na mesa e abriu a porta. — Sheila. — Ele estava satisfeito com o som frio de sua voz. — Como posso ajudá-la? — Ela estava usando o lindo vestido amarelo de verão que ele gostava.

— Lamento incomodar tanto, pastor Paul. — Ignorando Reka, Sheila entrou no escritório. — Sei que está ocupado, mas precisava conversar com você sobre algo importante.

Paul fez contato visual com sua secretária.

— O boletim informativo da igreja já está pronto, Reka?

— Eu tenho aqui, tudo pronto.

— Por que você não faz sua pausa para o almoço agora e deixa na gráfica?

— Normalmente deixo no caminho para casa.

— E já era tarde da última vez. Quero que esteja na gráfica às 10h. Isso te dá meia hora para chegar lá.

Ela corou.

— Sim, senhor.

Ela nunca o havia chamado de senhor antes. Ele olhou para ela, mas ela se inclinou sobre a última gaveta da mesa, tirando a bolsa.

— Eu não quis ser rude, Reka. Você está fazendo o seu melhor. Basta ligar a secretária eletrônica quando sair. E não tenha pressa. Estou saindo em breve para um compromisso e só volto às 14h. — Ele fechou a porta.

Sheila sorriu e passou a mão pelo braço dele.

— Sei que você não quer mais que eu venha ao seu escritório, Paul, mas eu precisava te ver. Eu não pude evitar. Você tem mesmo um compromisso?

Ele pegou a mão dela.

— Reka ainda está do lado de fora da porta.

Sheila jogou a bolsa no sofá.

— Reka foi rude comigo, ela me despreza. — A secretária suspeitava do relacionamento dele com Sheila? Ele esperava que não. — Tinha que ter visto a cara dela quando entrei. Ela deu uma olhada no meu vestido e parecia que tinha engolido um bocado de vinagre.

— Você não estava se vestindo para agradar Reka.

— Não, não estava. — Sorrindo, ela se aproximou. — Você gostou, não é?

Demais. Ela o usou em um piquenique na igreja, e ele teve dificuldade em tirar os olhos dela. Ele estava tendo dificuldade em se concentrar agora.

— Reka só está fazendo o trabalho dela. — A pele de Sheila era morena dourada. Ele queria passar as mãos sobre os ombros nus dela. Ele queria fazer muito mais do que isso, mas este não era o lugar. Ela sabia disso tão bem quanto ele.

— Sabe, não é função de uma secretária administrar a vida do chefe.

— Reka não administra a minha vida, ela me ajuda a cumprir minha agenda.

— Ela está se excedendo, e você sabe disso. — Ela brincou com um botão da camisa dele. — Você deveria demiti-la e me contratar.

— Aí teríamos um problema de verdade.

— O que quer dizer? — Ela afastou as mãos. — Que eu não consigo fazer o trabalho? Era o que eu fazia para viver antes de me casar com Rob.

Ela não parecia bem hoje.

— Tenho certeza de que você tem as habilidades, Sheila, mas seria difícil manter minha mente concentrada no trabalho.

A atitude dela mudou.

— Você pode gostar muito mais de vir ao escritório.

— Eu ia te ligar, Sheila.

— Ia?

Ela estava tão perto que ele podia sentir seu perfume. Algo exótico que lhe subiu à cabeça. Nervoso e suando, ele passou por ela.

— Reka já deve ter saído. — Ele olhou através das cortinas transparentes para o estacionamento abaixo. Ela estava saindo em direção ao carro. Estava com o celular no ouvido. Ela ficou ao lado de seu carro enquanto falava.

— Reka já foi embora?

— Ela está entrando no carro.

— Então estamos sozinhos agora, pode relaxar. — Sheila sentou e cruzou as pernas elegantes.

O coração dele batia forte.

— Precisamos conversar primeiro.

A expressão dela se tornou cautelosa.

— Sobre o quê?

— Você tem que parar de ligar para a minha casa, para começar.

— Eu nunca deixo mensagem.

— E você me beijou na saída da igreja de novo. Você tem que parar com isso.

— Por quê? — Ela sorriu. — Foi apenas um beijinho entre amigos. — Ela balançou um pé com sandália para frente e para trás. — Ninguém pensou nada a respeito disso, Paul. — Ela ergueu a sobrancelha. — Eunice nem percebeu.

— Eunice não é quem começa a fofoca. — Às vezes, ele se perguntava por que estava se arriscando tanto. Ele estava apaixonado por Sheila? Ela o fazia se sentir mais homem do que Eunice.

— O que está te incomodando de verdade, Paul?

As coisas estavam ficando fora de controle.

— Acho que estamos perdendo a cabeça, Sheila. — Ele nunca deveria ter permitido que as coisas chegassem tão longe. Ele não conseguia nem pensar direito no que dizia respeito a ela. Ele se pegava sonhando acordado com ela enquanto estava sentado à mesa de jantar com Eunice.

Ela começou a chorar.

— Achei que você se importasse comigo.

— Eu me importo. — Ele sentou ao lado dela.

— Lamento ter sido descuidada no domingo, mas já se passaram quatro dias desde que conversamos. Não aguentava mais esperar. Você foi meu salvador, Paul. Você é o homem mais gentil e atencioso que já conheci. Eu secaria e morreria por dentro sem você.

Ele se sentiu enfraquecendo. Ela precisava dele, não podia virar as costas para ela.

— Você tem que prometer não vir ao meu escritório, exceto para seus compromissos. Temos que ter cuidado. — Ele pegou a mão dela e beijou. — A fofoca pode destruir nós dois.

— Rob não se importa com o que eu faço. E Eunice não te faz feliz, não como eu.

O estômago dele apertou.

— A igreja se importa com o que eu faço. Não queremos magoar ninguém, não é?

— Não, claro que não. — Ela recuou com relutância. — É tão difícil ficar longe de você. Ninguém nunca fez eu me sentir do jeito que você faz. Sempre que você olha para mim e eu me derreto por dentro. Queria que você se importasse comigo do jeito que eu me importo com você.

Ele lhe deu um beijo suave na boca.

— Isso te diz alguma coisa?

Ela se inclinou em direção a ele, os lábios entreabertos.

— Ah, Paul.

A porta estava fechada. Reka tinha ido embora. Por que ele estava tão preocupado? Ele a beijou novamente. Quando ele levantou a cabeça, os olhos dela pareciam água escura.

— Assim é melhor?

— Muito. — Ela brincou com o colarinho dele. — Rob saiu esta manhã. Eu olhei as passagens aéreas dele ontem à noite enquanto ele estava no banho. Ele não volta até quarta-feira da semana que vem. Você poderia vir na minha casa quando a reunião do conselho terminar hoje à noite. Seria tão maravilhoso, Paul. Só nós dois. Nenhum telefone tocando. Nenhuma secretária acampada do lado de fora da porta. Você poderia estacionar na garagem. Ninguém veria seu carro. Ninguém saberia. Ninguém ficaria magoado.

— E o que eu digo a Eunice?

— Diga a ela que há uma crise e que você é necessário. Você ligou para ela da última vez e ela não questionou quando chegou em casa depois das 2h.

Eunice acreditou em tudo que ele lhe contou.

— Não acho que seja uma boa ideia.

— Eunice nem vai sentir sua falta. Você disse que tudo o que ela faz é ler a Bíblia.

Ele não conseguia pensar direito quando ela o tocou.

— Podemos fazer o que quisermos, Paul. Ninguém vai saber. Além disso, Eunice não te ama como eu. E não é justo o modo como Rob me deixa sozinha o tempo todo. Eunice está sempre ocupada ajudando outras pessoas, e Rob só pensa em dinheiro. Você poderia subir e ir ao spa comigo.

Eunice já não o satisfazia. Ela não fazia isso há muito tempo. Era inocente demais para entender um homem como ele. Sheila entendia. Seria bom relaxar e ser ele mesmo.

— Vamos tomar cuidado, Paul, tanto cuidado que nem mesmo um passarinho vai espiar a gente. — Ela abaixou a cabeça dele. — Ninguém vai descobrir.

E Paul estava pressionado demais pelo seu desejo para considerar que alguém já sabia.

Eunice ouviu o telefone tocar enquanto se dirigia para a porta dos fundos. Suspirando, ela olhou para o relógio. Estava ansiosa pelo encontro com Samuel para uma xícara de chá em Vine Hill. Ela ainda tinha tempo.

— Residência dos Hudson. Eunice falando.

— Eunice, é a Reka. Você precisa ir ao escritório da igreja imediatamente.

— Por quê? O que houve de errado?

— Tudo. Não vou estar no escritório quando você chegar aqui. Vou para a gráfica e depois para casa. E eu não vou voltar, Eunice. Desculpe, não posso mais trabalhar para ele. Eu simplesmente não consigo. Desculpe, sinto muito por fazer isso com você. — Ela desligou, chorando.

Ó, Senhor, o que aconteceu? Eunice desligou o telefone e saiu pela porta dos fundos. Deslizando para o banco da frente do carro, ela tirou o celular da bolsa e o ligou. Colocando o fone de ouvido, discou o número de Samuel e ligou o carro.

— Samuel! É a Euny. Não vou conseguir ir hoje. — Ela saiu da garagem e apertou o controle remoto para fechar o portão.

— Você parece chateada.

Ela mudou de marcha e desceu a rua.

— Reka acabou de ligar. Acho que ela acabou de se demitir. Ela disse que Paul precisa de mim na igreja imediatamente. Não sei o que aconteceu, mas preciso descobrir.

— Como posso ajudar?

— Apenas ore, Samuel. Ore muito.

— Faço isso há anos.

— Eu sei, obrigada. — Ela não queria alarmar ninguém. — Tenho certeza de que vai ficar tudo bem. Te ligo mais tarde. Diga olá para Bessie por mim, está bem? Diga a ela que irei vê-la em breve.

— Vou dizer. Dirija com cuidado.

Ela apertou o botão "Desligar", jogou o fone de ouvido no banco do passageiro e pegou a estrada principal. Quando entrou no estacionamento da igreja, viu uma dúzia de carros espalhados na sombra disponível. Ela lembrou que havia um ensaio de casamento às 11h. Um dos auxiliares estava realizando a cerimônia. Ela estacionou seu velho carro ao lado do nova Mercedes de Paul. Pegando sua bolsa, ela se dirigiu para a entrada principal do Centro Nova Vida do Vale.

O telefone tocava na mesa de Reka, mas antes que Eunice pudesse atender, a secretária eletrônica tocou, identificou a igreja e detalhou a programação dos cultos, por fim, pedindo ao interlocutor que deixasse uma mensagem e prometendo que alguém entraria em contato com a pessoa o mais rápido possível. "Deus abençoe!"

Ao terminar a mensagem, Eunice ouviu outros sons. O coração dela parou.

— Paul? — Quando empurrou a porta, ela perdeu o fôlego e olhou fixamente, ferida e horrorizada demais para falar.

— *Eunice!*

Ela pensou que seu coração iria explodir e ela morreria ali mesmo, na entrada da porta.
— Ó, Deus, ó, Deus...
— Eunice. — Parecia a única palavra que Paul conseguia dizer enquanto tentava endireitar as roupas. Não havia dúvida do que eles estavam fazendo.
— Eunice.
Ela nunca tinha visto tal expressão no rosto do marido antes. Horror. Vergonha. Medo. Raiva.
Eunice saiu pela porta e a fechou. Ofegante, ela soltou a maçaneta como se tivesse queimado a mão. Em seguida, ela se virou e fugiu.

— Eunice, espere! — Paul estava gelado de choque.
Sheila se levantou.
— O que ela estava fazendo aqui?
No calor do momento, ele esqueceu de trancar a porta. O arrependimento tomou conta dele.
— Eunice, querida, espere! — Ele foi atrás dela, mas, antes de alcançá-la, ela estava saindo do estacionamento, cantando pneus. Morrendo de medo, ele a observou partir pela rua. Felizmente, não havia ninguém no estacionamento. Ele voltou para o escritório, com o coração pulando no peito como um coelho assustado.
Sheila estava pálida e andava de um lado para o outro.
— O que eu vou fazer? Por que você não trancou a porta?
— Você me distraiu.
— Eu distraí você? Você mal podia esperar para me ter! Não me culpe por essa bagunça, Paul!
Ele deveria ter trancado a porta, mas agora era tarde demais para pensar nisso. Pelo menos Reka não estava no escritório. Pelo menos ele teve a precaução de mandar a secretária embora antes que qualquer coisa começasse. Ele enxugou o suor da nuca. Ele poderia argumentar com Eunice. Ela nunca diria nada que prejudicasse a igreja.
Os olhos de Sheila estavam selvagens. Paul nunca a ouviu proferir um palavrão, muito menos a sequência deles que saiu de sua boca nesse momento.
— O que eu vou fazer?

Paul estava se perguntando a mesma coisa. Por que Eunice escolheu aquele dia para visitá-lo no escritório? Ela nunca tinha interferido antes.

— Nós vamos resolver isso. — Como ele iria resolver isso? Por que Eunice entrou sem esperar até que ele lhe desse permissão? Pelo menos ele e Sheila poderiam ter se endireitado o suficiente para fazer parecer que uma sessão de aconselhamento emocional estava acontecendo e nada mais. Ela poderia pelo menos tê-los avisado antes de entrar. — Calma, Sheila. Vai ficar tudo bem. Eu vou conversar com ela.

— Você está brincando? Você não entende, não é? Rob adoraria se divorciar de mim. Se ele descobrir isso, ele vai pedir o divórcio.

— Achei que era isso que você queria.

— Não, definitivamente não é o que eu quero.

Ela foi tão inflexível que ele ficou magoado.

— Vou falar com ele, então. — Ele esperava que Rob não tivesse uma arma.

— Ah, ótimo. Simplesmente ótimo. E dizer o quê? Você não conseguiu evitar? Ele vai saber o que vem acontecendo. Ele vai *saber*.

O que estava acontecendo? Ele nunca tinha visto Sheila desse jeito antes.

— Vou encontrar uma solução, Sheila. Eu vou...

— Você pode calar a boca? Apenas me deixe pensar! Tudo o que você pode fazer é piorar as coisas. — O rosto que Paul achava tão bonito agora estava retorcido e feio. Ela olhou para ele. — O que você está olhando?

— Você. Nunca vi você assim antes.

— Assim como?

Furiosa, desbocada, com os olhos cheios de malícia. Insolente. Ele teve a sensação de estar vendo a verdadeira Sheila pela primeira vez.

— Tudo tem sido um jogo para você, não é?

Os olhos dela piscaram.

— Não, claro que não.

A raiva surgiu de um poço profundo dentro dele.

— Você está mentindo.

— Eu nunca menti para você sobre nada! — Ele viu a verdade maior que ela tentava esconder. — Tudo bem, mas tudo que eu queria era me divertir um pouco. Rob é tão chato. — Ela juntou suas coisas. — Não me olhe assim. Você estava disposto a jogar junto. Não finja o contrário. Você estava se divertindo.

— Sua prostituta! — Ele estava tão furioso que poderia ter usado os punhos nela. — Um pastor, era isso? Eu fui um desafio para você. Isso é tudo.

O SOM DO DESPERTAR

Os olhos dela brilharam.

— Um desafio? Não se iluda. — Ela pegou a bolsa do chão. — Sua consciência culpada estava começando a me aborrecer de qualquer maneira.

— Saia daqui. — O que quer que ele sentisse por ela se foi, queimado pela tempestade da descoberta. — Se você contar alguma coisa sobre isso a alguém, vou contar minha parte da história.

Ela se voltou contra ele, a fachada inocente e ferida que ela usava há meses tinha sumido.

— Ah, você quer dizer a parte em que você me seduziu? — O sarcasmo dela destruiu a confiança dele.

— Eu não!

— Vim pedir *ajuda* a você, pastor Paul. Lembra? E você me *usou*.

— Isso é mentira!

— E daí? — Ela riu dele. — Você acha que as pessoas não vão acreditar em mim? As pessoas sempre querem acreditar no pior. Você não sabe de nada.

— As pessoas me conhecem.

— Não tão bem quanto eu... E eu só teria que convencer algumas pessoas.

Como ele poderia ter pensado que amava essa mulher? O que ele viu nela? Ela era conivente, cruel. Paul sentiu compaixão por Rob Atherton pela primeira vez desde que começou a aconselhar Sheila.

— Você acha que poderia convencer seu marido?

Ela empalideceu, seus olhos se moveram rapidamente.

— Não quero o divórcio tanto quanto você. — Ela olhou para a porta e depois para ele. — Olha, sinto muito, Paul. Eu nunca quis te magoar. — Os olhos dela se estreitaram. — Tudo o que você precisa fazer é convencer a bobinha da Eunice de que você se arrependeu e jurar que nunca mais vai olhar para outra mulher. Ela vai te perdoar. Mulheres como ela sempre perdoam. — Ela saiu correndo.

Paul sentiu sua vida desmoronar. Ele não poderia sair daqui atrás de sua esposa sem que as pessoas comentassem. O que ele iria fazer? Ele precisava dar tempo a Sheila para ir embora antes que ele pudesse sair. Ele tinha que fazer tudo parecer normal antes de seguir pelo corredor e sair pela porta. Se alguém o visse, saberia que algo estava errado.

Ele podia sentir o suor escorrendo. Abriu as cortinas. Que idiota ele tinha sido! Que tolo, estúpido e ingênuo! Ele pegou a carteira, as chaves do carro e o celular da gaveta de cima da mesa. Ele conversaria com Eunice. Ele a faria entender que tudo foi um erro. Ele perdeu a cabeça. Diria que sentia muito. Ela não faria nada para prejudicar seu ministério. Qualquer coisa que ela fizesse para machucá-lo iria machucá-la também. Ela era sua esposa, afinal. As pessoas podem querer saber por que ele teve que recorrer a outra mulher em busca de amor.

Graças a Deus, Reka estava a caminho da gráfica quando Eunice entrou.

Ele compensaria Eunice. Ele diria a ela que a amava. Diria a ela que tudo foi um erro, que isso nunca aconteceria novamente. Ele sempre foi capaz de fazê-la ouvir. E com tanta coisa em jogo, desta vez ela certamente ouviria também.

Eunice largou a mala vazia na cama e a abriu. Ela não levaria tudo, apenas o suficiente para sobreviver por uma semana. Ou duas. Ela tinha que fugir, tinha que pensar. Soluçando, ela se atrapalhou com suas roupas. Aonde quer que ela fosse, precisaria de um vestido para ir à igreja. *Qual deles? Qual deles?* Ela escolheu um verde-claro e o pegou. O cabide caiu no chão. Eunice se abaixou e o recolheu. Abby tinha feito uma capa de crochê para seus cabides. Ela tocou os lindos botões de rosa ao redor da base do gancho de metal e ficou com os olhos marejados. Quantas horas sua querida amiga havia gastado fazendo esse presente? Todo Natal, Abby lhe dava mais dois.

Eunice arrancou vestido por vestido, deixando-os cair no chão, enquanto colocava os cabides debaixo do braço. Ela não parou até ter todos os que Abby tinha feito para ela. Com as mãos trêmulas, arrumou-os cuidadosamente na mala, dobrando um vestido por cima. Depois, guardou a foto de Timothy dentro de um suéter. Abrindo uma gaveta da cômoda, procurou a pequena caixa de joias que pertencera a sua mãe. Abrindo-a, tirou o pequeno medalhão de coração que Paul lhe dera no quinto aniversário de casamento. Dentro havia uma foto do seu lindo marido, sorrindo, parecendo tão jovem e confiante. Com um grito, ela jogou-o do outro lado do quarto e arrumou a caixa de joias da mãe.

— O que você está fazendo? — disse Paul da porta.

Ela pulou ao som da voz dele.

— O que parece que estou fazendo? — O coração dela começou a bater forte. — Estou indo embora.

— Não me abandone, Eunice. Por favor. Eu te amo. — Ele a amava? Ele achava que ela era estúpida? — Por favor, Eunice. Me escuta.

— Eu preciso ir embora, preciso pensar.

— Você pode pensar aqui. Vamos sentar e conversar sobre isso.

O SOM DO DESPERTAR   393

— Não use a sua voz de conselheiro comigo! Guarde para Sheila! — Ela começou a chorar novamente, grandes soluços de angústia e fúria.

— Querida... — Ele tentou se aproximar dela, mas ela recuou. Ela o odiava. Ela podia sentir o cheiro do perfume de Sheila no seu quarto. — Sheila está fora da minha vida. Me deixa explicar o que aconteceu.

— Eu não quero ouvir...

— Está bem, está bem. Agora não, mas vamos resolver as coisas.

— Você resolve as coisas. — Ela abriu outra gaveta e pegou sua camisola. Ela usou aquela camisola em suas noites com Paul. Ele costumava tocá-la enquanto ela vestia aquela peça. Eunice acabou deixando a camisola onde estava e fechou a gaveta. Então, encontrou um salmo 23 bordado numa moldura de vidro. Sua mãe lhe dera o presente em seu aniversário de dezesseis anos. Ela o tirou da parede.

— Não era tão ruim quanto parecia, Eunice.

Ela olhou para ele em meio às lágrimas e depois voltou-se para a mala que havia jogado na cama. Qual era a definição dele de ruim? O que poderia ser pior do que encontrá-lo nos braços de outra mulher? Não era um beijo amigável na bochecha dessa vez. Ela se lembrou de quando ele a beijava do mesmo jeito que fez com Sheila Atherton. Ela não deixaria que ele a beijasse daquele jeito novamente. *Ó, Pai, me ajude a passar por isso!*

Paul pegou o braço dela.

— Você poderia, por favor, parar de fazer as malas por tempo suficiente para me ouvir?

— Me solta, Paul.

Os dedos dele se afrouxaram o suficiente para que ela se libertasse.

— Nosso casamento não significa o suficiente para você me ouvir, Euny?

— Se nosso casamento significasse alguma coisa para você, eu não teria te encontrado no chão com a esposa de outro homem! — O rosto dele ficou vermelho. Ele deveria estar envergonhado. Ele deveria parecer envergonhado. Ela passou por ele e tirou mais algumas roupas da cômoda.

— Você poderia pelo menos me conceder uma audiência antes de bancar o juiz e o júri. Não foi inteiramente minha culpa. Sheila veio até mim para aconselhamento matrimonial. Ela estava infeliz. Disse que o casamento dela estava se desintegrando. Rob estava muito ocupado com outras coisas. Ele estava distante, consumido pelo trabalho, viajando muito.

— Então é culpa do Rob você estar tendo um caso com a esposa dele.

— Não, não estou tendo um caso. Não exatamente.

— Como você chamaria isso?

— Nada disso teria acontecido se Rob tivesse se preocupado em ser um marido decente para ela. Ele nem se preocupou em aparecer depois da primeira consulta!

Ela poderia contar a ele o que Rob havia contado a ela. Ela poderia contar a ele muitas coisas que tinha ouvido e não tinha entendido até hoje. Ela se virou, lutando contra o impulso de revelar os segredos dos outros.

Paul deu a volta para o outro lado da cama. Ele olhou para ela. O olhar suplicante. Ela já tinha visto ele antes.

— Eu sabia que Sheila estava ficando muito apegada, então a incentivei a procurar um dos outros pastores. Ela recusou, disse que não confiava em ninguém além de mim. Acho que fiquei lisonjeado. Era bom ter uma mulher precisando de mim, para variar.

— Eu precisei de você.

— Você nunca demonstrou isso. Você sempre teve lugares para ir e pessoas para ver.

— E você sempre tinha uma consulta de aconselhamento.

Ele corou de novo.

— Você estava distante, Eunice. Não pode negar. Eu voltava para casa de noite e você mal falava comigo. Desde que Timothy foi morar com a minha mãe, você tem me punido. Se você tivesse sido uma esposa decente para mim, nada disso teria acontecido!

O ataque dele doeu de modo insuportável. Isso era verdade?

Paul deu a volta na cama.

— Você sabe que as coisas não estão bem entre nós. E estive sob uma pressão que você nem imagina.

Pensar! Eu tenho que pensar!

— Você tem três auxiliares, uma secretária maravilhosa e uma legião de voluntários.

— Mas sou eu quem está no comando.

— Achei que Deus estivesse no comando.

— Você sabe o que eu quero dizer! — Ele estava com raiva, na defensiva. — Desde que tirei você do ministério de música, você tem algo negativo a dizer sobre cada um dos programas que apresentei. Como você acha que isso faz eu me sentir? Como homem? Como seu marido?

Lágrimas quentes queimaram sua face. A garganta dela doía. Ela podia ver aonde ele queria chegar com isso. Aonde ele sempre chegava.

— Você está me dizendo que é minha culpa você ter tido um caso.

— Eu nunca dormi com ela.

Ela viu a maneira como os olhos de Paul se transformaram quando ele disse isso e sabia que era tudo uma armadilha semântica. *Dormir* era a palavra-chave.

— Não, isso é verdade. Você não estava *dormindo* com ela no seu escritório hoje, estava? — Ela se lembrou da noite em que ele chegou em casa depois das 2h. Ela se lembrou de outras noites. Quanto tempo ele lutou contra a tentação antes de ceder? Ele tinha lutado? Ela se lembrou dos telefonemas que ele tinha que atender no escritório. — "Mas eu lhes digo: qualquer que olhar para uma mulher para desejá-la, já cometeu adultério com ela no coração."

— Não cite as Escrituras para mim! — O rosto dele estava vermelho, desta vez de raiva. — Eu conheço as Escrituras melhor do que você!

— Você conhece. Só não as vive.

O rosto dele endureceu.

— Estou tentando te dizer que sinto muito.

— Sente muito que foi pego. — Ela sabia o que realmente o preocupava, mesmo que ele não soubesse.

— O que você quer que eu faça? Me humilhe?

O sarcasmo dele fez ela murchar por dentro. Ela fechou e trancou a mala com as mãos trêmulas.

— Quero que você fale com o coração, não com a cabeça. Quero que você entenda que desculpas esfarrapadas e um pedido de desculpas indiferente não são suficientes. — Ao tirar a mala da cama com as duas mãos, ela olhou para ele em meio às lágrimas. — Quero que você entenda que preciso me afastar de você. Preciso de tempo para pensar sobre o que devo fazer.

Ele bloqueou o caminho dela. Ah, ele estava com medo agora. Mas não de perdê-la.

— Não vou deixar você me abandonar, Eunice. Por favor. Pense no que você está fazendo! Fique aqui e pense. Eu vou deixá-la sozinha. Eu juro. Vou dormir no quarto de hóspedes. Direi a todos que você não está se sentindo bem no domingo.

Então aí estava o que realmente o preocupava, e não era a desintegração do casamento deles.

— Eu não quero ficar na mesma casa que você.

Paul a xingou e não a deixou passar.

— Você não é a esposa de qualquer homem! Você é minha esposa. E eu sou pastor de uma grande igreja! Sou responsável pela vida de três mil pessoas. Se você for embora, todos vão querer saber o motivo. Você sabe como é preciso pouco para começar uma fofoca. Você vai destruir o meu ministério! Você me deixa e vai destruir tudo o que levei anos para construir! É isso que você quer?

— Neste momento, sim.

Ele empalideceu.

— E quanto a todas as pessoas que você ama? E elas? O que você acha que vai acontecer se você começar a falar sobre mim e Sheila? Você quer contar a Rob Atherton que ele está sendo traído pela esposa?

— Pare com isso! — Ela largou a mala e cobriu o rosto. — *Pare com isso!*

— Está nas suas mãos o que vai acontecer com o Centro Nova Vida!

Esse homem a conhecia?

— Nunca fui a pessoa que começou as fofocas, e você sabe disso. — Nem Reka. *Ó, Senhor. Pobre Reka.*

— Sheila não vai dizer nada, ela não quer o divórcio. Ela vai fazer tudo o que puder para continuar casada com Rob.

— Acho que nada será suficiente.

Paul agarrou os ombros dela com força.

— Você não pode falar nada, Eunice. Não pode fazer nada. Temos que ficar juntos. Eu sei que magoei você. Sei que você está com raiva de mim. Eu entendo. Você não acha que estou decepcionado comigo mesmo? Nunca pensei que pudesse ser enganado por uma mulher vil. — Tudo sempre foi sobre ele. Ela se afastou e pegou sua mala. — Eu te amo.

— Não, não ama. — Ela engasgou com um soluço. — Eu me pergunto se você já amou. — Ela tentou contorná-lo.

Ele arrancou a mala dela.

— Sinto muito, mas não vou me afastar e deixar você destruir a igreja. Você não está em condições de pensar racionalmente. Se você fugir de mim agora, vai se arrepender amanhã. Eu conheço você. Você será consumida pela culpa pelos problemas que causou. E será tarde demais. O dano vai estar feito. E não haverá nada que qualquer um de nós possa fazer para consertar isso.

— Você não está protegendo a igreja, Paul. Você está protegendo a si mesmo!

O SOM DO DESPERTAR

— Eu sou a igreja, Euny, e você sabe disso. As pessoas vêm me ouvir pregar. Elas passam a fazer parte do que estou construindo. — O tom dele suavizou. — Sei que você quer me magoar agora. Você gostaria de me destruir. — Ele não a conhecia. — Mas quero que você pare de sentir pena de si mesma e pense nas pessoas que machucou. Pense nas pessoas que nos apoiaram ao longo dos anos e como elas se sentirão se você disser alguma coisa. Pense em todas as pessoas que acreditaram em nós. — Colocando a mala de Eunice no chão, ele segurou o rosto dela e a forçou a olhar para ele. — Você quer saber a primeira coisa que vem à cabeça delas? Por que tive que recorrer a outra mulher em busca de amor.

Se ele tivesse uma faca, não poderia tê-la esfaqueado mais profundamente.

O telefone tocou. Ela o observou lutar. A batalha terminou em segundos, e ela perdeu.

— Sinto muito, Marvin. Eu esqueci. Estarei aí em cerca de vinte minutos. Peça a Reka que faça um café para você. Ah, ela não está? — Ele desligou e olhou para o relógio. — Reka está atrasada para voltar e esqueci que tinha uma reunião com Marvin.

Eunice não sabia se acreditava nele ou não. Pelo que ela sabia, Sheila estava ligando e dizendo para ele voltar correndo para a igreja para que pudessem continuar de onde pararam.

— Algo não está certo com o orçamento, e Reka ainda não voltou. Ela deve ter ido a uma consulta no dentista ou algo assim. Eu tenho que ir.

Paul se inclinou para beijá-la. Ela virou o rosto. Ele acariciou sua bochecha.

— Eu te amo mais do que você imagina.

Mas não o suficiente para fazer algum bem.

Paul atravessou a sala, pegou a bolsa dela e jogou o conteúdo na cômoda.

— O que você está fazendo?

— Levando as chaves do seu carro, você não está em condições de dirigir. — Esse não era o motivo e ambos sabiam disso.

Ele voltou e pegou a mala dela.

— Vou devolvê-la esta noite. Não vou demorar muito. Conversamos mais um pouco quando eu voltar. — Ele fechou a porta atrás dele. Felizmente para ela, a fechadura estava do lado de dentro.

Eunice sabia que se ela ficasse nada mudaria.

CAPÍTULO 18

Samuel esperou até as 19h antes de ligar para a residência dos Hudson. No momento em que Paul atendeu, Samuel percebeu que algo estava errado.

— Ela não está aqui esta noite, Samuel. Desculpe. Acho que ela teve uma reunião. Você quer que eu verifique a agenda dela?

Se estivesse tudo bem, Eunice teria ligado para ele. Ela nunca o teria deixado esperando depois de lhe contar que havia uma emergência envolvendo Paul. Não era típico dela.

— Estava tudo bem na igreja esta manhã?

— Esta manhã? O que você quer dizer?

Ele nunca tinha ouvido Paul parecer tão nervoso.

— Reka ligou para Eunice e disse que você precisava dela na igreja.

— Reka ligou para ela?

Samuel desejou não ter mencionado nomes.

— Eunice estava planejando passar aqui para tomar chá esta manhã.

— Sim, eu sei.

E, claramente, não estava feliz com isso. Samuel deixou a dor de lado.

— Euny ligou e disse que você precisava dela. Ela ia me avisar que estava tudo bem. — Ele esperou. Silêncio. — Está tudo bem, Paul?

— Claro. Por que não estaria? — A raiva substituiu a impaciência.

— Não sei. Você poderia me dizer.

— Está tudo bem, Samuel. Acredite em mim. Nossos números estão muito altos. Ficou sabendo?

Samuel sabia que algo estava errado, muito errado. A bravata de Paul foi forçada e a confiança dele estava abalada.

— Os números não são tudo, Paul. Como vai *você*?

O SOM DO DESPERTAR 399

— Nunca estive melhor.

— Se você diz. — Samuel estava velho demais para um combate, e encurralar Paul não ajudaria Eunice.

— Não sei o que Reka quis dizer sobre esta manhã, mas nada estava acontecendo que eu me lembre.

Ele estava mentindo, mas Samuel tinha outras preocupações agora. Será que Paul escolheria Reka para disciplina na igreja? Samuel esperava não ter colocado aquela doce mulher em apuros.

— Pode não ter sido Reka. Posso estar enganado. Minha audição não é mais a mesma.

— Agora que você mencionou, Eunice passou pela igreja, mas não me disse nada sobre uma ligação. Provavelmente percebeu que foi um erro ou uma brincadeira de alguém. Sabe como as pessoas são.

— Sim, sei. — Samuel desejou que não soubesse realmente.

— Bom conversar com você, Samuel. Direi a Eunice que você ligou.

Samuel não tinha ilusões. Sua imaginação criou uma dúzia de cenários do que poderia ter acontecido ou do que estava acontecendo dentro dos muros da igreja e da casa dos Hudson. *Basta disso.* Ele era mais esperto. Oh, com que facilidade o inimigo pisou no acelerador e fez a mente de Samuel trabalhar. Somente a fé poderia pisar no freio.

Ó, Senhor, não sei o que aconteceu lá, mas tu sabes. Tu vês o coração dos homens, e os planos deles são revelados diante de ti. Nada está escondido. Jesus, por favor, me fortaleça. Sou um homem velho e cansado da batalha. Renova-me. Dê-me forças para continuar a corrida.

Tenho uma sensação horrível na boca do estômago, o mesmo tipo de sensação que tive quando me sentei do outro lado da rua de Igreja de Centerville e vi a cruz quebrar na calçada. Ó, Pai, não deixe isso acontecer novamente. E se tiver que acontecer, leve-me para casa para que eu não veja. Senhor, mude-nos. Por favor, Pai, seja o que for que Paul tenha feito, não deixe que isso destrua a tua igreja. Não deixe que isso abale a fé de Eunice. Não deixe isso destruir o espírito dela. Tu sabes que Satanás faz o melhor trabalho na igreja. Se Satanás conseguir chegar ao pastor, ele poderá atacar o rebanho. O que quer que tenha acontecido lá, Senhor, encontre os responsáveis e discipline-os para que se arrependam. Senhor, Senhor...

Quando os homens aprenderiam que não poderiam ir contra o Senhor sem enfrentar as consequências? Eles pensavam que poderiam seguir com suas vidas e fazer o que achassem certo aos seus próprios olhos e então ter a audácia absoluta de chamar isso de "servir ao Senhor".

"*Nossos números estão muito altos. Ficou sabendo?*"

O coração de Paul não mudou desde a última vez que Samuel conversou com ele. Ele ainda vivia à sombra do pai terreno, ainda corria à frente do Senhor, ainda deixava o medo e o orgulho reinarem.

Ó, Jesus, quando o menino aprenderá? O que será necessário para colocá-lo de joelhos?

Samuel chorou porque sabia que o dia do Senhor estava próximo, e era Eunice quem mais estava sofrendo com isso tudo.

A gordura sibilava no carvão em brasa enquanto Stephen virava hambúrgueres. Afastando-se da fumaça, ele olhou ao redor. Mais de quarenta pessoas compareceram ao piquenique noturno no meio da semana. Ele esperava que o Senhor multiplicasse os hambúrgueres porque ele só havia planejado para os vinte e cinco membros do seu estudo bíblico. E parecia que a reunião deles estava atraindo outras pessoas para o pequeno parque de Rockville, ao sul do centro da cidade. As únicas instalações eram os dois banheiros químicos que Stephen alugara para passar o dia.

Toalhas foram colocadas, guarda-sóis montados e uma fileira de mesas foram dispostas para exibir tigelas de salada de batata e macarrão, feijão cozido, carne assada e pãezinhos. Brittany ajudou Jack Bodene a preparar o churrasco maior. Ele falava enquanto ela ouvia, ambos virando espigas de milho doce embrulhadas em papel alumínio. Algo estava acontecendo entre aqueles dois. Havia calor suficiente entre eles para cozinhar o milho sem a churrasqueira. Stephen só esperava que eles não incendiassem um ao outro e acabassem em cinzas novamente. Embora Jack já estivesse sóbrio há quatro anos, Stephen sabia quanto tempo levava para realmente colocar a vida em ordem. Brittany também não tinha um histórico tão bom.

Ele avistou o carro de Kathryn parando. Ela acenou quando saiu. Brittany também viu.

— O que ela está fazendo aqui?

Stephen olhou a filha nos olhos.

— Eu a convidei.

O SOM DO DESPERTAR 401

— Para quê? Ela é um pé no...

— Ela precisa de alguns bons amigos.

Brittany deu uma risada irônica.

— Você era casado com ela, acha que ela vai aprovar alguém aqui? Sabe como ela é.

— As pessoas podem mudar.

— Ela não.

— Ela precisa de Jesus, Brit — disse Jack do seu posto.

— Você também está do lado dela? — Ela fervilhava de ressentimento.

— Não é uma questão de lados. Meu Deus, Brit. Como se sua mãe fosse a única grande bagunça nesta reunião. Eu e você também não mantivemos tudo sob controle.

— É culpa dela que eu não tenha conseguido.

Jack disse um palavrão que resumiu sua opinião sobre essa desculpa.

— E você sabe disso. Por que você não dá uma chance a ela?

Os olhos dela marejaram.

— Você não entende, nenhum de vocês entende.

— Entende o quê? — Jack não estava recuando. — Que você quer seu pedaço de carne?

— Você espera que eu a perdoe!

— Sim, espero.

— Bem, e se eu dissesse que não estou pronta? E se eu dissesse que não ficaria por aqui se ela ficasse? O que você diria então, Jack?

Stephen viu que Brittany tinha toda a angústia, sarcasmo e instintos controladores de Kathryn sob controle.

Jack encolheu os ombros. Quando Jack falou exatamente o que diria, sem medir palavras, ela ficou boquiaberta. Ele prosseguiu:

— Acho que você vai continuar sentindo pena de si mesma. Vai justificar e racionalizar seu péssimo comportamento e a culpará por tudo que você fez de errado. Conveniente, não é, ter um bode expiatório?

— Você já terminou?

— É uma pena que você faça mais uma de suas longas caminhadas e perca um bom piquenique.

— Bem, é bom saber o que você realmente sente por mim, Jack.

Jack levantou a cabeça e olhou para ela.

— Você sabe como eu me sinto. Sem jogos, lembra? O que quer que sua mãe tenha feito de errado ou não tenha feito certo, entregue a Deus e deixe para lá. Se você não puder caminhar comigo, eu e você não vamos dar mais nenhum passo adiante.

Brittany xingou ele e foi embora.

Jack estremeceu.

— Foi mal, cara.

— Nada que eu não tenha ouvido antes. — Stephen deu uma risada sarcástica. Ele notou que Jack não tirou os olhos de Brittany enquanto pegava uma espiga de milho e a virava de lado.

Kathryn se aproximou com uma bandeja de cupcakes. Ela estava vestindo jeans, uma regata branca e um chapéu de palha com um lenço de seda amarrado no topo. Stephen não conseguia ver os olhos dela por trás dos óculos escuros, mas sabia que ela estava observando a filha atravessando o último trecho gramado na beira do parque. Os ombros dela caíram ligeiramente.

— Talvez eu devesse deixar esses cupcakes e ir embora.

— Nada disso. Fique por aqui e divirta-se. Os fogos de artifício estão apenas começando.

— Caso tenha passado despercebido, o Quatro de Julho foi há dois meses.

— Brit pode voltar desta vez.

— Pensamento positivo, mas vou ficar. Por um tempo, pelo menos.

Stephen apresentou Kathryn a Jack Bodene. Eles trocaram cumprimentos agradáveis e ela saiu com seus cupcakes. Stephen ficou de olho nela enquanto cozinhava os hambúrgueres. Ela se sentia tão desconfortável quanto parecia? Ela ficou à mesa, mexendo nas travessas, fingindo estar ocupada enquanto observava os pequenos grupos rindo e conversando. Gritos vieram do jogo de beisebol no outro extremo da grama. Hector Mendoza estava se aproximando da base enquanto sua esposa e filhos pulavam e gritavam.

Kathryn estava indo para o carro.

— Ei, Sal, segura as pontas aqui por um tempo, está bem? — Stephen entregou a espátula a tempo de interceptar Kathryn. — Sabe, Kat, você e Brit vão ter que parar de fugir uma da outra.

— O que faz você pensar que ela vai voltar se eu estiver aqui?

Ele sorriu.

— Jack Bodene. Ele tem mais influência sobre a nossa filha do que nós dois juntos, e ele acabou de dar um sermão na Brit. Se ela tiver por ele os

O SOM DO DESPERTAR

sentimentos que eu penso que tenha, ela vai voltar. — Ele colocou a mão sob o cotovelo dela. — Espere mais duas horas. Se ela não voltar até lá e você estiver entediada, pode ir embora. Não vou tentar te impedir. — Ele a conduziu de volta para a reunião. — Enquanto isso, por que não apresento você às pessoas que conheço?

Ele deixou Kathryn com Lucinda Mendoza e meia dúzia de outras mulheres, que estavam assistindo ao jogo de beisebol e rindo, e voltou para a churrasqueira. Um recém-chegado apareceu e trouxe uma sacola cheia de cachorros-quentes embalados.

Quando foi avisado que os hambúrgueres e cachorros-quentes estavam prontos, todos fizeram fila. Stephen viu Brittany parada sob a figueira, a testa encostada no peito de Jack. Ele segurou seus ombros enquanto se inclinava para dizer algo a ela. Ela deslizou os braços em volta da cintura dele, o rosto virado para longe da reunião.

Kathryn estava do outro lado da mesa de comida, servindo-se de feijão cozido. Ele sabia que ela tinha visto Brittany com Jack.

— Por que não sentamos juntos?

O olhar dela se ergueu para o dele com surpresa.

— Claro, obrigada.

Com o prato carregado, ele se dirigiu para um trecho verde e sombreado na beira do campo de softbol, onde meia dúzia de outras famílias tinham estendido toalhas para demarcar seu território. Brittany e Jack foram até o fim da fila de comida. Kathryn sentou-se e levantou a cabeça, observando-os brevemente antes de dar uma pequena colherada no feijão cozido.

— Lucinda diz que você é um professor muito bom. Eu não sabia que você sabia alguma coisa sobre a Bíblia, muito menos sobre como ensiná-la.

Ela não estava provocando.

— Nunca tinha aberto uma Bíblia até ir para a reabilitação. Depois, conheci Samuel Mason e ele acendeu um fogo em mim para aprender mais. Agora estou viciado nisso. — Ela parecia perturbada. — Tente não se preocupar com Brittany, Kat. Se não acontecer hoje, vai acontecer na próxima. Continue tentando. — Ele deu uma grande mordida em seu hambúrguer.

— Eu não estava pensando na Brittany. — Ela olhou para ele e balançou a cabeça. — Só não entendo, Stephen.

— Entende o quê?

— A maneira como você fala de Jesus, como se ele fosse alguém que você conhece. Pessoalmente. — Ela fez uma careta. — Não estou tentando começar uma briga, só quero saber o que aconteceu para deixar você assim.

Ele contou e, pela primeira vez, ela ouviu sem interromper ou fazer piadas. Ela o ouviu enquanto comia sua refeição. O silêncio dela o deprimiu. Ele percebeu que tinha feito o pior trabalho possível ao compartilhar sua fé, mas disse a ela a verdade sem frescuras. Ela poderia fazer com isso o que quisesse. Dentro do razoável.

— Você se importaria se eu assistisse à sua aula algum dia?

Ele se engasgou.

— Você quer ir ao estudo bíblico?

— Você não precisa engasgar com isso. Eu não vou se...

— Não, não. — Ele gesticulou e tossiu novamente. — Claro. Sim. Venha, por favor.

Ela riu.

— Você tinha que ver a sua cara!

Ele não a via rir de verdade há muito, muito tempo. Isso mudava tudo nela.

Conforme o sol se pôs, as pessoas começaram a assar marshmallows. Algumas cantaram músicas. Hector surpreendeu a todos com seu tenor melodioso. As risadas cessaram e a conversa ficou séria.

— Temos gente suficiente para começar uma igreja, Stephen.

A sugestão arrepiou a nuca de Stephen.

— De jeito nenhum, Carvalho. Por que estragar tudo?

— Você está ficando sem espaço — disse Carvalho. — Se o corpo de bombeiros descobrir quantas pessoas você tem no seu porão todas as quartas-feiras à noite, eles vão interditar o local.

— Qual é o problema? — disse Brittany. — Já estive em biqueiras onde tinha mais gente do que no porão do meu pai.

Muito bem, Brittany. Ótima maneira de contar à sua mãe que tipo de vida você vivia antes de voltar para casa. Stephen esfregou as têmporas. Ele estava sentindo a pontada de uma dor de cabeça que se aproximava.

— Tem uma igreja na Third Street que está morrendo na videira — disse um dos homens. — Por que não falar com o pastor de lá e ver se não podemos alugar o prédio deles por uma noite por semana? Poderíamos fazer alguma coisa aqui em Rockville.

O SOM DO DESPERTAR 405

— Eles podem até estar dispostos a vender. Já estive nos cultos de lá. Eles não têm mais do que um punhado de pessoas.

— Talvez pudéssemos juntar algum dinheiro e comprar o lugar.

— Precisa de reforma.

— Esse é o reduto do Stephen.

— Temos seis caras aqui agora que estiveram nas suas equipes de trabalho. Poderíamos consertar aquela igreja num piscar de olhos.

— Uau! — Stephen ergueu as mãos. — Se você vai começar a falar sobre comprar, reformar ou construir uma igreja, não conte comigo. Já fiz isso, não quero fazer parte disso de novo.

— Você está ficando sem espaço, chefe.

Stephen controlou suas emoções.

— Não precisamos de mais igrejas, Hector. Precisamos de mais professores.

— Bons professores — disse outro.

— Passei toda a minha vida na igreja, *hombre*, e aprendi mais sobre o que a Bíblia diz com você nas últimas seis semanas do que em todas as minhas aulas de catecismo juntas.

Essa era uma notícia deprimente, considerando o quão pouco Stephen sentia que sabia.

— Não quero entrar no negócio de invadir igrejas. Ou nos negócios da igreja, ponto-final. Você começa a planejar programas de construção e o foco muda. Logo, todos os olhos estarão voltados para o orçamento e o que será necessário para montar uma estrutura. Você tem licenças, reuniões com o comitê de construção, até enjoar. Aí alguém quer um ginásio junto com o santuário e uma fonte na frente. Você começa a formar comitês e arrecadar fundos e mais energia vai para o prédio do que para as pessoas sentadas nos bancos. Sem chance. Além disso, vocês nem têm pastor.

— Você poderia ser nosso pastor — disse Jack.

Stephen riu. Ele não pôde evitar.

— Não sou pastor. Eu não poderia ser pastor nem em um milhão de anos.

— Por que não?

Jack estava falando sério!

— Eu sou divorciado, sou um alcoólatra em recuperação. Era um péssimo pai. Não tenho formação em teologia. Precisa de mais motivos?

— Duvido que o apóstolo Pedro fosse formado em teologia.

— Ele foi treinado e ordenado por Jesus.

— Não fomos todos? Ou, pelo menos, é isso que você tem nos falado. Qualquer pessoa que aceita Jesus como Salvador e Senhor recebe o Espírito Santo, que se torna nosso instrutor pessoal. Não é isso que a Bíblia diz?

— Certo! — Mais meia dúzia se pronunciou, alguns deles achando graça da situação de Stephen.

— Olha, pessoal...

— Não é como se você fosse carregar o fardo sozinho, papai.

— Onde está sua fé, irmão Stephen?

Ele olhou ao redor do grupo, mas não conseguiu ver quem disse isso. Provavelmente apenas um dos invasores, provocando problemas pela diversão de assistir. Ele tinha que deixar isso claro.

— Não estou qualificado.

— Deus vai te preparar.

Stephen sentiu uma onda de pânico.

— Vocês estão procurando um empreiteiro e a igreja não é um prédio, pessoal. É o corpo de Cristo. Não se trata de ritual, se trata de relacionamento.

— Supondo que todos concordamos com isso — disse Jack em meio ao silêncio —, para onde vamos a partir daqui?

— O que você quer dizer?

— Ainda temos o mesmo problema. Seu porão não consegue abrigar todos que querem ouvir o evangelho.

Stephen viu para onde eles estavam indo e não sabia como desviá-los. Todo mundo estava olhando para ele.

Carvalho estava sorrindo como um idiota.

— Parece que você foi eleito, querendo ou não concorrer a um cargo público.

— Não se preocupe em vir trabalhar na segunda-feira de manhã. Você está demitido — falou Stephen, enquanto Carvalho ria dele. O grande idiota o conhecia muito bem. — Escutem: você não elege um pastor. Deus é quem faz o chamado.

— E esse foi um chamado, *hombre*. Você só está sendo covarde demais para subir ao púlpito.

Stephen abriu as mãos.

— A única coisa que quero construir em cada um de vocês é a compreensão de quem e o que vocês são em Cristo. Não precisamos de quatro paredes ao nosso redor para isso.

O SOM DO DESPERTAR   407

— Quatro paredes e um teto manterão a chuva longe das nossas cabeças enquanto aprendemos.

— E a areia longe dos nossos olhos.

Samuel, onde você está quando preciso de você? Ele teria respostas para este grupo. Ele saberia para onde ir a partir daqui. Só a ideia de fundar uma igreja fez Stephen querer fugir para as montanhas. Mas, quando olhou para o rosto desses amigos, viu a esperança nos olhos deles, a expectativa. Isso o encheu de humildade. E a responsabilidade o fez querer fugir.

Carvalho se apoiou nos cotovelos e riu.

Stephen franziu a testa.

— Você quer ser diácono? Vamos te colocar no comitê de mudança.

Os outros riram.

Stephen soltou o fôlego lentamente. Apoiando os antebraços nos joelhos levantados, ele baixou a cabeça. *Senhor, para onde vamos a partir daqui?* Quando ele olhou para cima, viu que todos eles estavam com a cabeça baixa. Exceto Kathryn, que estava olhando para ele e esperando. Pelo quê, ele não tinha certeza. Ele fechou os olhos novamente e abaixou a cabeça. Seu coração batia forte. Ele não disse uma palavra, mas por dentro gritava: Ó, Senhor, aju-de-me. Não estou apto para o trabalho. Veja a bagunça que fiz na minha vida.

Olhe para mim.

Um por um, outros começaram a orar. Ao ouvir as palavras de fé, a segurança, os apelos por orientação, o louvor e a gratidão deles por tudo o que Jesus tinha feito e estava fazendo nas vidas deles, Stephen se sentiu pequeno e covarde. *Jesus, tenho tão pouca fé, menos fé do que aqueles que estão sentados ao meu redor agora.* Ele não conseguia espremer mais pessoas no seu porão e havia mais pessoas pedindo para participar. Essas pessoas queriam um lugar para se reunirem e orarem e adorarem ao Senhor. *Fortalece-me, Deus. Mostre-me o que fazer.*

Relaxe e deixe Deus agir. Um dia de cada vez. Não se esforce. Pense. Todos os slogans que ele aprendeu no AA surgiram de uma só vez. Se fosse a vontade de Deus, seria feito.

Os ombros dele relaxaram. O estômago parou de revirar. Ele parou de medir tudo pelos fracassos e mágoas do passado. Em que ele era diferente da ex-mulher e da filha, olhando para trás em vez de olhar para frente? O coração dele parou de bater forte e pesado. O medo e o orgulho se dissolveram. Tudo ao seu redor estava parado e quieto. Era apenas a sua imaginação ou ele sentiu o Espírito se movendo, ouviu-o sussurrar? *Eu sou o Caminho... sim, e a Verdade e a Vida. Eu sou o Pão da Vida, a Água Viva. Eu Sou.*

Arrepios desceram pelos braços e subiram pela nuca. *Ó, Senhor, Senhor, tu mudaste o coração de Moisés. Por favor, me mude. Faça de mim o que for adequado aos teus propósitos aqui.*

Stephen sabia o que Deus queria. Obediência. Quanto à construção de uma igreja, o que lhe ocorreu não foi uma visão nova, mas antiga. Ele não deveria olhar para frente, mas para trás, para um pequeno grupo de homens e mulheres que se reuniram no cenáculo para uma reunião de oração.

Era quase meia-noite quando Eunice chegou a Reseda e ao condomínio onde Lois e Timothy moravam. Ela parou no estacionamento de visitantes, com o medidor de combustível no vermelho. Nem tinha percebido o quão perto estava de ficar sem gasolina. Só conseguia pensar em Paul nos braços da esposa de Rob Atherton. Ela chorou por trezentos quilômetros. Sua cabeça estava latejando. Tremendo de exaustão, ela desligou o motor e enfiou as chaves na bolsa.

Caminhando pela passarela iluminada, Eunice pensou em voltar para o carro e procurar um hotel para passar a noite. Era tarde. Lois e Timothy estariam na cama. Ela enxugou as lágrimas do rosto ao chegar ao bloco em que eles viviam. De onde estava, podia observar uma luz acesa na janela da sala.

E se for Timothy? O que eu digo a ele, Senhor? Como posso explicar por que vim no meio da noite?

Ela ainda permaneceu um tempo ali, no frescor da noite, chorando, indecisa. Deveria ter pensado em todas essas coisas antes de dirigir mais de trezentos quilômetros. Agora estava cansada demais para dirigir mais um quarteirão até um posto de gasolina, muito menos para procurar nas principais ruas do Vale de São Fernando um hotel decente que pudesse pagar.

De pé na entrada, ela bateu levemente. A luz da varanda se acendeu e ela sabia que quem estava lá estava olhando para ela pelo olho mágico. Ela forçou um sorriso. Uma corrente tilintou, a porta se abriu e Lois apareceu com seu roupão de chenile rosa e os cabelos presos em rolos.

— Eunice! Pelo amor de Deus! O que você está fazendo aqui a esta hora da noite?

O SOM DO DESPERTAR					409

Quando Lois abriu a porta e estendeu a mão para ela, Eunice caiu em seus braços. Ela pensou que tinha chorado o bastante durante a noite, mas mais lágrimas vieram como uma inundação enquanto a dor da traição brotava, transbordando, sufocando-a com tristeza e confusão.

— Paul — disse Lois, com a voz embargada. — Aconteceu alguma coisa com Paul.

Eunice se afastou. Afinal, Lois era a mãe de Paul. Por que ela não pensou nisso antes de correr até ela em busca de conforto?

— Ele está bem. Não houve nenhum acidente, nenhuma má notícia do médico ou algo assim. — Ela deveria ir embora?

— Sente-se, querida. Você parece prestes a ter em colapso.

Eunice afundou no sofá e cobriu o rosto.

— Desculpe, não deveria ter vindo aqui. Eu nem sei o que estava pensando ao vir aqui.

Lois sentou lentamente na sua poltrona. Ela parecia estar se preparando para o pior tipo de notícia. Eunice manteve as mãos sobre a boca enquanto olhava para a sogra.

— Vou fazer um chá para nós. — Lois se levantou, tirou a manta das costas da cadeira e colocou-a nos ombros de Eunice antes de ir para a cozinha.

— Timothy.

— Não se preocupe, querida. Ele vai ficar fora por algumas semanas. Tad tem um apartamento mais próximo do canteiro de obras em Anaheim. Estamos sozinhas.

Obrigada, Senhor.

Ela tentou controlar suas emoções, parar a queimação das lágrimas e obter algum controle sobre si mesma antes que Lois voltasse. Ela massageou as têmporas. Seu estômago estava revirando. Quanto tempo fazia que ela não comia? Só de pensar em comida já sentia enjoo. Dormir. Talvez ela pudesse dormir a noite toda e conversar com Lois pela manhã. Lois tomava pílulas para dormir? Quantas seriam necessárias para parar a adrenalina no sangue dela agora? Quantas para acalmar o coro de vozes que gritavam com ela de todos os lados sobre o que ela deveria ou não fazer?

Rob Atherton sabia. Ele estava tentando contar a ela naquele dia na cafeteria. Sheila adquiriu o hábito de perseguir os maridos de outras mulheres? Apenas por diversão?

Não era tudo culpa de Sheila. Ela tinha visto com seus próprios olhos o quanto Paul estava disposto a participar desse fiasco moral.

Perdoe, tu dizes. Perdoe.

— Euny. — Lois estendeu uma xícara de chá.

— Obrigado, mamãe. — Eunice a pegou. A xícara chacoalhou no pires. Ela o colocou sobre a mesinha de centro com cuidado meticuloso, não querendo derramar nem uma gota no lindo tapete bege de Lois. Ela não tinha falado sobre redecorar? Eunice nem olhou em volta. — Ficou muito bonito. *French country*?

— Está mais para *shabby chic*.

Eunice tomou um gole de chá.

— Ficou bonito. Você tem um talento especial, mamãe.

— Que bom que você gostou.

Eunice olhou para as revistas espalhadas na mesinha de centro. Ela tocou em uma. Qualquer coisa para se distrair. Revistas cristãs misturadas com decoração de casa e viagens. Era como estar num consultório médico, pegando qualquer coisa para não pensar no que estava por vir. Uma consulta sobre cirurgia de grande porte. Uma amputação. Não. Cirurgia do coração sem anestesia. Ou algum tipo de câncer incurável.

— Sinto muito, Lois. Eu não deveria ter vindo. — *Por que estou aqui, Deus?* — Eu deveria ter ido para outro lugar. — *Senhor, para onde eu vou?*

— Você é como minha própria filha, Euny. Eu te amo. Onde é melhor do que aqui?

— Não sei. — Emoções se acumularam dentro de seu peito. Emoções demais para entender o que ela estava sentindo. Ela apertou o suéter e balançou para frente e para trás contra a dor. Como ela poderia abrir a boca e contar a Lois o que tinha visto? Paul, o filho único de Lois. Paul, o menino dos olhos de Lois.

— Oh, querida, apenas diga... — a voz de Lois falhou — só coloque para fora antes que te sufoque até a morte.

— Ele está tendo um caso.

— É alguém que você conhece?

— Sim.

— Alguém da igreja?

— Sim.

— Está só começando ou está quase acabando?

Que diferença isso fazia?

O SOM DO DESPERTAR   411

— Acho que isso já vem acontecendo há muito tempo. — Ela atendeu o telefone dezenas de vezes com Sheila Atherton em alguma crise ou outra. — Paul está dando aconselhamento matrimonial a ela. — Eunice riu tristemente. — O marido dela sabe. — *"Você me lembra Molly."* — Eu não entendi. — *"Sheila se entedia facilmente, e estava entediada comigo há um bom tempo."* — Eu não queria entender. E Reka ligou esta manhã. — *"Desculpe, Eunice."* — Reka disse que Paul precisava de mim na igreja. — *"Sinto muito por fazer isso com você."* — Ela disse que eu deveria me apressar. — Reka queria que ela os encontrasse! — Paul chegou em casa enquanto eu estava fazendo as malas. Ele deu todos os tipos de desculpas. — Sua mente voltou a pensar em tudo. Ela não conseguia desligar. *"Rob nem se preocupou em aparecer depois da primeira consulta."* *"Você sabe que as coisas não estão bem entre nós desde que Timothy foi morar com a minha mãe."*

Tantas coisas faziam sentido agora. Sentido de partir o coração e de partir a alma.

Ó, Senhor, perdoe-me por perder todos os sinais. Senti o teu Espírito mover-se em alerta e ignorei porque não queria confrontar Paul. Eu não queria ouvir as mentiras. Não queria sentir a dor. Continuei dizendo a mim mesma que o amor sempre acredita no melhor. Mas o amor não ignora o que está errado. O amor não varre o pecado para debaixo do tapete e finge que ele não existe. Fiquei com vergonha das minhas suspeitas. Não queria acreditar que Paul pudesse ser infiel. Mas eu vi, Senhor. Ó, Senhor, eu vi a infidelidade dele contigo. Ó, Deus, perdoe minha arrogância. Que tolice achar que meu marido poderia te trair e ainda assim permanecer fiel a mim.

— Com licença. — Ela fugiu para o banheiro. Engasgando, ela caiu de joelhos. Quanto tempo depois de Sheila ter ido para aconselhamento o caso começou? Algumas semanas? Um mês? Dois? Paul teria voltado à igreja para confortar Sheila? Será que ele estava na casa de Sheila agora, tentando descobrir uma maneira de se divorciar sem arruinar o seu ministério? Ela vomitou o pouco que restava do café da manhã em seu estômago. Engasgando-se com os soluços, ela continuou vomitando.

Ela deu descarga e abriu a torneira. Ofegante, ela pegou água fria e lavou o rosto. Umedecendo uma toalha, ela fechou a tampa do vaso sanitário e sentou-se com o pano sobre os olhos. Se as coisas não estivessem ruins o suficiente, agora ela estava com soluços. Ela deu uma risada desgostosa.

Lois bateu na porta.

— Você está bem?

— Vou sair — ela soluçou —, em um minuto.

— Posso te ajudar, Euny?

— Não. Eu vou ficar bem. — Bem! Ela ficaria bem novamente? Ela pressionou o pano contra os olhos, tentando afastar a lembrança de Paul e Sheila.

— Estarei na cozinha.

— Está bem. — Eunice prendeu a respiração, mas não adiantou. Soluço. Ela jogou mais água fria e apertou o rosto em uma toalha macia. Ela tinha que se controlar. Tinha que pensar. Ela não podia dizer nada sem pensar. Como isso afetaria a opinião de Lois sobre seu filho?

Por que eu deveria me importar com o que alguém pensa dele? Por que eu deveria protegê-lo?

Ela se apoiou na pia, com o peito arfando. *Porque sim. Porque sim! Mais vidas estão em jogo do que a dele. Ou a minha. O que isso fará com todas aquelas almas preciosas sentadas nos bancos do Centro Nova Vida do Vale se a notícia se espalhar?* Com as mãos trêmulas, ela tentou alisar o cabelo. Ela parecia horrível. Talvez se ela passasse um pouco de batom, ela pareceria menos com um cadáver. A bolsa dela estava no chão da sala. *Ajude-me, Jesus. Ah, Jesus, me ajude.*

Lois estava diante do fogão quando Eunice entrou na cozinha.

— Canja de galinha.

Eunice sentou à mesa. Comida, o grande restaurador. Como se a canja de galinha pudesse restaurar sua alma.

— Não sei se consigo segurar alguma coisa no estômago, mamãe. — Primeiro ela tinha que se livrar das imagens que passavam repetidamente na sua mente. Os sons. Os cheiros.

— Sei o que você está sentindo, Eunice. Já passei por isso.

Os olhos dela se encheram de lágrimas.

— Eu sei. — Talvez fosse por isso que ela tenha ido direto para Lois. Ela sabia um pouco do que havia de errado com o casamento dos sogros. Quem melhor para confortá-la e dar-lhe algum tipo de compreensão do que uma mulher que lutou para manter o marido e ainda conseguiu manter a fé? Eunice não tinha certeza se lutava ou se Paul valia a pena. Ele tinha mudado. Estava mudando há muito tempo. Primeiro, ele se afastou do Senhor. Depois, se afastou dela.

— Sinto muito, Euny. — Lois colocou canja em uma tigela e colocou-a na frente de Eunice. — Achei que tivesse criado Paul melhor. — Os olhos dela

O SOM DO DESPERTAR

estavam escuros de raiva e dor quando ela se sentou na cadeira de frente para Eunice.

Eunice mexeu a canja lentamente.

— Eu não pude ficar. Ele disse que precisava voltar à igreja para uma reunião, mas poderia estar mentindo e voltando para ela.

— Não vai durar, nunca dura.

— O que não dura? — A agonia? O casamento dela?

— O caso. Talvez já tenha acabado. Não há nada como o choque da exposição para trazer o rápido beijo da morte para algo assim.

— Talvez. — Certamente foi o beijo da morte para toda sensação de segurança que ela já sentiu com Paul. O casamento deles foi fundado na fé, e agora ela via que ele era infiel.

— No mínimo, isso fará Paul pensar sobre o que é importante.

— A igreja dele.

— Não, Euny. Você. Ele te ama, sei que ama.

O pensamento positivo de uma sogra. Palavras vazias. *Amor*. Será que Paul sabia o significado da palavra? Ele sempre tinha tempo para todos, exceto para seu filho e sua esposa. E muito tempo para Sheila Atherton.

— Ah, Euny, pense bem. Lembro da maneira como Paul olhou para você no dia do casamento. Quando você desceu pelo corredor, ele não conseguia tirar os olhos de você. Parecia que ele iria derreter. Agradeci a Deus por meu filho ter se apaixonado por uma jovem de fé que ficaria ao lado dele em todas as tempestades que a vida trouxesse. Eu soube no momento em que te conheci que você não era apenas mais uma garota bonita. Você era especial. A bênção de Deus sobre meu filho. Você ainda é. — Ela estendeu a mão e tocou a mão de Eunice. — Dê tempo a ele. Ele voltará a si. Seja paciente com ele.

— Foi isso que você fez?

— Sim. — A vista dela já estava embaçando. — Depois que engoli meu orgulho. Dói quando o homem que você ama se volta para outra mulher. É humilhante. Você sente como se não fosse mulher o suficiente para segurar seu marido, que algo estava faltando em você, que de alguma forma você era a culpada. — Ela balançou a cabeça. — Isso não é verdade. Alguns homens são simplesmente fracos em relação a outras mulheres. Eles estão em uma posição de autoridade e poder. As mulheres vêm até eles e se imaginam apaixonadas. É um impulso para o ego de um homem. Uma coisa leva à outra. No começo é apenas um flerte inocente, nada sério. E então eles são pegos nisso.

O poder de ter uma mulher que não seja sua esposa os adorando remove as restrições. Claro, isso não dura.

— Normalmente. — Eunice largou a colher. O flerte alguma vez foi inocente? — Nós duas ouvimos falar de pastores que trocaram suas esposas por outra mulher.

— David nunca considerou isso nem Paul. — Ela sorriu tristemente. — Paul vai tentar compensar você, Euny. David fazia isso. Pelo menos Paul disse que sente muito. David nunca disse isso com tantas palavras, mas ele me tratava melhor depois que acabava. Uma vez, ele me deu uma linda pulseira de diamantes.

— Nunca vi você usando isso.

— Como eu poderia? Cada vez que eu a pegava, eu me lembrava. — Ela balançou a cabeça. — Os homens são tão tolos. — Ela se levantou e serviu duas xícaras de chá fresco. — Quando você comeu pela última vez?

— No café da manhã.

— Você precisa comer alguma coisa, Eunice. Tente. Uma colherada. Você vai se sentir melhor com isso.

Ela conseguiu algumas colheradas.

— Seria melhor se você não dissesse nada ao Timothy. — Lois colocou uma torrada com manteiga na frente de Eunice. — Isso só pode prejudicar o relacionamento de Tim com o pai, e você não quer isso. Já houve bastante dor. — Ela sentou novamente. — Nunca contei nada a Paul sobre as transgressões do pai dele. Lembre-se, o amor cobre uma grande quantidade de pecados.

Transgressões? Quantas vezes David Hudson cometeu adultério? Encobrir um pecado desses era amor? Foi certo esconder a verdade dos outros? Deixar as pessoas continuarem acreditando que um anjo estava no púlpito enquanto tinha um demônio em casa? Eunice não sabia o que dizer. Não sabia o que fazer. Ela deveria se apresentar aos presbíteros, contar a verdade e pedir ajuda para responsabilizar Paul? O pensamento a deixou enjoada. Como ela poderia esperar um tratamento justo e correto de Gerry Boham, Marvin Lockford e do resto dos bajuladores de Paul? O mais provável é que ela fosse repreendida e ordenada a ficar em silêncio, a colocar um sorriso no rosto e a fingir que estava tudo bem.

Senhor, me ajude. A semente da amargura cresceu em mim. Eu não quero sentir nada.

— Você tem alguém como Joseph para apoiá-la quando você fala com Paul? Joseph, o presbítero capaz e fiel que assumiu o ministério de David Hudson.

O SOM DO DESPERTAR

— Samuel. — Ela também pensou em Stephen Decker, mas não disse nada sobre ele. Lois sorriu.

— Samuel é um bom homem, mas muito idoso.

— E ele não frequenta mais a nossa igreja.

— Por que não?

— Ele e Paul não conseguiam entrar em acordo. Quando Abby ficou doente, Samuel deixou o cargo. Paul ficou feliz com isso.

Lois colocou as mãos em volta da xícara de chá e baixou a cabeça.

— Uma pena. Os pastores precisam de bons homens ao seu redor, homens que possam ver os problemas se formando e enfrentá-los antes que eles permaneçam.

O pastor tinha que estar disposto a ouvir. Paul costumava ouvi-la. Até que ele se envolveu na "construção de uma igreja para o Senhor". Se ele não fosse responsabilizado agora, algum dia ele se endireitaria? O que aconteceria quando ele enfrentasse o Senhor? Ele teria que responder pela maneira como liderava o povo de Deus. Ele tinha esquecido disso?

Eunice se sentiu entorpecida. Ela deveria se convencer de que tudo foi um erro? Como poderia? Ela não podia fingir que tinha sido um pesadelo. E ela não sabia se teria forças para enfiá-lo em um compartimento sombrio na sua mente, fechar a porta e trancá-lo.

Não. Não, ela não podia deixar passar. Ainda não. Ela tinha que lembrar a si mesma que a reunião com Marvin Lockford tinha sido mais importante para Paul do que conversar com ela.

— Você parece tão exausta, querida. Não consegue resolver as coisas quando está tão cansada. Podemos conversar sobre tudo pela manhã. Sua mala está no carro?

— Eu não tenho mala. Paul tirou de mim. Junto com as minhas chaves. Tive que usar a chave reserva.

— Tenho uma camisola extra que você pode usar e escovas de dente reserva no armário do corredor, junto com os pacotes de pasta de dente.

Eunice se levantou. Ela começou a lavar a louça, mas Lois colocou a mão sobre a dela.

— Deixe aí, eu cuido disso. Vá para a cama, você parece exausta. Tente ter uma boa noite de descanso. Tudo vai esperar até de manhã.

— Obrigada por me deixar ficar.

— Você achou que eu iria te expulsar porque meu filho está se comportando como um idiota? — O sorriso dela estava trêmulo.

Eunice percebeu o quanto estava cansada. Ela mal conseguia colocar um pé na frente do outro. Foi a emoção que a enfraqueceu? Ela apoiou a mão no batente da porta e olhou para a sogra.

— Como você fez isso, mamãe? Como superou?

Lois tinha a aparência de todos os dias dos seus 78 anos.

— Quando você vive com um homem sem fé, aprende a confiar em um Deus fiel.

Já passava das 22h quando Stephen guardou o resto do carvão e o seu *cooler* na caminhonete. Alguns retardatários permaneceram para observar as estrelas. Brittany e Jack estavam ao lado de Kathryn. Jack era quem mais falava.

Kathryn estendeu a mão para despedir-se do rapaz. Em seguida, virou-se para dizer algo a Brittany e foi para o carro. Pelo menos elas não estavam fugindo uma da outra desta vez. Kathryn colocou a jaqueta nos ombros e não parecia ter pressa na caminhada até seu carro, acompanhada de Stephen.

— Vá com calma no caminho para casa, Kat.

— Não pretendo parar em uma loja de bebidas.

Melindrosa.

— Está bem.

— Brittany diz que sou mais bêbada do que você jamais foi. O que você acha disso? — Ele não iria entrar em um campo minado. Ele ficou em silêncio. — Está bem, está bem. Sei que tenho um problema. Eu estava planejando parar de qualquer maneira. O álcool não faz bem para a pele.

— Ou para qualquer outra coisa.

— Embora ajude a esquecer.

— Até você acordar na manhã seguinte e ter que encarar as consequências pelo que fez na noite anterior.

— A voz da experiência. — Ela estremeceu. — Desculpe, não ia fazer isso. Você foi legal comigo durante todo o dia, Stephen. Uma pena que você não tenha sido tão compreensivo quando éramos casados.

Algumas reuniões cordiais não significavam que ela mudaria. Quantos anos ele levou para ver a Luz e decidir segui-la?

— Brittany acabou de me dizer que eu deveria me internar em um centro de reabilitação como você fez, mas tenho que me sustentar. Não posso me dar ao luxo de tirar seis meses de folga do trabalho.

O SOM DO DESPERTAR 417

Ela estava se esforçando para começar uma briga. Deixe-a dar seus socos. Ele não iria revidar desta vez.

Ela olhou para ele.

— Jack sugeriu que eu fosse ao seu estudo bíblico. Eu disse que já tinha perguntado se você se importaria se eu participasse. Brittany não gostou muito da ideia.

— Ela está falando com você de novo. Isso é bom.

— Cada palavra que sai da boca dela é uma farpa.

Ele sorriu com isso. *Tal mãe, tal filha.*

Ela enfiou os braços na jaqueta.

— Eu me diverti muito hoje, Stephen, apesar de tudo o que aconteceu. Principalmente porque você me apresentou aos seus amigos.

— O que você esperava que eu fizesse? Deixasse você ao relento?

— Eu senti como se estivesse no frio a maior parte da minha vida. Justamente quando penso que conheço as regras do jogo, os jogadores mudam. Estou cansada de tentar. — Ela encolheu os ombros. — De qualquer forma, obrigada pelo convite. Aproveitei o dia, apesar da tentativa da nossa filha de me matar com aquele comentário sobre a biqueira. Não era verdade, era?

— Você terá que conversar com ela a respeito disso.

— Acho que não quero saber. Pelo menos ela voltou esta tarde. Em grande parte por sua causa, tenho certeza.

— Não se esqueça do Jack.

— Como eu poderia esquecer o Jack? — Ela olhou para trás. — Onde diabos você o encontrou?

— Ele costumava passar por aqui e ver como estava o trabalho.

— Brittany disse que ele é um artesão.

— Ele é carpinteiro. Na verdade, ele é um artista talentoso. Está montando um mural com pedaços de madeira serrada, de tudo, desde pinho até mogno. Muito bonito. Ele chama isso de terapia. Mantém a mente e as mãos ocupadas.

— O que ele planeja fazer quando terminar?

— Não faço a menor ideia.

— Se for bom, posso estar interessada.

— Achei que seu gosto fosse por pinturas originais.

Ela lhe lançou um de seus olhares.

— Como não tenho mais um marido rico e não tenho pensão suficiente para me manter, muito menos para comprar arte, estou trabalhando de novo.

Para uma decoradora de interiores. De alta qualidade. Ela gosta de peças inusitadas.

— Você caiu de pé.

— Uma gata sempre faz assim. — Ela tirou as chaves da bolsa e apertou o controle remoto para destrancar o carro.

Brittany se aproximou e ficou ao lado dele enquanto Kathryn descia a rua principal de Rockville.

— Ela é um saco.

— Você também, Brit. Eu também, aliás.

— Depois de todos esses anos, é estranho ouvir você defendê-la.

Ele sorriu para ela.

— Cadê o Jack?

— Foi para casa, ele disse que estava cansado de me ouvir reclamar dos erros da minha mãe.

— Você quer uma carona de seis quarteirões até em casa ou prefere caminhar? — Stephen sabia que não devia supor nada.

— Eu gostaria de uma carona, se você prometer não dar sermões.

— Nem pensaria nisso.

Eunice teve uma noite ruim. Exausta, ela dormiu duas horas inteiras e depois acordou de um pesadelo às 3h. Que dia era? Quinta-feira? Ela dormiu irregularmente, acordando com cada pequeno barulho no condomínio. Ela podia ouvir o barulho da rodovia a seis quarteirões de distância. O rugido baixo de um oceano de carros. Uma maré de trânsito de um lado para outro. Nunca termina. Para onde todas aquelas pessoas estavam indo nas primeiras horas da manhã? Ela voltou a dormir por um tempo, mas acordou de novo, o relógio digital marcando 4h.

O que ela faria com Timothy? Deveria ligar para ele e avisar que estava na cidade por alguns dias? Ou algumas semanas? Uma olhada para ela e ele saberia que algo estava errado. Ela nunca foi boa em esconder coisas. Ela deveria lhe contar a verdade sobre seu pai? A reparação tinha começado entre eles. O que aconteceria com o relacionamento deles agora? Ela poderia ficar alguns dias sem avisar Timothy. Mas ela teria que partir em breve. Para onde iria? Ela não suportava a ideia de voltar para Paul e ouvir suas desculpas ou

O SOM DO DESPERTAR

de ouvir novamente que ela era a culpada. Ela se perguntou o que ele estava fazendo agora. Rob Atherton estava na Flórida. Paul e Sheila estavam livres para fazer o que quisessem com seus cônjuges fora da cidade.

Ela chorou no travesseiro. Sentia como se ele tivesse arrancado seu coração e pisoteado. Ela o odiava, mas também o amava. Como isso era possível? Ela poderia voltar e esquecer o que aconteceu pelo bem do casamento deles? Supondo que ele sinceramente quisesse reconstrui-lo. Ou ele estava apenas preocupado com a posição dele? Ela temia saber a verdade — que ele só se importava com o que as outras pessoas diriam e com o que poderia acontecer à posição dele na igreja. Mas se ela voltasse, o que poderia esperar dele no futuro senão mais traições? Como ela poderia confiar nele de novo? Cada vez que ele saísse pela porta, ela se perguntaria para onde ele estava indo e se a reunião era apenas um pretexto para ter outro caso clandestino. Se Sheila se mudasse, outras mulheres bonitas e necessitadas procurariam seu pastor e se imaginariam apaixonadas por ele. *Ela precisava de mim.* Se ele fosse surdo, cego e mudo para os pecados dele agora, o que o impediria de cair em pecado mais para frente?

Às 6h, ela desistiu de tentar dormir. Sentia como se sua cabeça estivesse cheia de algodão. Pensando que uma xícara de chá poderia ajudar, ela vestiu o roupão que Lois lhe havia emprestado. Lois estava conversando com alguém na cozinha. O coração de Eunice começou a bater forte. Será que Timothy tinha voltado para casa? O que ela poderia dizer a ele? O que Lois estava dizendo?

— Ela bateu na minha porta um pouco depois da meia-noite. Sim, eu sei de tudo. Ah, que bagunça! Claro que estou decepcionada com você. — Um longo silêncio, depois a voz cansada de Lois. — Não. Não acho que ela tenha dito nada a mais ninguém. Eu disse a ela que poderia ficar comigo pelo tempo que achasse necessário. — Outra pausa e depois a raiva de Lois. — Sim, sim. Eu sei que isso torna as coisas difíceis para você. Você deveria ter pensado nisso antes de começar a ter um caso com... — Lágrimas. — Você já parou para pensar em como tornou isso difícil para sua esposa? Você deveria vir aqui... — Uma respiração mais forte. — Ah, não use essa desculpa. — Uma pausa. — Você poderia dizer a todos que houve uma emergência familiar. — Silêncio. — Sim, ela precisa de tempo para se acalmar. — Silêncio. — Esta noite seria melhor, segunda-feira pode ser tarde demais. — Outro suspiro. — Você sabe exatamente o que quero dizer, não finja que não sabe. Bem, é claro, farei tudo o que puder. — Surpresa. — Eu sempre amei. Eu amo vocês dois. Não acredito que você deixou isso acontecer. Nunca pensei que você, entre todas as pessoas, faria uma coisa dessas. Eu sei, eu sei. Essas coisas acontecem o tempo todo.

Eunice estava na porta. Sua sogra olhou para cima, corando até a raiz dos cabelos grisalhos. Ela se virou e baixou a voz.

— Tenho que desligar agora. Você sabe o que deve fazer. Espero que faça isso. — Ela desligou e se levantou. — Bom dia, querida. Espero que tenha dormido bem ontem à noite. Quer um pouco de chá? Eu tenho Earl Grey. Você gosta desse, não é? — O sorriso dela era forçado.

— Era o Paul? — Sua raiva não estava mais fria; estava muito quente. Ela nunca tinha sentido tanta raiva antes. Surgia dentro dela como lava quente.

Lois girou o botão do fogão até ouvir um clique e acender uma chama.

— Sim.

— Não ouvi o telefone tocar.

— Achei que ele deveria saber que você chegou em segurança.

— Ocorreu a você que ele *deveria* se preocupar? Que ele *deveria* pensar em alguém além de si mesmo, para variar? Eu não queria que ele soubesse onde eu estava! Eu queria um lugar seguro para pensar.

Lois parecia desanimada.

— Sinto muito, Eunice. Eu estava tentando ajudar. Você não estava bem ontem à noite. Parecia a ponto de um colapso nervoso.

— Talvez esteja certa, mas tenho um bom motivo, não acha?

— Não há nenhuma boa razão para deixar Paul no escuro sobre o seu bem-estar. Isso é cruel e anticristão, e nada típico de você.

— Não, não é típico de mim. É mais típico eu deixá-lo pisar em mim de novo!

— Ele não vai pisar, ele sente muito. Devemos amar uns aos outros da mesma forma que Jesus nos amou. E Paul estava muito preocupado. Eu achei...

— Ouvi como ele estava preocupado. — Eunice deu uma risada sombria. — Ele está morrendo de medo do que pode acontecer se a notícia se espalhar na igreja dele. É com isso que ele está mais preocupado. Com ele mesmo. "Esta noite seria melhor", você disse. "Segunda-feira pode ser tarde demais." O que você quis dizer com isso, Lois?

Lois olhou para a mesa.

— Ele vai pedir a um dos auxiliares que o cubra para que ele possa vir aqui. Vocês dois podem conversar, esclarecer as coisas.

Eunice sentiu as lágrimas brotarem mais uma vez.

O SOM DO DESPERTAR   421

— Eu não posso nem confiar em você, posso?

Lois olhou para cima, chorando.

— Como você pode dizer isso para mim? Claro que pode confiar em mim. Estou tentando fazer o que é melhor para vocês dois.

— Da mesma forma que você vem tentando fazer o que é melhor há anos. Ao encobrir! Fingindo que está tudo bem. Olhando para o outro lado e esperando que o problema evapore. Não é verdade, Lois? Quantas vezes o pai do Paul te traiu?

Os olhos dela se encheram de dor.

— Isso não é da sua conta.

— Eu não me importo se você acha que é da minha conta ou não. Era o padrão dele, não era? Mentir e enganar? E você se permitiu ser atraída por isso. E agora, aqui está Paul, seguindo os passos do pai. Os pecados do pai estão afetando o filho porque varremos tudo para debaixo do tapete e fingimos que estava tudo bem quando não estava! Deus não permita que alguém descubra que um pastor é fraco. Deus não permita que alguém saiba que é falível. Não é verdade? Quantas vezes, Lois? Quantas vezes você encobriu David Hudson?

— Você não tem direito...

— E você fez tudo em nome do amor. Você se convenceu disso. Já contou a Paul a verdade sobre o motivo do pai dele se aposentar de forma tão inesperada?

— Não.

— Por que não?

— Como eu poderia? Isso teria destruído David aos olhos de Paul.

— Então você permitiu que Paul continuasse pensando que o pai dele era perfeito, que o pai dele era um homem a ser imitado. Você o ajudou a fazer de David Hudson um ídolo. — E ela ajudou Lois a fazer isso.

— Eu nunca disse que David era perfeito. Paul sabia...

— Paul esqueceu. Se ele alguma vez soube de alguma coisa, aprendeu que o pecado não importava se o homem fosse poderoso o suficiente para manter sua família quieta.

Lois empalideceu.

— Você não está sendo justa. Tentei treinar Paul no caminho que ele deveria seguir, sem virá-lo contra o pai.

— Você passou uma mensagem confusa, Lois. Mas Deus não faz concessões. E quanto à disciplina? E quanto à responsabilização? David Hudson nunca experimentou nada disso.

— Eu fiz o que achei certo!

— Você fez o que seu marido te disse para fazer, mesmo quando estava errado! Você fez o que era mais fácil. Você estava angustiada quando foi a Centerville e me contou sobre o banquete de aposentadoria. E agora eu sei por quê. *Transgressões*, você disse ontem. Não foi a primeira vez que seu marido tinha sido infiel a você. Foi só a última vez enquanto ele servia na igreja dele. — Ela enxugou as lágrimas do rosto. — Você me contou parte da verdade e depois me fez jurar segredo. Você me tornou parte do seu pecado.

— Não.

— Eu deveria ter interpretado isso como um aviso. Sou tão culpada quanto você. Eu tinha essas agitações dentro de mim. O Espírito Santo vem tentando me dizer há muito tempo que algo está errado, e eu ignorei aquela voz calma da mesma forma que você. Você me contou sobre David para que eu pudesse ver o que Paul estava se tornando?

— Paul não é como o pai dele.

— Por que outro motivo você me sobrecarregaria com a verdade sobre seu casamento?

Lois chorou muito.

— Paul não é como David.

— Ah, sim, ele é. Tal pai, tal filho!

— Ele está arrependido.

— Ele não está arrependido, Lois. Ele está com remorso. Ele lamenta ter sido pego. E agora, ele está morrendo de medo de que tudo que ele construiu para si desmorone. Se ele estivesse arrependido, o primeiro pensamento dele não teria sido voltar correndo para a igreja para se encontrar com Marvin Lockford! Ele estaria de joelhos implorando por perdão. — E a mãe dele não teria que pressioná-lo para vir imediatamente, em vez de adiar a viagem para segunda-feira.

— É isso que você quer, Eunice? Que Paul fique de joelhos? Esmagado e destruído? Humilhado publicamente? Com a igreja dele em cinzas?

Sim! Eunice teve vontade de gritar. Onde era melhor estar do que de joelhos diante de Deus? Jesus não foi humilhado publicamente? E ele era inocente. Ele tinha sido puro e santo. Se o Senhor pôde se humilhar a tal ponto diante de toda a humanidade, por que um homem não poderia se humilhar diante do Deus Todo-Poderoso? O Senhor conscientemente tomou sobre si mesmo todos os pecados já cometidos e que seriam cometidos. Ninguém além de Deus poderia mudar a vida de Paul. Ninguém além de Deus poderia curar as feridas que Paul infligiu. E ninguém, exceto o Senhor, poderia mudar o curso daquilo que Paul havia iniciado!

Ó, Senhor de misericórdia e força, sou impotente.

Uma calma tomou conta de Eunice. O olho da tempestade.

— Não tem como conversar com você, Lois. Você é mais mentirosa do que David Hudson foi. — Ela viu o choque tomar conta do rosto de Lois. Eunice saiu da cozinha.

Não posso ficar aqui, Senhor. Para onde eu vou? O que devo fazer agora?

Ela foi para o quarto e fechou a porta. Ela vestiu as roupas rapidamente, arrumou a cama, dobrou a camisola e o roupão e saiu para a sala. Ela pegou sua bolsa.

Lois estava parada na porta da cozinha, pálida e com lágrimas escorrendo pelo rosto. Eunice estava cheia de compaixão. Talvez os olhos da sogra também estivessem finalmente abertos.

— Eu te amo, Lois, sempre amei, sempre vou amar. Mas não pretendo seguir o seu exemplo. Não mais.

— Para onde você vai?

Naquele instante, Eunice percebeu para onde ela precisava ir.

— Para casa.

A tensão diminuiu em Lois.

— Graças a Deus. Você quer que eu ligue para Paul e diga que você está a caminho?

— Centerville não é minha casa.

Ela abriu a porta e saiu.

CAPÍTULO 19

Stephen não conseguia fugir da ideia de começar outra igreja. Estaria ele se contendo por causa da desilusão na construção do CNVV e não atendendo às necessidades daqueles que agora frequentavam seu estudo bíblico? Ele orou para que, se o Senhor o estivesse chamando para o ministério, tornasse puros os seus motivos. Stephen não queria competir com Paul Hudson. Para ter certeza, buscou o único homem em quem ele sabia que poderia confiar para ser completamente honesto com ele — e respaldar seus pontos de vista com as Escrituras.

— O sr. Mason está no pátio, sr. Decker — disse a recepcionista.

E, como sempre, Samuel tinha companhia. Florence Nightingale estava sentada com ele à sombra de um guarda-sol de lona. Stephen soube no momento em que ela o viu. Ela ficou rígida, se inclinou para a frente, disse algo a Samuel, pegou a bolsa e se levantou. Ela empurrou a cadeira de volta para o lugar na mesa redonda de vidro e recuou.

— Não vá embora por minha causa.

Ela sempre fugia quando ele chegava a seis metros dela, sem dúvida devido ao constrangimento que ele havia provocado quando Eunice tentou arrumar um encontro entre eles. Há quanto tempo isso tinha acontecido? Stephen já nem conseguia se lembrar.

— Eu não sabia que você vinha hoje.

— Tenho certeza de que não sabia.

Samuel olhou para cima.

— Você nem terminou o seu chá, Karen.

— Sinto muito, Samuel. Fico mais tempo na próxima vez.

— Tenho certeza de que Stephen não se importaria se você...

O SOM DO DESPERTAR 425

— Eu não me importaria. — Quão idiota ele tinha sido naquele dia ao colocar aquela boa mulher em fuga toda vez que ela o via? — Você ainda lidera o clube de solteiros do CNVV?

— Não frequento o CNVV há mais de um ano.

Ops.

— Sério? — Ele ergueu as sobrancelhas. — Alguma razão específica para isso?

— Nada que eu deva discutir com você.

— Essa resposta me faz querer fazer mais perguntas.

— Não é minha intenção, garanto.

Ele não estava chegando a lugar nenhum rapidamente na sua tentativa de fazer as pazes. Talvez a abordagem direta funcionasse melhor.

— Olha, Karen, eu sei que fui um idiota naquele dia no hospital. Desculpe. Podemos estabelecer uma trégua?

Ela corou.

— Só não quero mal-entendidos entre nós.

Que ela *não* estava tentando chamar a atenção dele. Ah, sim, ele tinha entendido.

— Não houve mal-entendidos na primeira vez que nos encontramos. Minha reação não teve nada a ver com você.

Ela o olhou diretamente nos olhos.

— Eu sei disso.

Ele pôde ver que ela sabia e sentiu o calor subir pelo rosto.

— É tão óbvio assim?

— Não é óbvio o suficiente para causar preocupação a ninguém.

Uma resposta cuidadosa muito apreciada. Mas isso o deixou imaginando quantas outras pessoas no CNVV notaram sua atração pela esposa do pastor Paul. Quando Karen recuou mais um passo, ele puxou a cadeira dela para trás e fez um gesto para que ela se sentasse.

— Se eu pedir com educação, você termina o seu chá? Eu lato, mas não mordo.

Ela relaxou com uma risada suave.

— Tudo bem, vou arriscar desta vez. — Tirando a alça da bolsa do ombro, ela sentou novamente.

— Karen está frequentando uma grande igreja em Sacramento agora. — Samuel tomou um gole de chá. — Ela gosta dos cultos, mas não tem certeza se deseja continuar indo para lá.

Stephen olhou para ela.

— Problemas com a pregação?

— Não. O pastor está correto com o evangelho, mas é um esforço muito grande para que eu possa fazer parte real da igreja. O clube de solteiros se reúne nas noites de terça-feira e o coral nas quintas. Tentei as duas coisas algumas vezes e só cheguei em casa depois das 22h. Não gosto de sair sozinha tão tarde da noite e ninguém mais é da minha região.

— Onde fica a sua região?

Quando ela pareceu reticente em responder, Samuel respondeu por ela.

— Na sua região.

— Você mora em Rockville?

A expressão de Karen era penosa.

— Não em Rockville, mas um quilômetro e meio ao norte na Gelson Road. Fiz uma oferta para um lugar pequeno há cerca de seis anos e estou lá desde então.

Seis anos. Ela ainda estava se certificando de que ele entendesse que ela não o estava perseguindo. Ela deve considerá-lo o homem mais vaidoso da face da terra.

— Sou um recém-chegado à cidade. — Ele queria ter certeza de que ela sabia que ele entendia. Ela tinha um belo sorriso. — Vou fazer a mesma pergunta que todo mundo me faz. Por que Rockville?

— Cresci em São Francisco e pensei que seria romântico viver numa fazenda. Eu não tinha ideia de quanto trabalho teria.

Ela também tinha uma bela risada.

— Você planta alguma coisa?

— Tenho uma horta e algumas árvores de fruto. O suficiente para que eu não precise comprar produtos no supermercado.

— Sem animais?

— Não tenho tempo. Eu tinha um cachorro, mas tive que sacrificá-lo no ano passado. Câncer. Sinto falta do Brutus, mas não estou em casa tempo o suficiente para dar a devida atenção a um animal. Minha agenda no hospital me mantém ocupada.

Samuel não disse nada, mas Stephen sabia por que seu velho amigo havia aberto o assunto do dilema de Karen. Ele poderia muito bem conseguir que isso fosse dito, embora esperasse que ela acabasse com ele.

— Realizo um estudo bíblico na minha casa toda quarta-feira à noite. Você está convidada a vir. Mistura de homens e mulheres. Operários e alguns trabalhadores migrantes, minha filha, minha *ex*-esposa. Você nunca sabe o que alguém vai dizer ou fazer.

— Está tentando me convencer a ir ou não?

— Vou imprimir um convite para você.

Karen olhou para Samuel.

— Ele é um bom professor?

— Sim. E ele se esforça para melhorar.

Ela lançou a Stephen um olhar de soslaio.

— O que posso levar?

— Sua Bíblia e uma mente aberta.

Samuel parecia satisfeito.

— Como foi o churrasco?

Stephen recostou-se na cadeira.

— Foi bom, até que alguém tocou no assunto de começar uma igreja.

As sobrancelhas de Karen se ergueram.

— Você vai começar uma igreja?

— Não se eu puder evitar.

Samuel parecia intrigado.

— Por que não?

— Você quer um motivo ou vinte? A última coisa que quero é entrar em outro projeto de construção de igreja.

— Você pode construir uma igreja sem construir um prédio.

— Um bom estudo bíblico é tudo que eu esperava, Samuel.

— Bem, essa é uma atitude bem patética.

Stephen baixou os óculos escuros e olhou para Karen por cima da armação.

— Cuidado, você ainda não faz parte do grupo.

— Tarde demais. Convite aceito.

— Você pode pensar em guardar suas opiniões.

— E você pode tentar seguir seu próprio conselho e abrir sua mente.

Samuel riu.

— O que você disse a eles?

— Não disse nada. — Stephen desviou o olhar de Karen. — Nós oramos sobre isso.

— E...?

— Ainda estou orando. — Ele coçou a cabeça. — A questão é que tive a sensação de que deveria avançar de uma forma retrógrada. — Samuel e Karen estavam olhando para ele, esperando. — A igreja começou com cento e vinte pessoas orando juntas num cenáculo em Jerusalém, certo?

Samuel assentiu.

— Sim, mas não ficou escondida em um cenáculo, Stephen.

Ou um porão, ele poderia muito bem ter dito.

— A igreja também não permaneceu pequena — disse Karen. — Eles foram um punhado por cerca de quarenta dias e então aconteceu o Pentecostes. Assim que o Espírito Santo desceu sobre aqueles poucos, eles correram com as boas-novas e o Senhor acrescentou outros três mil ao corpo de Cristo.

— Sim, mas eles ainda se encontravam nas casas depois disso.

Samuel sorriu suavemente.

— Eles também se reuniram nos corredores do templo.

— No pórtico de Salomão.

Stephen olhou carrancudo para Karen.

— Talvez você devesse estar ensinando.

Ela ergueu as mãos.

— Achei que você tivesse dito que não mordia.

Descontente, Stephen persistiu.

— O que estou *tentando* enfatizar é que a primeira ordem do dia na igreja não era sair e construir um prédio para reuniões. Era ganhar almas, ensinar, ter comunhão, partir o pão juntos e orar. Se vou participar da construção de uma igreja, gostaria de encontrar uma maneira de construir uma igreja sem paredes. Não foi isso que Jesus quis dizer? Não é o edifício que importa, nem os programas, nem os números. Não é a música ou o ritual. A questão é o nosso relacionamento com *Jesus Cristo*. Os que acreditam compõem o templo. Eles são a igreja. O poder da ressurreição de Cristo é revelado através das nossas novas vidas.

— Você está planejando manter todos como reféns no seu porão?

Stephen enfrentou Karen.

— Posso ver que vou ter problemas com você.

— Não, só estou perguntando. Quero saber onde você está antes de eu entrar pela porta. Fugi do reino de um homem. Não quero tropeçar na escada e cair no porão de outra pessoa.

Ele ficou nervoso.

— Você está me comparando com Paul Hudson?

— Não, a menos que você pense que tem todas as respostas. — Ela falou suavemente, com olhos gentis.

O SOM DO DESPERTAR   429

Ele soltou o ar lentamente.

— Não, não tenho todas as respostas. Só não quero cometer os mesmos erros de novo. Assim que a Igreja de Centerville decidiu construir, o foco mudou. O objetivo era trazer mais pessoas para que houvesse dinheiro para continuar o projeto. Não era mais um santuário. Era um ginásio. Eram eventos. Não se tratava de construir um relacionamento com Cristo. Tratava-se de uma contagem de cabeças e da oferta na manhã de domingo. Quantas vezes o Senhor teve que destruir o templo? E ainda estamos tentando reconstruí-lo.

Karen parecia estar pensando no que ele estava dizendo.

— Por que você acha que fazemos isso?

— Não tenho certeza. Talvez seja mais fácil dedicar nossos esforços para construir uma casa para Deus, em vez de construir um relacionamento com ele. Um requer alguns anos de trabalho duro, mas o outro exige uma vida inteira de compromisso. O problema é que o edifício se torna o ídolo que adoramos. Os programas são as vacas sagradas. Os números são nosso meio de avaliar nosso sucesso. E é tudo uma questão de vaidade. Vaidade, vaidade. Minha igreja é maior que a sua igreja. Meu pastor atrai uma multidão maior no domingo de manhã. Ei, ficou sabendo? Ele está na televisão e grava um programa de rádio que está em sabe-se lá quantas estações no país todo. E cara, agora eles vão ter uma Bíblia com o nome dele. Você consegue vencer isso?

— Ele te magoou de verdade, não foi? — disse Karen baixinho, olhando atentamente.

— Quem?

— Paul Hudson.

— Isso não é sobre Paul Hudson.

— Tuuudo bem. — Ela pronunciou as palavras calmamente e olhou para Samuel.

Stephen suspirou. Ele estava guardando rancor? Esperava que não. Ele carregava as cicatrizes de se opor a Paul, mas isso não significava que iria aceitar sua filosofia do que era uma igreja. Ele não precisava conhecer bem Karen para ver que ela estava pensando.

— Você tem algo a dizer, vá em frente.

— Só porque a motivação de Paul Hudson estava errada não significa que a sua não estava certa.

— Oh, sim. Eu sou um cara tão legal. Todos pensaram que eu estava ganhando muito com esse projeto. Enchendo meus bolsos com dinheiro.

— Nem todos.

Talvez ele estivesse caindo na hipérbole. Ele estudou a expressão dela. Ele nunca contou a ninguém o quão longe havia ido para fazer o que era certo, mas tinha a sensação de que ela sabia. Ele não estava disposto a reclamar. Deus providenciou trabalho para que ele se mantivesse e deixou seu nome fora de uma audiência de falência.

— O fato é que minha motivação não fez nenhuma diferença no resultado da igreja.

— Não que possamos ver com nossos olhos humanos — disse Samuel. — Mas não pense nem por um minuto que Deus não está trabalhando. Ele existe desde o princípio e ainda não terminou.

— Não. — Stephen deu um sorriso irônico. — Acho que isso está bem claro. — Ele podia sentir o Senhor esculpindo sua armadura. Isso o deixou se sentindo vulnerável e inseguro.

O olhar de Samuel estava cheio de clareza.

— Só não deixe que o que aconteceu em Centerville atrapalhe o que o Senhor pode querer que aconteça em Rockville.

Stephen tomou um longo gole de chá.

— Deus parece estar conseguindo o que quer nesse aspecto. Eunice me disse que a propriedade que comprei era a mesma doada à igreja e que Paul vendeu como capital inicial para as novas instalações.

Karen inclinou a cabeça.

— Você sabia disso antes de comprar?

Ela achava que ele tinha feito isso por vingança? O mesmo pensamento ocorreu a Eunice. Stephen balançou a cabeça.

— Não. — Ela estava se perguntando quando ele conversou com Eunice e em quais circunstâncias? — Eu não fazia ideia. Só queria saber que não havia penhoras sobre a propriedade e que havia muito trabalho a fazer. Precisava de algo para manter minha mente e minhas mãos ocupadas. — Só para deixar as coisas claras. — Eu não queria acabar em outro centro de reabilitação para alcoólatras.

Karen ergueu as sobrancelhas.

— Nem todo mundo carrega uma confissão na manga.

Ele riu.

— Eu não estava esperando sua confissão, apenas um comentário.

— Como?

O SOM DO DESPERTAR   431

— Tal como você já ouviu falar que eu era alcoólatra. — Um dos rumores que ele sabia que tinha circulado durante o tempo em que Paul o expulsara da igreja.

— Eu não ouço fofocas e não ando perto de pessoas que ouvem. — Não admira que Eunice gostasse desta mulher.

Samuel pigarreou e Stephen percebeu que estava estudando Karen há mais tempo do que seria educado. Ela não estava usando uma aliança.

Ela olhou para o relógio de pulso.

— Eu preciso correr, vou ficar de plantão esta noite. — Ela colocou a bolsa no ombro e se levantou. Samuel apoiou-se na bengala e se ergueu também. Stephen seguiu o movimento, empurrando a cadeira para trás. Há quanto tempo ele não ficava ao lado de uma mulher? Karen olhou para ele, divertida. Ele parecia tão desconfortável quanto se sentia? Ela pegou a mão de Samuel entre as suas, agradeceu a tarde agradável e disse que voltaria em breve. Ao se virar, ela lhe deu um sorriso cordial. — Foi bom ver você também, Stephen.

— Igualmente. — Ele achou que seria bom conhecê-la um pouco melhor. Talvez levá-la para tomar café. Ou jantar. — Eu deveria ter seu número de telefone. Caso eu tenha que cancelar o estudo bíblico de última hora. — Ele esperava que a desculpa não soasse tão esfarrapada para ela quanto soava para ele.

— Estou na lista telefônica. — Ela foi embora sem olhar para trás. Ajudaria se ele conseguisse lembrar o sobrenome dela.

Stephen sentou-se junto com Samuel.

— Acho que Deus deseja uma igreja em Rockville há muito tempo, Stephen. Os campos estão maduros e os trabalhadores são poucos.

— Concordo. Só não tenho certeza se sou eu quem deve fazer isso. Não quero entrar nisso pelos motivos errados.

— Deus colocou você lá por um motivo.

— Liderar um estudo bíblico está muito longe de pastorear uma igreja.

— Aproveite um dia de cada vez. Mantenha-se focado na palavra. Fique de joelhos e ore. Em seguida, levante e faça o trabalho que Deus lhe dá. Não tente cruzar nenhuma ponte até alcançá-la.

— Tenho que trabalhar para viver.

Samuel se mexeu na cadeira. Seu rosto se contraiu de dor quando ele esticou uma perna.

— O apóstolo Paulo era um fazedor de tendas. — Ele se recostou na cadeira de novo. — Mais da metade das pessoas que frequentam seu estudo bíblico conheceram você no trabalho ou conheceram alguém que trabalha com você. O Senhor sabe que o trabalho é grande demais para ser assumido por qualquer homem. Ele o prepara para que você possa preparar os outros. Você não precisa ter um diploma em teologia ou subir ao púlpito para fazer isso.

Stephen viu as novas rugas no rosto de Samuel. Como era possível alguém envelhecer tanto em tão poucos dias? Eles ficaram em silêncio por um longo momento. Stephen terminou o resto do chá.

— Gostaria que eu te acompanhasse de volta ao apartamento antes de ir embora?

— Desculpe. Tenho certeza de que fui uma péssima companhia hoje — disse Samuel.

— Você está se preocupando com alguma coisa. Devo perguntar?

— Melhor não.

— Tudo bem. — *Eunice?* — Alguma coisa que eu possa fazer?

— Exatamente o que você está fazendo. Mantenha seu foco em Jesus. Seja obediente ao chamado dele na sua vida. Seja qual for, por mais difícil que seja.

Stephen examinou o rosto dele. O velho estava distraído, com a mente ocupada em alguma batalha interior.

Samuel olhou para o jardim.

— Acho que vou ficar aqui mais um pouco.

— Está bem. — Stephen levantou. — Volto amanhã.

— Espere um pouco, Stephen. — Samuel apalpou o bolso da camisa. — Você tem uma caneta à mão?

Stephen entregou-lhe sua esferográfica.

Samuel pegou um guardanapo de papel do dispensador e escreveu algo nele. Devolveu o guardanapo e a caneta a Stephen com um sorriso.

Karen Kessler. E o número de telefone dela.

Paul procurou o carro de Eunice enquanto estacionava na área de visitantes do condomínio. Ele estava cansado da viagem, exausto pela falta de sono. Esperava algo melhor de Eunice do que fugir para contar tudo à mãe dele. Ela deveria ter ficado em casa como ele tinha dito a ela. Eles poderiam ter conversado e chegado a um entendimento sem envolver mais ninguém. Ninguém deveria ficar a par dos problemas deles, especialmente a sua mãe! Eunice tinha

O SOM DO DESPERTAR 433

motivos para estar chateada, mas isso não lhe dava o direito de ser desleal. Ela era esposa de um ministro. Deveria saber que não deve dizer nada contra ele para ninguém!

Tirando a chave da ignição, ele abriu a porta do carro, saiu e fechou-a com força. Ele tinha uma vaga lembrança do pai dando ordens algumas vezes. Talvez fosse isso que ele teria que fazer. Ser um pouco menos apologético e um pouco mais firme pelo bem do seu ministério. Havia muita coisa em jogo para permitir que os sentimentos corressem soltos.

Ele encontrou o apartamento da mãe e tocou a campainha. Ele se mexeu inquieto quando ninguém respondeu imediatamente. Ele disse a ela que estava vindo. Ela teria contado a Eunice. Sua esposa estava de mau humor enquanto o fazia esperar na soleira da prota? Ele apertou o botão de novo e manteve o dedo sobre ele.

Foi sua mãe quem abriu a porta e ficou olhando para ele.

O rosto dela estava manchado e inchado, os olhos vermelhos de tanto chorar.

— Mamãe, não é tão ruim quanto parece.

— Não é?

— O que Eunice disse para você?

— O que você acha que ela disse?

Ele xingou Eunice por causar tanta dor à sua mãe.

— Onde ela está? Ela não tinha o direito de vir aqui e despejar nossos problemas na sua porta. Eunice!

— Ela foi embora.

— O que você quer dizer com isso? Foi para onde?

— Ela disse que estava indo para casa.

O temperamento dele explodiu.

— Ótimo! Simplesmente ótimo! Perdi a viagem até aqui. Que tipo de jogo ela está jogando comigo? O que ela está planejando fazer agora? Voltar para a igreja e anunciar que estamos tendo alguns problemas?

— *Alguns* problemas? É assim que você vê o adultério?

Ele sentiu o calor subir em seu rosto.

— Não é tudo culpa minha, sabe. Ela não teria descoberto nada se Reka não tivesse armado tudo. E eu nem teria olhado para Sheila se Eunice tivesse sido uma esposa decente para mim nos últimos anos. Ela está de mau humor desde que Tim se mudou para cá com você.

— Então a culpa é de todos, menos sua, certo? Até eu sou culpada.

— Eu não disse isso. Não foi isso o que eu quis dizer.

— Você não tem desculpa, Paul. Não tem uma desculpa que vai te tirar dessa bagunça.

— Está bem. — Ele ergueu as mãos. — Tudo bem! Poderíamos ter essa conversa dentro de casa para que toda a vizinhança não fique sabendo?

Ela deu um passo para trás e olhou para ele enquanto ele entrava. Ele jogou o blusão no sofá e esfregou a nuca, frustrado.

— Se Eunice tivesse se dado ao trabalho de atender o celular, eu poderia ter esperado por ela em casa.

— Ela não foi para Centerville.

— Você acabou de me dizer que ela estava indo para casa. — Ele teve uma longa noite sem dormir e, ainda por cima, uma longa viagem. Ele não estava com humor para conversa fiada.

— Não use esse tom comigo, Paul Hudson.

Ele nunca tinha visto aquela expressão no rosto da mãe antes. Como se ela o odiasse. Isso o abalou.

— Ela disse que Centerville não é a casa dela. E não é de admirar.

Ele poderia agradecer a Eunice pela atitude da mãe. Por que ela não poderia ter mantido a boca fechada e preservado seus problemas particulares? Se ela tivesse que contar a alguém, por que não poderia ter escolhido outra pessoa que não a mãe dele? Ainda bem que Eunice não estava no condomínio, ou ele diria coisas das quais se arrependeria.

— Então, para onde ela foi? — Ele tentou parecer paciente.

— Me diga você, Paul. Onde fica a casa da Eunice? — Os olhos dela brilhavam através das lágrimas. — No céu?

Ele sentiu um frio penetrar na boca do estômago.

— Ela não faria isso. Você conhece Eunice tão bem quanto eu, e ela nem pensaria nisso.

— Quão bem você me conhece? Pensei em suicídio na primeira vez que seu pai me traiu.

Primeira vez? Ele cambaleou para trás.

— Do que você está falando?

Ela balançou a cabeça.

— Ele nunca teve muito tempo para você, não é, Paul? Ou para mim. Mas ele tinha muito tempo para os outros.

O SOM DO DESPERTAR

Ele engoliu em seco. O que ela estava dizendo?

Ela chorou amargamente.

— Eunice estava certa, eu falhei. Todos esses anos, eu falhei muito.

— Mamãe. — Ele já tinha visto ela chorar, mas não dessa forma. — Mamãe. — Ele segurou os ombros dela, mas ela se libertou.

— Eu deveria ter conversado com você sobre tudo isso há muito tempo. Deveria ter te avisado quando vi o que estava acontecendo. Pude ver você mudando. Pude ver como sua ambição te manipulava. Mas eu esperava que você se lembrasse do que eu te ensinei. Esperava não ter que explicar tudo para você. — Ela se sentou na poltrona e assoou o nariz. — É melhor você sentar. Vou te contar a verdade sobre seu pai agora, quer você queira, quer não.

Ele sentou lentamente, tenso, com o estômago embrulhado.

— Desde que você era um garotinho, tentei protegê-lo. E proteger a mim mesma. — Ela olhou para ele. — Eu não posso te dizer o quanto dói viver com um homem que engana e mente e pensa que tem o direito de viver como quiser, sem responder a ninguém, nem mesmo a Deus. Eu orei por ele. Oh, como eu orei por ele. Ano após ano. Mesmo depois de ele ter destruído todo o amor entre nós, orei pela salvação dele.

— Salvação? Se alguém foi salvo, foi o papai.

— Eu gostaria de acreditar nisso. Gostaria mesmo de acreditar que Deus o alcançou. Mas acho que não. Nunca via provas na vida dele de que ele fosse realmente cristão.

Ele não conseguia acreditar que ela diria tal coisa sobre um dos evangelistas mais conhecidos do país.

— Ele trouxe milhares a Cristo, mãe. Ele tinha uma congregação de milhares. Tinha um programa de televisão e um ministério de rádio. Ele escreveu um livro best-seller!

— E você acha que tudo isso é um sinal da aprovação de Deus? Seu pai nunca levou uma única alma para a salvação. Achei que você tivesse entendido. A salvação é uma obra do *Espírito Santo*, Paul. É *Deus* quem salva. É *Jesus*. Nenhum homem pode ou deve receber o crédito pela salvação de alguém. Eu tentei te ensinar a verdade. Tentei te ensinar a maneira correta de andar. Sem fazer concessões. Se esforçando para viver uma vida sagrada. Tentei te dizer que a vida cristã não é uma corrida. É uma maratona cansativa. E você costumava acreditar. Seu coração era terno para com Deus. E sua fé conquistou o desdém de seu pai, lembra?

— Ele foi um pouco duro comigo, eu acho.

— Você *acha*? Que Deus o ajude a lembrar como realmente era. Você queria a atenção do seu pai, Paul. Você ansiava pela aprovação dele. Eu não sabia quanto até ouvir você pregar. Eu disse que você era mais parecido com seu pai do que imaginava. Você tomou isso como um elogio. Eu não quis dizer isso. Deveria ter deixado isso claro.

Ele ficou parado.

— Não tenho certeza se quero ouvir minha própria mãe destruir a reputação do meu pai quando ele está morto e não consegue nem se defender.

— Houve um tempo em que você não fugia da verdade.

— Eu tive um caso, admito. Acabou. Desculpe. Isso nunca mais vai acontecer.

— Isso foi o que ele disse, no mesmo tom impenitente e inescrupuloso. Você também disse a Eunice que a culpa foi dela? Que ela não era esposa suficiente para mantê-lo feliz? Você colocou a culpa pelos seus pecados nos pés dela da mesma forma que seu pai colocou a culpa nos meus? Posso ver pela sua cara que você fez isso. *Sente-se*!

Ele sentou. Chocado. Sua mãe nunca tinha falado com ele assim antes.

— Seu pai não *escolheu* se aposentar, Paul. Ele foi *forçado* a se aposentar. Um dos presbíteros descobriu que seu pai estava tendo um caso com uma mulher que ele aconselhava. E não foi o primeiro deles, posso garantir.

"O mais velho confrontou seu pai. Ele não quis ouvir. Então dois anciãos foram conversar com ele. Ele pôs fim ao caso e pensou que era o fim do problema. Mas ele ficou descuidado. Ele estava envolvido com mais de uma mulher ao mesmo tempo. Uma descobriu a outra e foi até os mais velhos.

"Disseram-lhe que se não apresentasse a sua demissão, iriam expô-lo perante a congregação. Se ele concordasse em renunciar, nada seria dito sobre isso. As mulheres seriam convidadas a deixar a igreja. A reputação dele permaneceria intacta. Ele concordou; eles mantiveram a palavra. Nada foi dito. Todos nós varremos o episódio sórdido para debaixo do tapete junto com todos os outros pequenos episódios sórdidos que ele conduziu ao longo dos anos. Todos pensávamos que estávamos protegendo a igreja."

Ela fez uma pausa, as lágrimas enchendo seus olhos novamente.

— Mas estávamos apenas aumentando a corrupção... porque aqui está você, filho dele, seguindo seus passos.

— Eu só tive um caso.

O SOM DO DESPERTAR   437

— Você mente para mim tão facilmente quanto mente para si mesmo.

— Sheila é a única, eu juro, mamãe. Acabou. Isso foi um erro. O maior da minha vida. — Ele estava tremendo. Sentia frio por dentro.

— Oh, Paul, você é tão cego! Você tem traído Deus há anos. Eu estive na sua igreja. Vi como você trabalha as pessoas, como você as encanta e manipula. Você se tornou igual ao seu pai. Ele usava as pessoas e as jogava fora. Fui a primeira de uma longa fila de pessoas que o amavam e oravam por ele. Ele usou meu amor para me controlar, para me manter em silêncio. E você fez a mesma coisa com Eunice. Você usou os talentos dela também. Até que ela se recusou a ser condescendente. E então você a deixou de lado porque estava mais interessado em agradar as pessoas do que em fazer o que era certo aos olhos de Deus.

Ele sentiu um arrepio na espinha, os cabelos em pé. Ele esfregou o pescoço, tentando afastar a sensação.

Ela se inclinou para frente, com as mãos entrelaçadas.

— Você acha que Deus não vê o que você faz? Acha que o Senhor não sabe o que você pensa sobre ele? Você usa o nome dele para conseguir o que quer. Você dilui a palavra dele para entreter o seu povo. Você tem cuspido na cara daquele que te salvou e te amou como seu pai nunca amou!

As palavras dela o cortaram. Nunca em sua vida ele enfrentou a condenação dela. Cerrando os punhos, ele lutou contra as lágrimas.

— Trabalhei muito para construir aquela igreja. Ela estava morrendo quando cheguei a Centerville. Tenho mais de três mil pessoas na minha congregação agora!

— E você acha que isso faz de você um sucesso? — Ela se recostou, as mãos apoiadas nos braços da poltrona. — E o que sua igreja representa senão seu próprio orgulho de realização?

Ele recuou.

— Ela representa Cristo.

— Não, não representa. Um visitante não tem ideia do tipo de doutrina que vai ouvir ao passar pelas portas. Eles nem sabem o que é doutrina. O que eles ouvem, Paul? Que verdade? O Evangelho? Não. Tudo o que eles ganham é uma hora de entretenimento. Música emocionante. Efeitos especiais. Um discurso envolvente para despertar suas emoções. Você se preocupa mais com o número de pessoas sentadas nos seus bancos do que com quem elas são: almas perdidas que precisam de um Salvador. As pessoas não podem ser curadas por Cristo até que seus corações estejam partidos por seus pecados, e você os tem deixado confortáveis com isso, e está confortável junto com eles.

Ele não conseguia olhar nos olhos dela.

Sua mãe murchou. Ela cobriu o rosto.

— Eu errei em proteger o seu pai. Errei em encobri-lo. Tentei me convencer de que estava protegendo a igreja ao protegê-lo. — Ela olhou para cima, o rosto devastado. — Deus me perdoe. Eunice estava certa. Eu vivi uma mentira. Estava me protegendo da humilhação e da vergonha. — O sorriso dela era autodepreciativo. — Não queria que as pessoas soubessem que eu não era mulher o suficiente para segurar o meu homem. — Ela deu uma risada sombria. — A verdade é que nenhuma mulher poderia tê-lo segurado. Era um jogo que ele jogava. Talvez se ele tivesse sido responsabilizado, algumas coisas teriam mudado. A disciplina teria colocado o temor de Deus nos outros. Como você. Você não teria pensado que poderia fazer as coisas do seu jeito. Você teria aprendido que Deus é misericordioso, mas ele não faz concessões.

— O papai era um bom homem. Não acredito que você está dizendo tudo isso. — Ele não queria ouvir. Ele não queria sentir a convicção.

Lois estremeceu.

— O Senhor deu a seu pai oportunidades de se arrepender, Paul. Ele lhe deu chance após chance. Em vez disso, o coração do seu pai ficou mais duro e orgulhoso. Às vezes, penso que o Senhor o derrubou naquele avião. Deus tirou a vida dele antes que ele pudesse causar mais danos.

— Ele construiu uma igreja, mamãe.

— Ele atraiu uma multidão. — Ela se inclinou para frente mais uma vez, com as mãos estendidas. — Ouça, Paul, ouça com atenção. Seu pai nunca foi pastor. Ele era um pecuarista que levava seu gado ao mercado. Ele tentou levar você, não se lembra? Ele menosprezou e zombou de você. Ele pressionou e cutucou. Ele fez tudo o que pôde para moldá-lo e transformá-lo no que ele era. E você resistiu a ele. Vi como seu coração era terno. Você era mais parecido com seu avô Ezra do que com seu pai.

— Meu avô era um fracasso.

— Você não poderia estar mais errado. Tudo o que Ezra sempre quis foi servir ao Senhor, espalhar as boas-novas da salvação em Jesus Cristo. E ele conseguiu! Se você voltar aos lugares onde ele pregou, encontrará igrejas, Paul. Igrejas pequenas, mas vivas, centradas em Cristo e na Bíblia. Seu avô serviu ao Senhor com mais fidelidade do que seu pai jamais serviu.

O SOM DO DESPERTAR

— Mas papai disse...

— Seu pai só via que nunca havia dinheiro suficiente para as coisas que ele queria. Seu pai o odiava por isso. Ele não queria participar do tipo de vida que seu avô levava, uma vida de autossacrifício. Ele queria uma casa grande e um carro luxuoso. Queria fama. Então, ele usou os talentos que Deus lhe deu para seu próprio engrandecimento. Ele usou a pregação para viver exatamente como quisesse. E Deus o entregou ao seu pecado.

— Eu pensei que você o amava.

— Eu amei o homem com quem pensei que tinha me casado. E quando soube quem e o que ele realmente era, o amei por obediência a Cristo. Nem sempre tive sucesso. O divórcio nunca foi uma opção para mim. Mas chegou um momento... — Ela balançou a cabeça e olhou para as mãos. — Parei de dormir com seu pai depois do quarto caso. — Ela levantou a cabeça. — Eunice sabia, não tudo que eu te contei, não quantas vezes seu pai me traiu, mas ela sabia o suficiente sobre o que eu estava sofrendo e o motivo. Ela nunca quebrou a minha confiança, Paul. E estou me perguntando desde que ela saiu esta manhã. Eu contei a ela sobre seu pai porque esperava que ela fizesse meu trabalho sujo e contasse a você? Que fardo terrível ela carregou por mim todos esses anos.

Paul segurou a cabeça. Ele não conseguia excluir o anel da verdade nem a enxurrada de memórias.

— Não sei o que fazer, não sei o que pensar.

— Você sabe, sim.

— Eu preciso refletir sobre isso. Preciso pensar sobre as coisas.

— Você pode fazer tudo isso em outro lugar. — Sua mãe se levantou. — Eu te amo, Paul, mas é hora de você ir.

Ele levantou a cabeça e olhou para ela.

— Você está me expulsando? Mamãe, quase não dormi ontem à noite. Dirigi cinco horas para chegar aqui. Não é minha culpa que Eunice não esteja aqui. Estou cansado demais para...

— *Eu, eu, eu!* — Ela olhou para ele com desgosto. — Você se meteu nessa confusão e vai ser preciso mais do que lamentações, desculpas e autopiedade para tirá-lo dela.

— Eu entendo. É só que...

— Você nem pensou no que fez Eunice passar, não é? Não de verdade.

— Claro que pensei.

— Deus te ajude. Você é um mentiroso como seu pai. Eu facilitei as coisas para ele e agora veja os problemas que isso causou a todos nós. — Ela foi até a porta e a abriu. — Não vou oferecer um refúgio seguro para quem mandou Eunice sair noite adentro.

— Eu não sei onde ela está, mamãe. Eu não faço a menor ideia.

— Então é melhor você descobrir. — A voz dela falhou. — Aquela pobre garota. O que você fez com ela. O que eu ajudei você a fazer. — Ela se endireitou e falou com firmeza. — Você não é bem-vindo na minha casa até acertar as coisas com a sua esposa. — Lágrimas escorreram pelas bochechas dela enquanto ela fazia um gesto cortante em direção à porta aberta.

Paul pegou seu blusão e saiu pela porta. Quando se virou e olhou nos olhos de sua mãe, seu coração afundou. Ela sempre esteve lá para ele, sempre foi sua aliada. Ninguém amava um filho como sua própria mãe. Ela olhou para ele como se ele fosse um estranho que ela não queria conhecer.

— Espere só um minuto. — Lois desapareceu por um momento. — Leve isso. — Ela colocou a foto do casamento dele em sua mão. — Isso pode fazer você pensar sobre o que pode perder. — Em seguida, fechou a porta e trancou a fechadura.

O primeiro voo para Filadélfia estava lotado. Não havia escolha senão esperar. Eunice sentou perto das janelas, olhando para as pistas. Ela estava tão cansada que pensou em se deitar no chão e enfiar a bolsa debaixo da cabeça. Mas isso não deveria ser feito. O que as pessoas pensariam? Tinha um Starbucks no final do saguão. Talvez um café com leite lhe desse um impulso e talvez a coragem que ela precisaria para seu primeiro voo de avião.

Não aconteceu.

Ela tentou não pensar em nada, especialmente na possível reação de Paul quando ele chegasse em Reseda e descobrisse que ela tinha sumido. Ela poderia adivinhar. O que ele diria à congregação sobre a ausência dela? Supondo que alguém se desse ao trabalho de perguntar. *Emergência familiar? Um primo morreu? Obrigado pelas suas condolências.* Claro, não havia primos.

Pensamentos amargos passaram pela cabeça dela. Ela orou para que Deus os detivesse. Ela orou pedindo ajuda para superar a dor terrível, orou para saber o que fazer, orou para que o Senhor descesse como uma águia e a resgatasse.

O SOM DO DESPERTAR

O celular dela tocou. Ela tirou-o da bolsa, apertou um botão e olhou para o número de quem ligou. Paul. Ela jogou o celular de volta na bolsa.

Quatro horas se passaram antes que ela embarcasse no avião com nada além de sua bolsa.

— A senhora gostaria de um travesseiro e um cobertor?

— Por favor. — Ela sorriu agradecendo ao atendente. Amassando o travesseiro, ela o colocou na curva do ombro e encostou-se na janela.

Ela acordou uma vez enquanto uma refeição a bordo estava sendo servida. Assim que terminou a lasanha, voltou a dormir e só acordou quando a comissária de bordo deu um tapinha em seu ombro.

— A senhora vai ter que voltar seu assento para a posição vertical. Seu cinto de segurança está colocado? — Ela assentiu, cochilando novamente enquanto o avião pousava.

Todos estavam fora de seus assentos e tirando bagagens dos compartimentos superiores e de baixo dos assentos. As pessoas estavam no corredor, carregadas e ansiosas para sair da aeronave. Eunice observou seus rostos enquanto passavam. Enquanto a fila de passageiros diminuía, ela se levantou, passou a alça da bolsa por cima do ombro e saiu para o corredor. Ela foi a última a sair do avião.

— Obrigada pelo voo tranquilo — disse ela, ao passar pelo piloto e o comissário de bordo. Uma pena que ela tivesse dormido durante a experiência e perdido a chance de olhar pela janela para a tapeçaria dos Estados Unidos abaixo. Ela estava cansada demais para manter os olhos abertos. Foi embalada pelo zumbido do motor.

Encontrou a fila das locadoras de automóveis e foi de uma à outra. Mas os preços eram mais altos do que ela imaginava. Ela não queria comprar o carro, apenas alugá-lo. Por fim, ela cedeu e entregou seu cartão de crédito por um que era pequeno, compacto, factível e tinha quilometragem ilimitada. Um ônibus da agência a pegou e a deixou ao lado do carro. Ela ficou sentada no banco do motorista por um longo tempo, consultando o manual do proprietário para aprender como ligar os faróis e limpadores de para-brisa e como soltar o freio de mão. Era a primeira vez que ela dirigia um carro novo e ela não queria fazer nenhum estrago antes de sair do estacionamento.

Era tarde. A maioria dos viajantes provavelmente se hospedava em hotéis, mas ela havia dormido por todo o país e sabia que alugar um quarto seria um desperdício de dinheiro. Ela encontrou o caminho para a rodovia principal.

Ela sentia falta de Tim. Sua garganta se fechou pensando nele. Talvez ela devesse ter ligado e dito que estava no sul da Califórnia. Mas se tivesse feito isso, ele teria vindo e saberia imediatamente que algo estava errado.

Jesus, na tua misericórdia, que seja Paul quem conte para ele. Ou Lois. Eu não consigo fazer isso. Não deixe que eu veja a decepção aparecer nos olhos de Tim, a percepção de que tudo o que ele disse era verdade. "Esta igreja está cheia de hipócritas, e papai é o maior de todos." Seu filho tinha visto com mais clareza do que ela.

Faróis, um par após o outro, passavam por ela no meio da noite.

Paul alguma vez a amou de verdade? Ela se perguntava por que ele tinha olhado duas vezes para ela na faculdade. Uma garotinha do interior. Pouco sofisticada.

E agora, Senhor? Tu não disseste que a infidelidade é motivo para o divórcio?

Ela abriu as mãos no volante e mudou de marcha. Certa vez, uma amiga lhe dissera que o horror do divórcio nunca acabava. Especialmente quando havia crianças envolvidas. Mas Tim não era mais uma criança. Ele era um jovem, pronto para embarcar em quaisquer aventuras que o Senhor lhe reservasse.

Dê ao meu filho uma esposa fiel e amorosa, Deus — uma garota que irá cuidar dele e lutar pelo casamento deles. Alguém que ele amará e estimará todos os dias de sua vida. Que ele seja um homem que cumpra suas promessas.

Paul passou uma noite agitada em um Hilton, próximo à Interestadual 5, perto de Santa Clarita. Quando se dirigiu para o sul, não lhe ocorreu que precisaria de uma muda de roupa, de uma navalha e de uma escova de dentes. Ele comprou o necessário na noite anterior, antes de fazer o *check-in*. Assistiu a um filme para parar de pensar no que sua mãe tinha dito.

Não ajudou.

Ele tinha que voltar para a igreja. Precisava ver se alguma coisa havia sido dita, alguma questão levantada. Ele precisava escrever um sermão para domingo. Não importava o desastre que tivesse acontecido na sua vida, ele ainda tinha que subir naquele púlpito e dar algum tipo de mensagem às pessoas que ocupavam os bancos. Ele se sentou e lutou contra a náusea da exaustão e da agitação emocional.

Talvez um banho ajudasse a clarear sua cabeça.

Ele abriu todo o chuveiro e ficou um tempo sob aquela água quente. Isso não o fez se sentir melhor. Ele também não se sentia limpo. Não conseguia ignorar a lembrança do desprezo de Sheila ou dos olhos tão cheios de dor de Eunice.

A fotografia que sua mãe lhe dera ainda estava no carro. Ele não queria levá-la para o quarto de hotel, para entender a situação que ele se encontrava.

Ele se cortou ao fazer a barba. Xingando, ele terminou com mais cuidado, depois jogou os produtos de higiene pessoal na cesta de lixo, vestiu-se e desceu ao restaurante do saguão para tomar um café da manhã continental. Eles não serviriam antes das 6h. Ele não estava disposto a esperar. Fez o *check-out*. Ele sempre poderia parar do outro lado da Grapevine e tomar café da manhã.

Samuel ouviu. Ele ouviu pássaros, o zumbido suave das abelhas nas madressilvas, o gotejar da fonte de água no centro do pátio, o deslizar metálico da abertura de uma janela e o som abafado de uma gincana na televisão.

No meio de um ambiente tão pacífico, ele imaginou o som do shofar. O Senhor estava chamando e o som ressoou em seu coração. Ele se espalhava. Stephen também tinha ouvido. Deus não precisava mais de homens que tocassem a trombeta para ouvir a palavra dele. Ele estava escrevendo nos corações dos homens através da habitação do Espírito Santo. Mas poucos ouviam. Poucos se inclinavam e procuravam a vontade de Deus para as suas vidas.

Certa vez, no Monte Sinai, o próprio Senhor tocou o shofar enquanto dava ordens a Moisés. Deve ter sido um som tão intenso e convidativo que fez tremer o coração humano.

Ó, Deus, como desejo que tu toques o shofar mais uma vez! Deixe que os surdos te ouçam, para que nunca mais duvidem que existe um Deus no céu. Tu és Criador, Pai, Deus Todo-Poderoso e Filho. Ó, Senhor, eu sei que tu falas conosco através do Espírito Santo agora, mas tu tocaste o shofar uma vez. Por favor, toque novamente para que Paul — e, de fato, todos os homens — recuem da destruição. Por quanto tempo devo ouvir as palavras vazias de um homem que afirma falar por ti e ainda assim vive na sombra do julgamento e da morte? Eu ouço a tua voz calma, mas os ouvidos dele estão fechados. Tire-o da complacência antes que seja tarde demais, Senhor. Agite-o. Vejo a prova de ti em cada amanhecer e pôr do sol... e os olhos dele estão fechados.

O sol estava nascendo atrás dela quando Eunice se aproximou da ponte a oitocentos metros da sua cidade natal. Ela costumava sentar nesta ponte quando era menina e deixar cair pedras na água. Coal Ridge parecia deserta, exceto por dois velhos sentados em cadeiras de balanço do lado de fora do armazém. Eles a observaram passar. Ela virou na Colton Avenue e diminuiu a velocidade quase até parar enquanto passava pela casa onde havia sido criada. Estava fechado com tábuas, ervas daninhas crescidas no quintal, uma velha placa de "Vende-se" afixada na cerca branca. Ela estacionou na frente.

O portão estava quebrado. Ela se lembrou de quantas pessoas passavam por lá toda semana para visitar seu pai e sua mãe. Os degraus da frente estavam apodrecendo. Ela escolheu seu caminho com cautela. Ela olhou pela janela. A casa estava vazia, poeira no chão, teias de aranha nas janelas.

Alguém disse que você nunca mais poderia voltar para casa. Ela não tinha entendido até este momento. Esta casca quebrada não era sua casa. As pessoas que fizeram daquele local um lugar de calor, amor e segurança desapareceram.

Eunice desejou não ter vindo. Encostando a testa no vidro, ela fechou os olhos, sentindo uma sensação de perda tão profunda que parecia estar se afogando nela. Afastando-se, ela desceu os degraus e fechou o portão atrás dela. Caminhou pela Colton Avenue, olhando as casas onde amigos moraram. Os Tully, os O'Malley, os Fritzpatrick, os Danver. Onde eles estavam agora? Para onde foram todos quando as minas fecharam?

A rua chegou a um beco sem saída. Ela voltou para o outro lado e entrou no carro alugado. Ela ficou sentada por um longo tempo, com a mente entorpecida de decepção e confusão. Para onde agora? Ela girou a chave, fez meia-volta e seguiu para a rua principal. Virando à direita, ela seguiu para o extremo sul da cidade e depois virou à esquerda e subiu a colina.

Paul virou a foto do casamento que sua mãe lhe dera para baixo, no banco do passageiro. Ele não iria pensar no que sua mãe havia dito.

Não agora. Não quando ele estava tão cansado que não conseguia pensar direito. Ele encontrou a rampa de acesso para a I-5.

Cansado e tonto, ele ligou o rádio. Precisava de algo para afastar sua mente de assuntos deprimentes e preocupações com o futuro. Patsy Cline estava cantando *Your Cheatin' Heart*. Ele apertou o botão "Selecionar" e ouviu Carly Simon cantando: "Você é tão vaidoso, aposto que acha que essa música é sobre você, não é..." Xingando, ele tentou mais uma vez e ouviu os primeiros acordes de uma música que ele uma vez disse a Eunice que o lembrava dela: *Time in a Bottle*, de Jim Croce. Ele desligou o rádio.

Ele sentiu um desconforto no estômago.

A íngreme Grapevine estava à sua frente, descendo sinuosamente das montanhas, o Vale Central estendendo-se como uma colcha de retalhos à sua frente. Os caminhões moviam-se a passo de lesma na última pista da direita, em uma marcha sofrida e os freios a postos. Ele parou no sopé das montanhas para abastecer e tomar uma xícara de café. Nesse ritmo, estaria de volta a Centerville às 10h. Teria tempo de passar em casa, trocar de roupa e estar no escritório da igreja ao meio-dia. Ele poderia consertar tudo, consertar antes que alguém chegasse. Ninguém saberia que ele tinha partido. E se alguém perguntasse sobre Eunice, ele apenas diria que ela estava visitando Tim de novo.

Foi só por causa da leitura das Escrituras naquela manhã que Samuel não conseguia parar de pensar na trombeta? O único lugar onde o shofar ainda era usado era nas cerimônias judaicas e mesmo assim muitos judeus não entendiam. Todos os homens eram responsáveis pelos seus pecados e a pena ainda era a morte. O shofar soou para anunciar a vinda do Senhor. Quando soava, o povo deveria se reunir, confessar e se arrepender. Quando soava, o povo deveria adorar. O shofar anunciou o Dia da Expiação e do Jubileu. Soou no meio da batalha.

Um chamado para reunir o povo de Deus, um chamado ao arrependimento, um chamado para entrar na batalha. A voz de Deus chegava à multidão através dos profetas nos dias antigos, mas agora o Senhor falava a cada cristão através do Espírito Santo.

Ó, Senhor, eu sei que estou em batalha. Quanto tempo devo lutar nesta guerra? Estou cansado disso. Cansado. Desesperado. Só tu podes salvá-lo e ainda assim ele se afasta, se afasta e se afasta. Como tu aguentas isso? Que tipo de amor e poder era necessário para que tu subisses naquela cruz e ouvi-los zombar de ti quando estavas abrindo um caminho para que eles tivessem redenção e vida eterna? O que te impede de limpar o mundo com fogo?

Ele inclinou a cabeça, desejando poder entregar sua alma como Jesus havia feito e entrar em seu descanso. Mas era Deus quem contava os seus dias. Deus lhe dava fôlego por um motivo. Samuel já estava em guerra há anos — uma voz implorando diante do Senhor, implorando pelo abrandamento de um único coração humano que ficava mais duro a cada ano que passava.

Eunice não voltava a este cemitério desde que sua mãe havia falecido. Ela estacionou o carro e entrou por baixo do arco de ferro corroído pelo tempo. O primeiro funeral a que ela compareceu aqui foi o de um menino que ela conhecia que se afogou no rio quando tinha oito anos. O último funeral foi o de sua mãe, dois anos depois de seu pai ter sido levado em um cortejo colina acima por seis carregadores. Ela e a mãe plantaram miosótis ao redor do túmulo depois do enterro do pai, e Eunice plantou mais deles quando voltou para o funeral da mãe. Em seguida, ela colocou a casa à venda.

Quando encontrou o local de descanso deles e se ajoelhou, arrancou as ervas daninhas e alisou a grama como se fosse um cobertor sobre eles. Ela sentia falta do pai e da mãe ainda mais agora. Sozinha e longe de um lugar que ela deveria considerar seu lar, longe de um homem que ela prometeu amar até que a morte os separasse, ela ansiava por se conectar com aqueles que a amariam incondicionalmente.

Ó, Deus. Ó, Abba, quero voltar para casa. Tu não poderias me levar agora? Deixes essa dor impedir o meu coração de bater.

Pensamento positivo. Deus já havia contado os dias dela e provavelmente não tiraria sua vida só porque viver era muito doloroso. Jesus conhecia melhor do que ninguém a dor da vida nesta terra. Jesus sabia o que era ser traído.

Cansada, ela se estendeu sobre os túmulos, com os braços abertos como se quisesse abraçar os dois. A terra estava fria abaixo dela.

Oh, os pais dela foram os afortunados. Eles não precisavam mais sofrer decepções. E eles teriam sofrido com ela se tivessem vivido o suficiente para saber que Paul não era um homem de palavra. Ela ansiava pela sabedoria deles. Ela sofreu com a perda, sabendo que poderia ter contado a eles tudo e qualquer coisa e isso não teria mudado a opinião ou o amor deles por ela ou por Paul. Eles teriam chorado com ela e a aconselhado. Mas ela teria ouvido?

Ela já sabia o que seu pai teria dito e sua mãe teria concordado. *Perdoe. Não importa o que Paul tenha feito, você ainda é a esposa dele.* Não importa o que ela tenha visto quando entrou no escritório da igreja, a responsabilidade dela permanecia inalterada. Jesus era Senhor. O que ele viu quando olhou da cruz, senão uma multidão que se reuniu para zombar dele? No entanto, ele morreu por eles.

Sua mãe e seu pai teriam dito a ela para perdoar, mas e voltar para Paul? Eles teriam dito a ela para continuar vivendo com um homem que dava desculpas para seus pecados e continuava a andar nos caminhos do pai, em vez de obedecer a Deus?

Deus disse para fazer o que era certo.

Ó, Deus, o que é certo nesta situação?

Paul se perguntou quantas vezes Eunice havia percorrido esse caminho para ver Timothy. Quantas vezes ela parou em algum lugar e comeu sozinha porque ele estava ocupado demais para ir para o sul com ela?

Ele não queria pensar nisso agora. Tinha que considerar ideias para sermões. Cada uma que lhe surgia o deixava desconfortável. Ele sempre poderia retirar observações de um sermão anterior, fazer algumas alterações e prosseguir. Tinha algum feriado chegando? Alguma atividade cívica que precisava de um impulso?

Quando a rodovia se ramificou, ele pegou a Rodovia 99 para o norte. Ele pegou seu café. Tirou os olhos da estrada por apenas alguns segundos, mas, quando olhou para cima novamente, um coelho estava cruzando a via à sua frente.

Samuel lembrou da noite em que três presbíteros se reuniram na velha igreja e decidiram não fechar as portas.

Fizemos uma última tentativa, Senhor. Estávamos errados? Ó, Pai, é como se eu estivesse às margens do Jordão e visse a Terra Prometida. E ainda estou olhando para isso, desta vez do vale da morte, esperando e orando para ver o dia em que Paul deixará o deserto do pecado para trás e cruzará para o reino da fé.

Eunice. Doce Eunice. *Não a deixe escapar de nós. Senhor, ajude-a. Proteja o coração dela, pois dele surgiram fontes de água viva. Mantenha-a na Rocha, Senhor. Mantenha-a nas palmas das tuas mãos cheias de cicatrizes.*

— Papai. — Eunice soluçou. — Papai, *o que eu faço?*

— Senhorita?

Um homem estava por perto, segurando uma pá. Assustada, Eunice levantou, enxugando as lágrimas dos olhos. Ele era alguns anos mais velho do que ela, vestia jeans sujos e uma camisa de lã xadrez, com as botas cheias de terra. Um coveiro? O zelador? Ele parecia preocupado.

— Posso ajudar, senhorita?

Envergonhada, ela tirou a grama da blusa e da calça.

— Eu só estava... — Só estava o quê? Confiando seus problemas aos pais falecidos? Ela olhou para a pá dele, inquieta. Ela não sabia quem era esse homem ou se ele era uma ameaça.

Ele deixou a pá de lado.

— Você gostaria de conversar a respeito? — O rosto dele era tão gentil, os olhos tão amorosos.

— Meu marido... — A garganta dela se fechou. A boca abriu. Ela desviou o olhar.

O homem sentou na grama como se tivesse todo o tempo do mundo. Ela se sentiu calma na presença dele. Ele parecia tão comum, apenas um homem fazendo uma pausa no trabalho. Ela contou tudo a ele.

— Não sei se devo voltar. Ele é um pastor. — O homem não disse nada. Ela olhou nos olhos dele. — Não se trata apenas da infidelidade dele comigo.

— Não, não se trata.

Ela passou a mão pela grama que cobria os túmulos dos pais.

— Meu pai também era pastor. Ele trabalhou para ser bom.

— Que conselho seu pai te daria? — ele perguntou.

— Perdoar. — Ela sorriu ironicamente através das lágrimas. — Seria muito mais fácil se meu marido se arrependesse. — O sorriso dela morreu.

— Os que estavam na cruz estavam arrependidos?

Ela baixou a cabeça, dolorida ao pensar no que Jesus deve ter sentido. O que ela estava sofrendo agora era apenas uma gota da tristeza que Jesus bebeu no dia da sua crucificação.

— Deixe a força do Senhor te sustentar, Eunice.

— Eu sei disso na minha cabeça, mas meu coração... mesmo que Paul estivesse arrependido, não sei se algum dia poderia realmente confiar nele de novo. E se não posso confiar nele, que tipo de esposa eu seria? Nunca mais poderia ser do jeito que foi.

— Você está procurando uma saída?
— Talvez. Para fora da dor, pelo menos.
Ele sorriu ternamente.
— Não tem como evitar isso. Isso vem com a vida neste mundo e seguindo aquele que você segue.
— Não sei que tipo de futuro podemos ter juntos depois do que ele fez.
— Os problemas de um dia são suficientes. Enfrente o amanhã quando ele chegar.
— Eu gostaria de fugir de tudo e nunca mais olhar para trás.
— Você vai carregar a dor com você aonde quer que vá.
Ela já sabia disso. Ela atravessou todo o país e não escapou de nenhuma angústia.
— Então, qual é o seu conselho?
Os olhos dele se encheram de compaixão.
— Confie no Senhor, faça o que é certo e descanse. — Ele se levantou, pegou sua pá e foi embora.
Descanse, ela pensou. *No Senhor. Preciso ficar quieta e parar de correr. Não posso confiar no meu marido, na minha sogra ou nos meus amigos, mas posso confiar em Deus. E posso acreditar que o Senhor está trabalhando, mesmo agora. Posso confiar que Cristo transformará toda essa dor no bom propósito dele.*
Algum dia.
Enquanto isso, ela precisava encontrar um lugar para comer e depois uma cama para dormir.

Sozinho no pátio, Samuel continuou a suplicar diante do trono do céu. *Até quando, ó Senhor, até quando devo suportar esta tristeza? Conheço e faço a tua vontade há mais de setenta anos, mas também conheço os homens, e será necessário o toque de um shofar para fazer Paul parar e ouvir. Senhor, por favor. Deixe-o ciente da dor que ele causou. Leve-o a prestar contas por isso. Transforme-o, Senhor, transforme-o tão profundamente que não haverá mais volta para ele. Tão profundamente que a mudança nele trará luz para os outros.*

Paul gritou de dor quando o café quente espirrou na sua perna direita. Pisando no freio, ele agarrou o volante com as duas mãos e virou bruscamente para evitar atropelar o coelho na estrada à sua frente. Trombetas soaram. Ele ouviu um guincho alto e sentiu o carro fazer uma curva fechada. Aterrorizado, ele tentou compensar e gritou quando um caminhão quase acertou sua porta.

O som da trombeta estava atrás dele, na frente, em todos os lugares, soando por muito tempo e muito alto. Ele ia morrer! Ele ia morrer!

Não entendo, Senhor, orou Samuel. Como pude estar tão errado sobre este homem? Achei que estava fazendo a tua vontade ao chamar Paul Hudson para a Igreja de Centerville. Mas eu o vi entrar como um lobo entre as tuas ovelhas, desviando-as, enchendo-as de falsos ensinamentos e esperanças infundadas. Ou ele é o cordeiro perdido? Ó, Deus, eu não sei mais. Como eu gostaria que a tua voz fosse tão alta quanto aquele shofar antigo para que eu pudesse ouvir e saber o que tu queres que eu faça.

Você sabe.

Lágrimas rolaram pelo rosto dele.

Paul derrapou para fora da estrada. Envolvido em uma nuvem de poeira, ele parou bruscamente, o coração batendo tão forte que pensou que fosse desmaiar. Ainda segurando o volante, ele tremeu, a adrenalina correndo em suas veias. Recuperou o fôlego, colocou a marcha no ponto neutro e encostou a cabeça no volante.

Alguém bateu na janela.

— Senhor! Você está bem?

Não, ele não estava. Ele estava tudo, menos bem. Ele ergueu a mão e acenou com a cabeça sem olhar para o estranho.

— Precisa de um guincho?

Quantos outros ficaram feridos na sua tentativa de não acertar um coelho?

Ele apertou um botão e baixou a janela o suficiente para perguntar se alguém estava ferido.

O homem olhou para trás.

O SOM DO DESPERTAR   451

— Ninguém que eu possa ver. Mas os carros estão se acumulando. Meu caminhão está bloqueando uma pista. É melhor eu ir. Tem certeza de que está bem? Posso pedir ajuda.

— Sim, estou bem.

— Cara, alguém está cuidando de você. Isso é tudo o que posso dizer. Mais uma fração de segundo e eu teria acertado você de frente com o meu caminhão. O que fez você desviar assim?

— Instinto, eu acho. Alguma coisa atravessou a estrada.

O caminhoneiro disse algumas palavras e correu de volta para seu veículo. Ele deu um pulo e bateu a porta. O caminhão rugiu e ganhou vida, engrenando. A buzina soou. O caminhão estava tão perto que Paul sentiu que estava sendo derretido pelo barulho. O motorista manobrou o caminhão e voltou para a rodovia, em direção ao norte. Uma dúzia de carros seguiu, todos diminuindo a velocidade enquanto cada motorista dava uma boa olhada em Paul.

Ele estava muito abalado para voltar à estrada. Então ficou sentado, esperando que seu coração desacelerasse. Ele viu a foto de seu casamento quebrada no chão, abaixo do banco do passageiro. Eunice olhou para ele, com adoração e confiança, através do vidro estilhaçado. E então ele sentiu como um soco no estômago o que ele tinha feito com ela, o que ele tinha feito com o casamento deles.

Ó, Deus...

Ele quase se matou na tentativa de não atingir um coelho correndo pela estrada, mas já atropelava Eunice há anos.

Cada palavra que a mãe de Paul dissera foi absorvida e consolidada, abalando os alicerces do trabalho de sua vida. *Eu a perdi. Eu perdi Euny.*

Durante toda a sua vida, Paul quis ser como o pai. E agora ele tinha conseguido, percebendo tarde demais que seu pai terreno não era um homem a ser imitado. Ele havia se tornado como seu pai, sem dúvida — traindo sua esposa, traindo seu Senhor e Salvador, Jesus Cristo. Ele se tornou bom em usar a igreja para atiçar seu orgulho e construir seu próprio império. Ele serviu aos mesmos ídolos que seu pai serviu: ambição e arrogância. Ah, ele fez sacrifícios — muitos deles. Seus sonhos, sua integridade, sua moderação, sua fibra moral e caráter. Aqueles que deveria proteger, ele abandonou, amigos fiéis como Samuel e Abby Mason, Stephen Decker e uma dúzia de outros antes de abandonar seu próprio filho e esposa. Ou ele os havia abandonado primeiro?

Todos tentaram alcançá-lo. Todos tentaram avisá-lo. Mas ele estava muito orgulhoso, muito cheio de si para ouvir. Ah, ele sabia o que estava fazendo, pensou. Ele estava construindo uma igreja, não estava? Estava trabalhando para o Senhor, não estava? E isso justificava tudo, não é mesmo?

Ah, Deus, ah, Jesus...

Como ele ousa pronunciar o nome?

Quando Paul chegou em casa, havia quinze mensagens na sua secretária eletrônica. Ele orou enquanto ouvia cada uma, mas não tinha nenhuma ligação de Eunice. Tudo tinha a ver com assuntos da igreja, incluindo um lembrete de que ele não precisava se preocupar com o domingo. Ele havia agendado um orador ecumênico bem conhecido. Bem, isso foi um alívio, de qualquer maneira.

A última mensagem era de Sheila.

— Acho que foi Reka quem disse a Eunice para ir ao escritório. — Ela a chamou de um nome sujo. — Se não a demitir, você é um idiota. Sinto muito pelo que te disse no escritório. Acho que você pode entender que eu estava chateada. Eu te amo, mas acho que nós dois sabemos que acabou. Estou ligando de Palm Springs. Rob vai voar para cá no caminho da Flórida para casa. Não contei nada a ele nem tenho intenção de contar. Achei que era uma boa ideia para evitar possíveis danos. Se surgirem rumores, eles desaparecerão rapidamente quando eu voltar para casa com um belo bronzeado e meu marido no braço. Você só precisa lidar com Eunice...

Ele apertou o botão Excluir. *Lidar com Eunice.* Não era isso que ele vinha fazendo nos últimos dez anos? Ele olhou para as anotações, horários e programas em sua mesa, uma dúzia deles cuidadosamente organizados. Ele pegou o horário das aulas e leu a lista: "Oração poderosa: como fazer com que Deus responda"; "Abraçando o impostor interior: fazendo amizade com o seu passado"; "Melhorando sua autoimagem"; "Estilos de vida alternativos: um curso para amar o próximo"; "Ioga: exercício para inspirar meditação". Uma das esposas dos diáconos estava dando uma festa para encontrar a paz em meio às tempestades através da aromaterapia. Ele sentiu os cabelos da nuca se arrepiarem. Sheila não era o problema. Ela era apenas o mais recente de uma longa lista de pecados que ele vinha cometendo ao longo dos anos. O peso montanhoso deles o pressionava até que ele mal conseguia respirar.

O SOM DO DESPERTAR   453

Como faço para sair disso? Como faço para voltar à estrada? Ah, Jesus, me ajude! Como é que eu fui para tão longe do caminho em primeiro lugar?

Quem você diz que eu sou?

Paul segurou a cabeça e chorou. Ele estava se comportando pior do que um incrédulo.

Ele se levantou da cadeira e caiu de joelhos. Não orava assim desde seus primeiros anos servindo ao Senhor em Mountain High.

Ó, Senhor meu Deus, Jesus, Salvador e Redentor, seja gentil comigo segundo a tua misericórdia e graça. Cancele meus pecados. Jesus, deixe o sangue que tu derramaste por mim me lavar novamente.

Aquilo que alguém acredita sobre Deus determina o que esse alguém faz.

Quem disse isso para ele? Eunice? Samuel? A mãe dele? *Ó, Senhor, eu pequei contra ti.* Ele ficou deitado, de cara no chão. *Fiz o que é mau aos teus olhos, ao mesmo tempo que me convenci de que estava servindo a ti. Senhor, tenha piedade de mim! Deixe-me ouvir a tua palavra com alegria novamente. Limpe os meus pecados. Dê-me um novo coração e mente, um novo espírito e uma fé inabalável. Ó, Deus, não me lance nas trevas, mas restaure a minha alma.* Ele soluçou. *Deixe-me ser como uma criança novamente. Deixe-me ser seu filho.*

Passou-se mais de uma hora antes que ele se levantasse, cansado e deprimido. Ele costumava sentir a presença de Deus quando orava. Agora, ele se sentia sozinho e perdido. Ele queria conversar com a mãe sobre isso, mas ela não queria nada com ele até que ele acertasse as coisas com Eunice.

Ele não queria pensar em Eunice. Ele não queria pensar na dor que causou a ela ou no que ela devia estar sentindo agora. Mas ele estava se lembrando das Escrituras. Estava enchendo a mente dele, fazendo-o parar, levando-o de volta, apontando o caminho.

Ele precisava fazer as pazes com Eunice antes mesmo de poder esperar que Deus ouvisse suas orações. *Uma boa esposa é um presente de Deus.* E o que ele fez com seu presente? Ele já havia pedido perdão a Deus e sabia que o Senhor cumpria a sua Palavra, cumpria suas promessas. Mas agora ele também precisava encontrar sua esposa e implorar por seu perdão.

Para onde ela iria? Ela tinha dinheiro para comer ou alugar um quarto? Ele estremeceu ao se lembrar de como havia tirado a mala e as chaves dela, pensando que isso seria o suficiente para mantê-la em casa, silenciosa e esperando, como um ratinho, que o gato voltasse para casa. Ela fugiu. Ele poderia culpá-la? O que ela aprendeu a esperar dele senão racionalização e justificativa pelo seu comportamento? Pior, ele fez dela o seu bode expiatório.

Ela tinha algum dinheiro além do que estava na bolsa? Como ela iria sobreviver?

Ela teria que usar um cartão de crédito!

Paul pegou sua carteira e examinou os seus cartões. Ele carregava apenas dois e os usava estritamente para negócios, almoços no clube, ternos novos e livros. Eunice carregava um cartão diferente. Qual deles? Ele não tinha certeza. Ela pagava as contas mensais, exceto aquelas que ele não queria que ela visse. Ele foi até o quarto principal e abriu a gaveta da escrivaninha. Na frente estavam as contas, cuidadosamente organizadas por data de vencimento. Ele tirou duas e pegou o telefone.

Demorou quase uma hora para descobrir as transações mais recentes em ambos os cartões de crédito. Uma passagem aérea para Filadélfia. Um carro alugado, gasolina e um hotel. *Obrigado, bendito Jesus. Ó, Pai, proteja-a!*

Ele tirou a bolsa dela do porta-malas do carro. Voltando ao quarto, jogou tudo na cama. Ele olhou para os cabides e as fotos, a pequena caixa de joias, cada item representando alguém que a amava, alguém em quem ela podia confiar. Com o coração na garganta, ele pendurou as roupas dela, colocou o quadro de volta na parede e guardou a caixa de joias na gaveta. Depois, fez as malas — dessa vez, para os dois.

A caminho do aeroporto de Sacramento, ele usou o celular para ligar para um dos auxiliares mais novos. Ele estava em conflito com John Deerman desde que o contratou. Paul entendia o porquê agora. John se apegava ao evangelho. Ele ensinava as Escrituras. Suas turmas eram pequenas, pequenas demais na opinião de Paul. Então ele tentou usar John em outro lugar, mas John se manteve firme. Uma das coisas na agenda pessoal de Paul era a demissão de Deerman.

Agora ele o via como um homem como Joseph Wheeler, o homem que assumiu o púlpito de seu pai.

Paul disse a John que não estaria na igreja no domingo. Ele precisava fazer uma viagem. Ele não deu os seus motivos.

— Ore por mim, por favor, John. Ore muito.

— O que aconteceu, Paul?

— Estou na estrada de Damasco. Entende o que eu estou dizendo?

— Sim, Paul. Deus seja louvado!

CAPÍTULO 20

Eunice dormiu profundamente, tão profundamente que quando acordou pela manhã não conseguia lembrar dos seus sonhos. Ela foi até Somerset para comprar algumas coisas: uma escova de cabelo, escova e pasta de dente, uma camisola, dois vestidos baratos de poliéster e um cardigã. O suficiente para ajudá-la até que ela soubesse o que faria.

Ela tomou café da manhã em uma lanchonete local, pediu um ovo e uma torrada, um copo pequeno de suco e uma xícara de café, mas não conseguiu terminar. Enquanto sua mente vagava para Paul e Sheila, sua garganta se fechou. Ela pegou a pequena Bíblia que sempre carregava na bolsa e abriu nos Salmos. Suas emoções eram muito cruas para serem reconfortadas. Ela orou enquanto tomava um gole de café. Mas sua oração pareceu se transformar em uma conversa prolixa e unilateral, e ela era quem falava.

Outra mulher teria entendido o que Rob Atherton estava tentando lhe dizer. Outra mulher poderia ter agarrado Sheila Atherton pelos cabelos e arrancado seus olhos. Outra mulher poderia ter ficado e lutado para manter o seu homem. Outra mulher poderia saber o que estava acontecendo antes que a secretária da igreja ligasse para ela e avisasse. Mas ela tinha sido apenas uma covarde. Ela não queria olhar muito de perto o que estava acontecendo, porque se o fizesse, teria que tomar uma posição e correr o risco de perder o marido. E agora, como se viu, ela o havia perdido de qualquer maneira.

Ela pagou o café da manhã e saiu para uma longa caminhada, terminando novamente no cemitério. Ela procurou o zelador. A cabana nos fundos parecia deserta. A porta tinha um cadeado enferrujado. Ela olhou para trás e não viu nenhuma sepultura recente. Na verdade, não havia nenhuma evidência de que algo tivesse sido feito há anos. A grama era alta, as ervas daninhas cresciam em todos os lugares, exceto sob as árvores, onde não receberiam luz solar suficiente para se propagarem.

— Oi!

Os pássaros pararam de cantar. Ela esperou, mas o homem não respondeu. Ela vagou pelo cemitério. Reconheceu muitos dos nomes nas lápides. Voltando ao túmulo de seus pais, ela ficou sentada por um tempo, com o queixo apoiado nos joelhos levantados. Por mais pacífico que fosse aqui, ela sabia que não voltaria para outra visita. Os pais dela não estavam aqui. Eles estavam com o Senhor agora, toda a dor deste mundo havia desaparecido. Apenas suas conchas permaneceram aqui. O conforto que sua visita lhe proporcionou não veio do local de descanso, mas das coisas que lhe ensinaram na vida. E do ouvido atento de um estranho que lhe disse simplesmente para orar, fazer o que é certo e descansar no Senhor.

Se ela pudesse encontrar coragem.

Ela se levantou e olhou em volta novamente.

— Obrigada! — Os pássaros pararam de cantar ao som de sua voz. Ela fechou os olhos. — Obrigada — sussurrou ela. Afastando-se, ela voltou para o hotel.

Ela dirigiu por estradas rurais em seu carro alugado. Parou na Country Store em Shanksville e comprou um refrigerante e ingredientes para um sanduíche. Parou também no memorial que marcava o local onde o Voo 93 havia caído em 11 de setembro de 2001. Parecia estranho ver um lindo campo de grama verde marcando um local de tanta carnificina e tragédia. Quantas vidas mais teriam sido perdidas se essas almas corajosas não tivessem lutado e vencido os terroristas que queriam transformar o seu avião numa bomba voadora apontada para a Casa Branca? Pela graça de Deus, o acidente ocorreu perto da escola Shanksville-Stonycreek, com quinhentos alunos e professores dentro.

Eunice lembrou de como os visitantes invadiram o CNVV em busca de respostas durante as primeiras semanas após o 11 de Setembro. Em algum nível, eles sabiam que precisavam de Deus. Precisavam de proteção. O que eles realmente precisavam era de verdade e esperança. Em vez disso, Paul os alimentou com pedaços sem nutrição. Pão branco e refrigerante em vez do Pão da Vida e da Água Viva. Alguns ficaram pelo entretenimento. Outros tinham ido embora, ainda famintos.

A palavra *pecado* ainda estava no dicionário? As pessoas entendiam que o Deus a quem clamavam por ajuda era santo e intransigente? "Eu sou o

O SOM DO DESPERTAR 457

caminho, a verdade e a vida", disse Jesus. "Ninguém vem ao Pai senão por mim." O que costumava ser chamado de autoindulgência agora era chamado de autorrealização. O que antes era chamado de irresponsabilidade moral agora era considerado liberdade para se encontrar. O que antes era considerado nojento e obsceno era agora tolerado — e até ensinado nas escolas como "estilos de vida alternativos". Correções temporárias. Religião alegre. A disciplina era considerada repressão; depravação, autoexpressão criativa; e adultério, sexo entre adultos consentidos. O que estava errado foi chamado de certo e o que estava certo foi chamado de errado!

Ó, Senhor, tenho lutado contra o pensamento mundano há anos e que bem isso me fez? Até mesmo Paul, que deveria saber disso, caiu na mentira.

Deprimida, Eunice dirigiu de volta até Coal Ridge e encontrou outro carro branco alugado estacionado no hotel. A porta do quarto ao lado dela estava aberta. Com todos os outros quartos vazios, por que o proprietário achou por bem colocar outro hóspede ao lado dela? Ela saiu do carro.

Um homem apareceu na porta aberta. O coração dela pulou. Demorou alguns segundos antes que ela pudesse falar.

— O que você está fazendo aqui, Paul?

— Eu vim falar com você.

Falar? Ou pedir o divórcio? Ela lutou contra a onda de emoções que ameaçava afogá-la novamente. Sua garganta estava tão apertada que ela sentiu que estava estrangulando.

— Por quê?

— Porque eu te amo. Porque pequei contra Deus e quero consertar as coisas.

Ela analisou o rosto dele. Estava desesperada para acreditar nele, mas sabia que ele poderia parecer tão convincente, tão apaixonadamente preocupado quando isso convinha aos seus propósitos.

— Eu vim até aqui para fugir de você. — E do que ela testemunhou.

— Você quer que eu saia? — Ele parecia arrasado, de luto. Era tudo uma atuação?

— Faça o que tem que fazer. — Ela entrou em seu quarto, fechou a porta e colocou a corrente. Sentada na beira da cama, ela chorou.

Ela chorou por mais de uma hora, tomou um longo banho quente, vestiu-se novamente e espiou pela janela. O carro dele ainda estava lá. Bem, foi uma longa viagem. Ele precisaria de uma boa noite de sono antes de voltar para a

Califórnia. A cabeça dela estava latejando. Ela se deitou na cama e tentou não pensar no fato de que seu ex-marido estava no quarto ao lado. O que ele estava fazendo? Por que isso deveria importar para ela? Ela se assustou com uma batida suave na porta. Tremendo, ela esperou. Outra batida suave. Ela rolou, ficando de costas para a porta. Ela ouviu a porta do quarto ao lado dela abrir e fechar mais uma vez. Ele tentaria ligar para ela?

O telefone não tocou. Ela não ouviu nenhum som vindo da porta ao lado. A tensão continuou crescendo dentro dela. Amanhã era domingo. Ela se jogou da cama, marchou até a porta e a abriu. Ela foi até a porta ao lado e bateu com força. Paul respondeu imediatamente, sua expressão além de qualquer coisa que ela pudesse decifrar. Ela não tentou fazer isso.

— Amanhã é domingo. Você deveria estar pregando.

— Você é mais importante.

— Oh, não espere que eu acredite nisso, Paul. Agora não. Não depois de tantos anos.

— Não espero que você acredite em mim. Há anos que me comporto como um idiota. — Os ombros dele não pareciam tão retos, mas seus olhos estavam claros e ele olhava diretamente para os dela. — Não se preocupe com a igreja, Euny. Liguei para John Deerman. Ele vai me substituir sempre que necessário. Eu vim por nós.

Euny. Há quanto tempo ele não dizia o nome dela naquele tom?

— John? Você não suporta John. — Ela não queria pensar no resto. Ela não cedeu ao impulso de dizer: "Que nós? Não existe nós." Deus diria o contrário.

Paul enfiou as mãos nos bolsos.

— Achei que John era o melhor homem para o trabalho.

Parte dela queria ficar e gritar com ele. Outra parte queria entrar no carro e ir embora. Nenhuma das perspectivas era boa. Nenhum dos dois conseguiria nada. Ela correu até onde ousou e estava de volta ao ponto de partida.

— Não estou pronta para falar com você, Paul.

— Vou esperar.

— Pode demorar muito, muito tempo.

— Vou esperar. Custe o que custar, Euny, custe o que custar, estarei aqui.

Abalada, ela voltou para o quarto e sentou novamente na beira da cama. Apoiando os cotovelos nos joelhos, ela cobriu o rosto. *Ó, Deus, me ajude. Devo acreditar nele? Como posso acreditar nele? Não quero acreditar nele. Não quero me machucar repetidamente. Não quero ser manipulada e usada. Tu sabes*

O SOM DO DESPERTAR

quem ele é, Senhor. Tu sabes como ele tem estado. Tu sabes o que eu vi. Continuarei casada com ele se for preciso, mas, por favor, não me peça para morar com ele. Ó, Deus, por favor.

Ela não falou com Paul de novo naquele dia. Ela preparou um sanduíche para o jantar e ligou a televisão na tentativa de manter sua mente longe dele. O ruído branco não ajudou.

Ela dormiu mal e foi à igreja na manhã seguinte. O velho pastor deu um bom sermão. Ele não se desviou nenhuma vez da mensagem pura do evangelho. O coro era pequeno e cantava desafinado, mas era um barulho alegre que fez com que lágrimas brotassem dos olhos de Eunice. Não havia dúvida em sua mente se o Senhor estava presente nesta casa. Ela sentiu a presença dele em cada palavra dita, em cada música cantada. Quando o culto terminou e ela se levantou para sair, foi saudada por meia dúzia de pessoas.

Ela avistou Paul na última fila. Ele não estava olhando para ela. A cabeça dele estava baixa. Ao passar por ele, ela viu suas mãos entre os joelhos. Ela se lembrou de anos atrás, quando ainda estava na faculdade. Ela entrou na capela e viu Paul sentado daquele jeito.

A dor em seu coração a avisou de que mais dor estava por vir...

Ele a seguiu até a igreja também? Ou ele veio sozinho? Ela não parou para perguntar.

Várias pessoas se aproximaram dela do lado de fora da igreja, cumprimentando-a e perguntando se ela estava visitando ou se mudando para a região. Ela disse que ainda não tinha certeza. Ela conversou com eles enquanto mantinha o olho na porta da igreja. Todos, exceto Paul, haviam saído. O pastor voltou para dentro. À medida que a reunião se dispersava, Eunice voltou para o hotel, pensando que seria um bom dia para um passeio de carro pelo campo. Inquieta, ela ficou sentada no seu quarto de hotel, com a cortina entreaberta apenas o suficiente para poder ver o exterior.

Demorou mais de uma hora até que Paul voltasse. E ele não foi para o quarto dele. Ele foi até o quarto dela e bateu na porta. Ela sentiu aquela batida dentro de seu coração. *Toque, toque.* Ela estava disposta a deixá-lo entrar mais uma vez? Ela estava disposta a correr o risco? *Tua vontade, Senhor, e não a minha, seja feita.* Alisando a saia, ela foi até a porta e a abriu. O coração dela deu um pequeno salto e caiu em uma poça de tristeza. Como ela ainda poderia amar este homem depois de todos os anos de abuso coroados por um golpe final de traição?

— Tem um pequeno café agradável nessa mesma rua. Posso te levar para almoçar? — Ela estava mais nervosa agora do que na primeira vez que ele a convidou para sair. Mas ela estava com fome.

— Tudo bem. — Não havia razão para parecer satisfeita com a ideia. — Vou pegar minha bolsa. — E a armadura.

Eles caminharam lado a lado. Uma campainha tocou quando eles entraram pela porta da frente. A garçonete que limpava o balcão disse que eles poderiam escolher qualquer mesa que estivesse livre. O café estava quase cheio. Paul deixou que ela fosse na frente até uma mesa nos fundos. Sentaram-se um de frente para o outro. Ele olhou para Eunice até que ela pegou o cardápio para usar de esconderijo. O coração dela batia forte como uma locomotiva correndo pelos trilhos. Em direção a quê? Mais desastre? Mais dor de cabeça? Se ela soltasse, as lágrimas viriam e nunca mais parariam.

Como posso confiar nele, Senhor?

O silêncio se estendeu. A garçonete veio anotar o pedido.

— Ovos com a gema mole, torradas, suco de laranja e café, por favor.

Paul pediu filé de frango frito, ovos, polenta e café. Ele deu a Eunice um leve sorriso.

— Não como desde ontem.

Ela deveria sentir pena dele? Há quanto tempo ela não comia uma refeição completa? Provavelmente ela não conseguiria dar uma mordida nesta, mas pelo menos ele estava pagando. *Ó, Deus, faça-o pagar. Ó, Senhor, perdoe-me. Não quero dizer isso.* Ela esfregou a testa, desejando poder apagar a confusão das imagens que piscavam. Talvez não tenha sido uma boa ideia. Talvez ela devesse pedir licença, cancelar o pedido e voltar para o hotel e chorar. Ela poderia fazer isso? Quanto tempo demoraria?

— Sei que você está desconfortável comigo, Euny. Posso dizer que você está pensando em ir embora, mas espero que fique.

A voz dele era tão suave, tão terna. Ele parecia arrasado, mas esperançoso. Ela olhou para ele através das lágrimas e viu que os olhos dele também estavam inundados delas. Sem palavras, ela apertou os lábios, a garganta doendo.

— Eu e mamãe conversamos. — Ele sorriu ironicamente. — Ou melhor, mamãe falou e eu ouvi. Sem entusiasmo. Então, no caminho para casa, aconteceu algo que me fez despertar. — Ele contou a ela sobre um coelho e uma experiência de quase morte e a foto do casamento deles que caiu no chão do carro.

O SOM DO DESPERTAR

A raiva correu dentro dela, quente e pesada. *Ah, com certeza. Me conte outra boa história, Paul.* Agora ele queria que ela acreditasse que ele era exatamente como o apóstolo Paulo na estrada para Damasco! As escamas caíram dos seus olhos. Aleluia! Ele estava cego e agora viu a verdade! Glória a Deus! E tudo iria ficar bem com o mundo.

Ele achava mesmo que ela era tão ingênua? Talvez antes. Não mais. Graças a ele.

Ela se sentia despedaçada, os fragmentos de sua vida espalhados aos pés dele.

— Que bom para você — disse ela suavemente, sem olhar para ele, sem querer ser sugada pelo vórtice de seu charme. A história dele era um pouco clichê para ela engolir a isca.

Seu marido sempre foi muito bom em pegar histórias e transformá-las de uma coisa em outra, a fim de tocar o coração das pessoas. Ela não seria mais a marionete de Paul. Ela não iria dançar a música dele.

Paul baixou a cabeça.

E ela sentiu vergonha. Desejou não ter dito nada porque suas palavras mostraram mais uma mudança nela do que nele. Melhor ter ficado calada e deixado que ele se enforcasse. Ela estremeceu por dentro. Ela não gostava que os pensamentos surgissem de forma tão espontânea em sua mente.

A garçonete serviu o café. Eunice colocou as mãos em volta da xícara quente e tentou capturar seus pensamentos rebeldes e concentrá-los em Jesus. O que Jesus gostaria que ela fizesse? *Ó, Deus, eu sei.* Nem era preciso fazer essa pergunta! Foi o outro que mostrou sua cara feia. Ela queria perdoar Paul? E a avalanche de outras questões fluía em sua cabeça... Seria possível confiar em Paul? Que garantias ela tinha de que o marido não era o mesmo manipulador egoísta e ambicioso que foi durante tantos anos? E mesmo que Paul fosse sincero agora, isso significava que ele não voltaria aos velhos hábitos quando ela se acalmasse, e ele se sentisse seguro para ser ele mesmo de novo? Se ela fosse embora agora, ninguém a culparia. Um pé na frente do outro. Pela porta. E não olhe para trás.

Para onde você quer ir, querida?

A velha questão. A decisão dela seria baseada nas coisas temporais deste mundo ou nas coisas eternas de Deus?

Nossas vidas são como a grama que murcha. Curta. Ah, mas às vezes a vida parece durar para sempre.

Será que fugir a levaria para onde ela realmente queria ir?

Ela tomou um gole de café, com a mente cheia de perguntas. E desta vez Paul não estava tentando escapar da bagunça que havia feito. Isso foi o mais surpreendente. Não era típico dele deixar o silêncio durar tanto tempo. Ele sabia que ela era cética, e não era do feitio dele não defender a si mesmo e a sua posição, fazendo-a se sentir pequena e, de alguma forma, culpada.

A garçonete trouxe os pratos. Ela voltou com mais café. Além de agradecer a ela, Paul ficou em silêncio. Esta era uma nova estratégia?

— Eu conversei com a sua mãe também. Ela te contou?

Ele encontrou o olhar dela.

— Sim.

— E...?

— Ela disse que você estava certa.

— Então você sabe que não vou seguir o exemplo dela. Não vou voltar para o CNVV e sentar na primeira fila e fingir que está tudo bem com o nosso casamento e seu ministério. Não vou permitir que sua conversa doce coloque um véu sobre meus olhos ou me impeça de usar o meu cérebro. Não mais. Não vou varrer nada para debaixo do tapete. Eu não vou encobrir você.

— Eu sei. — Ele disse isso de maneira simples, com os olhos claros, olhando para ela sem o menor indício de astúcia, raiva ou medo.

A armadura dela começou a ficar desequilibrada. Ela tentou fazer reparos.

— Diga, Paul. Como Sheila está?

— Ela está em Palm Springs aguardando a chegada do marido. Ela não vai contar a ele e não tenho o direito de fazer isso.

— Ele já sabe, ele tentou me contar. — Paul pareceu surpreso, mas não assustado com a perspectiva.

— Vou fazer as pazes da maneira que puder.

Ela não ia dizer a ele que Rob Atherton provavelmente lhe agradeceria por fornecer os motivos para o divórcio.

Quando somos deixados por conta própria, que bagunça fazemos em nossas vidas.

— Sheila não era o problema, Eunice. E apesar do que eu disse para você em casa, você não teve culpa alguma do que aconteceu. Você sempre foi uma esposa verdadeira, amorosa e fiel. — A voz dele falhou. — Sou responsável pelas más decisões que tomei, começando pela rejeição a Cristo. Preenchi o vazio da maneira que pude. Orgulho. Planos. Projetos. Isso foi apenas o começo de uma

O SOM DO DESPERTAR

longa espiral descendente em direção a todos os tipos de pecado, e um deles foi racionalizar e justificar meu caso com a esposa de outro homem. Acabou.

— Bem, acho que sim, se Sheila terminou com você e foi para Palm Springs esperar por Rob. — Ela não conseguia acreditar que havia dito algo tão direto ou cruel. Ela sempre teve esse cuidado. Que tipo de cristã ela era? Ela sempre abrigou sentimentos tão odiosos? Eles estariam à espreita logo abaixo da superfície, esperando para se erguer e vomitar como veneno?

— Não estou falando apenas sobre o caso. — Ele falou calmamente, sem qualquer sinal de autodefesa em seu tom. — Estou falando sobre a maneira como eu estava vivendo, minha caminhada com Cristo.

É isso que você faz, Eunice? Vencer um homem arrependido quando ele está deprimido? Sua mão tremia enquanto ela cobria a boca.

— Está tudo bem, Euny.

Ela balançou a cabeça, tentando afastar o ataque de lágrimas quentes. Não, não estava. Não estava nada bem. Ele não retaliou. Isso lhe disse, mais do que tudo, que ele havia mudado.

Mas quanto tempo duraria essa mudança?

"Os problemas de um dia são suficientes", dissera o estranho no cemitério. Jesus havia dito a mesma coisa ao seu povo numa encosta perto da Galileia.

E ele foi crucificado.

— Diga o que você precisa dizer, Euny. Tente não se preocupar com o resultado. Eu te amo.

Ela olhou para ele.

— Já tentei falar com você antes.

— Mas agora estou ouvindo.

Deus a ajude, ela olhou nos olhos de Paul e ainda o amava. Como isso era possível depois do que ele fez? *Deus, não faça isso comigo. Por favor. Quanto mais sofrimento terei que suportar deste homem antes que tu me permitas me livrar dele?* Ela queria esmagar a pequena sementinha de esperança que crescia dentro dela. Queria agarrar-se à memória da traição dele, à angústia da descoberta, às fortes ondas de desilusão ao longo dos anos, à dolorosa onda de tristeza agora. Paul Hudson não era seu cavaleiro de armadura brilhante. Ele não era há muito, muito tempo.

Não, querida. Ele é só um homem enganado por um inimigo comum. O mesmo inimigo que está tentando enganá-la agora, fazendo-a acreditar que Jesus não tem o poder de restaurar os anos roubados.

Ela poderia dizer o que ele precisava ouvir e ver aonde isso o levaria.

— Eu te perdoo, Paul. — *Em obediência a ti, Senhor, eu o perdoo. Assim como o perdoei ao longo dos anos, agora o perdoo mais uma vez. Por tua causa, somente por tua causa e somente em teu poder posso perdoar.* Ela soltou a respiração lentamente, seus músculos relaxando.

Paul colocou a mão sobre a dela.

O coração dela acelerou como um pássaro preso. Com repulsa, ela puxou a mão e balançou a cabeça. Fazia apenas alguns dias que ela viu as mãos dele acariciando o corpo de outra mulher. Deus poderia colocar o pecado tão longe quanto o leste está do oeste, mas ela era apenas humana. E Paul estava indo rápido demais.

Ele procurou os olhos dela, sua expressão seriamente preocupada.

— O perdão é um começo.

O que ele estava esperando que ela dissesse? Que garantias ele queria? Ah, ela sabia.

— Se você está preocupado achando que vou voltar e ligar para o Centerville *Gazette*, pode relaxar.

Ele balançou a cabeça.

— Não estava preocupado. Não é o seu estilo, mas estou preocupado como você vai se sentir em relação à minha decisão. Vou renunciar ao pastorado.

— Renunciar? — Essa era a última coisa que ela esperava que ele fizesse.

— Tenho que colocar minha vida em ordem de novo antes de poder subir ao púlpito e dizer às outras pessoas como viver.

— Você vai fugir. — Exatamente como ela havia feito, e seus problemas a perseguiram.

— Não, vou voltar. Vou ligar para o conselho e falar com eles primeiro. Depois, se permitirem, farei um último sermão para que a congregação entenda por que é necessário que eu vá embora.

— Sheila...

— O nome de Sheila não será mencionado. Confessarei os meus pecados, não os dela.

— Quando você decidiu tudo isso?

— Esta manhã. Conversei com o pastor depois do culto. Ele não mediu palavras.

Todos os anos tentando alcançá-lo e foi um estranho que conseguiu passar por sua cabeça dura. Tudo o que ela, a mãe dele, Samuel e até Stephen tinham dito tinha entrado por um ouvido e saído por outro. Deveria ser suficiente que seu marido não fosse mais cego. Não deveria doer tanto que ele estivesse ouvindo a verdade e levando isso a sério. Mesmo que ele estivesse disposto a ouvir um estranho em vez daqueles que o conheciam e amavam durante todos os anos em que o viram vagar pelo deserto. Isso não deveria tê-la incomodado, mas incomodou.

Ó, Senhor, por que ele não poderia ter me ouvido? E agora é tarde demais. Não importa o que ele faça, as consequências cairão sobre ele como uma chuva de brasas. E ele não será o único a sofrer com suas ações. Todas aquelas pessoas que o amam, todos aqueles que se agarraram a cada palavra dele como se fosse um evangelho, todos aqueles que trabalharam tanto para construir algo.

Construir o quê? Um pedestal para Paul Hudson se apoiar? Quantos vieram adorar a Cristo? Quantas vezes ela ouviu conversas no nártex sobre as frases cativantes de Paul, a elocução que imprimia sua mensagem excitante no cérebro? Como uma piada de mau gosto contada continuamente. A palavra de Deus é que deveria ser lembrada!

Aquelas pobres pessoas tinham feito dele um ídolo e agora aprenderiam pelos seus próprios lábios que ele tinha pés de barro. Elas se sentariam em seus confortáveis bancos almofadados e observariam ele cair.

Elas não ficariam felizes com isso.

Supondo que eles se importassem com o chamado de Deus à pureza. Supondo que eles ficariam ofendidos com seu caso adúltero. Ela sabia que muitos deles não reagiriam assim. Eles eram tão mundanos; eles podem estar dispostos a passar por tudo isso com um "todo mundo faz isso". Ei, olhe para Bill Clinton.

E depois o quê?

Outra tentação para Paul enfrentar. Ele estava preparado para isso? Ele tinha força para fazer o que era certo depois de tantos anos fazendo habitualmente o que era mau aos olhos de Deus?

Ela esfregou a testa, desejando que isso fosse o suficiente para acabar com uma dor de cabeça terrível.

Pelo menos ele estava fazendo as pazes com Deus através de Cristo. Ela deveria se alegrar com ele. Os pecados dele foram cobertos pelo sangue de Cristo. As dívidas dele foram canceladas. *Alegrem-se sempre no Senhor. Direi novamente: alegrem-se!*

Tu pedes demais, Senhor. Minha alegria é esmagada pelo peso da dor. Eu falhei. Eu tentei e falhei. Não era dever da esposa salvaguardar o casamento e o marido? Aparentemente ela não disse as palavras certas nem fez a coisa certa quando foi necessário.

"Cada um é responsável pelos seus próprios pecados", dissera-lhe o pai. "Tudo no tempo de Deus", ele costumava dizer. "O Senhor é soberano."

Tu não poderias ter passado pela cabeça dura de Paul um pouco antes, Senhor? Antes de ele esmagar Samuel? Antes de expulsar todos aqueles preciosos idosos da igreja? Antes de fazer o possível para destruir a reputação e a vida de Stephen Decker porque Stephen ousou confrontá-lo? Antes de encontrá-lo nos braços da esposa de outro homem?

— Você vem para casa comigo, Eunice?

Ela levantou a cabeça. Ela queria gritar com ele. Como ela poderia sentar no banco da frente da igreja e ouvi-lo pregar de novo? Como ela poderia enfrentar todas aquelas pessoas para quem ele mentiu ao longo dos anos? Como ela poderia suportar os sussurros, os sorrisos e a tempestade que ele iria desencadear?

— Não sei se consigo, Paul.

— Então ficaremos aqui. Vou esperar um pouco.

— Não, você vai. Você tem que ir. — Agora, antes que ele mudasse de ideia. Se ele esperasse, poderia enfraquecer. — É mais importante que você acerte as coisas com Deus do que tentar reconstruir o nosso casamento. — A confissão traria consigo responsabilidade. Não há mais segredos. Não há mais portas fechadas. Não há mais Sheilas. Ela poderia ter esperança, de qualquer maneira. Se ela escolhesse fazer isso.

— Sabe — disse ele, de cabeça baixa —, quase decidi não entrar no ministério uma vez. Logo depois de me formar.

— Você nunca me disse isso.

— Não. Eu não teria te contado. Estava com medo de que você não se casasse comigo. — Ele parecia envergonhado. — Sua mãe me disse que você foi para a faculdade para se casar com um pastor como seu pai. Eu estava apaixonado por você. A primeira coisa que me atraiu em você foi sua profundidade na fé. A maioria das meninas do campus estava apenas procurando maridos. Você era diferente.

— Sem sofisticação. Simples. Do interior. — Ela zombou de si mesma.

— Não. Não foi isso que vi em você. Vi alguém que buscava a vontade de Deus em tudo. Você não tentou se encaixar ou fingir ser alguém além de você mesma. Você percorreu o caminho, com os olhos em Jesus. Eu observava você

O SOM DO DESPERTAR

sentada no banco do lado de fora do seu dormitório, a luz do sol brilhando sobre você enquanto você lia a Bíblia. Você parecia um anjo. Era tão sólida na sua fé, tão intransigente. A última coisa que eu queria era admitir qualquer dúvida sobre meu chamado para ser pastor.

E ela foi chamada à obediência. O Senhor disse para amarmos uns aos outros não apenas quando for fácil, não apenas quando sentirmos o despertar da paixão, mas sempre, apesar das circunstâncias. Jesus não estava pensando nos outros enquanto estava pendurado na cruz, atormentado pela dor e carregando sobre si os pecados do mundo inteiro? Ele não estava cuidando de sua mãe e cuidando de seu jovem amigo João? "O amor é paciente, o amor é gentil." Ah, ela se lembrava das passagens como se o Senhor as estivesse falando em seu coração agora. E não era ele quem falava? Ele foi marcado com seu próprio sofrimento, seu amor abundante, sua misericórdia inexplicável e sua graça incomparável.

"O amor sempre protege, sempre confia, sempre espera, sempre persevera." O pai dela teria recitado de cor todo o capítulo 13 de 1Coríntios se tivesse realizado a cerimônia de casamento deles. Sem concessões? Ela cedeu a Paul porque, afinal de contas, como o herdeiro da igreja de David Hudson poderia se casar na sala de estar de um pobre mineiro de carvão?

Lágrimas escorreram por seu rosto. Ela também era uma pecadora salva pela graça. E pela graça do Senhor, e através dela, ela estenderia graça a outros. Pois não era disso que se tratava a graça? Estender amor a alguém que destruiu o que você tanto amava? Se Jesus tinha feito isso pelos impenitentes, ela não poderia fazer o mesmo por um homem com um coração ferido e contrito?

Ou assim parecia.

O amor humano vai e vem, sopra quente e frio. O amor de Deus nunca falha. *Deus. Deus, me ajude.*

Você sabe o que eu quero de você, querida.

Com o coração dilacerado, ela se rendeu. Ela pertencia ao Senhor, afinal. Ele foi seu primeiro marido, fiel — sempre fiel — através do tempo e além dele. Ele morreu por ela. E ressuscitou para que ela soubesse que nunca se separaria dele. A força que ela precisava viria dele, e não através de seus próprios esforços.

Tudo bem, Senhor. Que assim seja. Por mais tempo que seja, qualquer que seja a dor que possa surgir. Perante o Senhor, eu jurei que seria assim, embora eu fosse jovem e cheia de sonhos e não soubesse.

Eu sei.

E por causa do seu amor por Jesus, ela podia dizer o que precisava ser dito — não mais tarde, quando lhe apetecesse, mas agora, quando Paul precisava ouvir.

— Eu não fui chamada para ser esposa de pastor, Paul. Fui chamada para ser sua esposa. — E assim ela permaneceria até que Deus lhe dissesse o contrário.

Paul sentia uma urgência em ir embora, mas não queria apressar Eunice. Ele vinha apressando ela há anos, pressionando-a, cutucando-a na esperança de fazê-la fazer o que ele queria. *Ajude-me a quebrar esse hábito, Deus.* Ela ainda estava pálida, ainda cética, embora estivesse fazendo o que sempre fizera antes, dando um passo de fé, confiando que Deus a pegaria em queda livre.

Por isso, ele ficou surpreso quando ela sugeriu que voltassem juntos para Centerville o mais rápido possível.

Ele queria dar a ela uma saída para o que ele sabia que enfrentaria. Por que ela deveria ficar com ele diante dos leões? Ele parou na calçada e a encarou.

— Quero que você faça o que precisa, Eunice. Se você precisar ficar e descansar e pensar um pouco mais, eu voltarei.

Ela não respondeu rapidamente.

— Estamos pagando por dois carros alugados e dois quartos de hotel. Qual é o sentido disso?

Ele não sugeriu que eles ficassem juntos no mesmo quarto. A linguagem corporal dela lhe dizia muito claramente que ela não estava pronta para que ele tocasse sua mão, muito menos para dormir na mesma cama. Eles não conversaram sobre isso, ainda não, mas ele se perguntou se algum dia seria a mesma coisa entre eles. Ela precisaria de tempo, talvez muito tempo. E ele esperaria. Ele pretendia cortejá-la não apenas como fez nos primeiros dias do namoro, com flores e cartas de amor, música e luzes suaves, mas com as decisões corretas. Caminhando, um passo de cada vez. Mantendo a fé nela, salvaguardando o casamento deles.

— Tem certeza de que quer voltar comigo?

— Tanta certeza quanto sempre terei.

Paul orou para que, com tempo e ternura, Eunice se sentisse mais confiante do arrependimento dele.

O SOM DO DESPERTAR

Samuel ergueu os olhos do jornal que estava lendo e viu Paul Hudson atravessando o pátio de Vine Hill em sua direção. O coração de Samuel começou a bater forte de pavor. Por que Paul viria aqui? A menos que houvesse más notícias sobre Eunice. Ele dobrou o jornal com as mãos trêmulas e colocou-o sobre a mesa. Agarrando sua bengala, ele tentou se levantar.

— Eunice. O que aconteceu com...?

O rosto de Paul se suavizou.

— Eunice está em casa, Samuel. Ela pediu para avisar que chegaria mais tarde para uma longa visita.

Samuel afundou na poltrona.

— Graças a Deus. — Ainda assim, não era típico dela ficar longe. Algo estava errado. Ele ligou para Reka Wilson, mas ela chorou, disse que não sabia de nada e desligou. Ele podia ver agora, pela expressão sombria no rosto de Paul, que ele tinha algo a dizer. Paul não se sentou no lado oposto da mesa de vidro, mas no assento que estava mais próximo de Samuel. Ele parecia mais desconfortável do que Samuel jamais vira.

— Vim pedir seu perdão, Samuel.

Samuel não poderia ter ficado tão surpreso quanto se a Publishers Clearing House tivesse chegado com um cheque de um milhão de dólares. Mas uma onda de calor se espalhou por ele, como se a vida voltasse aos seus velhos membros mortos.

Paul olhou nos olhos de Samuel pela primeira vez em anos.

— Eu errei com você mais vezes do que posso contar. Você me chamou para ser pastor de Centerville, e eu cheguei pensando que tinha todas as respostas. Você me ofereceu amizade, e eu te dei tristeza. Você tentou me orientar, e eu lutei contra todas as tentativas que você fez para me trazer de volta ao caminho. — Paul sentou como um homem amarrado a uma cadeira elétrica, mas estava atrás da melhor vida possível. — Eu estava tão cego de arrogância e ambição que não me importava com os métodos que usava para conseguir o que queria. — Ele inclinou a cabeça. — Desculpe. — A voz dele ficou rouca. — Sinto muito mais do que as palavras podem dizer. Desde o primeiro dia, tive minha própria agenda, Samuel. Pensei que estava construindo uma igreja para o Senhor. — A voz dele ficou rouca. — Mas acabei construindo minha própria autoestima e levando meus seguidores direto para as portas do inferno.

Samuel nunca esperou ouvir tal discurso de Paul Hudson. Tudo o que ele esperava era o arrependimento do menino diante do Senhor. Ele imaginou que seria demais esperar que isso acontecesse durante sua vida. Ele era apenas um velho que tinha sido uma pedra no sapato de Paul.

— Como o Senhor entrou em contato com você?

Paul contou-lhe tudo.

Samuel riu.

— Deixe que o Senhor use um coelho. — E então o humor o deixou quando o insight veio. Paul Hudson tinha sido como aquele pobre coelho correndo em busca de segurança. Ele correu durante a maior parte de sua vida, tentando sair do caminho dos motoristas que o atacavam com expectativas e exigências. Alguns estavam apenas procurando uma chance de atropelá-lo e esmagá-lo sob as rodas do "progresso".

Ó, Jesus, precioso Salvador, nunca pensei que o Senhor o mudaria durante minha vida. Me perdoe. Obrigado! Ó, Deus, obrigado! Aqui está ele. O menino saiu do deserto e atravessou a divisa para ter fé em ti. Ele finalmente está ouvindo o teu Espírito Santo.

Samuel chorou.

Paul também chorou.

— Sinto muito pela dor que causei a você, Samuel.

As lágrimas continuaram escorrendo pelo rosto enrugado de Samuel. Lágrimas de alegria, lágrimas de esperança cumprida.

Os ombros de Paul cederam. Ele cruzou as mãos sobre a cabeça baixa e continuou a chorar.

— Usei todas as bênçãos que Deus me deu para meus próprios propósitos. Não tenho o direito de pedir que você me perdoe, não depois da maneira como tratei você todos esses anos.

— Eu te perdoei, Paul, há muito, muito tempo. Abby também. Ela me disse para continuar orando por você no dia em que ela morreu.

Paul levantou a cabeça e olhou para ele.

Samuel sorriu.

— Apenas certifique-se de que você me trate melhor no futuro!

Assentindo, Paul fechou os olhos e soltou o fôlego.

— Eu prometo. — Um homem indultado e perdoado. Quando Paul abriu os olhos novamente, Samuel ficou impressionado com a ternura neles. Ele não estava olhando através de Samuel para o compromisso seguinte, mas estava aqui, no momento presente, sem pressa e agradecido.

Oh, Abby, gostaria que você estivesse aqui para ver Paul Hudson agora. Afinal, não estávamos errados sobre ele. O menino está sentado, humilhado e arrependido. Somente Deus poderia realizar esse milagre. Somente o Espírito Santo.

Samuel recostou-se na poltrona, esfregando distraidamente a dor no quadril.

— O que você vai fazer em relação ao Centro Nova Vida do Vale?

— Vou confessar os meus pecados à congregação no domingo de manhã e renunciar à liderança.

Oh. Paul não pretendia perder tempo.

— Talvez eles ouçam você. O mundo parece menos seguro hoje em dia. Alguns estão despertando para o fato de que não estão no controle de suas vidas. — Ele considerou. — Mas não se apresse em ir embora, Paul. Quem irá guiá-los nos próximos dias?

— Não estou apto para o pastorado.

— Pedro negou Cristo três vezes e, ainda assim, o Senhor o usou poderosamente.

— Pedro não manipulou as pessoas para chegar aonde queria. Ele não cometeu adultério com a esposa de outro homem.

Demorou alguns segundos até que Samuel recuperasse o fôlego, mas Paul continuou.

— Vou precisar de oração, Samuel. Toda que puder conseguir. Se você estiver disposto. Vai me ajudar saber que você está orando por mim. — Ele sorriu. — "A oração de um justo é poderosa e eficaz."

— O que você está pedindo especificamente?

— Que esse medo não prevaleça. Que eu não enfraqueça. Que eu ouça e fale as palavras que o Senhor quer que eu fale. Agradei as pessoas durante toda a minha vida. Agora, quero agradar a Deus.

Samuel assentiu.

— Eu orei por você durante anos, Paul. — Ele se inclinou para frente e estendeu a mão. — A única diferença agora é que estarei orando *com* você.

Paul passou mais uma hora com Samuel. Samuel contou-lhe sobre o grupo doméstico de Stephen Decker e Paul não precisou se perguntar o motivo. Ele se sentia condenado. Ele fez o possível para destruir a reputação de Decker quando o empreiteiro se recusou a comprometer seus princípios. Eles foram amigos no começo, depois adversários e, por fim, inimigos. Talvez ele pudesse fazer as pazes, com Samuel como mediador. Talvez.

No caminho para casa, Paul passou na casa de Reka Wilson. O carro dela estava estacionado na garagem. Ele tocou a campainha e esperou. Ouviu alguém se aproximando e depois silêncio. Ele se perguntou se Reka estava olhando para ele pelo olho mágico. Ele não a culparia se não atendesse a porta. Ele tocou a campainha mais uma vez e esperou. Nenhuma resposta. Ele caminhou lentamente de volta para o carro e escreveu um bilhete breve e sincero.

Tenho vergonha da posição em que coloquei você, Reka. Você desempenhou um papel em me trazer de volta aos meus sentidos. Você sempre foi uma amiga verdadeira e leal. Espero que seja capaz de me perdoar algum dia. Que Deus te abençoe por todos os seus anos de serviço fiel a ele. E a mim.

Paul Hudson

Ele enfiou-o na porta de Reka.

No caminho de volta, ele se perguntou se viveria o suficiente para reparar todas as pessoas que havia magoado.

Chegando em frente ao seu portão, encontrou o velho carro de Samuel Mason estacionado. Timothy estava em casa.

Gelado de medo e vergonha, Paul entrou na garagem, e lá ficou sentado por um longo tempo, em silêncio, as mãos ainda segurando o volante. Ele podia imaginar o que seu filho teria a dizer. Paul se sentiu mal — no fundo, mal da alma — por causa do que fez ao filho. Ele seguiu os passos do pai, pressionando, intimidando, esperando cada vez mais. Em vez de fugir como Paul fez, Timothy se rebelou. Ele se levantou e chamou seu pai de hipócrita. E foi exilado por isso. Paul ficou aliviado, até grato, por Timothy não estar mais por perto para envergonhá-lo. Pior ainda, Timothy sentiu que algo estava errado com o casamento de seus pais na última vez que esteve em casa.

O que quer que Timothy tivesse a dizer, ele ouviria. Ele deixaria seu filho desabafar. Se Timothy quisesse dar um soco nele, que fosse.

Após uma breve oração, Paul saiu do carro e entrou em casa. Ele ouviu vozes na sala de estar. Timothy não veio sozinho. Ele trouxe sua avó com ele.

O SOM DO DESPERTAR

Sua mãe ergueu os olhos quando ele entrou na sala. Eunice desviou o olhar e enxugou o rosto.

Timothy se levantou.

— Papai. — Ele disse a palavra respeitosamente, como se reconhecesse sua autoridade. E, em seguida, ele estendeu a mão. Ocorreu a Paul que seu filho sabia mais sobre a graça aos dezenove anos do que ele aos quarenta e quatro. Ele pegou a mão de Timothy e apertou-a com força. Sua garganta estava apertada demais para falar.

Seu filho não era mais um menino. Ele tinha uma aparência de maturidade, apesar dos jeans, da camiseta e do cabelo na altura dos ombros. Não foram os ombros e braços mais largos ou a pele profundamente bronzeada que o trabalho duro ao sol provocou. Estava em sua bagagem, em sua expressão.

Eunice ergueu os olhos, os olhos vidrados de lágrimas e as bochechas pálidas.

— Seu filho tem algo para te contar. — Ela fez um som suave e sufocado e fugiu da sala.

— Por que não vai ver se ela está bem, vovó?

A mãe de Paul se levantou sem dizer uma palavra e deixou-os sozinhos na sala.

— Podemos sentar? — disse Timothy.

— Claro, com certeza.

Eles sentaram frente a frente como estranhos.

Paul esperou. Durante todos os anos ele persuadiu, administrou e manipulou pessoas e não tinha ideia de como falar com seu próprio filho. Seu próprio pai nunca conseguia falar com ele, a menos que estivesse dando ordens. Mesmo durante os últimos anos, quando Paul pensava que eles estavam próximos, Paul percebeu que seu pai estava trabalhando com ele, apontando-lhe um caminho que Paul nunca pretendera seguir. Ainda assim, ele não podia culpar seu pai. Paul sabia que era responsável pelos seus próprios pecados e que pagaria por eles no Dia do Julgamento se Jesus já não tivesse pagado o preço na cruz. Ele foi redimido. Era hora de viver uma vida redimida.

Seu estômago estava apertado de tensão. O que seu filho tinha a dizer?

— Sua avó te contou sobre...? — Ele não sabia como dizer isso, ou se deveria dizer.

— Eu sei, pai. Era a loira, não era? Aquela que beijou você na saída da igreja.

Paul sentiu o calor encher seu rosto.

— Sim.

— Ela era bem desagradável. Eu tive que ir embora. Sabia que se não fizesse isso, ia causar problemas. Fiz tudo o que pude fazer para não bater na sua cabeça. — Tim deu um sorriso sarcástico. — Não ousei porque sabia que mamãe iria querer saber o motivo. Ela não tinha ideia do que estava acontecendo e, se eu contasse a ela, ela ainda não teria aprovado o parricídio.

— Sua mãe sempre acreditou no melhor das pessoas.

— Ela não é mais tão ingênua.

Paul estremeceu, sabendo que a culpa da inocência perdida dela poderia ser atribuída a ele. Ele usou sua doçura contra ela, contornando todas as questões que ela já levantou.

— Você não teria conseguido falar comigo nem se tivesse usado um taco de beisebol, Tim. Eu estava correndo com a cabeça cheia de orgulho.

Tim inclinou a cabeça e o estudou.

— Mamãe disse que você voou para o Leste e a localizou. Acho que isso significa que você vai tentar consertar as coisas.

— Vou dar tudo o que tenho, Tim. Eu amo sua mãe.

— Como alguém poderia não a amar? — Ele balançou a cabeça, sua expressão cheia de pena e decepção.

O silêncio se estendeu novamente.

— Eu não vim para atirar pedras, papai. Vim dizer a você e à mamãe que me alistei no exército. Achei que seria melhor contar pessoalmente do que por telefone. — Ele fez uma careta, olhando para o corredor por onde Euny tinha ido. — Agora, não tenho tanta certeza.

Se um terrorista armado com uma metralhadora tivesse entrado em sua sala, Paul não poderia ter ficado tão chocado.

— Se alistou? — A guerra atingiu o alvo.

— Na Marinha.

Paul fechou os olhos.

— Desde o 11 de Setembro, tenho pensado no nosso país e no custo da liberdade. E tenho pensado em momentos da história em que as pessoas viraram as costas ao mal e nas consequências que advieram disso. Onde estaríamos se os homens não tivessem se alistado para lutar contra Hitler? Tenho orado por isso há muito tempo, papai. E tive outros orando por mim também. Não foi uma decisão fácil.

O SOM DO DESPERTAR

Abalado, Paul olhou para o filho.

— Você não sabe no que está se metendo.

— Não completamente. Eu não preciso saber tudo. Só tenho que seguir em frente na direção que acredito que Deus está me guiando.

Para a guerra?

— Sei que os Estados Unidos não estão fazendo tudo certo, mas temos bases cristãs e a liberdade de falar e adorar como quisermos. Talvez Deus esteja demonstrando misericórdia porque ainda fazemos isso. Cada vez que ocorre um desastre, os americanos são os primeiros a contribuir e ajudar. Deus nos permitiu prosperar e tentamos ajudar outros países. E nem sempre por razões políticas ou petrolíferas. A bondade que demonstramos a outras nações pode ser a única razão pela qual Deus não agiu contra nós por todas as coisas que estamos fazendo de errado.

Timothy levantou e andou de um lado para o outro.

— Você tem que saber, papai. Há muitas crianças da minha idade que não têm ideia de quem é Jesus Cristo. Meu colega de quarto é um bom exemplo. Ele cresceu acreditando que o Natal era sobre o Papai Noel, uma pilha de presentes debaixo de uma árvore decorada e as férias de janeiro em Vail, Colorado. Ele nunca tinha posto os pés em uma igreja até que eu o levei. Deus foi expulso das escolas nos anos 1970 e agora temos uma geração que nunca ouviu o evangelho. Onde é melhor divulgá-lo do que entre os homens que vão lutar pelo nosso país?

Ajude-o, Deus.

— Não vão deixar você pregar na Marinha, filho. Você não vai acabar como capelão. Vai acabar sendo um soldado carregando um fuzil.

— Não estou falando de pregação, pai. Estou falando de compartilhar a minha fé. Vou usar palavras se for preciso. — Ele deu um sorriso torto. — Embora eu tenha pedido uma escola de idiomas. Meu orientador do ensino médio disse que tenho aptidão para isso.

Oh, a ingenuidade da juventude. Ou a fé de Paul era tão fraca que ele não conseguia confiar que o Senhor trabalharia através de um garoto de dezenove anos numa zona de guerra? Ele seria bucha de canhão?

— Você assinou algum papel? — Talvez ainda houvesse uma saída.

— Sim. Avisei meu chefe com duas semanas de antecedência. Depois disso, vou ter uma semana antes de ir para o centro de alistamento em Los Angeles. Queria que tudo estivesse resolvido antes de vir aqui falar com você e a mamãe. Por razões óbvias.

Não haveria maneira de dissuadi-lo. Ou tirá-lo disso. A próxima parada de Timothy seria o campo de treinamento, depois treinamento especializado e ordens.

Ó, Senhor, tu me deste dezenove anos de oportunidades e eu os deixei passar. E agora Tim pode nunca mais voltar para casa.

— Esse tipo de guerra não será vencida apenas com armas, papai. Vai ser vencida com a verdade. Onde é melhor para ministrar a verdade do que nas fileiras militares? Talvez eu até consiga testemunhar para aqueles que engoliram a mentira de que assassinar pessoas lhes dará a recompensa de setenta virgens!

Um missionário militar? Já existiu algo assim?

— Você está decepcionado comigo, não é? Acha que estou sendo burro.

Paul percebeu que seu silêncio havia dado a Timothy uma impressão errada. E não é de admirar, considerando o relacionamento deles ao longo dos anos. Paul sabia que tinha sido um péssimo pai. Apesar de todas as boas intenções e promessas feitas a si mesmo, ele seguiu o exemplo do pai em mais de um aspecto. Exigências irracionais de perfeição. Ataques de abuso verbal seguidos de longos períodos de indiferença. Será que Timothy ansiava por sua aceitação e aprovação da mesma forma que ele tinha ansiado isso do seu pai?

Paul queria deixar claro seus sentimentos antes que fosse tarde demais.

— Não, estou orgulhoso de você por viver suas convicções. E se alguém foi burro, fui eu durante todos os anos que desperdicei evitando meu filho. E agora, há tão pouco tempo. — A voz dele falhou. — Uma semana. Sete dias curtos. Depois de todos os anos desperdiçados.

— Você diz isso como se eu fosse morrer.

Os olhos de Paul queimaram.

— Espero que não.

Timothy sorriu gentilmente.

— Está tudo bem, papai. Aconteça o que acontecer, vou ficar bem. Não é como se estivéssemos nos despedindo para sempre, sabe.

Paul não queria deixar escapar outra oportunidade.

— Você se importaria se eu e sua mãe fôssemos passar algum tempo com você antes de você ter que se apresentar?

Tim parecia satisfeito.

— Claro, é o que eu gostaria. — Ele ficou parado. — Eu ia ver Samuel. Quero que ele saiba da minha decisão antes que ouça de outra pessoa. Além disso, tem o carro. Espero que ele o guarde para mim.

O SOM DO DESPERTAR

— Se ele não puder, nós guardamos.

— Obrigado. — Ele tirou as chaves do bolso. Parando na porta, ele olhou para trás, perturbado. — Você acha que podemos fazer a mamãe prometer que não vai chorar a semana inteira?

— Vou tentar, filho. Não posso prometer. — Ele próprio estava perigosamente perto das lágrimas.

A porta da frente abriu e fechou. Paul ouviu o carro ligar.

Pobre Eunice. O que ela deve estar sentindo? Nos últimos dias, ela descobriu que seu marido era infiel e agora voltou para casa para receber a notícia de que seu único filho estava indo para a guerra.

A mãe dele veio pelo corredor. Ela mal olhou para ele.

— Vou sair para uma longa caminhada. — Ela abriu a porta. — Eunice disse que você vai pregar no domingo.

— Sim.

Ela fechou a porta firmemente atrás dela.

Ele não podia esperar que sua mãe acreditasse que ele havia mudado repentinamente da noite para o dia. Ela provavelmente tinha ouvido muitas promessas vazias do pai dele.

Ele andou pelo corredor e abriu a porta do quarto de hóspedes. A mala da mãe estava aberta na cama em que ele dormia. Ele a fechou e depositou no sofá, arrumou a cama e trocou os lençóis. Em seguida, transferiu para seu escritório as poucas coisas de que precisaria nos próximos dias. Ele dormiria no sofá.

O quarto de Timothy estava como sempre. Eunice cuidara disso. Ela sempre esperou que o filho deles voltasse para casa. Paul percebeu agora que a única maneira de Timothy ter feito isso seria por seu convite pessoal. Paul colocou as mãos no rosto. Quanta dor ele causou à esposa ao longo dos anos? Ela resistiu à sua negligência e suportou a sua perseguição. Ela até desistiu do filho. O adultério era sua coroa de espinhos.

A porta do quarto principal estava fechada. Paul bateu na porta.

— Eunice? Posso entrar?

— A porta está destrancada.

Ela estava sentada em sua cadeira de leitura perto das janelas, as cortinas de renda fechadas para que o sol fosse filtrado. Ela parecia um anjo, mesmo com os olhos inchados de tanto chorar.

— Você está bem?

478 FRANCINE RIVERS

Ela não olhou para ele.

— Acabei de ligar para Samuel para dizer que não estava me sentindo bem para visitá-lo hoje.

— Tim está indo para lá.

— Eu o vi partir. — A voz dela estava embargada.

Paul entrou no quarto e enfiou as mãos nos bolsos.

— Como você está se sentindo?

— Como se um caminhão tivesse passado por cima de mim. Duas vezes.

Ele passou por cima dela da primeira vez.

— Desculpe. — Ele se perguntou se ela estava se fazendo as mesmas perguntas que ele fazia a si mesmo. — Você acha que Tim fez isso para chamar minha atenção?

O rosto dela se contraiu.

— Não sei. — Ela se inclinou, soluçando. — Não sei.

A visão da dor dela o encheu de tristeza. Ele tirou as mãos dos bolsos e foi até ela, agachando-se e colocando as mãos nos braços da cadeira.

— Eu tomaria o lugar dele se pudesse.

O choro dela se suavizou. Ela o estudou. Depois, respirou fundo e se recostou.

— Você está muito velho. —Ela puxou outro lenço de papel da caixa em seu colo, com raiva. — Já chorei o suficiente para uma vida inteira nos últimos dias. Estou cansada de chorar. Justamente quando penso que acabou, o mar sobe. — Ela assoou o nariz ruidosamente, olhando para ele. Ela amassou o lenço com força. Ela queria bater nele? Ele deixaria. — Levante-se, Paul.

Pelo menos ela não disse: "Saia."

Ele se endireitou e se afastou, ficando perto das janelas, com as mãos nos bolsos novamente.

Ela fungou e respirou fundo.

— Conhecendo Tim, acho que ele fez exatamente o que disse. Acho que ele ouviu as notícias, se ajoelhou e orou, depois levantou e fez exatamente o que acreditava que Deus estava lhe dizendo para fazer. — A voz dela vacilou. Ela apertou os lábios, o queixo tremendo. Ela não disse nada por um longo momento. — Eu só tenho que esperar e orar... — Ela desistiu e chorou novamente.

Paul sentou na beira da cama, olhando para os mocassins. Ele não iria oferecer banalidades nem fingir que sabia o que Deus estava pensando.

— Deus é fiel — disse ela suavemente. — Mesmo quando não somos. — Ela jogou o lenço úmido na cesta de lixo e puxou outro.

Paul não conseguia pensar em nada para dizer que pudesse confortá-la. Seu coração doeu por ela. Se ela tivesse permitido, ele a teria abraçado.

— Reka ligou. Disse que você deixou um bilhete para ela. Ela pediu desculpas por não ter aberto a porta, mas só não estava com vontade de falar com você. Ela disse que esperava que eu e você conseguíssemos resolver as coisas. Ela estará orando por nós.

O silêncio se estendeu, mas ele não tentou preenchê-lo. O manto do arrependimento era pesado.

— Eu sei que você está se sentindo culpado agora, Paul. Timothy não é mais um garotinho. Ele toma suas próprias decisões. — Ela olhou para ele. Ela pressionou as pontas dos dedos contra os lábios por um momento, depois cruzou as mãos no colo. — Samuel me disse que você foi lá mais cedo. Ele disse que você pediu perdão. Que vocês dois conversaram por quase duas horas. — Os olhos azuis dela eram tão suaves e luminosos. — Sua visita significou muito para ele.

— Ele poderia ter sido o melhor amigo que já tive.

— Ele *é* seu amigo. — Ela olhou para baixo, brincando nervosamente com o lenço que segurava. — Tem outra pessoa que você deveria ver. Alguém que você magoou profundamente. Acho que ele ainda não superou.

Paul sabia a quem ela se referia.

— Stephen Decker.

Eunice levantou a cabeça apenas um pouco, mas o suficiente para que ele visse um leve rubor em suas bochechas.

— Stephen poderia ter causado um grande dano a nós dois, Paul. Mas ele não fez isso. Mesmo quando a oportunidade apareceu, ele deixou passar.

O coração de Paul afundou. Ele não queria perguntar a que oportunidade ela se referia. Ele tinha a sensação de que já sabia.

Stephen estava enrolando uma planta quando viu a Mercedes de Paul parar na frente. O que Hudson queria? Guardando a planta no cubículo, Stephen se recostou no banco e observou o pastor Paul sair do carro, olhar para o prédio e dar a volta até a calçada.

Hudson foi até a porta e entrou. Uma das desvantagens de morar no seu local de trabalho era ter que deixar a porta da frente destrancada.

— Posso falar com você, Stephen?

— Não tenho dinheiro para doar. — Era melhor que Hudson não estivesse procurando-o por causa de algum problema com o prédio. Stephen usou os melhores homens e materiais. Qualquer coisa que estivesse errada agora era culpa de outra pessoa e responsabilidade de Hudson. Stephen estava fora disso e feliz.

— Você tentou me avisar que eu estava saindo do caminho — disse Paul. — Você disse uma vez que eu não estava construindo uma igreja, estava construindo um monumento para mim mesmo. Você estava certo.

Que estratagema era essa?

— O que você está procurando, Hudson?

— Perdão.

Stephen deu uma risada cínica.

— Bem, você sabe aonde ir para isso.

— Levei meus pecados a Jesus, mas quero tentar fazer as pazes com as pessoas que magoei.

— Eunice deveria ser sua primeira parada.

— Voamos de volta da Pensilvânia juntos.

Stephen ergueu as sobrancelhas. Ele não sabia que Eunice estava fora da cidade, muito menos do outro lado do país. Samuel provavelmente guardou essa notícia para si mesmo — se é que ele sabia.

— Você deveria falar com Samuel.

— Eu o visitei ontem, ele me perdoou. Estou aqui para perguntar se você fará o mesmo.

— Muita água agitada passou por baixo da ponte desde que eu e você seguimos caminhos separados, Hudson. — Foi Paul quem levou a amizade deles para o mar aberto.

— Eu gostaria de te compensar.

Stephen deu uma risada irônica.

— Como? Você tem outro projeto de construção em mente?

— Não, um convite para ir à igreja no domingo.

— Você só pode estar brincando!

— Não estou. Eu sei que meu pedido de desculpas não vale muito, Stephen. Eu armei para arruinar você.

Ele abriu as mãos.

— Como pode ver, você não teve sucesso.

O SOM DO DESPERTAR 481

— Eu falei contra você. Um amigo que tentou me alertar.

O cara era obstinado. Ele estava determinado a confessar, quer Stephen quisesse ouvir ou não. Irritado, Stephen não teve escolha a não ser ficar ali parado. *Ó, Senhor, eu sei o que tu queres de mim, mas não tenho a força de Samuel.*

Paul continuou com sua confissão. Por fim, ele parou, soltou o ar lentamente e disse:

— Apresentei minha demissão.

Afastando-se do CNVV? Desistindo do império dele? Stephen ficou atordoado.

— Vou me confessar no domingo. Achei que você gostaria de estar lá para ouvir.

Stephen não viu nenhum desejo de pena, mas de repente se sentiu cheio de compaixão por Paul Hudson. Ele não tinha certeza se poderia confiar nele, mas não iria chutar um homem quando ele já estava caído. Stephen se lembrou de quando chamava Paul de seu amigo mais próximo e irmão em Cristo. Foi Paul quem estendeu a mão durante os difíceis primeiros dias de recuperação e foi Paul quem encorajou sua fé.

Agora, Stephen estava enfrentando algumas das mesmas tentações que Paul enfrentou e fugindo porque não tinha certeza se conseguiria lidar com elas. Ele teria que manter o foco para não ceder às tentações trazidas pela liderança. Ele aprendeu observando os erros de Paul a ter um bom mentor. Todo pastor precisava de um Samuel em sua vida. Dois dele seria ainda melhor.

Stephen tinha visto nas últimas semanas como a liderança trazia consigo o poder. Era inebriante ver as pessoas olhando para você como se você tivesse todas as respostas e, além disso, o ouvido pessoal de Deus. Inebriante e aterrorizante. Ele não queria levar as pessoas pelo caminho errado.

— Suba, Paul. Vou preparar um café para nós.

Stephen preparou a cafeteira.

Com as mãos nos bolsos, Paul olhou em volta.

— Você sempre foi um artesão. — Ele viu algumas das coisas de Brittany. — Você é casado? — Ele parecia aliviado.

— Isso é coisa da minha filha. Ela finalmente voltou para casa. — Será que Paul sabia que ela estava desaparecida? Paul teria se importado com os meses de agonia que ele sofreu, preocupado com sua filha fugitiva? Provavelmente não. Se é que ele sabia. Stephen deixou passar. — Ela mora aqui agora. Estou morando no porão.

— Samuel disse que é onde você realiza os cultos.

Stephen olhou para ele.

— Não estou realizando cultos. Apenas dando uma aula.

— E fazendo um bom trabalho, pelo que Samuel diz.

— Sim, bem, você conhece Samuel. Ele é cheio de esperança.

— Pelo que ele me contou, acho que você vai se tornar um ótimo pastor.

Bajulação? Stephen colocou duas canecas na mesa. Ele queria mudar de assunto. Melhor ouvir sobre o chamado de Paul para o despertar.

— O que causou sua mudança de opinião?

— A expressão no rosto de Eunice quando ela me encontrou com outra mulher. Uma longa conversa com a minha mãe. E escapei da morte na Rodovia 99.

— Isso foi o suficiente, hein? — *Pobre Eunice*.

— Fiz as pazes com Deus, mas vai demorar muito até que eu possa fazer as pazes que preciso ou reparar os danos que causei. Se algum dia eu puder.

— O conselho pediu sua demissão?

— Não. Eles querem que eu fique. Mas não pertenço a um púlpito ou a qualquer posição de liderança até estar de volta aos trilhos. Mesmo que o Senhor me chame de volta ao ministério, vou precisar de homens que me responsabilizem.

Stephen ergueu o punho e sorriu como um lobo.

— Eu gostaria de responsabilizá-lo. — Estranho que toda a dor tivesse desaparecido.

Paul sorriu.

— Você seria o segundo com quem eu contaria. Samuel está na liderança.

— Você realmente bagunçou as coisas, não foi?

— Sim.

— E machucou muitas pessoas ao longo do caminho.

— Eu sei.

Ele parecia *saber*. Stephen nunca tinha visto tanta tristeza no rosto de Paul Hudson. Quem era ele para atirar pedras?

— Acho que ainda temos algumas coisas em comum. Nós dois somos grandes idiotas. Sabe, deveríamos começar nosso próprio grupo de apoio de AA. Autocratas Anônimos. O que você acha?

Paul riu.

Stephen estava brincando só um pouquinho.

O SOM DO DESPERTAR

— Enfrentei algumas das mesmas tentações que você enfrentou ao longo dos anos. Não é fácil fazer as pessoas entenderem que você é apenas mais um ser humano como elas, lutando para viver pela fé.

— É quando você para de lutar que você está em apuros — disse Paul. — Quando você começa a pensar que sabe o que está fazendo. Achei que tinha todas as respostas. Eu via qualquer pessoa que questionasse meus métodos como uma ameaça. Minha mãe deu uma definição melhor: tenho sido um pecuarista conduzindo o gado em vez de um pastor conduzindo um rebanho.

O café estava pronto. Stephen serviu.

— Quem é o seu substituto?

— Eu recomendei John Deerman.

— Eu não o conheço.

— Ele é um homem sólido de fé. Eu o mantive ocupado em segundo plano.

— Ah, outro homem que questionou você.

— John tem uma fé forte e um sólido conhecimento da Bíblia para acompanhá-lo. Se o conselho lhe der o púlpito, a congregação vai ouvir o evangelho direto daqui em diante.

Stephen se questionou se os membros do CNVV estavam prontos para ouvir a verdade.

Tu já realizaste milagres antes, Senhor. Um está sentado do outro lado da mesa. Mas será necessário um grande esforço para tirar aquela igreja do fogo.

— Timothy se alistou na Marinha.

— Ah, cara! Não sabia que ele tinha idade suficiente.

— Ele tem dezenove anos.

— Como Eunice recebeu a notícia?

— Ela está chorando.

Dois golpes fortes. Stephen esperava que eles não tivessem abalado a fé dela.

— Passei pela igreja no caminho para cá — disse Paul. — Você realmente construiu algo para durar, Stephen. É uma instalação linda. Eu gostaria que houvesse alguma maneira...

Stephen reconheceu a tentação de se apegar às coisas.

— Veja pelo que é, Paul. Um prédio. Um monumento ao esforço de um homem. Deixa para lá. — Ele ergueu a caneca em uma leve saudação. — Se eu me afastei disso, você também pode.

Eles conversaram um pouco e depois cavaram um pouco mais fundo. Paul perguntou sobre Kathryn. Stephen ficou surpreso por lembrar o nome dela.

Paul se lembrava da Brittany. Stephen disse a ele que ela estava bem. Ela estava fazendo o ensino médio e esperava ir para a faculdade. Quando Paul pediu para fazer um *tour*, Stephen mostrou-lhe o resto da casa.

Eles conversaram com cautela, contornando mágoas e fracassos do passado, tateando o caminho. Talvez eles pudessem ser amigos de novo, mas isso não aconteceria da noite pro dia. Eles teriam que abrir caminho entre os escombros. O perdão era uma decisão; a confiança levava tempo.

— É melhor eu voltar. — Quando Paul estendeu a mão na porta da frente, Stephen hesitou.

— Antes de apertarmos as mãos, há algumas coisas que preciso confessar, Paul. — A cor desapareceu das bochechas de Paul enquanto Stephen sentia o calor subindo pelas suas. — Você já sabe que nutri amargura contra você desde que deixei Centerville, mas além disso... — *Diga isso. Divulgue isso abertamente.* — Estou apaixonado por sua esposa há dez anos. Houve muitas vezes em que desejei que seu casamento acabasse para que eu pudesse entrar como o Príncipe Encantado e surpreender Eunice.

— Euny me disse esta tarde que você poderia ter causado sérios danos. Eu sabia o que ela queria dizer.

A atração foi mútua. Ele não pretendia mencionar isso.

— Não aconteceu nada, Paul.

— Porque você e Eunice foram sábios o suficiente para garantir que isso não acontecesse.

Não foi fácil levá-la até a saída da última vez que a viu. Expor seus sentimentos abertamente o manteria responsável.

— Ela é especial.

— Nas palavras do meu filho, como alguém poderia não a amar?

Era bom que Paul entendesse o que não estava sendo dito. Às vezes, Stephen se perguntava se algum dia superaria Eunice Hudson. Não havia muitas mulheres como ela, e ela deveria ser tratada como um tesouro direto do céu. Mas pelo menos o Senhor estava construindo sebes. Se Paul estimasse Eunice como deveria, Stephen nunca mais teria de enfrentar a tentação de encontrá-la sozinha à sua porta. Stephen teve a sensação de que Paul seria mais cuidadoso com o tesouro que Deus lhe dera.

— Outra coisa. Você não falou o nome da mulher.

— Não.

— Foi Sheila Atherton, não foi?

— Não importa quem foi. Era errado.

— Isso importa porque eu a conhecia. Ela experimentou os jogos dela comigo enquanto eu construía a casa em Quail Hollow. Eu sabia o que ela estava fazendo no minuto em que a vi no seu escritório. Fiquei quieto por todos os motivos errados. Eu estava com raiva e guardando rancor. Queria que você caísse do seu cavalo. Ou fosse derrubado. Eu deveria ter te avisado. Desculpe por não ter feito isso.

— Nesse ponto, duvido que teria ouvido você, mas desculpas aceitas.

— Você não foi o primeiro, Paul. Duvido que você seja o último.

— Isso não faz eu me sentir melhor. Seja lá o que Sheila for, não tenho desculpa. — Paul estendeu a mão novamente. — Mas obrigado por me contar. Principalmente sobre Eunice. — Ele sorriu tristemente. — Vou tratar minha esposa muito melhor no futuro.

Stephen fechou a porta e pediu a bênção de Deus para o casamento de Eunice e Paul e proteção para ele também. Depois sentou-se à prancheta onde vinha estudando e se preparando para os dias que viriam.

Paul passou horas trabalhando na sua confissão, escrevendo o que precisava dizer, repassando-a para ter certeza de que não havia deixado nada de fora. Quando chegou a manhã de domingo, ele estava exausto. Ele passou uma hora de joelhos orando antes de tomar banho. Sua mão tremia enquanto ele se barbeava. Ele se cortou. Se não tomasse cuidado, ele cortaria a própria garganta. Lavou o rosto, usou um lápis hemostático para estancar o sangramento e se vestiu com cuidado. Sua gravata parecia um laço.

A casa estava silenciosa quando ele saiu do escritório. A porta do quarto principal estava fechada. Isso também acontecia com a porta do quarto de hóspedes. A porta de Timothy estava aberta, mas ele não estava lá. Paul sabia que não tinha o direito de esperar que sua família fosse para a igreja com ele, especialmente hoje.

Ele chegou uma hora mais cedo e sozinho, com suas anotações cuidadosamente organizadas em uma pasta no banco da frente. Ele queria estar preparado. Precisava acertar desta vez.

A igreja estava destrancada e os membros do coro estavam ensaiando. Pareciam ótimas, mas as palavras não tinham nada a ver com a mensagem que

Paul daria naquela manhã e nada a ver com o sangue de Jesus Cristo que os salvou da condenação eterna.

Paul entrou em seu escritório. A última vez que ele esteve aqui foi na manhã em que Eunice encontrou ele e Sheila Atherton. Seu rosto queimou quando ele ajeitou as almofadas do sofá, recolocou a cadeira no lugar certo e sentou-se à escrivaninha. Ele retirou o número de Sheila da discagem rápida. Ele tirou a foto de Eunice da gaveta da escrivaninha e olhou para ela. Colocou a foto em sua mesa. Ele pensou em Jesus no Jardim do Getsêmani, suando sangue por causa do que sabia que tinha que fazer.

Ele chorou.

Ajude-me a fazer o que é certo, Deus. Pela primeira vez, deixe-me acertar. Ó, Senhor, tu viste a minha peregrinação. Tu me observaste enquanto eu desencaminhava essas pessoas. Tu foste uma testemunha de todos os pecados que cometi. Estive tão ocupado abrindo meu caminho no mundo, que acabei me perdendo. Contra ti e somente contra ti pequei e, ao fazê-lo, trouxe danos imensuráveis a outros.

Os carros enchiam o estacionamento. Os cerimonialistas recolheram os boletins na antessala. Podia ouvi-los conversando. Ele nem sequer deu um título ao seu sermão desta vez.

Estava mais quieto agora. Todos estariam encontrando seus lugares. Ele podia ouvir a música tocando, do tipo que deixava todos confortáveis. Um *medley* de músicas. Nenhum hino entre eles. Ele se encolheu ao lembrar de ter dito a Eunice que ela não faria mais parte do ministério de música porque ousou cantar uma canção sobre o sangue purificador de Jesus.

Ele deu uma última olhada em suas anotações datilografadas, guardou-as na Bíblia e saiu do escritório. Seu coração batia mais forte a cada passo. Seu estômago se apertou. Suas palmas estavam suando. Ele entrou no corredor interno até uma pequena área de espera. Como a sala verde de um teatro, ele percebeu. O coro estava cantando.

— Aí está você! — Um dos auxiliares se aproximou com uma risada nervosa. — Eu estava começando a me perguntar se deveria descer correndo até meu escritório e ler um de meus antigos sermões.

John Deerman o encontrou na entrada lateral do palco e apertou sua mão.

— Estarei orando por você, irmão.

Tudo estava pronto para Paul Hudson. O público estava preparado. Era hora da atração principal subir ao palco e impressioná-los.

O SOM DO DESPERTAR   487

Para onde quer que olhasse, Paul ficava cara a cara com o que havia feito nos últimos quatorze anos. A congregação aplaudiu enquanto os membros do coro — vestidos com túnicas de cetim vermelho e debruados de branco — saíam em fila de maneira ordeira.

— Que bom que está de volta, pastor Paul — disseram vários ao passarem. Um deles se aproximou.

— Rapaz, sentimos sua falta no domingo passado. Não é a mesma coisa quando temos um palestrante convidado!

Paul cruzou o palco e colocou sua Bíblia no palanque. Ele a abriu, tirou suas anotações e as dispôs para que pudesse olhar para baixo. Era o sermão mais importante da sua vida. Ele não queria estragar tudo.

De repente tudo ficou tão quieto que ele sentiu os cabelos da nuca se arrepiarem.

Ele levantou a cabeça e viu o mar de rostos.

Eunice estava sentada na primeira fila, de cabeça baixa. Timothy sentou-se à direita dela, olhando para ele do jeito que ele devia ter olhado para seu próprio pai. Sua mãe estava sentada à esquerda de Eunice, com uma expressão cautelosa. Estaria ela se preparando para outra decepção?

Fileira por fileira, ele reconheceu os rostos das pessoas que vieram ouvi-lo falar ao longo dos anos. Falar, não pregar. Entreter, não esclarecer.

Ele ficou surpreso ao ver Reka sentada no oitavo banco. Ela apertou as mãos e as pressionou contra o coração. Perdão e companheirismo oferecidos. Sua garganta fechou.

Dois homens estavam na porta aberta do santuário. Samuel Mason apoiou-se pesadamente na bengala ao subir no último banco, desceu o suficiente para dar lugar a Stephen Decker e sentou-se.

Paul ouviu o barulho suave da multidão. Eles ficaram desconfortáveis com seu longo silêncio. Eles estavam acostumados com ele subindo no palco e soltando um estrondoso "Bom dia!". As pessoas se entreolharam e sussurraram. Ele viu alguns que oravam.

Ele iria falar para agradar a multidão? Ou ele iria falar de Deus para o público? Ele iria andar pelo medo ou pela fé? Tudo se resumia a isso. O medo o fez se concentrar nos seus problemas. O medo fez com que ele se rebelasse e percorresse o caminho largo que seu pai havia traçado para ele, um caminho para o prestígio, a popularidade, a prosperidade — o caminho do orgulho e da perdição.

O que seria? Meias voltas e meias verdades? Ou uma reviravolta?

Paul não olhou para suas anotações. Não precisava delas. Ele precisava de Jesus. Ele orou silenciosamente para que o Senhor lhe desse as palavras e então disse:

— Apresentei minha renúncia ao conselho e estou me retirando de qualquer posição de liderança em qualquer igreja no futuro próximo. — Ele viu seus rostos, ouviu a torrente de sussurros e continuou. — É necessário que eu faça isso porque pequei gravemente contra o Senhor.

Arrasado e arrependido, Paul Hudson expôs sua alma diante da sua congregação e, ao fazê-lo, o medo o abandonou. Ele falou abertamente da sua luta com a verdade, da sua rendição ao orgulho, da sua queda precipitada no pecado e dos custos devastadores para aqueles que mais amava: a sua esposa, o seu filho, os seus amigos, os seus irmãos e irmãs em Cristo. Depois de tudo o que ele fez, mesmo agora, eles eram fiéis e oravam por ele.

E então ele falou sobre seu Redentor, Jesus Cristo. Ele falou sobre o amor de Deus, que deu seu Filho unigênito para que todos os que nele cressem tivessem a vida eterna. Até mesmo homens como ele, que falharam em todas as frentes — como marido, pai, amigo e pastor. Enquanto Jesus estava pendurado na cruz, morrendo, ele disse: "Está consumado." E assim foi. A vitória não viria pelo esforço dos homens, mas já havia sido alcançada por Cristo Jesus quando provou que tinha poder sobre a morte, que somente nele haveria vida.

— Neste mundo você tem tribulações, mas em Cristo você tem vida. Quando você se entrega a Jesus Cristo, nada pode separá-lo do amor de Deus. Ele nunca vai te abandonar.

Paul não sabia o que o esperava no final deste culto. Ele não sabia o que aconteceria nos próximos dias. O que aconteceu com ele não importava. Essas pessoas importavam. Ele falou sem olhar para o relógio de parede ou sem tentar limitar sua apresentação a quinze minutos exatamente porque poderia perder a atenção deles. Ele disse o que tinha que ser dito e orou para que Deus fizesse algo a respeito.

Aconteça o que acontecer, Senhor, aconteça o que acontecer, mantenha-me fiel.

— Vocês me procuraram em busca de respostas ao longo dos anos e eu os desencaminhei. Hoje, pela primeira vez em anos, preguei o verdadeiro evangelho de Jesus Cristo, Deus, o Filho do Deus Todo-Poderoso. E agora devo

O SOM DO DESPERTAR

avisá-los. Quando eu sair desta posição, outro homem virá falar com vocês. E eu lhes digo com toda a verdade agora, vocês serão responsabilizados por aquilo em que acreditam. A ignorância não será desculpa. E esta é a verdade: é Jesus Cristo que vocês devem seguir! Jesus é aquele que morreu por vocês. Jesus é aquele que tem poder sobre o pecado e a morte. Jesus é seu Salvador e Senhor. Não há outro caminho para a salvação senão através da fé nele.

Ele havia dito tudo o que Deus o chamou para dizer e não disse mais nada. Nenhuma alma sussurrou na igreja. Ninguém se mexeu. Não havia nenhum som no santuário.

Paul deu uma última olhada em sua congregação e sentiu um amor imensurável por eles. Tantas ovelhas perdidas. Lágrimas encheram os olhos dele.

— Amados, ouçam a verdade. Levem isso nos seus corações e fiquem em paz. Em Cristo, vocês não têm nada a temer. Sem ele, vocês não têm esperança.

Paul Hudson pegou sua Bíblia e desceu do palco.

EPÍLOGO

O conselho do Centro Nova Vida do Vale seguiu a recomendação de Paul e o substituiu por John Deerman. Cartas de reclamação começaram a chegar em poucos meses. Os membros não estavam mais dispostos a ouvir o evangelho dito por John. O conselho demitiu Deerman.

Sem ninguém no comando, a liderança discutiu, criou facções e lutou pelo controle. Palestrantes foram convidados; filmes foram exibidos. O comparecimento caiu. As ofertas caíram. As contas se acumularam. Em desespero, o conselho se uniu por tempo suficiente para contratar um novo pastor, com experiência em apresentações multimídia e dotado para falar em público. As ofertas aumentaram, mas os problemas financeiros não desapareceram. Os credores ameaçavam agir contra a igreja.

O conselho contratou um auditor.

Marvin Lockford desapareceu. Sheila Atherton também estava desaparecida. Os auditores informaram ao conselho que mais de três milhões de dólares haviam sido desviados durante os dez anos anteriores. Os dez anos em que Marvin Lockford foi tesoureiro da igreja.

Rob Atherton pediu o divórcio por abandono e colocou sua casa em Quail Hollow à venda. O mercado estava aquecido para propriedades de luxo e, em poucos dias, a casa foi vendida em leilão. Ele agora mora na Flórida, na esperança de se reconciliar com sua primeira esposa.

O CNVV desmoronou como um castelo de cartas. Os fiéis se espalharam como gado em debandada. Alguns apareceram pastando em igrejas que ofereciam uma ampla variedade de programas para atraí-los. Outros, devastados e enojados, juraram nunca mais pôr os pés numa igreja. Um pequeno grupo permaneceu e lutou para ressuscitar o CNVV. Mas incapaz de levantar o

O SOM DO DESPERTAR

dinheiro para o pagamento da hipoteca, eles colocaram a propriedade à venda. Ela foi comprada por um conglomerado. A reforma começou logo após a colocação de uma placa: Futura Casa do Centro de Artes Cênicas do Vale.

Stephen Decker continuou a ministrar estudos bíblicos em Rockville. O grupo superou o tamanho do seu porão, então eles começaram a alugar o salão social de uma igreja cujo número de membros estava diminuindo. Ele está namorando Karen Kessler.

Kathryn Decker se internou em um centro de reabilitação de drogas e álcool.

Brittany Decker se formou no ensino médio e se matriculou em uma faculdade em Sacramento. Jack Bodene se manteve ocupado fazendo armários personalizados para um empreiteiro que construía casas em Granite Bay e Gold River. Ele organizou um programa cristão de recuperação de doze passos em uma igreja local. Ele e Brittany anunciaram seu noivado no domingo passado.

Lois Hudson ainda mora em Reseda e frequenta uma pequena igreja do bairro onde dá aulas no ensino médio.

Timothy Hudson terminou o treinamento e foi recentemente enviado ao Oriente Médio. Ele se comunica com seus pais por e-mail. A última vez que tiveram notícias dele, ele tinha seis rapazes participando do estudo bíblico em seu quartel.

Samuel faleceu serenamente enquanto dormia no mês passado. O funeral foi realizado em Rockville.

Paul Hudson trabalha como professor substituto em escolas secundárias da região. Eunice trabalha como caixa no Walmart. Ela é convidada com frequência para cantar em casamentos e funerais, e está compondo músicas novamente. Quando souberam que Millie Bruester havia decidido se mudar, fizeram uma oferta pelo seu modesto bangalô americano. Milie aceitou. Paul e Eunice ajudaram-na a se mudar para o apartamento de Samuel em Vine Hill.

Um remanescente dos membros da Igreja de Centerville foi até Paul e perguntou se ele poderia ensinar num estudo bíblico. Depois de orar sobre isso por algum tempo e discutir o assunto com Eunice, Stephen e Karen, Paul sugeriu John Deerman. O grupo se reúne todas as segundas-feiras à noite no Charlie's Diner, mas em breve poderá superar o tamanho do pequeno restaurante.

Paul e Stephen almoçam juntos todas as semanas. Eles compartilham suas lutas e oram um pelo outro. Nas noites de terça e quinta-feira, Paul está na Casa de Repouso de Vine Hill para um estudo bíblico e para visitar residentes.

Paul e Eunice Hudson são vistos sempre caminhando juntos e tomando café na pequena cafeteria da Main Street. Muitos dizem que foi preciso muita coragem para Paul Hudson permanecer em Centerville depois do que fez. Talvez seja o único lugar no mundo onde Paul Hudson não pode se esconder e onde será responsabilizado pela forma como caminhar nos dias seguintes, pois as pessoas estão o observando enquanto ele permanece na fé e permite que o Senhor reconstrua o templo dele sobre a firme fundação de Cristo Jesus.

Talvez seja o único lugar onde Paul Hudson ainda possa ser pastor numa igreja sem paredes.

NOTA DA EDIÇÃO

A história que você acabou de ler retrata diversos temas delicados e complexos, entre eles a violência doméstica. A redenção do personagem e o perdão da esposa são elementos importantes para a narrativa ficcional, mas é fundamental ressaltar que a realidade da violência contra a mulher é muito mais dura e dolorosa.

A agressão física contra a mulher é crime e o primeiro passo é denunciar às autoridades competentes. A igreja pode oferecer apoio espiritual e emocional nesses momentos, mas não substitui a necessidade de buscar suporte profissional e legal para garantir a segurança da vítima. Se você ou alguém que você conhece foi agredida pelo marido, denuncie e busque ajuda.

Existem diversos canais de apoio:

- **Ligue 180:** Central de Atendimento à Mulher (ligação gratuita e sigilosa)
- **Ligue 190:** Polícia Militar (em caso de emergência)
- **Delegacias da Mulher:** especializadas em atender vítimas de violência doméstica (consulte a mais próxima em sua cidade)
- **Centros de Referência de Atendimento à Mulher (CRAM):** oferecem apoio psicológico, social e jurídico (procure informações em sua cidade ou estado)

Lembre-se: você não está sozinha. A violência doméstica não é culpa da vítima, é crime e não deve ser tolerada.

AGRADECIMENTOS

Quero agradecer às muitas esposas de pastores, trabalhadores da liderança secular, servos, construtores da igreja, professores e sobreviventes de tempestades que compartilharam suas experiências dolorosas, e sempre muito particulares, comigo. Muitos de vocês carregam cicatrizes da "construção de uma igreja". Muitos de vocês estão profundamente feridos e ainda servem em meio à perseguição. Mantenham a fé! Tenham coragem! O homem planeja, mas é a vontade de Deus que prevalece.

Gostaria de agradecer profundamente a Kathy Olson, minha editora fantástica, e à equipe da Tyndale pelo suporte contínuo. Também gostaria de agradecer a Bob Coibion por compartilhar sua habilidade na construção de projetos.

Irmãos e irmãs, somos um só no corpo e espírito do nosso Senhor Jesus Cristo, a *única* base na qual construímos aquilo que vai durar para sempre: um relacionamento com nosso Criador, Salvador e Senhor.

FRANCINE RIVERS

Este livro foi impresso pela Santa Marta, em 2024,
para a Thomas Nelson Brasil. O papel do miolo é
pólen natural 70 g/m², e o da capa é cartão 250 g/m².